Anmerkung der Autorin

Auch wenn die Handlung dieses Buchs in einer Highschool-Umgebung spielt, handelt es sich dabei dennoch um eine Dark Romance Story, die aufgrund des Erwachseneninhalts, der expliziten sexuellen Szenen und der teilweise vulgären Sprache nicht für Jugendliche geeignet ist. Es wird empfohlen, dieses Buch erst ab 18 Jahren zu lesen. Manche Szenen können eine aufwühlende Wirkung haben.

DIE AUTORIN

USA-Today-Bestsellerautorin Siobhan Davis schreibt emotional intensive Bücher im Young Adult und New Adult Genre. Ihre Liebesgeschichten sind zum Dahinschmelzen, ihre Charaktere vielschichtig und all die unerwarteten Plottwists sorgen dafür, dass man ihre Bücher selbst dann nicht aus der Hand legen kann, wenn man längst schlafen sollte! Bisherige Veröffentlichungen der Autorin sind die Kennedy Boys, Saven und die True Calling Reihe. Siobhans Familie würde sagen, dass sie ein wenig obsessiv ist, wenn es um die Themen Lesen und Schreiben geht, und liegt damit nicht falsch. Man findet Siobhan selten ohne ihren treuen Kindle, ein Taschenbuch oder ihren Laptop in der Nähe.

Bevor sie hauptberuflich Autorin wurde, hat sich Siobhan eine erfolgreiche Unternehmenskarriere im Personalmanagement aufgebaut. Sie lebt zusammen mit ihrem Ehemann und ihren zwei Söhnen im sogenannten Garden County von Irland.

SIOBHAN DAVIS
USA TODAY BESTSELLERAUTORIN

HATE IS ALL I FEEL

DARK ROMANCE

ROMANCE EDITION

HATE IS ALL I FEEL

Siobhan Davis

Aus dem Amerikanischen von Friederike Bruhn

2. Auflage

Covergestaltung: © Sturmmöwen
Titelabbildung: © Arsgera
Redaktion & Korrektorat: Romance Edition

Printed in Germany

ISBN-Taschenbuch: 978-3-903278-28-8
ISBN-EPUB: 978-3-903278-29-5

www.romance-edition.com

PROLOG

Wellen brechen sich an der menschenleeren Küste und ziehen mich mit unsichtbaren Armen zu sich hin. Meine Füße bewegen sich auf das eiskalte Wasser zu, als würde ich von einem Band gezogen werden. Innerlich bin ich taub. Ausgehöhlt. Ich möchte dieser Farce, die mein sogenanntes Leben ist, einfach nur ein Ende bereiten.

Ich erinnere mich an keine Zeit in meinen siebzehn Lebensjahren auf dieser Erde, in der ich einen freien Willen besaß. In der nicht jeder Aspekt meines Lebens kontrolliert und fremdbestimmt wurde.

Ich bin so was von fertig damit.

Fertig mit dieser Maske, die ich zu tragen habe.

Fertig mit dieser elitären Scheiße, an der ich teilnehmen muss.

Fertig mit diesem Monster, das sich mein Vater nennt.

Ich will raus aus all dem und das Meer bietet mir die ersehnte Erlösung. Ich spüre das eisige Wasser kaum, als es wie die Liebkosung eines tödlichen Geliebten um meine Knöchel wirbelt. Mein Seidenmantel bietet kaum Schutz vor dem bitteren Wind, der mir mein langes, dunkles Haar um das Gesicht peitscht, und Gänsehaut prickelt an jeder entblößten Stelle meiner Haut.

Ich gehe tiefer ins Wasser. Mein Körper zittert und bebt, während wilde Meereswellen gegen meine Beine branden. Eine unheimliche Stimme hallt in meinem Kopf wider, drängt mich dazu, anzuhalten.

Fleht mich an, umzukehren.

Bittet mich inständig, nicht aufzugeben.

Behauptet, dass sich meine Welt ändern würde.

Ich ignoriere diese höhnische Stimme, lege den Kopf in den Nacken und blicke zur Mondsichel am dunklen Nachthimmel hinauf, die seltsam geformte Schatten auf das Land darunter wirft. Als ich hinter mir ein Spritzen und Platschen wahrnehme, horche ich auf. Mein Herz beginnt, schneller zu schlagen, während Adrenalin durch meine Adern pumpt. Dennoch drehe ich mich nicht um.

»Hey, ist alles in Ordnung mit dir?«, fragt eine tiefe Stimme ganz in meiner Nähe.

Ich stehe mitten in der Nacht knietief in eiskaltem Wasser mit kaum etwas am Leib. Sieht es verdammt noch mal so aus, als sei mit mir alles in Ordnung? Mein bissiges Alter Ego beantwortet gedanklich diese Frage, aber ich selbst schweige. Ich kann die nötige Energie nicht aufbringen, um zu sprechen oder mich darum zu scheren, was dieser Fremde von mir denkt. Ich möchte einfach, dass er verschwindet. Mich allein lässt. Mir das hier ermöglicht. Aber dieses Glück ist mir nicht vergönnt.

Er watet durchs Wasser auf mich zu. Seine im Dunklen zunächst nur schemenhaft erkennbare Gestalt berührt meinen Arm, als er um mich herumgeht und sich direkt vor mir aufbaut, sodass ich keine andere Wahl habe, als ihn anzusehen.

Ein Funken Wärme breitet sich in meiner Brust aus, als ich in seine sinnlichen Augen starre, die so dunkelbraun sind, dass sie fast schwarz wirken. Der Schein des Mondes wirft Schatten um seinen Körper und hebt seine maskuline Schönheit in all ihrer Pracht hervor. Er trägt Baumwollshorts, die ihm tief auf den Hüften sitzen; sonst nichts. Seine nackte Brust ist ein beeindruckender Anblick und zeugt von großem Einsatz im Fitnessstudio. Seine Bauchmuskeln sind so definiert, dass sie wie aufgemalt wirken. Aber es sind die Tattoos auf seiner Brust und seinen Unterarmen, die meine Aufmerksamkeit auf sich ziehen. Niemand von den Jungs auf der Rydeville High hätte den Mumm, sich tätowieren zu lassen. Es würde nicht zu ihrem Ruf passen, den sie sich alle so sorgfältig aufgebaut haben, oder zu den Plänen, die ihre Eltern für ihre Zukunft vorgesehen haben. Die Elite würde sich nicht mal im Traum auf so etwas Provinzielles herablassen.

Der Typ ist mir ein Rätsel und erste Anzeichen von Neugierde regen sich in mir.

Ich lasse meinen Blick über seinen hinreißenden Oberkörper wandern und richte meinen Fokus auf sein Gesicht. Er sieht mich aufmerksam an. Nimmt meinen Anblick in sich auf, als wolle er tief in mich hineinsehen und meine Seele bis in die tiefsten Winkel ergründen. Es juckt mich in den Fingern, die feinen Stoppeln an seinem Kinn und seinem Kiefer nachzufahren. Seine Haare zu verwuscheln, die oben länger und an den Seiten kurz geschoren sind.

Das Verlangen, seine wie gemeißelt wirkenden Wangenknochen zu erforschen und seine vollen Lippen zu kosten, überwältigt mich aus dem Nichts und erinnert mich daran, dass ich noch immer am Leben bin. Ich kann mich nicht daran erinnern, dass ich jemals nur durch den Anblick eines Kerls eine so starke körperliche Reaktion gezeigt habe. Keiner von den Jungs zu Hause hatte bisher eine so heftige Wirkung auf mich, außer Trent – er verschafft mir bereits mit einem knappen Blick eine Gänsehaut. Aber hier passiert das völlige Gegenteil davon.

Der Blick von diesem Fremden erhitzt mein Blut und jagt Verlangen durch meinen Unterleib. Ich neige den Kopf zur Seite, fasziniert und gefesselt, und habe meine ursprüngliche Selbstzerstörungsaktion nahezu vergessen.

Wir sprechen nicht. Wir starren uns nur an; ein elektrischer Funken lädt die Luft zwischen uns auf. Mein Körper erwacht aus seinem halb-komatösen Zustand und mir ist heiß und kalt zugleich. Ein Zittern ergreift von mir Besitz und ich schlinge die Arme um meine zierliche Gestalt, in dem verzweifelten Versuch, die beißende Kälte von mir fernzuhalten, die an meiner Haut nagt.

»Du musst dich aufwärmen.« Der Fremde streckt mir seine Hand entgegen. »Komm mit.«

Ohne Zögern umschließe ich seine Hand und gemeinsam gehen wir durchs Wasser zurück zum Ufer. Seine schwielige Handfläche drückt sich an meine Haut und sendet immer wieder ein heißes Prickeln entlang meines Armes. Wir schweigen, während wir aus dem Wasser waten und über den feuchten Sand zu einer kleinen Holzhütte ganz in der Nähe gehen. Sie ist mir nicht aufgefallen, als ich hergekommen bin, meine ganze Aufmerksamkeit galt einzig meinem Ziel.

Dünne Rauchschwaden dringen aus einem schmalen

Schornstein. Fasziniert beobachte ich die spiralförmig aufsteigenden Wölkchen, während wir Hand in Hand auf die Holzhütte zuschreiten. In der Ferne erkenne ich ein ausladendes Anwesen auf einem riesigen Grundstück, das zu dieser späten Stunde bereits im Dunkeln liegt.

Der Fremde drückt die Tür auf und tritt zur Seite, um mir Einlass zu gewähren. Ein Hitzeschwall von einem offenen Kamin streicht über mein Gesicht, und mein Körper entspannt sich das erste Mal seit Tagen. Die Hütte ist klein, aber gemütlich eingerichtet. Der Hauptraum besteht aus einer kompakten Küche mit einem Herd, einer Spüle und einer langen Anrichte, an der drei Stühle stehen. Auf der rechten Seite befinden sich ein Dreisitzer-Sofa, davor ein Couchtisch sowie ein Fernseher, der über dem Kamin angebracht ist. Ein weiterer Nebenraum lässt ein Schlafzimmer mit einem angrenzenden Badezimmer vermuten, und das war es auch schon. Mein Schlafzimmer ist größer als die gesamte Hütte, aber nicht mal halb so einladend.

Der helle Vorleger, der auf dem lasierten Holzboden liegt, der bunte, weich wirkende Überwurf des Sofas sowie eine Vielzahl an farbigen Kissen vermitteln den Eindruck eines behaglichen und heimeligen Zuhauses. Das alte Bücherregal, das in der schmalen Ecke zwischen Wand und Tür steht, ist voller Bücher, DVDs und Andenken, was eine traute Atmosphäre erschafft. Das einzige Licht stammt von den flackernden Flammen und einer altmodischen Lampe auf dem Couchtisch.

Der Fremde schließt die Tür und bugsiert mich vor das Kaminfeuer. Wie auf Autopilot hebe ich die Hände und genieße die Wärme, die sich um meine ausgekühlte Haut schmiegt. Der Fremde bewegt sich hinter mir, doch ich drehe mich nicht zu ihm um. Stattdessen bleibe ich vor dem Feuer stehen und gestatte den Flammen, meine nahezu erfrorenen Gliedmaßen wieder aufzutauen und die Eisschicht um mein Herz aufzubrechen.

»Setz dich hin«, befiehlt der Fremde mit rauer Stimme, die sich wie eine Decke um meinen Körper legt.

Ohne ein Wort sinke ich auf den Boden, ziehe die Beine zur

Brust, lege meine Arme um sie und sehe zu ihm hoch. Er setzt sich vor mich, löst sanft die Position meiner Beine und zieht eins davon auf seinen Schoß, während er meine feuchte Haut mit einem weichen blauen Handtuch abtrocknet. Wir starren einander während seines Tuns an, und wieder pulsiert diese Anziehung zwischen uns, die Zeuge einer unsichtbaren Verbindung zu sein scheint.

»Ich habe das Gefühl, dich von irgendwoher zu kennen, dabei bin ich sicher, dich noch nie zuvor gesehen zu haben«, gestehe ich, als ich schließlich meine Stimme wiederfinde.

Seine Hand auf meinem Fuß hält inne und der Blick aus seinen intensiven, schokoladenfarbenen Augen trifft den meinen. »Ich weiß«, erwidert er nach ein paar Sekunden.

Als er das Handtuch zur Seite wirft, rücke ich näher und knie mich vor ihn hin. Ich strecke meine Hand aus und berühre eine der beiden rasierten Seiten seines Kopfes. Dabei sehe ich ihn weiterhin unverwandt an. Lasse meine Finger über sein samtweiches Haar gleiten und zeichne die Linien seines Tattoos nach, die darunter erkennbar sind. Draußen war es zu dunkel, um es zu bemerken. Hier drinnen zieht es mich nur umso mehr in den Bann dieses geheimnisvollen, heißen Fremden, der aus dem Nichts aufgetaucht ist, um mich zu retten.

Das Tattoo hat die Form eines Kreuzes, und ich frage mich, ob es für ihn etwas Persönliches symbolisiert. Es ist höllisch sexy, und mein Körper scheint ganz automatisch auf ihn zu reagieren, denn ehe ich mich versehe, beuge ich mich bereits zu ihm.

Er zieht meine Hand von seinem Kopf weg und drückt einen federleichten Kuss auf die empfindsame Haut an meinem Handgelenk. Ich spüre die Berührung bis in die Zehenspitzen; seine Sanftheit steht in völligem Gegensatz zu seinem markanten Äußeren. Mit seinen definierten Bauchmuskeln, seinen muskulösen Armen und der tätowierten, sonnengebräunten Haut sieht er aus wie der Inbegriff des klassischen Bad Boys, vor dem jedes Mädchen gewarnt wird. »Warum warst du da draußen?«, will er wissen, ohne den Blick von mir zu lösen.

Ich könnte lügen, aber ich habe all die Lügen so satt.

Ich habe es satt, zu sagen, was von mir erwartet wird, und vorzugeben, jemand zu sein, der ich nicht bin. »Ich wollte einfach nichts mehr fühlen.«

Eine bedeutungsschwere Pause macht sich zwischen uns breit. Er starrt mich an und fragt sich zweifellos, ob ich das ernst gemeint habe. »Was hättest du getan, wenn ich nicht auf dich aufmerksam geworden wäre?«, bohrt er nach, als würde er versuchen, aus mir schlau zu werden.

Ich zucke mit den Schultern. »Wahrscheinlich wäre ich weitergegangen.« Hätte dem Meer erlaubt, mich mitzureißen, wie ich es ursprünglich vorgehabt hatte, als ich Oscar, meinem Bodyguard, entwischt und hergefahren bin.

»Wer bist du? Wie heißt du?«

Ich umfasse sein Gesicht und entscheide mich erneut für die Wahrheit. »Ich bin niemand. Ich bin unsichtbar. Ich existiere nicht, sondern bin nur da, um ihre Befehle zu befolgen.«

Eine leichte Falte bildet sich zwischen seinen Brauen. »Wenn du in Schwierigkeiten steckst, wenn ...«

»Nicht«, unterbreche ich ihn. »Ich möchte nicht darüber reden.«

Stille umgibt uns für einige Augenblicke. »Was möchtest du dann?«, fragt er und senkt dabei die Stimme ein wenig. Sein Tonfall klingt plötzlich verführerisch, auch wenn ich mir nicht sicher bin, ob das beabsichtigt ist.

»Ich möchte etwas Echtes fühlen«, antworte ich ohne jegliche Unsicherheit. »Ich möchte mich von diesen Ketten befreien, die meinen Körper fesseln. Mich so fühlen, als hätte ich die Kontrolle, auch wenn es nur eine Illusion ist.« Noch immer haben sich unsere Blicke nicht voneinander gelöst, und Elektrizität knistert in der Luft.

Er lässt seinen Blick über meinen Körper wandern und dieser bleibt schließlich auf meinen Brüsten haften, was meine Nippel hart werden lässt. Kurz betrachtet er meinen Mund, ehe er sich über die Lippen leckt und mir wieder in die Augen sieht. Schmetterlinge breiten sich flatternd in meiner Brust aus, während mein Herz immer schneller schlägt und sich mein Körper auf eine ganz neue Weise erhitzt. »Dabei kann ich dir behilflich sein.«

Dieses Mal gibt es keinen Zweifel an seiner Absicht. Meine Mitte zieht sich vor Verlangen zusammen, und ich gebe ihm mit meinem Blick meine Erlaubnis.

Langsam nickt er, ehe er mich auf seinen Schoß zieht und seine Arme um meine Taille legt. »Bist du dir sicher?«

Ich nicke ebenfalls. »Bitte sorg dafür, dass ich mich lebendig fühle. Dass ich mich wie ich selbst fühle. Erinnere mich daran, warum ich leben sollte.«

Das ist verrückt.

Ich kenne ihn nicht.

Er kennt mich nicht.

Dennoch fühle ich mich in diesem Moment lebendiger als all die Jahre davor.

Er kommt meinem Gesicht ganz nah und streift sachte mit dem Mund über meinen. Fast schon erleichtert sackt mein Körper in sich zusammen, und ich schließe kurz die Augen, ehe ich die Arme um seinen Nacken lege. Erneut treffen seine sinnlichen Lippen auf meine. Sein Mund bewegt sich gemächlich und verlockend, ganz ohne jede Hast.

Der Kuss ist anders als jeder Kuss, den ich bisher erlebt habe. Er kommt einer Verehrung gleich.

Trent küsst mit jahrelang aufgestauter Wut und Aggression. Seine Lippen fühlen sich bestrafend an, geben mir das Gefühl, innerlich tot zu sein. Die zärtlichen Küsse dieses Fremden entwirren die Knoten, die für gewöhnlich mein Innerstes umschlingen. Sie brechen durch die Mauern um mein Herz und machen es möglich, dass Wärme und Verlangen jeden einzelnen Teil von mir erfüllen.

Ich lasse zu, dass meine Lippen und mein Körper förmlich mit den seinen verschmelzen, und keuche auf, als ich seine harte Erektion gegen meine Weiblichkeit drängen spüre. Er bewegt sein Becken gekonnt und bedächtig vor und zurück, bis ein Verlangen in mir explodiert, das sich über jegliche Logik und Warnung meines gesunden Menschenverstandes hinwegsetzt.

Ich sollte das hier nicht mit einem Typen tun, den ich nicht kenne.

Es würde meinen Vater, meinen Zwillingsbruder Drew, und meinen Verlobten Trent zur Weißglut bringen, wenn sie mich hier so sähen, doch der Gedanke daran spornt mich nur noch mehr an und festigt meine Entschlossenheit.

Mich noch immer an sich gepresst, steht der Fremde auf, und ich klammere meine Beine um seine Hüften, als er mit mir auf sein Schlafzimmer zugeht. Unsere Münder trennen sich keine Sekunde, auch nicht, als er mich auf das Bett legt, und wir beginnen, uns gegenseitig auszuziehen.

Ich habe mich noch nie vor einem Mann entblößt. Trent versucht regelmäßig, mich auszuziehen, aber ich genieße es, ihm diese Sache zu verweigern. Nun spreize ich ohne jegliche Anzeichen von Nervosität oder Verletzlichkeit die Beine für diesen wild anmutenden, schönen Fremden, und bewundere seinen Wahnsinnskörper, als er ein Kondom aus der Schublade seines Nachttischs hervorholt und es über die beeindruckende Länge seines Glieds streift.

Wir sprechen nicht miteinander, aber Worte sind auch völlig überflüssig. Er kniet sich zwischen meine Schenkel und nähert sich mit seinem heißen Mund meiner Pussy. Verwöhnt mich mit seiner Zunge und seinen Fingern und bringt mich beinahe dazu, vom Bett abzuheben. So etwas hat bisher noch nie jemand bei mir gemacht. Die lustvollen Empfindungen, die durch meinen Körper jagen, sind völlig neu für mich.

Als ich schließlich nach dem besten Orgasmus meines Lebens wieder zu mir komme, hat sich der Fremde bereits über mir positioniert. Er streichelt über meine kleinen Brüste und küsst mich leidenschaftlich. Raue Finger liebkosen meine Nippel, als würde er an den Seiten einer Gitarre zupfen. Geschickt rollt er sie zwischen seinen Fingern hin und her, bis sie sich zu harten Knospen aufgerichtet haben. Es dauert nicht lang, bis ich mich erneut vor Verlangen unter ihm winde.

Dann spüre ich ihn an meinem Eingang. Kurz verharrt er und sieht mich an. »Bist du sicher, dass du das hier möchtest?«, fragt er, und ein weiterer Splitter des Eisblocks, der mein Herz umfängt, schmilzt dahin.

Niemand hat sich je darum gekümmert, mich zu fragen, was ich brauche oder möchte. Als ich seine aufrichtige Besorgnis erkenne, schießen mir Tränen in die Augen. »Ja, ich möchte das hier mit dir tun.«

Sein Blick ist unverwandt auf mich gerichtet, als er langsam in mich eindringt. Auf halbem Weg hält er inne und streicht mir über die Wange. »Du bist so wunderschön«, sagt er und schiebt sich weiter in mich. »Und so eng.« Er spannt seine Kiefermuskeln an, und ich erkenne, dass er um Zurückhaltung ringt. Als er ein weiteres Stück in mich eindringt, schießt ein kurzer, scharfer Schmerz durch meinen Körper, und ich zucke zusammen.

Er reißt die Augen auf und hält in seiner Bewegung inne. Schock spiegelt sich auf seinem Gesicht. »Du bist noch Jungfrau?«, fragt er überrascht.

Ein Lächeln legt sich um meinen Mund. »Das war ich.«

»Fuck.« Er beugt sich vor und küsst mich auf eine süße Weise, dass ich glaube, gleich losweinen zu müssen. »Das hättest du mir sagen sollen.«

Damit du dann deine Meinung geändert hättest? Wohl kaum.

Die Vorstellung, meine Jungfräulichkeit an diesen Psychopathen Trent zu verlieren, war einer der Hauptgründe, der mich heute Abend ins Wasser trieb. Ich halte meinen Verlobten seit Jahren auf Abstand, doch angesichts der immer näher kommenden Hochzeit werde ich das nicht mehr lang tun können. Ihm diesen Sieg vereitelt zu haben, lässt diesen Moment umso wertvoller erscheinen. Und dennoch geht es hier um viel mehr als darum, Trent zu hintergehen.

Ich möchte diesem tollen Fremden meinen Körper schenken. Möchte diese eine Nacht genießen und mir etwas nur für mich nehmen, ehe ich in den goldenen Käfig zurückkehre, in dem ich lebe.

»Es ist nicht wichtig«, sage ich und drücke ihm ermutigend mein Becken entgegen. »Ich möchte das. Mit dir. Und zwar genau jetzt. Es hat für mich schon lange nichts mehr so viel Sinn ergeben, wie das hier.«

Er betrachtet mich für einen langen Moment. Ich befürchte

bereits, dass er sich wieder aus mir zurückziehen und seine Meinung ändern wird. Doch dann dringt er gänzlich in mich ein und ich muss einen Schmerzensschrei hinunterschlucken.

Liebevoll verteilt er kleine Küsse auf meinem Hals bis hinunter zu meinem Schlüsselbein, knetet sanft meine Brüste und bewegt sich sachte in mir. »Ich behalte einen langsamen Rhythmus bei, bis es nicht mehr wehtut«, flüstert er an meiner überhitzten Haut. »Und wenn du möchtest, dass ich aufhöre, werde ich das tun.«

»Ich möchte nicht, dass du aufhörst«, antworte ich und streiche mit den Fingern durch die längeren Strähnen seines dunklen Haars, die ihm in die Stirn und über seine markanten Brauen fallen. »Mach weiter.«

Und dann macht er Liebe mit mir. Erst als ich ihm bestätige, dass es nicht mehr wehtut, wird er schneller. Er ist niemals grob, sondern achtet auf meine Bedürfnisse, und bringt mich zu einem weiteren Orgasmus, während auch er seinen Höhepunkt erreicht.

Ein paar Stunden später liege ich an seinen warmen Körper geschmiegt, lausche seinem beruhigenden Herzschlag, sehe, wie sich seine Brust im Schlaf hebt und senkt, und wünsche mir, ich könnte für immer hier bei ihm in dieser kleinen Strandhütte bleiben. Zugleich ist mir bewusst, dass es sich dabei nur um Wunschdenken handelt. Eine Fantasie, die ich nicht in Erwägung ziehen kann. Einen Menschen in mein Leben zu lassen, bedeutet zugleich, sein Leben aufs Spiel zu setzen. Und das wäre ein armseliger Weg, diesen Mann zu belohnen, der mir eine Nacht geschenkt hat, die ich für alle Zeit in meinem Herzen tragen werde. Auch wenn ich es hasse, ihn zu verlassen, ist es so das Beste.

Er darf niemals wissen, wer ich bin, oder die Konsequenzen dessen erfahren, was wir gerade getan haben.

Widerwillig setze ich mich auf und klettere vorsichtig aus dem warmen Bett und seinem Leben. Während ich mich anziehe, stelle ich mich innerlich darauf ein, ihn zurückzulassen, und spüre einen Stich von überwältigender Traurigkeit.

Er sieht im Schlaf friedlich aus. Wie ein tätowierter Schutzengel, der im perfekten Moment aufgetaucht ist, um die Dinge ins rechte Licht zu rücken. Wäre ich heute Nacht meinen Plänen gefolgt, hätten sie gewonnen. Das hätte meine tote Mutter nicht für mich gewollt, das weiß ich.

Ich bin stärker als das.

Ich mag eine Schachfigur in einem Spiel sein, das ich nicht spielen möchte, aber das bedeutet nicht, dass ich nicht gewinnen kann. Ich muss mir nur eine Strategie zurechtlegen. Meinen Sieg planen, damit ich der leidvollen Zukunft entkommen kann, die vor mir liegt. Entschlossenheit jagt durch meine Venen, und ich lächle den schönen Mann liebevoll an. Er hat mir so viel mehr gegeben, als nur seinen Körper. »Danke«, wispere ich und hauche einen Luftkuss in seine Richtung. Ich wünschte, ich könnte seine Lippen ein letztes Mal kosten, aber ich möchte ihn nicht wecken. Es ist besser, nun zu gehen.

Ich habe die Hand bereits um den Türknauf geschlossen, als ich auf dem Couchtisch einen Bleistift und einen Skizzenblock erblicke. Ohne mein Handeln zu hinterfragen, reiße ich das Ende einer leeren Seite ab und schreibe ihm eine kurze Nachricht.

Dir ist das vielleicht nicht bewusst, aber du hast mein Leben heute Nacht in mehr als nur einer Hinsicht gerettet. Du hast mich daran erinnert, warum es wichtig ist, zu überleben. Mir die Kraft gegeben, für die Dinge zu kämpfen. Außerdem hast du mir eine kostbare Erinnerung geschenkt, die ich bis an mein Lebensende in meinem Herzen tragen werde.

Danke. A.

Als ich die Tür hinter mir schließe und zurück zu meinem Wagen gehe, zurück in mein gehasstes Leben, ist mir klar, dass ich für alle Zeit an diese besondere Nacht zurückdenken werde.

Nicht bewusst ist mir jedoch, dass die Nacht mit diesem Fremden Dinge angestoßen hat. Dinge, die nicht mehr rückgängig gemacht werden können. Und dass ich ihn eines Tages hassen und es bereuen werde, ihm meine Jungfräulichkeit geschenkt zu haben.

1. KAPITEL

»Fass mich nicht an!« Ich schubse gegen Trents breite Schultern und dränge ihn ein paar Schritte zurück. Sofort baut er sich wieder vor mir auf und schiebt mir sein Gesicht entgegen. »Diese verfluchte frigide Darbietung wird langsam alt, *Liebling*«, spottet er und betont das letzte Wort besonders deutlich, damit mir sein Hohn auch ja nicht entgeht.

Äußerlich gesehen ist Trent ein toller Mann. Er hat goldblondes Haar, bemerkenswerte blaugraue Augen, einen markanten, männlichen Kiefer, hohe Wangenknochen und einen beeindruckenden Körper, der an all den richtigen Stellen muskulös ist. Der Charakter hinter seinem Äußeren ist jedoch abstoßend und unwiederbringlich verloren.

Glaubt mir, ich hab's versucht. Als mir klar wurde, dass ich diesen Idioten nicht mehr loswerde, habe ich alles Menschenmögliche in Bewegung gesetzt, um die besten Seiten in ihm zum Vorschein zu bringen. Aber ich kann nichts hervorholen, was nicht existiert.

Trent ist kein netter Kerl.

Trent ist kein anständiger Kerl.

Trent verkörpert alles, was mit der Gesellschaft, in der wir leben, nicht stimmt. Alles, vor dem ich schreiend davonrennen will. Allerdings habe ich schon lange keine Kontrolle mehr über mein Leben. Ich befinde mich auf diesem dahinrasenden Zug, egal, wie sehr ich abspringen möchte.

Seine Hände bohren sich in meine Hüften und er stößt mit seiner nicht zu übersehenden Erektion gegen meinen Bauch. Ich muss mir große Mühe geben, meinen Ekel zu unterdrücken. Zwar reizt es mich, Trent zu provozieren, aber er hat getrunken und ich erinnere mich noch gut daran, was bei unserer letzten Auseinandersetzung passierte, als er betrunken war. Ein Schauder kriecht meine Wirbelsäule hoch, als ich daran denke, wie er seinen Schwanz in meinen Mund rammte. Er hockte auf meiner Brust, presste mich mit seinem Gewicht auf das Bett und fickte ohne Gnade meinen Mund.

Wie kann ein Kerl so engelsgleich aussehen und gleichzeitig so bösartig sein?

Trent reibt sich an mir, betatscht meine Brust und sabbert meinen ganzen Hals voll. Auf den ersten Blick wirkt sein Mund wie zum Küssen gemacht. Bis er ihn öffnet und diese Illusion zerstört.

Trent ist der typische reiche Bengel. Verwöhnt, arrogant und schmierig. Er hatte es in seinem Leben immer einfach, hat alles auf einem Silbertablett serviert bekommen und denkt, im Gegensatz zu anderen würde seine eigene Scheiße nicht stinken. Es gibt kaum jemanden, der sich nicht überschlägt, um ihm alles recht zu machen. Insbesondere die Gruppe von Frauen, die regelmäßig um einen temporären Platz in seinem Bett kämpft, was sein Ego irgendwo im Orbit schweben lässt. Das ist mit ein Grund, warum er mein fehlendes Interesse an sich und meine Verachtung ihm gegenüber nicht verstehen kann. Insbesondere, da wir verlobt sind und nächstes Jahr vor den Traualtar treten sollen.

»Stopp!« Ich drücke gegen seine Brust und zwinge ihn auf diese Weise, seinen abscheulichen Mund von mir zu lösen. »Mein Vater ist zu Hause. Alles, was es braucht, ist ein Schrei«, drohe ich ihm.

Er verengt die Augen und verzieht die Lippen zu einem bösartigen Grinsen. »Hast du schon vergessen, dass dein lieber Daddy unseren Hochzeitsdeal ausgehandelt hat? Oder warum er alles tun wird, dass diese auch stattfindet?« Er macht einen Schritt nach vorn und erobert seinen Platz zurück.

Ich bohre ihm einen Finger in die Brust. »Hast du vergessen, dass dein Vater derjenige war, der darauf bestand, dass ich bis zu unserer Hochzeitsnacht Jungfrau bleibe?« Ich betrachte sein boshaftes Grinsen und erwidere es selbstgefällig. »Oder hat er diese uralte Regel inzwischen geändert, nur weil du deine Grapsch-Finger nicht im Zaum halten kannst?« Ich recke das Kinn in die Luft. »Ruf eine deiner Fickfreundinnen an. Ich bin sicher, dass sie glücklich darüber sein wird, deinen Schwanz zu lutschen.«

Trent schmunzelt, als er sein Handy hervorholt und es sich ans

Ohr hält.

Ich verschränke die Arme vor der Brust und warte darauf, dass die Scharade ihren Lauf nimmt. Mich amüsiert, dass er wirklich denkt, es würde mir etwas ausmachen.

Eilmeldung: Es könnte mir nicht gleichgültiger sein.

»Ich brauche deinen Arsch«, bellt er ins Handy und versucht nicht einmal so zu tun, als handle es sich um mehr als einen *Booty Call*. »Nein, Rochelle. Ich meine das im wahrsten Sinne des Wortes: Ich brauche deinen Arsch und werde dir heute Abend alle deine Löcher stopfen, Baby. Mach dich bereit.«

Arschloch. Er weiß, was ich von dieser Bitch halte.

Ich beiße die Zähne zusammen und kämpfe darum, meine Wut zu beherrschen. Mir ist bewusst, dass Trent ständig in der Gegend herumvögelt. Das interessiert mich allerdings kein bisschen. Ich erschauere, als ich mir vorstelle, was ohne seine Fickfreundinnen passieren würde. Trotz der Heiratsvereinbarung über meine Jungfräulichkeit, die Christian Montgomery und mein Vater ausgehandelt haben, als ich zehn war – *ja, zehn* –, belästigt mich Trent seit zwei Jahren damit, dass er Sex will.

Hin und wieder bin ich so edelmütig und blase ihm einen. Doch für gewöhnlich nimmt er sich einfach, was er will. Er ist ein egoistischer Bastard, meine Bedürfnisse sind ihm scheißegal. Was bedeutet, dass er normalerweise meinen Mund vögelt und mich zum Schlucken zwingt, während er in meine Nippel zwickt, bis sie manchmal sogar zu bluten anfangen. Wenn er getrunken hat, ist es noch viel schlimmer, deshalb habe ich auch eine ungefähre Ahnung, was Rochelle erwartet, wenn er zu ihr kommt. Ich kann mich allerdings nicht dazu durchringen, Mitleid mit ihr zu empfinden. Rochelle ist das, was für mich einer Erzfeindin an der Rydeville High am nächsten kommt. Trent weiß, wie sehr wir einander hassen, deshalb ruft er sie auch absichtlich in meinem Beisein an.

Wenn man zu den Nachfahren der Gründerfamilien gehört, ist es zwangsläufig Pflicht, den äußeren Schein zu wahren. Das wurde Trent, Drew, Charlie und mir bereits seit unserer Kindheit eingebläut. Mein Vater ist das perfekte Beispiel für einen Mann, der nach außen hin den perfekten Bürger mimt, während er sich hinter verschlossenen Türen wie eine männliche Hure verhält.

Jeder weiß, dass mich Trent betrügt, doch solang er diskret ist, ist das nicht verboten.

Drew ist ebenfalls verlobt, allerdings behandelt er seine Verlobte mit Respekt, während sich Charlie nicht dazu herablässt, mit Highschool-Mädchen ins Bett zu gehen. Würden sie jedoch herumhuren, wann immer ihnen der Sinn danach stünde, würde man ihnen dafür auch noch auf den Rücken klopfen.

Jane und ich können kaum allein auf die Toilette gehen, ohne dass uns jemand im Nacken sitzt. Jane Ford ist meine beste Freundin – *meine einzige Freundin* – und sie ist zudem Drews Auserwählte. Meinem Zwillingsbruder und mir stehen jeweils arrangierte Ehen bevor, sobald wir ein paar Wochen nach unserem achtzehnten Geburtstag unseren Abschluss in der Tasche haben. Das verdanken wir den *Business*-Deals, die unser Vater mit den anderen elitären Patriarchen gemacht hat.

Dass Trent mir diese Vereinbarung unter die Nase reibt, ist nicht gerade gentlemanlike, aber unter anderen Umständen wäre es mir egal. Rochelle geht mir jedoch auf die Nerven. Sie stichelt herum, obwohl das gegen den Kodex verstößt, wirft mir gehässige Blicke zu, wenn die Jungs nicht hinsehen, und spielt mir alberne Streiche, indem sie irgendwelchen Scheiß in meinen Spind stopft. Vermutlich denkt sie, sie wäre von Bedeutung, weil Trent ab und zu mit ihr in die Kiste steigt. Und ja, hin und wieder erweist sie sich tatsächlich als nützlich.

Wie jetzt zum Beispiel.

Wenn Trent denkt, ich würde meine Meinung ändern, weil er vorhat, mit meiner Feindin zu vögeln, wird er sich wundern. »Tob dich aus, du Hengst«, ermuntere ich ihn und lächle ihn freundlich an. »Aber sieh zu, dass du dir etwas drüberziehst, bevor du es ihr besorgst. Nicht, dass du dir eine Geschlechtskrankheit einfängst.«

Lachend wirft Trent den Kopf zurück. »Eifersüchtig?«

Nein. Definitiv nicht.

Er packt meinen Arm und zieht mich an seinen harten Körper.

»Ich werde die Schlampe fallen lassen. Spreiz einfach deine hübschen Beine und lass dich von mir nehmen.« Er beißt mir in die Unterlippe und zieht daran, bis ich blute.

»Ich werde niemals freiwillig mit dir Sex haben.« Ich versuche mich aus seinem Griff zu befreien, aber es ist sinnlos. Er ist viel zu stark. Trent könnte mich ganz einfach überwältigen, was bereits öfter passiert ist, als ich zählen kann. »Du widerst mich an.« Ich starre finster zu ihm auf. Seine Nasenflügel beginnen zu beben und er umschließt meinen Oberarm noch fester. »Du wirst mich dazu zwingen müssen, wenn du Sex haben willst. Ich werde es dir niemals einfach machen.« Seine Finger bohren sich in mein Fleisch. Er tut mir weh, allerdings weigere ich mich, aufzuschreien und Anzeichen von Schwäche zu zeigen.

»Du sagst das, als würde mich das abturnen.« Er stößt seine Erektion gegen meinen Bauch und wandert mit einer Hand zu meinem Po, um mich zu packen. »Als würde mich das aufhalten.« Mit den Fingern zeichnet er durch meine Kleidung die Spalte zwischen meinen Pobacken nach, und ich zucke zusammen. »*Hate-Sex* ist der beste Sex«, sagt er und drückt seinen Mund heftig auf meinen.

Ich presse die Lippen zusammen, verwehre ihm den Einlass. Weigere mich, seinen Kuss zu erwidern, der immer brutaler wird, als würde er mich mit seinem Mund bestrafen. Er beißt mir in die Lippe, bis ich Blut schmecke, aber ich gebe nicht nach. Ich kenne sein Spielchen bereits.

Als er sich zurückzieht, sind seine Augen fast schwarz vor Wut. Er greift mir in den Schritt, drückt kräftig zu, und Schmerz schießt durch meine Mitte. »Das hier gehört mir und ich werde es mir holen. Ich werde dich auseinandernehmen und in Stücke reißen, bis deine Gegenwehr sinnlos ist.« Er schubst mich mit solcher Kraft von sich, dass ich die Balance verliere und zu Boden falle.

Vermutlich wird er diese Drohung tatsächlich in die Tat umsetzen, wenn er herausfindet, dass ich nicht mehr unberührt bin. Aber damit setze ich mich auseinander, wenn es so weit ist.

»Was zum Teufel soll das, Mann?« Drew stürmt ins

Schlafzimmer und stößt Trent beiseite, das Gesicht vor Wut verzerrt. »Wie oft zur Hölle muss ich es dir noch sagen?«, brüllt er und hilft mir hoch. Dann drückt mich mein Zwillingsbruder beschützend an seine Seite und betrachtet finster das Blut, das meine Lippen bedeckt. »Hör mit diesem Scheiß auf oder wir sind fertig miteinander, Trent. Ich meine es dieses Mal verdammt ernst.«

Trent bedenkt Drew mit einem amüsierten Grinsen. »Du sagst das, als hättest du in dieser Sache eine Wahl. Wir stecken bereits unser ganzes Leben da drin. Ihr habt mich an der Backe, ob es dir und deinem Miststück von Schwester gefällt oder nicht.«

»So kannst du nicht mit Abby reden, und ich werde auch nicht zulassen, dass du sie so behandelst.«

Trent baut sich vor Drew auf. »Sie gehört mir. Ich kann mit ihr machen, was ich will. Halt dich gefälligst raus. Ich sage dir auch nicht, was du mit Jane tun sollst.«

»Weil ich Jane mit Respekt behandle«, kontert Drew und fährt sich mit einer Hand durch sein dunkelbraunes Haar.

Trent schnaubt. »Du stehst so dermaßen unterm Pantoffel. Es ist mir schleierhaft, warum du dich ein Leben lang an die gleiche Pussy binden willst.« Er klopft Drew auf den Rücken und schüttelt den Kopf. »Du solltest so viele *Chicks* knallen, wie du kannst, bevor du sesshaft wirst.«

»Das ist widerlich.« Ich stelle mich zwischen die beiden. »Du bist widerlich, Trent. Die beiden lieben einander, deshalb ist das so zwischen ihnen.« Mir ist klar, dass Liebe ein fremdes Konzept für ihn ist. Dennoch missfällt mir, dass er sich meinem Bruder gegenüber derart überlegen verhält. Als hätte er eine Auszeichnung dafür verdient, ein Player zu sein. »Geh, Trent.« Ich schiebe ihn Richtung Tür. »Geh zu deiner Schlampe und fick sie in den Arsch. Es kümmert mich nicht.«

»Du gehst zu Rochelle?«, fragt Drew und zieht eine Braue in die Höhe.

»Deine Schwester macht ihre Beine wieder einmal nicht breit und ich bin geil.« Er zwinkert mir zu. »Glück für Rochelle.«

»Wir hatten eine Abmachung«, protestiert Drew, und davon

höre ich zum ersten Mal. »Und du brichst sie gerade.«

»*Du* hast entschieden, dass ich die Finger von Rochelle lassen soll. Ich habe meine Meinung dazu nicht geäußert.« Er schlendert zur Tür, und ein wenig von der Anspannung in meinen Schultern löst sich. »Überzeug deine Schwester davon, mich ranzulassen, dann überlege ich es mir vielleicht«, sagt er über seine Schulter hinweg, ehe er den Raum verlässt. Das Geräusch seiner Schuhe hallt auf dem Flur wider, als er davongeht.

Langsam dreht sich Drew zu mir um und betrachtet mich. »Hat er dich noch wo verletzt?« Er zieht ein Taschentuch aus der Gesäßtasche seiner Anzugshose und tupft damit über meine Lippe.

Die Jungs waren mit ihren Vätern bei einer Veranstaltung im Herrenclub in Downtown. Deswegen ist Drew angezogen, als würde er auf eine Beerdigung gehen. Das ist auch der Grund, warum Trent betrunken ist. Ich hasse es, wie Frauen innerhalb der elitären sozialen Kreise behandelt werden, aber es gibt auch Momente, in denen ich froh bin, dass wir von solchen Sachen ausgeschlossen sind.

Ich schnaube. »Das musst du noch fragen?« Ich schiebe die kurzen Ärmel meines Kleids nach oben und streiche mit einem Finger über die blauen Flecken, die sich bereits auf meinem Oberarm abzeichnen.

Trent hinterlässt nie eine Spur dort, wo es sichtbar wäre. Es geht immer darum, den Anschein zu wahren – ein weiteres Merkmal, das er mit meinem Vater gemeinsam hat. Das Psychopathen-Gen, das teilen sie sich offenbar. Zum Glück scheint Drew dem entgangen zu sein, auch wenn er genauso arrogant und machtversessen ist wie unser herzallerliebster Vater. Er hat also definitiv etwas von seiner DNA geerbt. Ich glaube gern daran, dass in mir mehr von Mom steckt.

Drew reibt einen Punkt zwischen seinen Brauen. Er wirkt angespannt. »Er ist wegen dieses anstehenden Trips aufgebracht.«

Die Jungs fahren nächste Woche nach Parkhurst. Dort befindet sich so ein beschissenes elitäres Trainingscamp, an dem sie ein paarmal im Jahr teilnehmen. Auch wenn die Jungs auf das College gehen werden, sobald sie im kommenden Mai die Highschool beendet haben, werden sie zudem eine offizielle Position in ihrem jeweiligen Familienunternehmen übernehmen und mehr öffentliche Verpflichtungen wahrnehmen müssen. Dieser einmonatige Campaufenthalt ist Teil ihrer Vorbereitung darauf.

»Versuch nicht, sein Verhalten zu entschuldigen.« Ich drehe mich um und halte mein Haar hoch.

Drew öffnet den Reißverschluss meines Kleids und richtet den Blick seiner warmen, braunen Augen gen Boden, während ich mich ausziehe und in mein Seidennachthemd schlüpfe. »Das mache ich nicht. Du verstehst den Druck nicht, der auf unseren Schultern lastet.«

Ruckartig drehe ich mich wieder um und funkle ihn wütend an. »Sprich mit mir nicht über Druck! Immerhin kannst du Karriere machen und dir ein Leben aufbauen! Welche Wahlmöglichkeiten habe ich?« Ich wedle mit den Händen in der Luft herum.

»Du kannst dich aufs College freuen und Christian Montgomery hat sich damit einverstanden erklärt, dass du bis zu deinem Abschluss warten kannst, bevor du einen Erbfolger auf die Welt bringst.«

»Soll ich dafür auch noch dankbar sein?«, schreie ich, auch wenn mir klar ist, dass ich meine Wut an der falschen Person auslasse.

»Dir wird es an nichts fehlen, Abby.« Er umfasst sanft mein Gesicht. »Du und Trent, ihr werdet wunderschöne Babys zusammen machen.«

Ich schubse ihn von mir, angeekelt von der Wende, die unser Gespräch genommen hat. »Verschwinde, Drew. Ich kann das heute Nacht nicht hören.«

Er verzieht das Gesicht zu einer Grimasse. »Hör auf, so eine jammernde Zicke zu sein«, fährt er mich an. »Du weißt, wie wichtig die Allianz mit den Montgomerys ist. Wir haben beide unsere Rollen zu spielen.«

Ich ziehe die seidigen Bezüge meines Himmelbetts zurück und krieche darunter. Dieser Tag muss endlich ein Ende haben. »Ich weiß, Drew. Das höre ich bereits mein ganzes Leben lang. Es ist nicht nötig, dass du es ständig wiederholst.«

»Mit Sicherheit ist das nötig.« Er setzt sich auf die Bettkante und seine Verärgerung scheint verraucht. »Du hast zu viel von Mom in dir. Ich sehe doch, wie gern du rebellieren würdest.« Er deckt mich zu, so wie er das nach Moms Tod immer gemacht hat, wenn ich Albträume hatte. Damals kroch er immer zu mir unter die Bettdecke. »Aber das kannst du nicht, Abby. Hör auf, gegen Trent anzukämpfen. Gib ihm, was er will, und er wird sich verändern. Er möchte nur, dass du ihn liebst.«

»Er möchte mich nur ins Bett kriegen«, erwidere ich.

»Ist das so eine schlimme Sache?«

»Sein Schwanz ist durch und durch verdorben und seine Berührungen verursachen mir Gänsehaut, die Antwort ist also ein klares *Ja*.« Drew seufzt. »Vielleicht wären die Dinge zwischen uns anders, wenn er nicht immer so aggressiv mit mir umgehen würde. Wenn er mich so respektieren würde, wie du Jane, aber das tut er nicht, also ist es eben, wie es ist.«

Zwar ist die Ford-Familie keine der Gründerfamilien, aber ihre Mitglieder werden in den höheren Rängen der elitären Gesellschaft respektiert, besser bekannt als *der innere Zirkel*. Unser Vater ist versessen auf eine formale Allianz. Eine Hochzeit zwischen diesen beiden Familien wird diese sicherstellen.

Janes Vater hat ebenfalls auf eine Jungfräulichkeitsklausel beharrt, aber Drew und Jane stehen unglaublich aufeinander und konnten nicht warten. Anders als ich liebt Jane ihren Vater und möchte ihn nicht enttäuschen, daher weiß er nichts davon, dass sie mit meinem Bruder schläft. Jedes Mal, wenn Jane bei uns übernachtet, nehmen ihre Eltern an, sie wäre bei mir, aber normalerweise schläft sie in Drews Bett. Mein Vater unterstützt diese Sache. Er liebt es, Mr Ford eins auszuwischen. Darüber hinaus ist er ein Perversling. Das private Sexzimmer in unserem Keller beweist das.

Wenn ich meinen Bruder und Jane zusammen sehe, verliebt und einander anhimmelnd, als existiere außer ihnen niemand sonst auf der Welt, fühle ich einen seltsamen Stich der

Eifersucht. Wären Trent und ich ineinander verliebt, würde ich ihn gern in mein Bett lassen. Aber das ist nicht der Fall. Ich verabscheue ihn abgrundtief und werde niemals freiwillig mit ihm schlafen.

»Mach nur nichts Dummes, Sis.« Drew drückt mir einen Kuss auf die Stirn. »Wir haben bereits Mom verloren und ich könnte es nicht ertragen, dich ebenfalls zu verlieren.«

»Das werde ich nicht«, lüge ich, setze mich auf und umarme ihn. »Aber ich werde auch nicht Trents Fußabstreifer sein.«

»Lass ihn rein, Abby«, bittet mich Drew eindringlich. »Das wird dir das Leben so viel leichter machen.«

Mein Bruder zieht hinter sich die Zimmertür ins Schloss, und ich frage mich, ob in seinen Worten ein Funken Weisheit stecken könnte und ich ein paar Änderungen an meinem Plan vornehmen sollte.

2. KAPITEL

»Ich kann nicht glauben, dass du Freitag für einen ganzen Monat wegfährst.« Jane verzieht die Lippen zu einem Schmollmund und klammert sich an Drew, während wir an unserem ersten Tag zurück in der Rydeville High vom Parkplatz zum Eingang gehen.

Es ist unser Abschlussjahr.

Unser letztes Jahr hier, bevor wir die Highschool beenden und anschließend auf den privaten Collegecampus auf der anderen Seite der Stadt ziehen werden. »Ich werde dich vermissen.«

Drew legt seinen Arm noch enger um ihre Schultern. »Ich werde dich ebenfalls vermissen, Babe.« Er drückt ihr einen Kuss auf den Kopf und sie schmiegt sich an ihn.

»Wirst du mich vermissen?«, fragt Trent in rauem Tonfall und hält meine Taille im Gehen fest umklammert.

Die frühe Morgensonne bringt den massiven Diamantring an meinem Finger zum Funkeln, als würde mir das Universum ein gewaltiges *Fuck you* zusenden. »So sehr, wie ich Schnee an einem traumhaften Sommertag vermisse«, kontere ich und ernte von ihm einen finsteren Blick.

Drew sieht mich über seine Schulter hinweg warnend an, und ich erinnere mich an das Versprechen, das ich mir selbst gestern Nacht gegeben habe. Ich dränge die aufsteigende Übelkeit in mir zurück, lege Trent meinen Arm um die Mitte und schenke ihm ein liebliches Lächeln. »Das war gemein von mir. Entschuldige. Natürlich werde ich dich vermissen.«

Trent verengt misstrauisch die Augen, während Charlie, auch bekannt als Charles Barron der III., schmunzelt. »Deine Schauspielkünste könnten ein wenig Politur gebrauchen«, neckt er mich und glättet mit einer Hand seine zurückgegelten tiefschwarzen Haare.

»Ich werde gleich daran feilen«, witzle ich, als Trent seine Finger in meine Taille gräbt.

Als wir den Haupteingang erreichen, teilt sich die Menge, und macht Platz, um der Elite den Vortritt in das Gebäude zu überlassen. Ein ehrfürchtiges Raunen schwillt an, als wir die Stufen zu den Eingangstüren hinaufsteigen. Die Jungs nicken ein paar Leuten aus dem inneren Zirkel zu, als wir an ihnen vorbeigehen. Kaum haben wir die oberste Stufe erreicht, erscheint Rochelle auf fast schon magische Weise wie ein unerwünschter Geist. Sie leckt sich über die Lippen und öffnet einen weiteren Knopf ihres weißen Uniformoberteils, um noch mehr Dekolleté zu zeigen. Dabei grinst sie Trent an. »Hey, Baby.«

Drew entzieht sich Janes Umarmung, drängt Rochelle zur Seite und blickt meinen Verlobten böse an. Trent hält mich weiter eng an sich gedrückt, als er sich vor dem Mädchen aufbaut, das er gestern Nacht gefickt hat. »Wie hast du mich gerade genannt?«, fragt er leise, während ein Muskel an seinem Kiefer zu zucken beginnt. Ihr Lächeln zerbröckelt. »Und was lässt dich denken, dass du mit mir reden kannst?« Sie schluckt sichtbar und sieht mit einem flehenden Ausdruck zu Drew und Charlie hinüber. »Sieh die beiden nicht an. Sie werden dir nicht helfen.« Trent umfasst ihr Kinn, ohne seinen anderen Arm von meiner Taille zu lösen. »Also, hast du irgendetwas zu sagen?«

»Es tut mir leid, B... Trent. Ich dachte nur, nach gestern Nacht ...«

Trent lässt mich los, packt ihren Hals und drängt sie in das Gebäude. Drew, Jane und Charlie folgen uns hinein, die Menge im Schlepptau. »Lass mich eins klarstellen«, knurrt Trent und schubst sie gegen die Wand in ihrem Rücken. »Du bedeutest mir absolut nichts. Du bist für mich nichts weiter als ein Fickloch, wenn mir langweilig ist oder ich betrunken bin. Und im Übrigen bist du nicht mal ein guter Fick.«

Ihre Augen werden riesengroß und ihre Haut bläulich-grau, als Trent seinen Griff um ihren Hals noch verstärkt. »Wenn du mir oder meiner Verlobten jemals wieder in der Öffentlichkeit so respektlos begegnest, werde ich deinen Schlampenarsch im Wald begraben und die Tiere das Fleisch von deinen verrottenden Knochen fressen lassen.« Noch einmal verstärkt er den Druck auf ihren Hals, ehe er sie loslässt. Ihre Augen füllen sich mit

Tränen und sie hebt ihre Hand, um den Schmerz an ihrer Kehle zu lindern. »Du bist nichts. Du bist der Dreck unter meinen Schuhen. Weniger als unbedeutend. Hast du verstanden?«, fragt er herausfordernd und starrt sie mit einem durchdringenden Blick an.

Rochelles Unterlippe zittert, als sie nickt, und Angst spiegelt sich in ihren Augen.

Das ist der Grund, warum es Regeln und soziale Stellungen in unserer Gesellschaft gibt. Warum Mädchen aus den niederen Rängen – jenen des neuen Geldes – selten die Aufmerksamkeit der Elite erhalten. Seit dreihundert Jahren kontrollieren unsere Familien Rydeville, und jede Generation beherrscht während ihrer Teenagerjahre uneingeschränkt die Rydeville High. Das ist mehr als eine Tradition. Hier ist es das Gesetz. Eltern, die ihre Kinder an dieser Schule anmelden, wissen um diese Hierarchie Bescheid. Sie kennen die Geschichten unserer Familien und wissen, dass es die Gründerväter Manning, Montgomery, Anderson und Barron waren, die Rydeville an der nördlichen Küste von Massachusetts im achtzehnten Jahrhundert gegründet haben. Sie erinnern sich daran, wie die Stadt zu florieren begann, als sich die Geschäfte von den Gründervätern exponentiell entwickelten und zu den milliardenschweren Unternehmen heranwuchsen, die unsere Väter heutzutage führen. Die gleichen Unternehmen, die Charlie, Drew und Trent bald erben werden.

Rochelle dachte, sie hätte die soziale Barriere durchbrochen, was eine ganze Reihe begieriger Mädchen dazu gebracht hätte, für die drei heißesten Jungs der Schule auf die Knie zu gehen.

Heute zerbricht diese Fantasie.

Trent weist Rochelle nicht ohne Grund vor aller Augen in die Schranken. Er macht es, um den anderen aufzuzeigen, wo ihr rechtmäßiger Platz in unserer Ordnung ist. Dabei müsste sie es besser wissen, als jemanden von der Elite anzusprechen, ohne vom ihm herbeizitiert worden zu sein. Dummes Mädchen. Sie sollte mir nicht leidtun, doch das tut sie. Ich geriet schon mehrmals in den Fokus von Trents dunklen Blicken und seinen verletzenden Worten, deshalb nenne ich ihn nicht umsonst einen

Psychopathen.

Trent ist gestört. Zweifellos ist er der am meisten verdorbene und verkorkste Teil der Elite.

Ich mag dieses Mädchen hassen, samt ihren armseligen Versuchen, mich zu mobben und zu erniedrigen, aber sie hat mir gestern einen Gefallen getan. Trent hat sie gevögelt und im Gegenzug mich in Ruhe gelassen, dafür bin ich ihr etwas schuldig. Doch in der Öffentlichkeit kann ich kein Mitleid mit ihr zeigen, also verziehe ich den Mund und lasse einen abfälligen Blick über ihren Körper schweifen. »Zieh dir gefälligst etwas über«, fauche ich. »Man sieht deine blauen Flecken.« Offenbar ist Trent bei seinen Fickfreundinnen weniger zurückhaltend, wenn es um blaue Flecken an sichtbaren Stellen geht.

Als das Quietschen von Reifen ertönt, lösen wir unsere Aufmerksamkeit von Rochelle. Trent, Drew und Charlie tauschen einen wissenden Blick.

»Was ist?«, hake ich nach, mich fragend, welche Informationen sie mir dieses Mal vorenthalten haben. Aus dem Augenwinkel sehe ich, wie Rochelle mit Tränen in den Augen davonhastet.

»Ich dachte, dein Vater hätte dem einen Riegel vorgeschoben«, sagt Drew und starrt Charlie an.

»*Was* – einen Riegel vorgeschoben?« Meine Frage trifft erneut auf taube Ohren, und in meinen Venen beginnt das Blut zu kochen. Ich mache einen Schritt auf meinen Bruder zu. »Andrew«, sage ich und stemme die Hände in die Hüften. »Was weiß ich nicht?«

»Wir dachten, wir hätten das Problem aus dem Weg geschafft«, erwidert er kryptisch.

»Vertrau niemals einem verfluchten Barron, wenn es darum geht, einen Job zu erledigen.« Trent bedenkt Charlie mit einem höhnischen Grinsen, aber der ist zu beschäftigt damit, auf die Tasten seines Handys einzuhämmern, um es zu bemerken.

Das Raunen, das draußen durch die Menge geht, erinnert daran, dass es eine Situation zu regeln gibt. Drew wirft den Leuten am Eingang einen Blick zu, die sofort beiseitetreten und den Weg für uns frei machen. Trent schnappt sich meine Hand und zieht mich durch die Doppeltür zurück ins Freie.

Ein knallroter *Ferrari*, der am Straßenrand parkt, hat die Aufmerksamkeit der Menge auf sich gezogen. Oder vielmehr die beiden heißen Typen, die dazugehören. Ein Typ mit verwuschelten dunkelblonden Haaren sitzt auf der Motorhaube. Er hat die Knie angezogen und raucht ganz unverhohlen einen Joint, während er einigen Mädchen provozierende Blicke zuwirft, die ihn mit offenen Mündern anstarren. Seine rot-schwarze Krawatte hängt ihm locker um den Hals, sein weißes Hemd ist zerknittert, als hätte er darin geschlafen, und er trägt nicht den obligatorischen schwarzen Blazer mit der roten Zierleiste und dem Emblem der Rydeville High.

Der andere Unbekannte lehnt lässig mit dem Rücken an der Seite des Autos. Seine langen Beine stecken in der standardmäßigen Uniformhose, er hat die Knöchel überkreuzt und vermittelt den Eindruck, als würde er sich um nichts scheren. Doch sein wacher Blick scannt die Menge ganz bewusst ab, was darauf hindeutet, dass er der Anführer dieses kleinen Duos ist. Mit seiner großen Gestalt, dem dunkelbraunen Haar, das stylisch zurückgekämmt ist, und Gesichtszügen, für die ein Model über Leichen gehen würde, ist er der Inbegriff von gutaussehend. Sein Gesicht wirkt kantig. Er hat hohe Wangenknochen, volle Lippen und dichte Brauen. Ein leichtes Schmunzeln umspielt seine Mundwinkel, während er seinen Freund beim Flirten mit der Schar Mädchen beobachtet, die ihn inzwischen umringt.

Scheiße. Dafür werden wir später noch die Rechnung präsentiert bekommen.

Drew und Charlie halten für eine Sekunde inne und warten auf Trent und mich, ehe wir uns gemeinsam dem Auto nähern. Das hier ist nicht unser erstes Rodeo und wir wissen, was zu tun ist.

Trent streckt seine Brust raus und starrt den dunkelhaarigen Typen an. »Du gehörst hier nicht her, Hunt. Nimm Lauder und Marshall, wo zum Teufel er auch immer steckt, und verschwindet zurück nach New York, wie es sich für gute, kleine Gefolgsleute gehört.«

Das Schmunzeln auf Hunts Gesicht nimmt zu, als er sich vom

Auto abstößt und zu seiner vollen Größe aufrichtet. Lauders flirtender Gesichtsausdruck verändert sich, als er von der Motorhaube springt und direkt vor Trent landet. Hunt stellt sich neben ihn und mir fällt auf, dass die beiden stumm miteinander kommunizieren. Lauder zieht an seinem Joint und inhaliert den Rauch tief in seine Lunge, während er Trent dabei unverwandt ansieht. Trent packt meine Hand fester. Es liegt eine greifbare Spannung in der Luft. Die Menge ist still geworden. Man könnte eine Stecknadel fallen hören.

Lauder atmet aus und bläst Trent den Rauch direkt ins Gesicht. Ich muss ihn gar nicht erst ansehen, um zu wissen, dass ihn das stinkwütend macht, denn sein mir nur allzu bekannter moschusartiger Geruch kitzelt in meiner Nase. Hunt grinst mittlerweile über das ganze Gesicht, und ich starre ihn finster an, was ihn dazu bringt, seinen Blick auf mich zu richten. Heilige Scheiße, dieser Kerl ist megaheiß. Nicht so sexy wie der Fremde, dem ich meine Jungfräulichkeit geschenkt habe, aber ganz nah dran. Er richtet seine Aufmerksamkeit auf meinen Körper, was einer sinnlichen Liebkosung gleichkommt.

Trent drückt meine Hand inzwischen so heftig, dass es ein Wunder ist, dass ich überhaupt noch Gefühle in meinen Fingern habe. »Wenn du nicht in einem Leichensack enden willst, schlage ich vor, dass du aufhörst, meine Verlobte anzustarren«, knurrt Trent, und eine aggressive Stimmung lädt die Luft auf. So verhält er sich jedem Typen gegenüber, der es riskiert, auch nur einen Blick auf mich zu werfen. Das ist auch der Hauptgrund, warum ich an der Schule und außerhalb der Elite keine männlichen Freunde habe. Selbst die Jungs aus dem innersten Zirkel haben Angst, mit mir zu sprechen.

Lauder neigt den Kopf zur Seite und stößt ein leises Pfeifen aus. Seine stechend blauen Augen scheinen förmlich zu lachen, während er mich abcheckt. Er zwinkert mir zu und grinst breit, wobei er zwei Grübchen und strahlend weiße Zähne zur Schau stellt. Mit seinen verwuschelten Haaren, den beeindruckenden Augen und seiner flirtenden Art ist er genauso attraktiv wie sein Kumpel.

Kein Wunder, dass die Höschen der Mädchen am Straßenrand feucht geworden sind. Der einzige Grund, warum ich nicht lossabbere, sind die drei Jungs, die mich flankieren. Ich machte im Junior Year den Fehler, einen Jungen zu benutzen, um Trent eine Lehre zu erteilen. Ich habe Fenton nicht mal geküsst, sondern nur ein wenig mit ihm geflirtet, und er war dumm genug, zurückzuflirten. Später an diesem Abend hat ihn Trent so heftig zusammengeschlagen, dass er mit mehreren gebrochenen Rippen, einem zertrümmerten Kiefer und einer heftigen Gehirnerschütterung im Krankenhaus landete. Er ist nie wieder zur Schule zurückgekehrt und ich habe aufgehört, meinem ungeliebten Verlobten eine Lektion erteilen zu wollen. Heute vermeide ich leichtsinniges Flirten mit anderen Jungs, um sie zu schützen.

Aber Lauder weiß davon nichts.

»Fuck. Me.« Er tritt auf mich zu und legt in einer äußerst schnellen Bewegung seine Hand an meine Wange. »Du bist wunderschön.«

»Und du benimmst dich daneben.« Ich entferne seine Hand von meinem Gesicht und ignoriere ganz bewusst den kleinen Funken, den seine Berührung in mir ausgelöst hat. »Fasst du Frauen immer ohne ihre Erlaubnis an?«

»Ich wurde noch nie abgewiesen«, sagt er und zieht wieder an seinem Joint.

»Jetzt schon«, entgegnet Trent, ehe ich die Chance dazu habe.

»Spricht er immer für dich?«, will Hunt wissen und zieht eine Braue nach oben.

»Ich bin sehr wohl in der Lage, für mich selbst zu sprechen. Aber du hast meinen Verlobten gehört. Ihr seid hier nicht willkommen.« Ich werfe ihm einen bohrenden Blick zu. »Verschwindet.«

»Verdammt. Ich liebe es, wenn eine Frau autoritär ist. Das macht mich an«, erwidert Lauder und greift sich in den Schritt.

»Wenn wir euch mit Gewalt entfernen müssen, dann werden wir das tun«, stellt Drew klar, tritt vor und reißt Lauder den Joint aus der Hand. Er wirft ihn hinter sich, damit ihn einer seiner Lakaien entsorgt. »Und hör auf, meine Schwester mit den Augen auszuziehen.«

»Andrew Hearst-Manning«, sagt Hunt und reckt das Kinn, während er meinen Bruder unverfroren anschaut. »Sohn von Michael Hearst, CEO und Hauptaktionär von Manning Motors, dem weltweit größten Autohersteller, und Olivia Manning, Tochter des legendären Davis Manning, mittlerweile beide tot. Zwillingsbruder von Abigail Hearst-Manning«, fährt er fort und sieht wieder in meine Richtung, »die zu Abigail Hearst-Manning Montgomery wird, sobald sie Trent Montgomery II. nach ihrem Abschluss nächsten Sommer geheiratet hat. Wie mache ich mich bisher?«

»Schlechter als durchschnittlich«, mischt sich Charlie ein und beendet das Telefonat, das er gerade geführt hat. »Wenn du denkst, uns mit den Ergebnissen einer einfachen Google-Suche beeindrucken zu können, liegst du weit daneben.«

Charlie hat recht – all die Informationen kann man online nachlesen. Außerdem wissen alle Ortsansässigen, dass unser Zweitname Hearst ist. Da der Name Manning so bedeutungsschwer ist, steht auf unserer Geburtsurkunde ein Doppelname. Genau genommen bin ich Abigail Hearst-Manning, aber jeder nennt mich nur Abigail Manning. Auch Drew wird nur mit Manning angesprochen, was unserem Vater sehr recht zu sein scheint. Ich habe mich oft gefragt, warum er nicht auch offiziell seinen Namen geändert hat.

»Gesprochen wie ein wahrer Barron«, erwidert Lauder. »Du siehst wie ein typischer reicher Schnösel aus, der etwas zu beweisen hat.« Er schnippt mit den Fingern und sieht über unsere Schultern hinweg. »Du.« Er deutet auf jemanden. »Fang.« Er lässt seine Autoschlüssel über unsere Köpfe hinwegfliegen. »Park mein Baby. Wenn ihr irgendetwas passiert, mache ich dich dafür verantwortlich.« Lauder richtet zwei Finger auf einen armen Idioten, ehe er meine Hand ergreift und an seinen Mund hebt. Er zwinkert mir zu, ehe er einen Kuss auf meinen Handrücken drückt und ganz bewusst den Rauch ignoriert, der förmlich aus Trents Ohren austritt. »Auf Wiedersehen, Schönheit.« Hunt schnaubt und schüttelt den Kopf. »Bis später, ihr Arschlöcher«, sagt Lauder und stößt absichtlich gegen Trents Schulter, bevor er sich einen Weg durch die Mitglieder der Elite bahnt, zwei Schritte auf einmal nehmend.

»Das war äußerst unterhaltsam«, witzelt Hunt, ohne zu lachen, und richtet seine Krawatte, ehe er seinem Kumpel ins Innere der Schule folgt.

»Was zur Hölle geht hier vor sich?«, fragt Trent aufgebracht und sendet ungemütliche Vibes in Charlies Richtung.

Eine Frage, auf die ich ebenfalls gern eine Antwort hätte.

3. KAPITEL

»Lasst uns reingehen und dabei reden«, sagt Charlie. »Wir können nicht am ersten Tag zu spät zum Unterricht kommen.«

Ich verdrehe die Augen, als keiner hinsieht. Sich perfekt zu verhalten, muss anstrengend sein, doch Charlie zeigt das nie. Er ist der Mitfühlendste und Rücksichtsvollste der männlichen Elitemitglieder, und zugleich nimmt er seine Rolle auch sehr ernst. Jedes Wort, das seinen Mund verlässt, jede Aktion und jede Reaktion von ihm sind wohlüberlegt. Charlie hat noch nie etwas getan, was Scham und Schande über die Elite oder den Namen seiner Familie gebracht hätte. Ich habe ihn selten die Beherrschung verlieren sehen, und er pflegt auch keine Affären hier an der Schule, sondern zieht ältere Collegemädchen vor. Er ist der Einzige, der nicht zu einer arrangierten Ehe gezwungen wird, weil er etwas hat, was dem Rest von uns verwehrt blieb: Eltern, die ihn und einander vergöttern. Seine Eltern glauben an die Liebe und lassen ihrem Sohn die Freiheit, zu wählen, wen er heiraten möchte und wann. Das ist ein fortwährendes Streitthema zwischen meinem herzallerliebsten Vater, Christian Montgomery, und Charles Barron, denn es kommt einer Missachtung der Tradition gleich. Charlies Vater mag es jedoch, die Grenzen auszudehnen und alte Regeln infrage zu stellen. Dabei scheint es ihm egal zu sein, ob das zu Konflikten in den elitären Rängen führt. Er muss meinem Vater oder jenem von Trent keine Rechenschaft ablegen, allerdings würde ich an seiner Stelle niemals freiwillig mit den beiden Rottweilern in den Ring steigen. Die Loyalität der Männer untereinander ist begrenzt, und wenn Charlies Dad so weitermacht, könnte er sich bald im Aus wiederfinden.

Charlie ist in vielerlei Hinsicht wie sein Dad. Obwohl ich mich immer darauf verlassen kann, dass er hinter mir steht und weder Diskussionen noch Streitereien mit Drew und Trent scheut, lässt er sich dennoch nie in die Karten blicken. Er wirkt hinter seiner charismatischen, umgänglichen Fassade eher im Stillen manipulativ.

Bei Trent und Drew bekommt man immer das, was man sieht. Charlie hingegen ist wie einer dieser Höckerschwäne, über die wir letztes Jahr in Biologie gelernt haben: wunderschön und gelassen, bis man in ihr Territorium eindringt, dann attackieren sie. Dieser Punkt muss bei Charlie erst noch erreicht werden, aber ich bin sicher, dass man ihn nicht unterschätzen darf. Ich spüre, dass er letzten Endes der Grausamste von allen ist.

Drew scheucht die Menge in das Schulgebäude, und wir erklimmen hinter ihm die Stufen.

»Dein Vater meinte, dass er sich darum kümmern würde, warum zum Teufel sind sie dann hier?«, knurrt Trent, wie immer kurz vor dem Ausrasten.

»Wer sind sie?«, frage ich und ignoriere den wütenden Blick, mit dem mich Trent bedenkt.

»Sawyer Hunt und Jackson Lauder«, erklärt Charlie und schiebt die Hände in seine Hosentasche, als wir den Gang betreten.

Die Namen sagen mir etwas. Ich durchkämme mein Gedächtnis nach Details und reiße die Augen auf, als ich die einzelnen Puzzleteile zusammensetze. »Sawyers Vater gehört Techxet und Jacksons Vater ist der verrückte Idiot, dem das weltweit erfolgreichste Formel-1-Team gehört, nicht wahr?«

»Ja, Lauder schickt aber auch noch eine Reihe anderer Teams ins Rennen. Nicht nur in der Formel 1. Zusammen mit Camden Marshall, der diese fröhliche Diebesrunde vollzählig macht, betrachten sie sich als die neureiche Elite.« Drew schnaubt und schürzt die Lippen.

Es ist kein Geheimnis, dass die Beziehung zwischen der alteingesessenen Geldelite von Rydeville und der neureichen Elite, deren Mitglieder erst kürzlich in die Gegend gezogen sind, äußerst angespannt ist. Diese ganze Heuchelei ist beispiellos, aber ich habe es schon vor Jahren aufgegeben, die Handlungen unserer Gesellschaft mit Logik zu erklären.

Dass mein Bruder diese Leute als Diebe bezeichnet, ist

ebenfalls kein Zufall. Die Alteingesessenen glauben, dass ihnen die neue Elite ihre Krone und ihren Status rauben möchte. Daher schrecken sie auch vor nichts zurück, wenn es darum geht, die Neuen zu vertreiben. Ihnen ihren Reichtum zu nehmen und ihren Ruf zu zerstören. Ihnen alles zu zerstören. Und diese Haltung beschränkt sich nicht nur auf die Neuen in Rydeville. Ein paar der Wochenendkonferenzen, an denen die Jungs im letzten Jahr teilgenommen haben, waren organisiert worden, um die Beziehungen zu anderen alten Geldeliten in unterschiedlichen Staaten zu stärken.

Die Welt, in der ich lebe, ist krank, und diese Erkenntnis ist auch die treibende Kraft hinter meinen Fluchtplänen. Ich möchte nicht in einer Welt leben, in der von Frauen erwartet wird, hübsch auszusehen und Babys zu produzieren, während sie über die Untreue ihrer Ehemänner hinwegsehen müssen. In der Fortschritt, harte Arbeit und Entschlossenheit verpönt sind, es sei denn, man ist Teil der alten Geldelite. In der vorrangig nach Macht und Kontrolle gestrebt wird und es unbedeutend ist, wen man auf seinem Weg an die Spitze mit Füßen tritt. In der schändliche Deals, kriminelle Machenschaften und das Handeln ohne moralischen Kompass unterstützt und mit Beifall bedacht werden.

»Wo ist der Flachwichser Marshall überhaupt?«, fragt Trent, mit beständig angespanntem Kiefer .

»Keine Ahnung«, antwortet Charlie, »aber er ist definitiv eingeschrieben.«

»Und warum das?«, verlangt Trent zu wissen und bleibt vor unseren Spinden abrupt stehen. »Ich dachte, Marshall bleibt wie sein Einsiedler-Vater lieber im Hintergrund.«

Jane und ich verstauen ein paar überzählige Bücher in unseren Spinden, während die Jungs miteinander reden.

Charlie zuckt mit den Schultern. »Vielleicht kommt er aus seinem Schneckenhaus raus oder er übt sich mit Absicht in Zurückhaltung.«

»Sie können nicht hierbleiben«, ergänzt Drew. »Unser Vater wird scheißwütend sein, wenn er erfährt, dass dein alter Herr das nicht wie versprochen verhindert hat.«

»Er musste es als Druckmittel verwenden, um uns für das einmonatige Trainingscamp freizustellen«, erwidert Charlie kühl. Keine Ahnung, warum die Jungs am Anfang des Schuljahrs daran teilnehmen müssen. Jedes andere Jahr zuvor waren sie in den Ferien dort.

»Bullshit«, schnauzt Trent. »Wir kontrollieren diese Schule. Die Gründungsväter haben sie gebaut und unsere gewaltigen Spenden sorgen dafür, dass die Kassen übervoll sind.«

»Das war nicht der einzige Grund«, fährt Charlie unerschüttert fort. »Lauder hat Direktor Sayers mit einem Platz für dessen Sohn in der Formel 3 bestochen.«

»Dieser Volldepp denkt noch immer, er könne professionell Rennen fahren?«, fragt Drew und zieht eine Braue nach oben.

»Anscheinend«, sagt Charlie. »Aber die Krönung ist Hunt. Sawyer ist einer der begehrtesten Quarterbacks und ...«

»Nach Bradley Norths Unfall fehlt uns ein Quarterback.« Trent reibt sich über seine Schläfen. »So eine Scheiße.«

»Wir werden uns um sie kümmern, wenn wir von unserem Trip zurück sind«, sagt Charlie. »Es gibt keinen Grund, deswegen rumzujammern.«

»Wir können Abby mit diesem Problem nicht allein lassen«, meint Trent, als ich meinen Spind schließe und mich wieder zu ihm geselle. Automatisch verwebt er seine Finger mit meinen.

»Ich kümmere mich darum. Außerdem habe ich den inneren Zirkel als Backup«, sage ich.

»Mir gefällt das nicht.« Drew legt seinen Arm um Jane, während wir in Richtung unserer Klassenräume gehen.

»Mir ebenso wenig«, stimmt Trent zu. »Wenn dieser Wichser Lauder noch einmal einen Finger an meine Frau legt, werde ich ihn umbringen.«

Ich bin überzeugt, dass das alles ist, was ich für ihn bin.

Ein Besitz.

Ein Statussymbol.

Ein hübscher Vogel, den man in einem Käfig gefangen hält.

Ein Spielzeug, mit dem man Spaß haben kann, wenn einem

danach ist.

»Ich werde alle unwillkommenen Annäherungsversuche abwehren. Außerdem weichen mir Oscar und Louis ohnehin nicht von der Seite.« Es sei denn, ich erpresse sie, wegzuschauen, aber davon darf der Rest der Elite nichts erfahren.

»Deine Bodyguards haben auf dem Schulgelände keinen Zutritt, Babe«, sagt Trent und bleibt vor der Tür stehen. »Aber genau da bist du dem größten Risiko ausgesetzt.«

»Danke für dein Vertrauensbekenntnis«, fauche ich.

»Babe.« Er umfasst meine Wagen mit beiden Händen, und Sorge blitzt in einem seltenen Moment echter Fürsorge in seinem Gesicht auf.

Es gibt nicht oft Augenblicke, in denen ich eine andere Seite von Trent zu sehen bekomme. Ein Aufblitzen des kleinen Jungen, der er einst war. Momente, in denen ich glauben kann, dass er vielleicht doch zu echten Gefühlen in der Lage ist. Aber sie sind so flüchtig, dass ich leicht vergessen kann, dass sie überhaupt existieren. Wenn ich ihn wie jetzt ansehe und die offensichtliche Angst in seinem attraktiven Gesicht bemerke, wäre es einfach, mich in ihn zu verlieben. Allerdings werde ich niemals auf das Monster vergessen, das in seinem Inneren lebt. Das kann ich mir nicht leisten. Hier steht zu viel auf dem Spiel.

»Ich weiß, dass du auf dich selbst aufpassen kannst, aber diese Jungs sind nicht ohne eine Agenda hier aufgetaucht. Sie planen etwas, und es gefällt mir nicht, dich hier ungeschützt zurückzulassen.«

Ohne Vorwarnung küsst er mich. Für gewöhnlich schubse ich ihn weg, wenn er irgendwelche Versuche in diese Richtung startet, aber im Rahmen meines neuen Spiels gehe ich die Dinge anders an. Ich erwidere seinen Kuss und spüre, dass er angesichts meines fehlenden Widerstands angenehm überrascht ist. Weil Trent nun mal Trent ist, nutzt er das aus. Er schiebt mir seine Zunge heftig in den Mund und macht sich über mich her, während er meinen Hintern packt, mich an sich zieht und eine Latte bekommt, je länger wir uns küssen. Er kümmert sich einen Scheiß darum, wer uns zusieht, und wenn er nicht so ein Arsch wäre, würde ich das vermutlich an ihm mögen.

Ein Räuspern treibt uns ein paar Minuten später auseinander. Drew haut Trent auf den Hinterkopf. »Das war verdammt ekelhaft. Diesen Anblick werde ich garantiert nie wieder los.«

Trent schmunzelt und grabscht durch mein Shirt hindurch nach meiner Brust, um ihn noch mehr zu ärgern. Dieses Mal zögere ich nicht eine Sekunde, ehe ich seine Hand wegschlage. »Du bist so ein Schwein.«

»Aber ich bin *dein* Schwein«, entgegnet er und beißt mir ins Ohrläppchen.

»Hab ich ein Glück.« Anstatt wie sonst auf sarkastische Weise zu reagieren, strahle ich ihn an, als könnte mich kein Wässerchen trüben.

»Du wirst überzeugender«, murmelt mir Charlie grinsend ins Ohr, und ich schubse auch ihn fort, ehe ich meine beste Freundin aus den Armen meines Bruders entführe und mich bei ihr unterhake.

»Verschwindet, ihr Loser. Wir sind dann mal weg.« Ich warte nicht auf die Antwort der Jungs, sondern öffne die Tür und ziehe Jane in den Klassenraum.

Zwei Dinge sind den gesamten Morgen über Klatschthema Nummer eins: Rochelles öffentliche Demütigung und die Ankunft der neuen Typen. Spannung liegt in der Luft, und ich habe die Cafeteria noch nie so voll erlebt. Chad und Wentworth beaufsichtigen den Eingangsbereich und kommen damit der Anordnung der Elite nach. Sie verweigern dem armen Trottel, der Jacksons *Ferrari* parken musste, und den Mädchen, die heute Morgen mit den Neuen geflirtet haben, den Einlass. Letztere stehen aufgebracht vor der Tür, diskutieren, heulen herum und stampfen mit den Füßen auf dem Boden auf, während der Einfaltspinsel brav von dannen zieht. Er ist wohl der Einzige, der sofort kapiert, dass er den Kodex gebrochen hat, auch wenn es nicht nur seine Schuld war.

Die Jungs machen einen Schritt zur Seite, um Jane und mich eintreten zu lassen, und nicken uns respektvoll zu. Wir gehen zu unserem angestammten Tisch, da steht Trent bereits auf und zieht einen Stuhl für mich hervor.

»Hey, Darling.« Er lächelt, ehe er mir in einer unerwartet süßen Geste einen Kuss auf die Lippen drückt. »Du kannst dich hinsetzen. Ich habe dir dein Mittagessen bereits besorgt.«

Ich blinzle heftig, während ich wie angewurzelt an Ort und Stelle verweile. So läuft das nicht zwischen uns. Vielleicht hat er aber auch plötzlich ein Gewissen entwickelt und fühlt sich schlecht wegen der Sache mit Rochelle. Wie dem auch sei, ich mag einen netten Trent natürlich lieber als einen ekeligen und groben.

Jane setzt sich wie immer neben Drew, und ebenfalls wie immer tauschen sie einen langen Kuss. Charlie sitzt wie üblich ohne weibliche Begleitung an meiner anderen Seite. Der Rest unseres Tisches wird von Leuten aus dem Abschlussjahr in Beschlag genommen, die zum inneren Zirkel gehören. Trent rutscht näher an mich heran und legt seinen Arm auf die Lehne meines Stuhls.

Ich werfe ihm einen misstrauischen Blick zu. »Warum bist du heute so nett?«

»Mir war nicht klar, dass es ein Verbrechen ist, nett zu meiner Verlobten zu sein.«

»Und was ist mit Rochelle?«

Seine Mundwinkel wandern nach oben. »Ich wusste, dass du eifersüchtig bist.«

Ich verdrehe die Augen, spieße ein Stück Hühnchen mit meiner Gabel auf und stecke es mir in den Mund, damit ich nicht etwas sagen kann, das ich besser für mich behalten sollte.

»Ich bin fertig mit ihr. Du hast mein Wort.« Er beugt sich näher zu mir. »Dir ist doch klar, dass du die Einzige bist, die ich liebe. Die Einzige, die ich respektiere.«

Ungläubig hebe ich eine Braue. »Du liebst mich?«

Er runzelt die Stirn. »Warum hinterfragst du das überhaupt?«

»Weil du mich mehr zu hassen scheinst, als dass du mich liebst.«

»Dasselbe könnte ich von dir behaupten.«

Das könnte er und in meinem Fall wäre es auch die Wahrheit.

Er schiebt seine Hand in mein Haar, umfasst meinen Nacken

und zieht mich näher zu sich heran, um mit seinen Lippen über meine zu streichen. Er überrascht mich mit diesem sanften Kuss; ich hätte nicht gedacht, dass er zu so etwas fähig ist. »Ich möchte nicht mehr mit dir streiten«, flüstert er an meinem Mund. »Außerdem sollst du wissen, dass ich ab jetzt zu einhundert Prozent nur dir gehöre. Es wird keine anderen Mädchen mehr geben. Versprochen.«

Mein Plan darf nicht nach hinten losgehen. Das ist das Letzte, was ich gebrauchen kann, daher formuliere ich meine nächsten Worte besonders vorsichtig. »Ich bin froh, das zu hören, Trent, und ich gebe dir mein Wort, ebenfalls damit aufzuhören, dich abzuwehren – jedoch unter einer Bedingung.«

»Und die wäre?«

»Das du meinen Wunsch respektierst, bis zu unserer Hochzeitsnacht Jungfrau zu bleiben.«

Ich muss Zeit schinden.

So einfach ist das.

Sein Adamsapfel hüpft in seiner Kehle auf und ab. »Ich möchte das respektieren. Wirklich. Ich weiß, dass du dich an die Abmachung halten willst, aber ich habe Bedürfnisse, Babe.«

Ich schlucke meinen Ekel hinunter, lege meine Hand auf seinen Oberschenkel und flüstere direkt an seinem Ohr: »Ich kann mich um deine Bedürfnisse kümmern, wenn du versprichst, dass das Thema Penetration vom Tisch ist.«

Er nimmt mein Gesicht in seine großen Hände und forscht in meinen Augen, ob ich die Wahrheit sage. Ich bin ein Meister darin, Männer anzulügen, von daher ist das hier keine große Sache für mich. »Einverstanden«, murmelt er und küsst mich heftig. Ich lasse meine Hand höher wandern und streiche über die Spitze seines Schwanzes. Er zieht scharf die Luft ein und küsst mich noch härter.

»Trent.« Drews schneidiger Ton stoppt uns und wir weichen auseinander. »Hier ist weder der Ort noch die Zeit für so etwas«, stellt er klar, als plötzlich ein Tumult an der Tür losbricht. Wir drehen uns alle gleichzeitig um, und keiner von uns ist sonderlich überrascht, als wir Jackson und Sawyer mit Chad und Wentworth diskutieren sehen. Drew steht auf. »Ich kümmere mich um diese Idioten.«

»Nein.« Ich erhebe mich ebenfalls. »Lass mich das machen.« Alle drei Jungs starren mich an. »Ich werde das einzige Elitemitglied an der Schule sein, sobald ihr weg seid. Ich werde das Sagen haben, also ist es das Beste, jetzt gleich damit anzufangen. Es sei denn, ihr vertraut mir nicht?«

Drew nimmt wieder Platz. »Nur zu, kleine Schwester.«

Ich winke ab, denn im Grunde ist er nur fünfzehn Minuten eher geboren als ich, aber was soll's.

Charlie nickt lächelnd und ich glätte mit der Hand die Vorderseite meines grauen Rocks.

»Du schaffst das, Darling.« Trent schlägt mir auf den Hintern, als ich mich auf den Weg mache. Automatisch will ich zu ihm herumfahren, atme stattdessen aber tief durch. Meine Absätze klackern laut auf dem Holzfußboden, während ich raschen Schrittes zur Tür gehe. »Gibt es hier ein Problem?«, frage ich und sehe zwischen Chad und Wentworth hin und her.

»Die beiden weigern sich, zu verschwinden«, erklärt Chad.

»Du kannst sie reinlassen.« Ich schenke Jackson und Sawyer mein entwaffnendstes Lächeln. Ich habe entschieden, dass es am klügsten ist, Großzügigkeit zu signalisieren, um diese beiden Möchtegerns in Schach zu halten. Ihnen alles zu verweigern, würde nur in einem Kampf enden. Trotz meines Draufgängertums bin ich nicht sicher, dass das ein Kampf ist, den ich allein gewinnen kann.

»Aber Trent hat gesagt ...«

»Stellst du meine Autorität infrage?«, falle ich Wentworth mit einem schroffen Blick ins Wort.

»Nein, aber ...«

Ich schubse ihn gegen die Wand und drücke ihm meinen Arm gegen die Kehle. »Es gibt kein Aber. Die einzige Antwort ist *Ja, Abigail.* Verstanden?«

Kleine Schweißtropfen formen sich über seinen Brauen. »Ja, Abigail.«

Ich lasse ihn los, richte seine Krawatte und tätschle ihm die

Wange. »Braver Junge.«

Ein lautes Lachen ertönt hinter mir und ich drehe mich zu Jackson und Sawyer um. »Dieser Vorfall tut mir leid.« Ich bitte sie mit einem Wink herein. »Das wird nicht wieder vorkommen.«

Sawyer starrt mich an, als versuche er, aus mir schlau zu werden, doch ich schenke ihm nur ein weiteres strahlendes Lächeln. Jackson tritt neben mich und drückt seinen Mund an mein Ohr. »Du bist so verdammt heiß«, wispert er. »Wir sollten irgendwann mal zusammen ausgehen.«

»Ich habe einen Verlobten.«

»Dein Verlobter ist ein idiotischer Drecksack. Du bist viel zu gut für ihn.«

Ich widerspreche ihm nicht.

»Ein freundlicher Hinweis, Jungs.« Ich winke Sawyer mit dem Zeigefinger zu mir heran. Er kommt näher und sieht mir dabei unverwandt in die Augen. »Die Dinge werden schnell den Bach runtergehen, wenn ihr die Regeln nicht befolgt. Ihr scheint aus zuverlässiger Quelle informiert zu sein, von daher bin ich mir sicher, dass euch klar ist, wie es hier läuft. Vertraut mir. Es ist für alle angenehmer, wenn ihr den Kodex wahrt.« Ich betrachte Jackson. »Das bedeutet, dass ihr keinen der Elite respektlos behandelt und mich nicht angrabt.«

»Ich spiele nicht nach diesen Regeln, Baby«, antwortet Jackson und wickelt sich eine meiner Haarsträhnen um den Finger. »Ich wurde geboren, um sie zu brechen.« Er wackelt mit den Brauen.

Es ist nicht schwierig, zu erkennen, warum so viele der Mädchen seinem Charme verfallen. Laut der Gerüchteküche sind die Jungs von ihrer Privatschule in New York geflogen, weil sie in eine drogenberauschte Orgie mit ein paar der jüngeren Lehrerinnen ihrer Schule involviert waren.

»Und für dich würde ich alle Regeln brechen«, ergänzt er, wobei sein warmer Atem über mein Gesicht streicht.

»Ich habe keinerlei Interesse.« Ich trete einen Schritt zurück, um dem Nebel in meinem Hirn eine Chance zu geben, sich zu lichten. Vermutlich habe ich noch zehn Sekunden, ehe die Jungs an meiner Seite auftauchen und die Sache selbst in die Hand nehmen. Ich kann vor diesen Neulingen nicht mein Gesicht verlieren. »Sagt nicht, ich hätte euch nicht gewarnt.« Ich mache auf dem Absatz kehrt und stolziere hoch erhobenen Hauptes zurück zu unserem Tisch.

»Was zur Hölle, Babe?«, faucht Trent vorhersehbarerweise, als ich mich wieder auf meinen Platz setze.

»Fang jetzt gar nicht erst an, Trent. Entweder habe ich die Kontrolle oder nicht.« Wir starren einander an und Stille tritt am Tisch ein.

»Du hast die Kontrolle«, bekräftigt Drew schließlich. »Aber ich hoffe, dass du weißt, was du tust.«

»Ich denke, das ist eine clevere Vorgehensweise«, wirft Charlie ein. »Von wegen *behalte deine Feinde nah bei dir* und so.«

»Aber nicht zu nah«, motzt Trent.

»Aw, Baby, eifersüchtig?« Ich liebe es, ihm seine eigenen Worte unter die Nase zu reiben.

»Auf diesen Idioten?« Er wirft Jackson über die Schulter hinweg einen finsteren Blick zu. »Wohl kaum.«

4. KAPITEL

Ich mache noch schnell einen Abstecher zur Schultoilette, bevor der Nachmittagsunterricht beginnt, und treffe dort auf eine aufgebrachte Rochelle. Sie ist umringt von ihren Kumpaninnen, die ihr Bestes geben, um sie zu trösten. Als ich den Raum betrete, wenden mir alle vier ihre Köpfe zu, doch ich ignoriere die Gruppe, gehe auf die Toilette und verziehe keine Miene, als ich mich anschließend an das Waschbecken stelle, um meine Hände zu waschen.

Die Mädchen haben kein Wort miteinander gewechselt, seit ich den Raum betreten habe, ich weiß allerdings, dass sie sich viel zu erzählen haben. Ich spüre ihre Blicke wie Dolche in meinem Rücken, während ich mir die Hände abtrockne. Betont langsam drehe ich mich um, steuere direkt auf Rochelle zu und registriere angewidert die blauen Flecken, die sich über ihren Nacken und ihre Kehle ziehen. Und das sind nur die Male, die von außen sichtbar sind.

Trent ist ein verdammtes Tier. Eine Welle des schlechten Gewissens überkommt mich. Es war eine Erleichterung für mich, ihn gestern Nacht zu ihr zu schicken, doch nun fühle ich mich zum Teil für sie verantwortlich. »Geht's dir gut?«, frage ich.

»Als würde dich das interessieren!«, gibt sie schnippisch zurück.

»Ich weiß, dass er das nicht das erste Mal mit dir gemacht hat. Warum gehst du immer wieder zu ihm zurück und lässt dir weitere Verletzungen zufügen?«

»Weil ich ihn liebe.« Sie schubst mich gegen die Brust, aber dank des Balletts und der wöchentlichen Einheiten mit meinem Selbstverteidigungstrainer bin ich stark. Ich strauchle nicht einmal.

»Er wird deine Liebe niemals erwidern.«

»Weil du denkst, dass er dich liebt?«, spöttelt sie und schaut mich dabei so herablassend von oben bis unten an, wie ich es zuvor bei ihr getan habe.

»Weil die einzige Person, die Trent liebt, er selbst ist.«

»Wie auch immer, Schlampe. Du bist erbärmlich. Du besorgst es ihm nicht gut genug und hast keine Chance, ihn aus meinem Bett fernzuhalten.«

Ich kann mir das nicht länger gefallen lassen. Hätte dieses Gespräch nur zwischen uns beiden stattgefunden, würde ich es darauf ankommen lassen, aber nicht, wenn Publikum mit im Spiel ist. Ich packe ihre Hand, drehe ihr Handgelenk herum, was sie aufwimmern lässt, und baue mich vor ihr auf. »Lass uns hier mal eins klarstellen. Er war in deinem Bett, weil *ich* ihm die Erlaubnis dazu gegeben habe, und ich kann diese Erlaubnis so leicht rückgängig machen, wie ich sie erteilt habe.«

Sie braucht nicht zu wissen, dass Trent die Entscheidung bereits selbst gefällt hat. »Es scheint hier ein Missverständnis vorzuliegen, daher werde ich das jetzt mal klarstellen. Ich gehöre zur Elite.« Ich verdrehe ihr Handgelenk noch stärker und sie schreit vor Schmerzen auf. Keine ihrer sogenannten Freundinnen unternimmt auch nur den Versuch, ihr zu helfen, und ich bin froh, dass immerhin ein paar Mädchen dem Kodex gehorchen. »Und die Regeln sprechen für mich. Ich war nachsichtig mit dir, aber das gehört ab jetzt der Vergangenheit an.«

Ich habe schon genug Ärger mit den neuen Typen an der Backe und muss sichergehen, dass Rochelle meine Botschaft kapiert. Ich verdrehe ihr Handgelenk noch etwas stärker und höre schließlich das Knacken ihres Knochens. Tränen quellen aus ihren Augen hervor und im Hintergrund vernehme ich ein schockiertes Keuchen. »Komm mir noch einmal in die Quere und dir wird mehr blühen als nur ein gebrochenes Handgelenk.«

Ich warte gar nicht erst auf ihre Antwort, sondern werfe mein Haar über meine Schulter und verlasse erhobenen Hauptes den Raum.

Der Rest der Woche vergeht ohne besondere Vorkommnisse. Jackson und Sawyer halten sich bedeckt und gehen uns aus dem Weg. Ich bin nicht so naiv, zu glauben, dass meine kleine Rede irgendetwas bewirkt hätte.

Nein.

Sie warten auf den richtigen Augenblick. Darauf, dass Marshall auftaucht und meine Jungs verschwinden. Erst dann werden die Neuen ihren nächsten Schritt unternehmen. Da bin ich mir sicher.

Sie nehmen immer den gleichen Platz in der Cafeteria ein und bleiben unter sich. Niemandem von uns entgehen die verstohlenen Blicke der weiblichen Schülerschaft, die immer wieder in die Richtung der Neuankömmlinge wandern.

Freitag ist der letzte Tag, bevor uns die Jungs für einen Monat verlassen. Gestern Abend haben wir in unserem Haus ein Treffen abgehalten, um zu besprechen, wie alles während ihrer Abwesenheit ablaufen soll. Nun sitzen wir, wie zuvor ausgemacht, in der Cafeteria an Sawyers und Jacksons Tisch und warten dort auf die beiden.

»Ein Willkommenskomitee?« Jackson schlägt sich mit der Hand gegen die Brust. »Für mich alten Herrn? Das wäre doch nicht nötig gewesen.«

»Bist du immer so dramatisch?«, frage ich und verschränke die Arme vor der Brust.

»Immer. Inzwischen interessiert, Süße?«

»Noch nicht mal, wenn du der letzte Kerl auf Erden wärst und der Erhalt der Menschheit davon abhinge«, lüge ich, denn ehrlich gesagt würde ich liebend gern mit ihm ins Bett springen, besäße ich die Freiheit, einen Kerl zu vögeln, auf den ich auch wirklich Lust hätte.

»Autsch«, witzelt Sawyer und lässt dabei seinen tödlichen Charme spielen. »Ich merke, dass die Gerüchte um deine scharfen Krallen einen wahren Kern enthalten.«

»Schluss jetzt«, knurrt Trent. »Wir wollen ein Treffen. Nach der Schule. Westparkplatz. Erscheint pünktlich.«

»Ihr seid zu spät«, sagt Drew, als die beiden Möchtegerns zehn Minuten, nachdem sich der Parkplatz geleert hat, auf uns zugeschlendert kommen.

»Was willst du jetzt dagegen tun?«, stichelt Jackson. »Mich verklagen?«

»Vielleicht wird Abigail noch jemandem einen Knochen brechen«, ergänzt Sawyer und lässt mich auf diese Weise wissen, dass er von dem Vorfall mit Rochelle gehört hat.

»Provozier mich nicht, du Idiot.«

»Das macht mich ehrlich gesagt ziemlich an«, gibt Jackson zurück und stößt seine Hüften nach vorn.

»Gibt es eigentlich irgendwas, das dich nicht anmacht?«, kontere ich.

»Andere Kerle und die Kardashians«, platzt es mit einem gespielten Schaudern aus ihm heraus. »Aber mal abgesehen davon, nicht viel.«

»Wir haben euch nicht für eine Comedy-Einlage herzitiert«, wirft Charlie ein. »Wo ist Camden Marshall?«

Es ist Sawyer, der antwortet. »Warum willst du das wissen und warum zur Hölle sollten wir dir das verraten?«

»Falls du es vergessen haben solltest, diese Schule gehört uns, und wir müssen uns vor niemandem rechtfertigen«, stellt Drew klar. »Also, was ist los mit ihm? Und erzählt uns keinen Scheiß!«

Jackson zuckt mit den Schultern, lehnt sich an die Motorhaube von Trents Wagen und zündet sich einen Joint an. »Er hat Familienkram zu erledigen, wird aber am Montag hier sein. Sonst noch was, Eure Hoheit?«

Ich unterdrücke ein prustendes Gelächter. Sawyer beobachtet mich vorsichtig aus dem Augenwinkel, ihm entgeht nichts. Allein das reicht, um meinem Heiterkeitsausbruch schlagartig ein Ende zu setzen.

»Wir werden für eine Weile den Staat verlassen«, kündigt Trent an.

»Wir haben die Info bereits.« Sawyer verschränkt die Arme. »Parkhurst, richtig?«

»Was zur Hölle weißt du über Parkhurst?«, will Trent mit zusammengekniffenen Augen wissen.

»Wir wissen genug.« Sawyer richtet sich auf und lässt seine Arme sinken, während die Anspannung in der Luft weiter zunimmt.

Über die Jahre habe ich vage Erwähnungen von Parkhurst mitbekommen, dem Trainingscamp für die männliche Elite, doch trotz Nachfragen habe ich nie eine klare Auskunft darüber erhalten, welche Art von Camp das ist, geschweige denn, was dort vor sich geht. Alle meine Bestechungsversuche, etwas über diesen sagenumwobenen Ort herauszufinden, scheiterten an der Schweigsamkeit der Jungs. Offensichtlich haben sie einen Eid darauf geschworen, keinerlei Informationen über Parkhurst an Außenstehende durchsickern zu lassen – was die weiblichen Mitglieder der Elite einschließt. Das Thema ist seit Jahren einer der größten Spannungspunkte zwischen uns, keine Ahnung also, wie Jackson und Sawyer davon erfahren haben.

Charlie, Drew und Trent tauschen Blicke aus, aber ich kann nichts aus diesen herauslesen. Jackson schaut amüsiert drein, während Sawyer unter höchster Alarmbereitschaft zu stehen scheint. Er weiß, dass er einen wunden Punkt getroffen hat, und wartet die Reaktionen ab.

Drew räuspert sich. »Abigail führt während unserer Abwesenheit das Kommando.« Er tritt an Sawyer heran. »Wenn irgendeiner von euch ihr Schwierigkeiten macht, werdet ihr nach unserer Rückkehr dafür verantwortlich gemacht.«

»Wir machen uns schon jetzt in die Hosen«, erwidert Jackson, lehnt sich rücklings auf die Motorhaube und bläst dabei Rauchkringel in die Luft.

»Runter von meinem Auto«, blafft Trent.

Jackson drückt sich geschmeidig von dem Wagen ab, schlendert zu meinem Verlobten und hält ihm seinen Joint direkt vors Gesicht. »Du musst mal ein bisschen chillen, Mann.«

»Fick. Dich.« Trent stößt Jacksons Hand harsch beiseite.

»Ich habe euch schon gesagt, dass Männer nicht mein Fall sind. Ich stehe auf Muschis.« Er sendet einen teuflischen Blick in meine Richtung, und ich kann nicht beurteilen, ob er sich mutig oder dumm verhält oder ob es ihm einfach nur scheißegal ist.

»Du musst seinen Schwanz öfter mal reiten, Schönheit. Vielleicht wird er dann ein bisschen entspannter.«

»Lauder.« Sawyer bedenkt Jackson mit einem warnenden Blick, der daraufhin beschwichtigend die Hände nach oben hebt.

»Mein Fehler. Abigail trägt das Kommando. Keiner macht sie an. Verstanden.« Jackson grinst und ich frage mich, ob den Kerl überhaupt irgendetwas aus der Fassung bringen kann.

»Sind wir hier fertig?«, will Sawyer wissen.

»Leitet die Nachricht auch an euren Kumpel Marshall weiter«, fügt Charlie hinzu, während Trent meine Hand nimmt und mich in Richtung seines Autos bugsiert.

»Genieß deinen *Urlaub*«, sagt Sawyer. Seine besondere Betonung des Wortes *Urlaub* sorgt dafür, dass sich die feinen Härchen in meinem Nacken aufrichten.

Dann ziehen sie von dannen, als würde ihnen nichts auf dieser Welt etwas ausmachen.

»Ich werde dich vermissen«, säuselt Trent, während er seine Hose zuknöpft.

Ich dich nicht. Ich habe nicht damit gerechnet, dass Trents Bedürfnisse zu befriedigen bedeutet, jeden Tag vor ihm auf die Knie zu sinken. Aber ich tue, was ich tun muss. Es lässt sich außerdem nicht leugnen, dass er durchaus umgänglicher ist, seitdem ich ihn mit Zuneigung überhäufe. »Ich dich auch. Die Woche war echt schön«, lüge ich, schließe die Arme um seinen Nacken, presse mich ganz fest an ihn und versuche, die dabei in mir aufsteigende Übelkeit zu unterdrücken.

»Denk an das, was ich dir gesagt habe.« Er lässt seine Hände unter meinen Rock gleiten und knetet meine nackten Pobacken.

»Ich will Fotos und Videos. Täglich. Ich brauche viel Wichsmaterial.«

Widerlich. »Das habe ich nicht vergessen.« Wenn er tatsächlich denkt, dass ich ihm obszöne Bilder von mir schicke, hat er sich mächtig geirrt. Als würde ich ihm freiwillig Munition liefern, die er später gegen mich verwenden könnte. Auf keinen Fall.

»Wenn es nötig ist, halte dich an die Jungs«, erinnert er mich. »Besonders an Chad. Er wird sich der Situation annehmen.«

»Hör auf, dir Sorgen zu machen. Ich habe alles im Griff«, versichere ich ihm selbstbewusster, als ich mich fühle.

»Sei brav.« Er zieht mich harsch an sich und küsst mich hart, bevor er den Raum verlässt.

Ich sinke rückwärts auf mein Bett und seufze vor Erleichterung auf. Einen Monat keine Blowjobs, keine harten Küsse und kein Vortäuschen. Im Stillen stoße ich eine Siegesfaust gen Himmel.

Janes leises Schluchzen reißt mich aus meiner euphorischen Stimmung. Ich richte mich auf und stütze mich auf meinen Ellenbogen ab, als mein Bruder mit seiner weinenden Verlobten im Arm mein Zimmer betritt.

Arme Jane. Die Vorstellung, Drew einen Monat nicht sehen zu können, ist für sie ähnlich schlimm wie die Amputation eines lebenswichtigen Körperteils. Die beiden kleben aneinander wie Pech und Schwefel, weswegen die Trennung für sie besonders hart ausfallen wird.

Ich springe auf und lege statt beider Arme nur einen um meinen Bruder, weil sich Jane weigert, ihn auch nur eine Sekunde loszulassen. »Ich passe auf sie auf. Versprochen«, versichere ich Drew und gebe ihm einen Kuss auf die Wange.

»Das weiß ich«, antwortet er und drückt seine Lippen auf meinen Kopf. »Und pass auch auf dich auf. Ich erwarte täglich aktuelle Infos.«

Ich nicke und schäle Jane aus den Armen meines Bruders. Drew küsst sie noch ein letztes Mal und flüstert ihr etwas ins Ohr. Als er geht, fährt er sich mit der Hand durchs Haar. Seine Frustration und Sorgen sind nahezu greifbar.

»Schsch, Süße«, beruhige ich meine Freundin und nehme sie fest in die Arme. »Er ist nicht für immer weg und wird schneller wieder da sein, als du gucken kannst.«

»Du kannst es ruhig aussprechen«, flüstert sie, wischt sich die heißen Tränen aus dem Gesicht und macht sich von mir los.

Ich erstarre. »Was meinst du?«

»Dass ich jämmerlich bin.« Auf meiner Bettkante sitzend lacht sie kurz auf, während ihr langes blondes Haar in dichten Strähnen ihr Gesicht umrahmt.

Ich lasse mich neben sie fallen. »Mach das nicht. Mach dich nicht selbst so fertig. Du liebst ihn und du wirst ihn vermissen. Das ist kein Grund, sich zu schämen.«

»Glaubst du, dass es in diesem Camp auch Mädchen gibt?« Ihre hellblauen Augen glänzen voll unvergossener Tränen.

Ich schüttle den Kopf. »Das Trainingscamp ist nur für Männer.« Dennoch glaube ich, dass es im Camp weibliches Personal gibt, und sicherlich werden auch Nutten und Stripperinnen für diejenigen eingeschleust, die vögeln wollen, *so wie Trent.* Ich behalte meine Vermutungen jedoch für mich, weil sie Jane nur noch mehr aufwühlen würden. »Warum fragst du?«

Sie schaut mich an, als wären mir gerade zehn Köpfe gewachsen. »Drew ist es gewöhnt, regelmäßig Sex zu haben, und wir waren bis jetzt noch nie eine so lange Zeit voneinander getrennt. Was ist, wenn er in Versuchung gerät?«

»Also erstens, *würg.* Zweitens, mein Bruder verehrt dich wie verrückt und hat dich noch nie betrogen, also warum sollte er ausgerechnet jetzt damit anfangen?« *Versteht sie nicht, dass sie diejenige ist, die all die Macht hat?*

Drew liebt Jane. Ich gehe absolut nicht davon aus, dass er diese Liebe leichtfertig aufs Spiel setzen würde. Darüber hinaus braucht unser herzallerliebster Vater aus irgendwelchen Gründen, die ich noch nicht durchschaut habe, die familiäre Verbindung mit den Fords. Er tut nichts ohne Grund oder aus reiner Nächstenliebe. Er würde Drew nicht einfach verheiraten, wenn nicht auch etwas für ihn dabei herausspränge. Ich verstehe noch nicht ganz, warum, aber Drew giert regelrecht nach der

Anerkennung unseres Vaters. Er würde niemals etwas tun, was diese Beziehung gefährdet. Da bin ich mir sicher.

»Mir ist klar, dass er mich nie vorsätzlich betrügen würde.« Jane knabbert auf ihrer Unterlippe herum. »Wahrscheinlich verhalte ich mich einfach albern. Aber es stört mich eben, dass wir nicht genau wissen, was dort vor sich geht. Was ist, wenn das Camp eine ausgefeilte Version vom Sexkerker deines Vaters ist und sie deshalb vorgeben, nichts über den Ort sagen zu dürfen?«

Ich würde am liebsten laut loslachen, aber so abwegig ist das nicht. Ich habe mir nie sonderlich viele Gedanken darüber gemacht, was in Parkhurst wirklich geschieht, aber wer weiß, ob Jane nicht recht hat? »Vielleicht ist das so«, gebe ich schulterzuckend von mir. »Allerdings werden wir es niemals herausfinden. Am besten du schlägst dir diese Gedanken einfach aus dem Kopf und konzentrierst dich darauf, dass dich Drew unglaublich liebt. Er würde dich niemals verletzen.«

»Du hast recht«, sagt sie schon etwas zuversichtlicher. »Außerdem gibt es genügend Möglichkeiten, unser Sexleben am Laufen zu halten, auch wenn wir gerade nicht am selben Ort sind.«

Ich stupse sie in die Rippen und sie fällt von der Bettkante. »Das geschieht dir recht«, murmele ich. »Wenn du nicht willst, dass ich mir hier die Seele aus dem Leib kotze, dann verschon mich bitte mit dem Sexleben meines Bruders.«

Sie kichert und kommt wieder zurück aufs Bett.

Bevor sie nach Hause geht, gucken wir noch etwas fern und verabreden uns für den morgigen Tag zum Lunch in der Stadt.

Ich nehme eine Dusche, ziehe mir meinen Pyjama an, spähe in den Flur und informiere Louis, dass ich kaputt bin und noch etwas fernsehe, ehe ich ins Bett gehen werde. Sein Blick bleibt einen Moment zu lang an meiner BH-freien Brust hängen, und ich stelle fest, dass sich einige Dinge wohl nie ändern werden. Dabei sollte man denken, er hätte inzwischen dazugelernt. Seine Vorliebe, jüngere Mädchen zu vögeln, ist schließlich der Grund, warum ich mich während seiner Schicht davonschleichen kann, wann immer ich will. Als ich herausfand, dass er ein Perverser ist, habe ich ihm eine Falle gestellt. Ich trommelte ein paar

Mädchen aus dem inneren Zirkel für eine Übernachtungsparty zusammen und arrangierte es so, dass zwei von ihnen ihr Interesse an Louis offenkundig zeigten. Louis ist nicht wirklich alt. Mitte oder Ende zwanzig, schätze ich. Er ist auch ziemlich gutaussehend, wenn man auf Typen mit kurz geschorenen Haaren, Sixpack und nichts in der Birne steht. Ich habe bewusst zwei Mädchen ausgesucht, die auf ältere Typen abfahren, damit sie sich auf die Sache einlassen würden. Ehrlich gesagt, war es ein Kinderspiel. Sogar viel leichter, als ich vermutet hatte.

Louis war so damit beschäftigt, die beiden Mädchen zu vögeln, dass er gar nicht mitbekam, dass ich von meinem Versteck im Schrank aus Fotos von dem ganzen Treiben schoss. Nun wedele ich mit den Schnappschüssen vor seiner Nase herum, wann immer es nötig ist. Beide Mädchen waren noch minderjährig, sodass er nicht nur seinen Job verlieren, sondern auch in den Knast wandern würde, käme es heraus. Er hasst mich nun wie die Pest, aber das könnte mir nicht gleichgültiger sein. Mir ist nur wichtig, dass er wegsieht, wenn ich es für nötig befinde.

Louis ist ein Dreckskerl. Ich habe nicht den Funken eines schlechten Gewissens, ihm diese Falle gestellt zu haben. Er hat es ganz einfach verdient.

Oscar zu erpressen, finde ich nach wie vor furchtbar. Oscar ist der nettere von den beiden Bodyguards, die mir zugeteilt wurden. Er ist Mitte vierzig, verheiratet, hat zwei Kinder und ist ein aufrichtiger Familienmensch. Dieser Job bedeutet ihm alles, zumal er eine Krankenversicherung sowie Fortbildungsmaßnahmen beinhaltet. Nichts davon würde er leichtfertig aufs Spiel setzen. Ich kann also mit Sicherheit davon ausgehen, dass er niemals Details von dem Abend preisgeben würde, an dem meine Tante beerdigt wurde. Damals schlich ich mich heimlich aus dem Haus und kam erst in den frühen Morgenstunden heim. Er hat keine Ahnung davon, wo ich war. Er weiß weder, dass ich mir das Leben nehmen wollte, ehe mich ein heißer Unbekannter davor bewahrte, noch, dass ich diesem Unbekannten meine kostbare Jungfräulichkeit schenkte.

Dennoch ist ihm bewusst, dass es ein Kündigungsgrund wäre,

mich über sechs Stunden aus den Augen zu verlieren. Damit habe ich ihn bei den Eiern. Ich fühle mich nicht gut dabei, aber manchmal muss man einfach tun, was nötig ist.

Nachdem ich meine Schlafzimmertür von innen abgeschlossen habe, drehe ich den Fernseher auf volle Lautstärke und tausche den Pyjama gegen schwarze Skinny Jeans, ein schwarzes Top und einen dünnen schwarzen Kapuzenpullover. Ich schnüre mir meine Turnschuhe zu, binde mir die Haare zu einem Pferdeschwanz zusammen und stülpe die Kapuze über meinen Kopf, bevor ich den Geheimgang betrete, der hinter meiner Wand verborgen ist.

Ich habe den Tunnel rein zufällig vor vierzehn Monaten entdeckt. Nach einem üblen Streit mit meinem Vater schlug ich wütend gegen die Wand und erwischte dabei einen versteckten Hebel, der die Wandvertäfelung zurückzog und eine steile Treppe offenbarte.

Diese Treppenstufen tapse ich nun hinunter. Das Licht im Gang leuchtet automatisch auf, als ich die untere Stufe erreiche. Die hölzerne Wandvertäfelung schließt sich hinter mir, und ich wandle zielgerichtet über den Granitboden.

Als ich diesen Ort das erste Mal entdeckte, war ich fasziniert. Ich hatte einen verstaubten, feuchten und heruntergekommenen alten Tunnel mit von Spinnenweben durchzogenen, vermoderten und bröckelnden Wänden erwartet – schließlich stammt unser Haus aus dem achtzehnten Jahrhundert. Mir wurde schnell klar, dass dieser Tunnel eher ein moderner Anbau war – mit glatten Steinwänden, Granitboden, automatischer Beleuchtung und elektronischen Schließmechanismen.

Unser weitläufiges Anwesen ist seit Generationen im Besitz der Familie Manning. Nach dem Tod ihres Vaters, wurde es meiner Mom vererbt; wir waren damals noch Kinder. Moms einzige verbleibende Verwandte war ihre Schwester Genevieve, die jedoch nach ihrem Collegeabschluss aus dem Familiengeschäft ausstieg. Sie ließ sich ihren Anteil am Gesamtvermögen auszahlen und zog nach Alabama um. Dort baute sie sich eine Kette von Floristikgeschäften auf, ehe sie vor fünf Monaten verstarb.

Die Verantwortung für die Bewahrung der Familientradition fiel daher auf meine Mutter.

Heute ist mir klar, dass sie wie ich keine andere Wahl hatte. Ihre Heirat mit meinem Vater war sehr ungewöhnlich, denn seine Familie gehörte nicht denselben Kreisen an. Mom starb, als ich sieben war, also war sie nie in der Lage, mir die ganze Geschichte aus ihrer Perspektive zu erzählen. Ich habe mir jahrelang Gedanken darüber gemacht, warum mein Großvater ausgerechnet Michael Hearst als den zukünftigen Ehemann seiner Tochter auserkor. Ich weiß, dass die Ehe meiner Eltern keineswegs glücklich war; ich hörte regelmäßig Moms Schreie, als der Dreckskerl sie schlug. Bis heute sind so viele Fragen unbeantwortet geblieben. *Wie zum Beispiel die, wer diesen Tunnel baute und warum.*

Tante Genevieve vertraute mir auf ihrem Totenbett ein paar Dinge an. Sie erzählte mir von ihrem Verdacht, dass mein Vater den Autounfall inszeniert hatte, der meiner Mom das Leben kostete.

Genevieve drängte mich, fortzugehen.

Zu entkommen.

Sie hatte Angst, dass mir ein ähnliches Schicksal bevorstehen könnte. Ihre Theorien und ihr Tod veranlassten mich in jener Nacht dazu, ins Wasser zu gehen. Ich schäme mich sogar vor mir selbst, das zuzugeben, schließlich hat sie mir nicht nahegelegt, mich umzubringen. Sie gab mir die Informationen, um mich zu schützen. Wenn ich mich tatsächlich an diesem Abend umgebracht hätte, wäre ihr Vertrauen in mich ad absurdum geführt worden.

Vor der Tür beuge ich mich hinab, löse den lockeren Stein in der Wand und finde die Kiste wieder, die ich dort versteckt habe. Ich gebe den Code auf der digitalen Tastatur ein und der Deckel springt auf. Dann nehme ich das Prepaid-Handy aus der Kiste und versende eine Nachricht an Xavier, in der ich ihm mitteile, dass ich in zwanzig Minuten am Treffpunkt sein werde. Ich stecke das Handy in die Tasche meines Kapuzenpullovers, schnappe mir ein bisschen Bargeld und meine Waffe. Nachdem ich kontrolliert habe, ob sie gesichert ist, verstaue ich sie im Bund meiner Hose. Anschließend trete ich nach draußen in die dunkle Nacht.

5. KAPITEL

Nach einem schönen Mittagessen mit Jane am folgenden Tag kehre ich nach Hause zurück und fluche, als ich die bekannten silbernen und schwarzen Autos davor erblicke.

Trents Vater fährt einen *Majestic S70* – einen Wagen von Manning Motors, der bei reichen Arschlöchern, die mehr Geld als Verstand haben, besonders beliebt ist – während Charlies Vater darauf besteht, einen silbernen Bentley zu fahren, sehr zum Ärger meines Vaters. Im Stillen erfreue ich mich an seinem Sinn für Rebellion. Ich mag, dass er die Traditionen auf verschiedene Art und Weise infrage stellt. Versteht mich nicht falsch, Charles verehrt die alten Traditionen, aber er sucht immer nach Wegen, dieses Vermächtnis zu modernisieren. Ginge es nach ihm, würden die meisten der historischen und altertümlichen Regeln abgeschafft.

Seufzend gehe ich auf das Haus zu, hoffend, dass sich die Pläne unserer Väter nicht verändert haben. Ich hatte angenommen, dass sie inzwischen nach Parkhurst aufgebrochen wären, und mich gefreut, dass ich unseren herzallerliebsten Vater ein paar Tage nicht sehen müsste. Das Haus für mich selbst zu haben, ist nur eine Illusion von Freiheit, aber ich koste jede solcher Gelegenheiten aus.

Ich betrete den Marmorboden der Eingangshalle und schließe leise die schwere Mahagonitür hinter mir. Tief in Gedanken versunken gehe ich mit klackernden Absätzen in die Richtung von Vaters Büro.

Dank des Geldes, das mir Tante Genevieve hinterlassen hat, habe ich inzwischen genug beisammen, um fliehen zu können. Ich habe an verschiedenen Orten Bargeld versteckt, aber der größte Teil der Millionen, die sie mir hinterlassen hat, befindet sich gut verwahrt auf einem Offshore-Konto, das auf meinen Namen läuft.

Dank Xaviers Verbindungen besitze ich einen falschen Ausweis und andere notwendige Papiere, die sicher verstaut in der Box im

Tunnel liegen. Ich bin allerdings nicht so naiv, zu glauben, ich könnte einfach spurlos verschwinden. Ich gehe davon aus, dass mein Vater den Tod meiner Mutter herbeiführte, da auch sie versucht hatte, zu fliehen, und Drew und mich hatte mitnehmen wollen. Ich habe vage Erinnerungsfetzen daran, dass sie mir kurz vor ihrem Tod erzählte, wir würden bald in ein neues Haus ziehen.

Mein Vater würde nach meinem Verschwinden alle Hebel in Bewegung setzen, um mich zu finden, und ich will nicht den Rest meines Lebens über meine Schulter schauen müssen, darum brauche ich Munition. Etwas, um ihn in der Hand zu haben und ihn zu zwingen, mich gehen zu lassen. Daher nutze ich jede Gelegenheit, ihm nachzuspionieren. Die Tatsache, dass alle Väter noch hier sind, bedeutet, dass etwas passiert ist, und ich will wissen, was geschehen ist.

Ich stoppe vor dem großen vergoldeten Spiegel, um mein Lipgloss aufzufrischen und mir die Haare zu kämmen. Dann lasse ich meine Hände über mein enganliegendes rotes Kleid gleiten, überprüfe genauestens mein Spiegelbild und stelle sicher, dass ich ladylike und kultiviert aussehe.

Vater lässt mich nur in die Stadt, wenn ich mich entsprechend kleide, und ich habe schon vor langer Zeit aufgegeben, dagegen zu rebellieren.

Ich habe größere Gefechte auszutragen.

Als ich zufrieden mit meiner Erscheinung bin, klopfe ich an die Tür seines Büros, und trete ein, ohne darauf zu warten, hereingebeten zu werden. Die drei Männer sehen sofort auf. Charles Barron Senior lächelt mich warmherzig an. Daddy verzieht das Gesicht und Christian Montgomery, mein zukünftiger Schwiegervater, zieht mich förmlich mit den Augen aus – auf eine Weise, die mir immer wieder aufs Neue eine Gänsehaut über den Körper jagt.

Verfluchter Widerling.

»Was habe ich dir bezüglich des Hereinplatzens in mein Büro gesagt?«, knurrt Vater und schwenkt die bernsteinfarbene Flüssigkeit in seinem Glas umher.

»Ich habe geklopft.« Ich klimpere mit den Wimpern und lege den unschuldigsten Gesichtsausdruck auf, zu dem ich fähig bin.

Er seufzt. »Was möchtest du, Abigail?«

»Ich möchte dich an meine Ballettaufführung am Freitag erinnern. Wirst du rechtzeitig wieder nach Hause kommen?«

Mein Vater lehnt sich auf seinem Stuhl nach vorn und sieht mich finster an. »Ich werde da sein. Habe ich je eine verpasst?«

Nein. *Aber es ist ja nicht so, als wärst du dort, um mich zu unterstützen, oder weil du stolz auf mich wärst. Du bist da, weil man es von dir erwartet.* »Okay, hab einen erfolgreichen Trip, Vater.« Ich nicke Charlies und Trents Vater zu. »Mr Barron. Mr Montgomery.«

Ich verlasse den Raum, schließe die Tür hinter mir aber nicht ganz. Der Spalt ist klein genug, um ihn nicht sofort zu bemerken, aber breit genug, um lauschen zu können.

»Sie sieht jeden Tag mehr wie Olivia aus«, bemerkt Barron.

»Erinnere mich nicht daran«, knurrt mein Vater.

»Mein Sohn ist ein glücklicher Mann«, fügt Montgomery hinzu.

Mein Vater sieht die Männer an. »Wir müssen diese Sache abschließen und uns dann auf den Weg machen.«

»Wir können das zu unserem Vorteil nutzen«, meint Barron. »Sie sind zu uns gekommen. Sie befinden sich auf *unserem* Terrain. Wir können kontrollieren, wie diese Sache ausgeht.«

»Das Timing könnte nicht schlechter sein«, erwidert mein Vater.

»Das ist Absicht«, bestätigt Montgomery. »Kann sie damit umgehen?«

»Sie ist tougher, als sie aussieht.«

»Alle Frauen sind schwach, insbesondere die hübschen«, antwortet das Arschloch von Trents Vater.

»Es wird ein Test sein«, meint Barron.

»Vielleicht«, entgegnet mein Vater. »Aber wie dem auch sei, es gibt keine andere Wahl. Falls die Dinge hässlich werden sollten, werden unsere Söhne bei ihrer Rückkehr den Mist beseitigen.«

»Dann sind wir uns also einig«, sagt Barron. »Wir werden nicht eingreifen.«

»Fürs Erste«, ergänzt Montgomery.

Das Kratzen von Stühlen warnt mich vor der drohenden Gefahr, weshalb ich meine High Heels abstreife und barfuß den Flur hinunterrenne, um zu den Schlafzimmern zu gelangen. In meinem Zimmer angekommen, verdrehe ich umständlich meinen Arm und kämpfe darum, den Reißverschluss meines Kleides an meinem Rücken runterzuziehen, als meine Zimmertür plötzlich auffliegt.

Panik drückt wie ein schweres Gewicht auf meine Brust, als ich meinem zukünftigen Schwiegervater von Angesicht zu Angesicht gegenüberstehe.

Oscar steht hinter ihm im Türrahmen, er wirkt verärgert über die Situation.

»Erlauben Sie?«, sagt Christian Montgomery, schubst meinen Bodyguard nach hinten und schlägt ihm die Tür vor der Nase zu.

»Warum bist du hier?« Ich weigere mich, eingeschüchtert zu reagieren, also strecke ich den Rücken durch und stemme die Hände in die Seiten.

»Ich wollte dich daran erinnern, dass du zu meinem Sohn gehörst.« Er tritt hinter mich, streicht mein Haar zur Seite und greift ungefragt nach dem Reißverschluss meines Kleides.

Eine Gänsehaut kriecht über meinen Körper und ein Schauder läuft mir die Wirbelsäule hinab. Sein warmer Atem streift über meinen Nacken und Übelkeit flutet meinen Mund. Es kostet mich enorme Mühe, nicht zu zittern. Oder mich nicht zu übergeben. »Das habe ich nicht vergessen.« Ich wünschte, ich könnte es, aber es wird mir zu oft vor Augen geführt, um es aus meinem System zu bekommen.

»Halt dich von Marshall, Lauder und Hunt fern«, fordert er und lässt den Reißverschluss in einer langsamen Bewegung nach unten gleiten.

»Mir ist nicht ganz klar, was du damit andeuten möchtest, aber ich habe Trent nie einen Grund gegeben, an meiner Loyalität zu zweifeln. Und ich habe nicht vor, jetzt damit anzufangen.« Ich zucke zurück, als er mit den Fingern die nackte Haut an meinem Rücken berührt, und versuche krampfhaft, meine Panik unter

Kontrolle zu bekommen.

Trents Vater hat mich schon immer auf unangemessene Art und Weise angesehen. Sachen gesagt, die man fehldeuten könnte. Aber er hat mich noch niemals angefasst – bis jetzt.

Ich mache einen Schritt nach vorn, da ich von ihm wegwill. Doch er schlingt einen Arm um meinen Bauch, drückt dabei meinen Ellenbogen an meinen Körper und nimmt auch den anderen gefangen, als er mich rücklings an seine Brust zieht.

Erneut wallt Übelkeit in mir auf, als sich der Beweis seiner Erregung von hinten gegen mich presst. »Diese drei Jungs werden versuchen, durch dich an uns heranzukommen«, sagt er viel zu nah an meinem Ohr. Mit seiner freien Hand wandert er meinen Körper entlang und umfasst eine meiner Brüste.

»Nimm deine Hände von mir!« Ich versuche mich aus seinem Griff zu winden, aber er packt nur noch grober zu und gräbt seine Finger so fest in meine Haut, dass er mit Sicherheit Spuren hinterlässt.

Er begrapscht meinen Busen. »Das hier gehört meinem Sohn.«

Und mir.

Ich höre die unausgesprochenen Worte, die meine Panik so heftig ansteigen lassen, dass ich kurz vor einem Herzinfarkt stehe.

Er lässt meine Brust los und wandert weiter nach unten. Als er durch mein Kleid hindurch meine Pussy umfasst, presse ich die Augen zusammen. »Genau wie diese jungfräuliche Fotze. Sieh zu, dass sie das auch bleibt.« Er reibt seine Nase an meinem Nacken und atmet tief ein. »Du riechst genauso köstlich wie deine Mutter.« Er leckt eine Linie meinen Hals hinauf, als sich eine einzelne Träne aus meinem Augenwinkel löst und sich ganz neue Horrorszenarien einen Weg an die Oberfläche bahnen. »Ich frage mich, ob du auch so schmeckst und dich genauso anfühlst, wie sie es getan hat«, wispert er an meinem Ohr und reibt mit seiner Hand immer wieder über meinen Schritt.

»Nimm deine Hände von mir. Dein Sohn wird nicht gerade glücklich sein, wenn ich ihm hiervon erzähle.« Ich hasse es, wie sehr meine Stimme zittert, aber die Angst hat die Kontrolle über meinen Körper erlangt.

»Du wirst Trent kein Wort sagen«, zischt mein Vater, der in den Raum kommt, als sei es nichts Ungewöhnliches, seine Tochter dabei vorzufinden, wie sie von seinem besten Freund begrapscht wird.

Oscar wiederum hat draußen im Flur den Kopf gesenkt und lässt die Schultern hängen. An seiner Haltung kann ich erkennen, dass er eigentlich eingreifen möchte.

»Du wirst nichts tun, was deine Hochzeit oder deine Familie gefährden könnte. Die Konsequenzen würden dir nicht gefallen.« Vater wirkt gelangweilt und ignoriert mich. Stattdessen sieht er seinen Freund an. »Wir fahren los.«

Als Christian von mir ablässt, falle ich vor Erleichterung fast auf die Knie. Ich stolpere von ihm weg und wische mir meine Tränen fort, damit er sie nicht bemerkt.

»Denk daran, was ich gesagt habe«, warnt er mich und rückt ganz offenkundig die Erektion in seiner Hose zurecht. »Halte dich von diesen Arschlöchern fern. Das ist eine Anordnung.«

»Mach generell nichts, was dem Ruf der Elite schaden könnte«, fügt mein Vater hinzu. »Beweise dich in dieser Angelegenheit, dann können wir darüber diskutieren, dir mehr Verantwortung zu übertragen.«

Ich hebe mein Kinn und setze einen selbstbewussten Gesichtsausdruck auf. »Ich werde mich um die Dinge kümmern, Vater.«

Ohne ein weiteres Wort verlassen die beiden Männer den Raum, und ich warte einigen Sekunden, ehe ich mich auf den Boden kauere und stille Tränen meine Wangen hinablaufen lasse.

Oscar ist in wenigen Augenblicken bei mir und tupft die Tränen mit einem Taschentuch fort. »Es tut mir leid«, flüstert er.

»Das muss es nicht«, wispere ich zurück. »Du kannst in so einer Situation nicht einschreiten. Sie würden dich dafür töten oder deiner Familie etwas antun.« Ich habe genug Unterhaltungen belauscht, um zu wissen, dass mein Vater und seinesgleichen nicht vor Entführung, Folter, Mord und Vergewaltigung zurückschrecken.

»Drew muss mehr tun, um dich zu beschützen«, sagt er leise.

»Wie?« Ich zucke mit den Schultern. »Ihm sind ebenso die Hände gebunden.«

Oscar schüttelt den Kopf. »Drew ist der zukünftige Geschäftsführer von Manning Motors. Dein Vater hat ihn sein ganzes Leben darauf vorbereitet, seinen rechtmäßigen Patz in der Elite einzunehmen. Er könnte Forderungen stellen, und dein Vater würde ihnen zustimmen.«

Das bezweifle ich sehr, aber ich bin nicht in der Stimmung, um zu diskutieren. Stattdessen möchte ich die letzten Minuten aus meinem Gedächtnis löschen und vergessen, was passiert ist. »Ich kann Drew nicht erzählen, was vorgefallen ist. Er würde es Trent erzählen und dieser würde ausrasten.« Andererseits – vielleicht habe ich viel größere Angst davor, dass er genau das nicht tun würde. Dass er vorhat, mich mit seinem Vater zu teilen, sobald wir verheiratet sind und im Haus der Montgomerys leben. Trents Mutter ist schließlich nicht umsonst ein alkoholabhängiges nervliches Wrack, das völlig zurückgezogen lebt.

Trents Kindheit war nicht einfacher als unsere. Das hängt mit dem Zusammenbruch seiner Mutter zusammen, der alles zu viel wurde, nachdem sie ihre beiden besten Freundinnen kurz nacheinander verloren hatte. Mrs Anderson nahm sich das Leben, ein paar Monate später kam meine Mutter bei einem Autounfall zu Tode, wodurch Sylvia allein zurückblieb. Elizabeth Barron, Charlies Mom, kommt von auswärts. Sie hatte nie eine so enge Verbindung zu den anderen Frauen, die zusammen aufgewachsen waren.

Mein Schädel brummt. Ich kann nicht noch länger herumgrübeln. Ich muss meinen Kopf freikriegen, und es gibt nur zwei Sachen, die mir dabei helfen: Tanzen und Laufen. Ich entscheide mich für Letzteres und stehe auf. »Ich muss laufen gehen«, wende ich mich an Oscar, schiebe den schweren Diamantring von meinem Finger und verstaue ihn in der Schublade meines Nachttischs, wo er bleiben wird, bis ich gezwungen bin, ihn wieder anzulegen.

Sofort fühle ich mich leichter.

»Ich hole das Auto, während du dich umziehst.«

»Danke.«

Er drückt mir einen sanften Kuss auf den Scheitel, was erneut Tränen in meinen Augen brennen lässt. Er hat mir immer schon mehr Liebe und Mitgefühl entgegengebracht als mein eigener Vater, und ich frage mich, wie es ist, in einer liebevollen Umgebung aufzuwachsen. Einen Vater zu haben, der dich beschützt, statt dich immer wieder den Wölfen zum Fraß vorzuwerfen.

Ich renne den abgelegenen Strandabschnitt entlang und treibe meine Beine dazu an, immer schneller und schneller zu werden. Dabei versuche ich, meine Angst auszulöschen und mich an meine Wut zu klammeren.

Scheiß auf Christian Montgomery.

Scheiß auf seinen Sohn.

Und auf meinen Vater.

Sie werden mich nicht kleinkriegen. Sie werden mich nicht für den Rest meines Lebens kontrollieren. Stattdessen werde ich einen Weg finden, um aus dieser Situation auszubrechen. Und niemand wird mich aufhalten.

Ich schwitze heftig, als ich mich schließlich auf den Boden fallen lasse und mich auf der grasbewachsenen Düne ausstrecke, um wieder zu Atem zu kommen. Nach ein paar Minuten setze ich mich auf und hole meine Trinkflasche aus dem Rucksack. Das Wasser ist inzwischen warm geworden, doch das stört mich nicht. Ich schlüpfe aus meinem Lauf-Top und benutze es, um meine Stirn abzutupfen und die Schweißspur zwischen meinen Brüsten fortzuwischen. Dann gieße ich den Rest des Wassers über meinem Kopf aus und lasse es über mein Gesicht, den Sport-BH und meinen überhitzten Körper rinnen. Anschließend lege ich mich wieder auf den Rücken, schließe die Augen und lasse mir das Gesicht von den letzten Strahlen der Abendsonne wärmen.

Die See hat mich immer zu sich gelockt. Vielleicht, weil ich mit dem Strand eine der letzten Erinnerungen an meine Mutter verbinde. Ich kann ihre Stimme noch immer in meinem Kopf hören, sehen, wie ihre langen braunen Locken im Wind wehten, als sie mit mir um die Wette in Richtung Wasser lief. Ihr fröhliches Lachen, als Drew und ich sie im Sand eingruben. Ihre warmen Hände auf meiner Haut spüren, als sie mich mit Sonnencreme einrieb. Die Sicherheit ihrer Arme fühlen, als sie mich trocken rubbelte.

Mom hat den Strand geliebt. Im Sommer haben wir hier viel Zeit verbracht. Das wird auch der Grund sein, warum es mein Lieblingsort zum Laufen ist. Warum es mich hierherzieht, wann immer ich mich traurig fühle. Dieser Ort erinnert mich an sie, hier fühle ich mich ihr näher.

»Einen Penny für deine Gedanken, meine Schöne«, sagt eine tiefe Stimme.

Angesichts des Geräusches sich nähernder Schritte öffne ich ruckartig die Augen. Ich setze mich auf und ziehe die Brauen zusammen, als ich Jackson Lauder auf mich zujoggen sehe. Er trägt kein Shirt, sondern nur schwarze Lauf-Shorts, die sich an seine definierten Hüften schmiegen. Seine harten Muskeln bewegen sich beim Rennen unter der Haut.

»Du siehst aus, als würden die Sorgen der Welt auf deinen Schultern lasten«, stellt er fest und lässt sich neben mir ins Gras fallen.

»Ich habe gerade an meine Mom gedacht«, gebe ich ehrlich zu.

Er sieht mich prüfend an. Wonach er in meinen Augen sucht, weiß ich nicht genau. »Es tut mir leid.«

Er weiß es. Natürlich. Hunt hat offenbar mehr getan, als nur ein wenig Grundlagenforschung zu betreiben.

»Sie ist vor langer Zeit gestorben.« Ich zucke mit den Schultern, als wäre es inzwischen leichter, damit zu leben. Es stimmt. Es wird mit der Zeit leichter, aber ich habe nie aufgehört, sie zu vermissen. Es gibt keinen Tag, an dem ich nicht an sie denke. An dem ich mich nicht frage, wie unser Leben aussehen würde, wäre sie noch immer hier, und ob sie es geschafft hätte, mit uns zu fliehen.

Aber zu träumen ist destruktiv.

»Keine Zeit der Welt kann den Schmerz jemals komplett betäuben«, sagt Jackson leise.

Er hat recht. Ich sehe ihn an und versuche dabei nicht seinen Wahnsinnskörper anzuglotzen oder dem Reiz seiner funkelnden blauen Augen zu erliegen. »Wen hast du verloren?«

Ein Muskel an seinem Kiefer zuckt. »Meine Schwester. Sie wurde vor vier Jahren ermordet.«

Das haben wir ebenfalls gemeinsam. »Das ist schrecklich. Es tut mir leid.«

Er holt ein Feuerzeug und eine selbstgedrehte Zigarette aus seiner Hosentasche und zündet sie sich an. Dann nimmt er einen tiefen Zug, ehe er sie mir anbietet. Nachdem ich seine Vorliebe für Joints verzeichnet habe, gehe ich davon aus, dass es sich hier ebenfalls um einen handelt. Ich habe noch nie einen Joint geraucht oder andere Drogen genommen. Das ist nicht erlaubt. Die Mitglieder der Elite sind meine ständigen Schatten auf jeder Party, um sicherzustellen, dass ich nicht in Versuchung gerate.

Aber jetzt ist keiner hier.

Oscar wartet im Auto, und selbst wenn er hier wäre, würde er mich nicht aufhalten. Ich denke nicht groß nach, nehme Jackson den Joint ab, und ignoriere das Prickeln, das meinen Arm hinaufschießt, als sich unsere Finger berühren. Ich inhaliere tief, und Rauch erfüllt meine Lunge, ehe ich loskeuche und huste, bis mir die Tränen in die Augen steigen.

Jackson schmunzelt und nimmt mir den Joint wieder ab. »Natürlich ist es dein erstes Mal.« Er nimmt einen tiefen Zug, ehe er ihn mir erneut reicht. »In einem goldenen Käfig zu leben, muss langweilig sein.«

Ich ziehe noch einmal und muss wieder prusten, dieses Mal jedoch nicht so heftig wie beim ersten Mal. »Du hast ja keine Ahnung«, murmle ich und gebe ihm das Ding zurück. Dann löse ich mein Haargummi und fahre mit der Hand durch meine Haare.

Mir ist bewusst, dass es nicht klug ist, mich einem der neuen

Jungs zu öffnen, aber nach dem Vorfall heute fühle ich mich rebellisch. Trents Dad hat mir gesagt, ich solle mich von den Jungs fernhalten, und das hier ist mein Weg, seiner Anweisung zu folgen.

Jackson bedenkt mich mit einem seltsamen Blick, sagt aber nichts. In angenehmem Schweigen lassen wir den Joint zwischen uns hin und her wandern. Es dauert nicht lang, bis sich ein angenehmer, diffuser Nebel über meine Gedanken legt, meine Sinne dämpft und meine Glieder lockert. Ich lasse mich erneut rücklings auf den Boden sinken, ehe ich meine Arme und Beine wie ein Seestern hin- und herflattern lasse und dabei vor mich hinkichere.

»Ich glaube, da ist jemand stoned«, neckt mich Jackson und beugt sich mit einem Lächeln über mich.

»Ich fühle mich toll!« Ich bewege weiter meine Beine, wie früher als Kind, als Drew und ich stundenlang so im Sand spielten. Zufrieden seufze ich auf. »Ich sollte öfters Gras rauchen.«

Jackson schnaubt und nimmt einen weiteren Zug. Dabei sieht er mich die ganze Zeit unverwandt an.

»Wer macht so was überhaupt?«, frage ich. »Laufen gehen und dann einen Joint rauchen?« Ich springe auf, bewege meinen Körper zu einem imaginären Beat und summe kaum hörbar, während ich ein paar meiner Ballettschritte übe.

»Ich tue, was immer nötig ist, um die Realität zu betäuben«, erklärt er. »Laufen, rauchen, ficken, Rennen fahren.« Er schmunzelt, als ich im Sand das Gleichgewicht verliere und stolpere.

Ich streiche mir mein zerzaustes Haar aus dem Gesicht, kichere, während ich mich im Sand räkele und mich frage, warum Marihuana in diesem Staat für unter Einundzwanzigjährige noch immer als illegale Substanz gilt. Alles, wodurch man sich so gut fühlt, sollte frei erhältlich sein.

»Du solltest mehr lachen«, sagt Jackson, der sich gefährlich nah über mir aufgebaut hat und mein zerzaustes Haar hinter mein Ohr schiebt. »Du siehst noch hübscher aus, wenn du lächelst.« Er fährt mit dem Daumen über meine Unterlippe, und mir stockt der Atem. Mein Kichern verebbt, stattdessen übermannt mich eine viel intensivere Emotion. Während wir uns anstarren, scheint sich die Luft zwischen uns aufzuladen. Meine Brust hebt und senkt sich heftig, und ein Schwarm Schmetterlinge macht sich in meinem Bauch breit. Sein Blick senkt sich auf meinen Mund und er schiebt seinen Daumen zwischen meine Lippen.

Ich gebe dem Marihuana die Schuld für das, was ich als Nächstes tue. Ich lasse meine Zunge hervorschnellen, koste seinen Daumen und stupse mit zarten Zungenschlägen dagegen. Jackson stöhnt, tief aus seiner Kehle heraus, ehe er seine Lippen auf meine presst – und dann küssen wir uns, als hätten wir noch nie zuvor jemand anderen geküsst.

Seine Lippen sind herausfordernd, verlangend und hungrig, während er sich über meinen Mund hermacht und ich es ihm mit gleicher Münze heimzahle. Er zieht mich an seinen heißen Körper, packt meinen Hintern und drückt mein Becken gegen seines. Das Gefühl seines harten Schwanzes lässt mich aufstöhnen. Meine Hände entwickeln ein Eigenleben, erkunden die definierten Züge seiner nackten Brust und seines Rückens, während wir uns leidenschaftlich küssen. Sterne explodieren hinter meinen geschlossenen Lidern. Er plündert meinen Mund, leckt und saugt an mir, während er sein Becken auf eine Art und Weise gegen meines reibt, dass sich meine Mitte vor Verlangen zusammenzieht.

»Ms Abigail.« Oscars harsche Stimme befördert mich mit einem heftigen Knall zurück auf den Boden der Tatsachen.

Ich schreie auf und lasse von Jackson ab. Während ich von ihm wegkrieche, sieht er mich mit einem frechen, wissenden Ausdruck an. Seine Lippen sind geschwollen und halten mir die Realität dessen vor Augen, was ich gerade getan habe. »Scheiße.« Ich rapple mich auf, während Oscar meinen Rucksack und mein weggeworfenes Lauf-Top aufsammelt, und sehe Jackson mit kaum verhohlener Abscheu an.

»Bis Montag in der Schule, Schönheit«, sagt er und zwinkert mir zu, als er ebenfalls aufsteht. »Ich freue mich darauf.«

6. Kapitel

»Okay, was macht dich so verrückt?«, fragt Jane, als ich am nächsten Tag ihr Zimmer betrete.

Am Telefon habe ich nicht viel gesagt, da mit Sicherheit mein Handy verwanzt ist, aber meine beste Freundin kann meine Stimmungslagen auch so wunderbar entziffern, von daher ist ihr bereits klar, dass etwas los ist. »Ich habe etwas extrem Dummes getan.« Ich laufe in ihrem Zimmer auf und ab, und hinterlasse dabei eine deutliche Spur auf ihrem weichen Teppich.

»Was denn?« Jane kommt vor mir zum Stehen, nimmt meine Hände und führt mich zum Sofa. Auf dem Bildschirm läuft *Riverdale*, doch sie hat die Sendung auf Pause gestellt. Wenig überrascht verdrehe ich die Augen. Sie ist süchtig nach dieser Show. Bisher sind alle ihre Versuche, mich dazu zu bringen, diese Serie ebenfalls zu gucken, fehlgeschlagen.

»Ich habe mit Jackson Lauder rumgemacht«, platzt es aus mir heraus.

Jane blinzelt heftig und starrt mich schockiert an, die Augen aufgerissen und den Mund geöffnet wie ein Fisch an Land.

»Sag etwas«, flehe ich.

Ihre Mundwinkel heben sich. »Ist er ein guter Küsser?«

Ich stöhne auf. »Er küsst hammermäßig gut«, sage ich und streiche mir mit den Fingern über die Lippen. Sofort erinnert sich mein Körper an das Gefühl seines Mundes und seiner Hände und prickelt von Kopf bis Fuß. »Aber konzentrier dich!« Ich stupse sie gegen die Schulter. »Was mache ich diesbezüglich? Vater und Christian Montgomery haben mir eingebläut, mich von den Neuen fernzuhalten. Mein Job ist es, dafür zu sorgen, dass sie nicht aus der Reihe tanzen, und nicht, sie zu küssen!«

»Sie zu küssen hilft vielleicht dabei.«

Mir fällt die Kinnlade runter. »Wer bist du und was hast du mit meiner besten Freundin gemacht?« Sie kichert. »Ich kann Jackson nicht weiterhin küssen«, protestiere ich. »Das war ein riesengroßer Fehler. Trent wird ausrasten, wenn er davon erfährt. Wie kann ich Jackson dazu bringen, den Mund zu halten, ohne ihm etwas schuldig zu sein?« Ich vergrabe das Gesicht in meinen Händen. »Ich werde niemals wieder Gras rauchen.«

»Du hast einen Joint geraucht?«, kreischt Jane.

Ich nicke. »Dieser Tag war ein Riesenschlamassel.« Ich erzähle ihr davon, was mit Trents Vater vorgefallen war und wie ich schließlich Jackson am Strand begegnete.

»Oh mein Gott, Abby. Du hättest direkt danach hierherkommen sollen! Ich kann nicht glauben, dass Trents Dad so etwas mit dir gemacht und dein Vater es auch noch zugelassen hat.«

»Sie ziehen doch immer so eine Scheiße ab.« Ich bedenke sie mit einem ernsten Blick. »Das ist die Welt, in die du einheiratest, Jane.« Ich habe mich die ganze Nacht mit dem Gedanken im Bett hin- und hergewälzt, dass ich sie mit all diesem Mist allein zurücklassen werde. Sie wird ihren scharfen Verstand brauchen, wenn sie die Ehe mit einem Mitglied der Elite überleben will.

»Du musst es Drew erzählen. Er wird wissen, was zu tun ist.«

Ich schüttle den Kopf. »Nein. Das kann ich Drew nicht erzählen, und du musst mir versprechen, dass du es auch nicht tust.«

Sie zieht die Nase kraus. »Du weißt, dass ich nicht gern Geheimnisse vor deinem Bruder habe, Abby. Aber du bist meine beste Freundin, also werde ich ihm nichts erzählen, wenn du das unbedingt möchtest.«

»Danke.« Ich nehme ihre Hand in meine. »Mir ist bewusst, dass du meinen Bruder liebst und ihn heiraten möchtest, aber diese Welt ist verdorben und böse, und darauf musst du vorbereitet sein.«

»Jetzt machst du mir Angst.«

»Gut.« Ich drücke ihre Hand. »Keiner von ihnen ist ein guter Mensch, Jay. Was Christian Montgomery in meinem Zimmer getan hat, ist vergleichsweise unbedeutend, da es nichts ist im Vergleich zu dem ganzen anderen Scheiß, den sie sonst abziehen. Sie gehören nicht grundlos zu den reichsten, mächtigsten und einflussreichsten Männern dieses Landes. Sie haben sich ihren Weg an die Spitze geebnet, indem sie bestochen, manipuliert, Menschen missbraucht und tyrannisiert haben. Es gibt keine moralische Richtschnur, an die sie sich halten. Auch kein Gewissen. Nur Charlies Dad scheint eines zu haben. Ich denke nicht, dass er durch und durch schlecht ist, aber er gehört auch nicht zu den Guten. Er tut nichts, um all das zu stoppen.«

»Ich bin nicht gänzlich ahnungslos, Abby. Mir ist klar, dass diese Männer keine Engel sind.«

»Sie sind die Reinkarnation des Teufels, Jane. Vergiss das niemals.«

Der Wagen, in dem ich sitze und der von meinem Chauffeur gelenkt wird, hält am Montagmorgen in aller Herrgottsfrüh vor Janes Haus. Sie klettert hinein und lässt sich neben mir auf den Sitz fallen. »Bist du bereit?«

»Nein. Ich habe mich dazu entschlossen, so zu tun, als sei das zwischen Jackson und mir nie passiert. Leugnen ist mein neues Lieblingswort. Wenn Jackson irgendwas erwähnt, werde ich leugnen, leugnen und noch mal leugnen.«

Oscar ist der einzige weitere Zeuge. Er wird mein Vertrauen jedoch nicht missbrauchen, von daher scheint meine einzige Chance darin zu liegen, alles abzustreiten. Andernfalls müsste ich Jackson darum bitten, das Ganze für sich zu behalten, und wäre ihm dadurch etwas schuldig. Vermutlich ist es das, was er will und erwartet. Sollte mein Plan doch nicht aufgehen, habe ich bereits Xavier auf den Fall angesetzt. Er soll Nachforschungen über die Neuen anstellen und prüfen, welche Leichen sie im Keller haben.

In unserer Welt ist es ein entscheidendes Überlebenswerkzeug, die Schwächen anderer auszunutzen. Das ist auch der Grund, weshalb ich Xavier ein kleines Vermögen dafür bezahle, Informationen zu beschaffen, die ich gegen meinen Vater und die Elite einsetzen kann. Nun bezahle ich ihm einen weiteren Batzen Geld, damit er den Dreck unter den Stiefeln der neuen Jungs findet. Möglichst schnell. Ich brauche etwas in meinem Arsenal, um den nächsten Monat zu überleben.

»Mit etwas Glück wird er zu sehr damit beschäftigt sein, den Nachzügler in der Runde zu begrüßen, um sich auf dich zu konzentrieren.«

»Hoffentlich. Gut möglich, dass Camden Marshall eine passende Ablenkung darstellt, aber ich würde nicht darauf wetten.«

»Ich frage mich, wie er wohl ist«, sinniert Jane und starrt aus dem Fenster.

»Ich habe den Großteil der letzten Nacht damit verbracht, ihn zu googeln, habe aber online kein einziges Bild von ihm oder seiner Familie gefunden, was echt seltsam ist.«

»Drew hat erwähnt, dass diese Leute völlig zurückgezogen leben.«

»Scheint so. Zumindest, wenn man den Klatschseiten Glauben schenkt. Camdens Vater bezahlt Techxet – die Firma von Sawyers Vater – und ein Team von Technikspezialisten dafür, dass diese vierundzwanzig Stunden am Tag sämtliche Bilder und jeglichen geschmacklosen Inhalt über sie online finden und entfernen. Ich konnte kaum etwas über sie in Erfahrung bringen. Nur, dass Camdens Vater Wesley Marshall ist, der Besitzer eines Pharmaunternehmens namens Femerst, und ein vielrespektierter Wohltäter. Und dass er Sawyer und Hunt vor ein paar Jahren auf einer New Yorker Privatschule kennenlernte, die sie alle gemeinsam besuchten.«

»Ich wette, er ist heiß«, spekuliert Jane, als unser Fahrer zum Gelände der Rydeville High abbiegt.

»Natürlich ist er heiß. Ich brauche kein Foto von ihm, um das bestätigt zu haben. Heiße, reiche Arschlöcher kleben immer aneinander. Gerade wir sollten das wissen.«

Im Rückspiegel kann ich sehen, wie sich Oscar ein Lächeln verkneift.

»Küss nur den dritten im Bunde nicht auch noch«, wispert Jane mit halb ernstem, halb schalkhaftem Gesichtsausdruck.

»Keine Sorge. Ich werde mich Camden Marshall keinen Zentimeter nähern. Da kannst du mir vertrauen.«

»Er ist definitiv heiß«, sagt Jane, als wir zu Mittag die Cafeteria betreten. Wentworth hat dieses Mal mit Henry zusammen Türdienst, und sie nicken uns zu, als wir an ihnen vorbeigehen. »Mr Fleming musste Rochelle und ihren Tussianhang im Englischunterricht mehrmals ermahnen, weil sie bei seinem Anblick fast dahingeschmolzen sind. Scheinbar ist Shelton mit ihm im gleichen Geschichtskurs und sie meinte, dass er megasexy ist.«

»Wie erwartet.«

Chad winkt mich zu unserem Stammtisch rüber. »Ich habe euch Mittagessen geholt, Ladys«, erklärt er und zieht erst für mich, dann für Jane einen Stuhl hervor.

»Danke, Chad. Das ist süß und sehr aufmerksam von dir.«

»Schleimer«, murmelt jemand unbekümmert, der am anderen Ende des Tisches sitzt.

»Ich nehme an, du genießt es, von vorn bis hinten bedient zu werden«, vernehme ich eine mir nur allzu bekannte Stimme dicht an meinem Ohr. Ich ziehe scharf die Luft ein, als Jackson seine Hände rechts und links von mir auf dem Tisch abstützt, um mich von hinten einzukesseln. Er presst seinen warmen Körper an meinen Rücken, was Hitze in mir aufwallen lässt.

Dieser Mist darf nicht passieren, daher ramme ich ihm kräftig meinen Ellenbogen in die Magengegend. Ich lande einen spitzen Treffer nahe seiner Rippen und weiß, dass ihm das den Wind aus den Segeln nehmen wird. Er verliert die Balance und stolpert rückwärts, wobei er ein gequältes Stöhnen ausstößt. Ich stehe auf und drehe mich um, gerade rechtzeitig, um zu sehen, wie Hunt ihn beim Ellenbogen packt und ihn stützt, ehe er zu Boden geht.

»Nicht sonderlich ladylike, Schönheit«, stellt Jackson mit rauer Stimme und leicht unregelmäßiger Atmung fest.

»Du hast es verdient.« Ich bedenke ihn mit einem intensiven Blick. Einem, der ihm zu verstehen gibt: *Verhalt dich klug und halt die Klappe.*

»Du hast ernsthafte Aggressionsprobleme«, meint Hunt.

»Tu nicht so, als würdest du mich kennen.«

»Ich denke, ich ...«

Ich mache einen Schritt auf Jackson zu, sehe ihn warnend an, und er hält mitten im Satz inne. »Halt den Mund«, fauche ich ihm entgegen.

»Worüber?«, fragt eine tiefe, klangvolle Stimme hinter mir. Der verführerische Ton berührt etwas tief in meinem Inneren und zerrt Erinnerungen zurück ans Tageslicht.

Meine Haut prickelt und mein Magen überschlägt sich mehrmals.

Das kann verdammt noch mal nicht wahr sein.

Ich habe Angst, mich umzudrehen. Fürchte mich davor, der Wahrheit ins Gesicht zu blicken. Auch wenn wir nicht viel miteinander geredet haben, hat sich jeder Aspekt dieser Nacht für immer in mein Gedächtnis eingebrannt.

Das darf nicht wirklich geschehen.

Mein Puls beginnt zu rasen, mir stockt der Atem und Schmetterlinge tanzen plötzlich in meiner Brust. Wie in Zeitlupe drehe ich mich um und versuche, mich dabei auf das Unvermeidliche vorzubereiten. Doch nichts könnte mich vor dem Anblick bewahren, der sich mir bietet.

Während er mich anstarrt, werden seine sinnlichen braunen Augen noch dunkler, und der kühle, gleichgültige Ausdruck auf seinem Gesicht ist meilenweit von dem weichen, mitfühlenden entfernt, den ich kennengelernt habe. Die Ärmel seines weißen Hemds hat er bis zu den Ellenbogen aufgerollt, sodass die Tinte auf seiner Haut wie die Aufschrift auf einer Visitenkarte hervorleuchtet. Sein Haar trägt er noch genauso: an den Seiten kurz und oben länger, die längeren Haarsträhnen hat er auch heute nach links gekämmt. Das Tattoo an seinem Kopf, das ich mehrfach mit den Fingern nachgezeichnet habe, scheint mich zu verspotten, während ich unter seinem hasserfüllten Blick fast zusammenbreche. Er verströmt jede Menge Gefahr und Macht. Im gesamten Raum ist es mucksmäuschenstill geworden. Alle verfolgen mit angehaltenem Atem den Austausch zwischen uns.

»Du bist Camden Marshall«, flüstere ich und kämpfe

verzweifelt gegen die Panik an, die in meinem Innern wütet.

»Ja, *Abigail.*« Er spuckt meinen Namen aus, als würde er ihn nur äußerst ungern aussprechen. »Und wir müssen reden.«

7. KAPITEL

»Folge mir«, weise ich Camden an und bin froh, dass sich meine Stimme nicht überschlägt und die Angst verrät, die in meinem Körper tobt. Jemand da oben im Himmel treibt mit mir ganz offensichtlich gern sein Spiel.

Chad taucht neben mir auf. »Ich begleite dich.«

»Das ist nicht nötig.« Unter keinen Umständen möchte ich ihn oder jemanden aus dem inneren Zirkel bei dieser Unterhaltung dabeihaben.

»Aber Trent hat gesagt ...«

»Trent ist nicht hier«, fahre ich ihn an. »Kümmere dich um Jane. Ich bin gleich wieder da.« Ich mache auf dem Absatz kehrt, verlasse die Cafeteria, ohne mich darum zu scheren, ob mir die drei folgen, und gehe zum Haupt-Hörsaal. In der Mittagspause kommt dort niemand rein, daher bietet dieser Ort die meiste Privatsphäre zum Reden.

»Wow, mach mal langsam, Schönheit«, sagt Jackson und zieht an meinem Ellenbogen.

Ich schubse ihn von mir weg. »Fass mich nicht an.«

»Das hast du nicht gesagt, als ...«

Ich bedenke ihn mit einem giftigen Blick und er hört mitten im Satz auf zu reden. Dann ziehen sich seine Mundwinkel amüsiert nach oben, was mich wütend werden lässt.

»Übst du morgens beängstigende und böse Grimassen im Spiegel, bevor du zur Schule kommst? Denn so viel kann ich dir verraten, an deiner furchteinflößenden Miene solltest du noch arbeiten.«

Ich zeige ihm den Stinkefinger. »Ist das für dich eindeutiger?«

Er wirft lachend den Kopf in den Nacken.

»Jackson«, warnt Camden, als wir den Eingang zum Hörsaal erreichen.

Mit kerzengeradem Rücken und hoch erhobenem Kopf drücke ich die Doppeltüren auf und gehe hinein. Während ich die Treppe hinabsteige, versuche ich meinen fahrigen Puls dazu zu zwingen, sich wieder zu beruhigen. Ich brauche einen kühlen Kopf in dieser Situation. Als ich das Podium erreicht habe, drehe ich mich zu den beiden um, verschränke die Hände vor dem Körper und setze eine neutrale Miene auf.

Jackson hat wie immer sein typisches unbekümmertes Lächeln aufgesetzt, und ich bemerke, dass seine Uniform wie immer zerknittert ist, als würde er sie niemals bügeln. Er trägt nicht die vorgeschriebene Krawatte und die obersten Knöpfe seines Hemds stehen offen, was mir einen Blick auf die gebräunte Haut darunter gewährt, die meinen Händen leider nicht fremd ist.

Sawyer kommt mit selbstsicheren Schritten auf mich zu. Aus ihm werde ich irgendwie nicht schlau. Anders als Jackson trägt er definitiv eine frisch gebügelte Uniform; die Knöpfe seines Hemds sind alle geschlossen und seine Krawatte ist ordentlich gebunden. Nicht eine Haarsträhne tanzt aus der Reihe und er strahlt äußerst viel Selbstbewusstsein aus.

Mein Blick huscht zu dem Kerl, den ich seit jener schicksalshaften Nacht am Strand verzweifelt aus dem Kopf zu bekommen versuche. Camden ist voll hasserfüllter Energie und versucht gar nicht erst, seine Abscheu vor mir zu verbergen. Aus dunklen Augen funkelt er mich böse an, und seinen Mund hat er höhnisch verzogen, was seinem heißen Aussehen jedoch keinen Abbruch tut. Vielmehr betont es dieses noch.

Meine Erinnerung ist ihm nicht ansatzweise gerecht geworden, und ich hasse es, dass mein Körper vor Verlangen prickelt und sich mein Mund nach einer weiteren Kostprobe von ihm sehnt.

Ich schlucke den wirren Kloß aus Emotionen runter, der mir in der Kehle steckt, während die widersprüchlichsten Gefühle durch meinen Körper jagen. Herauszufinden, dass ich meine Jungfräulichkeit an den Feind verloren habe, macht mir einerseits Angst, andererseits finde ich das auch aufregend. Das Ganze wird auf diese Weise für Trent einen noch heftigeren Arschtritt bedeuten, heißt aber zugleich, dass ich in viel größeren Schwierigkeiten stecke, sobald er es herausfindet. Mein Plan hat gelautet, schon lange vor dem festgesetzten Hochzeitstermin weit weg von Rydeville zu sein, aber Camdens Auftauchen könnte mir einen Strich durch die Rechnung machen. Nun bin ich nicht mehr die einzige, die dieses Geheimnis teilt, und das könnte ein verflucht großes Problem werden. Das und die Tatsache, dass er mich ansieht, als sei ich die zweite Erscheinung des Antichrists.

Er hat nicht schockiert reagiert, als er mir begegnet ist, also wusste er bereits, wer ich bin. In unserer ersten Nacht war das jedoch nicht der Fall, denn ich bezweifle, dass unter diesen Umständen etwas zwischen uns passiert wäre.

Es sei denn, er hat das alles geplant?

Der Gedanke löst Übelkeit in mir aus, doch ich schüttle ihn ab. Die Sache hätte niemand voraussehen können. Ich hatte ursprünglich nicht vor, in jener Nacht zum Strand zu fahren. Es muss Zufall gewesen sein. Ein verfluchter Zufall, aber dennoch ein Zufall. Das muss jedoch nicht bedeuten, dass er mich nicht doch erkannte. Vielleicht hat er mir meine Jungfräulichkeit aus irgendeinem kranken Grund genommen, weil er mich zum Beispiel in der Hand haben oder sich für irgendetwas rächen wollte.

Während mein Hirn versucht, dem Ganzen einen Sinn zu verleihen, überrollt mich eine weitere Welle von Übelkeit. Auch wenn ich davon ausgehen muss, dass seine Abscheu auf der Rivalität zwischen seinem Menschenschlag und dem meinem fußt, kann ich mich nicht dagegen wehren, mich zurückgewiesen zu fühlen. Offenbar bereut er das Ganze und es hat ihm nicht annähernd so viel bedeutet wie mir.

»Warum hasst du mich?«, frage ich, als die drei vor mir zum Stehen kommen, und sehe Camden direkt in die Augen.

»Wenn du das fragen musst, bist du sogar noch dümmer, als du aussiehst.« Im Gegensatz zu seinen hasserfüllten Augen, ist seine Stimme völlig emotionslos.

Seine Worte treffen mich tief in meinem Inneren, reißen alte Wunden auf, und sofort schalte ich in den Verteidigungsmodus. »Fick. Dich.« Ich fange an zu grinsen. »Oh, mein Fehler, das habe ich ja bereits gemacht, und es war in keiner Weise erinnerungswürdig«, lüge ich.

Jackson reißt die Augen auf und ihm fällt die Kinnlade runter, während Sawyer seinen äußerst wachsamen Blick sofort auf Camden richtet. »Wovon redet sie?«, fragt Sawyer.

Im Stillen trete ich mir für meinen Fehler heftig in den Arsch. Ich hatte angenommen, dass seine Kumpel von unserer gemeinsamen Nacht wüssten, und wollte das, was wir miteinander geteilt haben, abtun, bevor er die Gelegenheit dazu hatte. Den Reaktionen der anderen nach zu urteilen, hatten Jackson und Sawyer bisher keine Ahnung.

Also war das vielleicht gar nicht Teil irgendeines Plans, denn wenn es ein abgekartetes Spiel gewesen wäre, hätten seine Freunde doch davon gewusst?

Mist. Ich setze meinen eigenwilligen Gedanken ein Ende. Später kann ich die ganze Situation immer noch analysieren. Jetzt muss ich mich erst mal in Bestform präsentieren, und möglicherweise habe ich gerade alles deutlich verschlimmert. Da die drei nun mein Geheimnis kennen, muss ich mich konzentrieren, und einen Weg finden, um sicherzustellen, dass sie es nicht verraten.

Camdens Kiefermuskeln sind angespannt und er sieht mich weiter unverwandt an, als er seinem Freund antwortet: »Sie ist das Mädchen vom Strand.«

Jetzt wirkt Sawyer überrascht.

»Du machst gern an Stränden herum, Schönheit?«, wirft Jackson wenig konstruktiv ein und zwinkert mir dabei zu.

»Ich war bekifft«, stoße ich zwischen zusammengebissen Zähnen hervor.

Camden löst seinen Blick von mir, um Jackson anzustarren. Anspannung erfüllt die Luft. »Möchtest du das vielleicht genauer erläutern?«

Jackson schmunzelt, und ich balle die Hände an meinen Seiten zu Fäusten. »Sie hat sich Samstagabend an mich rangeschmissen und hätte es sich von mir besorgen lassen, hätte uns ihr Bodyguard nicht unterbrochen.«

»Du hast mich zuerst geküsst!«, protestiere ich.

»Du hast meinen Kuss erwidert!«

Meine Fäuste schreien danach, ihm sein selbstgefälliges Grinsen aus dem Gesicht zu wischen. »Mir war nicht bewusst, was ich da tue!«

»Ist das der Grund, warum ich dich neulich mitten in der Nacht knietief im Wasser vorgefunden habe, während sich deine Nippel gegen deinen Seidenmantel bohrten?«, faucht Camden und positioniert sich so, dass unsere Gesichter nur noch wenige Zentimeter voneinander entfernt sind. »Warst du da auch bekifft? Oder war das nur ein jämmerlicher Versuch, deinem armseligen Leben ein Ende zu bereiten?«

»Mein Leben ist nicht armselig«, lüge ich und trete einen Schritt zurück, bis ich mit den Waden gegen den Rand des Podiums stoße.

»Die Nachricht, die du mir hinterlassen hast, spricht eine andere Sprache.« Er holt den zusammengeknüllten Zettel aus seiner Tasche hervor und hält ihn mir vors Gesicht.

Bevor ich danach greifen kann, hat Sawyer ihn Camden bereits aus der Hand gerissen. Jackson beugt sich über dessen Schulter, und beide lesen, was darauf geschrieben steht, während Camden und ich einander in Grund und Boden starren.

»Aw, du hast ihr eine kostbare Erinnerung geschenkt, Cam«, neckt Jackson und haut seinem Kumpel auf den Rücken. »Und wie war es für dich?«

»Völlig bedeutungslos«, antwortet Cam gleichgültig und reißt mir damit das Herz aus der Brust. »Ich ficke aus gutem Grund keine Jungfrauen. Sie haben nämlich von Tuten und Blasen keine Ahnung.« Meine Wangen verfärben sich feuerrot, als Jackson und Sawyer loslachen. »Ich hätte dich einfach im Wasser lassen und der Welt einen Gefallen tun sollen.«

Ein heftiger Schmerz durchfährt mich und macht mir das Atmen schwer. *Was für ein Arschloch sagt so etwas zu jemandem, der sich das Leben nehmen wollte?*

»Es war ein Fehler. Da sind wir uns beide einig. Es gibt keinen Grund, das Ganze noch einmal zur Sprache zu bringen.« Da ich unbedingt von hier wegwill, ehe ich noch etwas sage, das ich bereuen werde, schiebe ich mich an ihm vorbei.

»Wer zum Teufel hat gesagt, dass du gehen kannst?«, knurrt Cam, packt meinen Arm und stoppt mich. Wärme breitet sich von seiner Haut auf meine aus, und ein herrliches Prickeln wandert meinen Arm rauf und runter. Ich hasse es, dass mein Körper so erwartungsvoll auf seine Berührung reagiert.

Ich versuche, mich zu befreien, aber sein Griff ist fest, und er packt nur noch gröber zu, je stärker ich mich zur Wehr setze. Ich zucke zusammen. »Au.«

Mit gezielter Bewegung schiebt Cam den Ärmel meiner Jacke und meines Hemds nach oben und lässt seinen Finger über die blauen Flecken auf meiner blassen Haut gleiten. »Warst du das?«, fragt er Jackson mit entspannter Miene und in lockerem Tonfall.

»Nope«, antwortet dieser, wobei er das *P* besonders betont. »Ich würde auf den idiotischen Verlobten tippen.«

»Wer hat dir das angetan?«, fragt Cam.

»Warum zum Teufel interessiert dich das?«, fauche ich.

»Das tut es nicht. Hierbei geht's nur darum, Informationen zu sammeln.«

Ich lache auf und versuche ein weiteres Mal, meinen Arm aus seinem Griff zu befreien. »Und warum zur Hölle sollte ich euch welche liefern?«

Ein arrogantes Grinsen umspielt seinen Mund. »Du wirst uns welche liefern, vertrau mir. Du wirst genau das machen, was wir von dir verlangen.«

»Du hast sie nicht mehr alle.«

»Und du bist ein dummes, naives Mädchen, das glaubt, an der Spitze mitspielen zu können.«

»Du kannst hier nicht einfach auftauchen und mir sagen, was ich zu tun habe. Ich bin Teil der Elite. Ich werde *dir* sagen, was *du* tun sollst.« Angesichts meiner Worte brechen alle drei in schallendes Gelächter aus, was dafür sorgt, dass mein Hals und mein Gesicht ganz heiß werden. Auch wenn ich Gewalt verabscheue, werde ich nicht noch länger hier stehen und mich von ihnen niedermachen lassen. Ich bin fertig damit, freundlich zu sein.

Mit der freien Hand greife ich zwischen unsere Körper, packe seine Eier und quetsche sie zusammen, so fest ich kann, wobei ich zusätzlich noch meine langen, manikürten Fingernägel in sein Fleisch bohre. Sofort lässt er mich los und stößt einen kehligen Laut aus. Fluchend stolpert Cam zurück und hält sich sein

Gemächt. Ich nutze die Gelegenheit, um an Jackson und Sawyer vorbeizueilen, und erklimme die Treppenstufen so schnell ich kann.

»Haltet sie auf!«, keucht Cam mit schmerzerfüllter Stimme, und ich lächle in mich hinein, ehe ich noch etwas schneller werde.

Ich berühre mit den Händen bereits die Tür, als ich von hinten gepackt und zurückgerissen werde. Ich schreie auf, doch da legt sich bereits eine Hand auf meinen Mund. Gleichzeitig werde ich hochgehoben und an eine warme Brust gedrückt. Jackson kommt die Treppe hoch und auf uns zu, während ich mich noch in Sawyers Armen winde.

»Hör verdammt noch mal auf, dich zu bewegen«, knurrt Sawyer und steigt mit mir die Treppe hinunter. Ich beiße ihm in die Hand. »Scheiße!«, schimpft er und nimmt ruckartig seine Hand von meinem Mund. Beinah lässt er mich dabei fallen, doch er erholt sich schnell. »Das Miststück hat mich gebissen!« Sein Griff um meine Mitte verstärkt sich.

Jackson lacht. »Ich habe dir ja gesagt, dass sie temperamentvoll ist.«

»Nimm ihre Beine«, weist Sawyer Jackson an.

»Nein!« Ich hebe meine Beine an und trete Jackson in den Magen, ehe er nach mir greifen kann – meinen Ballettstunden und den rumpfstärkenden Übungen sei Dank.

Jacksons Gesichtsausdruck ist überaus komisch, als er ins Schwanken gerät und mit den Armen rudert, um die Balance nicht zu verlieren.

Sawyer muss sich entscheiden.

Entweder lässt er mich los oder er riskiert, dass sich sein Freund ernsthaft verletzt. Sawyer lässt mich wie einen Sack Kartoffeln fallen, wobei sich meine Schuhe in zwei verschiedene Richtungen verabschieden, und packt Jackson gerade noch rechtzeitig am Hemd, ehe dieser nach hinten kippt.

Den Schmerz, der meine Wirbelsäule hinaufkriecht, ignorierend, krieche ich ein Stück weg, komme auf die Füße und renne ein zweites Mal Richtung Tür. Beim Klang eiliger Schritte hinter mir schießt Adrenalin durch meinen Körper. Ich keuche auf, als ich die Doppeltüren aufstoße und in den menschenleeren Korridor laufe. Gerade, als ich denke, es geschafft zu haben, werde ich an den Haaren zurückgerissen.

Ein Schrei löst sich aus meiner Kehle und ein stechender Schmerz breitet sich entlang meiner Kopfhaut aus. An den Haaren werde ich zurück in den Hörsaal gezogen, und Tränen laufen mir die Wangen hinab, als ich heftig gegen eine Wand geschubst werde. Cams Gesicht ist zu einer beängstigenden aggressiven Grimasse verzerrt. Seine Hand schließt sich um meinen Hals, ehe ich ein Stückchen in die Höhe gezogen werde.

Verzweifelt greife ich nach seinem Arm und kämpfe darum, genug Luft in meine Lungen zu bekommen. Die Wand scheppert, als er mich schüttelt, den Griff um meinen Hals verstärkend, und seinen Körper gegen meinen presst. »Lass uns eine Sache klarstellen, *Abigail*. Wir haben dich in der Hand. Wir können mit dir machen, was wir wollen.« Er drückt sein Becken gegen meins, damit ich seine Erektion spüre.

Es sollte mich anwidern, dass ihn das anturnt. Aber ich bin ebenfalls erregt. Vermutlich bin ich noch bekloppter, als ich dachte.

»Wenn du noch mal so eine Scheiße abziehst, breche ich dir das Genick.« Er bohrt seine Finger in meinen Hals, um seinen Worten Nachdruck zu verleihen, und schwarze Punkte beginnen, vor meinen Augen zu tanzen.

»Cam, sie läuft schon blau an.« Sawyer schaut mich teilnahmslos an, als er das sagt, aber ich bemerke einen Funken Sorge in seiner Stimme. Auch wenn sich diese wahrscheinlich mehr auf seinen Freund richtet als auf mich.

»Kumpel.« Jackson zieht an Cams Arm. »Es reicht.« Zum ersten Mal ist der schmunzelnd-flirtende Ausdruck aus seinem Gesicht verschwunden. »Wir müssen uns an den Plan halten.«

Cam bedenkt mich ein letztes Mal mit einem bitterbösen Blick, ehe er mich loslässt. »Es gibt einen neuen Plan«, erklärt er und reibt sich die Hände an seiner grauen Hose ab, als klebe die Pest daran.

Ich sacke in mich zusammen, und spüre kaum den Schmerz,

als ich auf dem Boden aufschlage. Ich bin viel zu sehr damit beschäftigt, nach Luft zu schnappen.

Er beugt sich zu mir herunter und wischt mit seinen Daumen unter meinen Augen entlang. An seiner Fingerkuppe klebt danach jede Menge verwischter Mascara. »Du siehst schrecklich aus. Richte dich wieder her.« Er steht auf und baut sich über mir auf, als wäre er eine Art Gott. Ich zeige ihm den Mittelfinger, weil meine Kehle zu wund ist, um ihn zu beschimpfen.

»Es ist süß, dass du denkst, du hättest hier noch einen Hauch von Kontrolle.« Er zieht mich erneut an den Haaren und ich schreie auf. »Herzlichen Glückwunsch, Baby, du bist unser neues Spielzeug.«

Jackson lehnt sich gegen die Wand und seine Augen leuchten auf, als er zu verstehen scheint.

»Ich bin für niemanden ein Spielzeug«, krächze ich und zucke zusammen, als ich höre, wie heiser meine Stimme klingt.

»Und ob du das bist«, erwidert Cam mit einem boshaften Grinsen. »Du wirst tun, was wir wollen, und wann wir es wollen, denn wenn du das nicht machst, werde ich deinem Vater und deinem Verlobten erzählen, dass du deine Jungfräulichkeit bereits aufgegeben hast.«

»Das kannst du nicht machen!« Ich kämpfe mich auf die Füße. »Sie werden mich umbringen!« Mein Vater wird mich mit bloßen Händen erwürgen, wenn ich die Abmachung ruiniere, die er mit Trents Vater getroffen hat.

Cam schiebt seine Hand in meine Haare, ballt sie zu einer Faust und reißt meinen Kopf in einem unangenehmen Winkel nach hinten. Ich kann nur mit Mühe ein Wimmern unterdrücken. Dann kommt er meinem Gesicht mit seinem ganz nah und verzieht angewidert die Lippen, während er seinen Blick über mich schweifen lässt. »Sehe ich so aus, als würde mich das kümmern?«

Mein Herz hämmert wie wahnsinnig in meiner Brust, und ich hasse es, wie sehr mich seine boshaften Worte und harschen Blicke verletzen. Hasse es, dass er einen Schatten auf die eine gute Erinnerung wirft, die ich hatte, und sie auf diese Weise allem anderen in meinem Leben gleichmacht: einer großen Lüge.

8. Kapitel

Nach der letzten Unterrichtsstunde warten die Jungs vor meinem Spind auf mich. Automatisch balle ich die Hände zu Fäusten.

»Was wollen sie?«, wispert Jane und macht Stielaugen.

»Ich weiß es nicht und es ist mir auch herzlich egal«, lüge ich, recke das Kinn und blicke ihnen trotzig entgegen.

»Hey, Schönheit«, gibt Jackson von sich und zwinkert mir zu, als ich meinen Spind erreiche.

»Hau ab, Jackson.« Ich hasse es, so heiser zu klingen, und musste diesbezüglich bereits den ganzen Nachmittag Fragen ausweichen. Ich bohre ihm meinen Ellenbogen in die Rippen, schiebe ihn zur Seite und öffne den Spind, ehe ich die Bücher herausnehme, die ich brauche. Sawyer steht neben Jane und betrachtet sie misstrauisch. Ich kann ihre Angst förmlich von hier aus riechen. »Hör auf, sie anzugucken!«, schnauze ich ihn an.

Cam schlägt die Tür meines Spinds zu, ehe ich fertig bin, und klemmt dabei meinen Zeigefinger ein.

»Wichser!«, schreie ich und lasse meine Bücher fallen, als ein heftiger Schmerz durch meine Hand jagt.

Jackson geht in die Hocke und sammelt meine Sachen auf, während ich Cam mit einem bitterbösen Blick bedenke. Mir ist bewusst, dass eine Menge anderer Schüler auf uns aufmerksam geworden sind, und diejenigen, die auf dem Korridor rumlungern, sind begierig darauf, zu sehen, was los ist.

»Meine Botschaft von vorhin scheint bei dir nicht angekommen zu sein.« Er betrachtet einen Moment meine Lippen, ehe er fortfährt: »Du sagst uns nicht, was wir zu tun haben. *Wir. Haben. Dich. In. Der. Hand.*«

Hinter mir keucht Jane auf, und ich lasse eine Salve an Kraftausdrücken los, als eine warme Hand unter meinen Rock kriecht und meinen Oberschenkel entlanggleitet. Aufkreischend mache ich einen Satz zurück und stoße dabei mit Jane zusammen. »Fass mich nicht an!«, blaffe ich in Jacksons Richtung.

Er richtet sich wieder auf und ein spöttischer Ausdruck liegt auf seinem Gesicht, als er mir meine Bücher reicht. »Oh, komm schon, wir beide wissen doch, wie sehr du das Gefühl meiner Hände auf dir magst.« Er sagt das mit Absicht viel zu laut, und die eifrigen Zuschauer sperren nur zu gern ihre Ohren auf. Manche von ihnen filmen das Ganze mit ihren Handys.

Seelenruhig übergebe ich meine Bücher an Jane. Dann lächle ich Jackson süßlich an, ehe ich ihm ins Gesicht boxe. Sein Kopf fliegt nach hinten und Blut spritzt aus seiner Nase. Kleine Tropfen davon landen auch auf Cam und mir.

Jackson streckt seine Hand nach den Spinden aus, während er darum kämpft, aufrecht stehenzubleiben. Schock spiegelt sich auf seinem Gesicht. Cam wirkt für den Bruchteil einer Sekunde bestürzt, ehe er seine Fassung zurückgewinnt. Wenn Blicke töten könnten, hätte mich seiner bereits tief unter die Erde befördert. Ein Anflug von Stolz überkommt mich. Ich bin froh, dass ich früh damit angefangen habe, wöchentlichen Selbstverteidigungsunterricht zu nehmen. So weiß ich, wie man ordentlich zuschlägt.

Doch ich weiß auch, wann ich einen Abgang machen sollte. Und jetzt ist es definitiv an der Zeit, zu verschwinden.

»Komm mit.« Ich nehme Jane meine Bücher ab, ergreife ihren Ellenbogen und führe sie von den Jungs weg, ehe Cam auf die Idee kommt, mich ebenfalls zu schlagen. Jacksons schockiertes Lachen folgt uns, während ich Jane praktisch aus dem Gebäude und zu dem Wagen bugsiere, der für uns bereitsteht. Ich schiebe sie hinein und klettere nach ihr auf den Rücksitz. Anschließend schlage ich in Windeseile die Tür zu. »Lass uns fahren.«

Der Chauffeur lässt den Motor anspringen und lenkt das Auto vom Parkplatz. Oscar dreht sich auf dem Beifahrersitz um und runzelt die Stirn, dabei lässt er seinen Blick an mir rauf- und runterwandern. »Warum hast du Blutstropfen auf deinem Hemd?«

»Weil ich gerade einen nervigen Typen geboxt habe.«

Amüsiert hebt er eine Augenbraue. »Dabei handelt es sich nicht zufällig um den gleichen Typen vom Strand neulich, oder?« Der erheiterte Ausdruck in seinem Gesicht verschwindet, was mir bestätigt, dass er genau weiß, wer Jackson ist.

»Ja, er hat ein paar Probleme mit der Einhaltung persönlicher

Grenzen, aber ich denke, dass er die Botschaft jetzt verstanden hat.«

»Wenn er dich belästigt ...«

»Nein, tut er nicht. Außerdem kann ich mit ihm umgehen.«

Er mustert mich eine gefühlte Ewigkeit, und ich halte seinem herausfordernden Blick stand. Schließlich seufzt er, schüttelt den Kopf und murmelt kaum hörbar: »Frauen.«

Jane zuckt nervös mit dem Knie, und mir ist klar, dass wir uns unter vier Augen unterhalten müssen. »Wir werden Ms Ford zuerst zu Hause absetzen, Jeremy«, wende ich mich an meinen üblichen Fahrer. »Und wir hätten gern etwas Privatsphäre.«

»Ganz wie Sie wünschen, Ms Abigail.«

Jane schweigt, bis die Sichtblende hochgefahren ist, dann explodiert sie: »Oh mein Gott, Abby!«, quietscht sie. »Ich kann nicht glauben, dass du ihn geschlagen hast!«

»Er hat mich begrapscht, also hat er es verdient.«

»Er ist ein Perversling«, bestätigt sie loyal, »aber auch ein wirklich heißer.«

Ich lehne den Kopf gegen die Nackenstütze. »Diese Jungs werden problematisch werden«, gestehe ich. »Ich muss einen Weg finden, wie ich sie manipulieren kann.« Und dafür habe ich nicht viel Zeit.

Unsere Handys piepen, und Jane zieht ihres rasch hervor. Sie wischt mit dem Finger über das Display ihres iPhones und stößt keuchend den Atem aus. »Jemand hat gerade ein Video von dem Vorfall im Korridor online gestellt«, bestätigt sie meine Vermutung, »und es hat bereits zweihundert Views.«

»Lass mich mal sehen.« Ich ziehe ihr das Handy aus der Hand und inspiziere das Profil, von dem aus das Video hochgeladen wurde, aber ganz offensichtlich handelt es sich dabei um ein Pseudonym. Wenn die Jungs da wären, würde sich niemand trauen, so etwas online zu stellen. Ich finde es furchtbar, dass wir erst Tag eins nach ihrer Abreise haben und die Leute bereits anfangen, die Regeln zu brechen. Ich muss den Jungs zeigen, dass ich die Sache unter Kontrolle habe, auch wenn es nur eine Fassade ist. Jackson, Cam und Sawyer haben mich in der Hand, und das wissen sie.

Der Fahrer biegt in die Einfahrt von Janes Zuhause.

Sie sieht mich an und kaut auf einem ihrer Fingernägel herum. »Du würdest es mir sagen, wenn noch etwas anderes im Gange wäre, oder?«, fragt sie zögernd.

»Natürlich.« Ich hasse es, sie anzulügen, aber ich kann niemandem verraten, womit mich die drei in der Hand haben.

»Was soll ich Drew sagen, wenn er anruft?«

»Wenn er fragt, dann sag ihm die Wahrheit.«

Der Wagen kommt zum Stehen und der Fahrer steigt aus, um Jane die Tür aufzuhalten.

Sie umarmt mich. »Genieß die Probe und ruf mich später an.«

Anschließend fährt Jeremy in Richtung Downtown und setzt mich vor dem Theater ab, in dem wir diese Woche proben. Oscar begleitet mich und bleibt vor dem Umkleideraum stehen, während ich meine Uniform gegen meinen Gymnastikanzug, meine Leggins und meine Ballettschuhe tausche. Dann bürste ich mir meine Haare und schüttle den Kopf hin und her, in dem Versuch, den Stress abzubauen, der sich seit der Auseinandersetzung während der Mittagspause in meinem ganzen Körper eingenistet hat.

Mom war eine tolle Tänzerin. Sie hat mich im Alter von drei Jahren zum Ballettunterricht angemeldet. Ich habe es von Anfang an gemocht und bin seither jede Woche zum Unterricht gegangen. Das Tanzen war in schwierigen Zeiten schon immer meine Rettung. Ein Ventil, wenn der Druck und die Frustration in meinem Leben überhandnahmen. Und genau das brauche ich jetzt ganz dringend.

Ich betrete den Saal, küsse Madam auf beide Wangen und wärme mich auf, während sie erklärt, welche Szenen wir heute proben. Unsere Aufführung von *Schwanensee* findet am kommenden Freitagabend statt; diese Woche üben wir die Szenen dafür ein letztes Mal.

Die Musik setzt ein und Madam ruft uns auf unsere Positionen. Ich habe dieses Mal die Hauptrolle und spiele die tragische Odette. Daher gleite ich in die Mitte der Bühne, hebe meine

Arme in die Höhe, neige den Kopf zur Seite und warte, diese Position haltend, auf meinen Einsatz.

Das Theater blende ich beim Tanzen komplett aus, während ich herumwirble und mich drehe. Meine Bewegungen sind dank der langjährigen Erfahrung von natürlicher Leichtigkeit. Die Musik ist emotionsgeladen und dringt tief in mein Inneres, wo sie sich mit meiner Seele verbindet. Ich lasse mich fallen. Gestatte der Emotionalität der Szene, mich zu ergreifen, mich an einen anderen Ort und in eine andere Zeit zu katapultieren, sodass ich nicht länger hier bin und nicht mehr von Sorgen geplagt werde, während ich über die Bühne schwebe. Meine Arme und Beine drücken Leidenschaft und Begierde aus, während ich Odette lebe und atme.

Als die Musik zu Ende ist, kehre ich langsam wieder in das Hier und Jetzt zurück. Meine Brust hebt und senkt sich unter meinen heftigen Atemzügen, und Schweiß hat sich auf meiner Stirn gebildet. Ich spüre, dass jemand anderes in den Applaus von Madam mit einstimmt.

»Belle. Merveilleux.« Madam küsst mich rechts und links auf die Wange, und ich starre auf die hinteren Sitzreihen im Saal. Übelkeit steigt in mir hoch, als ich sehe, wer die andere applaudierende Person ist. Jackson steht dort, klatscht laut in die Hände und zwinkert mir zu. Sawyer und Camden wiederum sitzen noch auf ihren Plätzen und sehen mit neutralen Mienen zur Bühne nach vor.

Woher zur Hölle wussten sie, dass ich hier sein würde?

Wie können sie es zudem wagen, auf eine solche Weise in meine Privatsphäre einzudringen? Als Jacksons Applaus erstirbt, sehe ich mich ängstlich im Theater nach Oscar um. Er steht neben der Bühne und fokussiert mit gerunzelter Stirn die drei Jungs.

»Kennst du die?«, flüstert Liam in mein Ohr.

»Sie sind neu an meiner Schule«, antworte ich meinem Tanzpartner. Liam ist im ersten Semester an der Rydeville Universität und ein netter Kerl. Wir tanzen schon seit Jahren zusammen. Er ist das, was einem männlichen Freund am nächsten kommt.

»Warum sind sie hier?«

»Weil sie es genießen, mich zu quälen.«

Liam zieht die Augenbrauen fast bis zum Haaransatz hoch. Er ist hier aufgewachsen, von daher versteht er es. »Oder sie haben Todessehnsucht.«

»Das auch«, bestätige ich. »Nicht, dass sie sich sonderlich darum scheren.«

Ich zwinge mich dazu, die drei zu ignorieren und die Probe zu Ende zu bringen, doch ich bin angespannt und Madam merkt es.

Im Anschluss ziehe ich mich in Rekordzeit um und flüchte in Skinny Jeans, einer hellrosa Seidenbluse und schwarzen Ballerinas aus der Umkleide. Dad würde mich bei lebendigem Leibe häuten, wenn er sähe, dass ich so außerhalb des Hauses rumlaufe, aber er ist schließlich nicht hier, um sich darüber zu beschweren. Oscar legt mir seinen Arm um die Schulter und führt mich durch das Theater, während er sich nach den Jungs umsieht.

Dann treten wir hinaus in die Dämmerung, und da sind sie. Sie lehnen an der Wand und warten auf mich.

Jackson raucht Marihuana, welch Überraschung, und die anderen haben sich in Posen geworfen, auf die jede Figur bei Madame Tussauds neidisch wäre. Mit kalkulierter Berechnung verfolgen sie jeden meiner Schritte, und Panik steigt in mir auf.

Als wir an ihnen vorbeigehen, sieht Oscar sie aus zusammengekniffenen Augen an; ich starre stur geradeaus. Das ist jedoch unbedeutend, da ich spüre, wie ihre Blicke auf dem ganzen Weg zum Auto förmlich ein Loch in meinen Rücken brennen, was dafür sorgt, dass meine Nerven zum Zerreißen gespannt sind.

Sobald ich sicher im Inneren des Wagens sitze, stoße ich erleichtert den angehaltenen Atem aus, und bin zum ersten Mal dankbar dafür, einen Bodyguard und einen Chauffeur zu haben.

Zwei Stunden später bin ich noch immer aufgewühlt, während ich auf dem Bett liege und meine Hausaufgaben mache, meine Konzentration ist völlig im Eimer. Zum hundertsten Mal überprüfe ich mein Wegwerfhandy, aber von Xavier habe ich noch immer keine Antwort erhalten. Ein lautes Klopfen an der Tür fordert meine Aufmerksamkeit, weshalb ich mein Buch schließe und das Handy unter meine Decke schiebe, ehe ich zur Tür hinübergehe.

»Ms Abigail«, sagt Mrs Banks, unsere Haushälterin, als ich aufschließe. »Ihre Freunde sind unten. Ich habe sie ins burgunderrote Wohnzimmer geführt. Soll ich Kaffee machen?«

Jane ist die einzige Freundin, die bei mir vorbeischaut, und ich muss kein Genie sein, um zu wissen, um wen es sich demnach handelt. »Keinen Kaffee!«, fauche ich und eile barfuß an ihr vorbei. »Sie werden nicht lang genug hier sein, um ihn zu trinken.«

Als ich das offizielle Wohnzimmer erreiche, geht mein Atem keuchend. Stinkwütend stürme ich durch die lasierten Mahagonitüren in den Raum.

Jackson steht am marmornen Karmin und reckt sich, um den ausgestopften Elchkopf darüber mit dem Finger anzupieksen. Camden wiederum sitzt lässig auf der braunen Ledercouch und hat ein Bein über das andere geschlagen, als gehöre ihm das gesamte Haus.

»Was zur Hölle macht ihr hier und wie seid ihr reingekommen?«

Hätte Oscar Wache geschoben, wäre das niemals passiert, aber Louis ist ein faules Stück Scheiße, das gerade darum bettelt, einen Arschtritt verpasst zu bekommen. Ich wette, dass er in der Küche ist und sich den Mund mit selbstgemachten Pecannuss-Cookies vollstopft oder in einer der Wäschekammern eines der jüngeren Hausmädchen fickt.

»Ich kann nicht glauben, dass du hier lebst. Dieses Haus ist verflucht gruselig«, lässt Jackson verlauten und piekst noch immer am Elch herum, während er seinen Blick durch den Raum schweifen lässt.

Ich sehe das genauso. Nicht dass ich ihm das auf die Nase binden würde. Die meisten Möbelstücke in unserem Haus sind Erbstücke, und da Vater so darauf bedacht ist, die alten Traditionen zu bewahren, ist er äußerst abgeneigt, auch nur ein verdammtes Ding zu verändern.

Alle hölzernen Möbelstücke im Raum sind aus Walnussholz, was zu der dunklen Vertäfelung an den Wänden und der Decke passt. Das Zwischengeschoss mit seiner erdrückenden Balustrade überschattet die Ebene darunter, was den Raum nur noch düsterer wirken lässt. Der kunstvoll verzierte Kronleuchter spendet kein adäquates Licht und der Schein der Lampen, die auf einer Reihe von Tischchen stehen, reicht nicht aus, um mehr Helligkeit in den Raum zu bringen. Schwere Vorhänge in der Farbe von Meeresalgen hängen kerzengerade an den Seiten des einzigen Fensters und sperren den Großteil des Lichts aus, das von draußen hereinfällt. Das Einzige, was ich am Wohnzimmer mag, ist der burgunderrote und golden gemusterte Teppich, der einen Großteil des Bodens bedeckt.

Ich konzentriere mich wieder auf die Gegenwart und starre die drei mit drohend erhobenem Finger wütend an. »Verpisst euch.«

»Deine Ausdrucksweise ist für jemanden, der *allem Anschein nach* aus gutem Hause kommt, wirklich entsetzlich«, sagt Camden und inspiziert mit einem gelangweilten Blick seine Fingernägel.

»Tja, mir ist scheißegal, was du von mir denkst«, erwidere ich, gehe mit großen Schritten auf das Telefon an der Wand zu und drücke die Taste für die Küche. Sofort hebt jemand mit einer mir unbekannten weiblichen Stimme ab. »Wo zum Teufel steckt Louis?«, schnauze ich und beobachte Jackson, der durch den Raum wandert und alles auf sich wirken lässt. Camden steht auf, kommt auf mich zu und sieht mich aus zusammengekniffenen Augen an. »Nun, dann finden Sie ihn«, brülle ich in den Hörer. »Außerdem will ich ein Wörtchen mit dem Sicherheitsdienst reden. Bitten Sie den Wachmann am Tor, zum Haus zu kommen.«

Camden entreißt mir den Telefonhörer und knallt ihn zurück auf seine Halterung, ehe er mich zum Sofa hinüberzerrt.

Dieses Mal immerhin nicht bei den Haaren.

Er ruft Jackson mit einem leichten Nicken herbei, der sofort seine neugierige Inspektion des Raumes beendet und mit einem schiefen Grinsen im Gesicht auf uns zugeschlendert kommt. Camden schubst mich aufs Sofa, ehe er neben mir Platz nimmt und mit seiner großen Hand meinen Oberschenkel packt, um mich an Ort und Stelle zu halten. Bevor ich ihn abschütteln kann, hat sich Jackson schon auf meine andere Seite gesetzt und seine Hand auf meinen anderen Oberschenkel gelegt. Ihre Beine pressen sich von links und rechts an meine. Während sie mich gefangen nehmen, kann ich die Wärme und männlichen Pheromone regelrecht wahrnehmen, die von ihren Körpern ausgehen.

Ich hasse den Schwarm an Schmetterlingen, der sich in meiner Brust ausbreitet, und die Hitze, die sich zwischen meinen Beinen sammelt und sich rasch weiter nach oben arbeitet. Ich könnte ihrem Griff entkommen, würde ich das wollen.

Doch das will ich nicht.

Außerdem bin ich neugierig, wie weit sie diese Situation treiben werden, also bleibe ich ruhig sitzen und lasse sie denken, sie hätten mich in der Falle.

Camden lässt seine Nase meinen Hals entlangwandern und atmet tief meinen Geruch ein, während Jacksons Hand immer weiter meinen Oberschenkel hinaufkriecht. »Wie kann es sein, dass jemand, der im Inneren so abstoßend ist, außenherum so wundervoll riecht?«, wispert Cam und zieht mit seiner Zunge eine feuchte Spur von meinem Ohr hinunter zu meinem Schlüsselbein. Den Schauer, der daraufhin durch meinen Körper jagt, kann ich nicht kontrollieren. Jackson lacht leise, während er sich mit seinen Fingern immer weiter meinem Schritt nähert.

»Ich könnte dich dasselbe fragen«, antworte ich.

»Abstoßend ist kein annähernd ausreichender Ausdruck, um zu beschreiben, wie ich hinter diesem Äußeren bin«, erklärt Cam, reißt mir das Zopfgummi aus dem Haar und zieht dabei gleichzeitig meinen Kopf zurück.

»Versuch es mit *abgefuckt. Böse. Verdorben*«, ergänzt Jackson, »und du wärst noch immer nicht nah dran.« Er lässt seine Hand weiter meinen Körper hochwandern und streicht über die Unterseite meiner Brüste. »Wir sind dein schlimmster Albtraum, Baby.«

Cam zeichnet mit seinem Daumen kleine Kreise auf der Innenseite meines Oberschenkels, und mir stockt der Atem. »Was wollt ihr?«, frage ich rau und kämpfe darum, die Kontrolle zu behalten. Mein Kopf versteht, dass diese Jungs meine

Erzfeinde sind, aber mein Körper weigert sich, diese Wahrheit anzunehmen.

»Deine völlige Unterwerfung«, antwortet Cam und beißt in mein Ohrläppchen.

»Tja, das wird nicht passieren«, entgegne ich spöttisch.

»Dein Körper sagt etwas anderes«, widerspricht Jackson, umfasst eine meiner Brüste und knetet sie durch das dünne Seidenmaterial meiner Bluse hindurch. Ich hebe den Arm, um seine Hand fortzuschlagen, doch er klemmt ihn ein. Cam tut es ihm nach, indem er meinen anderen Arm mit seinem Körper blockiert und mir damit jegliche Bewegungsfreiheit nimmt. Jetzt bin ich im wahrsten Sinne des Wortes gefangen und ich bezweifle, dass ich mich noch befreien könnte, wenn ich wollte.

»Die Herrschaft der Elite über die Rydeville High endet jetzt«, erklärt Cam und beobachtet, wie Jackson meinen Körper streichelt. Ein Muskel an seinem Kiefer beginnt zu zucken. »Und du wirst uns dabei helfen, das zu erreichen.«

»Warum?«

»Wir haben unsere Gründe.«

»Wenn ihr meine Kooperation wollt, müsst ihr diese Gründe schon mit mir teilen.«

Cam grinst, während er mit seinem Blick Jacksons Hand folgt, die sich inzwischen meiner anderen Brust widmet. Angesichts der Art und Weise, wie er gekonnt meine Nippel neckt, wird es immer schwieriger, sich zu konzentrieren.

»Du *bist* wirklich verdammt dumm«, höhnt Cam. »Weil du es immer noch nicht verstanden hast. Du hast dabei nichts zu melden.« Er holt sein Handy hervor, wischt über das Display und hält es mir entgegen.

Mir weicht sämtliches Blut aus den Wangen, als ich darauf die gescannte Kopie der Vereinbarung zwischen meinem Vater und dem von Trent sehe. »Wie bist du da rangekommen?« Nicht mal ich habe bisher den echten Vertrag zu Gesicht bekommen.

»Das hat dich nicht zu interessieren.«

»Was zur Hölle machst du da?«, fragt Sawyer, als er in den Raum gestapft kommt. Ein Anflug von Verärgerung huscht über seine perfekten Züge.

»Mit unserem hübschen, neuen Spielzeug spielen«, entgegnet Jackson, packt meine beiden Brüste und knetet sie.

Jetzt, wo einer meiner Arme wieder frei ist, schlage ich seine Hände weg, und funkle ihn wütend an. »In deinen Träumen, Arschloch.«

»Oh, keine Sorge, du hast bereits die Hauptrolle in meinen Träumen eingenommen, und jetzt habe ich auch noch den Anblick von dir auf der Bühne zu meinen imaginären Wichsvorlagen hinzugefügt.« Er presst seinen Mund gegen mein Ohr. »Dieser Gymnastikanzug hat meinen Schwanz so dermaßen hart werden lassen.«

»Du bist widerlich.« Ich versuche, mich von ihm wegzulehnen, aber dadurch werde ich nur noch enger an Cam gedrückt, was natürlich keinerlei Verbesserung für mich darstellt.

»Lasst sie los«, sagt Sawyer mit geschürzten Lippen, während er seine Freunde mustert.

»Hey, wo zum Teufel warst du?«, frage ich und springe auf, als sich Cam und Jackson erheben.

»Für kleine Jungs«, antwortet er ausdruckslos und schiebt seine Hände in die Taschen seiner Jeans.

Ich verenge die Augen zu Schlitzen. »Bullshit.«

Cam schüttelt den Kopf. »So ein verdorbenes Mundwerk.«

»Ich werde herausfinden, was du gemacht hast.« Sie wissen nicht, dass mein Vater überall im Flur versteckte Kameras angebracht hat, ebenso wie in einigen Wohnbereichen und auch draußen auf dem Anwesen.

»Nur zu, Süße«, erwidert Sawyer mit einem selbstgefälligen Grinsen.

»Morgen wirst du uns zum Mittagessen an euren Tisch einladen«, weist mich Cam an und kreist mich mit den anderen beiden ein.

Die Härchen in meinem Nacken richten sich auf, je näher sie mir kommen. Ich hasse es, mich allein durch ihre bloße, einschüchternde Präsenz klein zu fühlen. Jeder der drei strahlt eine unglaubliche Hitze und einen *Leg-dich-nicht-mit-uns-an*-Vibe aus, der einerseits furchteinflößend, andererseits aber auch aufregend ist.

»Spiel kein Doppelspiel mit uns und greif uns kein weiteres Mal an. Ansonsten wird es dir leidtun.« Cam wedelt mit seinem Handy vor meinem Gesicht herum, und ich verstehe seine Botschaft nur allzu deutlich.

Ich bin am Arsch, und das so richtig.

9. Kapitel

Nachdem ich Louis die Leviten gelesen und Mrs Banks sowie den Wachmann am Tor angewiesen habe, die drei Jungs auf die Liste der Leute zu setzen, die keinen Zugang zum Haus bekommen, schicke ich alle weg und gehe zum Security-Raum.

Ich knacke das Schloss und vergewissere mich, dass mir niemand gefolgt ist, ehe ich hineinschlüpfe und mich an den Tisch setze. Dann hacke ich mich ins System, so wie es mir Xavier gezeigt hat. Ich rufe alle Kameraaufnahmen der letzten Stunde auf und verfolge die Bewegungen der Jungs von dem Moment an, als sie das Haus betreten haben.

Ich beobachte Sawyer, der versucht, sich Zugang zum Büro meines Vaters zu verschaffen, und freue mich über den unzufriedenen Ausdruck, der über sein Gesicht huscht, als er feststellt, dass es mit einem Vorhängeschloss gesichert ist. Im Schnelldurchlauf folge ich seinem Weg die Treppe hinauf. Er geht an geschlossenen Türen vorbei und macht schließlich einen Abstecher zu meinem Zimmer.

Ich drücke auf Pause, lehne mich auf dem Stuhl zurück und streiche mir abwesend mit den Fingern über die Unterlippe, während ich darüber nachgrüble, woher zur Hölle er den Grundriss unserer Villa kennt.

Wer zum Teufel sind diese Jungs und warum sind sie nach Rydeville gekommen?

Ich stütze mich mit den Ellenbogen auf der Tischplatte ab und drücke wieder auf *Play*. Mit wachsender Besorgnis schaue ich zu, wie Sawyer in mein Zimmer schleicht. In den Schlafzimmern befinden sich keine Kameras, von daher habe ich keine Ahnung, was er dort getan hat. Bevor ich mich daran mache, das herauszufinden, höre ich mir den Stream aus dem burgunderroten Wohnzimmer an, aber Camden und Jackson sprechen vor meinem Auftauchen nicht miteinander, als wüssten sie, dass Kameras jedes ihrer Worte aufzeichnen würden.

Wenn das der Fall ist – warum hat es Sawyer nichts ausgemacht, ertappt zu werden? Wollten sie, dass ich davon erfahre?

Nichts davon macht Sinn. Gedankenverloren lösche ich die Aufnahmen, verwische alle Spuren von Sawyers Herumschnüffelei und schließe dir Tür hinter mir wieder.

Dann gehe ich in mein Zimmer, das ich förmlich auseinandernehme. Ich überprüfe jeden Quadratzentimeter. Hebe alle Möbel an. Sehe unter dem Bett nach. Durchwühle meinen begehbaren Kleiderschrank. Inspiziere den Inhalt meines Badezimmers, das an mein Zimmer anschließt. Doch der einzige Beweis, den ich finde, ist eine aufgezogene Unterwäscheschublade und ein paar fehlende Höschen.

Ist Sawyer ernsthaft in mein Zimmer eingedrungen, um ein paar meiner Slips zu stehlen? Und wenn ja, warum?

Der Dienstag bricht an und ich bin noch immer keinen Schritt weiter, was die Suche nach Antworten angeht. Xavier ignoriert mich und ich bin gereizt, da ich noch immer darüber rätsle, was die Jungs bei mir zu Hause wollten. Die Unterrichtsstunden fliegen an mir vorbei und dann, ehe ich mich versehe, ist auch schon Mittagspause – die entscheidende Phase des Tages.

Ich habe eine schlaflose Nacht damit verbracht, mir zu überlegen, was ich tun soll. Ich habe zwei Optionen: Entweder ich gebe nach, lade sie dazu ein, sich an unseren Tisch zu setzen, und beweise damit, dass ich ihnen hörig bin. Oder ich lasse es darauf ankommen und verschaffe mir Zeit, um etwas auszugraben, was die drei belastet und was ich gegen sie verwenden kann.

Sie haben etwas Legitimes gegen mich in der Hand, doch sie werden es jetzt noch nicht nutzen, weil sie dann ihr Druckmittel gegen mich verlieren würden. Von daher nehme ich an, dass ich noch etwas Raum habe, um herauszufinden, was für ein Spiel sie verfolgen. Es ist riskant und es könnte nach hinten losgehen, aber ich muss es versuchen. Ich kann nicht bei der ersten

Drohung kapitulieren. Also ignoriere ich die hitzigen Blicke der drei, als sie die Cafeteria betreten, und tue so, als würde ich sie nicht sehen.

»Sie starren dich an und alle bemerken es«, wispert mir Jane ins Ohr, während ich gleichzeitig Chad zu meiner anderen Seite ausblende, der mich mit einer Geschichte über einen Schüler im ersten Highschool-Jahr zu Tode langweilt.

Ich setze einen neutralen Gesichtsausdruck auf, recke das Kinn und sehe zum Tisch der drei hinüber. Cams versengender Blick bohrt sich direkt in mich hinein. Er verengt die Augen in stillem Befehl, seine Forderung zu erfüllen. Ich bedenke ihn ebenfalls mit einem finsteren Blick und halte trotzig den Kopf hoch, um ihm zu zeigen, dass ich nicht klein beigebe. Wir starren uns an und werfen einander stumme Beleidigungen zu, während sich eine gespannte Stille über den Raum legt. Mein Handy piept, aber ich ignoriere es und widme mich weiter meinen Feinden. Jane greift danach und liest die eingegangene Nachricht. »Sie ist von Sawyer«, flüstert sie. »Er sagt *Letzte Chance*, was auch immer das bedeutet.«

Mein Herz hämmert wie wild in meiner Brust und meine Handflächen werden schwitzig, während sich Furcht in meinem Inneren ausbreitet. Sie haben etwas geplant, das spüre ich instinktiv. Aber ich kann jetzt keinen Rückzieher machen. Ich muss das durchstehen. »Gib mir das.« Jane reicht mir mein Handy und ich tippe rasch eine Antwort: *Fahrt zur Hölle.*

Dann richte ich meine Aufmerksamkeit wieder auf die Geschehnisse an ihrem Tisch und sehe, wie Jackson schmunzelt, und Sawyer sowie Cam eine kurze, hitzige Diskussion führen. Sawyer sucht meinen Blick und sieht mich fast schon flehend an, was mich verwirrt, doch das wollen sie wahrscheinlich. Mit meinem Verstand und meinen Emotionen spielen. Das ist alles Teil ihrer Strategie und ich falle nicht darauf herein.

Cam schnappt sich über den Tisch Sawyers Handy und wirkt amüsiert, als er eine Taste drückt.

Ein Konzert aus Alarmtönen erklingt, und alle greifen nach ihren Handys. Blut rauscht in meinen Ohren und ich beginne zu schwitzen. Ich fühle mich unwohl, doch ich behalte meine trotzige Miene bei. Schocklaute werden um mich herum laut, doch ich weigere mich, auf mein Handy zu schauen. Ich möchte gar nicht wissen, was sie getan haben, um mich zu demütigen. Und ich bin sicher, dass genau das ihre Absicht ist.

»Oh mein Gott, Abby.« Jane packt meinen Arm und ein Ausdruck von kläglichem Entsetzen tritt auf ihr Gesicht.

Alle Köpfe an unserem Tisch wenden sich ruckartig mir zu.

»Was zur Hölle?« Chad schaut mich fassungslos an. »Was zur Hölle hat es damit auf sich, Abigail? Trent wird völlig ausrasten.«

Ich atme einmal tief durch, öffne mein Handy und sehe mir die Nachricht an, die sie an die gesamte Schülerschaft verschickt haben. Mir weicht sämtliche Farbe aus dem Gesicht, als ich das Bild von mir sehe, das auf dem Display erscheint. Es ist von letzter Nacht. Ich habe obenrum nichts an und stehe in nichts als einem roten Spitzentanga vor meinem Bett, während ich mir die Zähne putze und dabei fernschaue.

Verdammte Scheiße!

Sie haben irgendwo in meinem Zimmer eine verfluchte Kamera installiert!

Angesichts des Gedankens, dass mich alle halbnackt gesehen haben, rutscht mir der Magen in die Kniekehlen, und ein angstvolles Flattern breitet sich in meiner Brust aus. Mein Herz pocht viel heftiger als sonst und meine Hände werden feucht, während ich gegen die Übelkeit ankämpfe, die in meinem Inneren tobt. Wut gepaart mit Scham überrollt mich, als ich darum kämpfe, meine Fassung nicht zu verlieren. Doch ich werde niemanden sehen lassen, wie fertig ich bin, und ich werde ihnen keinesfalls Tränen liefern. Ich bin Meisterin darin, meine wahren Gefühle zu verbergen, daher verdränge ich alle Emotionen in den hintersten Winkel, um mich später mit ihnen auseinanderzusetzen.

Scheiß auf die neue Elite.

Sie werden mich nicht zugrunde richten.

Immer noch heftig darum bemüht, mir nichts anmerken zu lassen, stehe ich auf, straffe die Schultern und gehe in Zeitlupentempo auf ihren Tisch zu. Jackson verschränkt die Hände hinterm Kopf und fläzt sich schmunzelnd auf seinem Stuhl, während ich auf sie zugehe. Sawyer zeigt keine Reaktion, zumindest nicht nach außen hin, und Camden blickt mich wie immer böse an. Als ich sie erreiche, stütze ich mich mit den Händen auf ihrem Tisch ab, und verberge die Wut, die in meinem Inneren immer größere Ausmaße annimmt. »Ihr wisst, dass ab jetzt Krieg herrscht.«

»Wir akzeptieren deine Niederlage«, entgegnet Cam gelassen.

Ich werde mich ihnen niemals unterwerfen, aber vielleicht ist es besser, sie denken zu lassen, dass ich das tue. »Ich hasse euch«, sage ich und bedenke ihn mit einem unversöhnlichen Blick. »Und wenn ich mit euch fertig bin, werdet ihr euch wünschen, niemals geboren worden zu sein.«

»Deine Drohungen sind erbärmlich. Wir beide wissen, dass du schwach bist. Dass du darauf warten wirst, dass dein Arschloch von Bruder und dein Wichser von Verlobtem zurückkommen und deine Ehre rächen werden.« Er umspielt mit einem Finger lässig den Rand seines Kaffeebechers, während er eine Braue hochzieht und mich förmlich herausfordert, ihm zu widersprechen.

Mir sind im wahrsten Sinne die Hände gebunden und ich habe keine andere Wahl mehr. So sehr ich meinen Vater auch hasse, er ist ein Meister im Manipulieren, und er hält an dem alten Sprichwort fest: *Halte deine Freunde nahe bei dir, aber deine Feinde noch näher.*

Ich muss mir ein Beispiel an ihm nehmen.

Ich drücke den Rücken durch und klebe mir ein breites Lächeln ins Gesicht, während ich mich innerlich darauf einstelle, die bittere Pille zu schlucken. »Ihr seid herzlich eingeladen, euch an unseren Tisch zu setzen.«

Cam steht auf, wischt mit seinem Daumen über meinen Mund und verschmiert meinen Lipgloss über mein Gesicht. »Das war doch gar nicht so schwer, oder?«

Ich schlage seine Hand weg und beiße die Zähne zusammen, ehe ich auf dem Absatz kehrtmache und zu unserem Tisch zurückgehe. Die einzigen freien Plätze sind die, die Trent, Drew und Charlie gehören. Der innere Zirkel starrt mich ungläubig an, als sich Sawyer, Jackson und Camden mit einem selbstgefälligen Grinsen auf deren Plätze fallen lassen.

»Was geht hier vor sich?«, fragt Chad, dessen Gesicht vor Empörung puterrot verfärbt ist.

»Wir heißen die Neuen willkommen, und wenn du damit irgendein Problem hast, weißt du, wo die Tür ist.«

»Womit erpressen sie dich?«, fragt er leise und ich schließe meine Hand um seinen Oberschenkel, um ihn zum Schweigen zu bringen.

»Ich bin nur gastfreundlich. Das ist alles.« Ich bedenke ihn mit einem wissenden Blick, und er gibt mit einem knappen Nicken eindeutig klein bei. Möglicherweise kann Chad nützlich sein, bis die Jungs wieder nach Hause kommen.

»Ihr seid tot, wenn die Elite zurückkehrt«, sagt Wentworth zu den drei Jungs, die dreinblicken, als könnten sie kein Wässerchen trüben.

»Weswegen?«, erwidert Sawyer. »Weil wir die Einladung von einem ihrer Mitglieder angenommen haben, hier zu sitzen? Wohl kaum.«

»Wir wissen alle, dass ihr das Video rumgeschickt habt«, stellt Chad klar, verschränkt die Arme vor der Brust und fordert sie mit seinen Worten heraus, es abzustreiten.

»Und ich würde gern wissen, wie ihr da rangekommen seid.« Wentworths misstrauischer Blick wandert zwischen mir und ihnen hin und her, und er gibt sich keine Mühe, seine Anspielungen zu verschleiern.

Damit raubt er mir auch noch den letzten Nerv. »Was genau willst du damit sagen?«, frage ich und zähle im Kopf bis zehn.

»Trent ist erst seit ein paar Tagen weg und du hurst bereits hinter seinem Rücken herum.«

Ich verpasse ihm eine schallende Ohrfeige. »Pack deine Sachen und verschwinde. Du bist raus.«

»Das kannst du nicht machen.«

»Ich nehme an, dass du gleich herausfinden wirst, dass ich es kann und dass ich es auch tue. Geh, bevor ich dir noch eine verpasse. Nur dieses Mal werde ich dich nicht so nachsichtig behandeln.«

»Verfickte Hure.« Sein Stuhl kracht zu Boden, als er mit einem Handabdruck von mir auf der Wange davonstapft.

Ich sehe den Rest der an unserem Tisch verbliebenen Leute an. »Wenn noch jemand was zu sagen hat, dann soll er jetzt den Mund aufmachen.«

Alle schauen weg und finden den Boden auf einmal seltsam faszinierend.

»Ich weiß, dass du nichts falsch gemacht hast«, sagt Chad und nickt aufrichtig. »Und mir ist klar, dass sie dahinterstecken.« Er erdolcht die drei Jungs förmlich mit Blicken und krallt sich mit den Fingern an der Kante seines Stuhls fest.

Jackson lacht und wischt auf dem Display seines Handys herum. »Das hier ist unbezahlbar. Ich kann nicht glauben, dass du mit dem Finger auf uns zeigst, obwohl du ganz eindeutig der Übeltäter bist.«

Chad zieht die Stirn kraus. »Was?«, stößt er ungläubig hervor und wirkt perplex.

»Schau's dir selbst an. Du warst nicht mal schlau genug, deine Spuren zu verwischen.« Jackson hält Chad das Handy unter die Nase.

Chads Adamsapfel hüpft auf und ab, und er wird bleich, je länger er auf das Display starrt.

»Lasst mich raten?«, sage ich und trommle mit meinen Fingernägeln auf der Tischplatte herum. »Die Mail wurde von Chads privater E-Mail-Adresse versendet?«

»Ich schwöre, dass ich das nicht herumgeschickt habe.«

»Ich weiß, dass du das nicht warst, also entspann dich. Ich werde sicherstellen, dass die Elite davon in Kenntnis gesetzt wird.«

»Kannst du überhaupt nichts allein regeln?«, meldet sich eine quengelnde, nervige Stimme, die mir nur allzu vertraut ist. Rochelle kommt an unseren Tisch und legt von hinten einen Arm um Camden. Ihr anderer Arm steckt in einer Schlinge, die ihr Handgelenk stützt, das mittlerweile in einem Gips steckt.

»Hey, Baby«, begrüßt er sie und zieht sie auf seinen Schoß.

Übelkeit flutet meinen Mund, doch ich behalte die Fassung und verberge meine Abneigung gegen dieses Miststück.

Rochelles Augen funkeln gehässig, als sie ihren Blick auf meine Brust richtet. »Man sollte meinen, dass du dir mit all deinem Geld zumindest die Titten machen lassen könntest. Kein Wunder, dass sich Trent nach einer anderen umgesehen hat. Kein Typ möchte ein Mädchen mit kleinen Brüsten.« Sie drückt ihr üppiges Dekolleté nach vorn. »Sie wollen etwas, an dem sie sich festhalten können.«

Cam schmunzelt, während ich innerlich zu kochen beginne. Es streicht über ihren Körper hinauf und umfasst ihre linke Brust. »Dem habe ich nichts mehr hinzuzufügen, Süße, und du hast die besten Titten in dieser Stadt.«

Ich lächle die beiden süßlich an, während ich die Reste meines Mittagessens zusammenklaube. »Ich nehme an, dass die meisten Jungs in der Schule deine Meinung teilen.« Ich stehe mit dem Tablett in der Hand auf und konzentriere mich auf das Mädchen vor mir, das ich scheinbar nicht loswerden kann. »Ich bin überrascht, dass du, obwohl du so eine Verfechterin von Schönheitsoperationen bist, noch keinen Gebrauch von einer Vaginalverjüngung gemacht hast.« Ich betrachte sie mit aufgesetzt mitfühlender Miene. »Nach dem, was ich gehört habe, brauchst du ganz furchtbar dringend eine Straffung.« Ich verenge die Augen und füge Rochelle in Gedanken meiner Liste derer hinzu, die bei mir dauerhaft unten durch sind. »Insbesondere, wenn du deine Krone als Schlampenkönigin behalten willst. Kein Typ will ein Mädchen mit einer ausgeleierten Fotze vögeln.«

Ich sende ihr per Handy einen Kontakt und ihr Telefon piept in ihrer Tasche. »Ich habe gehört, Dr Gunning soll exzellent sein.« Zumindest beharrt mein Vater jedes Mal darauf, wenn er versucht, mich zu einem Termin für eine Brustvergrößerung zu zwingen. Ein ungekünsteltes Lächeln schleicht sich auf meinen Mund, während ich beobachte, wie sich ihre Wangen rot verfärben und sie hörbar aufkeucht. »Gern geschehen.« Ich klopfe ihr kameradschaftlich auf den Kopf, was dafür sorgt, dass die Empörung, die ihn ihr tobt, förmlich aus jeder ihrer Poren nach außen quillt.

Ohne auf ihre Antwort zu warten, gehe ich mit dem Tablett in meiner Hand davon.

Jacksons lautes Lachen verfolgt mich dabei.

10. Kapitel

Als ich später am Abend nach Hause komme, bin ich immer noch wütend. Unterwegs habe ich Robert geschrieben und ihn gefragt, ob wir uns in einer Stunde für eine Trainingseinheit treffen könnten. In mir hat sich so viel Emotion aufgestaut, die ich dringend loswerden muss. Aber das Wichtigste zuerst: Ich muss davor noch die Kamera finden und entfernen, die Sawyer installiert hat.

Ich betrete mein Zimmer und krame das Prepaid-Handy unter meiner Matratze hervor – weil sie es sowieso schon gesehen haben. Dann ziehe ich mich ins Badezimmer zurück, lasse die Dusche laufen und hoffe, dass Sawyer nicht auch dort eine Kamera installiert hat. Xavier geht nicht gleich beim ersten Klingeln ans Handy, also rufe ich so lang durch, bis er endlich abhebt.

»Das wird aber auch Zeit«, fahre ich ihn an. »Ich versuche dich seit gestern zu erreichen. Wir müssen uns treffen.«

»Du kannst nicht von mir erwarten, dass ich dir ständig zur Verfügung stehe«, antwortet er gähnend. »Darüber hinaus gibt es Menschen, die noch ein Privatleben haben.«

»Bei dem Vorschuss, den ich dir gezahlt habe, darf ich etwas mehr erwarten.«

Sein resigniertes Seufzen dringt durch den Hörer. »Worum geht es?«

»Wenn jemand eine versteckte Kamera in meinem Zimmer installiert hätte, wie würde ich sie entdecken?«

Für ein paar Momente herrscht Stille. »Scheiße.« Jetzt habe ich also seine Aufmerksamkeit. »Okay, mit einem Erkennungssensor ginge es am schnellsten, den hast du aber vermutlich nicht zur Hand.«

»Was du nicht sagst, Sherlock.« Wenn ich Oscar oder den Chef vom Security-Team nach einem solchen Sensor fragen würde, würden sie mir bestimmt einen besorgen, aber ich möchte nicht, dass mein Vater Wind von der Sache bekommt, also muss ich da allein durch. »Gib mir was, mit dem ich etwas anfangen kann.«

»Am besten versteckt man eine Kamera in Steckdosen aller Art oder irgendwo hinter dem Fernseher. Schau dort zuerst nach und wenn du nichts findest, kannst du den Raum abdunkeln und Ausschau nach rot oder grün blinkenden Leuchten halten.« Das Handy piept und ich öffne Xaviers Nachricht. »Falls meine Tipps nicht helfen, installiere diese Versteckte-Kamera-Detektor-App auf deinem iPhone und durchsuch damit dein Zimmer. Es wird ein rotes Leuchten erscheinen, wenn du sie gefunden hast.«

»Du machst mir manchmal echt Angst.« Obwohl ich natürlich zugeben muss, dass ich froh um sein kriminelles Superhirn bin.

»Meine Verrücktheit ist doch der Grund, warum du mich überhaupt erst engagiert hast«, zieht er mich auf, und ich verdrehe die Augen, obwohl er es nicht sehen kann.

»Danke, Xavier.«

»Behalte die Kamera. Ich kann ihre Quelle ausfindig machen.«

Ich weiß bereits, woher sie kommt, aber einen Beweis dafür in der Hand zu haben, kann natürlich ganz nützlich sein. In Massachusetts ist es illegal, eine Person ohne deren Erlaubnis zu filmen. Genau zu wissen, woher die Kamera stammt, könnte also mein benötigtes Druckmittel sein. »Okay. Wir treffen uns heute Abend um zehn Uhr. Ich brauche ein Update, und komm nicht zu spät.« Ich lege auf, bevor er Widerspruch einlegen kann, drehe die Dusche ab, lasse das Handy in meiner Tasche verschwinden und gehe zurück ins Schlafzimmer.

Die Mühe, mein Zimmer zu filzen, die Vorhänge zuzuziehen und das Licht zu dimmen, spare ich mir. Stattdessen lade ich lieber gleich die App herunter. Vielleicht wird sie sich auch später noch mal als nützlich erweisen.

Ich scanne den Raum mit meinem Handy ab und führe in Gedanken einen kleinen Siegestanz auf, als mir ein rotes Leuchten aus einer Wandsteckdose an der Tür entgegenstrahlt. Dann gehe ich in die Garage, schnappe mir einen kleinen Schraubenzieher aus Drews Werkzeugkiste, marschiere damit zurück ins Zimmer und schraube die Steckdose auf. »Hab ich dich.« Ich strecke meine Zunge raus, in der Hoffnung, dass die neue Elite das noch sieht, bevor ich das kleine silberne und runde Etwas entferne, es sorgfältig in einem Umschlag verschließe und in der Schublade meines Nachtschränkchens verstaue.

Ich durchforste mein Schlaf- und Badezimmer noch einmal gründlich nach weiteren Kameras, doch es scheint sich um die einzige zu handeln.

Als ich mich für meinen Selbstverteidigungskurs umziehe, fühle ich mich ziemlich gut, bis Trent anruft und mir meine heitere Laune schlagartig vermiest. Normalerweise meldet er sich nicht bei mir, während er in Parkhurst ist, also kann es eigentlich nur einen Grund für seinen Anruf geben.

Ich wette, das Arschloch Wentworth hat gepetzt.

Andererseits ist es auch möglich, dass die Nachricht die Jungs erreicht hat oder sie die Onlineforen der Schule überprüft haben.

Trent zu ignorieren, wird mir nichts bringen, da er nicht so leicht aufgeben wird, also nehme ich den Anruf widerwillig entgegen.

Ich werde mit Geschrei und einem Schwall von Beleidigungen begrüßt. Jedes Mal, wenn ich zu intervenieren versuche, brüllt er mich nieder. Also lege ich nach zwei Minuten einfach auf, schmeiße genervt mein Handy aufs Bett und ziehe mir meine Yogahose und ein Sport-Bustier an. Ich bin im Badezimmer, schminke mich ab und binde mir meine Haare zu einem Pferdeschwanz zusammen, während mein Handy auf meinem Bett unaufhörlich weiterklingelt und piept. Als ich bereits auf dem Sprung zur Tür bin, werfe ich noch einmal einen kurzen Blick auf das Display und halte inne, als ich das gutaussehende Gesicht meines Bruders auf dem Bildschirm erkenne. Ich nehme Drews Anruf entgegen, verlasse mein Zimmer und schließe die Tür hinter mir ab.

Es ist eigentlich nicht wirklich meine Art, mein Zimmer von außen abzuschließen, aber ich gehe lieber keine Risiken mehr ein.

»Was ist bei euch los, Abby?«, fragt mich Drew, als ich mit meinem Handy am Ohr mein Ziel ansteuere.

»Die neue Elite hat etwas vor, aber ich kümmere mich darum.«

»Danach sieht es aber nicht aus«, sagt er, während Trent immer noch im Hintergrund herumschreit. »Trent will Blut sehen.«

Wann will er das mal nicht? »Was vermutlich einer der Gründe ist, warum sie die Aktion erst gestartet haben.«

»Wie sind sie zu diesem Filmmaterial gekommen?«

Ich seufze, wohl wissend, dass er mich so oder so vierteilen wird, weil ich ihm nichts von dem unangemeldeten Besuch der drei am gestrigen Tag erzählt habe. Also kläre ich ihn lieber auf und fasse mich dabei so kurz wie möglich.

»Und du bist dir ganz sicher, dass das die einzige Kamera war?«, fragt er, sobald ich ihn auf den neuesten Stand gebracht habe.

»Ja, bin ich.« Ich hüpfe die Galerietreppe hinunter und winke dabei Robert zu, der gerade durch den Haupteingang kommt.

»Ich finde es nicht gut, dass du mit denen abhängst, obwohl es mitunter sinnvoll erscheinen mag. Den Feind zu kennen, ist natürlich essenziell für die Kriegsführung, aber ich bin besorgt um unseren Ruf. Wenn der Rest der Schule sieht, dass du zu nett mit dem Feind umgehst, könnte das unsere Autorität schwächen und das Kräfteverhältnis verändern.«

»Es ist doch nur vorübergehend. Ich denke, wir sollten schauen, wie sich die ganze Sache für uns entwickelt. Das wird ein guter Loyalitätstest.«

»Ein Test, den Wentworth schon jetzt nicht bestanden hat, wie mir zu Ohren gekommen ist.

»Diese hinterhältige Ratte.« Wütend presse ich die Lippen aufeinander, halte vor der Tür zur Bibliothek an und bedeute Robert mit einem Handzeichen, dass er schon mal vorgehen soll. »Gib mir fünf Minuten«, raune ich ihm lautlos zu, bevor ich in den dunklen Raum schlüpfe.

Ich mache mir nicht die Mühe, das Licht anzumachen. Auf leisen Sohlen gehe ich durch den großen Raum und lasse dabei meine Finger über die Buchrücken der zigtausend Bücher gleiten, die in deckenhohen Regalen stehen, die das Zimmer zu beiden Seiten säumen. Das einzige Licht scheint durch das Dachfenster, aber das befindet sich so weit oben, dass lediglich ein schwaches Leuchten den unteren Teil des Raums erreicht.

»Gib mir das Ding!«, höre ich Trent im Hintergrund rufen,

dann bellt mich seine widerwärtige Stimme aus dem Telefon bereits an. »Ich fasse es nicht.«

»Komm mal runter!«, entgegne ich genervt. »Und hör auf zu schreien oder ich lege wieder auf.«

»Die ganze Schule hat dich praktisch nackt gesehen«, brüllt er. »Was zur Hölle glaubst du denn, wie ich darauf reagiere?«

»Na ja, du hast schließlich um Nacktfotos von mir gebeten.« Ich sollte ihn lieber nicht verspotten, besonders jetzt nicht, wo er mir täglich Bilder seines Schwanzes sendet und im Gegenzug auch Fotos von mir verlangt.

»Provozier mich nicht, Abigail.«

Er ist so verdammt durchschaubar. »Es ist mein Körper und wenn ich damit klarkomme, kannst du das auch.«

»Dein Körper ist nur für meine Augen bestimmt«, knurrt er.

Da muss ich ihm ausnahmsweise mal recht geben. Ich wünschte, ich hätte Camden Marshall niemals in meine Nähe gelassen. »Es ist ja nicht so, dass ich danach verlangt hätte. Spar dir deine Wut für später auf, wenn du sie in die richtige Richtung lenken kannst.«

»Oh, keine Sorge, Baby. Diese Arschlöcher werden dafür bezahlen.«

»Aus diesem Grund muss ich sichergehen, dass sie mitbekommen, wie ich ihr Spiel mitspiele.« Drew hatte mich auf Lautsprecher gestellt, als ich erklärt habe, was gerade vor sich geht. Daher weiß ich, dass alle drei mithören können.

»Sei vorsichtig«, warnt Trent, dieses Mal in ruhigem Tonfall. »Wir kennen immer noch nicht ihren genauen Plan. Klar scheint jedenfalls, dass sie über dich an uns rankommen wollen, also pass auf dich auf.«

»Jederzeit. Jetzt muss ich aber los, Robert wartet auf mich.«

»Okay. Ich liebe dich, Baby.«

Vor lauter Schreck lasse ich fast mein Handy fallen. Normalerweise gesteht mir Trent seine Liebe nur, wenn wir uns in der Öffentlichkeit befinden und es seinem Ansehen dienlich sein könnte. In weniger als einer Woche hat er es jetzt schon zweimal gesagt, was ich jedoch für gequirlte Scheiße halte. Er hasst mich genauso sehr wie ich ihn. Hier kommen also wieder seine Besitzansprüche zum Vorschein. Entweder hat er wirklich Angst, dass ich fremdgehe, oder er spielt ebenfalls sein eigenes Spielchen.

»Tschüss«, ist das Einzige, was ich hervorbringe. Ich bin nicht gewillt, Trents aufgesetzten Gefühlsduseleien zu erwidern. Anschließend beende ich das Telefonat und begebe mich in unseren hausinternen Fitnessraum. Dabei grüble ich die ganze Zeit darüber nach, was ich von seinem neuesten Schachzug zu halten habe.

Ich krieche aus dem Tunnel, schaue wie immer nach links und rechts, um sicherzugehen, dass niemand in der Nähe ist, doch der Wald ist gespenstisch ruhig. Die einzigen Geräusche sind das sanfte Rascheln der Blätter und das leise Rauschen des milden Nachtwinds.

Ich blicke zum weit entfernten Haus zurück, das sich wie ein scheußlicher Riese über die Landschaft erhebt. Die rote Ziegelfassade vom hinteren Teil des Grundstücks ist gerade noch sichtbar, wird aber durch üppige Efeuranken gut versteckt. Dunkelheit umhüllt die Fenster auf der Rückseite des Anwesens. Der einzige Lichtschein entspringt den Außenleuchten, die den Weg um das Haupthaus herum erhellen und den patrouillierenden Nachtwächtern den Weg weisen.

Die Tatsache, dass ich mich regelmäßig rausschleiche und niemand es bemerkt, bereitet mir diebische Freude. Zielstrebig wandere ich zum alten verlassenen Schuppen, hole meine Kawasaki Ninja 300 sowie meinen Helm und schiebe mein Motorrad die letzte Meile leise durchs Gehölz.

Wer auch immer diesen Tunnel errichtet hat – und ich stelle mir gern vor, dass es meine Mutter war –, hat ihn bis zur Perfektion geplant. Es besteht für niemanden ein Grund, diesen Teil unseres riesigen Anwesens zu betreten. Vor langer Zeit schon hat irgendjemand den alten Hintereingang blockiert. Schmutz und

Trümmer liegen auf dem übrig gebliebenen Teil des grauen Steinweges verstreut und die alten, verrosteten Eisentore sind schon vor langer Zeit mit Brettern zugenagelt worden. Erst vor kurzem hat jemand das Schloss der hölzernen Seitentür erneuert. Ich greife in die kleine, an der Wand montierte Kiste, hole mir den Schlüssel heraus und öffne die Tür.

Vorsichtig schiebe ich das Motorrad nach draußen und lehne es gegen die Wand, ehe ich wieder abschließe. Dann setze ich mir den Helm auf, schwinge mich über den Sattel und starte den Motor. Adrenalin pumpt durch meine Adern, als ich auf die verlassene Straße hinausschieße, die um die andere Seite unseres Anwesens herumführt.

Ich freue mich immer sehr auf diese Fahrt und genieße die damit verbundene Flucht vor der Realität und die Illusion von Freiheit, die ich dabei verspüre. Auch der Wind, der meinen Körper umweht, während ich an weiten Feldern vorbeirausche, bereitet mir Vergnügen. Ich halte mich an die wenig befahrenen Nebenstraßen und zudem streng an die Geschwindigkeitsbegrenzung, um keine unnötige Aufmerksamkeit auf mich zu ziehen. Vater würde durchdrehen, wenn er mich in meiner schwarzen Lederkluft auf diesem Motorrad sehen würde, und genau das bringt mich immer wieder zum Lächeln.

Ich stelle den Motor aus und laufe die letzten hundert Meter zum verlassenen Lagerhaus, das Xavier als sein inoffizielles Büro nutzt. Ich stelle mich vor die Doppeltür aus Wellblech, von der bereits die Farbe abbröckelt, strecke vor der über mir aufgehängten Kamera die Zunge heraus und schiebe grinsend mein Motorrad hinein, sobald sich die Tür öffnet.

Nachdem ich mein Motorrad und meinen Helm verstaut habe, gehe ich zum hinteren Teil des Gebäudes, wo Xavier bereits auf mich wartet.

»Willkommen, Komplizin«, scherzt er wie immer, als ich den abgeriegelten Raum betrete.

Die Tür schließt sich mit einem dezenten Klicken automatisch hinter mir. Von außen betrachtet würde man einen solchen Raum niemals in diesem abgewrackten Gebäude vermuten, aber Xavier hat keine Kosten und Mühen gescheut, dieses Hightech-Versteck perfekt auszustatten.

»Setz dich auf deine vier Buchstaben«, fordert er mich auf, ohne den Blick zu heben, und lässt seine Finger weiter über die Tastatur fliegen.

»Ich mag deine Haare«, sage ich und begutachte die blauen Stacheln, die in die Luft ragen. Xavier ist ein Chamäleon und experimentiert gern mit seinem Stil.

Er hebt den Kopf, grinst und offenbart dabei ein neues Piercing in seiner linken Augenbraue. »Und mir gefallen deine Titten«, witzelt er. Mein Blick verdunkelt sich, als ich das Standbild auf dem Bildschirm erblicke – es ist das Bild, das mich oben ohne in meinem Zimmer zeigt.

»Bitte lass das verschwinden.«

»Dein Wunsch ist mir Befehl.« Er hackt ein paarmal in die Tasten und der Bildschirm wird schwarz. »Ich habe alle Spuren davon im Netz beseitigt«, fügt er ungefragt hinzu. »Und falls jemand es noch mal hochladen will, bekomme ich eine Mitteilung. Der Arbeitsprozess, den ich gerade eingerichtet habe, wird die Quelldatei löschen und das System des Urhebers mit dem neuesten Trojaner infizieren.« Er lehnt sich zurück und wackelt mit den Augenbrauen. »Gern geschehen.«

»Danke. Wie bist du überhaupt darauf gekommen?« Ich wollte ihn genau darum bitten, er war aber wieder mal schneller. Nicht, dass mich das sonderlich überraschen würde – er ist nicht umsonst einer der besten Hacker des Landes.

»Du hast eine versteckte Kamera erwähnt, da musste ich nur eins und eins zusammenzählen.«

»Hast du die Quelle aufgespürt?«

Er schüttelt den Kopf. »Wer immer das war, wusste genau, was er tut. Er hat die E-Mail-Adresse irgendeines armen Trottels benutzt, um seine Spuren zu verwischen, und hat ihn in eine trianguläre Endlosschleife eingespeist. Zwar konnte ich der Spur folgen, aber sie führte ins Nirgendwo.«

»Es war Sawyer Hunt oder irgendjemand aus der Firma seines Vaters.« Ich brauche keine Beweise, um das zu wissen.

Xavier nickt langsam und dreht sich auf seinem Stuhl herum. »Warum haben dich diese Kerle auf dem Kieker?«

»Ich hatte gehofft, dass du mir das sagen kannst.«

Er schiebt die Ärmel seines schwarzen Kapuzenpullovers bis zu den Ellenbogen hoch und offenbart die beeindruckenden Tattoos auf seinen beiden Armen. »Ich habe bis jetzt noch nichts Brauchbares für dich gefunden. Du musst mir mehr Zeit geben.«

»Ich habe keine Zeit. Diese Bastarde erpressen mich.«

»Womit?« Er spielt mit der Zunge an seinem Lippenpiercing herum und zieht eine Braue in die Höhe.

»Das kann ich dir nicht sagen.« Niemand im innersten Zirkel weiß, was zwischen Camden Marshall und mir vorgefallen ist, und ich will, dass es auch so bleibt. In den letzten Tagen habe ich tatsächlich darüber nachgedacht, mich Xavier anzuvertrauen, aber obwohl er auf meiner Seite zu stehen scheint, kann ich ihm nicht voll vertrauen. Zu stark bleiben die Zweifel, die mir deutlich sagen: Wenn ich seine Loyalität mit Geld kaufen kann, kann es auch jeder andere Mensch.

Meine Aussage missfällt ihm. Ein harter Ausdruck tritt in seine Augen und er presst die Lippen zu einer schmalen Linie zusammen.

»Ich würde, wenn ich könnte«, füge ich in bewusst sanfterem Tonfall hinzu und umfasse seinen Arm.

»Die Welt ist beschissen, wenn du niemandem vertraust«, sagt er leise und ruft eine Datei auf dem Bildschirm auf.

»Das ist sie«, stimme ich ihm zu und lehne mich nach vorn. »Was ist das?«

»Ein wenig Mist, den ich von den Marshalls ausgegraben habe. Aber du hast völlig recht, sie halten ihre Angelegenheiten streng unter Verschluss. Es war nicht einfach, dieses bisschen über sie herauszufinden.«

»Lass mal hören.« Ich ziehe meine Jacke aus, hänge sie über die Stuhllehne und funkle Xavier zornig an, als sich sein Blick auf meine Brust heftet. »Ernsthaft? Du stehst doch nicht mal auf Brüste.«

»In deinem Fall könnte ich es mir vielleicht anders überlegen. Sie sind eine perfekte Handvoll und sie sehen echt gut aus.«

»Äh, danke?«, sage ich und schüttle den Kopf. »Das ist seltsam. Vergiss mal meine Brüste und erzähl mir, was du herausgefunden hast.«

»Also, wie wir wissen, ist Camdens Vater Wesley Marshall, CEO von Femerest und ein wahrer Einsiedler, der kaum sein Büro oder gar sein Anwesen in Alabama verlässt. Er hat seine Jugendliebe geheiratet und ein Kind bekommen: Camden Everett Marshall. Bis vor zwei Jahren wurde Camden von zu Hause aus unterrichtet, bevor er von seinen Eltern an der West Lorian Academy in New York angemeldet wurde, wo er wiederum Sawyer Hunt und Jackson Lauder kennenlernte. Die Medien haben sich an dem Tag überschlagen, denn Camden wurde das letzte Mal als kleines Kind in der Öffentlichkeit gesehen. Die drei Jungs machten sich innerhalb der Academy schnell als Playboys einen Namen und hingen oft mit anderen reichen Sprösslingen in New York ab. Klatschseiten und private Blogs wurden schon bald mit Pseudoberichten über ihre Eskapaden gefüllt, aber es gab nie stichhaltige Beweise. Keine Fotos. Keine Aussagen von Augenzeugen.«

Er tippt abermals auf seiner Tastatur und ein neues Bild erscheint. »Einmal haben die Cops Lauder wegen illegaler Straßenrennen verhaftet und die Medien haben sich darauf gestürzt, als gäbe es kein Morgen mehr.«

Ich betrachte den Bildschirm. Jackson hat ein selbstgefälliges und kokettes Grinsen aufgesetzt, als er in Handschellen ins Polizeirevier geführt wird.

»Das habe ich in einer alten Archivdatei auf dem Server einer Mediengesellschaft gefunden«, fährt Xavier fort, »denn innerhalb von vierundzwanzig Stunden, nachdem die Story herausgekommen war, waren alle Berichte verschwunden. Alle Anklagepunkte wurden fallengelassen und alle Medieneinrichtungen erhielten einstweilige Verfügungen, die es ihnen untersagten, über den

Vorfall zu berichten.«

»Die haben ganz schön viel Macht«, stelle ich fest und ahne instinktiv, dass das Erscheinen der drei hier bedeutet, dass sie die ultimative Kontrolle an sich reißen wollen. Mein Vater zielt auf die Weltherrschaft ab, und wenn sich die neue Elite tatsächlich darauf vorbereitet, ihn herauszufordern, würde es erklären, warum plötzlich ein paar Sprösslinge der reichsten Menschen des Landes hier in Rydeville auftauchen. Je mehr ich über die Unterhaltung nachdenke, die ich in Vaters Arbeitszimmer belauscht habe, desto überzeugter bin ich davon, dass sie über Jackson, Sawyer und Camden gesprochen haben.

»Zwar nicht so viel wie dein Vater und seine Partner«, ergänzt Xavier, »aber fast.«

»Hast du sonst noch etwas?«, frage ich und schaue auf meine Uhr. Es ist spät und ich muss zurückfahren.

»Ich habe noch einen interessanten Leckerbissen gefunden.« Er druckt ein altes Schwarz-Weiß-Foto aus und reicht es mir. »Ich bin durch reinen Zufall auf der Website eines hiesigen Geschichtsverbands darauf gestoßen. Erkennst du irgendjemanden?«

Ich betrachte das unscharfe Foto und reiße schließlich die Augen auf. »Das ist mein Vater mit den Vätern von Trent und Charlie«, bestätige ich und zeige dabei auf drei in Rydeville-High-Uniformen gekleidete Jungen in der hinteren Reihe. Sie waren noch jung, als das Foto aufgenommen wurde, so um die fünfzehn, wenn ich raten müsste. »Oh mein Gott.« Ich bedecke meinen Mund mit einer Hand und ein riesiger Klumpen bildet sich in meinem Hals. »Das ist meine Mom«, flüstere ich.

Xavier drückt meine Schulter. »Ja, und das ist Wesley Marshall, der neben ihr steht«, sagt er und zeigt auf den schlaksigen Jungen mit Brille. »Das ist Atticus Anderson«, fährt er fort und tippt mit seinem Finger auf dem Bild herum.

Der Kerl, der einst einer der besten Freunde meines Vaters war, hat seine Hand auf die Schulter meiner Mom gelegt und lächelt ein Mädchen aus der vorderen Reihe an, das sein Lächeln erwidert.

»Und das ist Emma Anderson«, werfe ich ein. Ich erkenne sie sofort. Sie war die beste Freundin meiner Mutter und gehörte bei uns im Haus quasi zum Inventar, als wir noch kleiner waren. Bis sich die beiden verkrachten, als Drew und ich vier oder fünf Jahre alt waren. Emma starb sechs Monate vor meiner Mutter, und ich werde niemals die qualvollen Schluchzer vergessen, mit denen sie sich Nacht für Nacht in den Schlaf weinte, weil sie sich nach ihrer besten Freundin sehnte.

»Nein.« Xaviers Augen leuchten auf. »Es ist Emma *Marshall*.«

Ich ziehe die Brauen zusammen. »Wie bitte?«

»Emma Anderson war Emma Marshall, bevor sie Atticus geheiratet hat. Wesley Marshall war ihr Bruder. Was bedeutet, dass ...«

»Emma Anderson Camden Marshalls Tante war.«

Xavier nickt bestätigend.

»Glaubst du, das hat etwas mit ihrem Auftauchen hier zu tun?«

Xavier zuckt mit den Schultern. »Du bist die Detektivin. Ich bin nur der bezahlte Diener, der den Dreck für dich ausgräbt. Ich würde allerdings jeder Spur folgen, und etwas sagt mir, dass diese hier besonders interessant ist.«

11. KAPITEL

Am nächsten Tag bin ich in der Schule erschöpft und kann nicht aufhören, zu gähnen. »Na, werden dir all deine One-Night-Stands zu viel?«, höhnt Rochelle von der anderen Seite des Tisches, als ich erneut dazu gezwungen bin, eine unerfreuliche Mittagspause mit ihr auf Camdens Schoß zu ertragen.

»Irgendjemand muss sich ja um deine Kunden kümmern, jetzt, wo bekannt ist, wie ausgeleiert deine Pussy ist«, kontere ich, woraufhin Jane fast an ihrem Getränk erstickt.

»Ich finde, ihr zwei solltet eure Fehde im Ring austragen«, meint Jackson und lehnt sich mir entgegen. »Oder nackt beim Schlammcatchen. Das wäre so was von heiß.« Seine Augen werden glasig. »Mann, mein Schwanz wird allein bei dem Gedanken daran hart.«

Ich verdrehe die Augen, und er packt meine Hand und presst sie auf seinen Schritt, wo eine deutliche Beule in seiner Hose zu spüren ist. Ich reiße meine Hand weg und fauche ihn an: »Du bist ekelhaft.« Und scheinbar ständig geil, wie es aussieht.

»Aw, hat die kleine Jungfrau Angst vor Schwänzen?«, spottet Camden, was ihm ein paar Lacher aus der Zuschauermenge einbringt, die sich gebildet hat.

»Vielleicht kann dir deine Hure ja ein paar Tricks beibringen«, gebe ich zurück.

Rochelle ist so rasch von Cams Schoß aufgesprungen, dass man ihre Schnelligkeit schon fast als Superkraft bezeichnen könnte. Teller fallen zu Boden, als sie über den Tisch auf mich zuschnellt, mich an meinem Hemd packt und mir einen Kopfstoß verpasst. Mein Stuhl fällt nach hinten um, schlägt geräuschvoll auf dem Boden auf und reißt mich dabei mit sich. Schmerz schießt meine Wirbelsäule hinauf und die Welt um mich herum scheint sich zu drehen. Schwarze Punkte tanzen vor meinen Augen und ein schweres Gewicht drückt auf meinen Oberkörper. Mein Kopf fliegt zur Seite, als ihr Gips mit meiner Wange kollidiert, einen scharfen Schmerz durch meinen Körper sendet und meine Zähne aufeinanderklappern lässt.

Wut überrollt mich wie ein Tsunami, und auch wenn mein Schädel dröhnt und meine Sicht verschwommen ist, werde ich nicht einfach hier liegen und ihr Punchingball sein. Instinktiv schlage ich mit der geballten Faust zu und registriere zufrieden, dass sie auf ihren Kiefer trifft. Rochelle kreischt auf und ich möchte ihr einen weiteren Hieb verpassen, ihr Gesicht zu einer blutigen Masse zusammenschlagen, doch dann lässt der Druck auf meiner Brust nach, als jemand sie von mir runterzieht. »Babe, du gewinnst nicht wirklich, wenn dein Gegner halb komatös ist«, sagt Cam und ich zwinge meine Augen auf, als ich seine Stimme höre.

»Ich bin nicht komatös«, blaffe ich und bemühe mich darum, nicht länger verschwommen zu sehen.

Er reicht Rochelle an Jackson weiter und richtet seinen dunklen Bick wieder auf mich, ehe er ihn weiter nach unten wandern lässt. »Nettes Höschen, aber der rote Spitzentanga war mein Favorit.«

Ich zeige ihm den Mittelfinger und kämpfe darum, mich ohne Hilfe aufzusetzen. Chad und Jane werden von Sawyer und dem Wichser Wentworth festgehalten, der aus dem Loch wieder hervorgekrochen ist, in das ich ihn geschickt hatte. Ganz offensichtlich hat er die Seiten gewechselt. Ich schiebe meinen Rock wieder nach unten und umfasse meinen dröhnenden Schädel, während ich mich zurück auf die Füße kämpfe. Niemand hat die Erlaubnis, mir zu helfen, weshalb ich gezwungen bin, mich an Cams Bein festzuhalten, um mich aufrichten zu können.

Ein Lehrer treibt sich in der Nähe der Gruppe herum, die sich um unseren Tisch gebildet hat. »Ich werde Sie zur Krankenschwester bringen«, sagt er mit einem vorsichtigen Seitenblick auf Camden.

»Das wird nicht nötig sein«, erwidert Cam. »Ich werde Ms Manning begleiten.«

»Nein«, stoße ich zwischen zusammengebissenen Zähnen hervor und versuche, den Schmerz, der in meinem Kopf tobt, zu ignorieren. »Ich möchte nicht mit ihm mitgehen.«

»Sie sind entlassen«, sagt er und starrt den Lehrer an, der zu meinem Entsetzen nach einer kurzen inneren Debatte tatsächlich davongeht.

Was zur Hölle geht hier vor sich? Warum hören die Leute auf diese Jungs und missachten ganz unverhohlen die Regeln?

Cam packt meinen Ellenbogen und zieht mich ohne viel Federlesen aus dem Raum. Die Leute machen uns auf dem Korridor automatisch Platz, flüstern und zeigen mit dem Finger auf uns, während mich Cam zum Büro der Krankenschwester zerrt.

»Ach du meine Güte«, sagt die grauhaarige Schwester leise, als wir eintreten. »Was ist passiert?« Sie legt ihr Buch weg.

»Bitchfight«, erklärt Cam, was mich natürlich zu einem Widerspruch einlädt.

Angesichts der Tatsache, dass ich die Einzige bin, die medizinisch versorgt werden muss, würde ich es eher einen tätlichen Angriff nennen. Aber darüber werde ich nicht mit ihm streiten, denn er genießt es, mich in Rage zu versetzen.

Die Krankenschwester schaut mich missbilligend an, sagt aber nichts, sondern klopft auf das im Raum stehende Bett und bedeutet mir, hinaufzuklettern.

»Sagen Sie ihm, dass er verschwinden soll«, fordere ich sie auf und weigere mich, ihn anzusehen.

»Ich gehe nirgendwohin, Süße.«

Die Krankenschwester sieht zwischen uns hin und her und ein verwirrter Ausdruck erscheint auf ihrem Gesicht. »Du musst gehen«, weist sie Cam an, doch ihrer Stimme fehlt es an Überzeugungskraft. »Sonst würde ich gegen die Gesundheitsvorschriften verstoßen.«

Camden schmunzelt. »Weiß die Schulkommission, was du in deiner Freizeit tust, Marilyn?« Er zieht eine Braue nach oben und die Krankenschwester wird bleich. »Das habe ich auch nicht angenommen.« Er winkt ab. »Weitermachen.«

»Verpiss. Dich. Gefälligst.«, fauche ich und zucke zusammen, als eine neue Welle des Schmerzes meinen Kopf erfasst. Mir ist scheißegal, was er Belastendes über die Krankenschwester weiß. Ich will einfach nur, dass er endlich aus diesem Raum verschwindet.

»Sie hat sich den Kopf wirklich heftig gestoßen«, sagt Cam nur und ignoriert mich.

»Lass mich nachsehen, Liebes.« Die Krankenschwester drückt sanft an meinem Kopf und meiner Stirn herum und misst meine Temperatur sowie meinen Blutdruck. Wenig später verkündet sie, dass ich eine leichte Gehirnerschütterung haben könnte und ich nach Hause gehen soll, um mich den Rest des Tages auszuruhen.

»Haben Sie irgendwelche Schmerztabletten da?«, frage ich und kämpfe darum, meine Augen unter dem harschen Licht der Deckenlampe zu öffnen.

Sie gibt mir etwas Paracetamol und ich schlucke die Tabletten mit etwas Wasser hinunter, bevor ich meine Beine über die Liege schwinge und von dieser runterrutsche. Die Krankenschwester schreibt bereits einen Bericht, als ich den Raum verlasse, und Cam ganz bewusst ignoriere, als er mir nach draußen folgt.

»Du gehst in die falsche Richtung«, sagt er.

»Ich denke, ich kenne mich in der Schule aus.«

»Der Ausgang ist da lang.«

Ich schnaube. »Das ist mir bewusst.« Ich durchbohre ihn mit einem wütenden Blick. »Ich gehe nicht.«

»Aber du könntest eine Gehirnerschütterung haben.«

»Ich habe einfach heftige Kopfschmerzen, warum zur Hölle kümmert dich das überhaupt?«

»Tut es nicht, aber ich brauche dich voll funktionsfähig, zumindest im Moment.«

Ich bleibe abrupt stehen und drehe mich zu ihm um. »Warum?«

»Tja, das wirst du wohl herausfinden müssen.« Er verschränkt die Arme vor der Brust und ich kämpfe gegen den Drang an, das Spiel seines Bizepses bei dieser Bewegung bewundernd zu betrachten. Als könnte ich vergessen, wie es sich anfühlte, meine Hände über jeden Zentimeter seines straffen und muskulösen Körpers wandern zu lassen – niemals.

Sein Grinsen verrät mir, dass er gemerkt hat, in welche

Richtung meine Gedanken abgedriftet sind, und ich sehe ihn aus zusammengekniffenen Augen finster an. »Oh, ich werde es herausfinden. Vertrau mir. Ich habe meine Mittel und Wege.«

Ein Muskel an seinem Kiefer beginnt zu zucken, und mein Herz macht einen Satz, als er seinen Kopf neigt und sein Gesicht ganz nah vor meinem positioniert. »Wie hast du die Kamera so schnell entdeckt? Welche anderen Geheimnisse verbirgst du noch, *Abby*?«

»Hast du noch nie von Google gehört?« Ich starre in seine dunkelbraunen Augen und bemerke zum ersten Mal die goldenen Sprenkel darin. Ich hasse mich dafür, dass ich in den hypnotischen Tiefen ertrinken möchte.

»Du hast nicht die Dusche angedreht, um deine Internetsuche zu verbergen.« Sein warmer Atem streicht über mein Gesicht und sendet ein Prickeln durch meinen Körper. Er presst seinen köstlichen Mund an mein Ohr, und ich erschauere. »Wir wissen, dass dir jemand dabei geholfen hat, und wir werden herausfinden, wer das war.«

Ich trete einen Schritt zurück und bin voller Schadenfreude, als ich ihm den Stinkefinger zeige. »Nur zu, du Idiot. Das schert mich kein bisschen.«

Irgendwie überstehe ich den Rest des Tages und lasse mich ins Auto fallen, nachdem die Schule vorbei ist. Oscars und Janes x-Millionen Fragen lenken meine Gedanken in eine andere Richtung. Jane fährt mit zu mir nach Hause und hilft mir dort, mich ins Bett zu legen. Sie beschafft mir von Mrs Banks noch mehr Schmerztabletten. Die geschwollene Beule auf meiner Stirn und das Sammelsurium an blauen Flecken auf meinem Rücken reibt sie sanft mit Arnica ein. Dann informiert sie Drew über die Geschehnisse mit Rochelle, als dieser anruft, um sich sein tägliches Update geben zu lassen.

Am nächsten Morgen werde ich durch leise Schnarchlaute

geweckt und kichere still in mich hinein, als ich auf Zehenspitzen aus dem Bett ins Badezimmer schleiche. Auch wenn mein Rücken schmerzt und die Beule auf meiner Stirn noch immer sehr berührungsempfindlich ist, fühlt sich mein Kopf sehr viel besser an, und ich bin dankbar dafür, dass ich keine Gehirnerschütterung habe.

Jane ist wach, gähnt und reibt sich über die Augen, als ich nach meiner Dusche das Bad verlasse und zurück in mein Zimmer komme. »Danke, dass du dich gestern Abend um mich gekümmert hast.«

»Du bist praktisch meine Schwester«, entgegnet sie und springt auf. »Wo sollte ich sonst sein?«

Ich ziehe sie in eine Umarmung. »Ich hoffe, du weißt, wie sehr ich dich liebe«, wispere ich. »Wie dankbar ich dafür bin, dass ich dich in meinem Leben habe. Egal, was passiert, vergiss das niemals.«

»Gleichfalls, Süße«, sagt sie und erwidert meine Umarmung, ehe sie mich auf Armeslänge von sich weghält. »Wie geht es dir heute?«

»Dem Kopf geht's gut. Dem Rücken weniger, aber ich werde es überleben. Ich werde nach dem Frühstück einfach noch ein paar Schmerztabletten einwerfen und dann sollte ich zurechtkommen.«

»Lass mich sehen.« Ich drehe mich um und sie keucht auf. »Dieses verfluchte Miststück wird dafür bezahlen.« Sie weiß nicht, dass mein Rücken dank der Scheiße mit den Jungs neulich im Hörsaal bereits in keiner guten Verfassung war.

»Ich habe ihr zuvor das Handgelenk gebrochen, daher sind wir vermutlich quitt.« Ich entledige mich meines Handtuchs, nehme saubere Unterwäsche aus meiner Schublade und ziehe sie an. »Außerdem wird Trent ihr die Hölle heiß machen, wenn er wiederkommt und herausfindet, wie sehr sie sich mit dem Feind eingelassen hat.«

»Sie ist nicht die Einzige. Was hat es damit auf sich?«

»Ich weiß es nicht, aber ich werde es auf jeden Fall herausfinden.«

»Warum sitzen sie heute dort drüben?«, frage ich Chad, der wie immer an unserem üblichen Tisch in der Cafeteria sein Essen zu sich nimmt, und starre zu Cam, Jackson und Sawyer hinüber, die am Kopfende eines langen Tischs gegenüber von uns sitzen. Die leeren Plätze neben ihnen füllen sich schnell.

Die kriecherischen Mädchen mit ihren schwärmerischen Blicken verstehe ich ja noch bis zu einem gewissen Punkt. Auch Wentworth, immerhin habe ich ihn verbannt und er war schon immer ein winselnder Idiot mit wenig Hirn. Jetzt, wo Sawyer unser neuer Quarterback ist, macht es auch Sinn, dass sich ihnen die Cheerleader und die Sportler anschließen. Aber die neuen Abtrünnigen aus dem inneren Zirkel ergeben keinen Sinn. Ich kann nicht begreifen, warum alle für ein paar Neulinge so unverhohlen die geltenden Regeln brechen.

»Ich habe gehört, dass sie die Leute bestechen«, berichtet Jane und leckt den griechischen Joghurt von der Unterseite ihres Löffels.

»Womit?«

»Sie versprechen ihnen, dass sie den Kodex aufbrechen und die Herrschaft der Elite über die Schule beenden werden, um allen die Freiheit zu geben, das zu tun und zu sagen, was sie wollen«, erläutert Chad.

»Sind alle dermaßen unglücklich?« Mir ist bewusst, dass die Leute es hassen, den Kodex zu befolgen, der schon seit Jahrhunderten existiert, aber es lässt sich nicht leugnen, dass die Dinge in der Schule runder laufen, solange es strikte Regeln gibt. Kämpfe kommen kaum vor und Störungen im Unterricht sind minimal, da sie nicht toleriert werden.

Alle unterstützen überaus loyal das Footballteam sowie sämtliche außerschulischen Veranstaltungen, denn wenn einem die Elite sagt, dass man dort zu sein hat, dann geht man hin, da man ansonsten mit Konsequenzen rechnen muss. Partys werden perfekt geplant. All der Alkohol sowie die Drogen, die es dort gibt, stammen aus vertrauenswürdigen Quellen und sind von bester Qualität.

Ich hasse diese Traditionen ja selber und habe es satt, mit den Jungs durch die Gänge der Schule zu stolzieren und so zu tun, als sei ich etwas Besseres. Aber selbst ich muss zugeben, dass die Rydeville eine angenehmere Erfahrung darstellt, wenn sich alle an die Regeln halten.

Chad zuckt mit den Schultern. »Manchmal wollen die Leute lieber Veränderungen.«

»Darum geht es hier nicht«, widerspricht Jane und senkt die Stimme, als sie sich zu uns rüberbeugt. »Ich habe einige Mädchen auf der Toilette belauscht. Sie erkaufen sich ihre Gefolgschaft mit coolen Sachen.«

Ich ziehe überrascht die Augenbrauen nach oben und meine Stimme trieft nur so vor Unglauben, als ich sage: »Jeder hier in der Schule ist reich, und es gibt nichts, was sie sich von ihrem Geld nicht kaufen könnten.«

»Sie versprechen den Leuten früheren Zugriff auf das neueste xNet6-Handy, und Jackson plant einen Renntag auf der privaten Rennstrecke seines Vaters in New York, wo nach ihm dann jeder eines der offiziellen Teamautos für ein paar Runden fahren darf.«

Ich schnaube. »Wow. Bestechung vom Feinsten. Haben sie denn gar kein Schamgefühl?«

»Sie sind neureich, Abigail«, sagt Chad und ein angeekelter Ausdruck huscht über sein Gesicht. »Natürlich haben sie keinerlei Schamgefühl. Das ist es, was sie tun: mit Geld und ihrem Status um sich werfen. Dieses Verhalten ist so was von pöbelhaft.«

Ich betrachte Chad mit ganz neuen Augen und grinse, als sich eine Idee in meinem Kopf bildet. »Ich mag dich, Chad. Ich sehe jetzt, warum dir die Jungs vertrauen.« Er wird rot und fährt sich mit einer Hand durch sein hellbraunes Haar, was überaus niedlich ist. Ich lehne mich an ihn und lächle, als der Plan in meinem Kopf Gestalt annimmt. »Du musst eine Gruppe aus fünf oder sechs Leuten zusammenstellen. Nur Leute, denen du blind vertraust. Kriegst du das bis zum Wochenende hin?« Ich brauche ein paar Tage, um die Dinge in Bewegung zu setzen.

»Auf jeden Fall.« Ein breites Grinsen umspielt seine vollen Lippen.

»Was hast du im Sinn?«, fragt Chad.

Ich werfe dem Tisch gegenüber einen vernichtenden Blick zu. Cam sitzt dort, und obwohl die Schlampe ihn wieder von seinem Schoß aus überall betatscht, sind seine Augen unverwandt auf mich gerichtet. »Die neue Elite mag Bestechungen nutzen, um sich ihren Weg an die Spitze zu erkaufen. Die alte Elite hingegen greift auf Erpressung zurück, um das zu bekommen, was sie will, und wir werden jetzt nicht damit aufhören.« Ich sehe zwischen Jane und Chad hin und her. »Wir werden etwas Belastendes über jeden Abtrünnigen ausgraben und dieses Wissen nutzen, um sie wieder auf unsere Seite zu ziehen.« Denn ich bin am Arsch, wenn ich alles den Bach runtergehen lasse und mir von den Jungs später anhören muss, dass sie meinen Untergang vorausgesehen hätten.

Camden Marshall wird besiegt werden.

Er steht kurz davor, herauszufinden, was passiert, wenn man einer Manning in die Quere kommt.

12. Kapitel

Unsere letzte Ballettprobe ist unter Dach und Fach und ich verlasse das Theater. Draußen ist es bereits dunkel und ich bin allein. Das letzte Mal, als ich Oscar gesehen habe, ist er mit seinem Handy am Ohr aus dem Theater geeilt. Unvermittelt werde ich von hinten gepackt. Jemand zieht mir etwas Schwarzes über den Kopf und nimmt mir dadurch jegliche Sicht.

Ich öffne den Mund, um zu schreien, aber eine große Hand legt sich über meine Lippen und dämpft die Geräusche, die ich durch den Stoffbezug hindurch ausstoße. Ein starker Arm wird um meine Taille geschlungen und presst mich rücklings an einen harten Körper. Blut rauscht in meinen Ohren und Adrenalin pumpt durch meine Adern, während mein Herz wie wild in meinem Brustkorb schlägt. Jemand bindet meine Beine und Handgelenke zusammen, ehe ich irgendwelche Selbstverteidigungskniffe anwenden kann, und Panik steigt in mir auf. Ich werde unsanft über eine Schulter geworfen, und eine Hand umschließt die Rückseiten meiner Oberschenkel, um mich festzuhalten.

Ich versuche, mich zu beruhigen. Meine anderen Sinne zu nutzen, um meine Umgebung wahrzunehmen, aber wegen der Panik, die wie ein Gewicht auf meine Brust drückt, und des weißen Rauschens, das in meinen Ohren dröhnt, finde ich es äußerst schwierig, mich zu konzentrieren. Ich fokussiere mich auf meine Atmung. Atme tief ein und aus, um nicht die Nerven zu verlieren.

Eine Autotür wird aufgerissen und wieder zugeschmissen. Geflüsterte Worte sind zu vernehmen, die ich jedoch nicht verstehen kann. Dann werde ich in einen beengten Raum geworfen, in dem ich die Knie an die Brust ziehen muss, ehe mich ein lauter Knall zusammenfahren lässt. Mehr Türen werden geöffnet und wieder zugezogen, dann ist das leise Brummen eines startenden Motors zu hören, das mich wissen lässt, dass ich in einem Kofferraum gefangen bin. Mein Körper wird hin- und hergeworfen, als das Auto losfährt. Ich hebe die Arme und strecke die Beine so weit aus, wie ich es mit den schmerzhaften Fesseln vermag, die in meine Hand- und Fußgelenke schneiden, um zu testen, wie viel Platz ich habe. *Nicht viel* lautet die Antwort, was meine Frustration und meine Angst nur noch mehr schürt.

Wie zur Hölle konnte das passieren, und wohin zum Teufel ist Oscar verschwunden? Haben sie ihn auch überfallen? Und wer sind diese Leute?

Die Liste der Feinde meines Vaters ist lang, und da draußen gibt es viele Menschen, die mich entführen würden, um ein Lösegeld zu erpressen. Doch wer meinen Vater kennt, weiß möglicherweise um die Sinnlosigkeit dieses Vorhabens. Mein Vater würde sie wahrscheinlich dafür bezahlen, mich *nicht* zurückzubringen. Zumindest so lange nicht, bis ich fällig bin, zum Traualtar zu schreiten.

Müsste ich wetten, würde ich mein Geld auf die neue Elite setzen. Das hier riecht nach einer Aktion, die dem Zweck dient, mich zu terrorisieren und ihren Forderungen noch mehr Nachdruck zu verleihen. Aber ich werde ihr Spiel ganz sicher nicht mitspielen.

Ich habe keine Ahnung, wie lang wir unterwegs sind, aber es ist lang genug, dass die Hitze im Kofferraum überhandnimmt und unter der schweren Stoffhaube, die meinen Kopf bedeckt, verfilzte Strähnen meines Haars an meiner Stirn haften lässt. Mein Spitzentop klebt an meinem verschwitzten Rücken und unter meinem warmen Hoodie brennt meine Haut wie verrückt. Meine Hand- und Fußgelenke schmerzen, da der Bastard, der diese umwickelt hat, die Fesseln viel zu eng geschnürt hat.

Ich werde diese Wichser auslöschen. Wenn ich mit ihnen fertig bin, werden sie sich wünschen, nie existiert zu haben.

Die ganze Fahrt über klammere ich mich an meine Wut und daran, dass das ein Werk von Camden, Sawyer und Jackson sein könnte.

Mein Körper schlägt gegen die Rückseite des Kofferraums, als der Fahrer eine scharfe Kurve nimmt, und ich schreie auf, als ein Schmerzensstich meinen Rücken durchbohrt. Als das Auto langsamer wird, beiße ich die Zähne zusammen und versuche meine schmerzende Wirbelsäule zu ignorieren und auch die Panik, die sich wieder meldet. Ich konzentriere mich darauf, tief ein- und wieder auszuatmen, und nicht gänzlich die Fassung zu verlieren.

Der Wagen wird langsamer und hält schließlich an. Der Klang von Stiefeln, auf den ein Klickgeräusch folgt, signalisiert mir, dass jemand den Kofferraumdeckel geöffnet hat. Starke Hände packen meine Oberarme und ziehen mich aus dem engen Raum. Meine Beine protestieren und ich falle gegen einen warmen Körper.

»Scheiße, ihre Handgelenke bluten«, ruft eine mir bekannte Stimme, und Wut breitet sich wie ein rasendes Feuer in meinem Körper aus.

»Kaum«, entgegnet Cam an Sawyer gewandt, ehe er hinzufügt: »Ist der Stream bereit?«

»Ja«, blafft er, und ich kann seiner Antwort eine gewisse Spannung zwischen den beiden entnehmen.

Sie reißen mir den Stoffbezug vom Kopf und jemand streicht mir mein verknotetes, verschwitztes Haar aus der Stirn.

»Fuck, sie sieht völlig durch den Wind aus«, sagt Jackson.

»Was habt ihr erwartet, wenn ihr mich in den Kofferraum werft?«, fauche ich, während ich blinzle.

»Reich mir das Teppichmesser«, fordert Cam und ignoriert mich, als er besagtes Teil von Jackson entgegennimmt und die Kabelbinder durchtrennt, die in die aufgeriebene, blutige Haut an meinen Handgelenken geschnitten haben. Sofort überkommt mich Erleichterung, doch diese hält nur kurz an.

Cam öffnet den Reißverschluss meines Hoodies, zerrt ihn mir über meine steif gewordenen Arme und wirft ihn Sawyer zu. Er mustert mein spitzenbesetztes Tanktop mit einem kalkulierenden Blick, ehe er es am Saum packt und nach unten reißt, um noch mehr von meinem Dekolleté zu entblößen.

Empörung lässt mein Gesicht feuerrot anlaufen. Als er seine Hände in meinen BH schiebt und meine Nippel zwischen Daumen und Zeigefinger hin- und herrollt, öffne ich den Mund, um eine Tirade an Schimpfwörtern loszulassen. Ich schlage nach seinen Händen, aber Jackson reagiert schnell, packt meine Arme und hält sie hinter meinem Rücken fest. Seine Finger bohren sich in meine geschundene Haut und ich schreie auf.

»Ich hätte das machen sollen«, sagt Jackson.

Cam bedenkt ihn über meine Schulter hinweg bloß mit einem finsteren Blick.

»Nimm deine dreckigen Hände von mir!«, brülle ich. »Oder ich fange an, zu schreien.«

»Nur zu, Süße.« Er sieht mich an, während er weiter an meinen Nippeln zieht. Ich hasse es, dass sie sich unter seiner Berührung sofort aufrichten. Mein Körper hat ganz offenbar noch nicht verstanden, dass er der Feind ist. »Wir befinden uns auf einem leeren Parkplatz«, ergänzt er und drängt mich dazu, mir die Umgebung genauer anzusehen. »Hier ist niemand, der dich hören kann.«

»Was wollt ihr? Und was habt ihr mit meinem Bodyguard und meinem Fahrer gemacht?«

»Wir haben bei dir zu Hause ein Ablenkungsmanöver inszeniert, um sie auf eine falsche Fährte zu führen, und haben eine Nagelkette auf der Straße ausgelegt, um Jeremy auf seinem Weg zurück auszubremsen«, führt Sawyer aus, ohne von den Laptops aufzusehen, auf denen er wie wild herumtippt.

»Wir könnten außerdem sagen, dass Oscar gerade ein kleines Nickerchen macht, aber belassen es dabei«, ergänzt Jackson grinsend.

»Wenn ihr ihm wehtut, werde ich euch umbringen«, schreie ich panisch. Oscar hat heute Abend nur noch so spät gearbeitet, weil ich eine lange Probe hatte. Normalerweise wäre er schon zu Hause bei seiner Familie gewesen. Ich hasse es, dass er in diese Sache mit reingezogen wurde.

Mir ist nicht entgangen, dass die drei die Namen der beiden Angestellten kennen. Offenbar haben sie vorher genauestens recherchiert. Bei jeder neuen Wendung sind sie mir zwei Schritte voraus, diesen Fehler muss ich beheben.

»Das hier wird so nicht funktionieren«, meint Cam und lässt von mir ab. »Gib mir die Tasche.«

Jackson lässt meine Handgelenke los und ich verpasse Cam einen Stoß gegen die Brust, vergesse dabei aber, dass meine Knöchel noch immer aneinandergefesselt sind. Ich lande mit meinem

Hintern unsanft auf dem Steinboden und beiße mir heftig auf die Unterlippe, als eine frische Welle des Schmerzes durch mein Steißbein schießt. Tränen brennen mir in den Augen, doch ich weigere mich, ihnen freien Lauf zu lassen. »Scheiße.« Ich ziehe scharf die Luft ein, als Cam in die Hocke geht und die Fesseln an meinen Füßen löst.

»Das war deine Schuld.« Er zerrt mich an meinen Ellenbogen in die Höhe, und ich schaue ihn bitterböse an. »Halt sie fest«, instruiert er Jackson und nimmt ihm die schwarze Reisetasche von Gucci ab. Jackson schlingt von hinten seinen Arm um meine Taille.

»Hey! Das ist meine!«, protestiere ich.

»Ein goldenes Sternchen für die reiche Bitch«, sagt Cam gehässig, öffnet die Tasche und inspiziert den Inhalt.

»Ihr seid verfickte Arschlöcher. Ihr alle«, fauche ich, während ich ihm dabei zuschaue, wie er zahlreiche Sachen daraus hervorzieht, die aus meinem Schrank stammen. Scheinbar hat Sawyer mehr gestohlen als nur ein paar Höschen.

»Das sollte funktionieren«, stellt Cam fest und richtet sich grinsend auf. An seinem Finger baumelt ein schwarzer Push-up-BH.

Ich schlucke den Kloß in meinem Hals hinunter. »Das werde ich nicht anziehen.« Ich durchbohre ihn mit einem giftigen Blick.

»Keiner hat dich darum gebeten«, erwidert er, noch immer ein Grinsen im Gesicht.

»Arme hoch, Schönheit«, flüstert Jackson in mein Ohr und ich stoße ihm meinen Ellenbogen in die Rippen.

»Scheiße«, keucht er und lässt mich los, um sich über die Seite zu reiben.

Cam zieht mich an meinem Ellenbogen zu sich heran. »Hat dir dein Vater nicht beigebracht, dass eine Lady nicht zuschlägt?«

»Ich bin keine Lady«, presse ich zwischen zusammengebissenen Zähnen hervor und versuche, mich aus seinem Griff zu befreien.

»Das ist mir mittlerweile auch klar.« Cam wendet sich an Sawyer. »Ist das Ding bereit? Sie braucht offenbar einen Ansporn, um zu kooperieren. Mir reißt sonst gleich der

Geduldsfaden.«

»Ja, ist es.«

Cam wirft Jackson meinen BH zu und zerrt mich zu Sawyer, der den Laptop auf der Motorhaube des Land Rovers platziert hat. »Schau es dir an«, befiehlt er, packt mein Kinn auf schmerzhafte Art und Weise, und zwingt mich, zum Bildschirm zu blicken.

Sawyer drückt auf *Play* und mir weicht alle Farbe aus dem Gesicht, als das Video beginnt. Jane befindet sich in ihrem Schlafzimmer, liegt komplett nackt auf ihrem Bett, die Beine weit gespreizt und befriedigt sich selbst. Mir ist speiübel, und ich kann meinen schockierten Gesichtsausdruck nicht verbergen. Sie hat ihr Handy am Fußende gegen zwei plüschige Kissen gelehnt. Ich bin mir ziemlich sicher, dass mein Bruder ihr dabei zugesehen hat, oder sie dabei war, ihm es zu schicken. Sie ruft Drews Namen, als sie zwei Finger in sich hineinschiebt, den Rücken wölbt und kleine Wimmerlaute ausstößt, während sie sich immer höher schaukelt. Ich schließe krampfhaft die Augen, da ich meine Freundin nicht noch mehr missbrauchen will, als es diese Jungs bereits getan haben. Das ist ein so massiver Eingriff in ihre Privatsphäre. Ich bin gleichermaßen erbost wie angewidert.

»Schaltet das aus«, schnauze ich, doch die drei ignorieren mich und ich bin gezwungen, zuzuhören, wie sie zum Höhepunkt kommt.

»Ich habe mir dazu schon mindestens fünfmal einen runtergeholt«, sagt Jackson dicht an meinem Ohr. »Ich finde es großartig, dass sie dieses Spiel in ihre tägliche Zu-Bett-geh-Routine eingebaut hat. Sie vermisst deinen Bruder und ist sexuell so frustriert, dass ich es ihr vielleicht persönlich besorgen muss.«

»Du lässt sie gefälligst in Ruhe!«, schreie ich. »Das hier hat mit Jane nichts zu tun.« Meine Stimme bricht. »Bitte. Ich werde tun, was auch immer ihr wollt, nur haltet Jane aus der ganzen Sache raus.«

»Mach deine Augen auf«, ordnet Cam an und ich reiße sofort die Augen auf, während Sawyer gnädigerweise das Video ausschaltet. »Haben wir jetzt deine Aufmerksamkeit?«

»Die hattet ihr bereits. War es nicht genug, dass ihr wisst, dass ich keine Jungfrau mehr bin?«

»Das schien dich nur unzureichend zu motivieren, also haben wir improvisiert.« Cam schüttelt den Kopf. »Wir haben diesen Weg gewählt, weil du nicht das machen wolltest, was wir von dir erwartet haben. Das hier ist alles deine Schuld.« Die Wahrheit seiner Worte rumort in meinem Magen wie saure Milch.

»Solange du kooperativ bist«, fährt Cam fort, »wird das Video niemals ans Tageslicht kommen. Wenn du uns hintergehst, werden wir es nicht nur mit unseren Klassenkameraden teilen, sondern ins Internet stellen, und dann wird Jane über Nacht aus den gänzlich falschen Gründen zur Schande.«

»Woher weiß ich, dass ihr mich nicht aufs Kreuz legt?«

Cam grinst und ich verspüre den Wunsch, sein Gesicht mit einem Hammer einzuschlagen, bis er äußerlich genauso hässlich ist wie innerlich. »Du wirst uns einfach vertrauen müssen.«

»Unter Gaunern gibt es keine Ehre«, fauche ich.

»Davon kannst du ja ein Lied singen«, kontert er sofort und kommt meinem Gesicht mit seinem ganz nah.

Was zur Hölle soll das bedeuten?

Der Ausdruck von purem Hass, der sich auf seine Züge gelegt hat, lässt mich instinktiv einen Schritt zurückweichen.

»Du hast unser Wort, dass das Video nicht veröffentlicht wird, sofern du tust, was wir dir sagen«, bekräftigt Sawyer und wirft einen vorsichtigen Blick in Cams Richtung.

»Und das wäre?«

»Dich zuallererst einmal ausziehen.« Jacksons Augen richten sich auf meine Brüste. »Ich wollte deine Titten schon die ganze Zeit aus der Nähe und live in Farbe sehen.«

»Das könnt ihr nicht ernst meinen«, stoße ich hervor, als Panik in meinem Inneren aufwallt. Ich flehe Sawyer mit den Augen an, da er der Einzige zu sein scheint, der ein Minimum an Anstand und Selbstkontrolle besitzt.

»Du musst die Rolle einer Verführerin spielen. Dein aktuelles Outfit und diese Titten«, sagt Cam und wedelt mit seiner Hand vor meiner Brust herum, »stehen dazu im Widerspruch.«

Ein stechender Schmerz durchbohrt mein Herz, doch ich schotte mich dagegen ab. Ich werde tun, was auch immer sie von mir verlangen. Das Blatt hat sich gewendet und ich werde alles tun, um Jane zu beschützen. Sie kann nichts dafür, dass die drei sie in diese Sache hineingezogen haben. Das ist meine Schuld. Genauso wie es meine Aufgabe ist, dafür zu sorgen, dass dieses Video niemals veröffentlicht wird. Es würde meine beste Freundin zerstören und Drew wahrscheinlich dazu bringen, einen Mord zu begehen. Nicht, dass ich etwas dagegen hätte, eines dieser Arschlöcher auszulöschen, aber ich möchte meinen Bruder lieber nicht ins Gefängnis wandern lassen.

»Also gut.« Ich ziehe mir das Tanktop über den Kopf und werfe es Cam ins Gesicht. Jackson lacht. »Gib mir den BH.« Ich strecke meine Hand aus und starre stur geradeaus.

»Nein.« Cam lässt mein Top zu Boden fallen und reißt Jackson den Push-up-BH aus der Hand. »Du machst hier nicht die Regeln.«

Das tue ich in keinster Weise, aber das auszusprechen, wird mir nicht weiterhelfen, von daher presse ich die Lippen aufeinander und schweige.

Cam kommt wie ein Jäger, der seine Beute einkesselt, auf mich zu. Mit seiner freien Hand öffnet er in einer gekonnten Bewegung meinen hauchdünnen Spitzen-BH und streift dessen Träger meine Arme hinab, bis sich das Dessous gänzlich von meinem Körper löst und ich mit nacktem Oberkörper vor ihnen stehe. Ich spüre ihre erregten Blicke auf mir ruhen und meine Wangen beginnen zu brennen. Ich starre stur weiter geradeaus, sehe durch die Wichser hindurch, um ihnen nicht die Befriedigung meiner Demütigung zu geben.

Als kühle Finger einen meiner Nippel umschließen, verkrampft sich mein Magen. »Fass sie nicht an«, ordnet Cam an und schlägt Jacksons Hand weg.

»Ach, komm schon, Mann. Du durftest sie doch schon ficken. Lass mich doch wenigstens an ihren Brüsten saugen.«

»Wie schon gesagt, ich bin der Einzige, der sie berührt. Du hast dich nicht unter Kontrolle.«

»Das ist Bullshit und das weißt du. Du kannst nicht die Tatsache verbergen, dass dein Schwanz ebenfalls hart ist. Verdammt, ich kann die Beule in deiner Hose sogar sehen.«

Kalte Luft umweht meine entblößte Brust, und je länger diese Diskussion zwischen ihnen andauert, desto mehr fange ich an, innerlich zu brodeln.

»Zieht ihr einfach den verdammten BH an«, sagt Sawyer mit offenkundiger Frustration in der Stimme. »Wir haben noch ein paar Dinge zu erledigen, es sei denn, eure Hormone haben eure Hirnfunktion inzwischen gänzlich ausradiert.«

»Rede gefälligst nicht so mit mir«, knurrt Cam seinen Freund an. Er nickt in meine Richtung. »Augen auf mich gerichtet.«

Ich spanne meinen Kiefer derart heftig an, dass ich Sorge habe, dass er vielleicht gleich bricht. Sein Blick bohrt sich in meinen, als er erneut in meine Nippel zwickt. Sawyer seufzt, aber bevor er irgendwas sagen kann, wendet sich Cam direkt an ihn. »Wir haben nicht viel, mit dem wir arbeiten können, also müssen wir wohl ein wenig inszenieren.«

Ich balle die Hände an meinen Seiten zu Fäusten und möchte ihm nur allzu gern richtig wehtun.

Ohne den Blick von mir zu nehmen, senkt er den Kopf und saugt erst meinen einen, dann meinen anderen Nippel in seinen heißen Mund. »Ich erinnere mich, wie sehr du es gemocht hast, als ich das gemacht habe«, sagt er und umkreist mit der Zunge meine Brustwarzen.

Laute Stöhnlaute erklingen auf dem Parkplatz, die dafür sorgen, dass ich ruckartig den Kopf zur Seite drehe. Jackson hat seinen Schwanz in der Hand und besorgt es sich selbst, während er dabei zusieht, wie sein Freund an meinen Brüsten saugt.

»Ihr Jungs seid abartig.«

»Du solltest stolz sein, Schönheit«, keucht Jackson und leckt sich über die Lippen, während er seinen Schwanz immer heftiger und schneller reibt. »Nur wenige Mädchen können mich zum Kommen bringen, ohne mich anzufassen.« Er stößt einen kehligen Laut aus, als er sein Sperma über den ganzen Asphalt versprüht und seinen Orgasmus mit geschlossenen Augen bis zum

Letzten auskostet.

Ein Muskel an Sawyers Kiefer beginnt zu zucken, aber das ist auch das einzige Anzeichen dafür, dass er sauer ist.

»Hat dir das gefallen, Baby?«, fragt Cam und löst endlich seinen Mund von meinen Brüsten. »Willst du seinen Schwanz in dir?« Erneut umfasst er mein Kinn auf schmerzhafte Art und Weise. »Oder träumst du noch immer von meinem?«

»Der einzige Ort, an dem du auftauchst, sind meine Albträume.«

»Touché, Süße.« Er streift die Träger des Push-up-BHs über meine Arme und meine Schultern, wobei er mit seinen Fingern kleine Schauer in mir auslöst, ehe er den BH zumacht. Dann greift er in jeden Cup und knetet meine Brüste, bis er mit deren Aussehen zufrieden und meine Demütigung perfekt ist. »Wirf mir das rote Top und die High Heels rüber«, sagt er über seine Schulter hinweg.

Sawyer reicht ihm beides. »Beeil dich gefälligst.«

Cam ignoriert ihn, zieht mir das rote Tanktop über den Kopf und zupft es zurecht. Dann kniet er sich hin und entfernt meine Ballerinas einen nach dem anderen. Seine Berührung ist sacht und sein Blick ist auf meine Füße gerichtet, während er mir meine High Heels von Prada anzieht. Keiner sagt ein Wort, als er beginnt, sanft meine Handgelenke zu säubern, Pflaster draufklebt und mir zuletzt zwei goldene Armreifen anlegt.

Er tupft mit einem Taschentuch mein Gesicht ab, wischt alle verschwitzten Stellen trocken und holt meinen Kulturbeutel aus meiner Tasche hervor, ehe er etwas Rouge auf meine Wangen gibt und Gloss auf meinen Lippen verteilt. Die beiden anderen Jungs sehen ihm auf morbide Art und Weise fasziniert dabei zu. Als Nächstes lässt er seine Finger durch mein Haar gleiten, schüttelt es auf und eine angenehme Wärme breitet sich entlang meiner Kopfhaut aus.

Ich hasse es, dass er so magische Finger hat. Finger, die mich mit einer einzigen Berührung erregen. Doch in diesem Moment hasse ich mich selbst am meisten. Denn sobald er seine Hand von mir löst, ist mir nach Weinen zumute.

Wie kann ich ihn hassen und ihn trotzdem noch wollen?

Wie kann es sein, dass ich eifersüchtig auf Rochelle bin, die jeden Tag auf seinem Schoß sitzen darf?

Er ist ein Scheißkerl, der andere missbraucht, und ich möchte mich nicht von ihm angezogen fühlen, aber die Chemie zwischen uns ist nicht zu leugnen.

»Wo hast du das gelernt?«, fragt Sawyer mit eindeutiger Neugierde in der Stimme.

Cam schmunzelt. »Ich habe früher immer die Freundin meines älteren Bruders beobachtet, wenn sie sich in seinem Zimmer fertig gemacht hat.«

»Mit deinem Schwanz in der Hand, nehme ich an«, vermutet Jackson vorhersehbarerweise.

Cam grinst nur noch breiter, ohne diese Anschuldigung zu bestätigen oder abzustreiten. Er streicht mit dem Daumen über meine Wangen, was mir am ganzen Körper eine Gänsehaut beschert und dafür sorgt, dass sich meine Nippel sofort wieder aufrichten.

»Fuck, Mann.« Jackson stöhnt erneut. »Ihre Nippel zeichnen sich unter ihrem Top ab.«

Cam senkt den Blick auf mein Dekolleté und ein selbstzufriedenes Grinsen breitet sich auf seinem Gesicht aus. »Das ist der Plan.«

»Ich bin schon wieder hart.«

»Du hast ein verfluchtes Problem«, wirft Sawyer ein, »und du wirst dir nicht noch mal einen runterholen. Es ist Zeit, zu gehen.«

»Wohin?«, hake ich nach und kämpfe darum, Haltung zu bewahren. Doch das ist schwierig, da Cam noch näher an mich herangetreten ist und die Hitze seines Körpers seltsame Dinge mit meinem Inneren anstellt.

»Jetzt ist Showtime, Baby.« Sein Blick wandert zu meinem Mund. Mein Herz pocht wie wild in meiner Brust und Hitze sammelt sich in meiner Mitte, als ich meinen Blick auf seine Lippen hefte. Cam zieht sich ruckartig zurück, so als hätte er erst jetzt bemerkt, wie nah er mir gekommen ist und wie intensiv er auf meinen Mund starrt. Als er mir in die Augen sieht, hat er wieder die übliche kalte, harsche Miene aufgesetzt. »Steig ins Auto und mach alles, was wir dir sagen, ansonsten wird deine Freundin den Preis zahlen.«

Ich klettere auf den Rücksitz und er rutscht auf den Platz neben mir, während sich Sawyer hinters Lenkrad setzt und Jackson es sich auf dem Beifahrersitz bequem macht. Sawyer brettert vom Parkplatz und hinterlässt eine Staubwolke hinter uns.

»Wird mir noch jemand erklären, was hier vor sich geht?«

Cam legt seine Hand auf meinen Oberschenkel und ich zucke angesichts der unerwarteten Berührung zusammen. »Wir werden zum Unternehmen deines Vaters fahren und du wirst uns Zugang verschaffen.«

13. Kapitel

Ich möchte wissen, was sie vorhaben, aber es erscheint mir sinnlos, sie darauf anzusprechen.

»Was, keine hirnverbrannten Fragen?«, wundert sich Cam und zieht eine Braue in die Höhe.

»Warum sollte ich irgendwelche Fragen stellen, die ihr mir ohnehin nicht beantworten werdet?«

»Vielleicht bist du doch nicht so dumm, wie du aussiehst.«

»Fick dich, du Arschloch.« Ich starre aus dem Fenster, um keinen der drei ansehen zu müssen.

»Von all den Sachen, die ich gesagt und gemacht habe, stört dich das am meisten, oder?«, sinniert Cam. »Du magst es nicht, wenn man deine Intelligenz infrage stellt.«

»Mag das irgendjemand?« Ich bedenke ihn mit einem finsteren Blick.

»In deiner Welt sollte es nicht von Bedeutung sein. Werden Frauen nicht dazu erzogen, hübsch auszusehen, ihre Beine breit zu machen und ansonsten den Mund zu halten?«

»Nur weil das von mir erwartet wird, heißt das nicht, dass es mir auch gefällt.«

Er betrachtet mich für eine lange Zeit. Ich sehe nicht weg, sondern fordere ihn mit einem trotzigen Gesichtsausdruck heraus. »Warum?«, fragt er schließlich nach ein paar Sekunden.

»Wer ist jetzt bitte der Dumme?«

Er presst die Zähne aufeinander und seine Augen werden fast schwarz.

»Wir sind da.« Sawyer stellt den Wagen in einer Parklücke um die Ecke des Unternehmenssitzes von Manning Motors ab.

»So wird es laufen«, sagt Cam und jedes Anzeichen von Wut wurde durch eine ernste Miene ersetzt. »Du wirst den diensthabenden Wachmann verführen und ihn ablenken. Dabei wirst du ihm seine Security-Card stehlen und an uns weitergeben.«

»Wie zur Hölle soll ich das bitte anstellen?«

»Ich erinnere mich daran, dass du durchaus über ein paar Verführungskünste verfügst, also bezirze ihn einfach ein bisschen.« Cam reibt sich mit einer Hand über sein unrasiertes Kinn. »Und wenn du etwas Extramotivation brauchst: Denk dran, wie sehr sich die arme Jane schämen würde, wenn ihr die Welt dabei zusähe, wie sie sich für deinen Bruder selbst befriedigt.«

»Ich brauche *keine* Extramotivation. Dafür hast du bereits gesorgt.« Ich sehe ihn aus zusammengekniffenen Augen an. »Was habt ihr wegen der Sicherheitsaufnahmen vor? Wenn Vater herausfindet, dass ich hier war, wird er wissen wollen, warum.«

»Darum haben wir uns bereits gekümmert«, bekräftigt Sawyer. »Du musst dir keine Sorgen machen, dass du entdeckt werden könntest.«

»Also gut.« Ich seufze. »Dann lasst uns das hinter uns bringen.«

»Das ist noch nicht alles«, sagt Sawyer und dreht sich auf dem Sitz zu mir um. »Wir brauchen etwa zwanzig Minuten, also lenk ihn weiter ab, sobald wir drinnen sind.«

Ich werfe meine Arme in die Luft. »Ihr verarscht mich. Wie zur Hölle soll ich ihn so lange Zeit ablenken?«

»Du bist ein schönes Mädchen«, meint Jackson. »Ich bin mir sicher, dir fällt etwas ein.«

»Ich werde sicherlich keinen Mitarbeiter meines Vaters bumsen!«, kreische ich.

»Das hat auch niemand gesagt«, meint Camden lässig. »Ich bin mir sicher, dass du einen anderen Weg finden wirst, um ihn zu zerstreuen.«

»Tanz für ihn«, schlägt Jackson vor. »Oder gibt ihm eine Massage. Es gibt viele Möglichkeiten, ihm die Trauben schmackhaft zu machen, ohne ihn davon kosten zu lassen.«

»Uh, vielen Dank für die großartigen Ratschläge.«

Er zwinkert mir zu. »Jederzeit, Schönheit.«

Würg!

»Wir müssen das durchziehen, ehe die Schichtablösung hier auftaucht. Kommst du klar?«, fragt Sawyer und mustert mich prüfend.

»Ja«, lüge ich und durchkämme gleichzeitig verzweifelt mein

Hirn nach etwas, was mir weiterhelfen könnte.

Wir halten vor dem Gebäude gerade so weit entfernt, dass man uns vom Eingang mit den gläsernen Türen aus nicht sehen kann. So bleiben wir auch der Kamera verborgen, die den Parkplatz scannt.

»Nimm das hier«, sagt Sawyer und reicht mir ein kleines schwarzes Gerät. »Drück den Knopf, wenn wir sicher in das Gebäude gelangen können, und dann kümmern wir uns um den Rest. Wenn du es in deiner Tasche vibrieren spürst, hast du drei Minuten, um den Typen erneut abzulenken, während wir verschwinden.«

Ich steige aus und murmle dabei leise vor mich hin. In letzter Sekunde packt Cam meinen Arm und zieht mich zurück. »Mach keine Scheiße, Abigail. Denk an die Konsequenzen.«

Ich entreiße ihm meinen Arm. »Du musst mich nicht ständig daran erinnern. Ich habe die Botschaft klar und deutlich verstanden, also halt den Mund.« Ich stemme die Hände in die Hüften. »Ich werde meine Rolle spielen. Lasst euch nicht zu lange Zeit.«

Er nickt mir kurz zu und ich schließe die Autotür, ehe ich mein Haar aufschüttle und mein Top so weit wie möglich nach unten ziehe, um meine Brüste in den Fokus zu rücken. Dann pflastere ich mir ein Lächeln ins Gesicht und gehe mit erhobenem Kopf, durchgestrecktem Rücken und rausgestreckten Brüsten Richtung Eingang.

Der Wachmann schaut auf, als er das Klackern meiner High Heels auf dem Marmorboden vernimmt. Er wirkt, als wäre er Ende dreißig, hat breite Schultern, eine drahtige Statur, sandblondes Haar und blaue Augen, die interessiert aufleuchten, als er seinen Blick von Kopf bis Fuß über meinen Körper wandern lässt.

Ich schlucke meine Abscheu runter und behalte mein Lächeln bei, als ich mich über den Tresen lehne und sicherstelle, dass er einen guten Ausblick auf meinen Ausschnitt hat. Ich betrachte sein Namensschild, das an der Brusttasche seines Uniformhemds befestigt ist. »Hey, Jed. Wissen Sie, wer ich bin?« Ich klimpere mit den Wimpern und ziehe meine Unterlippe zwischen die

Zähne.

»Natürlich. Ms Manning.« Er räuspert sich und löst widerwillig den Blick von meinen Brüsten. »Was kann ich für Sie tun?«

»Mir ist bewusst, dass es schon spät ist«, sage ich, umrunde den Tresen, positioniere meinen Hintern auf der Ecke des Schreibtischs und beuge mich zu ihm runter. »Ich hoffe, das ist kein Problem«, ergänze ich mit rauchiger Stimme. Ich drücke ihm meine Brüste entgegen, während ich ganz nah an seinem Ohr sage: »Aber ich war in der Nähe und das hat mich daran erinnert, dass ich auf einen Gefallen angewiesen bin.« Er kann die Augen nicht von meinem Dekolleté lösen, daher greife ich vorsichtig nach unten und ziehe langsam die am Gürtel seiner Hose befestigte Sicherheitskarte heraus.

»Einen Gefallen?«, krächzt er und seine Augen leuchten begeistert auf.

Ich komme auf die Beine, umrunde erneut den Tresen und lasse die Karte auf den Boden fallen, ehe ich mich wieder zu ihm geselle und ihn ansehe. Mit einem enttäuschten Ausdruck blickt er zu mir hoch, was mich zu dem Schluss bringt, dass diese kleine Einlage vielleicht simpler wird als erwartet. »Ich muss eine Arbeit für die Schule schreiben«, erkläre ich und wickle mir eine meiner Locken um den Finger, »und ich habe gehofft, dass ich Sie über ihre Arbeit hier bei Manning Motors interviewen könnte.«

Er wirkt noch eine Spur enttäuschter, und ich frage mich, welche Art von Gefallen er erwartet hatte. »Es würde Sie nur zwanzig Minuten Ihrer Zeit kosten und ich wäre Ihnen für immer dankbar.« Ich reibe ihm wieder meinen Ausschnitt unter die Nase. »Ich werde ein gutes Wort bei meinem Vater für Sie einlegen.«

Das muntert ihn auf. »Sicher, dabei bin ich gern behilflich.«

»Sie sind so süß, Jed, das weiß ich wirklich zu schätzen.« Ich beuge mich zu ihm und gebe ihm einen Kuss auf die Wange. »Könnten Sie mich zu einem der Nebenräume begleiten, damit ich meine Utensilien holen kann?«

»Ich kann diesen Tisch hier nicht verlassen, Miss.«

Ich werfe meine Haare nach hinten und lege meine Hand auf

seinen muskulösen Arm. »Wir werden maximal drei Minuten weg sein, höchstens.« Ich lächle und blicke über meine Schulter. »Dieser Ort hier ist wie ein Friedhof. Keiner wird davon erfahren.« Ich drücke seinen Arm und lecke mir ganz bewusst über die Lippen.

Er springt sofort auf. »Folgen Sie mir.«

Ich schenke ihm ein entwaffnendes Lächeln, für einen Typen mittleren Alters ist er irgendwie echt heiß.

Jed begleitet mich in einen der nahegelegenen Meetingräume, und ich lasse eine Hand in der Tasche meiner Jeans verschwinden, um auf das kleine Gerät zu drücken, das mir Sawyer gegeben hat. Ich verschwende so viel Zeit wie möglich, öffne und schließe alle Schränke und strecke beim Bücken meinen Hintern in die Luft, um Jed eine ordentliche Show zu bieten. Nachdem vier Minuten verstrichen sind, gehe ich davon aus, dass die Luft rein ist. Mit einem Stift, einem Notizblock und einer Flasche Wasser bewaffnet kehre ich zurück in den Eingangsbereich. Jed holt einen weiteren Stuhl herbei und platziert ihn neben seinem. Ich überprüfe die Zeit auf der Uhr, die im Eingangsbereich von der Decke hängt, bevor ich mit meinem gefakten Interview loslege.

Jed liebt den Klang seiner eigenen Stimme und ein paar vorsichtig ausgesuchte Fragen sorgen dafür, dass er wie ein Wasserfall über seine Position zu erzählen beginnt. Ich kritzle Notizen auf meinen Block, behalte dabei aber stets die Uhr im Auge und ignoriere den Ekel, den ich jedes Mal empfinde, wenn Jed mich mit seinen Blicken auszieht. Nach und nach wird er mutiger, rückt näher an mich heran, drückt seinen Oberschenkel an meinen und streift mit Absicht *versehentlich* die Seite meiner Brust. Ich sage nichts, sondern werfe ihm freundliche Blicke zu, während ich im Stillen die Jungs dazu dränge, sich gefälligst zu beeilen.

Schließlich gehen mir die Fragen aus und ich werde mit jeder weiteren Minute immer nervöser. Als das Gerät endlich vibriert, sacke ich vor Erleichterung fast zusammen. »Ich würde gern noch mal auf eine Ihrer früheren Antworten zurückkommen«, sage ich und tue so, als würde ich durch meine Notizen blättern. »Sie haben gesagt, dass die Nachtschichten Ihrer Gesundheit und

Ihrem Schlafrhythmus nicht guttun, und als Teil meiner Anregungen möchte ich ein paar Maßnahmen vorschlagen, die das Unternehmen umsetzen könnte, um gegen diese Symptome vorzugehen.« Ich stehe auf, stelle mich hinter ihn und lege ihm meine Hände auf die Schultern. »Schließen Sie die Augen«, fordere ich ihn auf.

»Was machen Sie?«

»Ich gebe Ihnen eine Schultermassage, um ihre Muskulatur zu lockern. Dafür müssen Sie Ihren Kopf in den Nacken legen und die Augen zumachen. Lassen Sie mich die Verspannungen lösen, die von Ihren Schultern bis in Ihren Rücken ziehen.« Ich streichle mit den Fingern über seine Wange und er gehorcht ohne weiteres Zögern. »So ist's richtig, Jed. Genau so. Lassen Sie Ihre Augen geschlossen, bis ich sage, dass Sie sie wieder öffnen können.«

Ich verdränge sämtliche Vorbehalte in mir, ihn anzufassen, und massiere seine muskulösen Schultern mit kräftigen, kreisenden Bewegungen. Sawyers Kopf lugt um die Ecke und ich bedeute ihm mit einem Nicken, sich zu beeilen, während Jed ein lautes Stöhnen von sich gibt, das mir die Galle hochkommen lässt. Alle drei Jungs tappen barfuß durch den Eingangsbereich, die Schuhe in den Händen. Ich massiere fester und versuche, die wachsende Beule in Jeds Hose zu ignorieren. Die Jungs sind gerade zur Tür rausgeschlüpft, als Jed plötzlich loslegt. Er greift nach mir, packt meine Taille und zerrt mich auf seinen Schoß, ehe er seinen Mund auf meinen presst.

»Jed! Was zur Hölle soll das?« Ich reiße mich von ihm los und versuche, aufzustehen, aber er hat seine Arme fest um mich geschlungen und hält mich an Ort und Stelle gefangen, ehe er seinen Kopf auch noch zwischen meinen Brüsten versenkt. »Nimm gefälligst deine Finger von mir!«, fauche ich.

»Ich weiß, dass das alles nur ein Trick war«, sagt er und sieht mich unter halb geschlossenen Lidern an. »Wenn du mich ficken wolltest, Baby, hättest du nur fragen müssen. Ich habe gemerkt, dass du mich letzten Monat bereits abgecheckt hast, als du vorbeigekommen bist.«

Vor ein paar Wochen musste ich ein paar Papiere für Vater

hier abgeben. Allerdings erinnere ich mich nicht mal daran, Jed begegnet zu sein, geschweige denn, ein Auge auf ihn geworfen zu haben. Dieser Typ ist so von sich überzeugt, dass es nicht mehr lustig ist.

Er drückt meinem Becken seine offensichtliche Erektion entgegen, während er mit der Zunge eine feuchte Spur über meinen Ausschnitt zieht. Ich will dieser Scheißshow hier ein Ende bereiten, als die Eingangstüren aufschwingen und Cam durch die Halle auf uns zustürmt.

Jed reißt alarmiert die Augen auf und löst automatisch seinen Griff um mich. Ich rutsche von seinem Schoß, und Cam zieht mich besitzergreifend an sich. Dabei funkelt er Jed wütend an und richtet schließlich einen Blick aus zusammengekniffenen Augen auf die Beule in dessen Hose. »Hast du meine Frau angefasst?«

»Was? Nein!« Jed rudert sofort zurück, steht auf und hebt die Hände in einer versöhnlichen Geste. »Sie hat mich nur interviewt. Das ist alles.«

»Baby.« Cam legt seinen Arm um mich und drückt mich an seine warme Brust. »Hat er dich angefasst?«

»Ja, aber er wird dafür bezahlen, sobald ich es Daddy erzähle.«

»Du kleine Schlampe«, knurrt Jed. »Du hast mich die ganze Zeit über angemacht!«

»Das habe ich nicht.« Ich schnaube. »Warum sollte ich das machen, immerhin habe ich den heißesten Verlobten überhaupt?« Ich bin sicher, Jed weiß, dass ich verlobt bin. Das tun die meisten Mitarbeiter des Unternehmens meines Vaters. Ich bezweifle allerdings, dass er darüber im Bilde ist, wer Trent ist oder wie er aussieht. Da er sich nicht in diesen Kreisen bewegt, scheint mir das ein guter Ansatzpunkt zu sein.

Ich lege meine Arme um Cams Nacken und werfe ihm einen intensiven Blick zu, während ich mir auf die Unterlippe beiße und darauf vertraue, dass er mitspielt. Seine Augen lodern auf, und er wandert mit seiner Hand weiter nach unten, um meinen Po zu umfassen. Zwischen uns knistert die Luft und ich vergesse beinah, dass wir nur so tun als ob.

»Sie gehört mir«, knurrt Cam und bedenkt Jed mit einem teuflischen Blick. »Niemand fast an, was mir gehört, ohne den Preis dafür zu bezahlen.«

»Oh, Honey.« Ich tätschle seine Brust. »Vergiss es. Das ist es nicht wert. Er wird morgen bereits gefeuert sein.«

»Als könnte es dein kleiner wertloser Arsch mit mir aufnehmen«, höhnt Jed und gießt damit auch noch Öl ins Feuer.

»Sind Sie ein kompletter Idiot?«, frage ich, innerlich meine Augen verdrehend, löse mich aus Cams Umarmung und deute auf ihn. »Er würde Sie plattmachen und das wissen Sie.«

»Ich stehe auf MMA«, sagt Jed und winkt Cam mit dem Finger zu sich. »Probier dein Glück, Arschloch.«

Cam streift seine Jacke ab und reicht sie mir. »Es wird mir eine Freude sein.«

Da ich weiß, dass es sinnlos ist, in so einem Fall zu intervenieren, trete ich zur Seite.

Die Männer umkreisen einander, dann stürzt sich Jed mit erhobener Faust auf Cam. Cam wehrt den Schlag ab, dreht sich herum und tritt Jed in den Rücken, was diesen krachend zu Boden gehen lässt. Jed stöhnt, schiebt sich aber auf dem Ellenbogen auf. Ehe er sich aufrichten kann, hat Cam ihn rücklings auf den Boden gedrückt, sich auf ihn gesetzt und bearbeitet sein Gesicht und seinen Oberkörper mit Faustschlägen. Ob er nun auf MMA steht oder nicht, Jed kann es mit all der angestauten Aggression, die Cam gerade freilässt, nicht aufnehmen.

Blut fließt. Knochen knacken. Gejammer wird laut.

Das ist der Punkt, an dem ich einschreite. »Genug«, rufe ich und beuge mich über Cam. »Es sei denn, du möchtest für einen Mord angeklagt werden.«

Er hört auf, Jed zu schlagen, lässt sich zurücksinken und wischt sich schwer atmend mit dem Handrücken über seine verschwitzte Stirn. Ich halte ihm meine Hand hin und helfe ihm beim Aufstehen. Dann verlassen wir ohne ein weiteres Wort das Gebäude.

»Was zum Teufel war das?«, brüllt Sawyer sofort los, als wir auf den Rücksitz rutschen. Jackson sitzt dieses Mal hinterm

Steuer und Sawyer mit seinem aufgeklappten Laptop auf dem Schoß auf dem Beifahrersitz.

»Er hat sie ohne Erlaubnis angefasst.«

Als wäre das irgendetwas Neues.

»*Du* hast sie ohne Erlaubnis angefasst«, schreit Sawyer.

Die Reifen quietschen, als sich Jackson in einem Affentempo vom Gebäude entfernt.

»Sie mag *meine* Hände auf ihrem Körper «, erwidert Cam mit einem arroganten Schulterzucken und inspiziert seine aufgerissenen Fingerknöchel.

Ich schnaube. »Du bist unmöglich. Wann habe ich es je genossen, dass du mich angefasst hast?«

»Verarsch mich nicht, Süße«, sagt er und seine Mundwinkel verziehen sich zu einem Lächeln. »Wir wissen beide, dass dich dieser Mist anmacht.«

Einmal in meinem Leben bin ich tatsächlich sprachlos. Ich kann die Arroganz dieses Typen nicht fassen und hasse zugleich, dass er recht hat.

»Ich verstehe dich nicht, Cam.« Sawyer schüttelt den Kopf. »Das hier ... Das hier ist nicht das, worauf wir uns geeinigt haben.« Er fährt sich mit einer Hand durchs Haar. Es ist das erste Mal, dass ich Sawyer ernsthaft verunsichert erlebe. »Er hat dein verdammtes Gesicht gesehen! Er kann dich identifizieren.«

»Du machst dir umsonst in die Hosen. Die Kameras sind noch immer abgeschaltet und haben nichts aufgenommen. Entspann dich verflucht noch mal.« Cam lehnt sich in seinem Sitz zurück und kreuzt die Knöchel übereinander.

Sawyer brummt missbilligend. »Du hast dem Kerl gerade die Scheiße aus dem Leib geprügelt und glaubst ernsthaft, dass er niemandem davon erzählen wird?«

»Das wird er nicht«, werfe ich ein. »Er schämt sich viel zu sehr, dass ein Schüler der Highschool ihn aufs Kreuz gelegt hat.«

»Das kannst du nicht hundertprozentig wissen.«

»Ich habe eine gute Menschenkenntnis, aber wenn es dir ein besseres Gefühl gibt, rufe ich meinen Vater an, sobald ich zu Hause bin. Ich sage ihm, dass ich für eine Schulaufgabe einen seiner Wachmänner interviewt habe und dieser mich angegriffen hat, ehe einer meiner Freunde mich retten konnte. Ich werde ihm sagen, dass ich zusammen mit Chad für diese Aufgabe eingeteilt wurde und dass er bei mir war. Mein Vater wird ihm die Hölle heiß machen. Für ihn ist es nicht in Ordnung, wenn ein *gewöhnlicher Mensch* ein Mitglied der Elite berührt.«

Er ließ zu, dass mich sein arschiger bester Freund attackierte und dass mich Trent begrapschte, aber wehe, irgendein gewöhnlicher Mann wagt es, auch nur einen Finger zu heben, dann Gnade ihm Gott.

Sawyer und Camden starren mich ungläubig an und Jackson grinst durch den Rückspiegel nach hinten.

»Was?«

»Doch nicht nur ein hübsches Gesicht«, murmelt Jackson, während mich Sawyer weiter mit seinem Blick durchbohrt. Wenn ich es nicht besser wüsste, würde ich sagen, dass ein Hauch von Bewunderung darin liegt.

»Das sollte funktionieren«, sagt Cam. »Tu es.«

Er guckt aus dem Fenster und ich zeige ihm den Mittelfinger. Er könnte zumindest *Danke* sagen. Dieses Arschloch. Jackson schmunzelt, als er meinen Gesichtsausdruck im Rückspiegel bemerkt, und ich zeige ihm die Zunge, ehe ich meinen Kopf zurücklehne und die Augen schließe.

Kurze Zeit später fühle ich, wie mir Cam von der Seite förmlich ein Loch in den Schädel starrt, also öffne ich die Augen und sehe ihn an. »Wenn du etwas zu sagen hast, sag es.«

»Was meintest du mit jemand Gewöhnlicher?«

»Nichts.«

Wir hören nicht auf, einander unverwandt anzublicken, doch meine Miene wird nichts verraten.

Wieder höre ich Jackson schmunzeln. »Ich mag dich«, gibt er zu. »Sehr sogar.«

»Ich denke, das hat dein Schwanz bereits bestätigt«, murmelt Sawyer, der noch immer wie wild auf die Tastatur seines Laptops einhackt.

Cam bedenkt ihn mit einem bitterbösen Blick, schweigt aber.

Das ist nicht der erste Hinweis auf Unstimmigkeiten in der Gruppe, und ich bin fasziniert davon, mehr darüber zu erfahren. Sawyer ist von den anderen beiden Jungs genervt und Camden mag es nicht, wenn Jackson mit mir flirtet. Außerdem habe ich Camdens kryptische Andeutung über einen älteren Bruder ebenfalls nicht vergessen. Ich verstaue all diese nützlichen Informationskrümel in einer Ecke meines Hirns und starre aus dem Fenster, wobei ich das selbstgefällige Grinsen verberge, das kurz über meine Lippen huscht.

Deine Feinde nah bei dir zu behalten, zahlt sich am Ende scheinbar doch aus.

14. KAPITEL

Als ich mich am nächsten Morgen in aller Früh auf den Weg zu Janes Haus mache, denke ich noch immer über die Informationen nach, die ich am vergangenen Abend erhalten habe. Ich weiß nicht, warum die Jungs im Unternehmen meines Vaters herumgeschnüffelt haben, aber was auch immer ihre Pläne sind, sie könnten für mich auf lange Sicht gesehen nützlich sein – zumindest, wenn sie ihn stürzen wollen. Mit ihnen auszukommen, ist demnach unerlässlich für mich, auch wenn ich mich ihnen dafür zu Füßen werfen und vor der ganzen Schule zu Kreuze kriechen muss.

Jane steht noch immer unter der Dusche, als ich bei ihr ankomme. Ihre Mom lässt mich in ihr Zimmer, wo ich auf sie warte. Dieses Mal entdecke ich die versteckte Kamera im Sockel des Fernsehers und ich zeige den Jungs mit einem selbstgefälligen Grinsen den Stinkefinger, ehe ich das Gerät entferne und in meine Tasche stecke, um es am Wochenende Xavier zu übergeben.

Ich bin gerade fertig damit, den Rest des Zimmers zu überprüfen und sicherzustellen, dass alles sauber ist, als Jane, umhüllt von einer kleinen Dampfwolke, im Zimmer erscheint. »Heiliger!«, schreit sie und schlägt sich mit einer Hand vor die Brust. »Du hast mich zu Tode erschreckt!«

»Sorry, Babe. Deine Mom hat mich hochgelassen.«

»Du bist früh dran«, stellt sie fest, entledigt sich des Handtuchs und zieht sich an.

»Ich habe nicht gut geschlafen und dachte, dass ich auch genauso gut aufstehen und mich früher auf den Weg zur Schule machen kann.«

»Bist du nervös wegen der Aufführung heute Abend?«

»Definitiv.« Doch das ist nur die halbe Wahrheit. Meine Gedanken wollten nach der Kidnapping- und Einbruchsaktion gestern Nacht partout nicht zur Ruhe kommen. Ich bin lange wachgelegen, da sich immer mehr Fragen in meinem auf

Hochtouren laufenden Hirn tummelten. Den Tag werde ich nur dank einer ausgiebigen Mischung aus schwarzem Kaffee, Adrenalin und Schmerztabletten für meinen Rücken überleben. Es käme einem Wunder gleich, würde ich heute Abend eine fehlerfreie Performance aufs Parkett legen. Aber *Schwanensee* ist im Moment das kleinste meiner Probleme.

Ich überlege die ganze Zeit, ob ich Jane von dem Video erzählen soll, und schwanke mit meiner Entscheidung ständig hin und her. Mein erster Impuls verlangt von mir, sie vor der Wahrheit zu beschützen, da ich weiß, dass es sie aufregen und beschämen wird. Der andere Teil in mir sagt, dass es falsch ist, diese Sache vor ihr zu verbergen. Immerhin handelt es sich um ein Eindringen in ihre Privatsphäre und sie hat das Recht, zu erfahren, dass diese Aufnahmen existieren. Wenn die Dinge den Bach runtergehen und das Video veröffentlicht wird, sollte sie zumindest darauf vorbereitet sein. Dieser Gedanke ist es, der mich dazu antreibt, das Richtige zu tun. »Komm, setz dich zu mir«, lade ich sie ein und klopfe, auf dem Bett sitzend, auf den freien Platz neben mir. »Ich muss dir etwas sagen.«

In der Mittagspause, als ich gerade dabei bin, mich im Flüsterton mit Chad zu unterhalten, ruft Cam meinen Namen durch die Cafeteria.

Beim Gedanken an das Erpressermaterial beiße ich die Zähne zusammen, hebe den Kopf und sehe teilnahmslos zu ihm rüber. Er schnippt mit den Fingern und ruft mich mit einem Ausdruck im Gesicht zu sich, der ganz klar *Komm her* bedeutet.

Jane und ich sehen uns an. Sie ist ganz klar mitgenommen, dennoch bereue ich nicht, dass ich ihr von dem Video erzählt habe. Sie hat es verdient, davon zu erfahren. Drew war stinksauer, als er davon hörte, aber immerhin begreift er nun, warum ich nach ihren Regeln spiele. Charlie versteht es ebenfalls. Ich war überrascht, wie wütend er wurde, als ich ihm erklärte, wozu mich die Jungs gestern Abend nötigten. Trent hielt das Ganze, wie zu erwarten war, nicht für eine große Sache, will Drew aber dennoch unterstützen, falls er etwas unternehmen sollte. Ich möchte ungern in den Schuhen der neuen Elite stecken, wenn Drew zurückkommt, denn er ist auf Blut aus.

»Ich hasse das alles«, wispert Jane und durchbohrt die neue Elite mit ihren Blicken. »Ich hasse es, dass sie mich benutzen, um an dich ranzukommen.«

Schuldgefühle machen sich in mir breit. Immerhin weiß sie nicht, dass die neue Elite auch noch andere Munition gegen mich in der Hand hat. »Es ist nicht deine Schuld«, sage ich leise. »Wäre es nicht das Video von dir, hätten sie etwas anderes gefunden.« Ich schenke ihr ein zuversichtliches Lächeln, ehe ich einmal tief durchatme und aufstehe.

Mir ist klar, dass mich unzählige Augenpaare verfolgen, als ich zu dem Tisch gehe, den die neue Elite mittlerweile als den ihren auserkoren hat. Die Hure sitzt auf seinem Schoß. *Schon wieder.* Mit ihrer verletzten Hand streichelt sie immer wieder über seine Brust, während er seinen Kopf in ihrer Halsbeuge vergraben hat.

Ich habe die beiden heimlich jede Mittagspause beobachtet. Während Cam es in Ordnung zu finden scheint, dass Rochelle seinen Schoß als ihren persönlichen Stuhl benutzt, berührt er sie nie und blockt sämtliche Kussversuche ihrerseits ab.

Ich habe nicht Jahre damit verbracht, menschliches Verhalten zu beobachten, um dies jetzt auszublenden. Cam tut das alles nur, um mich wütend zu machen. Er hat kein echtes Interesse an ihr. Da bin ich mir sicher. Nicht, dass es das irgendwie einfacher machen würde, doch jetzt ist Showtime, daher setze ich mein Pokerface auf und ignoriere ihre sich auf Wanderschaft befindende Hand.

»Ja?« Ich ziehe eine Braue in die Höhe.

»Bring mir ein Tablett mit Essen.«

»Was?«

»Bist du dumm *und* tittenlos?«, höhnt Rochelle, schlingt ihre Arme um Cams Nacken und presst ihr Gesicht an seine linke Wange.

»Die einzig dumme Bitch hier bist du«, kontere ich. »Vor nicht allzu langer Zeit hast du noch deine Liebe für meinen Verlobten beteuert. Wenn du glaubst, Trent würde diesen Verrat einfach hinnehmen, bist du noch dümmer, als ich dachte.« Nur um sie zu ärgern, beuge ich mich zu Cams anderem Ohr hinunter und flüstere: »Ganz offensichtlich genießt sie meine schmutzigen Entgegnungen.«

Er verengt seine Augen zu Schlitzen und schubst mich von sich weg. »Hol mir mein verdammtes Mittagessen, und zwar zackig.«

Ich nehme an, dass der Kameradschaftsgeist, den ich gestern Abend gespürt habe, nur eine Illusion war, denn heute scheint er ein noch viel größeres Arschloch zu sein als sonst. Ich möchte ihm die Augen mit meinen Fingernägeln auskratzen.

Mein Gesichtsausdruck muss diesen Wunsch verraten, denn Jackson lacht, und seine Augen leuchten schelmisch auf, während er zwischen Cam und mir hin- und herblickt. »Der König hat gesprochen«, sagt Jackson und steht auf. »Lass ihn besser nicht warten.« Er hält mir seinen Arm hin und sofort spannen sich die Muskeln von Cams Kiefer sichtlich an.

Ich frage mich, ob sie zuvor schon mal wegen eines Mädchens aneinandergeraten sind, denn Jackson scheint es zu genießen, ihn wegen mir auf die Palme zu bringen. Da ich keine Gelegenheit auslassen würde, um Cam eins auszuwischen, hake ich mich bei Jackson unter und lächle zu ihm hoch, als hätte er persönlich den Mond am Himmel angebracht, während er mich zu dem üppigen Selbstbedienungsbuffet führt.

»Was isst seine Majestät gern?«, frage ich und inspiziere die exquisit angerichteten kulinarischen Köstlichkeiten, die vor mir aufgereiht sind. Unsere Cafeteria könnte einem Restaurant, das mit einem Michelin-Stern ausgezeichnet wurde, jederzeit Konkurrenz machen.

»Mit Fleisch kannst du nichts falsch machen«, antwortet er, was mich dazu veranlasst, sofort zum vegetarischen Bereich hinüberzugehen.

Jackson schmunzelt. »Du kannst es einfach nicht lassen, für

Ärger zu sorgen.«

»Was denn?« Ich sehe ihn mit einer aufgesetzten Unschuldsmiene an. »Wenn er spezielle Essenswünsche hat, hätte er spezifischer sein müssen.« Ich platziere ein Entrée aus Meerkohl, ein Artischocken-Millefeuille und ein Dessert aus verschiedenen exotischen Früchten auf seinem Tablett, während Jackson das Wasser im Mund zusammenläuft, als er sich ein Steak auflädt. Ich sehe zur Uhr und lasse mir Zeit, während ich Eiswürfel in ein Glas gebe und noch eine Flasche mit Wasser auf Cams Tablett stelle.

»Bereit?« Ich neige den Kopf in Jacksons Richtung.

»Aber so was von. Das lasse ich mir nicht entgehen.«

Ich schreite auf Cam zu und lächle süßlich, ehe ich das Tablett vorsichtig vor ihm abstelle. »Ihr Mittagessen, Sir.« Da ich schon immer einen Hang zum Dramatischen hatte, mache ich einen Knicks.

»Was zur Hölle ist das?« Cam hält ein großes Kohlblatt in die Luft und schaut es so finster an, als hätte es ihm persönlich Unrecht getan.

»Meerkohl«, erkläre ich.

»Das esse ich nicht.« Er schiebt das Tablett von sich weg.

»Er hat viele Ballaststoffe, Proteine und Vitamine und ist zudem von Natur aus entzündungshemmend. Ich dachte, dass könntest du nach deinem Workout von gestern Abend gebrauchen.«

»Wenn ich Ernährungstipps haben wollte, würde ich einen verfickten Ernährungsberater engagieren. Hol mir ein Steak, und zwar sofort.«

Ich werfe einen Blick über meine Schulter und verberge dabei mein zufriedenes Grinsen. »Oh nein. Es ist zu spät. Das Buffet ist bereits geschlossen.«

Seine Nasenflügel beben. Ich drehe mich um, um davonzugehen, als Rochelle ihm etwas ins Ohr flüstert.

»Komm gefälligst sofort zurück«, knurrt Cam.

Ich würde ihm so gern den Mittelfinger zeigen, aber dann schiebt sich Janes besorgtes Gesicht in mein Blickfeld und mir ist klar, dass ich nichts riskieren kann. Die gesamte Cafeteria verfolgt das anstehende Schauspiel und kein Einziger gibt auch nur vor, er wäre nicht darauf fixiert.

»Ich habe dich gewarnt. Verärgere mich und es wird Konsequenzen geben.« Cam rückt eine selbstgefällig grinsende Rochelle auf seinem Schoß zurecht. »Knie dich hin.« Er deutet neben seinen Stuhl. »Genau hier. Mit gesenktem Kopf, und du wirst nicht sprechen und dich nicht bewegen, bis ich es dir sage.«

»Camden.« In Sawyers Stimme schwingt eine stumme Warnung mit, die Cam jedoch ignoriert.

»Auf die Knie, Bitch«, sagt die Schlampe und hüpft auf Cams Schoß förmlich auf und ab.

»Ernsthaft? Das ist die Art und Weise, wie du mir für gestern Abend dankst?«

»Wovon zum Teufel redet sie?«, fragt Rochelle und der überhebliche Ausdruck auf ihrem Gesicht ist plötzlich verschwunden.

»Du scheinst da etwas missverstanden zu haben«, sagt Cam mit eiskalter Stimme. »Wir sind keine Freunde. Keine Verbündeten. Du dienst einem bestimmten Zweck.« Er zuckt lässig mit den Schultern, doch diese sind deutlich angespannt und es ist klar, dass er es ernst meint. »Kooperiere nicht und sieh, was passiert. Ich werde nicht derjenige sein, der den Preis dafür bezahlt.«

Ich balle die Hände zu Fäusten. Tränen beginnen, in meinen Augen zu brennen.

Das geht zu weit.

Wenn ich das tue, werde ich allen Respekt verlieren, den mir die anderen noch entgegenbringen.

Ich spüre bereits das Gewicht der schockierten Blicke des inneren Zirkels auf mir lasten. Mein einziger Trost ist das Wissen, dass meine Jungs die neue Elite auseinandernehmen werden, wenn sie zurücksind.

Cam holt sein Handy hervor, seine Finger schweben über den Tasten. »Knie dich hin.« Sein durchdringender Blick bohrt sich in mich, und ich bin entsetzt über das Ausmaß an Abscheu, das ich darin erkenne.

Warum hasst er mich so sehr?

Ich habe nichts getan, um dieses Level an Hass zu verdienen.

»Jetzt sofort.« Er bewegt seinen Finger näher zum Sende-Button und ich sinke auf die Knie. Als ich den Kopf senke, prasseln schockiertes Keuchen und Geflüster von allen Seiten auf mich ein. Meine Wangen sind vor Wut und Demütigung feuerrot.

Rochelle gackert los, und ich schwöre mir in diesem Moment, dass ich sie fertigmachen werde – und zwar so, wie ich es schon vor Monaten hätte tun sollen. Ich habe versucht, mich eines Besseren belehren zu lassen, doch das ist vorbei. Sie genießt es, anderen ein Messer in den Rücken zu rammen, und auch ich werde nicht den geringsten Hauch eines Schuldgefühls verspüren, wenn ich ihr Leben zerstöre.

»Gutes Mädchen«, sagt Cam und tätschelt meinen Kopf wie den eines Hundes.

Erneut sammeln sich Tränen in meinen Augen. Ich hasse es, wie verletzlich ich mich fühle.

»Während du schon mal da unten bist ...«, witzelt Jackson, was ihm eine Runde Gelächter von den anderen am Tisch einbringt und mich dazu veranlasst, meine Zähne so fest aufeinanderzubeißen, dass ich Angst habe, eine Kiefersperre zu bekommen.

Schritte nähern sich. »Steh auf, Abby«, verlangt Jane und legt mir ihre Hand auf die Schulter. »Ihr habt kein Recht, das hier zu tun«, faucht sie die Jungs an.

»Komm, Abigail.« Chad reicht mir seine Hand, um mir aufzuhelfen, aber ich schüttle den Kopf.

»Geht einfach.« Ich werfe ihnen einen flehentlichen Blick zu. »So muss es derzeit sein.« Ich sende Chad eine stumme Botschaft und ein Muskel an seinem Kiefer beginnt zu zucken, ehe er nachgibt.

»Nein.« Jane hockt sich neben mich. »Du musst das nicht tun. Wir werden einen Ausweg finden.«

»Vertrau mir«, forme ich mit meinem Mund. »Ich weiß, was ich tue.«

Sie heftet ihren gequälten Blick auf mein Gesicht und mustert mich einen Moment lang intensiv, ehe sie schließlich nickt. Dann steht sie auf und funkelt Cam und Rochelle finster an. »Dafür werdet ihr bezahlen.«

»Hab ich eine Angst«, entgegnet Cam ausdruckslos und stochert in seinem Essen herum.

Ich sehe wieder zu Boden und bin froh, dass ich nicht mitbekommen muss, wie sie sich an meiner Demütigung ergötzen. Jane und Chad weigern sich, zu gehen, und bleiben hinter mir stehen. Ihre stille Unterstützung ist das Einzige, was mich dazu bringt, das hier durchzustehen. Ich bin gezwungen, dem belanglosen Gerede am Tisch zuzuhören. Je länger ich auf dem Boden knie, desto mehr beginne ich, innerlich zu brodeln. Und ihren Untergang zu planen.

Irgendwann steht Jackson auf. Er stößt einen Pfiff aus, bis er die Aufmerksamkeit der gesamten Cafeteria auf sich gezogen hat, und lädt alle dazu ein, heute Abend bei ihm zu Hause Party zu machen.

Sawyer sagt während meines gesamten Martyriums kein Wort, beendet sein Mittagessen in Windeseile und verschwindet schließlich, ohne sich von den anderen zu verabschieden. Ich merke nur, dass er weggeht, weil sein Stuhl lautstark protestiert, als er ihn zurückschiebt, und seine lauten Schritte verklingen.

Nach und nach leert sich die Cafeteria.

»Du gibst eine tolle Sklavin ab«, stellt Cam fest und tätschelt mir ein weiteres Mal den Kopf. »Der Unterricht fängt gleich wieder an. Steh auf.«

Rochelle kichert, als ich mich erhebe, und Jane faucht sie böse an. Ein heftiger Schmerz durchschneidet meine Brust, als würden mich tausend kleine Messer auf einmal durchbohren. Doch das stärkt meine Entschlossenheit nur noch, mich würdevoll zu verhalten. »Lach jetzt ruhig, denn du wirst nicht mehr lange etwas zum Lachen haben«, drohe ich ihr und sehe sie durchdringend an.

Ich zittere vor Wut; meine Fäuste sind so heftig zusammengeballt, dass die Haut an den Knöcheln weiß hervortritt. Ich recke das Kinn und spanne den Kiefer an. Ich bin sicher, dass sie diejenige ist, die ihm das vorgeschlagen hat, und dafür werde ich sie zerstören.

Sie wird bleich und blickt zu Cam, um sich zu vergewissern, dass ihr nichts passieren wird, aber seine Augen sind wie immer nur auf mich gerichtet. Meine Mundwinkel wandern nach oben. »Sieh nicht zu ihm. Er wird dir nicht helfen und er kann es auch nicht. Du hast dir dein eigenes Grab geschaufelt und ich bezweifle, dass irgendjemand deinen Verlust betrauern wird.«

Mit Jane und Chad an meiner Seite stolziere ich hoch erhobenen Hauptes aus der Cafeteria. Heute werde ich ihnen keinen weiteren Sieg mehr schenken.

15. KAPITEL

Mein Vater taucht bei meiner Ballettvorführung nicht auf, was mich ehrlich schockiert. Er hat noch nie eine meiner Aufführungen verpasst. Ich muss davon ausgehen, dass die Sache in Parkhurst ernst genug ist, um einen längeren Aufenthalt als geplant nötig zu machen.

Die Aufführung geht weiter, und schon bald denke ich nicht mehr an ihn. Lasse alles hinter mir, verliere mich in der Musik und konzentriere mich ausschließlich auf den Flow meiner Bewegungen. Sogar das Publikum registriere ich kaum. Meine Gedanken sind an diesem einen magischen Ort und ich bin Odette, während ich eine Pirouette nach der anderen drehe, mit Eleganz und Selbstvertrauen tanze und mir die Bühne zu eigen mache. Ich bin voll aufgestauter Emotionen und lasse mich davon beflügeln, kanalisiere Gefühle, während ich mühelos über die Bühne gleite: Odettes Freude und ihr Leid, ihre Leidenschaft und ihre Trauer, ihre Hoffnung und ihre Verzweiflung. Als Liam – der den Part des Prinzen spielt – mich vor dem bösen Zauberer beschützt, frage ich mich, wer mich vor dem Jungen, der mich manipuliert und verhext hat, beschützen wird.

Nachdem unser zweiter Vorhang gefallen ist, gehe ich zurück zur Umkleide. Ich bin erschöpft, fühle mich aber auch leichter. Ein Lächeln umspielt meine Lippen, als ich einen imaginären Kuss gen Himmel puste und im Stillen meiner wunderschönen Mom dafür danke, dass sie mir das Tanzen nahegebracht hat. Es war auf so vielen Ebenen bereits meine Rettung, und ich habe es heute Abend gebraucht. Mein Lächeln verblasst, als ich den großen Rosenstrauß und den dazugehörigen Zettel mit einer Entschuldigung von meinem Vater erblicke. Denn mir ist klar, dass diese Geste nur dem blassen Schein dient. Es kümmert ihn nicht wirklich, mich im Stich gelassen zu haben. Er schert sich nur um die Wahrnehmung der Öffentlichkeit.

Ich bin jedoch nicht wie mein Vater. Mir ist ziemlich egal, was die Öffentlichkeit von mir hält, und ich halte die Scharade nur ausreichend lang aufrecht, um meine Flucht planen zu können. Dennoch ist meine Geduld heute an einem absoluten Tiefpunkt angelangt, weshalb es mir eine große Freude bereitet, den Zettel samt den Blumen vor den anderen Tänzern in den Mülleimer zu befördern.

Heute Abend bin ich selbst hergefahren und habe Oscar weggeschickt, nachdem die Aufführung vorbei war. Er war mit seiner Frau und seinen zwei Töchtern gekommen, und ich habe backstage mit ihnen für Fotos posiert. Dann wollte er warten, um mich nach Hause zu eskortieren, denn technisch gesehen hatte er Dienst, und nach der Attacke auf ihn neulich war er auch erkennbar nervös. Er denkt, irgendein dahergelaufener Typ hätte ihn für ein paar Stunden ausgeknockt, und ich habe nicht widersprochen. Trotz seines lautstarken Protests habe ich darauf bestanden, dass er mit seiner Familie nach Hause fährt. Als das nicht geholfen hat, habe ich mich meiner üblichen Erpressungsmasche bedient, woraufhin er mit aufgebrachter Miene das Feld geräumt hat. Immer Bodyguards an der Seite zu haben, ist anstrengend, und heute musste ich einfach allein sein.

Jane und ihre Familie waren auch da. Sie hat versucht, mich zu überreden, bei ihr zu übernachten, aber ich möchte einfach nur nach Hause, in meinen Pyjama schlüpfen, eine Tonne belgische Schokoeiscreme verdrücken und zum hundertsten Mal *Der Pate I-III* im Bett anschauen.

Ich freue mich auf all die Gewalt und die Morde. Und ich werde mir Camden Marshalls Visage anstelle der Gesichter sämtlicher Opfer vorstellen, die über den Bildschirm flimmern.

Nachdem ich mich von den anderen Tänzern verabschiedet habe, gehe ich hinaus auf den Parkplatz. Ich drücke auf meinen Autoschlüssel; sofort leuchten die Lichter meines *Impress FX17* auf und lenken die Aufmerksamkeit auf die Person in dunklen Klamotten, die neben meinem Auto herumlungert. Mein Puls schnellt sofort in die Höhe, und ich greife in meiner Tasche nach dem Pfefferspray, das ich dort immer verwahre.

Der Unbekannte tritt ins Licht, und ein Knurren wandert meine Kehle hinauf, bevor ich die Distanz zwischen uns überwinde. »Von dir habe ich heute bereits mehr als genug«, fauche ich und baue mich vor ihm auf, wobei ich meine Wut kaum im Zaum halten kann. »Verschwinde, Cam.«

»Ich dachte, du wärst aus härterem Holz geschnitzt«, entgegnet er gelassen.

Ich erwidere ganz bewusst nichts darauf, sondern starre ihn nur finster an, während ich mir ausmale, auf wie viele verschiedene Arten ich ihn foltern könnte.

Er zieht sich die Kapuze vom Kopf und stellt sich mir in den Weg. Seine Brust streift meine und seine Augen blitzen herausfordernd, was eine Mischung aus rohem Verlangen und nackter Wut durch meine Adern peitschen lässt.

Trents Worte bezüglich Hate-Sex schießen mir in den Kopf, und auch wenn ich es hasse, irgendwelchen Worten meines miesen Verlobten zuzustimmen, möchte ich in diesem Moment nichts lieber, als Cams perfektes Gesicht zu ohrfeigen, ihn zu schlagen und zu treten, bis er blutet, um dann auf seinem Schwanz den Ritt meines Lebens zu vollführen. Sobald sich dieser Gedanke in meinem Kopf materialisiert, trete ich einen Schritt zurück, erschrocken darüber, dass er mich gleichzeitig wütend macht und erregt.

Sofort schließt Cam die zwischen uns entstandene Lücke wieder und streicht mit der Fingerkuppe über mein entblößtes Schlüsselbein, was mir einen Schauer nach dem anderen über die Haut jagt. »Je stärker du dich gegen mich wehrst, desto mehr genieße ich das hier«, wispert er und presst seinen Mund gegen mein Ohr. »Also kämpf weiter, Süße. Nichts macht mich mehr an.«

»Fick dich, Cam.« Ich schubse ihn von mir, gehe zu meinem Auto und steige ein. Die Beifahrertür geht auf und er rutscht auf den Sitz neben mir. »Was zur Hölle machst du da?«

»Mit dir kommen. Es sein denn, du kennst den Weg zu Lauders Haus bereits?« Er betrachtet das Interieur meines Autos, als überlege er, sich auch so eins zu kaufen.

»Nein und nein. Steig aus.«

»Zwing mich doch.« Er bedenkt mich mit einem schiefen

Grinsen, das ziemlich sexy ist, was mich nur noch mehr gegen ihn aufbringt.

Ich fische mein Pfefferspray aus der Tasche, löse den Deckel und ziele auf sein Gesicht. Cam reagiert schnell und ehe ich mich versehe, hat er mich gegen meinen Sitz gepinnt und seine Finger um mein Handgelenk geschlossen. Wir ringen mehrere Minuten lang miteinander – ich darum bemüht, ihm eine Ladung ins Gesicht zu verpassen, er alles daran setzend, das Pfefferspray in die Hände zu bekommen. Unsere Körper berühren sich dabei immer wieder. Von seinem geht Hitze in hypnotischen Wellen aus und beeinträchtigt meine Konzentration. Ich lasse das Spray erst los, als er seine Finger in meine noch immer schmerzenden Handgelenke bohrt und ich vor Pein aufschreie.

Cam öffnet das Autofenster und wirft das Pfefferspray nach draußen. Dann setzt er sich rittlings auf mich und kesselt meinen Körper mit seinen kräftigen Oberschenkeln zu beiden Seiten ein, was mir ein Aufkeuchen entlockt. Ich kämpfe gegen ihn an. Versuche, ihn von mir runterzuschieben, aber er ist ein unbeweglicher, solider Muskelblock, was mich dazu veranlasst, einen frustrierten Schrei auszustoßen.

»Ich kann das die ganze Nacht machen, also kämpf ruhig weiter gegen mich an.«

Ich bäume mich unter ihm auf. Hebe meine freie Hand, um ihm eine Ohrfeige zu verpassen, doch er packt meine beiden Handgelenke und zieht meine Arme über meinen Kopf. Dabei drückt er sich mit seinem ganzen Gewicht schwer auf mich. Meine Brust hebt und senkt sich heftig, während sich Hitze und Lust in meinem Körper ausbreiten und meine Nippel unter meinem dünnen BH rasend schnell steinhart werden.

Cam erstarrt urplötzlich und lässt sich zurückfallen, bis er nur noch rittlings auf meinem Schoß sitzt, seinen hungrigen Blick auf meine Brüste gerichtet. Ich ziehe scharf die Luft ein, als ich seine Erektion spüre, die sich gegen meine Mitte presst, und kneife die Augen zusammen, mir wünschend, dasselbe auch mit meinen Oberschenkeln machen zu können.

Ich hasse ihn.

Ich hasse ihn.
Ich hasse ihn.
Er hat mir wehgetan.
Mich gedemütigt.
Mich betatscht.
Ich möchte ihm nicht *die Kleider vom Leib reißen.*

Diese Sätze wiederhole ich immer wieder in meinem Kopf und hoffe inständig, dass er von mir runtergeht, doch formulieren kann ich diese Bitte nicht. Wenn es um diesen Typen geht, bin ich ernsthaft verkorkst, und daraus kann nichts Gutes entstehen.

Ein leises Wimmern entfährt mir und ich halte den Atem an, als er mit seinem Mund die empfindliche Haut direkt unter meinem Ohr streift. Seine Lippen wandern an meinem Hals auf und ab, und er atmet tief meinen Geruch ein. Dabei löst er den Griff um meine Handgelenke ein wenig und drückt mir sein Becken entgegen. Ein weiteres Wimmern kommt mir über die Lippen und ich verfluche meine schwachen Hormone. Ich möchte dieses Arschloch von mir runterschieben und ihm verweigern, was er hier von mir fordert, aber gleichzeitig möchte ich ihn auch enger an mich ziehen und ihn alle möglichen Sachen mit meinem Körper anstellen lassen. Ich sehne mich regelrecht nach ihm, was völlig abgefuckt ist. Er drückt sein Becken in einem langsamen Rhythmus immer wieder gegen meines, und meine Pussy pulsiert vor Verlangen.

»Wie kann es sein, dass ich die Dinge will, die ich am meisten hasse?«, flüstert er und gleitet mit seinem Mund zu meinem Kiefer. »Wie machst du das? Mich dazu zu bringen, dich zu wollen, obwohl ich dich verachte?«

»Wenn du die Antwort gefunden hast, dann klär mich bitte auf«, sage ich rau und halte die Augen weiterhin geschlossen.

»Sieh mich an, Abigail.« Wie er meinen Namen ausspricht, klingt verführerisch und löst etwas Seltsames in meinem Inneren aus.

Cam bedeckt meinen Kiefer mit Küssen, und ich bin kurz davor, spontan in Flammen aufzugehen. Ich öffne die Lider und starre in sein hübsches Gesicht. Er ist mir so nah, dass ich keine andere Wahl habe. Der Zwiespalt, der in meinem Inneren tobt, zeichnet sich auch in seinen Zügen ab.

»Ich glaube, du wurdest nur geboren, um mich zu foltern«, wispert er und lässt meine Handgelenke los, um seine Finger in meinem Haar zu vergraben. »Du musst mich unbedingt hassen.«

»Oh, vertrau mir, dass tue ich bereits.«

»Noch nicht annähernd genug«, sagt er leise und küsst meinen Mundwinkel.

»Was willst du von mir, Cam?«, murmle ich.

Er küsst meinen anderen Mundwinkel. Mir klebt mein Kleid am Leib, mein Körper verbrennt förmlich vor Lust und meine Mitte pulsiert vor intensivem Verlangen.

»*Alles*, Abigail. Ich werde mir alles nehmen.«

Ehe ich antworten kann, presst er seinen Mund auf meinen, und umfasst mit seinen großen Händen meinen Kopf, um den Kuss zu dirigieren.

Diesen Kuss nur einen einfachen Kuss zu nennen, ist, als würde man einen *Ferrari* nur als einfaches Auto bezeichnen.

Dieser Kuss ist der *Rolls Royce* unter den Küssen.

Er ist eine Beanspruchung.

Eine Brandmarkung.

Eine Invasion.

Ein Versprechen.

Eine Attacke.

Eine Herausforderung.

Eine Bestrafung.

Eine Belohnung.

Und hundert weitere Dinge.

Er küsst mich voll rasendem Verlangen, dringt mit seiner Zunge in meinen Mund ein, und stößt sein Becken gegen meines. Alle Nervenenden und Zellen in meinem Körper sind hochsensibel und ich ertrinke in Camden Marshall, was ich gleichzeitig hasse und liebe.

Ich lasse meine Finger über seinen Nacken wandern und spiele mit seinen Haaren. Dann kratze ich mit den Nägeln über die kurzgeschorenen Seiten seines Kopfs, was dazu führt, dass er ein

Knurren ausstößt, mich noch fester packt und noch viel heftiger küsst.

Mein Verstand scheint zu fliegen, und ich ertrinke unter seinen rauen Küssen, gierigen Berührungen und dem Gefühl seines heißen Körpers, der sich an meinem reibt. Der Teufel auf meiner Schulter drängt mich dazu, zu nehmen, immer mehr, während mich das Engelchen auf der anderen Seite eindringlich beschwört, ihn von mir zu schieben.

Im Stillen schreie ich.

Gequält und erregt.

Gleichzeitig verwirrt und völlig klar.

Mir ist heiß, und mein Körper steuert immer mehr auf einen Höhepunkt zu, während wir uns ineinander verkrallen. Unsere Körper durch unsere Kleidung hindurch aneinander reiben, in dem verzweifelten Wunsch, dem anderen näherzukommen und ihn gleichzeitig auf Abstand zu halten. Ich komme und schreie in seinen Mund, werfe den Kopf zurück und zucke heftig, während mich der wahnsinnigste und explosivste Orgasmus, den ich je hatte, in seiner Intensität förmlich zerreißt. Cam keucht mir ins Ohr, sein Atem geht schwerfällig und meine Kopfhaut lodert auf, als er an meinen Haaren zieht, während er sein Becken mit geschlossenen Augen immer wieder gegen meines stößt.

Ich bin mir nicht zu hundert Prozent sicher, aber ich glaube, er ist gerade ebenfalls gekommen. Meine Atmung normalisiert sich wieder, meine Brust bebt nicht mehr und eine schwere Wolke braut sich über mir zusammen, als mir klar wird, was ich gerade gemacht habe.

Ich kann nicht darauf vertrauen, dass diese Situation nicht ein weiterer Teil seines kranken Spiels ist, und ich bin diesem gerade erlegen.

Schon wieder.

Angesichts dessen, wie er mich heute behandelt hat, ist Herummachen das Letzte, was ich mit ihm tun sollte. Es ekelt mich an, und ich hasse mich in diesem Moment abgrundtief dafür. »Geh von mir runter.«

Ohne Widerworte klettert er zurück auf den Beifahrersitz, und ich kneife mir in die Nasenwurzel. Während ich einen inneren Kampf ausfechte, werfe ich einen verstohlenen Blick zu ihm hinüber. Er wirkt ähnlich angepisst von dieser komischen Anziehung zwischen uns, und ich bin froh, dass ich nicht die Einzige bin, der es so geht.

Anspannung liegt schwer in der Luft. Ich möchte mit den Händen auf das Lenkrad eintrommeln und schreien, bis meine Lunge blutet. Doch diese Genugtuung werde ich ihm nicht gewähren, daher zwinge ich mich dazu, mich zu beruhigen.

»Fahr«, presst er zwischen zusammengebissenen Zähnen hervor.

»Ich werde nicht zu eurer Party gehen.« Ich muss mich so weit von ihm entfernen wie nur irgend möglich.

»Ich habe nur ein Wort für dich«, sagt er, neigt den Kopf zur Seite und betrachtet mich mit der gewohnten hasserfüllten Maske, die er wieder aufgesetzt hat. »Jane.«

Das sorgt dafür, dass ich seiner Aufforderung folge, auch wenn mir furchtbar schlecht wird, als ich den Motor starte und den Wagen aus der Parklücke manövriere. Er gibt eine Adresse in das GPS-System des Wagens ein, danach spricht für eine gefühlte Ewigkeit keiner von uns mehr ein Wort.

»Das hat nichts bedeutet«, sagt er schließlich irgendwann.

»Weniger als nichts«, bekräftige ich und drücke aufs Gas, sobald ich die Außenbezirke der Stadt und die Schnellstraße erreiche.

Heimlich beobachte ich ihn aus dem Augenwinkel. Er inspiziert jeden Quadratzentimeter meines Autos und lässt seine Finger mit widerwilliger Bewunderung über das glänzende Armaturenbrett gleiten. »Gefällt es dir?«, frage ich, als die Stille unerträglich wird.

»Ich hasse es wie die Pest«, spuckt er hervor, was mich in Gelächter ausbrechen lässt.

»Tja, das passt.« Meine Worte scheinen ihn zu verwirren, daher erkläre ich: »Ich habe geholfen, es zu designen. Mein Vater wollte ein Auto erschaffen, das jungen, reichen Society-Mädchen gefällt, und hat mich vor ein paar Sommern dazu genötigt, mit dem Designteam zusammenzuarbeiten.« Ich würde es meinem Vater gegenüber niemals zugeben, aber ich habe die Arbeit an dem Projekt wirklich genossen. Er hatte ein wahnsinnig kreatives Team zusammengestellt, mit dem es wirklich Spaß gemacht hat, neue Ideen zu entwickeln. Sie haben mich nicht wie die Tochter des Geschäftsführers behandelt oder auf mich herabgesehen, als wäre ich ein verwöhnter, reicher Teenager. Sie haben meine Meinung geschätzt. Meine Ideen hinterfragt. Meine Kreativität gefördert.

Ich werfe Cam einen flüchtigen Blick zu. »Von daher liegt es nahe, dass du es hasst.«

Offenkundig hat er zu meinem Auto dasselbe Hassliebe-Verhältnis wie zu mir.

Erneut hüllen wir uns in Schweigen. Kurz überlege ich, etwas Musik anzumachen, doch mir ist die unangenehme Stille lieber, weil sie mich daran erinnert, dass Cam mein Feind ist. Ein Umstand, den ich jedes Mal zu vergessen scheine, sobald er mich berührt.

»Warum machst du es«?«, fragt er ein paar Augenblicke später.

»Was?«

»All den Elitebullshit.«

»Warum machst du es?«, gebe ich seine Frage zurück.

»Ich habe Gründe. Gute Gründe«, antwortet er. Er hat sein Gesicht von mir weggedreht, daher kann ich seine Reaktion nicht deuten. Doch ich kann seine Reflexion in der Scheibe des Wagens erkennen, und ich entdecke wieder den Hass, der in seinen Augen wie flüssige Lava brodelt.

»Genau wie ich«, sage ich.

Sein Handy vibriert, und er wirft einen Blick darauf. Ein überraschter Ausdruck tritt auf sein Gesicht. Das Handy vibriert immer weiter, während er es anstarrt. Erst in letzter Sekunde nimmt er den Anruf entgegen. »Hey.« Erneut wendet er den Blick ab und schaut aus dem Fenster. »Ich weiß. Es tut mir leid, dass ich nicht da war.« Er senkt seine Stimme und seine Reflexion in der Scheibe offenbart, dass seine Miene weich geworden ist. Er sieht irgendwie traurig aus. »Ich verspreche, dass ich das nächste Mal kommen werde.« Er sieht kurz zu mir, ehe er wieder wegguckt. »Ich kann gerade nicht reden.« Er schweigt für einen Moment. »Ja, ich vermisse dich auch«, sagt er leise, ehe er den Anruf beendet.

Ich möchte unbedingt wissen, wer diesen seltsamen Ausdruck in sein Gesicht gezaubert hat, aber mir ist natürlich klar, dass ich nicht danach zu fragen brauche.

»Fahr hier links«, knurrt er ein paar Minuten später, und ich biege in eine offene Auffahrt ein, die zu beiden Seiten von großen Bäumen gesäumt wird. Als wir um die letzte Kurve biegen, taucht ein beeindruckendes modernes Haus vor uns auf. Das ganze Gebäude ist erleuchtet, als stünde der Unabhängigkeitstag bevor. Mit den blinkenden Lichtern, der dröhnenden Musik, die ich durch die Autofenster hören kann, und den Leuten, die mit Bierflaschen in der Hand über den Rasen stolpern, sieht es aus wie das typische Partyhaus. Das Anwesen erstreckt sich über zwei Stockwerke und ist aus Kirschholz und Glas erbaut. Es hat unterschiedlich geneigte Dachflächen und einen silbernen, verglasten Balkon, der sich um die gesamte obere Etage windet. Autos stehen willkürlich geparkt auf dem mit Kies bedeckten Platz vor dem Eingang, doch ich parke etwas weiter an der Seite. Ich will sichergehen, dass ich nicht zugestellt werde, und jederzeit die Flucht ergreifen kann, falls ich muss.

Gemeinsam steigen wir aus dem Auto und gehen schweigend nebeneinander zum Haus. Rhythmische Beats und vielfarbige Lichtspiele dringen durch die offene Tür, als wir einen großen Eingangsbereich mit Glastreppen betreten, die zu beiden Seiten nach oben führen. Lampen im Industrial-Stil ziehen sich entlang der Decke über uns und geben dem Haus zusammen mit dem Holzfußboden aus Eiche einen trendigen und modernen Look.

Ich folge Cam in eine große Küche, die aus glänzend weißen Schränken und Elektrogeräten aus Edelstahl besteht. Er geht direkt auf den Kühlschrank zu. »Bier?«, fragt er und hält mir eine gekühlte Flasche hin.

Ich schüttle den Kopf. »Nein danke.« Unter keinen Umständen werde ich Alkohol konsumieren, wenn ich in der Höhle des

Teufels bin. Ich muss bei klarem Verstand bleiben. Jetzt, wo ich hier bin, habe ich mich entschlossen, dass ich die Gelegenheit nutzen werde, um ein wenig herumzuschnüffeln.

»Wo sind Lauders Eltern?«, frage ich, als Cam den Kühlschrank mit seiner Hüfte zuschiebt und den Schraubverschluss seines Biers öffnet.

»In New York.«

»Er lebt hier allein?«

Er hebt die Flasche an den Mund, schließt seine tollen Lippen um die Öffnung und trinkt ein paar Schlucke. Die Art und Weise, wie seine Kehle dabei arbeitet, ist lächerlich sexy, weshalb ich den Kopf wegdrehe und aus dem Fenster auf die beeindruckende Außenfläche gucke. Keinesfalls will ich von ihm dabei erwischt werden, wie ich ihn anschmachte.

Voneinander getrennte Basketball- und Tenniscourts befinden sich zu jeder Seite des Rasens und umschließen einen Gartenbereich mit vielfältigen Sitzgelegenheiten. Ein umwerfender Pool wird von einer ausladenden Veranda umringt, auf der viele Liegen stehen, die von rummachenden Paaren in Beschlag genommen wurden.

Überall sind Leute, die ich aus der Schule kenne. Jungs und Mädels brüllen und kreischen, während sie in den riesigen Swimmingpool springen, was das Wasser in alle Richtungen spritzen lässt. Ich runzle die Stirn, während ich meinen Blick über die anwesende Meute schweifen lasse. Immerhin ein paar des inneren Zirkels sind hier.

Treulose Arschlöcher.

Die Jungs werden nicht erfreut sein, davon zu hören.

»Wir drei leben hier«, antwortet Cam zwischen zwei Schlucken. »Und falls du gedacht hast, du könntest hier herumschnüffeln, vergiss es. Wir haben unsere Zimmer abgeschlossen.«

»Wie kommst du denn auf diese Idee?«, necke ich ihn und schmunzle, denn so etwas Banales wie ein Schloss wird mich nicht aufhalten.

»Ich fange an, zu verstehen, wie dein Köpfchen funktioniert, doch dein Versuch wäre reine Zeitverschwendung. Außerdem habe ich dich nicht hergebracht, um dir bei deiner Agenda unter die Arme zu greifen.«

»Warum *hast* du mich hergebracht?«

Er bedeutet mir, ihm zu folgen. Zusammen verlassen wir den Raum durch eine andere Tür als jene, die wir bei unserer Ankunft benutzt haben. Wir betreten ein riesiges Wohnzimmer, das als Tanzfläche dient. Ein DJ legt an einem provisorischen Pult auf, das am anderen Ende des Raumes aufgebaut wurde. Wogende Körper drängen und reiben sich aneinander, während die Musik durch den Raum schallt, und ich entdecke einige bekannte Gesichter. Gesichter, die nicht hier sein sollten.

Ein paar von ihnen machen sich aus dem Staub und murmeln heuchlerische Entschuldigungen über ihre Schultern, bevor sie die Flucht ergreifen. Viel besorgniserregender ist jedoch die Tatsache, dass es viele nicht sonderlich zu kümmern scheint, dass ich sie entdeckt habe. Cams Demütigung in der Schule hat dafür gesorgt, dass jeglicher Respekt verloren ging, den man mir bis dahin entgegengebracht hatte. Ein weiterer Grund, warum ich mich an meinen Hass klammern muss.

Cam bahnt sich mit den Ellenbogen einen Weg durch den Raum, bis wir einen langen Flur erreichen. Gestöhne und Geschrei dringen durch mehrere geschlossene Türen, an denen wir vorbeigehen. Sofort laufen Bilder von der heißen Situation zwischen Cam und mir vorhin im Auto vor meinem inneren Auge ab, was natürlich nicht sehr hilfreich ist.

Er ist der Feind. Vergiss das nicht.

Er nimmt die Treppe nach oben, zwei Stufen auf einmal, und ich folge ihm. Oben angekommen, klopft er dreimal gegen die erste Tür, die wir erreichen.

Jackson öffnet uns und grinst, während er seinen Blick über mein konservatives schwarz-goldenes Kleid sowie die dazupassenden High Heels wandern lässt. Ich hatte meinen Vater bei der Aufführung erwartet, darum hatte ich von ihm befürwortete Kleidung zum Wechseln mitgebracht, bin damit aber kaum partytauglich. »Wenn du auf den sexy Sekretärinnen-Look abgezielt hast«, sagt er und tritt beiseite, um uns ins Zimmer zu lassen,

»dann hast du den Nagel auf den Kopf getroffen.«

Ich strecke ihm die Zunge raus.

Jackson wirft die Tür zu, packt meinen Arm und drängt mich gegen die Tür. »Das nächste Mal, wenn du das machst, werde ich dich küssen, bis dir schwindlig wird.«

»Leere Versprechungen«, säusle ich und husche unter seinen Arm hindurch.

»Verdammt«, murmelt er hinter mir, »dein Arsch sieht in diesem Kleid echt heiß aus.«

Ich verdrehe die Augen. »Lass mich raten«, sage ich über meine Schulter hinweg, »du bist schon wieder steinhart.«

Er wirft den Kopf in den Nacken und lacht schallend. »Wie bist du nur darauf gekommen?«

»Wenn ihr zwei dann fertig mit eurem Flirt seid«, knurrt Cam, »haben wir was zu erledigen.«

»Ist er nicht empfindlich?«, scherzt Jackson und dieses Mal muss ich lachen.

»Oh, du hast ja keine Ahnung.« Ich ignoriere Cam und Jackson und setze mich neben Sawyer an den Tisch.

Der Raum ist wie ein Homeoffice eingerichtet, weist eine eingebaute Regalfront, einen Schreibtisch und einige Schränke auf, die ausreichend Stauraum bieten. Der Tisch, an dem sechs Personen Platz finden, nimmt die Mitte des Raumes ein und steht vor einem bodentiefen Fenster, durch das man eine erstklassige Aussicht auf das Treiben draußen im Freien hat. Mittlerweile haben mehrere Mädchen im Pool obenrum nichts mehr an, was eine Menge von männlichen Zuschauern angezogen hat. Einige davon haben die Hand in ihren Shorts und reiben ihre Schwänze. In der anderen und mehr versteckten Ecke des Pools haben Pärchen Sex, ohne sich darum zu kümmern, dass ihnen dabei zugesehen wird.

»Eifersüchtig, Schönheit?«, will Jackson wissen, als er bemerkt, worauf meine Aufmerksamkeit gerichtet ist.

»Wohl kaum«, schnaube ich und beuge mich vor. »Was wollt ihr jetzt von mir? Ich nehme nicht an, dass ihr mich hergebracht habt, damit ich Party mache.«

»Haben wir nicht.« Sawyer dreht seinen Laptop zu mir herum. Die Seite von Manning Motors, auf der man sich in seinem Account anmelden kann, leuchtet mir entgegen. »Wir brauchen deine Hilfe dabei, das Passwort deines Vaters zu knacken.«

16. Kapitel

»Wie kommt ihr zu dem Schluss, dass ich das wüsste? Ich bin weiblich, was bedeutet, dass mein Vater nichts mit mir bespricht, das mit seinen Geschäftsinteressen in Zusammenhang steht.«

»Aber du kennst wichtige Daten wie Geburtstage, Jahrestage und andere persönliche Informationen«, entgegnet Sawyer. »Das sind normalerweise die Sachen, die die Leute für ihre Passwörter verwenden.«

Dieser Gedanken ist so dermaßen absurd, dass ich in schallendes Gelächter ausbreche.

Die Jungs starren mich an, als wäre ich verrückt geworden. »Haben wir etwas Belustigendes gesagt?«, fragt Cam.

»Ja.« Ich wische mir die Lachtränen aus dem Gesicht. »Ihr scheint meinen Vater für eine normale Person zu halten. Für einen Menschen. Ihr erwartet, dass er wie jeder andere Geschäftsmann agiert, der eine Familie hat, obwohl er ganz anders tickt.«

Cam und Sawyer tauschen einen Blick. »Wer ist er dann?«

»Er ist ein skrupelloses Monster, das sich um nichts schert als um Reichtum, Macht und Ansehen. Er würde viel eher etwas Wahlloses und Unpersönliches als sein Passwort wählen.«

»Wie sieht es mit seiner Fickbeziehung aus?«, hakt Cam nach. »Wie heißt sie und wann ist sie geboren?«

»Seine Sexpartnerinnen sind so wechselhaft wie das Wetter, außerdem hat er selten nur eine. Ich bezweifle, dass er überhaupt ihre Namen kennt.«

»Und das weißt du woher?« Jackson hat die Hände hinter dem Kopf gefaltet und rutscht auf seinem Stuhl zurück.

»Weil er nicht gerade sonderlich subtil ist. Er hat unseren Keller in eine Sexhöhle verwandelt und verbringt die meisten Abende mit Freunden und einer Menge Prostituierten sowie Stripperinnen da unten.«

»Fuck. Können wir unsere Väter tauschen?«, scherzt Jackson.

»Ich würde sofort tauschen; doch sollten die Gerüchte stimmen, ist dein Vater auch nicht gerade ein Heiliger.«

»Das ist er auch nicht, aber unter keinen Umständen würde ihm meine Mom erlauben, einen Sexkeller im Haus einzurichten, auch wenn die beiden eine offene Ehe führen.«

»Können wir beim ursprünglichen Thema bleiben?« Sawyer schiebt mir ein Blatt Papier hin. »Schreib jeden Geburtstag, jeden Jahrestag, jedes erinnerungswürdige Datum und alles, von dem du denkst, dass es sein Passwort sein könnte, hier drauf.«

»Das ist Zeitverschwendung. Es wird nicht funktionieren.«

»Wir werden es ja sehen.«

Ich zucke mit den Schultern und beginne damit, alles Mögliche aufzuschreiben, auch wenn es mir sinnlos erscheint. Xavier versucht regelmäßig, sich in die Computer meines Vaters zu hacken, die er zu Hause und im Büro stehen hat, und wir haben schon jede Passwortkombination ausprobiert, die uns eingefallen ist, doch bisher ohne Erfolg. Die Computer meines Vaters sind genauso gut gesichert wie der Safe in seinem Büro – bombensicher und unzugänglich.

»Was könnte es noch sein?«, fragt Cam und läuft im Zimmer auf und ab. Er hat sich keine Sekunde hingesetzt, und ich kann förmlich sehen, wie seine Hirnwindungen arbeiten. Er ist aufgebracht. Ob wegen dem, was gerade zwischen uns passiert ist, oder wegen der Passwortsache, weiß ich nicht.

»Ich. Weiß. Es. Nicht.« Ich verschränke die Arme vor der Brust.

Er stützt seine Arme links und rechts von mir auf dem Tisch ab und beugt sich vor. »Oder vielleicht doch und du sagst es uns nur nicht.«

»Wonach sucht ihr überhaupt?«

Ein boshaftes Grinsen umspielt seine Mundwinkel, ehe er sein Gesicht noch näher an meins heranschiebt. »Antworten und Beweise.«

»Tja, das schränkt es natürlich ein«, erwidere ich sarkastisch.

»Sind wir jetzt hier fertig? Ich will noch Gras rauchen und eine Runde ficken«, sagt Jackson und springt mit seinem Handy in der

Hand auf. »Vielleicht kann Abby ja eine Nacht darüber schlafen.«

»Nimm dir das Wochenende Zeit, um nachzudenken«, meint Sawyer, schließt seinen Laptop und faltet das Blatt Papier zusammen, als mein Handy in meiner Handtasche piept.

Ich hole es hervor und unterdrücke ein Stöhnen, als Trents Name auf dem Bildschirm aufblinkt. Mir schießt eine Idee in den Kopf, und ich nehme den Anruf entgegen, bevor ich es mir anders überlegen kann. »Hey, Baby«, schnurre ich ins Handy. »Ich vermisse dich so schrecklich.«

Sofortige Stille am Ende der Leitung. »Abby, bist du das?«, fragt Trent schließlich und die Verwirrung in seiner Stimme ist deutlich zu hören.

Was ich verstehe.

Normalerweise neige ich eher zu Beschimpfungen als zu lieben Worten.

»Ich bin auf Lauders Party«, erzähle ich ihm, seine Frage ignorierend. »Sie ist todlangweilig.«

Jackson grinst und zieht mich in einer schnellen Bewegung, die ich nicht kommen gesehen habe, an seinen Körper. »Das kann ich ändern, Baby«, spottet er, laut genug, dass Trent es hören kann. »Du musst nur darum bitten, dann beschere ich dir eine unvergessliche Nacht.« Er kneift mir in den Po, und ich schiebe ihn weg, ihm den Mittelfinger zeigend, während Trent ununterbrochen in mein Ohr brüllt.

»Baby, er verhält sich mit Absicht wie ein Arsch. Entspann dich, ich habe doch nur Augen für dich.« Belüge ich meinen Verlobten und sehe Cam dabei an. »Keiner kann dir auch nur annähernd das Wasser reichen. Kein anderer setzt meinen Körper so in Flammen wie du.« Es ist ein Wunder, dass ich an diesen falschen Worten nicht ersticke. Aber sie haben den gewünschten Effekt und ich beobachte mit einem selbstgefälligen Grinsen, wie Cam aus dem Zimmer stürmt.

Jackson schüttelt den Kopf und flüstert: »Du lernst auch nie was dazu.« Dann folgt er Cam auf die Party.

»Ich werde nach Hause gehen«, teile ich Trent mit. »Ich rufe dich später zurück.« Damit lege ich auf, ehe er protestieren kann.

»Ich bringe dich nach draußen«, sagt Sawyer, und ich werfe mein Handy zurück in die Tasche.

»Du meinst, du stellst sicher, dass ich auch wirklich nach Hause gehe.« Ich beobachte, wie er den Laptop in der obersten Schublade des Schreitischs einschließt. »Immerhin habe ich nicht geplant, in euer Büro einzubrechen oder eine versteckte Kamera in deinem Zimmer zu installieren oder so was.« Mein Ton wird bei den letzten Worten deutlich harscher.

»Wenn du von mir eine Entschuldigung erwartest ...« Er legt mir eine Hand auf den unteren Rücken und drängt mich nach draußen, ehe er die Tür abschließt, »wirst du für immer und ewig warten. Ich entschuldige mich grundsätzlich nicht.«

»Wow, ich bemitleide die Frau, die es mal mit dir aushalten muss.«

Er zuckt mit den Schultern und geleitet mich wortlos die Treppe hinunter und zur Haustür hinaus.

»Gib mir dein Handy«, fordere ich ihn auf und bleibe mit ausgestreckter Hand direkt hinter der Tür stehen. Er zieht eine Braue in die Höhe, und ich verdrehe die Augen. »Ich speichere meine Nummer ein und schicke mir im Anschluss selbst eine Nachricht, damit ich deine habe. Dann kann ich dir schreiben, sollte mir am Wochenende etwas einfallen.« Er reicht mir sein Handy, und ich nehme mir ausgiebig Zeit, um meine Nummer einzutippen, ehe ich mir selbst eine kurze Nachricht schicke. Mein Handy in meiner Tasche meldet sich, und ich reiche Sawyer seines mit einem Lächeln wieder. »Alles erledigt.«

»Gute Nacht, Abigail.« Er macht auf dem Absatz kehrt, hält im Türrahmen aber noch mal inne. »Und noch ein guter Rat zum Abschluss.« Er sieht mich eindringlich an. »Provozier ihn nicht. Tu einfach, was er sagt, und du wirst es viel leichter haben.«

Was hat er vor? Warum sollte es ihn kümmern, ob ich es leicht habe oder nicht?

»Ist notiert.« Ich nicke ihm noch einmal zu, dann mache ich mich auf den Weg in Richtung Auto. Sawyer beobachtet noch, wie ich einsteige, dann verschwindet er im Haus. Ich sitze hinter dem Lenkrad, ohne den Motor zu starten, und rufe erst einmal rasch Trent zurück.

»Was zur Hölle geht da vor sich?!«, brüllt er. »Wentworth hat mir eine Aufnahme aus der Mittagspause geschickt. Warum zum Teufel tust du so was?«

»Du weißt, warum!«, fauche ich. »Wenn ich ihre Forderungen nicht befolge, veröffentlichen sie das Video von Jane.«

»Sollen sie doch«, schnauzt er. »Du bist nicht für sie verantwortlich.«

»Sie ist meine beste Freundin und ich werde sie nicht den Haien zum Fraß vorwerfen! Wenn ich bis zu dem Moment, an dem ich sie vernichte, täglich zu seinen Füßen knien muss, mache ich das, um Jane zu beschützen.«

»Ich werde diesen verdammten Bastard für diese Respektlosigkeit mit meinen eigenen Händen in Stücke reißen.«

Das Lustige an der Sache ist, dass Trent mir ähnlich respektlose Dinge antut, das jedoch in Ordnung zu sein scheint, solange er derjenige ist, der mich demütigt. »Rochelle hat ihm diese Idee in den Kopf gesetzt«, blaffe ich. »Also füg sie der Liste der Leute hinzu, die du umbringen willst. Allerdings wird sie dich wahrscheinlich anbetteln, ihr Leiden zu beenden, wenn ich erst einmal mit ihr fertig bin.«

»Was hast du vor?«

»Dieser Schlampe ein für alle Mal eine Lektion erteilen. Und die Abtrünnigen wieder zurückzuholen. Wenn ihr wieder da seid, habe ich den inneren Zirkel wieder auf unserer Seite, und ihr könnt die Strafen verteilen.«

Sein tiefes Lachen lässt eine Gänsehaut über meine Arme wandern, und nicht eine der guten Art. »Das ist der Grund, warum wir so perfekt füreinander sind. Die Dinge werden wieder anders laufen, sobald ich zu Hause bin.«

Das werde ich erst glauben, wenn ich es sehe. »Ich muss los. Ich will mich zurück ins Haus schleichen und noch etwas herumschnüffeln.«

»Scheiße, Babe, du bist die Reinkarnation all meiner feuchten Träume. Ich bin steinhart. Kontaktiere mich über FaceTime, wenn du zu Hause bist, ich muss dich nackt sehen.«

Höchstens in deinen Träumen, du Vollidiot.

»Ich rufe dich später an«, lüge ich und beende das Gespräch. Anschließend tausche ich meine High Heels gegen meine Ballerinas, hänge mir meine Tasche quer über den Oberkörper und steige aus dem Auto.

Ich schleiche um das Haus herum, dicht an die Wand gepresst, und schlüpfe durch eine unverschlossene Seitentür, die in die Wäschekammer führt. Der einzige Weg aus dieser hinaus und tiefer in das Haus hinein führt durch die Küche, also öffne ich die Tür einen Spaltbreit, inspiziere, ob die Luft rein ist. Ich bin dankbar, dass ich keinen von der neuen Elite entdecke.

Danach gehe ich hoch erhobenen Hauptes durch den Raum, als würde ich dort hingehören, was dazu führt, dass mir keiner auch nur die geringste Beachtung schenkt. Ich vermeide es, den Raum mit der Tanzfläche zu betreten, und halte mich stattdessen an einen der hinteren Flure; hier scheint es leiser zu sein.

Nachdem ich etwa die Hälfte des Flures hinter mich gebracht habe, dringen Gestöhne und Gekeuche an mein Ohr. Ich halte inne und überlege, ob es zu riskant wäre, die Haupttreppe nach oben zu nehmen. Den Rücken gegen die Wand gepresst, bewege ich mich langsam auf die Geräusche zu. Sie kommen aus dem nächsten Zimmer, dessen Tür ein Stück offensteht. Wenn ich eine Spielernatur wäre, würde ich darauf wetten, dass sich Jackson in diesem Raum befindet. Angesichts der vielfältigen Geräusche ist jedoch auch klar, dass sich mehr als nur ein Pärchen in diesem Raum aufhält. Mir rauscht das Blut in den Ohren, und ich gehe das Risiko ein, einen Blick auf das Geschehen zu werfen. Sofort wünsche ich mir, dass ich das nicht getan hätte.

Der Raum ist voll mit nackten Menschen, die in den unterschiedlichsten Sexstellungen miteinander verkehren. Ich bin nicht prüde. Ich habe Drew und Jane schon viele Male beim Sex gehört und auch schon mal auf Partys gesehen, wie Pärchen miteinander gevögelt haben. Ich habe Erzählungen von Trents Eskapaden gelauscht, des Öfteren mal einen Erotikroman gelesen und hin und wieder auch schon mal einen Porno mit meinem Verlobten geguckt. Aber so was wie das hier habe ich noch nie gesehen. Es versetzt mich in einen seltsamen Zustand zwischen Schock und Erregung.

Von diesem Winkel aus habe ich nicht den gesamten Raum im Blick, aber ich sehe genug.

Dreier.

Vierer.

Typ mit Typ.

Mädchen mit Mädchen.

Alle sind viel zu sehr mit sich beschäftigt, um mein Starren zu bemerken.

Dann fällt mein Blick auf Jackson und alle Farbe weicht mir aus dem Gesicht. Er ist splitterfasernackt und fickt eine ebenso nackte Rochelle von hinten. Dabei massiert er ihre großen Brüste und besorgt es ihr laut stöhnend mit harten Stößen. Mit seiner freien Hand fingert er ein Mädchen, das rücklings auf dem Boden liegt und die Beine weit auseinandergespreizt hat. Es gehört zu Rochelles Clique und ist eines der Mädchen, die mit ihr auf der Schultoilette waren, als ich ihr das Handgelenk gebrochen habe.

Doch es ist nicht Jackson, der mein Innerstes zum Brodeln bringt. Cam sitzt mit aufgeknöpftem Hemd auf der Couch, was den Blick auf seinen muskulösen, mit beeindruckenden Tattoos geschmückten Oberkörper freigibt. Er hat die Beine gespreizt, seine Jeans nach unten geschoben, die Augen geschlossen und eine Hand am Hinterkopf von Rochelle, die an seinem Schwanz saugt.

Er gibt keinen Laut von sich, und der einzige Muskel, den er bewegt, ist der zwischen seinen Beinen, während er seinen Schwanz in ihren Mund rammt. Dabei hält er ihren Kopf fest und zwingt Rochelle so, ihn gänzlich in sich aufzunehmen. Ein stechender Schmerz durchbohrt mein Herz, als würden mich tausend Nadelstiche gleichzeitig foltern.

Ich löse meinen Blick von den dreien, beiße die Zähne zusammen und schlucke die Übelkeit krampfhaft hinunter, die gemeinsam mit einer Welle der Eifersucht in mir aufsteigt. Dann zwinge ich mich dazu, mich in Bewegung zu setzen, einen Schritt vor den anderen zu setzen, und versuche, die eben gesehenen Bilder aus meinem Gedächtnis zu verbannen.

Schmerz und Wut jagen durch meinen Körper und bilden in meinem Inneren eine tödliche Mischung. Ich balle die Hände zu Fäusten und beschleunige meine Schritte. Unbedingt muss ich Abstand zwischen mich und diesen Raum bringen. Ich stopfe das ganze Durcheinander meiner Emotionen in eine imaginäre Kiste, um mich später damit auseinanderzusetzen, und konzentriere mich auf meine bevorstehende Aufgabe. Jetzt bin ich noch viel entschlossener. Ich werde sie alle in die Knie zwingen.

Scheiß auf Camden Marshall.

Soll er doch in der Hölle verrotten.

Ich gehe den Flur bis zum Ende entlang und komme zu einer Hintertreppe, die höchstwahrscheinlich vom Personal benutzt wird. Leise und schnell erklimme ich die Stufen und lande am anderen Ende des Flurs im oberen Stockwerk.

Hier oben ist es sehr still, dennoch überprüfe ich die Türen äußerst vorsichtig. Es befinden sich fünf Räume auf jeder Seite des Ganges. Die meisten sind Gästezimmer, in einem davon bin ich vorhin bereits gewesen. Die drei anderen Türen sind verschlossen und ich muss kein Genie sein, um dahinterzukommen, dass es sich dabei um die persönlichen Zimmer der drei Jungs handelt.

Ich hole meine Ausrüstung hervor und knacke gekonnt das Schloss der ersten Tür, ehe ich nach links und rechts blicke und in den Raum schlüpfe. Ich schalte meine Taschenlampe ein und inspiziere mit offenem Mund meine Umgebung – es sieht aus, als hätte sich hier drinnen ein Mülleimer übergeben.

Das Bett ist nicht gemacht, überall liegen Klamotten verstreut und Pizzakartons kämpfen mit zerdrückten Getränkedosen und weggeworfenen Bierflaschen um den wenigen Platz, den es auf dem Boden noch gibt. Angesichts des ekligen Geruchs, der in der Luft hängt, rümpfe ich die Nase und muss den Drang unterdrücken, die Fenster aufzureißen und frische Luft hereinzulassen.

Dieses Zimmer ist ein Saustall und ich schmunzle, als ich diesen als Jacksons Werk identifiziere. Kein Wunder, dass er immer aussieht, als wäre er gerade eben erst aufgestanden und hätte seine verknitterte Uniform vom Boden aufgeklaubt.

Vorsichtig umgehe ich den Müll auf dem Teppichboden und bahne mir einen Weg zum Schreibtisch.

Medaillen und Pokale stehen wahllos platziert auf dem Regal darüber, zusammen mit Bildern von ihm und berühmten Leuten, was bestätigt, dass Jackson nicht nur ein talentierter Rennfahrer ist, sondern auch über gute Beziehungen verfügt. Nicht überraschend, wenn man bedenkt, wer sein Vater ist, aber angesichts der Rechercheergebnisse von Xavier dachte ich, er würde mehr auf Untergrundrennen stehen.

Ich ziehe die Schubladen des Schreibtischs heraus und untersuche ihren Inhalt, finde aber nichts Interessantes.

Als Nächstes inspiziere ich seinen Nachtschrank, und mir wird schlecht, als ich auf seine Sammlung von Sextoys und unzählige leere Kondomverpackungen stoße. Eine große Box Durex-Kondome ist halbleer. Sofort flimmern Bilder von der Szene von eben über meine Netzhaut, bis ich dieser Scheißshow ein Ende setze. Wütend knalle ich die Schublade zu und zucke zusammen. Mit heftig klopfendem Herzen wird mir klar, dass ich mich vielleicht soeben verraten habe. Ich warte ein paar Minuten, doch als niemand in das Zimmer geplatzt kommt, beruhigt sich mein Puls allmählich wieder.

Ich leuchte mit meiner Taschenlampe auf die einzigen beiden Dinge, die auf seinem Nachtschrank stehen: zwei gerahmte Fotos. Auf dem ersten lehnt Jackson in einem gefütterten Rennanzug an der Seite eines Rennwagens und grinst. Seinen Arm hat er um einen älteren Mann gelegt, den ich als seinen Vater identifiziere. Das zweite zeigt ihn mit einem Mädchen, die ihm wie aus dem Gesicht geschnitten ist. Seine Schwester, nehme ich an. Die seinen Angaben zufolge ermordet wurde. Ich mache schnell ein Foto davon und verlasse danach sein Zimmer. Gewissenhaft schließe ich die Tür hinter mir.

Als ich in das zweite Zimmer schlüpfe, wird mir klar, dass ich hier fündig werden sollte. Ich entdecke Cams Lederjacke, die über der Lehne des Schreibtischstuhls hängt. Dieser Raum ist viel sauberer, als ich erwartet habe, auch wenn das nach dem Chaos in Jacksons Zimmer natürlich kein Kunststück ist.

Eine schwarz-silberne Tagesdecke sowie passende Kissen zieren das große Kingsize-Bett. Die glänzend schwarzen Nachtschränke zu beiden Seiten des Betts enthalten nicht viel Überraschendes. Die unvermeidbare Kondompackung ist ungeöffnet, ich kann aber nicht sagen, ob das ein gutes Zeichen ist oder nicht.

Ich begebe mich zur Sitzecke und blättere durch den Stapel an Magazinen und Zeitungen, die auf dem Couchtisch liegen. Ein großer Fernseher nimmt das Herzstück der Wand gegenüber der breiten Ledercouch ein. Eine Gamekonsole, Controller und anderes Gamingzubehör lagern ordentlich aufgereiht in einem Regal unterhalb des Fernsehers. Die Poster an den Wänden zeigen, dass Cam ein Fan von MMA und Motorrädern ist.

Ich öffne und schließe die Schubladen seines Schreibtischs, gehe die Papiere in seinen Regalen durch und bin geschockt, als ich ordentlich geschriebene und beschriftete Unterrichtsnotizen finde. Sein Laptop ist passwortgeschützt und mir daher leider nicht viel von Nutzen, aber ich mache ein Bild vom Sticker darunter, in der Hoffnung, dass sich Xavier vielleicht eines Tages hineinhacken wird.

Ein Bild in der Mitte des Bücherregals zieht meine Aufmerksamkeit auf sich und ich fotografiere es ebenfalls ab, ehe ich es mir genauer angucke.

Cam, Jackson und Sawyer stehen in der Mitte des Bildes. Keiner von ihnen ist so groß und muskulös wie heute, und in Anbetracht der Milchgesichter, die sie auf dem Foto noch haben, gehe ich davon aus, dass es schon ein paar Jahre älter ist – was in mir die Alarmglocken losgehen lässt. Xaviers Rechercheergebnissen zufolge kennen sie sich erst seit wenigen Jahren, was aber ganz offensichtlich nicht stimmt.

Ich betrachte die weiteren drei Jungs, die auf dem Bild zu sehen sind, und frage mich, wer sie wohl sind. Sie haben alle dunklere Haut und ähnliche Gesichtszüge, doch keiner von ihnen kommt mir bekannt vor. Einer der drei sieht älter aus, die anderen beiden eher jünger.

Als Nächstes finde ich einen Zeichenblock auf dem Schreibtisch, und mir fällt die Kinnlade runter, als ich durch die Seiten blättere. Die meisten Zeichnungen bilden eine wunderschöne dunkelhaarige ältere Frau ab. Manche zeigen Landschaften. Andere Stillleben, wie die beeindruckend detailreiche Zeichnung mehrerer Bierflaschen in einem Eiskübel auf einem Tisch.

Und andere zeigen mich.

Mein Herz schwillt an, während ich die Zeichnung von mir in seinem Bett betrachte. Ich liege auf dem Bauch, die Decke bis zur Taille hochgezogen. Mein Rücken ist nackt und meine Haare umgeben mich wie ein Fächer. Mein Gesichtsausdruck ist friedlich, meine Lippen zu einem zufriedenen Lächeln verzogen, selbst im Schlaf. Ich hatte keinerlei Ahnung, dass Cam mich in dieser einen Nacht gezeichnet hat, was in mir ein unbekanntes Gefühl auslöst.

Die Zeichnung von mir in meiner Seidenrobe, mitten im Meer stehend, die Arme eng um den Körper geschlungen, löst ein Level an Schmerz aus, wie ich ihn seit jener Nacht nicht mehr gespürt habe. Man kann mein Gesicht nicht erkennen, da er mich von hinten gezeichnet hat, aber der Anschein von Hoffnungslosigkeit, von Verzweiflung und Leid, der von dem Bild ausgeht, ist so greifbar, dass mir eine einzelne Träne über die Wange rinnt.

Ich erinnere mich daran, wie unglücklich ich in dieser Nacht war, und mir bricht das Herz. Wenn Cam nicht da gewesen wäre und mich nicht aus dem Wasser gelockt hätte ... Ich erschaudere bei dem Gedanken, was dann vielleicht passiert wäre. Mein Verstand war an einem dunklen Ort und ich hatte all meine Kraft verloren.

Camden Marshall ist ein riesiger Dorn in meinem Fleisch, aber ich werde nie vergessen, was er damals für mich getan hat.

Ich sehe mir die letzte Zeichnung an, die mich zeigt. Ich stehe auf der Bühne, in meinem Gymnastikanzug. Mit dem Finger fahre ich jede der gezeichneten Linien nach. Seine Detailgenauigkeit überwältigt mich. Er hat mich mitten im Tanz festgehalten, auf Spitzen stehend, die Arme nach oben gehoben, und dabei jede Emotion in meinem Gesicht eingefangen. Ich weiß, dass er seinen Zeichenblock an dem Abend, an dem die Jungs uneingeladen zu meiner Probe gekommen sind, nicht dabeihatte, also muss er meine Pose aus der Erinnerung heraus gemalt haben. Ich starre die Zeichnung noch ein paar Minuten länger an und staune darüber, wie er mich sieht. Mir ist klar, dass ich soeben einen Einblick in seine Seele bekommen habe. Nach außen hin mag er mich hassen, aber etwas in seinem Inneren fühlt sich auf dieselbe Weise zu mir hingezogen, wie ich mich zu ihm.

Er *sieht* mich. Er sieht mich wirklich, auf eine Art, wie es nicht viele Menschen tun. Sein Talent ist außergewöhnlich. Er hat eine wahre Gabe, wenn es darum geht, den menschlichen Körper abzubilden.

Ich schließe den Block und lege ihn zurück an Ort und Stelle, ehe ich meinen Blick ein letztes Mal über seinen Schreibtisch gleiten lasse. Mir fällt eine silberne Box ins Auge, die an die Wand geschoben ist, und das Aufblitzen von roter Spitze zieht sofort meine Aufmerksamkeit auf sich. Ich hebe den Deckel der Box und alle zärtlichen Emotionen in mir verpuffen, als ich meine gestohlene Unterwäsche darin vorfinde. Mein Blut beginnt zu kochen, und umgehend ist der Hass auf ihn zurück.

Ich stopfe die Höschen in meine Tasche, schließe den Deckel der Box und stelle sie zurück. Mir ist bewusst, dass Cam irgendwann entdecken wird, dass sie weg sind, und eins und eins zusammenzählen wird, aber das ist mir egal.

Keine Ahnung, was er damit anstellen wollte, aber diesen kleinen Sieg beanspruche ich für mich. Mir gefällt die Vorstellung sogar, dass er herausfindet, dass ich ohne seine Erlaubnis in seinem Zimmer gewesen bin. Wir werden ja sehen, wie er reagiert, wenn man in seine Privatsphäre eindringt. Es tut mir nur leid, dass ich keine versteckte Kamera in meiner kleinen Spionageausrüstung dabei habe, denn dann würde ich den Spieß umdrehen. Ich mache mir eine gedankliche Notiz, Xavier zu bitten, mir eine für zukünftige Zwecke zu besorgen.

Bevor ich das Zimmer verlasse, krame ich noch in Cams Schrank herum und stolpere ganz unten über eine Tasche, die in eine Ecke geschoben wurde. Ich leuchte mit der Taschenlampe darauf, öffne den Reißverschluss und reiße beim Anblick der blutbefleckten Jeans und des mit einem Gummiband zusammengehaltenen Geldbündels die Augen auf. Ich möchte es nicht berühren und womöglich meine Fingerabdrücke darauf hinterlassen, deshalb kann ich nicht zählen, wie viel es ist, aber es sieht nach mindestens ein paar tausend Dollar aus.

Diese Entdeckung hilft mir nicht wirklich dabei, meine Nerven zu beruhigen, sondern lässt eine Vielzahl an verrückten Erklärungen in mir aufkommen. Worin auch immer Cam verstrickt ist, es ist gefährlich, darum entscheide ich mich nun endlich, die Flucht zu ergreifen.

Als ich die Tür aufmache und gerade dabei bin, aus Cams Zimmer zu schlüpfen, zwingen mich näherkommende Schritte dazu, mich wieder in dieses zurückzuziehen. Ich lasse die Tür einen winzigen Spalt offen, damit ich mitbekomme, um wen es sich handelt, und bete, dass es nicht Cam und Rochelle sind, die die Party in einer privateren Atmosphäre fortsetzen wollen.

Mit wild klopfendem Herzen überlege ich, ob ich es schnell genug schaffen könnte, mich im Schrank zu verstecken, aber es ist zu spät. Die Schritte verstummen vor dem Raum gegenüber – dem Büro, in dem wir vorhin waren. Ein langer Schatten fällt zu Cams Tür und ich halte den Atem an.

»Ich habe es ihm erzählt«, knurrt Sawyer. »Was bitte soll ich deiner Meinung nach noch tun?!« Ich weiß nicht, ob er mit jemandem redet, den ich von meiner Position aus nicht sehen kann, oder ob er telefoniert.

»Er weiß es«, sagt er nach ein paar Sekunden, woraus ich schließe, dass er in ein Handy spricht und ich nur eine Seite des Gesprächs mitbekomme. »Es ist seltsam«, fährt er fort. »Wenn es um sie geht, ist er komisch. Und auch wegen ihr.« Er seufzt und lehnt sich geräuschvoll gegen die Wand. »Er ist regelrecht besessen, und das ist der Auslöser für sein Verhalten, nicht das, was wir ihm erzählt haben. Er weicht vom Plan ab und je länger das so weitergeht, desto unberechenbarer wird er.«

Er drückt sich von der Wand ab, und ich beobachte, wie er den Schlüssel ins Schloss der Bürotür schiebt. »Tja, dann versuch es verdammt noch mal«, faucht er ins Handy, ehe er im Zimmer verschwindet und die Tür hinter sich zuknallt.

Ich warte ein paar Minuten, um sicherzugehen, dass die Luft rein ist, ehe ich in den Flur schleiche, und vorsichtig Cams Zimmertür schließe, damit ich kein Geräusch verursache.

Ich entscheide mich dagegen, auch noch in Sawyers Zimmer herumzuschnüffeln. Es ist einfach zu riskant. Außerdem erscheint es ziemlich unwahrscheinlich, dass er etwas Nützliches rumliegen lässt, also schleiche ich stattdessen auf Zehenspitzen zur Treppe.

Ich stehe auf der dritten Stufe, als die Bürotür hinter mir aufgeht und Sawyer in den Flur tritt. »Ich rufe dich zurück«, sagt er, und ich fluche lauthals.

Scheiße. Mist. Fuck.

»Möchtest du mir verraten, was zur Hölle du hier machst, Abigail?«

17. KAPITEL

Ich befeuchte meine trockenen Lippen und setze eine verblüffte Miene auf, ehe ich mich zu ihm umdrehe. »Ich war schon fast bei meinem Auto, als ich festgestellt habe, dass ich pinkeln muss, also bin ich umgekehrt und zurück ins Haus gegangen, um die Toilette zu benutzen.«

Er starrt mich aus zusammengekniffenen Augen an. »Sehe ich wie ein Idiot aus?«

Möchte er wirklich, dass ich darauf antworte?

»Was denn?« Ich klimpere mit den Wimpern und beiße mir auf die Unterlippe, bevor ich ihm ein unschuldiges Lächeln schenke. »Glaubst du mir etwa nicht?«

Er durchbohrt mich förmlich mit seinem gewohnt intensiven Blick, in dem sich jetzt noch eine Portion Argwohn spiegelt. Ich starre zurück, noch immer freundlich und unschuldig dreinblickend. »Lass uns reden.« Er deutet auf das dritte abgeschlossene Zimmer. »Da drin.«

Ich sage nichts, als ich ihm in sein Zimmer folge, und verbeiße mir ein Grinsen, während ich die Umgebung scanne, sobald er das Licht angemacht hat.

Es ist genau so, wie ich es mir vorgestellt habe. Klinisch und ohne jegliche Persönlichkeit.

Die dunkelblaue Tagesdecke auf seinem Bett wirkt frisch gewaschen. Zwei Nachttische aus Holz, auf denen je eine Lampe steht, befinden sich links und rechts vom Bett. Es gibt einen großen Schrank, einen Schreibtisch, über dem wie in den anderen beiden Räumen ebenfalls Regale hängen, und ein gemütlicher schwarzer Sessel steht vor einem riesigen Fernseher.

Aber das war es auch schon.

Das Zimmer weist keine Dekoration und keine persönlichen Gegenstände auf. Keine Sachen, die auf dem Schreibtisch herumliegen. Keine gerahmten Bilder oder Poster an der Wand. Keine Trophäen, nicht mal abgelegte Kleidungsstücke. Der

Raum verrät nichts über das Geheimnis, das Sawyer Hunt darstellt.

»Amüsiert dich etwas?« Er zieht eine Braue in die Höhe und beobachtet mich, wie ich mich in seinem Zimmer umsehe.

»Dein Zimmer ist genau so, wie ich es erwartet habe.«

»Und das wäre?«

»Perfekt präsentiert, ohne irgendetwas zu verraten.« Ich sehe ihm in die Augen. »Genau wie sein Besitzer.«

»Und wie würdest du Lauders und Marshalls Zimmer beschreiben?«

Ich klimpere mit den Wimpern und lächle. »Um dir meine Meinung mitzuteilen, müsste ich sie erst einmal sehen.«

Einer seiner Mundwinkel hebt sich. Er lässt sich auf der Bettkante nieder und klopft auf den Platz neben sich. »Setz dich.« Dann löst er seine Seidenkrawatte, faltet sie gewissenhaft und legt sie auf das Bett, ehe er die Ärmel seines blauen Hemds bis zu den Ellenbogen nach oben rollt.

Ich setze mich zu ihm und stelle meine pralle Tasche, die Sawyer aus dem Augenwinkel betrachtet, auf meiner anderen Seite ab. Schon erwarte ich, dass er sie sich schnappt und den Inhalt inspiziert, aber das tut er nicht. Er lässt seine Hände auf seinen in einer schwarzen Anzughose steckenden Beinen ruhen, und dreht sich so, dass er mir direkt in die Augen schauen kann. Das ist seine favorisierte Kommunikationsmethode, so als wäre er immer kurz davor, jemanden zu verhören. Ich kann mir gut vorstellen, dass er eines Tages für die CIA oder das FBI arbeiten wird.

»Du bist nicht gerade partytauglich angezogen«, platzt es aus mir heraus, während ich mir nur allzu sehr der Tatsache bewusst bin, dass sich unsere Oberschenkel berühren.

»Gleichfalls«, entgegnet er sofort und lässt seinen Blick für den Bruchteil einer Sekunde meinen Körper hinabwandern.

»Ich wusste nicht, dass ich hier landen würde, ansonsten hätte ich mich passend angezogen. Aber du lebst hier, trotzdem bist du so gekleidet.«

»Ich hatte vorher ein Meeting und noch nicht die Zeit oder die

Muße, mich umzuziehen.«

»Wirst du im Unternehmen deines Vaters arbeiten, wenn du deinen Abschluss in der Tasche hast?«, hake ich nach, mich fragend, ob das der Grund ist, warum er so angezogen ist. Es wirkt, als hätte er den Tag im Büro verbracht.

»Nachdem ich meinen Abschluss an der *Stanford University* gemacht habe, ja.«

»Ist das etwas, wofür du dich entschieden hast, oder wird es von dir erwartet?«

»Beides. Ich würde mich niemals auf etwas einlassen, das ich nicht tun möchte.«

»Du hast Glück, dass du eine Wahl hast.«

Zwischen uns entsteht eine bedeutungsschwere Pause und er starrt mich an. »Man hat *immer* eine Wahl. Auch wenn es nicht danach aussieht.«

»Warum klingt das wie eine versteckte Botschaft?«, frage ich und beuge mich instinktiv näher zu ihm.

Möglicherweise war mein bisheriger Eindruck falsch. Sawyer war bis dato immer der Uninteressanteste für mich, er wirkte stumpf und langweilig. Nun spüre ich, dass diese Meinung daher rührt, dass er sich nicht in die Karten blicken lässt. In dieser Hinsicht ist er Charlie sehr ähnlich. Zudem verfügen sie beide über ein pragmatisches Pflichtbewusstsein.

Er kommt näher, und ich erkenne, dass seine haselnussbraunen Augen heute eher grün als braun sind und darin kleine goldene Sprenkel tanzen, die sie ziemlich außergewöhnlich machen. Aus dieser Nähe kann ich auch die leichte Verteilung von Sommersprossen auf seiner Nase und seinen Wangen erkennen, und ich wette, dass er als kleiner Junge zuckersüß war. Sein würziges Parfum hüllt mich ein, und ich beginne mich zu entspannen, was gefährlich ist, weil er nicht weniger ein Raubtier ist als die anderen zwei Idioten.

»Vielleicht, weil es eine ist.« Er streicht mir eine Haarsträhne hinters Ohr, während er mich weiter eindringlich ansieht.

Schmetterlinge tanzen in meiner Brust, sein bohrender Blick stellt seltsame Dinge mit mir an. Wenn wir einander so nah sind, ist seine Intensität weniger einschüchternd und irgendwie intimer. »Ist das eine neue Herangehensweise? Sind Camdens Demütigungstaktiken nicht genug?«

Er schüttelt den Kopf. »Ich meine es absolut ehrlich. Cam hingegen tut, was er denkt, tun zu müssen, aber so ist er nicht wirklich.«

Ich schnaube. »Na klar.«

»Seine Reaktionen auf dich sind fest verwurzelt, aber er ist hin- und hergerissen.«

»Inwiefern ist er das?«

Er zeichnet mit dem Finger die Kontur meines Kiefers nach. Seine elektrisierende Berührung verstärkt all meine Sinne, und ich ziehe scharf die Luft ein.

»Er wurde darauf konditioniert, dich zu hassen«, offenbart Sawyer in sanftem Tonfall, den Blick auf meine Lippen geheftet, und ich bin mir nicht sicher, ob dieses Geständnis bewusst oder ungeplant war. Wie auch immer die Antwort lautet, ich möchte diese Verbindung, oder was zur Hölle auch immer gerade zwischen uns passiert, nicht verlieren. Nicht, solang er mir dadurch die Antworten liefert, die ich brauche.

Langsam hebe ich die Hand und streiche mit den Fingern durch die seidigen Strähnen seines dunkelbraunen Haars. »Warum?«, wispere ich. »Warum hasst er mich so sehr?«

Sawyer reibt mit seinem Daumen über meine Unterlippe, und ich halte den Atem an. Unschlüssigkeit blitzt in seinen Augen auf, und ich spüre instinktiv, dass ich ihn nicht drängen darf. Darum warte ich, fahre mit den Fingern weiter durch sein Haar, während er meinen Mund anstarrt. »Hast du jemals darüber nachgedacht, dass wir vielleicht auf derselben Seite stehen?«

Mein Herz hämmert wie verrückt in meinem Brustkorb, und ich überlege kurz, ob sie etwas über mein Geheimnis herausgefunden haben könnten. Angst schnürt mir die Luft ab. »Was meinst du damit?

»Vielleicht sind wir ...«

»Was zur Hölle ...?«, brüllt Cam, und ich zucke erschrocken zusammen, als die Zimmertür heftig gegen die Wand schlägt.

Er steht wie ein Unheilbringer im Türrahmen; aus jeder seiner Poren scheinen Wut und Aggression auszutreten. Seine einnehmende Präsenz verschlingt allen Sauerstoff im Zimmer. Seine Jeans umschmeicheln seine schmalen Hüften, sein Hemd ist noch immer offen und gibt den Blick auf seinen Wahnsinnskörper frei, der es unmöglich macht, ihn nicht anzustarren.

Die Macht der Anziehung zwischen uns ist in diesem Moment unbestreitbar. Unsere Blicke verschränken sich miteinander, als würden sie von einer magnetischen Kraft angezogen werden.

Sawyer senkt langsam seine Hand und rückt ganz bewusst seinen Schritt zurecht, als er aufsteht. Er zieht eine Augenbraue hoch und grinst seinen Freund an. »Du störst«, sagt er gelassen und richtet den Blick auf mich, womit er meinen stummen Zweikampf mit Cam unterbricht.

Cam stolziert in den Raum, seine Nasenflügel beben und in seinen Augen brodelt Wut. »Was macht sie in deinem Zimmer? Ich dachte, sie wäre verdammt noch mal verschwunden!«

Er spricht, als wäre ich nicht anwesend, starrt seinen Freund an und ignoriert mich ganz gezielt, was nur eine andere Form der Einschüchterung ist.

Tja, drauf geschissen.

Ich hatte genug für einen Tag.

Ich schnappe mir meine Tasche und stehe auf. »Ich bin zurückgekommen, du Arschloch.« Ich pikse ihm gegen den Arm. »Das hättest du möglicherweise bemerkt, wenn du nicht anderweitig beschäftigt gewesen wärst«, fauche ich.

Bilder davon, wie Rochelle ihm einen bläst, ziehen in schmerzhafter Klarheit vor meinem inneren Auge entlang. Wütend funkle ich ihn an, wobei ich jeglichen in meinem Herzen aufgestauten Hass in meinen Blick lege.

Ein grausames Lächeln zupft an seinen Mundwinkeln, als ihm allmählich die Bedeutung meiner Worte klar wird. Ich will ihm am liebsten dafür wehtun. Ihm meine Nägel ins Fleisch bohren, bis er blutet. Ihm seine Eier abreißen und sie an die Haie verfüttern. Ihn beißen, ohrfeigen und schlagen, bis er nur noch wie Brie zu meinen Füßen liegt.

Das Verlangen, ihm Schmerzen zuzufügen, ist so überwältigend, wie noch nie zuvor, und das sagt eine Menge aus, da ich mit Trent verlobt bin und ihn regelmäßig schlagen möchte. Doch Gewalt ist keine Option, deswegen bediene ich mich der zweitbesten Möglichkeit.

Ich strecke mich, schlinge meine Arme um Sawyers Nacken und überrasche ihn eiskalt, als ich ihn küsse. Es ist ein harter, brutaler Kuss. Einer, der mit jeder boshaften Emotion, die in meinem Inneren gärt, versehen ist. Wenn es Sawyer stört, lässt er es sich nicht anmerken, vielmehr erwidert er meinen Kuss ohne zu zögern.

Ich löse mich von ihm und streiche über seine Brust. Dabei lächle ich ihn an, als wäre er der Anfang und das Ende dieser Welt. »Danke. Für das Gespräch und ...« Ich lasse den Rest des Satzes in der Luft hängen, erfreut darüber, dass er mich nicht auffliegen lässt. Und ich frage mich, ob wir vielleicht *wirklich* auf der gleichen Seite stehen.

Ich bedenke Cam mit einem vernichtenden Blick und stoße ganz bewusst gegen seine Schulter, ehe ich Sawyers Zimmer verlasse. Der wütende, frustrierte Ausdruck, der sein schönes Gesicht verzerrt, freut mich wahnsinnig. Mir ist bewusst, dass er mich dafür bezahlen lassen wird, aber zumindest für den Moment werte ich es für mich als Sieg.

»Mädchen, du spielst mit dem Feuer. Bist du sicher, dass du weißt, was du da tust?«, fragt Jane am darauffolgenden Morgen, als wir nach dem Frühstück am Strand entlanggehen.

»Ja. Nein. Ich weiß es nicht.« Ich seufze, hebe einen Stein auf und lasse ihn über das Wasser hüpfen. Eine sanfte Brise weht mir das Haar über die Schulter.

»Was, wenn sie es Trent erzählen? Dann wird er völlig ausrasten.« Wir gehen weiter und sie bedenkt mich mit einem besorgten Blick. »Dann wird er die neuen Jungs noch härter bekriegen.

Nicht, dass ich was dagegen hätte. Ich hasse diese Arschlöcher dafür, was sie mir angetan haben. Was sie *dir* immer noch antun. Aber ich möchte nicht, dass du noch mehr leidest, als du es ohnehin schon tust.«

»Falls sie Trent etwas erzählen, werde ich lügen, was das Zeug hält. Er weiß, dass sie um mich herumschnüffeln, von daher werde ich nicht viel dafür tun müssen, um ihn davon zu überzeugen, dass sie nur seine Wut schüren wollen. Der einzige Zeuge bei der Sache mit Jackson war Oscar und er würde mich niemals ans Messer liefern. Ich habe mit Cam in meinem Auto auf einem leeren Parkplatz rumgemacht und Sawyer in seinem Zimmer geküsst. Selbst wenn Cam es bestätigen würde, würde es Trent nicht für glaubwürdig halten.«

»Ich kann noch immer nicht fassen, dass du sie alle drei geküsst hast.«

»Es ist ja nicht so, als hätte ich das geplant. Außerdem hasse ich sie.« Ich werfe einen weiteren Stein auf das Wasser. Außer Sawyer vielleicht. Gestern Nacht habe ich etwas in ihm gesehen, und ich denke nicht, dass er so schlimm ist wie die anderen beiden.

»Aber du fühlst dich auch zu ihnen hingezogen.«

Während wir weiterspazieren, denke ich ein paar Augenblicke über Janes Worte nach und lächle ein älteres Paar an, das untergehakt mit seinem Hund an uns vorbeigeht.

Ich stehe nicht wirklich auf Sawyer oder Jackson. Klar, sie sind beide heiß und es könnte Spaß mit ihnen machen, aber es wäre nichts Tiefgründiges. Keiner von ihnen lässt meinen Körper in Flammen aufgehen, verursacht in meinem Kopf völliges Chaos oder bringt mein Herz derart ins Schleudern wie Cam.

Ich hasse es, dass ich mich so sehr zu ihm hingezogen fühle. Dass die Anziehung zwischen uns so greifbar ist. Dass ich nicht aufhören kann, an ihn zu denken. Und ich mache mir ernsthaft Sorgen, was das über mich aussagt, denn er hat mich drangsaliert, begrapscht und in aller Öffentlichkeit gedemütigt.

Dennoch sehne ich mich nach seiner Berührung. Danach, seinen Körper wieder an meinem und in mir zu spüren. Ich verabscheue, wie sehr ich ihn will. Und wie sehr mir diese Sache gestern auf der Party den Magen umgedreht und mich zugleich traurig gemacht hat.

Ich habe nie darüber nachgedacht, wenn Rochelle Trent angefasst hat, aber letzte Nacht habe ich überwiegend zusammengerollt verbracht, mit stechenden Schmerzen in der Brust, während mich Bilder von ihr und Cam stundenlang verfolgt haben. Ich hasse es, dass sie ihn auf so vertraute Weise berührt hat, und habe mich mit dem Gedanken gequält, was noch alles passiert sein könnte, nachdem ich gegangen war.

Hat er mit Jackson den Platz getauscht und sie ebenfalls gefickt?

Oder das andere Mädchen?

Oder alle beide?

Mir wird schlecht bei diesem Gedanken. Zu welcher kranken Kuh macht mich das bitte? Vielleicht steckt doch mehr in mir von meinem Vater, als ich glauben mag, denn das ist die Art von abgefucktem Scheiß, der ihn anturnt.

»Du siehst aufgewühlt aus«, sagt Jane, hakt sich bei mir unter und drückt meinen Arm.

»Denkst du, ich bin genauso verkorkst wie mein Vater?«

»Was?« Sie bleibt abrupt stehen und zwingt mich dazu, sie anzusehen. »Nein! Du bist kein bisschen wie dieses Monster.«

»Warum will ich dann Camden Marshall so sehr? Wie kann ich ihn für all das, was er getan hat, hassen und trotzdem seine Hände überall auf meinem Körper spüren wollen?« Ich schüttle den Kopf, genervt von diesem Wirrwarr. Ich wünschte, ich könnte ihr erzählen, dass ich meine Jungfräulichkeit an ihn verloren habe, aber ich habe Angst, ihr dieses Wissen aufzubürden. Ich weiß, dass sie es vor meinem Bruder geheim halten würde, würde ich sie darum bitten. Aber zugleich wäre es nicht fair von mir, so etwas zu verlangen, und ich habe Sorge, dass es mir am Ende doch zum Verhängnis werden könnte.

Wenn es rauskommt, und das wird es – hoffentlich erst, wenn ich eine Million Meilen von hier weg bin –, möchte ich nicht, dass sie irgendwas davon wusste. Falls mein Vater sie in die Mangel nehmen sollte, möchte ich, dass sie ihm in die Augen sehen und ehrlich sagen kann, dass sie nichts davon wusste, damit er seine Wut nicht an ihr auslässt.

So sehr ich mich also meiner besten Freundin anvertrauen möchte, ich entscheide mich dagegen.

»Du kannst nichts dafür, in wen du dich verliebst. Genauso wenig, wie du dich dazu zwingen kannst, etwas für Trent zu empfinden.«

Ich hake mich wieder bei ihr unter und ziehe sie mit mir. »Wenn es nur so einfach wäre.«

18. Kapitel

»Ich bringe Geschenke mit«, sage ich, lasse mich auf den freien Stuhl neben Xavier fallen und reiche ihm einen Kaffee und einen Donut.

»Danke, ich bin am Verhungern. Ich sitze hier schon seit Stunden dran.«

Ich gebe ihm einen Kuss auf die Wange. »Danke, das weiß ich zu schätzen.«

»Wir brauchen noch immer etwas für diese zwei Umschläge hier«, sagt er und deutet auf das bereits zusammengetragene Material sowie die leeren Umschläge daneben.

»Das ist der Grund, warum ich hier bin«, erkläre ich und nippe an meinem Kaffee. »Gib mir etwas zu tun.«

»Ich habe deinen Arbeitsplatz schon fertig eingerichtet.« Er deutet auf den Bildschirm direkt vor meiner Nase. »Aber erzähl mir von dieser anderen Information, der ich nachgehen soll.«

Ich zeige ihm die Fotos, die ich gestern Abend in den Zimmern der Jungs gemacht habe, und frage ihn, ob er die anderen Kids auf dem Bild identifizieren und herausfinden kann, was genau mit Jacksons Schwester passiert ist. »Da ist noch eine weitere Sache.« Ich leere meinen Kaffee und werfe den Pappbecher in den Mülleimer. »Camden ist etwas rausgerutscht. Er hat erwähnt, dass er einen älteren Bruder hat, aber du hast gesagt, er wäre ein Einzelkind.«

Xavier nickt. »Das ist bestens dokumentiert. Er *ist* ein Einzelkind.«

»Das macht keinen Sinn. Warum sollte er sagen, dass er einen älteren Bruder hat, wenn das nicht stimmt?«

Xavier sieht nachdenklich aus. »Vielleicht hat er einen Cousin oder einen besten Freund, den er als Bruder bezeichnen würde?«

»Oder vielleicht gab es ein weiteres Kind und es ist gestorben?«, werfe ich ein, da mich meine Überlegungen auch zu dieser Möglichkeit geführt haben. »Und warum denkt die ganze Welt, die Jungs hätten sich erst vor zwei Jahren auf dieser Privatschule kennengelernt, wenn dieses Bild hier beweist, dass sie sich schon viel länger kennen?«

Xavier reibt sich mit der Hand über die Bartstoppeln an seinem Kinn. »Es ist rätselhaft, aber wir werden dem Ganzen auf den Grund gehen. Lass mich das machen.« Er schürzt die Lippen und runzelt die Stirn. »Ich werde es der langen Liste mit Dingen hinzufügen, die ich für dich erledigen muss.«

Ich stupse ihm in die Rippen. »Ich bezahle dich ja auch extrem gut.«

»Das tust du.«

»Und ich bin deine Lieblingskundin.«

»Wenn das so weitergeht, wirst du bald meine einzige Kundin sein«, murmelt er und tippt auf seiner Tastatur herum. »Das Abschlussjahr macht mir bereits jetzt schon die Hölle heiß, aber wie es scheint, werde ich nicht viel Freizeit haben, bis die Klausuren vor der Tür stehen.«

Xavier ist nicht hier aus der Gegend. Er zog erst nach Boston, nachdem er vor drei Jahren die Highschool beendet hatte. Er studiert dank seines nerdigen Hirns mit einem Vollstipendium an der Rydeville University »Du solltest dich als privilegiert betrachten.«

»Bei dir doch immer.« Ich drücke ihm einen weiteren Schmatzer auf die Wange. »Außerdem weiß ich, dass du mich heimlich liebst«, necke ich ihn.

»Wenn ich auf Mädels stehen würde, wärst du die Eine für mich.« Er zwinkert mir zu und wir müssen beide lachen.

Er zeigt mir, wo er alle Dateien hinsortiert hat, und ich scrolle mich durch ein paar Files, bis ich einige Hinweise finde und der Spur folge, die sich dadurch ergeben hat. Dabei sammle ich Beweise und drucke das belastende Material aus, ehe ich die Blätter in die Umschläge packe, diese verschließe und sorgsam die entsprechenden Namen draufschreibe. Xavier war die ganze Zeit über damit beschäftigt, seine Präsentation fertigzustellen, und reicht mir einen USB-Stick, als ich mich für den Aufbruch fertig mache. »Steck ihn einfach in deinen Laptop und gib das Passwort ein, das ich an dein Handy senden werde. Dann kannst du loslegen. Wenn irgendwelche Probleme auftreten, ruf mich an.«

Ich umarme ihn. »Danke für alles, das werde ich tun.«

Ich mache Anstalten, mich aus seiner Umarmung zu lösen, aber er hält mich fest und sieht mich mit einem besorgten Ausdruck an. Der silberne Ring in seiner Augenbraue glitzert, als sich das Licht darin fängt. »Du würdest mir sagen, wenn du in Gefahr schweben würdest, oder?«

Ich lächle amüsiert zu ihm hoch. »Ich bin jeden Tag in Gefahr, Xavier. Du weißt, wer mein Vater ist und wozu seine Kumpane in der Lage sind. Was mir bevorsteht, wenn ich die Hochzeit mit Trent durchziehe.« Ich umfasse seine Wange. »Das ist der Grund, warum ich den Deal mit dir gemacht habe und warum du nach etwas suchen sollst, das ich gegen meinen Vater verwenden kann, damit er mich in Ruhe lässt, wenn ich Rydeville verlassen habe.«

»Du könntest *jetzt* gehen. Ich kann dafür sorgen. Mit meinen Fähigkeiten und Kontakten könnte ich dich verstecken. Ich könnte deine Sicherheit gewährleisten.«

»Das möchte ich so gern glauben, aber meine Mutter hat ebenfalls versucht, zu entkommen, und sie hat dafür mit ihrem Leben bezahlt. Der einzige Weg, um das hier durchzuziehen, ist, etwas gegen ihn in der Hand zu haben. Etwas, das ihn ruinieren würde. Selbst dann würde er mich vielleicht immer noch verfolgen, aber das wäre dann meine Rückversicherung und sollte mir zumindest etwas Zeit verschaffen.« Ich küsse ihn auf die Stirn. »Ich liebe dich dafür, dass du dir solche Sorgen machst, aber ich kann nicht gehen, solange wir nicht etwas haben, mit dem ich ihn erpressen kann.«

»Ich bin besorgt, dass uns die Zeit davonrennt.«

Ich atme hörbar aus und winde mich aus seinen Armen. »Das sehe ich auch so. Ich fühle mich ständig, als sei eine tickende Zeitbombe auf meinem Rücken festgeschnallt.«

»Und ich mag diese neue Elite nicht. Ich habe das ungute Gefühl, dass sie eine ohnehin schon beschissene Situation noch beschissener machen werden.«

Ich umfasse sein Gesicht mit beiden Händen. »Was der Grund ist, weshalb wir etwas finden werden, das wir gegen sie verwenden können.« Ich senke meine Hände und hole mein Handy hervor. »Beinah hätte ich vergessen, dir zu erzählen, dass ich den Chip gestern Abend an Sawyers Handy angebracht habe. Ich schicke dir sofort seine Nummer.«

»Top!« Er hebt eine Siegesfaust in die Luft. »Ich werde den Überwachungsfeed sofort laden.«

Ich lasse meinen Hintern auf der Kante des langen Schreibtischs nieder. »Was genau wird er uns liefern?«

»Zugang zu all seinen Chats und Nachrichten, außerdem können wir seine Anrufe mithören. Zudem sollte ich in der Lage sein, seine gesamte Handyaktivität aufzuzeichnen – welche Seiten er im Internet aufruft, welche Apps er benutzt und dergleichen.«

Das breiteste Grinsen überhaupt tritt auf mein Gesicht. »Hoffen wir, dass wir schnell etwas in der Hand haben. Die Situation in der Schule läuft aus dem Ruder.«

»Das hier sollte dabei helfen, diesen Umstand zu korrigieren«, sagt er und deutet auf die Umschläge in meiner Hand, die wir heute gefüllt haben.

»Das wird es. Aber das ist nur ein Teil des Problems. Ich muss mir die Jungs vom Hals schaffen, ehe sie diese Aufnahme veröffentlichen.« Xavier weiß, dass sie Jane benutzen, um mich zu manipulieren. Ich habe ihm allerdings noch nichts vom Verlust meiner Jungfräulichkeit erzählt oder der Tatsache, dass Cam dieses Wissen ebenfalls verwendet, um meine Kooperation zu gewährleisten.

»Ich arbeite daran, mich in ihre Systeme zu hacken. Allerdings ist das nicht so einfach, da ihr ganzer Scheiß verschlüsselt und dank Techxets neuester Malware-Software hinter wirklich krassen Firewalls verborgen ist. Aber ich werde weiter daran arbeiten. Versprochen.«

Ich drücke ihm einen Kuss auf den Kopf. »Ich habe vollstes Vertrauen in dich und deine verrückten Skills.« Ich winke ihm zu. »Ich rufe dich später an, um dir zu erzählen, wie es lief.«

»Du schaffst das, Babe«, erwidert er und pustet mir einen Luftkuss zu, ehe er sich wieder hinter seinen Computer setzt.

»Was ist das?«, fragt Chad und starrt auf den Umschlag mit seinem Namen darauf.

»Wenn sich alle bitte hinsetzen würden«, sage ich und deute zu den Sofas.

Oscar hat mir geholfen, dieses provisorische Büro in einem der alten Wohnzimmer einzurichten, das wir nicht länger nutzen. Wir haben die biederen Sofas in eine Ecke des Raums gestellt, um Platz für die Schreibtische und Stühle zu schaffen, die ich bestellt habe. Ein großer Bildschirm ist an der Wand über dem verschnörkelten Kamin angebracht, und jeder Arbeitsplatz ist mit einem MacBook Pro, einem Drucker, Büroutensilien, mehreren Wasserflaschen und Snacks ausgestattet. Investigativarbeit macht hungrig, insbesondere mit der Menge an Testosteron hier drinnen.

»Öffnet die Umschläge noch nicht«, sage ich zu den vier Jungs und zwei Mädchen.

Ich habe Chad gebeten, eine kleine vertrauenswürdige Gruppe zusammenzutrommeln, die der Elite gegenüber loyal ist, und das hat er getan. Aus diesem Grund gefällt es mir auch kein bisschen, ihm seinen Umschlag zu geben, aber ich kann kein Risiko eingehen. Es steht zu viel auf dem Spiel.

Nachdem alle Platz genommen haben, setze ich mich auf die Lehne eines der Sofas und sehe sie an. »Ich danke euch vielmals, dass ihr heute alle gekommen seid und zugestimmt habt, uns zu helfen, obwohl ihr gar nicht wisst, worum es geht. Ich weiß eure Loyalität und eure Unterstützung zu schätzen und zu würdigen.«

Ich räuspere mich und blicke jede Person einzeln an. »Worum ich euch bitten werde, ist illegal, aber ich kann euch versichern, dass niemand herausfinden wird, dass ihr daran beteiligt gewesen seid – solange niemand von uns den Mund aufmacht.« Ich sehe zu Chad und flehe ihn mit den Augen an, mich zu verstehen. »Was in diesen Umschlägen ist, ist unsere Rückversicherung. Wir werden alle gegenseitig davon profitieren. Es wird sicherstellen, dass das, was in diesem Raum passiert, auch in diesem Raum bleibt.«

Ich lege meine Hände auf meine Knie. »Gewisse Mitglieder des inneren Zirkels und andere Leute an der Schule scheinen ihren Platz in der allgemeingültigen Ordnung vergessen zu haben. Sie scheinen vergessen zu haben, wie wichtig es ist, den geltenden Regeln und Traditionen zu folgen, die an der Rydeville High schon seit Ewigkeiten herrschen. Die neue Elite sorgt für Unruhe und wir müssen sie aufhalten. Ich kümmere mich persönlich um die drei. Inzwischen werdet ihr mir dabei helfen, die Kontrolle zurückzuerlangen und die Autorität sowie Ordnung an der Schule wiederherzustellen.«

»Wie?«, fragt das hübsche Mädchen mit den rotblonden Haaren und dem süßen Pixiecut.

»Du heißt Emily, oder?«, frage ich, da ich sie aus meinem Weltgeschichte-Kurs kenne. Von ihr weiß ich nur, dass sie ruhig und äußerst klug ist und eher für sich allein bleibt. Ich mag sie jetzt schon.

Sie nickt.

»Jede Person hat Geheimnisse«, erkläre ich, erhebe mich und gehe langsam auf und ab. »Geheimnisse sind Schwächen, und diese werden wir ausnutzen, um wieder die Oberhand zu gewinnen.«

»Wir spionieren Leute aus?«, fragt Adam Vitts und seine Augen beginnen interessiert zu leuchten.

»Ja. Ich werde jedem von euch eine Liste mit Namen geben. Euer Job ist es, euch Zugang zu ihren privaten Systemen zu verschaffen sowie die Schulsysteme zu hacken, um dort jegliches pikante Detail über jeden Einzelnen auszugraben. Internetrecherchen sind ebenfalls unglaublich nützlich. Insbesondere, wenn die Geheimnisse familiärer Natur sind. Wir müssen für jede Person eine Sache finden, mit der wir ihr drohen können.«

»Handelt es sich dabei um leere Drohungen oder planst du, diese in die Tat umzusetzen?«, hakt Chad nach und sieht deutlich besorgt aus, was ich nur allzu gut verstehen kann.

»Ich werde sie in die Tat umsetzen, wenn ich ignoriert werde oder meine Forderungen nicht ernstgenommen werden. Ich habe vor, an ein paar Leuten ein Exempel zu statuieren. Zusammen mit den Beweisen, die wir finden werden, sollte das ausreichen, um die anderen auf Spur zu bringen.«

»Das klingt bösartig«, sagt das Mädchen mit den roten Haaren. »Damit fühle ich mich nicht besonders wohl.«

»Es geht hier nicht um Rache. Es geht ums Überleben, und du hängst jetzt mit drin. Es gibt kein Zurück.«

Angespannte Stimmung macht sich breit. Es ist an der Zeit, ihre Loyalität ein für alle Mal zu konsolidieren. »Öffnet eure Umschläge. Nehmt euch Zeit, um den Inhalt zu studieren«, füge ich hinzu, gehe hinüber zur Kaffeemaschine am anderen Ende des Raums und koche eine frische Kanne.

Chad springt auf, sein Gesicht ist puterrot geworden. Er kommt auf mich zu, Angst steht ihm ins Gesicht geschrieben. »Kann ich draußen mit dir reden?« Ich stelle meinen Kaffeebecher ab und folge ihm in den Flur. »Wie zur Hölle bist du da rangekommen?«, fragt er und wedelt mit dem zusammengeknüllten Papier in seiner Hand.

»Ich habe mich in deinen Computer gehackt und die Fotos von deiner Festplatte runtergeladen. Es war ganz einfach. Du wirst in Zukunft vorsichtiger sein müssen, wenn du nicht willst, dass es jemand herausfindet.«

»Diese Datei war passwortgeschützt!«

»Wir haben eine Software, die die meisten Passwörter aushebeln kann. Nur Systeme mit High-End-Technik sind sicher.«

Seine Brust hebt und senkt sich heftig. Schmerz schimmert in seinem Blick, was in mir Schuldgefühle aufkommen lässt. »Chad.« Ich trete näher an ihn heran und sehe ihm direkt in die Augen. »Ich werde es niemandem sagen. Mir ist klar, dass du mich niemals hintergehen würdest, darum wird diese Information niemals ans Tageslicht gelangen. Versprochen.«

»Warum hast du das dann getan?«, krächzt er, mittlerweile sichtbar zitternd.

»Weil ich mich in die Schusslinie begebe und ich eine Rückversicherung brauche. Es ist nichts Persönliches. Du weißt, wie die Dinge laufen.«

»Bitte erzähl es nicht Trent, Drew oder Charlie. Sie respektieren mich und ...«

Ich nehme seine zittrigen Hände in meine. »Drew und Charlie würden dich noch immer respektieren, wenn sie herausfänden, dass du schwul bist, aber Trent ist ein homophobes Arschloch, das dich ruinieren würde. Das weiß ich genauso gut wie du. Ich werde es keinem von ihnen verraten. Im Gegensatz zu dem, was die meisten Leute von mir denken, genieße ich es nicht, andere zu verletzen. Ich schwöre dir, dass du nichts zu befürchten hast, wenn du mich nicht hintergehst.«

Er nickt und stößt krampfhaft den Atem aus. »Okay.«

»Chad.« Ich packe sein Gesicht an beiden Seiten und zwinge ihn, mich anzusehen. »Ich schwöre dir, dass nicht noch mehr kommt. Du kannst mir vertrauen.« Ich mustere ihn prüfend. »Kann ich dir vertrauen?«

»Bei meinem Leben, Abigail.«

Ehrlichkeit tropft förmlich aus seinen Worten und spiegelt sich auch in seinen Zügen wider. Ich glaube ihm und nicke lächelnd. »Also ist zwischen uns alles in Ordnung?«

»Ja, ist es.« Er lächelt ebenfalls und seine Schultern entspannen sich deutlich.

»Dann komm. Wir haben einiges an Arbeit vor uns.«

Auch die anderen sind schockiert, wie einfach ich die Leichen in ihrem Keller ausgegraben habe, aber wenn zuvor noch jemand unschlüssig gewesen sein sollte, ist das jetzt Geschichte. Ich führe ihnen die Präsentation vor, die Xavier für mich zusammengestellt hat. Sie enthält eine Schritt-für-Schritt-Anleitung, wie man Onlineermittlungen anstellt, erläutert grundsätzliche Hacking-Techniken und erklärt, wie die installierte Software funktioniert. Alle sind fokussiert und aufmerksam bei der Sache. Leute zu erpressen funktioniert immer. Doch es ändert nichts daran, dass ich mich dadurch wie ein wertloses Stück Scheiße fühle, denn auf Manipulation und Erpressung zu setzen, ist die bevorzugte Strategie meines Vaters. Ich hasse es, dazu gezwungen zu sein, ebenfalls diese Methoden anzuwenden. Aber hier geht es um etwas Größeres und mein Leben steht auf dem Spiel, also tue ich, was ich tun muss.

Wir arbeiten lange und kommen gut voran, sodass wir schon fast ein Drittel der Umschläge fertighaben, als ich um zweiundzwanzig Uhr verkünde, dass wir für heute Schluss machen. Danach verfrachte ich alle ins Poolhaus, das viel moderner und gemütlicher eingerichtet ist als das Haupthaus.

Letztes Jahr habe ich meinen herzallerliebsten Vater dazu überredet, es zu renovieren. Bei dem Mausoleum, in dem wir wohnen, habe ich das leider nicht geschafft. Er weigert sich, irgendetwas im Haus zu verändern und schiebt immer den gleichen Traditions-Bullshit vor. Aus alten Fotoalben weiß ich, dass das aktuelle Design bereits seit Jahrhunderten besteht, und das sieht man. Ich würde hier im Poolhaus leben, wenn Vater es erlauben würde, aber er hat jedes Mal abgelehnt, wenn ich ihn danach gefragt habe.

Ich betrachte das kostbare Ambiente, während ich für alle Drinks zubereite, und eine Welle des Stolzes erfasst mich. Ich hatte Alex Kennedys Innendesignfirma für die Renovierung beauftragt. Es versetzte mir einen richtigen Kick, sie leibhaftig zu treffen und ihr zu erklären, dass Mom zu Lebzeiten ein Riesenfan von ihr war. Immer, wenn ich herkomme, muss ich lächeln. Mom hätte geliebt, was Alex daraus gemacht hat. Überall findet sich ihr unverkennbarer Stil wieder.

Ich verteile Drinks und wir kippen den Mist auf ex hinunter, ehe wir einen Film gucken und dabei Pizza essen. Ich kann mich nicht daran erinnern, wann ich mich das letzte Mal so leicht gefühlt habe.

Im Stillen frage ich mich, warum ich diese Leute bisher immer auf Armeslänge von mir ferngehalten habe. Da sie Teil des inneren Zirkels sind, würde mich nicht mal Vater dafür kritisieren, dass ich mit ihnen Zeit verbringe. Nur bei engen Freundschaften würde er eine Grenze ziehen, da ihre Familien in seiner Vorstellung der Hauptelite untergeordnet sind; trotz ihres Reichtums und ihres sozialen Standes.

Wir wiederholen das Ganze diese Woche an ein paar weiteren

Abenden nach der Schule, und am Donnerstagabend ist alles vorbereitet.

Nun ist Showtime.

19. Kapitel

Die ganze Woche über habe ich für Cam Mittagessen geholt, und am liebsten hätte ich ihm Tag für Tag mit einer Gabel ein Auge ausgestochen für das Grinsen, das ich erhalte, sobald ich das Tablett vor ihm abstelle – als wäre er ein verdammtes Mitglied des Königshauses. Hinzu kommt, dass Rochelle täglich und ohne Unterlass wie eine Klette auf seinem Schoß hockt. Ich kann kaum erwarten, ihr dieses selbstgefällige, überhebliche Grinsen aus dem Gesicht zu wischen. An diesem Wochenende werden wir ein letztes Mal unsere Pläne durchsprechen, um sie am Montagmorgen in die Tat umzusetzen. Bis dahin handle ich weiter wie eine loyale Sklavin, auch wenn es mich Stück für Stück innerlich auffrisst.

Sawyer ist wie immer reserviert und Jackson flirtet mit allem, was nicht bei drei auf den Bäumen ist. Ansonsten halten sich die Jungs bedeckt, und auch ich verhalte mich unauffällig. Tue so, als würde ich nicht bemerken, dass inzwischen fast alle zum Feind übergelaufen sind, und ignoriere, wie sehr sie es zu genießen scheinen, mich zu verspotten. Sie werden in der Abwesenheit der Jungs immer mutiger. Händereibend werde ich dabei zusehen, wie die Abtrünnigen zu einem Häufchen Elend mutieren und wieder zurückgekrochen kommen.

Die drei warten am Freitag nach Schulschluss an meinem Spind auf mich, umgeben von bewundernden Groupies, die bei jedem Wort der Jungs aus dem Schwärmen nicht mehr herauskommen. Es ist erbärmlich, wie sich ihnen einige Mädchen an den Hals werfen, ohne jegliches Schamgefühl, ohne jegliche Selbstkontrolle und ohne jeglichen Selbstrespekt.

Ich bahne mir mit den Ellenbogen einen Weg durch die Menge und ignoriere die Jungs, während Jane und ich unsere Bücher aus den Spinden holen. Ohne sie eines Blickes zu würdigen, hake ich mich bei meiner besten Freundin unter und versuche, davonzugehen, doch jemand packt von hinten meine Jacke und zieht mich zurück. Meine Büchertasche rutscht von meiner Schulter auf den Boden und ich schwanke unsicher auf meinen hohen Schuhen, bis jemand einen Arm um meine Mitte schlingt und ich an eine harte Brust gezogen werde. »Vorsicht, Schönheit. Wir wollen ja nicht, dass du hinfällst, und dir dein hübsches Gesicht ruinierst.«

Ich schiebe Jacksons Arm weg und drehe mich rasch zu ihm um. »Aw, du denkst, ich wäre hübsch?« Ich klimpere mit den Wimpern und verziehe die Lippen ganz bewusst zu einem Schmollmund. »Ich finde dich auch ganz schön ...«, sage ich und lege eine kurze Sprechpause ein, um ihn mit einem verschlagenen Lächeln zu bedenken, »ganz schön ekelhaft.«

»Nun, wir wissen beide, dass das eine eiskalte Lüge ist.« Er tritt viel zu nah an mich heran. »Du hast es nicht ekelig gefunden, als meine Zunge deinen Mund erkundet hat oder ich deine Arschbacken gepackt habe«, murmelt er und beißt mir ins Ohrläppchen.

Ich beobachte aus dem Augenwinkel Rochelles finstere Miene, und ich kann nicht widerstehen, sie noch mehr auf die Palme zu bringen. Also lege ich Jackson meine Hände auf die Brust und stelle mich auf die Zehenspitzen, sodass ich zurückwispern kann: »Ich meinte die Tatsache, dass du deinen verpesteten Schwanz in ihre ausgeleierte Muschi gesteckt hast.« Ich sinke zurück auf die Füße und schüttle den Kopf, als ich von einem Schauder geschüttelt werde. »Igitt, ich dachte du hättest mehr Klasse.«

Er zieht mich zu sich heran und grinst wie ein Irrer. »Wenn ich es nicht besser wüsste, würde ich sagen, dass du eifersüchtig bist. Doch das kann nicht sein, denn schließlich bist du ja mit der Liebe deines Lebens verlobt.« Er zieht eine Braue nach oben und grinst wissend, als ich ihn von mir schubse. Es ist an der Zeit, dieses Gespräch zu beenden, ehe es hässlich wird. Darum nehme ich Jane, die mir einen besorgten Blick zuwirft, meine Tasche ab, stemme eine Hand in die Seite und betrachte die Jungs mit einem Blick, der ihnen mitteilt, dass sie auf den Punkt kommen sollen.

»Lasst uns allein«, befiehlt Cam den Fangirls und sie verschwinden augenblicklich, nachdem sie mich vorher noch einmal böse angeschaut haben. Rochelle rührt sich nicht, hakt sich bei

Cam unter und streckt mir die Zunge raus, als sei sie eine zurückgebliebene Sechsjährige. Cam wendet sich mit einem eisigen Gesichtsausdruck zu ihr um. »Bist du taub?«, knurrt er in diesem gemeinen, ruppigen Tonfall, der es immer schafft, mein Blut zum Kochen zu bringen und mein Verlangen anzustacheln. Wenn es um ihn geht, bin ich immer noch nicht ganz richtig im Kopf.

Sie weicht einen Schritt zurück und das überhebliche Grinsen verschwindet langsam aus ihrem Gesicht. »Du meinst doch sicher nicht mich?«

»Du gehst mir auf den Senkel«, blafft er und schlägt ihren Arm weg.

»Verschwinde, Rochelle«, bekräftigt Jackson und schnippt herablassend mit den Fingern. »Du bist hier nicht erwünscht.«

»Sie aber schon?«, motzt sie und deutet mit dem Finger auf mich.

Cam packt ihr Kinn. »Wer hat gesagt, dass du uns und unsere Entscheidungen infrage stellen darfst?«

Jackson tritt hinter sie, was dafür sorgt, dass sie zwischen den beiden Arschlöchern gefangen ist, und das auf eine unangenehme Art und Weise. »Du solltest deinen Mund nur aufmachen, um uns einen zu blasen«, sagt Jackson. »Ansonsten halt die Klappe und behalte deine Ansichten für dich.«

Ich widerstehe dem Drang, ihr zu sagen, dass ich von vornherein recht hatte, und zeige auch nicht meine Schadenfreude. Stattdessen nehme ich mir an Sawyer ein Beispiel und setze eine desinteressierte Miene auf. »Ich hab noch etwas vor, also was immer ihr sagen wollt, sagt es jetzt, oder ich bin weg«, stelle ich klar und sehe zu Cam.

Er lässt von Rochelles Gesicht ab und geht los, ohne sie eines weiteren Blickes zu würdigen. »Komm mit.« Er ergreift meinen Ellenbogen und zieht mich vorwärts.

»Ich begleite euch«, meldet sich Jane zu Wort und guckt die drei Jungs feindlich gesinnt an.

»Nein!« Ich sehe sie über die Schulter hinweg an. »Nimm das Auto und fahr nach Hause. Ich werde Oscar Bescheid geben und rufe dich nachher an.«

»Abby. Bitte.«

»Verschwinde, Süße«, befiehlt Jackson und drückt ihre Taille. »Ich bin sicher, dass du noch andere Pläne hast.« Er wackelt mit den Brauen und ein freches Glitzern tritt in seine Augen. »Heißen, nackten Telefonsex mit deinem Verlobten zum Beispiel.«

Sämtliche Farbe weicht Jane aus dem Gesicht, und ich erdolche Jackson förmlich mit meinem Blick. Als Jane schließlich feuerrot anläuft, schmunzelt er.

»Du bist so ein Arschloch«, fauche ich.

»Wie du schon mal erwähnt hast.« Er zwinkert mir zu und legt Jane eine Hand auf den unteren Rücken, um sie zum Gehen zu bewegen.

»Ich komme klar«, versichere ich ihr, als wir den Ausgang erreichen. »Geh einfach.« Ich küsse sie auf die Wange und gebe ihr einen sanften Schubs in Richtung des Autos, das unten an der Treppe auf sie wartet.

Cam will wieder nach meinem Arm greifen, aber ich weiche ihm aus. »Wenn du nicht die Bekanntschaft meines Bodyguards machen willst, schlage ich vor, dass du aufhörst, mich anzufassen.« Ich stemme die Hände in die Hüften und schaue ihn herausfordernd an. »Wohin bringt ihr mich überhaupt?«

»Das ist eine Überraschung«, teilt mir Jackson mit und haut mir auf den Hintern, während er Oscar ein Grinsen schenkt. Mein Bodyguard ist mittlerweile aus dem Auto gestiegen und schaut ziemlich perplex drein.

Ich seufze. »Gib mir eine Minute, um das hier zu klären.«

»Ich hole den Wagen.« Sawyer eilt die Treppe hinunter.

Mit einem strahlenden Lächeln, zu dem ich mich zwingen muss, gehe ich auf Oscar zu. »Ich habe noch eine Gruppenaufgabe mit den Jungs, die wir fertigstellen müssen. Ich werde mich nachher von einem von ihnen nach Hause fahren lassen.«

»Ist alles okay, Miss Abigail?«, fragt er und funkelt Cam und Jackson über meine Schulter hinweg finster an.

»Alles ist in Ordnung. Mach dir keine Sorgen. Kümmere dich nur darum, dass Jane sicher nach Hause kommt.«

Er reibt sich mit der Hand über den Nacken. »Dein Vater wird mich umbringen, wenn er herausfindet, dass du mit der neuen Elite rumhängst.«

»Er ist nicht hier und niemand wird es ihm verraten. Das ist eine dieser Situationen, in denen du wegsehen musst, Oscar.« Unentschlossenheit huscht über sein Gesicht. »Vertrau mir. Bitte. Ich habe das im Griff und Drew weiß davon.«

»Ruf mich an, wenn irgendetwas passiert, und pass auf dich auf. Ich vertraue diesen Dreckskerlen nicht.«

Da sind wir schon zu zweit, Kumpel.

Ich drücke ihm einen Kuss auf die Wange. »Sie werden mir nicht wehtun«, lüge ich. »Hör auf, dir Sorgen zu machen.«

Sawyer hält mit seinem Land Rover an der Bordsteinkante, und ich winke Oscar noch einmal zu, ehe ich einsteige. Cam nimmt auf dem Beifahrersitz Platz, während sich Jackson zu mir auf die Rückbank gesellt, viel zu dicht neben mir. Doch das ist Teil dieser Scharade, also bewege ich mich keinen Zentimeter. Es würde ihm nur die Oberhand geben und mich schwach wirken lassen.

»Du bist freundlich zum Personal«, neckt er mich. »Fickst du mit ihm?«

Ich betrachte ihn angewidert. »Du bist echt unglaublich. Er ist älter als mein Vater!« Ich ramme ihm einen Ellenbogen in die Seite. »Außerdem benutze ich Sex nicht als Mittel zum Zweck, im Gegensatz zu anderen.«

»Trotzdem hältst du ihn auf Spur«, stellt Cam fest und dreht sich auf seinem Sitz herum. »Wenn du nicht deinen Körper dafür einsetzt, wie manipulierst du ihn dann?«

Ich verschränke die Arme vor der Brust und grinse ihn an. »Das ist mein Geheimnis.«

»Oh, unsere kleine Jungfrau hütet noch mehr Geheimnisse«, höhnt er.

»Hör auf, mich so zu nennen. Du weißt, dass ich das nicht bin.«

»Du machst mich neugierig«, sagt er und reibt mit der Hand über das Tattoo an seinem Kopf. »Hast du seither mit irgendwem gevögelt?«

»Das würdest du wohl gern wissen, was?«

»Ja, deshalb frage ich.« Er zieht eine Braue in die Höhe und wartet auf meine Antwort.

»Aw, du machst dir Sorgen, dass du nicht gut genug warst.«

Er verhöhnt mich mit einem arroganten Grinsen. »Wir wissen beide, dass ich deine Welt auf den Kopf gestellt habe.« Er leckt sich über die Lippen, und ich hasse mich dafür, dass ich mit meinem Blick begierig die Bewegung seiner Zunge verfolge. »Ich frage mich nur, ob die Gerüchte wahr sind.«

»Okay, ich beiße an«, entgegne ich und beuge mich vor. »Welche Gerüchte?«

»Dass du hinter Trents Rücken mit seinem alten Herrn fickst«, antwortet Jackson.

»Eher würde ich sterben, als diesen Widerling anzufassen«, fauche ich und erschaudere, während sich mein Magen gleichzeitig schmerzhaft zusammenzieht.

Ein Muskel beginnt an Cams Kiefer zu zucken, während er mich eingehend mit seinen stechend blauen Augen mustert. Auch Sawyer wirft mir über den Rückspiegel einen Blick zu, die Stirn in Falten gelegt.

Wut brennt sich durch meine Adern, als ich darüber nachdenke, welche Scheiße die Leute über mich verbreiten. »Lass mich raten«, presse ich zwischen zusammengebissenen Zähnen hervor. »Diese Schlampe hat dieses Gerücht in die Welt gesetzt.«

Jackson schmunzelt. »Sie hasst dich auf jeden Fall.«

»Glaub mir, das beruht auf Gegenseitigkeit.«

Jeglicher Rest an Mitgefühl ist soeben verpufft. Rochelle verdient alles, was ihr widerfahren wird, und ich kann nicht erwarten, ihr Gesicht zu sehen, wenn am Montag ihre Welt auseinanderbricht.

Sawyer hält vor einem Diner in Downtown, stellt den Motor ab und steigt aus. Er öffnet die Hintertür und hält mir seine Hand entgegen, was Jackson loslachen lässt. »Danke.«

Sein Lächeln erreicht dieses Mal sogar seine Augen. Es geschehen noch Zeichen und Wunder.

Wir nehmen in einer Ecke im hinteren Bereich des Diners

Platz. Cam setzt sich neben mich, während sich Sawyer und Jackson gegenüber von uns auf die Bank schieben. Nachdem die Bedienung unsere Bestellung aufgenommen hat, machen wir uns ans Eingemachte.

»Ich kann das Passwort deines Vaters noch immer nicht knacken«, berichtet Sawyer leise. »Du musst mir etwas geben, mit dem ich arbeiten kann.«

»Ich habe dir hunderte von Vorschlägen gesendet. Ich weiß nicht, was ich sonst noch tun kann.« Xavier hat eine Datenbank angelegt, die voller Passwörter ist, die wir bereits ausprobiert haben, und ich sende Sawyer jeden Tag welche davon, um ihn mir vom Hals zu halten.

Keiner sagt ein Wort, als die Kellnerin die Getränke vor uns abstellt und dabei die Jungs überaus auffällig angafft.

Ich kann es ja nachvollziehen. Sie sind megaheiß und es ist schwer, bei ihrem Anblick nicht dahinzuschmelzen. Selbst ich kämpfe darum, meine Gefühle im Zaum zu halten. Versuch aber wenigstens, dabei die Augen im Kopf zu behalten, Mädchen!

»Es würde vielleicht helfen, wenn ich wüsste, wonach ihr sucht«, sage ich und trinke einen Schluck von meinem Wasser.

»Wir wollen seinen Computer durchsuchen *und* wir brauchen Zugang zu seinem Homeoffice«, erwidert Sawyer, wie immer bewusst vage.

Ich schüttle den Kopf. »Dabei kann ich euch nicht helfen. Er hat überall Kameras im Raum installiert und er schließt alles in seinem Safe ein.« Das weiß ich, weil ich sein Büro bereits auf den Kopf gestellt und jeden Zentimeter darin untersucht habe. Er lässt absolut nichts Verfängliches irgendwo liegen.

»Du weißt, wie du die Kameraaufnahmen manipulieren kannst, um deine Spuren zu verwischen«, sagt Sawyer, was mich in größte Alarmbereitschaft versetzt.

Woher weiß er das oder vermutet er es nur?

»Selbst wenn ich euch hineinschleusen könnte, würdet ihr nichts finden. Er ist nicht dumm genug, wichtige Sachen einfach herumliegen zu lassen.«

Cam seufzt schwer und wippt angespannt mit den Beinen.

»Wir brauchen etwas. Das Ganze dauert mittlerweile viel zu lang.«

»Noch einmal: Wenn ihr mir sagt, wonach ihr sucht, kann ich euch vielleicht hilfreichere Vorschläge liefern«, fauche ich.

Cam schlägt mit der Faust auf den Tisch. »Das wird allmählich langweilig. Niemand von uns kauft dir die Nummer des hilflosen kleinen Mädchens ab.«

»Ich tue nicht so, als wäre ich ein hilfloses kleines Mädchen.« Ich blicke ihn eindringlich an. »Ihr scheint meinen Vater erheblich unterschätzt zu haben. Ihr habt keine Vorstellung, mit wem ihr es zu tun habt. Keinerlei Vorstellung.« Ich sehe zwischen den dreien hin und her. »Was auch immer ihr sucht, was auch immer ihr plant, ihr müsst eine Schippe drauflegen, denn eure aktuelle Strategie wird nicht funktionieren.«

»In diesen Schränken werden alle Mikrofilme nach Jahren aufbewahrt, sortiert nach lokalen und nationalen Nachrichten«, erklärt mir die hilfsbereite Bibliothekarin und zeigt mir Reihe um Reihe volle Schränke, die den hinteren Teil des roten Backsteingebäudes einnehmen, in dem die einzige Bibliothek unserer Stadt untergebracht ist. »Wählen Sie einen Film aus, den Sie möchten, und bringen Sie ihn zu einer dieser Maschinen hier. Die an der Seite befestigte Bedienungsanleitung erläutert, wie Sie die Filme laden und sich durch die Bilder navigieren können.«

»Okay, danke. Ich nehme an, dass ich damit zurechtkommen werde.«

»Ich bin Mary. Kommen Sie zu mir, wenn Sie auf Schwierigkeiten stoßen, Abigail.«

»Das werde ich. Vielen Dank noch mal, dass Sie sich die Zeit genommen haben, mir alles zu zeigen.«

Sie lässt mich in diesem leeren Teil der Bibliothek allein, und ich gehe durch die Reihen, bis ich zu den Achtzigern komme und beschließe, dort zu starten. Ich lasse meine Finger über die Boxen gleiten, bis ich auf eine mit der Markierung 1987 stoße. Ich nehme sie mit mir, setze mich an die Maschine und lade den Film, wie in der Bedienungsanleitung angegeben.

Es dauert eine Stunde, den Artikel aus der *Gazette* zu lokalisieren, der zu dem Foto gehört, das Xavier online gefunden hat. Das Bild, das meine Eltern mit Trents und Charlies Vätern, Atticus Anderson sowie Emma und Wesley Marshall zeigt.

Der Artikel handelt von Rydevilles jährlichem Sporttag sowie dem Familienbarbecue und erwähnt außerdem noch die Gründerväter und ihre Nachfolger. Er enthält jedoch nichts weiter Nützliches, was meiner Hoffnung einen Dämpfer verpasst. Ich verbringe eine weitere Stunde damit, mich wahllos durch verschiedene Mikrofilme zu arbeiten, bis ich schließlich die Maschine ausschalte und mich zurücklehne.

Mir war nicht klar, dass es so viele Informationen geben würde, durch die ich mich wühlen muss. Ich könnte locker mehrere Jahre meines Lebens vor dieser Maschine verbringen und würde am Ende vielleicht immer noch mit leeren Händen dastehen. Ich kaue auf dem Ende meines Stifts herum, während ich über unterschiedliche Möglichkeiten nachdenke.

Ich brauche einen besser strukturierten Rechercheplan. Einen, der mit hoher Wahrscheinlichkeit in kürzester Zeit Ergebnisse liefert.

Ich hole einen Block aus meiner Tasche hervor und beginne, eine Liste zu erstellen:

<u>*Alte Elite – Eltern:*</u>

Michael Hearst
Olivia Hearst-Manning (geborene Manning – verstorben)

Christian Montgomery
Sylvia Montgomery (geborene Fleming)

Charles Barron II
Elizabeth Barron (geborene Dasher)

Atticus Anderson
Emma Anderson (geborene Marshall – verstorben)

Neue Elite - Eltern:

Wesley Marshall
Ruth Marshall (geborene Winston)

Ethan Hunt
Ava Hunt (geborene Synnott)

Travis Lauder
Laurena Lauder (geborene Vergara)

Die neue Elite steht im Clinch mit meinem Vater – so viel ist klar –, und in Anbetracht dessen, wie sie alle miteinander verbunden sind, macht es Sinn, sich die Herkunft und Vorgeschichte unserer Eltern anzuschauen.

Mein Bauchgefühl sagt mir, dass ich dort die Antworten, finden werde, die ich suche, und ich habe gelernt, auf diese intelligente innere Stimme zu hören. Deshalb konzentriere ich mich auf die vier Gründerfamilien und die Marshalls; sie alle sind mit Rydeville verbunden. Ich bin mir nur nicht sicher, welche Rolle die Hunts und die Lauders spielen, aber fürs Erste werde ich sie erst einmal beiseiteschieben.

Aber wo genau soll ich mit meiner Suche beginnen?

Ich grüble noch ein wenig länger vor mich hin und definiere die Geburten, Eheschließungen und Todesfälle als logischen Startpunkt, von dem aus ich mich weiter vorarbeite.

Ich weiß, dass mein Vater 1972 geboren wurde und meine Mutter ein Jahr später, von daher macht es Sinn, meinen Fokus auf diese beiden Jahre zu legen. Sie sind alle gemeinsam zur Schule gegangen, was bedeutet, dass sie alle um dieselbe Zeit herum geboren worden sein müssen.

Mary kommt mir noch einmal zu Hilfe, indem sie zwei riesige, staubige und vor allem alte Lederbücher heraussucht und sie zu ihrem Büro trägt, damit ich sie durchsehen kann. Sie scheint mir die Lüge abgekauft zu haben, dass es sich hierbei um Recherchen für ein Geschichtsprojekt handelt, und zuckt nicht mal mit der Wimper, als ich mein iPad öffne, um mir Notizen zu machen.

Es dauert Stunden, mich durch die Geburtsbücher zu arbeiten, aber als die Bibliothek schließt, habe ich eine Liste mit Geburtsdaten und Namen von Eltern und Großeltern. Auch wenn es sich als komplette Sackgasse erweisen könnte, fühlt es sich zumindest nach einem Anfang an.

Leider hat die Bibliothek an Sonntagen nicht geöffnet, darum muss ich bis nächste Woche warten, um wieder herkommen und die Aufzeichnungen zu Eheschließungen und Sterbedaten durchforsten zu können. Ab 1990 stehen diese als Scans zur Verfügung, von daher sollte die Suche einfacher und schneller vorangehen als bei den Mikrofilmen. Ich lasse meine Tasche auf den Rücksitz meines Autos fallen und mache das erste Mal seit Stunden wieder meine beiden Handys an. Ich hatte beide auf stumm gestellt, um mögliche Ablenkungen zu vermeiden, und finde unzählige verpasste Anrufe und Textnachrichten von Xavier vor. In meinem Auto auf dem leeren Parkplatz der Bibliothek sitzend, rufe ich ihn zurück.

»Das wird aber auch mal Zeit, gute Frau! Ich habe dich in einer Tour angerufen!«

»Wo brennt es denn?«

»Ich habe eine Nachricht von Hunt an Marshall mitgehört. Irgendetwas ist heute Abend im Gange und ich denke, wir sollten uns das angucken.«

»*Wir?*«, frage ich ungläubig. Xavier hat immer wieder klargestellt, dass er sich hinter seinem Bildschirm am wohlsten fühlt und der *Feldarbeit*, wie er es nennt, lieber aus dem Weg geht.

»Ja. *Wir.* Sie werden sich auf den Weg zum Grid machen, und dort werde ich dich nicht allein hingehen lassen.«

»Was ist der Grid?«

»Ein Untergrund-Fightclub in Marbay, bekannt für seine

illegalen Kämpfe. Reiche Arschlöcher mit tiefen Taschen wetten dort, was das Zeug hält, und da die ganze Sache nicht genehmigt ist, geht es dort ziemlich heftig zu. Die Menge spielt regelmäßig verrückt und es kommt nicht selten vor, dass auch unter den Zuschauern ein Kampf ausbricht. Die Hölle würde vorher zufrieren, ehe ich dich auch nur eine Meile allein in die Nähe dieses Clubs lasse.«

»Okay, ich hab's kapiert. Wann soll ich dich abholen?«

»Solche Sachen starten immer spät, also komm gegen halb elf Uhr vorbei.«

»Abgemacht.«

20. KAPITEL

»Auf dieses Ding kriegen mich keine zehn Pferde«, grummelt Xavier, verschränkt die Arme vor der Brust und sieht mein geliebtes Motorrad finster an. »Die Teile sind echte Todesfallen.«

»Das würdest du nicht sagen, wenn du jemals auf einem gesessen hättest«, erwidere ich und reiche ihm einen Helm. »Wind umweht dich beim Fahren und du wirst ein richtiges Hochgefühl verspüren, sobald Körper und Maschine eins werden. Es ist völlig anders als alles, was du bisher erlebt hast. Ehrlich, es ist der größte Kick.«

Er sieht noch immer nicht überzeugt aus, was mir ein Schmunzeln entlockt. »Was ist so lustig?«, fragt er.

»Du.« Ich wedle mit der Hand vor ihm herum. »Du siehst mit deinen blauen Haaren, den Tattoos und den Piercings aus wie ein wilder, waghalsiger Punk, aber in Wirklichkeit bist du ein großer, weicher Softie.«

Er zeigt mir den Mittelfinger. »Streich das mit dem *weich* bitte.« Er piekt sich mit einem Finger in den flachen Bauch. »Die Bauchmuskeln sind steinhart.«

»Ich glaube dir«, entgegne ich und grinse. »So, verhältst du dich jetzt weiter wie ein Baby oder lässt du dir ein paar Eier wachsen?«

»Ich steige ja schon auf deine verdammte Todesmaschine. Kein Grund, mich zu beleidigen.« Er täuscht einen Schmollmund an.

»Hüpf endlich aufs Motorrad und hör auf, zu zicken und zu jammern.« Ich verdrehe die Augen, binde meine Haare zu einem Pferdeschwanz zusammen und setze meinen Helm auf.

Xavier hat seine Arme so eng um meine Taille geschlungen, dass es ein Wunder ist, dass ich noch atme, aber immerhin schreit er nicht oder verlangt danach, abzusteigen.

Als wir die Hauptstraße von Marbay erreichen, dirigiert er mich in Richtung Küste. Dann nehmen wir mehrere enge Nebenstraßen, die uns immer weiter weg vom bewohnten Teil der Stadt führen. Wir fahren an weiten, leeren Feldern vorbei, auf denen kein Zeichen von Leben zu entdecken ist, bis wir an eine Gabelung kommen, an der mich Xavier eine gewundene und holprige Straße zu unserer Linken hinunterschickt, die zu beiden Seiten von Wald umgeben ist.

Wir werden ordentlich durchgeschüttelt, während ich das Motorrad vorsichtig über das unbefestigte Terrain lenke. Als Xavier an meinem Ellenbogen zieht, halte ich an. »Park da hinter dem Baum«, weist er mich an, rutscht vom Motorrad und reicht mir seinen Helm.

Ich komme wieder zu ihm zurück, nachdem ich das Motorrad und meinen Helm vor neugierigen Blicken versteckt habe, und ziehe mir die Kapuze meines schwarzen Hoodies über den Kopf. Meine Hände schiebe ich in die Taschen meiner zerschlissenen, hautengen schwarzen Jeans. »Was?«, frage ich, da ich mitbekomme, wie er mich von Kopf bis Fuß betrachtet.

»Ich glaube nicht, dass ich dich jemals zuvor so abgewetzt gesehen habe.« Er grinst. »Du siehst heiß aus.«

Ich schnaube. »Das war nicht meine Intention. Ich wollte nicht auffallen. Dass mich die Jungs hier entdecken, ist das Letzte, was ich gebrauchen kann.«

»Du wirst hineinpassen, außerdem halten wir uns im Hintergrund und beobachten das Ganze aus dem Schatten heraus. Was auch immer passiert, bleib an meiner Seite. Wenn du pinkeln musst, dann mach es jetzt hier im Wald.«

Ich bedenke ihn mit einem stechenden Blick. »Wenn du glaubst, ich würde jemals in der Öffentlichkeit pinkeln, kennst du mich kein bisschen. Bei mir ist alles okay, aber sollte ich müssen, würde ich es einfach verhalten.«

Er schmunzelt. »Du bist echt knallhart.«

Jetzt bin ich an der Reihe, ihm den Mittelfinger zu zeigen.

Wir gehen schnell, aber leise zum Ort des Geschehens und

meine Besorgnis wächst, als wir aus dem Wald auf einen weitläufigen Platz treten, auf dem überall teure Autos, SUVS und auch einige Monstertrucks stehen. Musik dröhnt aus dem riesigen Lagerhaus in der Nähe und das Wellblechdach erzittert leicht, da die Beats den Ort hier im wahrsten Sinne des Wortes zum Beben bringen. Mit hochgezogener Augenbraue sehe ich Xavier an und frage mich, ob wir uns hier auf einem Kampfplatz oder einem Rave befinden.

»Halt den Kopf gesenkt und überlass mir das Reden«, sagt er, als wir auf die Tür zugehen.

Ich befolge seine Anweisung und ignoriere die wachsamen Augen der beiden massigen Kerle, die den Eingang bewachen. Beide sind von oben bis unten mit Muskeln bepackt, haben Glatzen, volltätowierte Arme und Handfeuerwaffen, die sichtbar auf Höhe ihrer Hüfte befestigt sind. »Kapuze runter«, befiehlt einer in kehligen Ton und ich streife die Kapuze ab, ehe ich das Kinn mit mehr Selbstsicherheit nach oben recke, als ich tatsächlich verspüre, und ihm direkt in die Augen sehe.

»Dein Gesicht ist viel zu hübsch, um es zu verstecken«, sagt er anzüglich und lässt seinen Blick über meinen Körper wandern. »Es kommt selten vor, dass wir Frauen bei diesen Veranstaltungen sehen.« Ich ignoriere den Drang, verbal zu kontern, setze eine neutrale Miene auf und lasse mich von ihm abchecken.

Xavier hält dem anderen Typen zwei Tickets hin und dieser scannt sie mit einem Gerät, ehe er rote Bänder an unseren Handgelenken fixiert und zur Seite tritt, um uns Eintritt zu gewähren. Ich lasse die angehaltene Luft entweichen und ziehe mir wieder meine Kapuze über den Kopf.

»Lass dein Haar offen«, flüstert Xavier, »und zieh dir die Kapuze nicht ganz so tief ins Gesicht, damit du nicht aus den falschen Gründen die Aufmerksamkeit auf dich ziehst.« Also löse ich meinen Zopf, lasse meine gelockten Haare lose um mein Gesicht fallen und ziehe die Kapuze nur ganz leicht in meine Stirn. Xavier nickt zustimmend, nimmt meine Hand und führt mich tiefer in den Raum hinein.

Die Halle ist bis zum Anschlag gefüllt und eine intensive Hitze schlägt mir ins Gesicht. Zwei Balkone, die auf der oberen Etage angebracht sind, beherbergen unzählige reiche Arschlöcher in teuren Anzügen, die dort oben wichtigtuerisch mit ihren Drinks in der Hand herumstehen und die Menge hier unten beobachten. Auf der unteren Ebene stehen alle um einen großen, erhöht errichteten Ring, wippen mit den Köpfen im Takt der Rockhymnen, die von den Wänden hallen, und trinken Bier.

Die Menge wird nur spärlich beleuchtet, das Spotlight liegt auf dem Ring. Xavier umfasst meine Hand noch fester, führt uns um den Kampfbereich herum ans andere Ende der Halle und zu einem leeren Platz direkt unter einer Treppe. Von hier aus können wir die eine Seite der Menge und auch den Ring sehen. Es handelt sich dabei aber nicht gerade um einen erstklassigen Platz, von daher sind wir nicht von Menschen umzingelt, was hoffentlich bedeutet, dass wir halbwegs im Verborgenen bleiben können.

Ein lautes Brüllen geht durch den Raum, als ein Mann in grauer Hose und weißem Hemd, dessen Ärmel er bis zu den Ellenbogen hochgerollt hat, im Ring erscheint. Er schreit ins Mikro und seine laute Stimme hallt durch die riesige Halle, während er das Publikum für den ersten Kampf des Abends aufstachelt.

Ich scanne die Menge nach irgendwelchen Hinweisen auf die drei Jungs, kann sie aber in dem nur spärlich beleuchteten und übervollen Raum nicht entdecken. »Wir werden sie hier niemals finden«, schreie ich Xavier förmlich ins Ohr.

Er schiebt mir etwas zu. »Ich werde die Halle auskundschaften. Bleib du hier. Verhalte dich unauffällig. Beweg dich nicht von hier weg. Wenn dir jemand Schwierigkeiten macht, drücke diesen Knopf, dann komme ich sofort wieder zu dir zurück.«

Ich nicke und er verschwindet in der Menge, als die ersten beiden Kämpfer in den Ring steigen. Während Xavier weg ist, beobachte ich das kranke Treiben mit verdrehter Neugier. Niemand bemerkt mich. Alle sind viel zu sehr auf den Kampf konzentriert.

Die barbarische Menge feuert die Kämpfer an, ruft ihnen

Beleidigungen zu und reckt die Fäuste in die Luft, während das blutige Spektakel Runde um Runde weitergeht. Die beiden Typen prügeln sich gegenseitig die Scheiße aus dem Leib. Fäuste fliegen. Blut spritzt in alle Richtungen. Und auch wenn die beiden immer wieder ins Taumeln geraten, sind sie danach sofort wieder auf den Füßen, begierig nach mehr.

Xavier kehrt zurück, als einer der Kontrahenten ohnmächtig auf dem Boden aufschlägt und der Kampf beendet ist. Der Sieger wird verkündet und die Lautstärke der Menge ist ohrenbetäubend. »Wie sieht's aus?«, frage ich und gebe ihm das Gerät zurück.

Er schüttelt den Kopf. »Ich habe keinen von ihnen entdeckt, aber ich glaube, ich habe herausgefunden, warum das so ist«, sagt er und lässt das kleine Gerät wieder in seiner Jeanstasche verschwinden. In diesem Moment betreten die nächsten beiden Kämpfer den Ring.

Die Zeit scheint stillzustehen, als ich die beiden Männer beobachte, und mein Puls beschleunigt sich. Mein Blick ist auf Cams nackte Brust geheftet, der absolut bewegungslos an einer Seite der Seile steht und seinen Gegner mit einem Blick abschätzt, der einerseits beherrscht, andererseits aber auch draufgängerisch wirkt.

Sein Kontrahent ist kein Lappen. Zwar ist er nicht so groß wie Cam, aber dafür hat er breitere Schultern und ist gedrungener gebaut. Sein rasierter Schädel, seine kalten Augen und seine harten Züge strahlen pure Brutalität aus.

Adrenalin pumpt durch meine Adern und eine beispielslose Angst ergreift von mir Besitz. »Heilige Scheiße. Dieser Kerl sieht brutal aus. Er wird Cam vernichten.«

»Du klingst besorgt.« Xavier zieht eine Braue in die Höhe und erwartet eine Antwort auf seine unausgesprochene Frage, doch ich bleibe ihm diese schuldig.

Meine Gefühle für Camden Marshall sind ein Riesendurcheinander epischen Ausmaßes. Eines, durch das ich mich selbst bisher noch nicht einmal durchgearbeitet habe.

»Ich habe ein paar Typen reden hören. Scheint, als wäre Cam

in der Untergrundkampfszene von New York eine kleine Legende, und die Leute sind ordentlich aufgeregt, weil er heute Abend hier ist. Über dreihunderttausend Dollar wurden bereits auf diesen Kampf gesetzt und ich nehme an, es wird in den letzten Minuten noch viel mehr werden.«

»Das kannst du doch nicht ernstmeinen?«

»Todernst. Ich habe von Kämpfen gehört, auf die über eine Million gesetzt wurde. Das ist für die reichen Arschlöcher da oben nur Taschengeld.«

Ich halte den Atem an, als sich Cam in das Zentrum des Rings stellt, noch immer völlig ruhig. Der andere Typ springt von einem Fuß auf den anderen, lässt seinen Nacken knacken und schlägt seine bandagierten Hände alle paar Sekunden zusammen, während er irgendetwas in Cams Richtung faucht.

Cam ist wie eine Statue. Felsenfest steht er da. Ohne zu zucken. Das Gesicht eine harte Maske. Nur seine dunklen, beunruhigten Augen verraten, dass er absolut wachsam ist und seine Umgebung klar wahrnimmt.

Als die Glocke ertönt und der Kampf beginnt, stürzt sich sein Kontrahent auf Cam, der ihm jedoch tänzelnd ausweicht, jeden Treffer vermeidet und selbst keine Anstalten macht, den anderen Kerl zu schlagen. Die Art und Weise, wie Cam seinen kraftvollen, muskulösen Körper bewegt, ist von einer gewissen Eleganz geprägt. Ein Ausdruck fester Entschlossenheit zeichnet seine Züge, und dann zieht er amüsiert die Mundwinkel nach oben. Sein Kontrahent stößt ein lautes Brüllen aus, während die Zuschauer buhen und nach mehr Action verlangen.

Der Kampf intensiviert sich schnell. Mein Atem stockt, als Cam dem anderen mit der Faust ins Gesicht schlägt, dieser daraufhin zurücktaumelt und mit heftig blutender Nase in den Seilen landet. Cam stürzt sich in rasender Geschwindigkeit auf ihn und landet einen Treffer nach dem anderen gegen seinen Schädel und seinen Körper. Mittlerweile ist sein Gesicht verzerrt, eine Mischung aus Wut und Aggression spiegelt sich darauf wider.

Jeder Schlag ist genau kalkuliert.

Sein Körper strahlt reine Gefahr und Stärke aus, und bei Gott, ich bin gerade so erregt, dass ich in den Ring stürmen und mich wie ein Klammeraffe auf ihn stürzen möchte.

»Verdammt«, murmelt Xavier in mein Ohr. »Bitte sag mir, dass du genauso angeturnt bist wie ich.«

»Schuldig im Sinne der Anklage«, sage ich rau, ohne den Blick von Cam zu lassen. Er ist unwiderstehlich und zieht mich selbst über diese Distanz hinweg magnetisch an.

Der gedrungene Typ erholt sich etwas von Cams Schlägen und boxt wild drauflos, wobei er Cam seitlich am Kiefer erwischt und ihn dadurch ein Stück zurückdrängt. Und dann geht es plötzlich richtig los und die beiden fallen mit allem, was in ihnen steckt, übereinander her.

Die Menge beginnt zu toben. Beats dröhnen noch immer aus den Lautsprechern und die Energie in der Luft ist elektrisierend. Auch wenn ich diese Scheiße persönlich nicht gutheiße, fange ich an, den Reiz und die süchtig machende Faszination daran zu verstehen.

Die beiden Kämpfer schlagen weiter aufeinander ein. Es gleicht einem Wunder, dass Cams Kontrahent überhaupt noch etwas sehen kann, da ihm aus einer übel aussehenden Wunde an der Stirn die ganze Zeit Blut ins Auge läuft. Cams Lippe ist aufgerissen und blutet ebenfalls. Außerdem ist sein linkes Auge angeschwollen, aber er sieht noch immer aus, als könne er hundert Runden so weitermachen. Sein nächster Schlag sendet seinen Gegner zu Boden, dann sitzt Cam auch schon rittlings auf ihm und lässt Schläge auf ihn niederregnen. Er hört nicht auf, schlägt immer wieder zu, selbst als klar ist, dass der Kerl nicht wieder aufstehen wird und der Sieg sein ist. Es ist ein beängstigendes Schauspiel reiner Aggression, sämtliche kleinen Härchen in meinem Nacken richten sich auf.

Schließlich wird Cam von seinem Gegner runtergezogen und jemand reißt seinen Arm in die Luft, um seinen Sieg zu besiegeln.

Erst da bemerke ich Jackson und Sawyer, die den Kampfbereich betreten und einen schwitzenden, blutenden und mit Prellungen übersäten Cam aus dem Ring zerren.

»Dieser Typ hat ernsthafte Probleme«, sagt Xavier und zieht mir meine Kapuze etwas tiefer ins Gesicht. »Und ich denke, wir haben genug gesehen. Lass uns bloß von hier verschwinden.«

Ich erhebe keine Einwände und lasse zu, dass er uns einen Weg durch die Menge bahnt und mich an der Hand hinter sich herzieht. Dabei denke ich über die ganze Sache von eben nach. Jetzt verstehe ich, woher die blutige Jeans und das Geldbündel in Cams Schrank kamen. Auch wenn mich die heutige Zurschaustellung auf eine sexy und befremdlich erregende Weise beängstigt, bin ich erleichtert, zu wissen, dass er kein Mörder ist. Nicht, dass ich das jemals wirklich angenommen hätte, aber der Gedanke ist mir durchaus durch den Kopf geschossen.

Cam hat mir nichts von seinem wahren Ich gezeigt, seit er in der Stadt aufgetaucht ist. Er lässt nie jemanden an sich heran, gibt nichts von sich preis, und das hat mich gewurmt. Er beschränkt sich darauf, den höhnischen und kalten Fiesling zu spielen, und diese Rolle spielt er absolut perfekt. Ich habe allerdings bereits vermutet, dass es sich dabei nur um eine Fassade handelt und das nicht der Junge ist, den ich vor so langer Zeit am Strand kennengelernt habe. Heute Abend habe ich noch eine weitere Seite von ihm gesehen. Eine Seite, die völlig im Gegensatz zu dem süßen Typen steht, der mir meine Unschuld genommen hat. Heute bin ich Zeuge seines Schmerzes geworden. Seiner tief verwurzelten Wut. Der Selbstqualen, die ihn innerlich zerreißen. Zwar weiß ich nicht, was die Gründe hierfür sind, aber es erklärt eine Menge.

Ich sollte mich nun viel mehr vor ihm fürchten. Aber das tue ich nicht. Stattdessen fasziniert er mich noch ein Stück mehr.

»Scheiße. Der Typ ist ein verrückter Dreckskerl und verflucht heiß«, stößt Xavier aus, sobald wir draußen angelangt sind und uns einen Weg zwischen den Autos hindurchbahnen, »aber auch beängstigend durchgeknallt.« Er bleibt stehen und legt mir die Hände auf die Schultern. »Ich will ihn nicht in deiner Nähe haben. Er ist total verkorkst im Kopf.«

Ich bin nicht überrascht, dass Xavier dasselbe beobachtet hat. Er studiert die Leute genauso wie ich. »Ich weiß«, stimme ich zu.

»Aber sind wir das nicht alle bis zu einem gewissen Grad?«

Er sieht mir eindringlich in die Augen. »Scheiße. Du stehst auf ihn, oder?«

Ich nicke, da es keinen Sinn macht, es zu leugnen. Dieses Spielchen habe ich mit mir selbst gespielt, seit er in der Stadt aufgetaucht ist. Es ist an der Zeit, der Wahrheit ins Gesicht zu blicken. »Ich möchte es nicht, aber er stellt etwas mit mir an.« Ich beiße mir auf die Unterlippe. »Er ... er gibt mir das Gefühl, lebendig zu sein. Lässt mich so viele verschiedene Dinge fühlen, und das finde ich gleichzeitig aufregend und beängstigend.«

»Mädchen.« Er schüttelt grinsend den Kopf und nimmt meine Hand, ehe wir unseren Weg fortsetzen. »Du bist noch viel durchgeknallter als ich.«

»Mir war nicht klar, dass das ein Wettkampf ist«, witzle ich. »Außerdem dachte ich immer, du wüsstest, wie verkorkst ich bin.«

»Und wunderschön, klug und knallhart«, ergänzt er lächelnd.

»An dem Tag, als ich dich kennengelernt habe, hatte ich wahnsinniges Glück«, sage ich und ziehe an seiner Hand, um ihn zum Stehenbleiben zu bewegen.

Lachend wirft er den Kopf zurück. »Machst du Witze? Du wolltest mir damals die Leber rausschneiden und sie zusammen mit ein paar Favabohnen und einem ausgezeichneten Chianti genießen.«

Wir gehen weiter. »Idiot«, necke ich ihn und lache über seine Anspielung auf *Das Schweigen der Lämmer*. »Das mag am Anfang so gewesen sein, aber das war, bevor ich dich richtig kennengelernt habe. Abgesehen von Jane bist du mein einziger Freund, dem ich mich anvertraue, und ich hoffe, dass du weißt, dass du mir mehr bedeutest, als ich dir für deine Dienste bezahlen kann.«

»Und das wären welche Dienste?«, fragt eine harte Stimme direkt in mein Ohr, während mich jemand von Xavier wegreißt.

21. KAPITEL

»Lass mich los!« Ich kämpfe gegen den Arm an, den jemand von hinten um meine Taille geschlungen hat.

»Hör auf, dich zu wehren, dann mache ich das vielleicht«, knurrt Cam.

»Nimm deine verdammten Hände von ihr!«, brüllt Xavier, und als ich aufblicke, sehe ich, dass Sawyer ihn festhält.

»Hier drüben«, ruft Jackson von der Stelle aus, an der mein Motorrad versteckt ist.

»Ich kann allein laufen«, schnauze ich, doch Cam drängt mich weiter vorwärts, den Arm noch immer um meine Taille gelegt.

»Auf diese Weise macht es aber viel mehr Spaß«, sagt er rau und drückt sein Gemächt gegen meinen Hintern. Mein Körper reagiert sofort, als er seine Erektion an mich presst, und ich höre auf, Einwände zu erheben. Sein Bauch vibriert unter seinem stummen Gelächter. »Ja, das habe ich mir gedacht.« Ich zeige ihm den Mittelfinger und knirsche mit den Zähnen. »Vorsicht, Baby«, murmelt er. »Nach einem Kampf willst du mich besser nicht wütend machen.«

Als wir Jackson erreichen, verstärkt Cam seinen Griff um meinen Körper. Er benutzt seine freie Hand, um mir die Kapuze runterzuziehen und meine Haare zur Seite zu schieben, damit er seine Nase in meiner Halsbeuge vergraben kann. Ehe ich es verhindern kann, entfährt mir ein kleines Wimmern. Jackson bedenkt mich mit einem selbstzufriedenen Blick und Xavier sieht so aus, als wolle er Cam am liebsten den Kopf von den Schultern reißen. Was gefährlich ist, denn nach dem, was wir gerade gesehen haben, kann Xavier nicht erwarten, aus einem Kampf als Gewinner hervorzugehen. »Ich habe gesagt, du sollst deine Hände von ihr nehmen, Arschloch«, fordert Xavier noch einmal mutig und versucht, sich aus Sawyers Griff zu befreien, doch der ist viel größer und breiter gebaut als er.

»Nein.« Cams Ton zeigt an, dass er keine Widerrede duldet. Er beugt sich vor und fährt mit der Zungenspitze meinen Hals entlang, ehe er an der empfindlichen Stelle zwischen diesem und meinem Schlüsselbein saugt.

Meine Beine werden butterweich und ich sacke in seinen Armen zusammen. Auch wenn ich meine Reaktion auf ihn hasse, bin ich dennoch machtlos gegen diese sich anbahnende Katastrophe. Seine Erektion bohrt sich in meinen Hintern, und mein Körper reagiert wie elektrisiert bei dem Gedanken, dass er mich an Ort und Stelle nehmen könnte.

»Ich genieße es, sie anzufassen«, fügt er hinzu, wandert mit einer Hand unter meinen Hoodie sowie mein Tanktop und streichelt über die Haut an meinem Bauch. Seine Berührung ist wie ein Brandeisen und ich beiße mir hart auf die Unterlippe, um das Gestöhne zurückzuhalten, das sich aus meiner Kehle lösen möchte.

»Aw, verdammt, Schönheit«, sagt Jackson und umfasst die Beule in seiner Hose. »Sieh, was du schon wieder angerichtet hast.«

»Abby, was zur Hölle geht hier vor sich?«, fragt Xavier und sieht verwirrt zwischen uns hin und her.

»Was bedeutet er dir?«, presst Cam in giftigem Tonfall zwischen zusammengebissenen Zähnen hervor und gleitet mit seiner Hand weiter nach oben.

»Er ist mein Freund«, keuche ich, zu angeturnt, um angesichts meines offensichtlich erregten Zustands noch peinlich berührt zu sein.

»Freund mit gewissen Vorzügen?«, fragt Jackson vorhersehbarerweise.

Xavier und ich lachen beide los und Sawyer verdreht die Augen. »Ihr zwei Idioten seid so sehr von ihr besessen, dass ihr die Wahrheit nicht mal erkennt, wenn sie euch ins Gesicht starrt.«

Jackson zieht seine Brauen zusammen und mustert Xavier. Dann glätten sich die Falten auf seiner Stirn und er grinst. »War ja klar, dass *du* den Homo ausfindig machst, Kumpel«, sagt er, was Sawyer dazu veranlasst, ihm den Mittelfinger zu zeigen und gleichzeitig Xavier loszulassen.

»Moment mal.« Gewaltsam zerre ich Cams Hand unter meinem Hoodie hervor, trete einen Schritt zur Seite und starre Sawyer mit offenem Mund an. »Du bist schwul?«

Warum habe ich das nicht gemerkt?

Sawyer funkelt Jackson wütend an, weil dieser die Katze aus dem Sack gelassen hat. »Wenn ich das gewusst hätte, hätte ich dich niemals geküsst. Sorry«, sage ich.

»Was?«, kreischt Xavier zur gleichen Zeit, als Sawyer erklärt: »Ich bin bi.«

»Tja, dann nehme ich das zurück«, entgegne ich und bedenke Cam mit einem entsprechenden Blick. »Dann tut es mir nicht leid, dass ich dich geküsst habe.« Ich lecke mir über die Lippen. »Denn es war ein heißer Kuss.«

»Bist du völlig verrückt geworden?«, hakt Xavier nach und wedelt mit den Händen in der Luft herum. »Du kannst dich doch nicht einfach durch die Gegend knutschen. Ganz besonders nicht in diesem Fall!«

»Ich nehme an, dass jetzt ein guter Zeitpunkt ist, um zu erwähnen, dass wir ebenfalls rumgemacht haben«, wirft Jackson wenig hilfreich ein und pustet Rauchringel in die Luft. »Oder dass sie Cam ihre Jungfräulichkeit geschenkt hat.«

Totenstille tritt nach diesem Statement ein und ich würde Jackson nur zu gern mit bloßen Händen erwürgen. »Was denn?« Er blickt irritiert zwischen uns hin und her. »Ihr habt sie gehört. Er ist ihr *bester Freund*.« Jackson schnaubt. »Er weiß es doch ohnehin schon.«

Xavier kommt auf mich zu und in seinen Augen spiegeln sich Schmerz und Wut. »Stimmt das?«

Ich schlucke meine Panik runter und nicke. »Es tut mir leid.«

»Warum hast du es mir nicht gesagt?«

»Du weißt, warum.« Ich strecke meine Arme nach ihm aus, aber er weicht zurück, und ein schweres Gewicht legt sich auf meine Brust. »Bitte, Xavier. Du weißt mehr über mich als jeder andere. Jane eingeschlossen. Aber das konnte ich niemandem sagen. Keiner weiß davon.«

»Sie schon!«, faucht er.

»Ich wusste nicht, wer er ist, als ich mit ihm geschlafen habe! Oder dass dieses Arschloch seine Klappe nicht halten kann.« Ich erdolche Cam förmlich mit meinem Blick.

»Ich war nicht derjenige, der das enthüllt hat«, widerspricht Cam. »Das warst du ganz allein.«

»Jetzt macht das Ganze deutlich mehr Sinn«, meint Xavier und seine Wut richtet sich auf die drei Jungs. »Sie erpressen dich auch noch damit.« Er baut sich ohne ein Anzeichen von Furcht vor Cam auf. »Wenn ich herausfinde, dass du sie genötigt hast, werde ich es mir zum Lebensziel machen, dich dafür bezahlen zu lassen.«

»Nein, Xavier.« Ich ziehe ihn zurück, bevor Cam ihm eine verpassen kann. »So ist es nicht. Na ja, zumindest nicht ganz«, füge ich hinzu, als ich an die Male denke, bei denen er mich ungefragt betatscht hat. Aber ich mache mir nur etwas vor. Wenn er gefragt hätte, hätte ich ihn gelassen. Er besitzt diese unbeschreibliche Macht über mich, die ich nicht erklären kann.

»Was zum Teufel bedeutet das?« Xavier umfasst meine Hüften und zieht mich dicht zu sich heran.

»Das bedeutet, dass dich das partout nichts angeht«, blafft Cam. »Und lass sie los, bevor ich dafür sorge, dass du es tust.«

»Wie bitte?« Ich löse mich aus Xaviers Griff und funkle Cam wütend an. »Du hast nicht zu entscheiden, wer mich berührt und wer nicht.«

»Möchtest du diesen Bullshit noch mal wiederholen?«, fragt er mit so leiser und tiefer Stimme, dass ich am ganzen Körper erschauere. Er tritt ganz nah an mich heran und ich weiche einen Schritt zurück. Sofort überwindet er die Distanz zwischen uns und ich trete erneut nach hinten. Dieses Spielchen spielen wir, bis ich mit dem Rücken gegen einen Baum pralle und zwischen seinen Armen gefangen bin, die er rechts und links von mir am Stamm abstützt. »Ich warte.«

»Da kannst du lang warten, denn für gewöhnlich wiederhole ich mich nicht. Insbesondere nicht bei Arschlöchern, die mich drangsalieren und denken, sie könnten mich herumschubsen und zwingen, mich ihnen zu unterwerfen.«

»Oh, Baby. Wir beide wissen, dass ich dich zu nichts zwingen müsste.« Er presst seinen Körper gegen meinen und ich bete stumm um Widerstandskraft, die ich nicht habe.

»Nimm deine Pfoten von mir«, verlange ich, doch es klingt ziemlich kläglich, was Jackson ein Lachen entlockt.

»Zwing mich dazu. Denn ich kann das die ganze Nacht machen, Süße.« Er beißt mir ins Ohrläppchen, zieht daran und ein herrlich süßer Schmerz jagt durch meinen Körper; löscht jeden logischen Gedanken in mir aus. »Erinnerst du dich, was ich dir gesagt habe? Dass du dich gegen mich wehrst, turnt mich nur noch mehr an«, flüstert er und sein warmer Atem, der über meine Haut streicht, macht mich ganz trunken, während er seinen Schwanz gegen mein Becken drückt. »Und nach einem Kampf bin ich immer megageil.«

»Ich hasse dich«, wispere ich und schlinge meine Arme um seinen nackten, schweißbedeckten Oberkörper.

»Ich hasse dich auch«, flüstert er zurück, packt grob meinen Nacken und zieht mich zu sich heran.

Er plündert meinen Mund, küsst mich hart und leidenschaftlich und dringt dabei bis in die dunkelsten Ecken meiner Seele vor. Ich kralle mich in seinen Rücken, kratze über seine Haut und merke, wie ich mit meinen Nägeln blutige Striemen hinterlasse. Seine Zunge dringt in meinen Mund und nimmt von diesem Besitz. Die Art und Weise, wie er sich über mich hermacht, lässt mich kaum zu Atem kommen. Meine Nippel sind so hart, dass man damit Glas schneiden könnte. Ich bin mir sicher, dass er sie sogar durch meinen Hoodie spüren kann.

Er packt meine Handgelenke und nagelt sie über meinem Kopf fest, während er seinen Schwanz gegen meine Pussy drückt, und ich aufschreie. Als er an meinen Haaren zieht, zucke ich zusammen, lege ihm aber dennoch ein Bein um die Hüfte und reibe mich an seinem Körper, in dem verzweifelten Versuch, die unerträgliche Spannung zu lindern, die sich in mir zusammenbraut. Ich bin kurz davor, ihn anzubetteln, mich auszufüllen, als ein Räuspern durch den leidenschaftlichen Nebel in meinem Kopf dringt und mich daran erinnert, dass wir nicht allein sind.

Heilige Scheiße.

Blinzelnd öffne ich die Augen, drehe meinen Kopf zur Seite und zwinge Cam, seine Lippen von meinen zu lösen. »Lass. Mich. Los«, presse ich zwischen zusammengebissenen Zähnen hervor, aber dieses Mal deutlich bestimmter, und schiebe ihn von mir weg.

»Das war so was von heiß und verstörend erregend«, sagt Jackson, ehe er ergänzt: »Ich habe schon wieder abgespritzt.«

Cam stößt sich mit einem hämischen Grinsen von mir ab.

»Hast du es auf einen Weltrekord abgesehen, Schönheit?«, fragt Jackson zwischen mehreren Zügen an seinem Joint. »Denn das ist schon das zweite Mal, dass ich gekommen bin, ohne dass du mich angefasst hast. Das nenne ich mal wahres Talent.«

»Halt die Fresse, Lauder. Halt einfach mal deine Fresse«, sagt Sawyer und reibt mit Daumen und Zeigefinger seine Nasenwurzel. »Und du!« Er betrachtet Cam mit finsterer Miene. »Entscheide dich verdammt noch mal, denn du machst mich wahnsinnig.«

Cam baut sich vor ihm auf. »Provozier mich ja nicht.« Er schubst Sawyer, doch dessen breite Schultern bewegen sich nahezu keinen Zentimeter. »Und vergiss nicht, wer hier den Ton angibt.«

Ich hatte mich schon mehrmals gefragt, wer von den beiden das Sagen hat; nun bin ich zumindest dahingehend im Bilde. Keine Ahnung, warum Cam andere ganz bewusst denken lässt, dass Sawyer die Fäden in der Hand hat.

»Wir treffen uns gleich bei uns zu Hause«, ordnet Cam an und packt meinen Ellenbogen. »Kommt ja nicht auf die Idee, nicht zu erscheinen, denn andernfalls werden wir einen weiteren kleinen Besuch Chez Manning abstatten.«

Ich entreiße ihm meinen Arm. »Also gut.«

Er deutet auf Xavier. »Dich will ich ebenfalls dabeihaben.«

»Und ich möchte Hozier einen blasen, aber das ist nur ein Wunschtraum.«

Ein boshaftes Grinsen umspielt Cams Mundwinkel. »Ich fände es sehr schade, wenn Abigail den Preis für deine fehlende

Kooperationsbereitschaft zahlen müsste. Ich habe es vermisst, sie zu meinen Füßen knien zu sehen.«

Angewidert verziehe ich den Mund und stapfe an ihm vorbei zu meinem Motorrad. Ich schnappe mir unsere Helme und halte Xavier seinen hin. »Ich muss hier weg, bevor ich einen Mord begehe und dafür ins Gefängnis wandere«, fauche ich, drehe meine Haare zu einem unordentlichen Knoten zusammen und setze meinen Helm auf. Ich steige aufs Motorrad und schmeiße den Motor an, ehe ich Xavier ungeduldig zu mir winke.

»Oh fuck«, sagt Jackson und fällt auf die Knie. »Ich bin erledigt.« Er sendet einen Luftkuss in meine Richtung. »Das ist so verfickt heiß.«

Ich frage mich, ob ihm das viele Gras, das er ständig raucht, ein paar seiner Gehirnzellen durchgeschmort hat oder ob er tatsächlich einfach rund um die Uhr an Sex denkt.

Ein amüsiertes Grinsen erscheint aufs Sawyers Lippen. Cam hingegen sieht aus, als wolle er mich mit bloßen Händen erwürgen.

Was zur Hölle ist sein Problem?

Wahrscheinlich hat er jetzt dicke Eier. Dieser Gedanke entlockt mir ein Schmunzeln. Xavier klettert hinter mir aufs Motorrad und klammert sich wie ein Koalabär an mir fest. Ich lasse den Motor erneut aufheulen, drücke aufs Gaspedal und rase davon. Schmutz und Laubreste spritzen dabei in alle Himmelsrichtungen.

Wir erreichen das Haus vor den Jungs. Sie haben das Tor abgeschlossen, daher parke ich das Motorrad davor, und wir setzen uns, die Knie angewinkelt, auf den Boden und warten darauf, dass die drei auftauchen. Währenddessen diskutieren wir einige Strategien für das anstehende Gespräch und debattieren über die Pros und Kontras, bis wir uns auf einen Ansatz geeinigt haben.

»Was läuft da zwischen dir und den Jungs?«, fragt Xavier. »Und dieses Mal keinen Bullshit und keine Lügen.«

»Ich konnte dir das mit der Jungfräulichkeit nicht sagen und habe noch anderen Kram für mich behalten, weil ich Angst hatte, dass du die Rydeville High stürmen und die Jungs zur Rede stellen würdest.«

»Es tut weh, dass du dich mir nicht anvertraut hast«, gesteht er. »Ich dachte, wir wären Freunde.«

Ich drehe mich zu ihm um und sehe ihn flehend an. »Wir *sind* Freunde. Bitte lass das keinen Keil zwischen uns treiben. Ich erzähle dir ab sofort ja alles, aber du musst mir versprechen, dass du nicht zu einem Schlag gegen sie ausholen wirst. Der beste Weg, es ihnen heimzuzahlen ist der, den wir geplant haben.«

Ich erzähle Xavier alles von Beginn an, vom ersten Treffen mit Cam in Alabama, wo er nicht mehr als ein gutaussehender Fremder war. Er hört mir aufmerksam zu, während ich mir die ganze Geschichte von der Seele rede.

Es fühlt sich so gut an, das alles loszuwerden.

Dann berichte ich ihm von dem Scheiß, der passiert ist, seit die Schule wieder angefangen hat. Einiges davon weiß er bereits, doch das meiste habe ich vor ihm geheim gehalten, da ich nicht wusste, wie seine Reaktion aussehen würde. Als ich fertig bin, springt er auf und läuft aufgebracht auf und ab. Sein Kiefer ist angespannt und er sieht aus, als wolle er gleich jemanden ermorden. »Ich wusste es verflucht noch mal!« Er ballt die Hände zu Fäusten. »Diese verfickten Arschlöcher.«

Ich komme ebenfalls auf die Füße. »Es ist unwichtig.«

»Von wegen! Sie können dir diesen Scheiß nicht einfach antun!«

Ich zucke mit den Schultern. »Sie haben es ja schon gemacht, aber die Dinge werden sich ändern.«

»Wie?« Er packt meine Arme. »Wenn die Sache mit deiner Jungfräulichkeit rauskommt, wird dich dein Vater im wahrsten Sinne des Wortes umbringen. Und ich weiß, dass du Jane nicht den Wölfen zum Fraß vorwerfen wirst.«

»Das ist der Grund, warum wir etwas finden werden, mit dem wir sie erpressen können! Ich weiß, dass es da etwas gibt, und wir werden es ans Tageslicht befördern und diese Wichser damit begraben!«

»Und du bist sicher, dass du das willst? Die Sache zwischen dir und Marshall scheint ... intensiv zu sein. Es sieht nicht so aus, als hättest du sonderlich viel Selbstkontrolle in seiner Gegenwart.«

»Vielleicht verführe ich ihn ja«, kontere ich.

»Tust du das?«

»Nein.« Ich seufze und reibe mir über den Nacken. »Ich habe dir ja gesagt, dass ich völlig verkorkst bin.«

»Mir war nicht klar, dass es so schlimm ist.«

Das leise Brummen eines Motors dringt an mein Ohr und ich sehe über seine Schulter zu dem sich nähernden Wagen. »Sie sind da. Denk daran«, ich fixiere ihn mit zusammengekniffenen Augen, »du hast es versprochen. Wir machen das auf meine Weise.«

Seine einzige Antwort besteht darin, dass er wieder aufs Motorrad steigt, als sich die Türen des Tors automatisch öffnen. Wir folgen Sawyers *Landrover* die Einfahrt hinauf.

Sobald wir abgestiegen sind, stürzt sich Xavier auf Cam. Ich verdrehe die Augen und fluche leise vor mich hin.

So viel zum Thema Versprechungen und Zurückhaltung.

Er rammt seine Faust in Cams Gesicht, während ich mit offenem Mund dastehe. »Das ist dafür, dass du sie attackiert und in der Schule gedemütigt hast, und wenn du sie jemals wieder ohne ihre Erlaubnis anfassen solltest, werde ich dich kaltmachen.« Er schubst seine Brust gegen Cams. »Das ist ein Versprechen.«

Cam überrascht mich, indem er sich umdreht und ins Haus geht, ohne ein Wort zu sagen oder zurückzuschlagen.

Wir folgen Sawyer durch die Haustür in den weitläufigen Eingangsbereich und betreten das riesige Wohnzimmer, das beim letzten Mal, als wir hier waren, als Partyzentrale diente.

Ein massives cremefarbenes Ledersofa bildet den Mittelpunkt des Raumes, alle anderen Möbel sind um dieses herum angeordnet. Cam lässt sich in einen der Ledersessel fallen und seine Beine über der Lehne baumeln. Seine Füße und sein Oberkörper sind nackt, zudem ist der oberste Knopf seiner Jeans nicht zugeknöpft. Er hat eine blutige Lippe, seine Augen und seine Wange sind geschwollen und die ersten blauen Flecken erscheinen bereits an seinem Kiefer und seinem Rippenbogen. Trotzdem ist er noch immer der heißeste Typ, den ich je gesehen habe, und mein Verlangen meldet sich vehement zurück.

Diese verdammten Hormone.

Sawyer setzt sich auf das Sofa und bedeutet uns beiden, dass wir es ihm gleichtun sollen. Jackson kommt aus Richtung der Küche ins Zimmer, kippt eine Flasche Wasser runter und bietet dann auch dem Rest von uns eine an. Er setzt sich im Schneidersitz auf den Boden vor die Couch und zwinkert mir zu. Ich ignoriere den abartigen und immer flirtenden Idioten und trinke ein paar Schlucke Wasser, während ich darauf warte, dass das Verhör beginnt.

»Wer bist du und woher kennst du Abigail?«, fragt Sawyer an Xavier gewandt, ohne groß um den heißen Brei herumzureden.

Darüber haben Xavier und ich bereits gesprochen und ich sehe kein Problem darin, größtenteils ehrlich zu ein, was diese Frage betrifft. Wenn wir bei den offensichtlichen Dingen lügen, werden sie uns auf die Schliche kommen, denn Sawyer verfügt ebenfalls über verdammt gute technische Fähigkeiten, und ich möchte nicht, dass irgendwas hiervon Xavier zum Verhängnis wird.

»Ich heiße Xavier Daniels. Ich bin im Abschlussjahr an der Rydeville University und studiere Informatik. Abby habe ich kennengelernt, als ich versucht habe, mich in ihren Computer zu hacken und Geld von ihr zu erpressen.«

Cam setzt sich aufrecht hin. »Stimmt das?«

»Ja.« Ich nicke.

Sawyer runzelt die Stirn. »Wie seid ihr zwei dann Freunde geworden?«

Xavier grinst. »Weil sie bei unserem Treffen zwar mit dem Geld, aber auch einer geladenen Waffe aufgetaucht ist. Als sie mir den Abzug gegen die Schläfe gedrückt hat, habe ich mir fast in die Hose geschissen, aber dann hat sie mir ein Angebot gemacht, das ich nicht ablehnen konnte.«

»Was für ein Angebot?« Cam lässt seine Arme auf den Knien ruhen und wirkt völlig in das Gespräch vertieft.

Xavier sieht mich an und kommuniziert stumm mit seinen Augen, um sicherzugehen, dass ich das noch immer machen will.

Es ist riskant. Das weiß ich. Aber ich denke, dass das Potenzial das Risiko überwiegt, von daher bin ich gewillt, diesen Plan durchzuziehen. Ich nicke und lasse ihn damit wissen, dass es in Ordnung ist.

Xavier sieht die drei Jungs an. »Sie hat mich gebeten, ihr dabei zu helfen, belastendes Material zu finden, mit dem wir ihren Vater erpressen können.«

22. KAPITEL

Im Raum könnte man eine Stecknadel fallen hören und der Ausdruck auf den Gesichtern der Jungs ist aberwitzig. Sawyer wirkt tief in Gedanken versunken. Cam sieht misstrauisch aus und Jackson schaut seltsam süffisant drein.

»Warum möchtest du deinen Vater erpressen?«, fragt Cam, der mittlerweile eine ausdruckslose Miene aufgesetzt hat.

Ich lache halbherzig. »Was denkst du?«

»Ich weiß es nicht. Darum habe ich ja gefragt.«

Ich seufze, bewege meinen Kopf hin und her und versuche so, meine steife Muskulatur etwas zu lockern. Die Jungs beobachten mich mit Argusaugen, und ich wische mir meine schwitzigen Handflächen an meinen Jeans ab. »Ich hasse ihn«, bekenne ich dann. »Er ist ein schrecklicher Mensch und ein lausiger Ehemann und Vater. Er hat meine Mutter immer geschlagen und sich nicht darum geschert, das zu verbergen. Nachdem sie gestorben war, tat er nichts, um uns zu helfen. Wir waren gerade mal sieben Jahre alt und hatten soeben den einzigen richtigen Elternteil verloren. Er hat uns mit unserer Trauer allein gelassen, rund um die Uhr gearbeitet und ansonsten in seinem Sexkerker rumgehurt, während eine Armee an Personal uns großgezogen hat.« Ich schlucke den schmerzhaften Kloß in meinem Hals hinunter und fahre fort. Alle vier hören mir aufmerksam zu. »Es macht ihn an, andere Menschen zu tyrannisieren, insbesondere Frauen. Er hält alle weiblichen Wesen für schwach. Mein Vater liebt es, mich zu kontrollieren, mir zu sagen, was ich anziehen soll, was ich tun soll und mit wem ich befreundet sein darf. Er besteht darauf, dass ich überall hingefahren werde und mir beständig Bodyguards im Nacken sitzen. Ich habe keine Freiheit und keine Kontrolle über mein Leben. Der einzige Grund, weshalb er mich überhaupt noch duldet, ist sein Plan, mich mit Trent zu verheiraten und dadurch eine starke Geschäftsbindung mit dem Wichser Christian Montgomery einzugehen.«

»Und?«, hakt Cam nach.

»Und ich bin keine Schachfigur, die er einfach für das ruchlose Spiel benutzen kann, das er ausheckt!«, fauche ich. »Außerdem kann ich Trent kaum ertragen. Bei dem Gedanken, mit ihm verheiratet zu sein, wird mir speiübel.«

»Aber ich dachte, du würdest ihn lieben und ach so sehr vermissen.«

Sein arrogantes Grinsen macht mich sauer, aber am besten packe ich jetzt alles auf den Tisch. »Möglicherweise habe ich das gesagt, um dich wütend zu machen.« Ich zucke mit den Schultern. »Und wenn schon!« Er grinst nur noch breiter, bis im Raum gefühlt kein Sauerstoff mehr ist. »Oh, bitte. Sitz da nicht rum und mach einen auf selbstgefällig. Du hast diese Schlampe die letzten zwei Wochen auf deinem Schoß zur Schau gestellt, und wir wissen beide, dass du das meinetwegen gemacht hast.«

Er bedenkt mich mit einem schiefen Lächeln. »Vertrau mir, ich habe davon profitiert.«

Ich balle die Hände zu Fäusten und beiße mir auf die Innenseite meiner Wange. »Vertrau mir, ich weiß das.« Mir wird schlecht. »Ich habe gesehen, wie sie dir einen geblasen hat, während dein Kifferfreund dort drüben sie gefickt hat. Ich hoffe, eure beiden Schwänze fangen an zu gammeln und fallen ab.«

Jackson bricht in schallendes Gelächter aus, lässt sich der Länge nach auf den Boden fallen und hält sich den Bauch, als hätte er Schmerzen.

»Er ist total bekifft«, stellt Xavier fest, »und ich brauche definitiv ebenfalls was von diesem Scheiß.« Er rutscht auf den Boden und stupst Jackson an, damit sich dieser wieder aufsetzt.

»Können wir versuchen, diese Unterhaltung nicht aus dem Ruder laufen zu lassen?«, fragt Sawyer und seufzt genervt. »Warum erzählst du uns das?«

Ich ziehe die Knie an die Brust. »Erstens, weil ihr gefragt habt, und zweitens, weil du erwähnt hast, dass wir vielleicht auf derselben Seite stehen könnten. Womit du recht hast. Folglich dachte ich, dass es an der Zeit ist, aufzuhören, auf Zehenspitzen umeinander rumzuschleichen, und alle Karten auf den Tisch legen.« Er nickt und ermuntert mich weiterzureden. »Ihr hasst meinen

Vater. Ich ebenfalls. Ihr wollt etwas gegen ihn in der Hand haben. Ich auch. Ihr versucht, an seine Computerdateien zu kommen, und wir haben die letzten fünf Monate damit verbracht, genau daran zu arbeiten. Keiner von uns macht genug Fortschritte, aber wenn wir unsere Kräfte bündeln, können wir vielleicht Erfolg haben.«

»Woher wissen wir, dass es sich dabei nicht um eine Falle handelt?«, will Cam wissen. Sorgenfalten bilden sich auf seiner Stirn.

»Das wisst ihr nicht. Ich nehme an, ihr werdet mir einfach vertrauen müssen.« Ich liebe es, ihm seine eigenen Worte um die Ohren zu hauen.

Seine Miene verfinstert sich, als er sofort eins und eins zusammenzählt. »Das ist nicht gerade beruhigend.«

»Hör zu, du Idiot«, geht Xavier dazwischen. »Für Abigail steht viel mehr auf dem Spiel als für euch. Ihr habt etwas gegen sie in der Hand und sie hat vieles zu verlieren. Das sollte genügen. Sie hätte euch nichts von all dem erzählen müssen, aber sie hat es trotzdem getan.«

»Woher wissen wir, dass ihr nicht ebenfalls etwas gegen uns in der Hand habt?«

Ich verenge die Augen zu Schlitzen. »Weil wir es längst benutzt hätten.«

»Woher wusstet ihr, dass ich heute Abend kämpfen würde?«, fragt Cam und starrt mich nieder.

Ich bin stark in Versuchung, zu sagen, dass es sich dabei um einen Zufall handelt, aber das wird mir niemand glauben. Von daher weiß ich, dass ich ein Geständnis ablegen muss. »Weil ich gestern Abend einen Peilsender an Sawyers Handy angebracht habe und Xavier eure Nachrichten mitgelesen hat.«

Cam bedenkt Xavier mit einem bitterbösen Blick.

Doch Sawyer lächelt. Er lächelt *wirklich*.

Das breiteste Lächeln, das ich je auf seinem Gesicht gesehen habe. Außerdem bebt sein ganzer Körper unter dem tiefen Lachen, das er ausstößt und das durch den Raum hallt. »Wow«, sagt er, als er sich wieder gefangen hat. »Bisher hat mir noch nie jemand eins ausgewischt.« In seinen Augen leuchtet plötzlich eine verruchte Absicht auf. »Ich bin so beeindruckt, dass ich dich küssen könnte.«

Cam knurrt. »Wage es ja nicht.«

Jackson und Xavier teilen sich einen Joint und sehen uns mit gänzlich unterschiedlichem Gesichtsausdruck an.

»Du bist viel zu leicht aus der Ruhe zu bringen, wenn es um sie geht, und das ist ein verdammtes Problem«, sagt Sawyer und jegliche Spur von Humor verschwindet aus seinem Gesicht.

»Warum sagst du das immer wieder?«, frage ich und sehe zwischen den beiden hin und her.

»Weil es stimmt«, mischt sich Jackson ein. »Zwischen euch herrscht eine megaheftige Anziehungskraft. Darum schlage ich vor, dass ihr es einfach so lange miteinander treiben solltet, bis sich das Ganze gelegt hat.«

»Wie immer sehr hilfreich«, sage ich und meine Stimme trieft vor Sarkasmus.

»Komm mit mir«, fordert mich Cam auf und hält mir seine Hand entgegen.

»W-was?«, stottere ich.

Er verdreht die Augen und selbst das lässt ihn sexy aussehen. Oh Mann. Ich reibe mir über die schmerzende Stelle zwischen meinen Augenbrauen.

Jetzt klinge ich schon wie Bella Swan, die von Edward Cullen schwärmt. Er wollte ihr das Blut aussaugen. Ich bin mir ziemlich sicher, dass mich Camden Marshall ausbluten lassen und mir die Seele aussaugen würde, wenn ich ihn ließe, insofern ist es wohl ein recht passender Vergleich.

»Ich möchte nur mit dir reden. Das ist alles.« Ich betrachte ihn misstrauisch, unsicher, ob es eine gute Idee ist, mit ihm allein zu sein, da ich in seiner Nähe keinerlei Impulskontrolle habe. »Außerdem muss ich mich waschen und umziehen. Ich werde dich nicht anfassen. Versprochen.«

»Geh mit«, sagt Sawyer. »Du bist in Sicherheit.« Er wirft Cam einen warnenden Blick zu.

Ich stehe auf, ergreife aber nicht seine Hand, sondern folge ihm nur aus dem Raum, die Treppe hinauf und in sein Zimmer.

Es ist wieder abgeschlossen, und ich frage mich, ob das nur eine Angewohnheit ist oder ob sie aus bestimmten Gründen so misstrauisch sind.

Wir treten ein, und er geht ohne ein weiteres Wort ins angrenzende Badezimmer. Ich folge ihm und nehme ihm den Erste-Hilfe-Kasten ab. »Setz dich auf den Klodeckel«, weise ich ihn an und überraschenderweise gehorcht er.

Ich wasche mir die Hände und trockne sie ab, ehe ich ein paar notwendige Utensilien aus dem Kasten hole. Dann drücke ich eine sterile Mullbinde gegen die Jodflasche und tupfe im Anschluss damit vorsichtig über seine Lippe. Sie blutet nicht mehr, aber die Wunde ist angetrocknet und verkrustet. Das Desinfizieren brennt bestimmt, doch er lässt sich nichts anmerken. »Du bist wahrscheinlich daran gewöhnt«, mutmaße ich, während ich seine Lippe gründlich reinige.

Er starrt mich an, antwortet aber nicht.

»Okayyy.« Ich werfe die blutige Mullbinde in den Mülleimer, hole eine weitere heraus und beträufle diese ebenfalls mit der Jodtinktur. Dann säubere ich den Bereich um sein Auge sowie seine geschwollenen Wangenknochen und begutachte mit sanften Fingern die blauen Flecken an seinem Kiefer.

»Wie lang nimmst du schon an Kämpfen teil?«, frage ich und drücke sacht an seinen geprellten Rippen entlang.

»Schon eine Weile«, sagt er zischend und schiebt meine Hand weg, ohne mich loszulassen.

»Sorry.«

Er reibt mit seinem Daumen in kleinen kreisenden Bewegungen über mein Handgelenk. »Du hast nichts falsch gemacht, also entschuldige dich nicht.«

»Warum kämpfst du?«, wiederhole ich und versuche die leichte Wärme, die aufgrund seiner Berührung meinen Arm hinaufkriecht, zu ignorieren.

Er zuckt mit den Schultern. »Warum tun die Leute Dinge, die ihnen Spaß machen?«

»Du hast Spaß daran, andere zu verprügeln?« Ich streichle mit meiner freien Hand über sein zerschundenes Gesicht. »Schmerz zu spüren?«

Er sieht mich eindringlich an, dann herrscht für ein paar Momente Schweigen zwischen uns, ehe er zögerlich nickt. »Du hast mir in jener Nacht, in der wir uns kennengelernt haben, gesagt, dass du etwas Echtes spüren möchtest. Dass du das Gefühl brauchst, die Kontrolle zu haben. Dass du dich lebendig fühlen willst.« Ich erinnere mich daran und nicke. »Manchmal muss ich auch all das fühlen.«

»Und die Kämpfe verschaffen dir dieses Gefühl?«

»Ja.« Er hebt mein Handgelenk zu seinem Mund und küsst dort meine empfindliche Haut.

Für einen Moment senke ich die Lider, doch ich zwinge mich, sie gleich darauf wieder zu öffnen. »Wusstest du in dieser Nacht, wer ich bin?«

Angespannte Stille macht sich breit. »Nein«, gesteht er schließlich und sieht mir direkt in die Augen. »Ich habe erst ein paar Monate später herausgefunden, wer du bist.«

Vielleicht bin ich eine Idiotin, doch ich glaube ihm. »Warum hasst du meinen Vater?«

Er lässt meine Hand fallen und ein kalter, harscher Ausdruck zeichnet seine Züge. Ein Muskel an seinem Kiefer beginnt zu zucken. »Das ist eine Unterhaltung, die wir mit den anderen führen müssen.« Er steht auf und geht in sein Zimmer hinüber, als würde er das gesamte Gewicht der Welt auf den Schultern tragen. »Ich muss verstehen, warum du dich veranlasst fühlst, deinen eigenen Vater erpressen zu müssen.«

»Warum ist das von Bedeutung?«

Er lässt sich auf sein Bett fallen, lehnt den Kopf gegen das Kopfende, und ich setze mich neben ihn. »Erklär es mir.«

Ich lehne mich zurück. »Mein ganzes Leben habe ich eine Rolle gespielt, und das habe ich so dermaßen satt. Der Gedanke, das noch für den Rest meines Lebens tun zu müssen, deprimiert mich unbeschreiblich.«

»Ist das der Grund, warum du damals im Meer warst? Wolltest du dir das Leben nehmen?«

Ich wende mich ihm zu. »Ja, auch wenn ich es nicht im Voraus geplant hatte. Es war mehr eine spontane Reaktion, auch wenn mir der Gedanke schon ein paar Tage durch den Kopf gegangen war.«

»Warum dann? Und warum warst du in Alabama?«

»Meine Tante war gerade verstorben. Sie hatte Krebs«, erkläre ich, und Tränen kommen in mir hoch. »Sie ist die Einzige, die mich jemals wirklich verstanden hat. Sie hat gegen dieses Leben rebelliert und konnte ausbrechen. Ist einen anderen Weg gegangen, hat ihre Leidenschaften verfolgt, und konnte dieses Leben dennoch nie gänzlich hinter sich lassen. Was wir haben, dem kann man niemals ganz entfliehen.« Das ist der Grund, warum ich so darauf fokussiert bin, meinen Vater mit etwas zu erpressen, denn nur dann kann ich wirklich gänzlich frei sein. »Sie war meine letzte Verbindung zu meiner Mutter. Die einzige Verwandte neben Drew, die mich bedingungslos geliebt hat. Ihr Verlust hat mich schwer getroffen.« Die Dinge, in die sie mich auf dem Sterbebett eingeweiht hat, behalte ich jedoch für mich.

Er schweigt kurz. Ich blicke hoch zur Decke und frage mich, wo all das hier hinführen wird. »Und was möchtest du vom Leben?«, will er schließlich wissen.

»Das weiß ich ehrlich gesagt nicht so recht, aber auf alle Fälle möchte ich frei sein und meine eigenen Entscheidungen treffen können.« Ich blicke ihn wieder an. »Ich möchte keine Vorzeigefrau sein. Ich will nicht nur hübsch aussehen und tatenlos dabei zuschauen müssen, wie mein Ehemann hinter meinem Rücken andere Frauen vögelt. Ich will seine grausamen Worte und seine Schläge nicht ertragen und im gleichen Atemzug so tun müssen, als wäre alles rosig. Außerdem will ich ganz sicher nicht nach einer vertraglich festgelegten Zeitleiste Kinder produzieren.« Ich schüttle den Kopf. »Ich würde eher sterben, als ein solches Leben zu führen.«

»Dann geh einfach. Ich bin mir sicher, du hast einen *Treuhandfond*.« Er spuckt das letzte Wort förmlich aus, seine Abscheu ist offensichtlich, aber ich verstehe es nicht.

»Ja, aber warum ist das ein Problem?«

»Ich habe nicht gesagt, dass es eins ist.«

»Das musstest du auch nicht.« Ich setze mich etwas aufrechter hin und sehe ihn prüfend an.

»Sieh mich nicht so an«, schnauzt er.

»Wie genau?«

»Als würdest du mich bemitleiden.«

Ich öffne und schließe den Mund ein paarmal wieder, ehe ich die richtigen Worte finde. »Warum sollte ich dich bemitleiden? Ich versuche nur zu verstehen, warum du angepisst bist. Dein Vater ist reich. Ich bin mir sicher, dass auch du einen Treuhandfond hast, oder möchte er, dass du es im Leben ohne seine Hilfe schaffst? Wenn dem so sein sollte, dann gilt ihm mein Respekt, das kann ich dir sagen.«

Er schnaubt. Seine Augen lodern förmlich, als er mich finster anfunkelt. »Klar, dass du das sagst! Du weißt ja auch nicht, wie es ist, ohne Geld zu leben.«

»Du schon?« Ein Muskel über meiner Braue beginnt zu pochen, während ich ihn anstarre. Ich habe keine Ahnung, worüber er verdammt noch mal redet.

Seine Atmung geht heftig und er knirscht mit den Zähnen. Dann springt er plötzlich ohne Warnung auf. »Ich will darüber nicht mehr reden.«

Launischer Mistkerl.

»Okay.« Ich rutsche vom Bett. »Worüber möchtest du dann sprechen?

»Wir brauchen nicht weiterzureden. Ich habe genug gehört.« Sein Magen knurrt mit einem Mal lautstark.

»Wann hast du das letzte Mal etwas gegessen?«

»Was?« Ein irritierter Ausdruck tritt auf sein Gesicht. Meine aus heiterem Himmel kommende Frage überrascht ihn.

»Wann hast du das letzte Mal etwas Nahrhaftes gegessen?« Ich weiß, wie viel Essen Drew immer verdrückt, und Cam hat gerade erst jede Menge Energie verbraucht, weshalb er wahrscheinlich kurz vorm Verhungern ist.

Er zuckt mit den Schultern. »Vor ein paar Stunden. Ich werde etwas essen, nachdem ich geduscht habe.«

»Ich werde dir etwas zu essen machen, während du duschst.«

»Warum solltest du das für mich tun?«, fragt er misstrauisch und öffnet auch die restlichen Knöpfe seiner Jeans.

»Hast du Sorge, dass ich dich vergiften könnte?«, necke ich ihn und stemme die Hände in die Seiten.

»Der Gedanke ist mir zumindest kurz durch den Kopf geschossen.«

Ich schmunzle. »Wenn ich dich umbringen wollte, würde ich das lang und schmerzhaft machen. Es genießen, dich zu quälen, und sicherstellen, dass du dabei leidest. Ich biete dir an, dir etwas zu essen zu machen, weil ich umso schneller nach Hause kann, wenn wir hier bald durch sind.« Es kostet mich enorm viel Mühe, ihm weiter ins Gesicht zu sehen, als er seine Jeans zur Seite kickt und nur noch in hautengen Boxershorts vor mir steht, die seine enorme Erektion kein bisschen verbergen.

Er senkt die Stimme, als er auf mich zukommt, und mein Puls schießt in die Höhe. »Erpicht darauf, die Flucht zu ergreifen, was?«

»Natürlich. Es ist ja nicht so, dass ich dich sonderlich gern um mich habe.«

Er packt meinen Nacken und zieht mich zu sich heran. Sein Schwanz drückt dabei automatisch gegen meinen Körper und ich presse die Lippen zusammen, um ja nicht loszukeuchen. »Vielleicht hat Jackson ja recht«, wispert er und jagt damit ein Prickeln über meine Haut. »Vielleicht müssen wir uns diese seltsame Anziehungskraft einfach aus dem Hirn vögeln.«

Ich tauche unter seinem Arm hindurch, bevor ich etwas tue, das ich bereuen werde.

Ihm zustimmen etwa.

»Das wird nie wieder passieren.«

»Dann werde ich mir wohl einfach vorstellen, wie deine enge Pussy meinen Schwanz umschließt, während ich es mir unter der Dusche selber besorge«, sagt er lässig, und mein Mund wird staubtrocken, als er seine Boxershorts auszieht und seine Erektion umfasst. »Oder ich stelle mir vor, wie du auf den Knien meinen Schwanz lutschst«, fügt er hinzu und grinst schadenfroh, als er mein Unbehagen bemerkt.

Ich reiße mich zusammen, straffe die Schultern und hebe das Kinn. »Tu das, denn näher wirst du Sex mit mir nie wieder kommen.«

Das Bild von Cams beeindruckendem Schwanz kriege ich nicht mehr aus dem Kopf, und es ist ein Wunder, dass ich es schaffe, etwas Genießbares auf den Tisch zu bringen. Die anderen haben ebenfalls ihren Hunger verkündet, als sie mitbekommen haben, dass ich für Cam koche, und so habe ich am Ende Steak und Salat für alle vier Jungs gemacht.

»Das ist verdammt lecker«, nuschelt Jackson mit halbvollem Mund. »Jetzt bin ich erst recht davon überzeugt, dass du Marshalls neue Fickfreundin werden solltest. Dann kannst du die ganze Zeit hierbleiben und für uns kochen.«

Ich verpasse ihm einen Klaps auf den Hinterkopf. »Träum weiter. Warum fragst du nicht seine aktuelle Fickfreundin, ob sie für euch kocht – wobei ich bezweifle, dass Rochelle sonderlich gute kulinarische Qualitäten besitzt.«

»Apropos Kochkünste«, schaltet sich Sawyer rasch ein. »Wo hast du gelernt, sowas zuzubereiten? Habt ihr keine Küchenangestellten?«

»Doch. Mrs Jenkins leitet die Küche und sie hat mir gezeigt, wie man kocht. Als meine Mom noch gelebt hat, haben wir immer Cupcakes, Kekse und andere Backwaren gemacht. Ich habe diese gemeinsame Zeit mit ihr geliebt. Als sie nicht mehr da war, und während Dad und Drew in Parkhurst waren, habe ich diese Zeit gern mit Mrs Jenkins verbracht. So habe ich mich weniger allein gefühlt.« Ich zucke mit den Schultern und werde rot. Sofort bereue ich meinen kleinen emotionalen Ausbruch.

»Erinnere mich daran, mich bei ihr zu bedanken«, sagt Jackson und schenkt mir ein sanftes Lächeln, das aufrichtig wirkt. »Denn sie war dir eine gute Lehrerin.«

»Es sind nur Steaks und Salat«, murmle ich, da ich mich bei

seinem Lob unbehaglich fühle.

Ich stehe auf und räume die Küche zusammen, während die Jungs schweigend ihr Essen vertilgen, und bin überrascht, als Cam die Reste auf den Tellern entsorgt. Danach spült er sie ab und reiht sie ordentlich in der Spülmaschine auf, was ich jedoch unkommentiert lasse. Wir bleiben in der Küche; Sawyer und Cam kochen Kaffee, während Jackson kurz im Badezimmer verschwindet. »Geht es dir gut?«, flüstert Xavier und verschränkt unter dem Tisch unsere Finger miteinander.

»Ja«, flüstere ich zurück. »Es würde mir allerdings besser gehen, wenn wir endlich fertig wären und nach Hause fahren könnten. Sie gehen mir allmählich unter die Haut.«

»Es war interessant«, gesteht er und nickt.

»Worüber flüstert ihr zwei?«, will Cam wissen und betrachtet unsere miteinander verschränkten Finger aus zusammengekniffenen Augen. Ein Funke Irritation blitzt in ihnen kurz auf, gemeinsam mit etwas noch Dunklerem, das jedoch verschwunden ist, ehe ich es entziffern kann.

»Nichts Wichtiges«, erwidere ich und nehme den Kaffeebecher, den er mir entgegenhält. Unsere Finger berühren sich dabei und es fühlt sich an, als hätte ich direkt in eine Steckdose gegriffen. Wenn wir zukünftig als gemeinsames Team arbeiten werden, kann ich bei aller Liebe nicht sagen, wie lang ich der Versuchung widerstehen kann.

Als alle am Tisch sitzen, stelle ich meine Frage erneut. »Warum hasst ihr meinen Vater und wonach sucht ihr?«

Die drei sehen einander an und kommunizieren stumm miteinander. Xavier und ich tauschen einen wissenden Blick und fragen uns, wie viel von der Wahrheit sie preisgeben werden. Es gibt viele Gründe, warum sie meinen Vater nicht ausstehen könnten, aber ich vermute, dass es etwas mit seinen Geschäften zu tun hat.

Ich hätte nicht mehr danebenliegen können.

»Es versteht sich von selbst«, sagt Sawyer, »dass alles, was wir hier besprechen, vertraulich ist und unter uns bleibt.«

»Natürlich«, bestätige ich. »Und wir erwarten, dass ihr ebenfalls Stillschweigen bewahrt. Wir haben alle etwas zu verlieren.«

Sawyer nickt Cam zu.

Cam legt seine Ellenbogen auf dem Tisch ab und Wut lodert in seinen Augen auf, als er sagt: »Dein Vater hat meine ... Tante umgebracht und ich will, dass er dafür bezahlt.«

23. Kapitel

Für einen Moment bin ich sprachlos, finde jedoch schnell meine Stimme wieder. »Sprichst du von Emma Anderson?« Stirnrunzelnd blicke ich zwischen ihnen hin und her. »Hat sie sich nicht selbst das Leben genommen?«

»Dein Vater hat es wie einen Selbstmord aussehen lassen.«

»Woher weißt du das?« Ich bezweifle ja nicht, dass er abscheulich genug ist, so etwas zu tun, aber selbst für ihn scheint das etwas weit hergeholt.

»Die Tante, die du oben erwähnt hast«, sagt Cam. »Dabei handelte es sich um Genevieve?« Ich nicke. »Deine Tante kannte meinen Vater aus ihren Tagen an der Rydeville High und sie bat ihn kurz vor ihrem Tod um ein Treffen. Sie erzählte ihm, dass deine Mutter davon ausging, Michael habe Emma ermordet.«

Er schluckt heftig und sein Adamsapfel hüpft dabei in seiner Kehle auf und ab. »Anscheinend hatte deine Mom Beweise dafür, aber sie starb, ehe sie sie verwenden konnte.«

»Welche Beweise?« Mein Herz hämmert wie wild in meinem Brustkorb, und ich frage mich, ob das der Grund ist, warum mein Vater meine Mutter umgebrachte. Die andere Möglichkeit ist, dass Tante Genevieve in der Zeit bis zu ihrem Tod die Kontrolle über ihren Verstand verlor. Aber daran glaube ich nicht wirklich. Sie schien völlig klar zu sein. Wenn es sich um irgendeinen anderen Mann und irgendeinen anderen Ort handeln würde, wäre ich sehr misstrauisch, was die Anschuldigungen meiner Tante auf ihrem Sterbebett betreffen. Dass sie mir erzählte, mein Vater habe meine Mutter getötet, und Cams Vater der Ansicht ist, mein Vater habe seine Schwester ermordet, wirkt wie eine kaum vorstellbare Häufung von Zufällen. Mein Bauchgefühl sagt mir, dass es die Wahrheit ist. Und dass wir vielleicht endlich ein Stück weiterkommen.

»Sie hat das Rezept für die Medikamente gefunden, die verwendet wurden, um mein ... ihr Leben zu beenden. Der Arzt deines Vaters hat es ausgestellt, nicht der Hausarzt von Emma

Anderson, der sie ihr ganzes Leben lang behandelt hatte. Und deine Mom verfügte über Beweise, dass Hearst diese bezahlt hatte.« Er krampft die Finger so fest zusammen, dass die Haut an seinen Knöcheln ganz weiß wird, und ein Muskel zuckt immer wieder an seinem Kiefer. Er sitzt so steif auf seinem Stuhl, als wären alle Sehnen und Muskeln seines Körpers zum Zerreißen gespannt.

»Und wo sind diese Beweise jetzt?«

»Dein Vater hat sie«, sagt Sawyer leise.

»Er hat meine Mutter deswegen umgebracht«, schlussfolgere ich und sacke auf meinem Stuhl zusammen. Diese Feststellung nimmt mir allen Wind aus den Segeln. Ich hatte gedacht, er hätte sie getötet, weil sie fliehen wollte. Doch vielleicht machte er es aus zweierlei Gründen.

»Du wusstest es?«

»Als Drew und ich älter wurden, begannen wir den Verdacht zu hegen, dass er ihr etwas angetan hatte. Wir erinnern uns beide daran, wie wir uns als Kinder weinend und verängstigt unter unseren Bettdecken verkrochen und Moms Schreie hörten, während er sie schlug. Er geriet wegen der kleinsten Sachen in Rage und stets war es Moms Schuld.« Ein vereinzelter Schluchzer entweicht meiner Kehle, und ich senke die Lider, um die Erinnerungen wegzublinzeln. »Doch ich fing die Wahrheit erst zu akzeptieren an, als Tante Genevieve mir erzählte, dass sie davon ausging, mein Vater habe den Autounfall meiner Mutter inszeniert.«

»Und was ist mit deinem Bruder?«, fragt Jackson. »Wie steht er zu all dem?«

Ich schlucke den Kloß in meinem Hals hinunter. »Drew hasst ihn auch, aber ... er möchte das Familiengeschäft übernehmen und weiß, dass er ihn auf seiner Seite braucht, von daher ...« Ich kann es nicht aussprechen, darum breche ich mitten im Satz ab.

»Er ist zufrieden damit, so zu tun, als wäre es niemals passiert«, knurrt Cam und seine warmen braunen Augen werden fast schwarz.

Ich möchte nicht über meinen Bruder herziehen, solange er nicht hier ist, um sich zu verteidigen. Wir haben über die Jahre oft genug darüber gestritten, und ich werde dieses Thema nicht mit einer Gruppe Jungs besprechen, denen ich misstraue, darum ignoriere ich Cams Aussage. Ich umfasse Xaviers Hand unter dem Tisch. »Xavier und ich haben versucht, es zu beweisen, aber alle Indizien deuten derzeit darauf hin, dass es ein Unfall war.«

»Weil dein Vater die hiesigen Behörden geschmiert hat«, meint Cam. »Er hat sie alle in der Tasche; du kannst keinem der Berichte glauben, die du gefunden hast. Sie sind alle fingiert. Genau wie die Berichte über den Selbstmord meiner Tante.« Er erstickt fast an seinen Worten, und ich strecke ohne Zögern meine freie Hand nach seiner aus. Er richtet den Blick auf seine Knie, wo meine Hand auf seiner liegt, und seine Brust bebt. Als er den Kopf hebt, irritiert mich der Ausdruck puren Hasses, der mir entgegenströmt.

Rasch ziehe ich meine Hand zurück, weigere mich aber, seinem Blick auszuweichen. »Gibst du mir die Schuld für die Taten meines Vaters? Hasst du mich deshalb so sehr?«

»Ich verabscheue alles an dir. Die verwerflichen Taten deines Vaters brauche ich nicht, um mich davon zu überzeugen.«

Ein stechender Schmerz durchfährt meine Brust, aber ich werde ihm nicht das letzte Wort überlassen. »Du denkst, du kennst mich, aber das tust du nicht. Du weißt gar nichts über mich!«

Er springt auf und sein Stuhl fällt krachend zu Boden. »Ich weiß, dass es dir in deinem Leben an nichts gefehlt hat!«, schreit er. »Du bist in dieser abartigen Villa aufgewachsen, von vorn bis hinten bedient worden, schwimmst in Geld. Du und dein Bruder, ihr habt die Taten eures Vaters ignoriert. All das hast *du* getan! Du hast an schicken Abendessen teilgenommen, bist zu Ballett- und Theateraufführungen gegangen und hast so getan, als wärt ihr nicht alle Monster unter der Fuchtel des überheblichen Arschlochs!« Speichel trifft auf seine Lippen, und sein ganzer Körper ist darauf ausgerichtet, anzugreifen.

»Fick. Dich.« Ich stehe auf. »Ich bleibe nicht hier, um so mit mir reden zu lassen.« Insbesondere nicht, nachdem ich ihm zuvor mein Herz ausgeschüttet habe und er das jetzt gegen mich verwendet.

»Tu, was du am besten kannst, Süße.« Cam baut sich vor mir auf und beugt sich ganz nah zu mir herunter. In diesem Augenblick habe ich absolut keine Ahnung, wer er ist. Ich dachte, wir hätten heute Abend ein paar Fortschritte gemacht, aber da liege ich wohl falsch. »So tun, als würde all die Scheiße nicht passieren.«

Xavier springt auf, bereit, gleich zu explodieren, aber ich halte ihn am Arm fest, damit er sich zurückhält. Auch Sawyer erhebt sich, zieht mich hinter sich und beschützt mich so vor Cams Ausbruch, was mich angenehm überrascht. »Du musst dich beruhigen und an das größere Ganze denken.«

»Scheiß auf diese Kacke, ich kann das nicht tun«, ruft Cam aus, ehe er aus der Küche stürmt.

»Hierbei geht es nicht wirklich um dich«, versucht Sawyer, mich zu beschwichtigen, und dreht sich zu mir um. »Du bist nur eine leichte Zielscheibe.«

»Bullshit.« Ich schüttle den Kopf. »Du hast mir gesagt, er wäre darauf konditioniert, mich zu hassen. Und genau das war das eben.«

»Es ist hart, falsche Vorstellungen, an die man sein ganzes Leben über geglaubt hat, abzuschütteln«, erwidert Sawyer.

»Willst du damit andeuten, dass die Marshalls mich und meinen Bruder hassen, weil wir in Reichtum aufgewachsen sind und so getan haben, als hätte unser Vater Cams Tante nicht getötet?« Meine Stimme steigt ein paar Oktaven. »Merkst du, wie lächerlich das klingt? Und verdammt heuchlerisch noch dazu, da seine Familie genauso viel Heu hat wie meine.« Innerlich bin ich mittlerweile am Kochen und mir ist klar, dass ich hier wegmuss. »Xavier, wir verschwinden.«

»Ich wollte nicht, dass der Abend so endet.« Sawyer seufzt. »Können wir uns darauf einigen, dass wir das Gleiche wollen, und uns ein anderes Mal noch einmal treffen, um zu besprechen, wie wir unsere Bemühungen vereinen können?«

»Unter einer Bedingung.« Ich verschränke die Arme vor der Brust und sehe ihn kühl und herausfordernd an.

»Welche Bedingung?«

»Dass ihr Montag in der Schule nicht interveniert. Ihr lasst die Dinge so passieren, wie sie passieren sollen.«

»Was geschieht am Montag?«, fragt Jackson und beendet damit sein Schweigen.

»Die Dinge kehren wieder zur gewohnten Ordnung zurück.«

Sawyer zieht die Augenbrauen hoch. »Wir werden nicht intervenieren, solange es uns nicht betrifft.«

»Das tut es nicht.«

Wenn ich sie vernichte, wird das auf Grundlage eines viel ausgeklügelteren Plans geschehen.

»Dann sind wir uns einig. Tu, was du tun musst.«

Jackson grinst. »Ich freue mich auf die Show.«

Ich bedenke ihn mit einem schmallippigen Lächeln. »Macht das Beste aus eurer Zeit mit eurer Fickfreundin, denn das wird sie nicht mehr lange sein.«

Er zuckt mit den Schultern. »Ich bin sowieso mit ihr durch. Rochelle kann toll blasen, aber sie ist eine weinerliche Zicke. Es gibt noch viel mehr Mädchen da draußen.«

»Gesprochen wie ein wahrer Hurenbock.« Kopfschüttelnd gehe ich in Richtung Tür.

Sawyer eskortiert Xavier und mich zur Haustür, wo ich eine letzte Bedingung stelle. »Sag dem Wichser, dass er sich ab jetzt wieder selbst sein Mittagessen holt.«

»Weiß jeder, was zu tun ist?«, frage ich ein letztes Mal, ehe wir das Schulgelände betreten und unseren Plan in die Tat umsetzen.

»Absolut«, antwortet Chad. »Wir schaffen das und werden dich nicht im Stich lassen.«

Ich drehe mich zu unserer kleinen zusammengewürfelten Truppe um. »Danke, ohne euch hätte ich das nicht durchziehen können. Das werde ich euch nicht vergessen.« Ich schenke ihnen ein aufrichtiges Lächeln. »So, und nun lasst uns die alte Ordnung wiederherstellen.«

Wir drehen frühzeitig unsere Runde, damit wir noch genug Zeit haben, um zu beobachten, was gleich passieren wird.

Nach und nach füllen sich die Korridore der Schule mit Schülern und Schülerinnen und alle tauschen verwirrte Blicke, als sie die Umschläge entdecken, die an ihren Spinden kleben. Geschrei und Gekeuche wird laut, als sie diese öffnen, und Stolz erfüllt mich.

Es ist unglaublich, wie viele Geheimnisse wir aufdecken konnten, und niemand wurde verschont. Nicht der Junge, dessen Vater den hiesigen Priester vögelt. Nicht das Mädchen mit der fragwürdigen Herkunft, dessen Eltern ihrer lateinamerikanischen Haushaltshilfe einen großzügigen Bonus bezahlten, bevor diese vor siebzehn Jahren die Stadt verließ. Und erst recht nicht die Familie, die verheimlicht, dass ihr Vermögen auf der Bank deutlich weniger Nullen aufweist, als behauptet.

»Du bist ja ganz schön mutig«, sagt Wentworth und hält mir seinen Umschlag unter die Nase. Seine Ohren sind feuerrot. »Und wenn du glaubst, diese kleine Aktion würde alle zurück auf deine Seite bringen, bist du noch bemitleidenswerter als ohnehin bereits.«

Ich strecke den Rücken durch und Chad tritt näher an mich heran. »Wenn du glaubst, ich würde es nicht ernstmeinen, dann bist du der Gelackmeierte. Mir ist schnurz, ob du das Risiko eingehen willst.« Wentworth ist ziemlich dumm und ich bin mir sicher, dass er es darauf ankommen lassen wird. Ich werde es fast genauso genießen, an ihm ein Exempel zu statuieren, wie an Rochelle.

»Jeder weiß, dass du Cams kleiner Fußabtreter bist. Er wird ausrasten, wenn er Wind von dieser Scheiße hier bekommt.«

»Darauf würde ich nicht wetten, aber bitte, nur zu.«

Er sieht so aus, als wolle er mich schlagen, aber nicht mal er ist so töricht. Stattdessen stürmt er davon und beschimpft mich über seine Schulter hinweg, während ich mich darüber freue, nie wieder sein schäbiges Gesicht sehen zu müssen.

Ich klettere auf den Stuhl vor dem Zimmer der

Krankenschwester und forme meine Hände zu einem Trichter. »Hört alle zu«, rufe ich so laut, dass meine Stimme durch den Korridor hallt. Alle Gespräche verstummen und Stille senkt sich über den Gang. »Eure kleine Auszeit ist hiermit beendet. Die normale Ordnung ist ab sofort wiederhergestellt. Ihr kennt die Regeln. Befolgt sie oder tragt die Konsequenzen. Und solltet ihr denken, dass ich bluffe – nein, das tue ich nicht. Solltet ihr mich auf die Probe stellen, werde ich den Inhalt eures Umschlags überall verbreiten. Gehorcht und ihr habt von mir und den anderen Mitgliedern der Elite nichts zu befürchten, wenn sie zurückkommen.« Ich lasse meinen Blick über meine Zuhörerschaft wandern und sehe Tränen, rote, wutverzerrte Gesichter und jämmerliches Entsetzen. »So, und jetzt geht zum Unterricht, damit ihr nicht zu spät kommt.«

Chad hilft mir vom Stuhl, als ein mir nur allzu bekanntes Lachen an mein Ohr dringt.

»Nette Rede, Schönheit«, sagt Jackson und zwinkert mir zu.

»Kann ich noch immer auf eure Kooperation zählen?« wende ich mich an Sawyer.

»Definitiv. Wir sind alle an Bord.«

Mir ist klar, dass er damit insbesondere Cam meint, aber ich brauche weitere Bestätigung. Ich sehe diesen eindringlich an und versuche angesichts der blauen Flecken in seinem Gesicht und seines geschwollenen, blau-schwarz verfärbten Auges nicht zusammenzuzucken. »Und ist sich Seine Majestät dessen bewusst, dass ich nicht länger sein Punchingball bin?«

»Er hat doch gesagt, dass wir alle an Bord sind, oder?«, presst Cam hervor. »Ich gebe dir mein Wort.«

Ich schnaube. »Als würde das irgendwas bedeuten.«

»Darüber werde ich nicht noch einmal mit dir diskutieren«, stellt er klar und stapft davon, ohne auf seine Freunde zu warten.

»Ach herrje. Habe ich gerade etwas Falsches gesagt?«

»Ungezogen, Abigail. Sehr, sehr ungezogen. Und dir ist bewusst, dass er dich dafür bezahlen lassen wird«, sagt Jackson.

Obwohl mir klar ist, dass er das als Drohung meinte, kann ich nur daran denken, auf welch köstliche Weise mich dieses

Arschloch leiden lassen kann, und starte in meinem Kopf bereits einen entsprechenden Countdown.

Der morgendliche Unterricht verläuft ohne Vorkommnisse, aber genau wie erwartet, fügt sich nicht jeder meinem Gebot, weshalb ich in der Mittagspause zum zweiten Teil meines Plans übergehe, sobald alle in der Cafeteria Platz genommen haben. Die meisten der Abtrünnigen aus dem inneren Zirkel sitzen wieder an unserem Tisch, und ich empfange sie herzlich zurück, woraufhin sie sich sichtbar entspannen. Sie wissen ja nicht, dass ich ihre Bestrafung den Jungs nach deren Rückkehr überlasse. Unter keinen Umständen können wir zulassen, dass sie denken, sie könnten sich ohne Konsequenzen gegen die Regeln auflehnen.

»Bereit?«, fragt Chad, dessen Finger über einem der Knöpfe seines iPads schwebt.

»Tu es.«

Unzählige Handys im Raum fangen an zu piepen, und ich lächle, als alle den Gruppenchat öffnen, den wir soeben herumgeschickt haben.

»Du verdammte Hure!«, schreit Rochelle, springt auf und stürzt auf mich zu, dicht gefolgt von Jackson, Sawyer und Cam. Chad und ein paar der anderen Jungs stoppen sie, ehe sie mich erreichen kann, und halten sie fest. »Du dreckige Schlampe!«, kreischt sie und versucht, sich aus dem Griff der Jungs zu befreien. Offensichtlich lechzt sie nach meinem Blut.

»Hör auf, mir meine Worte zu stehlen, Rochelle, oder sollte ich dich *Chastity* nennen?« Ich kichere. »Oh, diese Ironie.« Ich gehe um sie herum, als um uns herum *Chastity*-Rufe laut werden. »Ich wusste, dass du eine Hure bist, aber mir war nicht klar, dass du dich auch für Geld prostituierst. Ich dachte, du würdest deine Beine gratis spreizen.« Ich schüttle spöttelnd den Kopf. »Als ein aufrechtes Mitglied dieser Gemeinde habe ich es als meine Pflicht erachtet, deinen *Arbeitgeber* darüber zu informieren, dass du noch minderjährig bist.« Ihre Nasenflügel beginnen zu beben, was mich nur noch mehr anspornt. »Tja, leider bist du gefeuert.« Ich bedenke sie mit einem entschuldigenden Blick, der aufgesetzter nicht sein könnte. »Aber ich konnte nicht anders, als mich zu fragen, was eine Highschoolschülerin im Abschlussjahr überhaupt erst dazu bewegen könnte, sich vor der Kamera auszuziehen und Sexspielchen für irgendwelche dahergelaufenen Perverslinge zu performen? Aus Geldgründen konnte es nicht sein. Nicht, wenn ihr Vater ein leitender Börsenmakler in einer der größten Maklerfirmen in Massachusetts ist.«

Erneut gehe ich um sie herum und bin mir dabei sehr genau der Zuschauer bewusst – nun, zumindest der Hälfte der Anwesenden, die nicht wie gebannt die Show auf ihren Handys verfolgt. Ich habe halt einen Hang zum Dramatischen. Ein großer Bildschirm senkt sich von der Decke herab und ich strecke meine Hand nach der Fernbedienung aus. Chad reicht sie mir und ich lächle Rochelle an, ohne das kleinste bisschen Mitgefühl.

Jackson, der die ganze Sache mehr als genießt, grinst breit, und ich werfe ihm einen Luftkuss zu.

»Stell dir meine Überraschung vor«, fahre ich mit lauter, durch den Raum hallender Stimme fort, »als ich entdeckt habe, dass du kurz davor bist, wegen unbezahlter Schulgebühren von der Schule ausgeschlossen zu werden.« Ich umkreise sie wie ein Jäger seine Beute und schalte den Fernseher an, drücke jedoch fürs Erste auf Pause. Tränen rinnen ihre Wangen hinab, als sie ihren Vater auf dem Bildschirm erkennt. Ein winziger Funke von Reue flackert in meinem Inneren auf, aber ich mache weiter, wobei ich mir all die Dinge vor Augen führe, die sie mir angetan hat.

Nicht ich bin schuld. Sie hat sich das selbst zuzuschreiben. Wenn sie keinen Krieg mit mir angezettelt hätte, wäre ich nicht mit vollem Arsenal auf sie losgegangen. »Dann habe ich verstanden, warum du dich vor der Kamera entblößt und dich hinter dem Rücken deines Arbeitgebers mit Kunden getroffen hast, um gegen Bezahlung Sex mit ihnen zu haben.« Ich starre Cam an, als ich die nächsten Worte sage. »Kein Wunder, dass sich die Jungs in der Schule darüber beschwert haben, wie ausgeleiert du bist. Hoffen wir, dass sie alle Kondome benutzt haben, bevor sie ihren Schwanz in dich reingesteckt haben, denn sonst wäre vielleicht ein Besuch beim Arzt angeraten.«

»Damit wirst du nicht davonkommen«, schluchzt Rochelle.

»Oh, ich denke schon.« Ich beuge mich zu ihr. »Und dein ehemaliger Boss ist nicht gut auf dich zu sprechen. War dir nicht bewusst, dass das Treffen von Kunden für Sex einen Vertragsbruch darstellt und dass es vor allem gegen das Gesetz verstößt?« Ich schaue auf die *Tag Heuer* Uhr an meinem Handgelenk. »Die Cops werden ihm ungefähr in diesem Moment einen Besuch abstatten.« Der Widerling verdient es. Es fühlt sich an, als würde ich mit der Lahmlegung seines Geschäfts eine gute Tat begehen. »Nachdem sie deinen Nichtsnutz von einem Vater an das FBI übergeben haben.« Ich drücke *Play* und der CNN Newsfeed startet auf dem Bildschirm. Rochelle sackt gänzlich in sich zusammen, als der Reporter bestätigt, dass ihr Vater verhaftet wurde und ihm verschiedene Betrugs- und Veruntreuungsdelikte vorgeworfen werden.

Wie es scheint, hatte er ein paar zwielichtige Nebengeschäfte am Laufen, und als diese nicht aufgingen, musste er sich Geld aus den Fonds des Unternehmens leihen, für das er arbeitete. Dadurch buddelte er sich ein immer tieferes Loch und verlor immer mehr Geld. Er hat nicht nur seine eigene Familie bankrott gemacht, sondern auch hunderte von Renten und Investmentfonds ausgelöscht und damit vielen Familien Leid angetan. »Ich hoffe, sie werfen ihn ins Gefängnis und lassen ihn dort verrotten. Er verdient es, dort zu sterben, nachdem er hunderte Familien aus purer Gier ihrer Existenz beraubt hat.«

Rochelle starrt mich aus glasigen Augen an.

»Was? Keine Beleidigungen mehr von dir?« Ich baue mich vor ihr auf. Es ist offensichtlich, dass sie erledigt ist. »So weit hätte es nicht kommen müssen, aber du hast mir keine andere Wahl gelassen.«

Etwas von ihrem Feuer kehrt zurück und sie spuckt mir ins Gesicht. Ich verpasse ihr eine Ohrfeige, nur eine, aber sie reicht aus, um meinen Standpunkt zu unterstreichen.

Ich nehme das Taschentuch, das Chad mir hinhält, und wische mir ihre Spucke sorgfältig von der Wange. »Chad wird dich nach draußen eskortieren, wo ein Fahrer samt Auto darauf wartet, dich nach Hause zu bringen«, sage ich ruhig. »Euer Haus wird in diesem Moment an einen anderen Besitzer verkauft, aber die Bank hat mir versichert, dass du deine Kleidung und ein paar persönliche Besitztümer behalten darfst. Meines Wissens nach ziehst du auf die Farm deiner Großeltern mütterlicherseits in Ohio.« Ich wedle mit den Fingern vor ihrem Gesicht herum. »Dann mal auf Nimmerwiedersehen. Ich würde ja sagen, dass wir dich vermissen werden, aber das wäre eine Lüge.«

Ich drehe ihr den Rücken zu und schalte den Bildschirm auf stumm, ehe ich mich an Wentworth wende.

Nachdem Chad und die anderen Rochelle weggeschafft haben, dann sende ich die nächste Gruppennachricht. Ein zweites Mal piepen überall im Raum unzählige Handys. Jackson lacht los, ganz offensichtlich hat er seinen Spaß an diesem Drama.

Ich lade das nächste Video auf den großen Bildschirm und Sexgeräusche erfüllen den Raum. »Härter, Wentworth«, keucht die Frau mittleren Alters, während er ihr Gesicht auf eine Tischplatte presst und sie von hinten nimmt.

»Das gefällt dir, du dreckige Bitch, was?«, ruft er und stößt härter in sie hinein, während Schweißtropfen sein Gesicht hinablaufen. »Was würde dein Sohn denken, wenn er wüsste, dass du mich dich ficken lässt wie die schmutzige, betrügerische Schlampe, die du bist?«

»Du verdammter Wichser!« Elijah Lantiss springt über einen der Tische, packt Wentworth beim Nacken und beide gehen in einem wilden Durcheinander aus Gliedmaßen und Faustschlägen zu Boden. Holz splittert, als der Stuhl, auf dem Wentworth gesessen hat, zu Bruch geht. Plötzlich sehe ich, wie der stellvertretende Direktor mit hochrotem Gesicht auf mich zukommt, weshalb ich die Aufnahme stoppe und den Knopf drücke, der den Fernseher wieder hinauffahren lässt.

Die Schulleitung und deren Mitarbeiter kennen ihren Platz und lassen normalerweise das meiste von unserem Mist durchgehen. Nur wenn wir eine gewisse Grenze überschreiten, rufen sie unsere Väter an. Ich habe bereits erwartet, dass jemand von ihnen dazwischengehen würde, deshalb hat Drew die Sache bereits vorab mit meinem Vater geklärt. Keine Ahnung, welche Lüge er ihm aufgetischt hat, aber alles, was für mich zählt, ist, dass mich mein Vater in dieser Sache unterstützt, sollte der Schuldirektor ihn anrufen.

Der stellvertretende Direktor macht einen Rückzieher, als er sieht, dass ich das Video ausgeschaltet habe, und bedenkt mich mit einem warnenden Blick, ehe er den Raum verlässt. Auf die beiden Jungs, die sich auf dem Boden prügeln, geht er nicht ein.

Noch mehr aufgebrachte Schreie ertönen, als das Video auf den Handys weitergeht. Es zeigt Wentworth dabei, wie er mehrere Mütter seiner Freunde vögelt. Es wird zu einem Blutbad, als sich noch mehr Jungs dem Handgemenge anschließen. Ich trete näher an das Gerangel heran, die Jungs der neuen Elite nah an meiner Seite. Als die Prügelei gänzlich einseitig wird, befehle ich in autoritärem Ton: »Genug.«

Ich möchte, dass er noch bei Bewusstsein ist, bevor das große Finale losgeht.

Cam und Jackson ziehen mehrere der Jungs von Wentworth runter, schubsen sie zur Seite und befehlen ihnen, sich zurückzuhalten.

Wentworth stöhnt, spuckt Blut und ein paar ausgeschlagene Zähne auf den Boden. »Du dumme Fotze«, knurrt er, setzt sich auf und sieht mich bitterböse an. Blut läuft aus seiner Nase und mehreren Rissen an seiner Lippe. Seine beiden Augen schwellen bereits zu und sein Hemd ist zerrissen und blutbefleckt.

»Ich habe dich gewarnt, aber du warst schon immer ein arroganter Idiot.« Er versucht, auf die Füße zu kommen. »Du hast doch nicht wirklich geglaubt, dass du die Mütter deiner Freunde ins Visier nehmen und dich dabei filmen könntest, wie du sie fickst, und damit davonkommst, oder?«

Er schwankt und hält sich an der Lehne eines Stuhls fest, um sich aufrecht zu halten. »Es ist illegal, sich in den Computer einer anderen Person zu hacken, dafür werde ich dich drankriegen.«

Ich trete noch einen weiteren Schritt auf ihn zu und mustere ihn von Kopf bis Fuß mit einem geringschätzigen Blick. »Du musst lernen, deine dämliche Klappe zu halten, denn mit jedem

Mal, wenn du den Mund aufmachst, gräbst du dir deine Grube nur noch tiefer.« Ich verschränke die Arme und lächle ihn an. »Ich habe eine Kopie dieses Videos an deine Eltern gesendet, zusammen mit einer Kopie an alle Ehemänner dieser Frauen. Es würde mich nicht wundern, wenn draußen ein wütender Mob auf dich wartet.«

Ich beuge mich ganz dicht an sein Ohr, weil ich nicht möchte, dass die Menge meine folgenden Worte mitbekommt, doch auch nur, weil ich seine Schwester beschützen will. »Ich habe die Datei mit den Aufnahmen von deiner Schwester gefunden. Du bist ein krankes Arschloch und das, was du ihr angetan hast, wird dein Untergang sein.«

Er wird kreidebleich unter all dem Blut, das sein Gesicht bedeckt. »Was hast du getan?«, stottert er.

»Ich habe diese Aufnahmen ebenfalls an deine Eltern gesendet und dem Polizeichef eine Kopie zukommen lassen.«

Ein lautes Brüllen ausstoßend packt er mich an der Kehle, ehe ich es verhindern kann. Er drückt heftig zu, und seine blutunterlaufenen Augen treten ihm bei dem Versuch, mich zu erwürgen, förmlich aus dem Kopf. Einen Bruchteil einer Sekunde später zerrt ihn jemand von mir runter. Ich taumle zurück, tiefe Atemzüge nehmend, und beobachte Cam dabei, wie er Wentworth mehrmals ins Gesicht schlägt, bis dieser bewusstlos zu Boden sackt.

Sawyer legt mir eine Hand auf den unteren Rücken. »Geht es dir gut?«

Cam starrt auf meinen Nacken und ich entdecke ein Aufblitzen von Schuldgefühlen in seinen Augen, doch es ist gleich darauf wieder verschwunden.

Chad kommt zurück in die Cafeteria. »Was ist passiert?«, will er wissen, und sieht von mir zu Wentworth, der blutend und verletzt auf dem Boden liegt.

»Er hat versucht, sie zu erwürgen«, erklärt Sawyer, und Chad reißt schockiert die Augen auf.

»Mir geht es gut.« Ich hebe beschwichtigend die Hände. »Cam hat ihn weggezogen, bevor er irgendwelchen Schaden anrichten konnte.«

Ein Tumult an der Tür zur Cafeteria zieht unsere Aufmerksamkeit auf sich. Kurz darauf bahnt sich ein Team von Polizisten einen Weg durch die Menge und kommt direkt auf uns zu.

Ich streiche mit einer Hand meine Schuluniform glatt, straffe die Schultern und bemühe mich darum, Selbstsicherheit auszustrahlen. Cam baut sich neben mir auf, und zu fünft stellen wir uns in einer Reihe auf, um den Beamten entgegenzutreten.

24. KAPITEL

Nach dem großen Showdown ist die Ordnung wiederhergestellt und es kehrt wieder Normalität ein. Die neue Elite sitzt an ihrem üblichen Tisch, allerdings allein, weil sich die anderen wieder auf die gewohnte Regelung besonnen haben. Der Unterricht läuft wieder ungestört ab. Der Direktor hat über die Konfrontation in der Cafeteria hinweggesehen, der Polizei unsere Version der Vorkommnisse bestätigt und davon abgesehen, meinen Vater anzurufen.

Rochelle hat mit ihrer Familie die Stadt verlassen und Wentworth wartet hinter Gittern auf seinen Prozess.

Das Leben verläuft – zumindest für den Moment – wieder so, wie es soll.

»Du hast dich gut geschlagen, kleine Schwester«, sagt Drew Freitagabend anerkennend am Telefon, während ich mich darauf vorbereite, mich für das Treffen mit den Jungs rauszuschleichen. »Ich bin stolz auf dich.«

Ich verdrehe die Augen, obwohl er mich nicht sehen kann. »Das ist nichts, weshalb du auf mich stolz sein solltest.«

»Und ob ich das bin, du hast einen illegalen Sexring ausgehebelt, verhindert, dass Rochelles Vater noch mehr Menschen in den Ruin treibt, und einen Vergewaltiger ins Gefängnis gebracht. Das ist es, worauf ich stolz bin, nicht darauf, dass du die Kontrolle über die Schule wiedererlangt hast. Dennoch bin ich auch darüber froh. Wir haben auch ohne diesen Skandal mehr als genug, worum wir uns nach unserer Rückkehr kümmern müssen.«

»Was meinst du?«, frage ich und zwänge mich in meine enge Lederhose.

»Darüber kann ich nicht reden.«

Ich schnaube. »Ach richtig, zwielichtige Parkhurstscheiße. Verstehe.«

»Wie geht's Jane?«, will er fast beiläufig wissen, um das Thema zu wechseln.

»Ihr geht's gut. Jane ist glücklich, nun da ich das Video von der neuen Elite habe, und sie nicht länger damit drohen, sie bloßzustellen.« Es überraschte mich, als mir Cam am Montagabend die Aufnahmen überreichte. Sawyer versicherte mir, es würde sich dabei um ein Zeichen guten Willens handeln. Außerdem meinte er, dass es nicht gut wäre, eine Geschäftsbeziehung auf Drohungen und Erpressungen aufzubauen.

»Gott sei Dank, aber ich werde ihnen trotzdem noch die Ärsche dafür aufreißen. Mir gefällt außerdem nicht, dass du vorgibst, mit ihnen eine Allianz einzugehen. Es ist riskant, vor allem falls sie entdecken, dass du ein doppeltes Spiel mit ihnen treibst.«

»Werden sie nicht«, sage ich, in dem Versuch, meine Schuldgefühle zu dämpfen.

Drew denkt, dass ich eine Abmachung mit der Elite getroffen hätte: sie seien von der Einhaltung der Regeln befreit, solange das unsere Ordnung nicht beeinträchtigt. Er glaubt, ich würde nur so tun, um sie auf Spur zu halten, bis die Jungs wieder da sind, um sie zu Fall zu bringen. Wenn er wüsste, dass das alles bloß Teil des Plans ist, wäre er ziemlich enttäuscht von mir.

Mein Bruder hat seine Seite schon vor langer Zeit gewählt, und auch wenn ich es hasse, dass wir auf entgegengesetzten Seiten stehen, kann ich meine langfristigen Ziele nicht aus den Augen verlieren.

Beim Gedanken, von hier wegzugehen und Drew zurückzulassen, treibt es mir jedes Mal Tränen in die Augen. Aber wir wollen verschiedene Dinge vom Leben und ich sehe derzeit keinen Weg, unsere Probleme auf eine andere Weise zu lösen. Ich hoffe nur, dass wir eines Tages, wenn Drew die Kontrolle über Manning Motors übernommen hat und unser Vater nicht mehr so viel Macht besitzt, alles wieder geradebiegen und unsere Beziehung wiederaufbauen können.

Außerdem hat er Jane.

Ich lasse ihn also nicht allein zurück und kann sichergehen, dass meine Freundin auf meinen Bruder achtgeben wird, nachdem ich geflohen bin.

»Ich muss los«, sagt er, und Stimmen werden im Hintergrund

laut. »Ich liebe dich, und sag Jane, dass ich sie auch liebe. Ich kann kaum erwarten, euch nächste Woche wiederzusehen.«

»Ich liebe dich auch«, krächze ich mühsam, weil mir ein Kloß aus widersprüchlichen Emotionen die Kehle zuschnürt.

Ich bin die Letzte, die zum Treffen bei den Jungs zu Hause erscheint, und als ich ins Wohnzimmer schlendere, schnauzt mich Cam bereits an. »Du bist spät.«

»Und du verhältst dich noch immer, als hättest du einen riesigen Stock im Arsch«, gebe ich zurück.

»Gibt es Probleme?«, fragt Sawyer.

»Ich musste noch meine Bodyguards ablenken, damit sie nicht merken, dass ich mich rausschleiche«, erkläre ich, während ich meinen Helm und meine Lederjacke auf die Armlehne der Couch fallen lasse.

Louis geht mir seit Tagen echt auf die Nerven. Er verbringt weniger Zeit damit, vor meiner Tür Wache zu schieben, als damit, seine neueste Fickbekanntschaft aufs Gelände zu schmuggeln und sich mit ihr zu vergnügen. Das Problem ist, dass er sie zu einem der ungenutzten Gebäude in der äußersten Ecke des Gartens bringt, das sich viel zu nah an der Stelle befindet, an der ich aus dem Tunnel in den Wald hineinschlüpfe. Ich bin Anfang dieser Woche beinah über die beiden gestolpert und fast erwischt worden. Deshalb habe ich heute Nacht einen Virus in das Kamerasystem eingeschleust und auf den Zeitpunkt abgestimmt, an dem ich verschwinden wollte. Ich wusste, dass man Louis damit beauftragen würde, im Security-Raum zu helfen, sodass ich unentdeckt entwischen konnte.

»Hey.« Xavier zieht mich in eine Umarmung und drückt mir einen Kuss auf den Scheitel. »Mach dir nichts aus dem Grumpy McGrumpy. Ich bin auch eben erst angekommen.«

»Du siehst verdammt sexy aus, Schönheit«, sagt Jackson, während er einen Joint aus seiner Tasche hervorholt und seinen Blick über mein schwarzes Spitzen-Tanktop, die hautenge Lederhose und die schwarzen Keilstiefel schweifen lässt.

Sawyer schnappt ihm den Joint aus der Hand. »Du und deine Hirnzellen müssen funktionieren. Und hör auf, sie anzubaggern, um Marshall zu ärgern. Ich habe es satt, den Schiedsrichter spielen zu müssen.«

Ich grinse, während ich mich auf der Sofalehne niederlasse. »Oh, ihr beide kämpft immer noch um mich?«

»Bild dir mal nichts ein«, entgegnet Cam und lässt sich in den Liegesessel fallen. »Du bist nur eine weitere Muschi. Nichts Besonderes. Und es ist nicht das erste Mal, dass Lauder und ich es auf dieselbe Frau abgesehen haben.«

»Wer's glaubt, du Hohlkopf«, sagt Xavier neben mir und erdolcht Cam förmlich mit seinen Blicken.

»Und das ist genau das, was ich meinte.« Sawyer seufzt und wedelt verzweifelt mit den Armen in der Luft herum. »Wir kommen nicht voran, wenn jeder jeden beleidigt, also hört damit auf und konzentriert euch auf das Wesentliche.«

Cam geht unverzüglich zur Tagesordnung über. »Hattest du Glück auf der Suche nach einem Experten, der uns dabei beraten kann, wie man am besten einen Safe öffnet?«, wendet er sich an Xavier.

»Ich habe einen Typen kontaktiert, aber ich prüfe immer noch seine Referenzen.«

»Uns wird die Zeit knapp«, erwidert Cam. »Nächste Woche sind sie wieder zurück.«

»Sie werden erst spät am Freitag wieder hier sein«, bekräftige ich. »Das gibt uns eine ganze Woche.«

»Warum versuchen wir uns nicht einfach selbst an dem Safe?«, schlägt Jackson vor.

»Weil Xavier und ich bereits alles drangesetzt haben, den Code zu knacken. Selbst mit Hightech-Equipment erhalten wir eine unendlich lange Liste möglicher Kombinationen, und es ist nicht machbar, sie alle zu testen. Außerdem besteht der Safe aus diversen Materialien, die ihn praktisch undurchdringlich machen. Davon abgesehen, wäre das Aufschweißen des Safes viel zu kompliziert und zu laut. Entweder würde uns das Sicherheitsteam erwischen oder mein Vater würde merken, dass jemand versucht hat, den Safe aufzubrechen.«

»Wir müssen rund um die Beweise den Überraschungsmoment auf unserer Seite haben«, stimmt Sawyer zu. »Hearst darf nicht erfahren, dass wir seinen Safe geplündert und die Papiere kopiert haben.«

»Das klingt nach einer Sackgasse.« Jackson klopft frustriert mit dem Fuß auf dem Holzboden herum. »Ich sehe nicht, wie wir jemals Zugang zum Safe bekommen könnten.«

»Professionelle Kriminelle haben Werkzeuge, die es uns ermöglichen würden, den Safecode zu knacken, leider sind sie nicht einfach in den Gelben Seiten zu finden«, erwidert Xavier. »Zudem muss ich jeden Typen einzeln überprüfen, den ich online finde, weil Hearst, Montgomery und Barron mit einer Menge von solchen Kerlen unter einer Decke stecken. Das Letzte, was wir wollen, ist, uns mit einem von ihren Kontakten einzulassen, die in weiterer Folge unsere Pläne durchkreuzen oder uns das Überraschungselement nehmen würden.«

»Das ist der Grund, warum ich daran zweifle, dass wir das nächste Woche durchziehen«, sagt Cam. »Wir brauchen mehr Zeit zum Planen. Wenn wir das Ganze übers Knie brechen, erhöht sich die Wahrscheinlichkeit, dass wir Fehler machen.«

»Seht mal.« Ich stütze meine Ellenbogen auf meinen Oberschenkeln ab und lege mein Kinn auf die Hände. »Es sollte einfacher sein, während mein Vater und die Elite weg sind, aber wenn wir es nach ihrer Rückkehr erledigen müssen, dann ist das eben so. Ich werde mir etwas überlegen, um sie aus dem Haus zu bekommen, sodass ihr Jungs arbeiten könnt, ohne dass ihr riskiert, entdeckt zu werden.«

»Wir müssen uns außerdem noch um die anderen Sicherheitseinrichtungen kümmern«, fügt Xavier hinzu.

»Das kann ich machen. Ich habe Oscar in der Tasche und werde ihn benutzen, um ein Ablenkungsmanöver zu starten, das alle anderen weglockt. Dann werden wir das Kamerasystem manipulieren und es mit einem leeren Bild vom Flur speisen, um unser Kommen und Gehen zu tarnen.« Und wenn alles andere fehlschlägt, könnte ich sie immer noch durch das Tunnelsystem rausschleusen, aber das sage ich nicht, denn das ist nur die allerletzte Möglichkeit.

Ich verbringe den nächsten Tag in der Bibliothek, um weitere Aufzeichnungen zu durchforsten. Diesmal nehme ich mir jeden Artikel bezüglich des Selbstmordes von Emma Anderson vor. Ich habe Cam gefragt, welchen Grund mein Vater gehabt haben könnte, seine Tante zu töten, und er hat mir eine seiner üblichen, nichtssagenden Antworten gegeben. Ich habe allerdings das Gefühl, dass er mehr weiß, als er zugibt.

Mein Gott, würde es den Idioten umbringen, mir wenigstens einen Brocken hinzuwerfen?

Ich erinnere mich voller Zuneigung an Mrs Anderson, auch wenn ich erst vier oder fünf war, als ich sie das letzte Mal sah. Bevor sie sich mit meiner Mutter zerstritt, waren sie beste Freundinnen und wir verbrachten viel Zeit mit ihr und den Anderson-Jungs. Ich war ein bisschen in Maverick Anderson verknallt, aber er bemerkte kaum, dass ich existierte. Er war vier Jahre älter als ich und genoss es, mich zu quälen und zum Weinen zu bringen.

Ich erinnere mich an das eine Mal, als er mich bei ihnen zu Hause um den Pool jagte und ich auf der Steinterrasse hinfiel und mir das Knie aufschlug. Mrs Anderson schickte ihn auf sein Zimmer und nahm mich mit in die Küche, um meine Wunde zu säubern, während meine Mutter die restlichen Rowdys beim Toben im Pool beaufsichtigte. Sie gab mir Vanilleeis mit Erdbeeren samt Erdbeersirup, und ich erinnere mich daran, dass ich dachte, es wäre das Köstlichste, was ich jemals gegessen hatte. Mom war streng in Bezug auf Süßigkeiten, wir durften nur samstags welche essen. Mrs Anderson ließ mich schwören, dass ich unser kleines Geheimnis für mich behalten würde.

Ich habe es nie jemandem erzählt.

Nicht einmal Drew, und wir haben uns damals alles erzählt. Aber er war der beste Freund von Kaiden Anderson, und ich hatte Angst, er würde es diesem gegenüber ausplappern. Das wäre Mrs Anderson sicher zu Ohren gekommen, und ich wollte sie nicht verärgern.

Wie sich herausstellte, war das eines der letzten Male, wo wir alle miteinander Zeit verbrachten. Dann zerstritten sich unsere Mütter, und ein paar Jahre später wurde Emma tot aufgefunden, nachdem sie eine Überdosis Tabletten geschluckt hatte. Ihre beiden Jüngsten waren zu diesem Zeitpunkt gerade mal ein und zwei Jahre alt. Ich erinnere mich, wie das Baby auf der Beerdigung ununterbrochen schrie und die gesamte Gemeinde in Tränen aufgelöst war.

Mom war untröstlich.

Dann, sechs Monate später, war auch sie tot. Ich lese jeden Artikel, den ich diesbezüglich in die Hände bekomme, aber die Beiträge enthalten alle dieselben Informationen. Sie beging Selbstmord. Es gab keine Anzeichen für ein Verbrechen.

Fall abgeschlossen.

Wenn die Berichte stimmen, brach Atticus Anderson anschließend zusammen. Er verlor sein Geschäft und sein Zuhause und zog mit seiner Familie aus Rydeville weg. Ich frage mich, ob sie zu Cam und seiner Familie zogen. Ob der ältere Bruder, den Cam versehentlich erwähnt hat, einer seiner Cousins ist? Das würde zumindest Sinn ergeben. Wenn Atticus Anderson alles verlor, hätte er dann nicht Hilfe bei seiner Familie gesucht?

Ich möchte mit Cam darüber reden, aber er ist so verschlossen und wird sich mir gegenüber vermutlich nicht freiwillig öffnen. Und falls er herausfindet, dass ich in alten Aufzeichnungen gestöbert habe, wird er vermutlich sauer sein und mir den Mund verbieten. Also muss ich es richtig anstellen. Ich muss auf eine günstige Gelegenheit warten, bei der ich es zufällig ins Gespräch mit einfließen lassen kann, um zu sehen, ob ich noch mehr aufdecken kann.

Nach dem Besuch in der Bibliothek bin ich noch eine Weile bei Jane und esse mit ihrer Familie zu Abend, bevor ich schließlich nach Hause fahre. Ich verbringe eine Stunde in meinem hauseigenen Tanzstudio und gleite zu verschiedenen Songs von meinem Handy über das Studioparkett, bis ich völlig durchgeschwitzt bin. Beim Tanzen kommen mir meist die besten Ideen, und auch wenn ich Ballett am liebsten mag, stehe ich ebenso auf Contemporary.

Cams Frage danach, was ich mit meinem Leben anfangen möchte, spukt mir schon die ganze Woche im Kopf rum. Ich war so konzentriert darauf, meine Flucht zu planen und zu realisieren, dass ich gar nicht darüber nachgedacht habe, was ich mit meinem Leben anfangen möchte, wenn ich endlich frei bin.

Ich möchte tanzen. Vielleicht am Broadway oder am West End in London. Außerdem möchte ich reisen, um verschiedene Kulturen wie Kontinente kennenzulernen und meinen Horizont zu erweitern. Oder vielleicht auch unterrichten, weil ich wissenschaftlich denke und eins dieser verrückten Kids bin, die gern zur Schule gehen. Das könnte daran liegen, dass ich dadurch jeden Tag aus dem Haus raus- und von meinem Vater wegkomme, aber ich glaube gern, dass es mehr als nur das ist.

Ich möchte auf jeden Fall das College besuchen. Ich habe bereits Erkundigungen über die *Juilliard* eingeholt. Dort aufgenommen zu werden, würde einen Traum wahr werden lassen.

Doch aktuell bleibt es nur ein Traum – zumindest fürs Erste. Ich darf mir keine Hoffnungen machen. Nicht, bis ich frei bin und meine eigenen Lebensentscheidungen treffen kann.

Noch hängt alles in der Schwebe.

Jane und ich verbringen den Sonntag damit, am Strand unseren Teint aufzubessern. Auch wenn es bereits Ende September ist, war es diese Woche ungewöhnlich warm, und vermutlich ist das die letzte Möglichkeit dafür. Wir schwimmen, reden, hören Musik und teilen uns das Picknick, das Mrs Jenkins für uns vorbereitet hat. Wir verlassen den Strand erst, als er schon fast leer ist und unsere Mägen nach mehr Essen verlangen. Ich ziehe mein trägerloses goldenes Strandkleid über meinen schwarz-goldenen Bikini und schlüpfe in meine *Gucci*-Flip-Flops, bevor wir uns einen Weg durch den dichten Sand bahnen.

Wir laufen auf den Grasweg zu, als ich in der Nähe eine einsame Gestalt erspähe, die über einen Skizzenblock gebeugt auf einer der Dünen hockt.

Cam hat seinen Kopf ein wenig nach unten gebeugt, sein Gesichtsausdruck ist überaus konzentriert. Seine Hand fliegt über das Papier und bewegt sich gekonnt beim Zeichnen, ehe er mit den Fingern einzelne Konturen verwischt. Sein gesamter Körper wirkt entspannt. So sehe ich ihn nur ganz selten und ich weiß sofort, dass das Zeichnen für ihn das ist, was für mich das Tanzen bedeutet.

Erinnerungen an die Skizzen, die ich in seinem Zimmer entdeckt habe, tauchen vor meinem inneren Auge auf, und etwas nagt an den Rändern meines Verstandes. Jane registriert, dass sich meine Aufmerksamkeit anders fokussiert hat, und wendet sich in die gleiche Richtung. »Ist das nicht ...«

Cams Kopf schnellt hoch, als hätte ihn eine unsichtbare Macht gerufen. Er schluckt heftig, während er mich mit seinem intensiven Blick unverwandt ansieht. Er trägt sein Basecap verkehrt herum und hat außer Khaki-Shorts und Turnschuhen nichts an. Seinen Zeichenblock balanciert er auf seinen Knien.

Wir starren einander an, während Jane und ich an ihm vorbeigehen, aber er macht keine Anstalten, mich zu begrüßen, und ich tue es ihm gleich. Die Anziehungskraft zwischen uns ist unerträglich und meine Nerven sind bis zum Zerreißen gespannt. All die kleinen, feinen Härchen in meinem Nacken richten sich auf und die Schmetterlinge in meinem Bauch fliegen wie wild umher.

»Die Chemie zwischen euch ist so heiß«, scherzt Jane, als wir außer Hörweite sind, und fächelt sich mit den Händen Luft zu. »Du kannst hier bei ihm bleiben, wenn du möchtest. Ich finde schon nach Hause.«

»Ich will dich nicht allein lassen.« Ich hake mich bei ihr unter. »Besonders nicht für so einen Superidioten wie Camden

Marshall.«

»Wie läuft's denn mit der Verleugnung so?« witzelt sie.

»Ich hänge am seidenen Faden«, gebe ich zu.

»Bist du dir sicher, dass du die Gelegenheit nicht nutzen willst, bevor Trent wieder zurück ist und dir ständig im Nacken sitzt?«

»Iiih.« Ich beiße mir auf die Innenseite meiner Wange. »Bitte erinnere mich nicht daran. Die vergangenen Wochen ohne ihn und meinen Vater waren ein purer Segen. Trent wird rasend sein, wenn er zurückkommt, nachdem ich mich geweigert habe, ihm schmutzige Bilder zu schicken, und jedes Mal aufgelegt habe, wenn er mit Telefonsex anfangen wollte.«

»Das ist doch nur ein Grund mehr, dich auf diesen heißen Typen zu stürzen, solange du noch kannst.«

Ich bleibe abrupt stehen. »Wer bist du und was hast du mit meiner besten Freundin gemacht?«

Sie lächelt sanft. »Ich wünsche mir nur, dass du das Glück ergreifst, wann immer du kannst. Ich hasse es, dass du gezwungen bist, mit jemandem zusammen zu sein, den du nicht liebst.«

»Vergiss die Liebe. Ich *mag* Trent ja nicht einmal«, erinnere ich sie.

»Genau deswegen solltest du dich auf Cam einlassen, solange du kannst.«

»Aber ich mag ihn doch auch nicht.« Ich werfe ihr einen vielsagenden Blick zu. »Und du solltest das auch nicht tun, nach dem, was sie dir angetan haben.«

»Ich hasse den Gedanken, dass sie mich auf diese Weise gesehen haben, aber es lässt sich nicht ändern.« Sie zuckt mit den Schultern. »Der Stärkere gewinnt. Außerdem ist es ja nicht so, als hätten unsere Jungs über die Jahre hinweg nicht auch einiges an Scheiße abgezogen.«

»Stimmt, aber das ging niemals auf unsere Kosten.«

»Falls du versuchst, das Thema zu wechseln, es funktioniert nicht.«

Ich zeige ihr den Mittelfinger und sie grinst.

»Du brauchst ihn nicht zu mögen, um etwas mit ihm anzufangen, und es ist offensichtlich, dass ihr beide heiß aufeinander seid«, sagt sie, hakt sich bei mir unter und schiebt mich zum Parkplatz, ehe sie hinzufügt: »Das ist etwas, woran du arbeiten musst. Wenn Trent euch dabei sieht, wie ihr einander in der Cafeteria anstarrt, sobald ihr denkt, niemand würde es mitbekommen, wird das schlimme Ende erst noch kommen.«

»Mir war nicht klar, dass es so offensichtlich ist.«

»Es fliegen die Funken, wenn ihr beide in einem Raum seid. Ich bin mir ziemlich sicher, dass ich nicht die Einzige bin, die das bemerkt hat.«

»Super«, stöhne ich und seufze auf. »Noch etwas, worum ich mir Sorgen machen muss.«

Wir setzen zuerst Jane ab und machen uns dann auf den Weg zu der uralten Monstrosität, die sich mein Zuhause schimpft.

»Wann hat Oscar Feierabend gemacht?«, frage ich Louis stirnrunzelnd, als ich bemerke, dass ich immer noch keine Antwort auf die Nachricht erhalten habe, die ich ihm vor zwanzig Minuten geschickt habe.

Louis zuckt mit den Schultern. »Ich weiß es nicht. Vor ungefähr zwei Stunden vielleicht?«

Ich verdrehe die Augen. Ehrlich gesagt, habe ich keine Ahnung, wie es sein kann, dass er immer noch auf der Gehaltsliste meines Vaters steht. Er ist absolut unnütz. Als ich zum Wagen zurückkam – überrascht, ihn mit Jeremy und nicht mit Oscar vorzufinden –, konnte er mir nur sagen, dass Oscar nach Hause musste, um sich um einen familiären Notfall zu kümmern. Ich habe nicht gezögert und Oscar direkt angeschrieben. Ich mache mir Sorgen und wollte wissen, ob ich ihm irgendwie helfen kann.

Während wir in unsere Auffahrt einbiegen, stecke ich mein Handy in die Tasche, und lehne mein Gesicht gegen das Fenster. Ich gebe mir selbst das Versprechen, dass ich meine letzte Woche in Freiheit genießen werde. Als wir um die Kurve fahren und ich eine Reihe geparkter Autos erblicke, erhalte ich einen Schlag in die Magengrube.

Sie sind früher zurück.

Scheiße.

Das bringt all die Pläne mit den anderen Jungs durcheinander, und ich nehme an, das bedeutet, dass wir zu Plan B übergehen.

Ich halte meine Tasche wie einen Schild vor mich und tippe auf meinem Wegwerf-Handy rasch eine Nachricht an Xavier, um ihn wissen zu lassen, dass mein Vater bereits zurück ist. Im gleichen Atemzug bitte ich ihn, diese Information an die neue Elite weiterzuleiten. Dann stopfe ich es schnell in das versteckte Innenfach meiner Tasche, setze ein falsches Lächeln auf und steige aus dem Auto, um den kontrollsüchtigen Bastard zu begrüßen.

25. KAPITEL

»Was zur Hölle hast du da an?«, blafft mein Vater von seiner Position in der Eingangshalle aus. Er lehnt am dort stehenden Marmortisch, als habe er auf mich gewartet.

Dir ebenfalls ein Hallo.

»Strandklamotten.« *Vollidiot.* »Ich war den ganzen Tag mit Jane am Strand.«

»Du siehst wie eine dahergelaufene Hure aus.« Seine Nasenflügel beben und er ist etwas rot im Gesicht.

Ist es furchtbar von mir, dass ich hoffe, dass er gesundheitlich angeschlagen ist? So was wie eine tödlich verlaufende Herzerkrankung oder Krebs im vierten Stadium hat?

Ich balle die Hände zu Fäusten. »Das tragen alle am Strand.«

»Du bist nicht alle!«, schnauzt er, stößt sich vom Tisch ab und kommt auf mich zu. Ein Muskel an seinem Kiefer zuckt dabei unverwandt. In seinen Augen ist eine kalte Drohung zu lesen, diesen Blick habe ich schon unzählige Male zuvor gesehen. Panik steigt in mir auf. »Du kennst die Regeln. Du hast dich in der Öffentlichkeit anständig anzuziehen und zu benehmen, und zwar immer. Der Strand stellt keine Ausnahme dar.«

Ich möchte ihm sagen, dass er mich mal kreuzweise kann, aber er ist wegen irgendwas bereits erzürnt und ich möchte ihm nicht noch einen weiteren Grund liefern, seine Wut an mir auszulassen. Darum beiße ich mir auf die Zunge und sage das, was er hören will: »Es tut mir leid, Vater. Es wird nicht wieder vorkommen.«

Er packt meinen Arm und zerrt mich den Flur entlang in Richtung seines Büros. Seine Nägel graben sich in meine Haut, tun mir weh, doch ich weiß es besser, als das zu erwähnen. Also schlucke ich den Schmerz runter und versuche, mich zu beruhigen, obwohl Adrenalin durch meinen Körper jagt und sämtliche Alarmglocken in meinen Ohren klingeln.

Als er mich in sein Büro schubst und ich dort Drew, Trent, Charlie, Mr Barron und den Widerling Christian Montgomery vorfinde, klettert meine Panik in schwindelerregende Höhen.

Das kann nichts Gutes bedeuten.

»Was ist los?«, frage ich und suche Drews Blick. Er schüttelt ganz leicht den Kopf und lässt mich damit wissen, dass er genauso im Dunklen tappt wie ich.

Ich zucke zusammen, als die Tür zugeschlagen wird.

»Das würde ich gern von dir wissen«, knurrt mein Vater, schnappt sich ein Stück Papier von seinem Schreibtisch und kommt auf mich zu. Seine Augen glänzen manisch, die Vene an seinem Nacken pocht sichtbar und er sieht so aus, als würde er gleich explodieren.

Angst krabbelt mir unter die Haut und ein schweres Gewicht legt sich auf meine Brust. Ich weiche zurück, bis ich gegen die Wand pralle, und blicke Drew panisch über Vaters Schulter hinweg an. Drew und Charlie stehen stocksteif da, die Stirn besorgt in Falten gezogen, während Trent das Ganze mit einem neugierigen Gesichtsausdruck beobachtet. Mr Barron, Charlies Vater, tritt unbehaglich von einem Bein auf das andere und reibt sich in einer offensichtlich nervösen Geste über den Nacken. Trents Vater wiederum grinst und wirkt angesichts dessen, was hier gleich passieren wird, nahezu schadenfroh.

»Was auch immer ich getan haben soll, du liegst falsch«, platzt es aus mir heraus und ich hasse, wie zittrig meine Stimme dabei klingt. Ich vermute, dass sie etwas über die ganze Scheiße herausgefunden haben, die hier abgegangen ist, als sie nicht da waren, und dass sie unzufrieden damit sind, wie ich das Ganze geregelt habe.

Oder vielleicht haben sie geschäftliche Beziehungen mit Rochelles oder Wentworths Vater unterhalten, die ich hätte überprüfen müssen, ehe ich die beiden vernichtet habe. »Und ich werde es wieder in Ordnung bringen. Versprochen.«

»Ich würde nur zu gern wissen, wie zur Hölle du wohl dein Hymen wiederherstellen möchtest!«, brüllt mein Vater und mir weicht alle Farbe aus dem Gesicht.

Drew richtet sich noch etwas mehr auf und wirft mir einen irritierten Blick zu, während Charlie auf den Boden starrt, sodass man sein Gesicht nicht sehen kann. Ausnahmsweise wirkt auch Trent einmal verwirrt.

Nein. Bitte, lieber Gott, nein. Das kann er nicht herausgefunden haben.

Er hält mir den Zettel unter die Nase. »Jemand hat das an Christian gesendet«, sagt er, während ich versuche, die Schrift auf dem Papier zu entziffern, aber meine Sicht ist verschwommen und hellste Furcht rauscht in beispielloser Geschwindigkeit durch meinen Körper. Meine Knie werden weich und drohen, unter mir nachzugeben, darum halte ich mich an der Wand fest, um mich abzustützen.

»Lies. Es. Vor«, fordert mein Vater. »Laut. Oder ich bringe dich nach draußen und jage dir sofort eine Kugel in den Schädel.«

Ich zwinge die Übelkeit zurück, die meine Kehle hinaufsteigt, befeuchte meine trockenen Lippen und lese die Worte vor, die in großen, kühnen Buchstaben auf dem Papier stehen:

ABIGAIL MANNING IST EINE KLEINE, VERLOGENE SCHLAMPE.

SIE HAT IHRE BEINE BEREITS BREITGEMACHT UND DU UND DEIN SOHN, IHR SEID DIE GELACKMEIERTEN.

Mehr steht nicht darauf. Der Zettel wirkt wie eines dieser Erpresserschreiben, die man mitunter in Kriminalfilmen sieht, nur dass in diesem Brief kein Lösegeld gefordert wird.

Er besiegelt nur mein Schicksal.

»Es ist nicht wahr«, stoße ich ohne nachzudenken und mittlerweile von reinster Panik überwältigt hervor. »Wann hätte das passieren sollen? Ich bin immer von den Jungs oder meinen Bodyguards umgeben. Und Jeremy fährt mich nahezu überall hin. Wer auch immer diese Nachricht geschickt hat, will euch nur aufstacheln. Wahrscheinlich handelt es sich dabei um einen Schüler von der Schule und das ist ein kranker Versuch, sich an mir dafür zu rächen, was diese Woche passiert ist.«

Mein Herz schlägt so heftig, dass ich Angst habe, kurz vor einem Herzinfarkt zu stehen. Meine Handflächen sind feucht und auf meiner Stirn haben sich kleine Schweißtropfen gesammelt.

Mein Vater packt grob mein Kinn. »Wenn du mich anlügst, wirst du es bereuen.«

»Ich lüge nicht«, behaupte ich und bete im Stillen um eine göttliche Intervention. Darum, dass mein Flehen reicht, um mir zu glauben, und er die ganze Sache auf sich beruhen lässt, obwohl eine solche Vorgehensweise nicht meinem Vater entspricht.

Er gibt mein Kinn frei und tritt einen Schritt zurück. Ich versuche, seinem Blick selbstbewusst standzuhalten, doch das ist fast unmöglich, da ich am ganzen Körper zittere und kurz davor bin, mich zu übergeben.

Als ein selbstgefälliges Grinsen auf seinem Gesicht erscheint, weiß ich, dass ich am Arsch bin. »Es gibt einen einfachen Weg, das zu überprüfen«, sagt er in grausamem Ton, zieht mich zu sich und zerrt mich durch den Raum. Er beugt mich gewaltsam über seinen Schreibtisch und presst meine Wange mit einer seiner fleischigen Hände auf die Tischplatte, während er mit der andren mein dünnes Strandkleid hochzieht. »Trent, mein Sohn, komm her.«

Mein Herz zerspringt fast in meiner Brust und mein Atem geht nur noch stockend. Ich kann meine Angst sogar riechen. Er drückt mein Gesicht noch fester auf die Tischplatte, doch ich spüre nahezu keinen Schmerz. Mein Körper hat sich bereits in einen Schockzustand begeben, als er mir vor allen Anwesenden mein Bikinihöschen herunterreißt. Ein kühler Lufthauch umweht meinen nackten Po, und ich wünschte, der Erdboden unter mir würde sich auftun und mich verschlucken.

»Vater, ich ...« Drews gepeinigter Blick trifft auf meinen, als er versucht, dazwischenzugehen. Charlie reißt den Kopf ruckartig zu seinem Vater herum, doch ich kann seinen Gesichtsausdruck nicht erkennen.

»Du wagst es, mich zu unterbrechen, Andrew?!«, brüllt mein Vater meinen Zwillingsbruder an. »Hierbei geht es um das Geschäft. Die Sache zu händeln, wie wir es dir beigebracht haben. Wenn du damit nicht klarkommst, weißt du, wo die Tür ist. Aber wenn du jetzt gehst, dann erwarte nicht, dass ich dich jemals wieder unterstütze.«

»Daddy, bitte«, schluchze ich und habe keinerlei Bedenken mehr, auch zu betteln, wenn es mir diese neue Demütigung erspart. Christian Montgomery leckt sich über die Lippen, als sein Blick zu meinem nackten Hintern wandert. Noch mehr Übelkeit steigt in mir auf, als ich die wachsende Beule in seiner Hose bemerke.

Mein Vater schlägt mir heftig auf den Hintern und ich schreie auf, als sich ein stechender Schmerz auf meiner Haut ausbreitet. »Halt den Mund und spreiz die Beine, Abigail, dann bringe ich das hier schnell zu Ende.«

»Michael, ist es wirklich notwendig, das hier zu machen? Du könntest auch eine Untersuchung in vertraulicher Umgebung durchführen lassen«, sagt Mr Barron und ich könnte ihn vor Dankbarkeit küssen, weil er zumindest den Versuch unternimmt, meinen Vater umzustimmen, auch wenn ich weiß, dass das nichts bringt. Sowohl er als auch sein Sohn haben die Augen abgewendet, was meinen Respekt für sie nur noch steigen lässt.

»Halt dich da raus, Charles. Ich sag dir auch nicht, wie du mit deinen Kindern umgehen sollst, also misch dich gefälligst auch nicht in meine Angelegenheiten ein.«

»Trent, mein Sohn, du bist der Einzige, der das hier durchführen kann«, erklärt mein Vater und kämpft darum, einen ruhigen Ton beizubehalten, obwohl ich spüre, dass er innerlich kocht. »Schieb deine Finger in sie hinein, Junge«, fordert er und hebt mein Becken an, sodass mein Hintern noch ein Stückchen mehr in die Luft ragt. Dann drängt er brutal meine Beine auseinander, und ein lauter Schluchzer entringt sich meiner Kehle. Ich fühle mich innerlich nur noch verletzt und gedemütigt. »Spür nach, ob ihr Hymen noch intakt ist«, befiehlt er.

Ich habe mich nie von Trent dort unten anfassen lassen. Der Gedanke, dass er mich intim berührt, sendet panische Schauder durch meinen Körper. Ich hätte niemals erwartet, dass er mich auf diese Weise das erste Mal fingert.

Tränen rinnen meine Wangen ungehindert hinab, als er mit

seinen Fingern in mich eindringt und sie so weit wie möglich in mich schiebt, ehe er nach meinem Jungfernhäutchen zu tasten beginnt und damit meine Demütigung komplettmacht. Eine scharfe Kante seines Nagels reißt eine Stelle in meinem Inneren auf, doch ich beiße mir auf die Unterlippe, entschlossen, nicht einen einzigen weiteren Laut von mir zu geben. Stumme Tränen lösen sich weiterhin aus meinen Augen und etwas in meiner Seele zerbricht in diesem Moment. Der Schmerz in meiner Brust ist so intensiv, dass ich das Gefühl habe, nicht mehr atmen zu können.

Drew sieht mir unverwandt in die Augen, eine Entschuldigung steht in seinem Blick geschrieben. Charles Barron und sein Sohn blicken nach wie vor zu Boden, doch das macht jetzt kaum noch einen Unterschied. Sie sind noch immer hier im Raum und werden zu Zeugen meiner Demütigung.

»Wie lautet dein Urteil?«, fragt mein Vater.

»Ich ... Ich weiß es nicht«, antwortet Trent. »Sie ist sehr eng.«

»Beug dich vor und sieh direkt nach«, weist ihn mein Vater an. Bei diesen Worten bricht auch noch mein Herz entzwei. Ich kann mein Schluchzen nicht länger unterdrücken und beginne, laut zu weinen. Drew fleht mich stumm an, nicht zusammenzubrechen, aber das kann ich nicht verhindern. Das ist der schlimmste Angriff auf meine Intimsphäre. Ein Eingriff, über den ich niemals hinwegkommen werde. Ich kann nicht glauben, dass Drew das zulässt. Dass sein halbherziger Versuch, zu intervenieren, alles ist, was er unternimmt, bevor er akzeptiert, dass diese Sache hier unausweichlich passiert. Wenn unsere Seiten vertauscht wären, hätte ich einen Mordsaufstand gemacht, bevor ich zugelassen hätte, dass man meinem Zwilling so etwas antut.

»Wonach suche ich?«, fragt Trent, als hätte er noch nie zuvor eine Vagina gesehen.

»Wenn ihr Hymen intakt ist, sollte ein dünnes Häutchen mit einem kleinen Loch darin ihren Eingang bedecken.« Entweder hat mein Vater das vor meiner Heimkehr gegoogelt oder es ist nicht das erste Mal, dass er so etwas abzieht. Ich neige dazu, Letzteres zu glauben.

»Ich sehe nichts dergleichen«, sagt Trent und spreizt meine

Vagina noch etwas weiter auseinander, ehe er mit seinen Fingern noch weiter in mir herumtastet, um sicherzustellen, dass er seinen Job auch gründlich macht.

Ich möchte sterben. Mich zu einem Ball zusammenrollen und aufhören, zu existieren. Ich hätte einfach alles zugeben sollen, statt zu lügen. Dann wäre mir vielleicht wenigstens diese Demütigung erspart geblieben.

Ein lautes Klopfen an der Tür und der Gedanke daran, wer als nächstes dazustoßen könnte, sorgen dafür, dass mein Herz wieder gefährlich schnell zu rasen beginnt.

»Kommen Sie herein«, ruft mein Vater, als hätte er nicht gerade seine fast achtzehnjährige Tochter über seinen Schreibtisch gebeugt, deren nackter Hintern und entblößte Pussy für alle sichtbar sind. »Ah, Dr Cummings«, sagt er und lässt endlich von meinem Gesicht ab. »Danke, dass Sie so kurzfristig gekommen sind, und das auch noch an einem Sonntag. Das weiß ich sehr zu schätzen.«

Endlich setzt sich Drew in Bewegung, zieht mein Kleid nach unten und hilft mir, mich aufzurichten. Ich schlage seine Hand weg und schlinge meine Arme um meinen zitternden Körper. Ich vermeide es, Trent anzuschauen, um sein selbstgefälliges Grinsen nicht ertragen zu müssen. Noch immer rinnen mir Tränen die Wangen hinab, ich bin machtlos gegen sie. Ein scharfer Schmerz durchfährt meine Brust und ein großer Kloß steckt in meinem Hals, doch in mir drinnen sieht es noch viel schlimmer aus.

»Ich stehe Ihnen immer zur Verfügung, Mr Hearst«, sagt der Arzt in monotonem Ton. »Ist sie das?«

»Ja.« Mein Vater zieht mich am Arm zu den beiden rüber. »Ich brauche Ihre professionelle Meinung, ob ihr Hymen noch intakt ist oder nicht.«

Dieser widerwärtige Bastard.

Ich funkele ihn bitterböse an.

Er hatte den Arzt bereits gerufen, folglich war das Ganze eben nur zur Show. Ein Weg, um Trents Vater zu beweisen, dass er die Anschuldigung ernstnimmt. Ein Weg, um mich zu bestrafen. Ein weiteres Mittel, um mich zu brechen.

»Ich brauche einen privaten Raum mit einem Bett«, erklärt der Arzt.

»Louis wird Sie zu ihrem Zimmer geleiten. Sie können sie dort untersuchen.« Beinah erwarte ich, dass mein Vater und alle Anwesenden mit uns kommen, doch man lässt mich mit dem Arzt allein den Raum verlassen. »Lassen Sie sie nicht aus den Augen«, weist er Louis an und das Arschloch nickt mit einem höhnischen Zug um den Mund.

Ich werfe Drew über meine Schulter hinweg einen Blick zu, doch er hat den Kopf gesenkt und mir ist klar, dass ich jetzt gänzlich auf mich allein gestellt bin. Schließlich hebt Charlie doch noch den Kopf und sieht mich an. Die Tränen in seinen Augen sorgen beinah dafür, dass ich endgültig zusammenbreche. Doch ich versuche verzweifelt, alle Emotionen in meinem Inneren zu verschließen, bis ich ihnen freien Lauf lassen kann, sobald ich allein bin.

Der Arzt ist kalt und unfreundlich, als er mich anweist, mich rücklings auf das Bett zu legen, meine Knie anzuwinkeln und die Beine weit zu spreizen. Louis leckt sich über die Lippen, als er die Prozedur vom Türrahmen aus beobachtet. Der Wichser könnte auch ganz einfach draußen Wache halten, aber er genießt es, mich leiden zu sehen. Ich könnte den Arzt bitten, ihn wegzuschicken, aber ich habe das Gefühl, dass meine Worte auf taube Ohren stoßen würden, und die Genugtuung, dass er mir Unbehagen bereitet, werde ich Louis nicht geben.

Ich presse krampfhaft die Augen zu, als der Arzt seine in einem Handschuh steckenden Finger in mich hineinschiebt und mein Ruin damit endgültig in Stein gemeißelt ist. Er leuchtet mit einer kleinen Taschenlampe in meine Vagina und noch mehr Tränen kullern aus meinen Augenwinkeln.

Als er fertig ist, beugt er sich mit stählernem Blick über mich. »Sie müssen mit mir zurück nach unten kommen.«

»Ich muss zuerst die Toilette benutzen«, erwidere ich und er nickt.

»Beeilen Sie sich«, sagt er in scharfem Tonfall.

Ich hole ein Höschen aus meinem Wäschekorb im

Badezimmer und ziehe es an, ehe ich wütend die Tränen fortwische, die brennend heiß mein Gesicht hinablaufen. Ich tupfe meine Augen und meine feuchten Wangen trocken, richte mein Haar und putze mir die Zähne, ehe ich das Badezimmer verlasse und zu einem noch immer widerlich grinsenden Louis und dem kaltherzigen Arzt zurückkehre.

»Wie lautet Ihre professionelle Meinung?«, fragt mein Vater ohne Umschweife, als wir sein Büro betreten.

»Sie ist keine Jungfrau mehr«, sagt er gleichgültig und unterschreibt damit mein Todesurteil.

»Danke, Dr Cummings, das war alles.«

Louis eskortiert den Arzt nach draußen, dann stürzt sich Trent auf mich und packt mich an der Kehle. »Du beschissene kleine Hure hast mich belogen und betrogen!«, brüllt er mir ins Gesicht. In seinen Augen tobt eine Mischung aus Wut und Entrüstung.

»Nimm deine dreckigen Finger von ihr«, ruft Drew aus, packt Trent am Ellenbogen und versucht, ihn von mir wegzuziehen.

»Ich werde dich umbringen, du Schlampe!«, schreit dieser und sein Griff um meinen Hals wird noch fester, sodass ich immer weniger Luft bekomme. Seine Nackenmuskulatur ist bis zum Zerreißen gespannt und reines Gift schwimmt in seinem Blick, während er mich ohne Unterbrechung weiterwürgt.

Meine Lider beginnen zu flattern, als mir nach und nach immer schwärzer vor Augen wird. »Tu es«, krächze ich, während Drew und Charlie versuchen, Trents Hände von meinem Hals zu lösen, doch sein Griff ist fest und er gibt nicht so schnell auf. Mr Barron schüttelt traurig den Kopf und Mr Montgomery sieht so aus, als würde er seinem Sohn gern dabei helfen, mich mit bloßen Händen zu ersticken. Mittlerweile sieht er mich nicht mehr lüstern und voller Verlangen an. Somit hatte dieser Schlamassel epischen Ausmaßes zumindest eine gute Seite.

»Trent, du musst Abigail loslassen«, sagt mein Vater. »Ich werde mich um sie kümmern.«

»Sie ist meine verdammte Verlobte«, knurrt er.

»Sie ist meine Tochter.« Mein Vater baut sich neben ihm auf. »Lass sie los.«

»Sohn, lass sie los«, befiehlt Mr Montgomery und sofort gibt Trent mich frei. Nach Luft ringend sacke ich zu Boden, reibe mir über meinen geschundenen Nacken und beginne erneut, stumm zu weinen. Ehe ich zu Atem kommen kann, zerrt mich mein Vater hoch und drückt mich grob in den Stuhl, den er in der Mitte des Raumes aufgebaut hat. Er fesselt meine Handgelenke und Knöchel an die Arme und Beine des Stuhls, und ich frage mich, welche neue Demütigung er jetzt für mich vorgesehen hat.

Mit einem Mal breitet sich eine Eiseskälte in meinem Körper aus, die all mein Blut zu verdrängen scheint, und ein schützender Kokon legt sich um mein Herz und verschließt alles Warme und Menschliche in mir in seinem Inneren. Meine Tränen trocknen und meine bis eben noch völlig aufgewühlten Emotionen weichen einer wütenden Taubheit, an die ich mich klammere.

Mein Vater steht vor mir und kann seine Wut kaum verbergen. »Ich werde dir jetzt einige Fragen stellen und ich erwarte Antworten. Weigere dich und ich werde dich so heftig zusammenschlagen, dass du dem Tod bereits ins Auge sehen kannst.«

Ich setze eine neutrale Miene auf und starre ihn teilnahmslos an. Wenn er denkt, ich würde ihm irgendetwas verraten, täuscht er sich.

Ich unternehme einen letzten verzweifelten Versuch, mein Schicksal in eine andere Richtung zu lenken, auch wenn ich wenig Hoffnung auf Erfolg habe. »Vater, ich schwöre dir, dass ich noch Jungfrau bin. Ich könnte mir mein Hymen beispielsweise beim Tanzen oder beim Reiten eingerissen haben. Es ist bekannt, dass das passieren kann. Frag den Arzt. Er kann nicht mit hundertprozentiger Sicherheit sagen, dass ich keine Jungfrau bin.«

Für einen Moment sieht mein Vater nachdenklich aus und ich kann förmlich hören, wie sich die Rädchen in seinem Hirn drehen. Ich habe ihm soeben einen Ausweg ermöglicht, sollte er das Angebot annehmen.

Aber Trents Vater nimmt mir das nicht ab. »Stopp.« Christians Nasenflügel beben, als er auf mich zutritt. »Hör einfach auf, zu lügen. Wenn du es schon wagst, mich und meinen Sohn derart respektlos zu behandeln, dann steh wenigstens zu deinen

Sünden.«

Ich schnaube. »So, wie Sie zu Ihren stehen?«

Er verpasst mir eine solch heftige Ohrfeige, dass mein Kopf zur Seite fliegt und ich das Gefühl habe, er würde sich gleich von meinem Torso lösen. »Ich will die Wahrheit«, fordert er und bedenkt meinen Vater mit einem Blick, der besagt, dass das Spiel vorbei ist und es keinen Sinn hat, dass ich noch immer auf meiner Unschuld beharre. Selbst wenn ich noch eine Jungfrau wäre, würden sie mir nicht glauben.

Eine neue Welle der Wut spiegelt sich im Gesicht meines Vaters wider, als er sich zu mir runterbeugt. »Mit wem hattest du Sex?«

Auch wenn es so scheint, als habe sich die neue Elite nicht an unsere Abmachung gehalten und mich den Haien zum Fraß vorgeworfen, wird es meinen Vater noch viel wütender machen, wenn ich Cams Namen nicht preisgebe, und das ist alles, was mir gerade wichtig ist. Wenn er denkt, er würde Antworten bekommen, wenn er mich demütigt und schlägt, irrt er sich gewaltig.

»Das werde ich dir nicht verraten«, fauche ich und verdiene mir damit eine weitere Ohrfeige.

»Ich will seinen Namen.« Er stützt seine Arme rechts und links von mir auf der Stuhllehne ab und beugt sich vor, bis sein Gesicht nur noch wenige Zentimeter von meinem entfernt ist.

»Fick. Dich.« Meine Stimme ist eiskalt, als diese Worte meinen Mund verlassen. Mein Kopf fliegt nach hinten, als er mir zweimal ins Gesicht schlägt. Ein heftiger Schmerz durchzuckt meine Nase und zieht bis in meinen Schädel hinein.

»Wie viele Männer hast du in deine dreckige Fotze gelassen?«

Ich grinse und lecke das Blut, das von meiner geschwollenen Nase hinunter zu meiner Lippe läuft, mit der Zunge auf.

Er boxt mir in den Bauch und ich keuche auf, schnappe nach Luft, während ein heftiger Schmerz meinen gesamten Oberkörper durchfährt.

»Wann ist das passiert?«, schreit er mich weiter an.

»Ich werde es dir niemals erzählen«, ächze ich und versuche noch immer, meine Atmung wieder unter Kontrolle zu bekommen. Dieses Mal zielt sein Schlag auf meine Rippen. Qualvolle Schmerzen breiten sich in meiner Rippengegend aus und ich schreie auf.

Er packt mein Kinn. »Wer war er?« Seine Augen quellen ihm fast aus den Höhlen, seine Nasenflügel sind geweitet und der dunkle, beängstigende Ausdruck verspricht mir eine Welt voller Schmerz.

Mir tut alles weh, aber mit dem Schmerz tritt auch eine Art Befreiungsgefühl ein. Ich mache das jetzt auf meine Weise. Er kann mich verprügeln, bis ich aufhöre zu atmen, wenn er das will, doch ich werde ihm niemals irgendetwas verraten.

»Wer war er?« Er schlägt mir wieder mitten ins Gesicht. »Antworte mir, du dumme Fotze!«

Ich spucke ihn an und er rastet völlig aus. Stürzt sich auf mich und lässt Schlag für Schlag auf mich niederprasseln.

Im Hintergrund werden Stimmen laut, doch ich kann nicht mehr unterscheiden, von wem sie sind oder was sie sagen.

Wir fallen zu Boden, der Stuhl zerbricht unter mir in tausend Teile, dann drückt das gesamte Gewicht meines Vaters auf meinen Körper. Er umschließt mit seinen großen Händen meine ohnehin bereits geschundene Kehle, und das Letzte, was ich höre, bevor ich ohnmächtig werde, ist Drew, der unseren Vater anfleht, aufzuhören.

26. KAPITEL

Mir tun alle Knochen weh, als ich in meinem abgedunkelten Zimmer wieder zu mir komme.

Drew schläft in einem Sessel neben meinem Bett. Seine Kleidung ist zerknittert, und obwohl er tief schlummert, ist sein schönes Gesicht von Sorgenfalten gekennzeichnet. Ich ziehe einen Arm unter der Decke hervor, meine Finger tasten auf dem Nachtschrank neben meinem Bett nach meinem Handy. Plötzlich breitet sich ein stechender Schmerz von meinem Rücken über meine Schulter bis in meinen Arm aus und ich kann ein Wimmern nicht unterdrücken.

Drew schreckt auf. Seine Augen schauen gehetzt umher und er ist augenblicklich in Alarmbereitschaft. »Du bist wach«, murmelt er schlaftrunken. »Wie fühlst du dich?«

»Was glaubst du denn?«, murmle ich und eine neue Welle des Schmerzes überrollt mich, als die Erinnerungen an gestern Abend in mir hochkommen.

Seine Gewissensbisse sind ihm anzusehen. »Abby«, flüstert er und ich sehe Tränen aufblitzen. »Es tut mir so leid.«

Meine Finger suchen weiterhin nach meinem Handy und er legt es mir behutsam in die Hand. Ich drücke es an meine Brust und versuche, mich etwas aufzurichten, aber der Schmerz, der durch meine Glieder fährt, ist so unerträglich, dass ich zu weinen beginne. Drew rutscht näher an mich heran und ich weiche zurück, weil ich ihn nicht in meiner Nähe haben möchte. Traurigkeit spiegelt sich in seinen feucht schimmernden Augen. »Ich werde dir nicht wehtun«, flüstert er. »Lass mich dir helfen.«

»Gestern Nacht hätte ich deine Hilfe gebraucht und du hast nichts getan.« Ich schniefe und ignoriere den Schmerz, um mich aufrichten zu können.

Er lässt beschämt den Kopf sinken. »Ich habe dir Unrecht getan, das werde ich mir mein ganzes Leben lang nicht verzeihen.«

»Ich hätte niemals zugelassen, dass er dir so etwas antut.« Ich schluchze und zucke erneut zusammen, als mich eine weitere Schmerzenswelle durchfährt.

Drew holt zwei Tabletten aus einer auf meinem Tisch liegenden Packung und reicht sie mir zusammen mit einem Glas Wasser.

»Ich habe den Doktor überreden können, noch einmal zurückzukommen. Er hat deine geprellten Rippen verbunden und dir diese starken Schmerzmittel verschrieben. Er sagt, dass du wahrscheinlich eine Gehirnerschütterung hast und dringend Bettruhe benötigst, um wieder gesund zu werden.«

»Wie konntest du zulassen, dass er mich anfasst, während ich bewusstlos war?«, zische ich und fühle mich, als hätte man mich abermals misshandelt.

Drews Ausdruck fällt in sich zusammen. »Dein ganzer Körper ist verletzt und von Schnitten übersät, zudem warst du ohnmächtig. Ich hatte wahnsinnige Angst und musste etwas tun!« Er streicht sich mit der Hand über die kurzen Stoppeln an seinem Kinn, die davon zeugen, dass er sich seit gestern nicht rasiert hat. »Ich war panisch und wusste nicht, wen ich sonst anrufen sollte. Ich war die ganze Zeit mit im Raum, als er hier war.«

»Meine Güte, das beruhigt mich jetzt ungemein.« Ich schaue ihn scharf an. »Du warst auch die ganze Zeit in Vaters Arbeitszimmer, was ihn und Trent aber nicht davon abgehalten hat, mir wehzutun.«

Er sinkt auf seine Knie und Tränen rollen über seine Wangen. »Wir wussten nicht, dass das passieren würde, Abby! Sie haben uns aus dem Training geholt und uns gesagt, dass wir früher zurückmüssten, aber niemand von uns hatte eine Ahnung, warum. Wir waren völlig überrumpelt, als es passierte. Ich bin in eine Schockstarre verfallen. Ich wusste nicht, wie ich sie aufhalten sollte.«

»Du hast es noch nicht einmal versucht«, flüstere ich und umklammere mein Handy so stark, dass es schmerzt. »Du hast zugelassen, dass mir Trent das antut.« Ich schluchze und weine ebenfalls. »Du hast zugelassen, dass mich Vater demütigt. Du bist noch nicht einmal mit hochgekommen, als mich der Doktor untersucht hat, während Louis, das Arschloch, einen Platz in der ersten Reihe hatte.«

»Er hatte was?«, knurrt Drew, doch ich bedenke ihn nur mit einem Blick aus zusammengekniffenen Augen.

»Spar dir deine Entrüstung, Drew. Dafür ist es verdammt noch mal zu spät!« Schniefend versuche ich, auf meinem Handy die Uhrzeit abzulesen. »Kannst du Jane anrufen und sie bitten, herzukommen?«

»Was tust du da?«, fragt er, als ich die Bettdecke zur Seite schiebe und vorsichtig meine Beine aus dem Bett hieve. Es gibt keine einzige Stelle in meinem Körper, die nicht vor Schmerz aufschreit.

»Mich für die Schule fertigmachen.«

»Du wirst nicht zur Schule gehen.« Er guckt ungläubig drein. »Du musst dich ausruhen.«

Ich werfe ihm einen wütenden Blick zu. »Ich werde hier nicht allein mit Vater bleiben. Ich gehe zur Schule.«

»Ich bleibe mit dir hier zu Hause«, bietet er an.

»Wie kommst du überhaupt auf die Idee, dass ich mit dir daheimbleiben möchte? Du bist genauso schlimm wie er.«

Sein Gesicht verrät, wie sehr ihn meine Worte getroffen haben, doch ich verspüre nicht den kleinsten Hauch von Reue.

Er stand tatenlos daneben.

Das werde ich ihm niemals verzeihen.

Niemals.

»Dann werde ich Jane bitten, bei dir zu bleiben. Bitte, Abby. Du hast eine Gehirnerschütterung. Das ist eine ernste Sache.«

»Was mit mir gemacht wurde, ist eine ernste Sache, aber das wird einfach wieder unter den Teppich gekehrt, richtig?«

Er presst die Zähne zusammen. »Ich weiß nicht, was passieren wird. Vater ist letzte Nacht zu den Montgomerys rübergegangen und hat versucht, deine Ehe zu retten. Als Trent hier hinausgestürmt ist, war er kurz vorm Explodieren.« Er fährt sich mit einer Hand durchs Haar. »Alles ist noch ungewiss.«

»Wenn die Ehevereinbarung dadurch hinfällig und ich von der Last befreit wäre, diesen Idioten heiraten zu müssen, hätte die ganze Geschichte letztlich doch noch etwas Gutes.« Ich richte mich auf und werde augenblicklich von heftigen Schmerzen überwältigt. Ich klammere mich am Tisch fest, um meine wackligen Beine davon abzuhalten, unter mir nachzugeben.

Drew schlingt behutsam einen Arm um meinen Rücken und hilft mir dabei, aufrecht zu bleiben. »Du kannst kaum laufen. Bitte, A, leg dich wieder ins Bett.«

»Nein«, presse ich zwischen zusammengebissenen Zähnen hervor und konzentriere mich auf meine Gehversuche. »Es wird schon funktionieren, wenn die Schmerztabletten anfangen zu wirken. Außerdem muss ich pinkeln und duschen.«

Nachdem mir Drew ins angrenzende Badezimmer geholfen und die Dusche angestellt hat, zwinge ich ihn, mich allein zu lassen. Mit zunehmendem Entsetzen betrachte ich mein Abbild im Spiegel.

Meine Nase ist ruiniert, meine Lippen sind aufgeplatzt und mehrfarbige Blutergüsse bedecken meine Wangen und eine Seite meines Kiefers. Um den Schmerz auszuhalten, beiße ich die Zähne fest zusammen, während ich mich aus meinem Nachthemd quäle und dabei ungläubig auf die unzähligen Blutergüssen schaue, die meinen geschundenen Leib bedecken.

Ein dicker, weißer Verband ist um meine Körpermitte gebunden und Schürfwunden lugen darunter hervor. Zahlreiche Schnitte und weitere Schürfwunden erstrecken sich über meine Arme und meine Unterschenkel. Ich schätze mal, dass sich zerbrochene Teile vom Stuhl in mein Fleisch gebohrt haben, als ich auf dem Boden lag und mich mein Vater windelweich schlug.

Wut überrollt mich und ich sinne auf Rache, während ich mich langsam in Richtung Dusche bewege und dabei jede Stelle meines Körpers spüre.

Mein Vater wird dafür bezahlen.

Trent ebenfalls.

Und Drew ist nach dieser Aktion für mich so gut wie gestorben.

Ich trete unter das warme Wasser und unterdrücke einen Aufschrei, als der Strahl auf meine Haut trifft.

Ich ertrage den Schmerz.

Klammere mich an ihm fest.

Lasse ihn tief in mich eindringen.

Ich will mich an dieses Gefühl erinnern.

Den Schmerz.

Die Demütigung.

Die Wut und die Enttäuschung.

Ich will meine Rache von alldem befeuern lassen. Will sie nutzen, um die neue Elite zu zerstören. Denn dieser Verrat kratzt nicht nur an der Oberfläche, er erschüttert mich tief in meinem Inneren.

Sie sind die Einzigen, die es wussten. Die Einzigen, die mir das antun konnten. Ich verstehe nur noch nicht genau, warum. *Oder vielmehr: warum jetzt?*

Das ergibt wenig Sinn. Es sein denn, sie haben einen Weg gefunden, ohne meine Hilfe in den Safe meines Vaters zu gelangen. Aber vielleicht war das auch gar nicht ihr oberstes Ziel. Vielleicht war alles, was sie bis jetzt gesagt und getan haben, nur eine List.

Es gibt nur einen todsicheren Weg, das herauszufinden. Ich muss irgendwie in die Schule kommen und sie direkt zur Rede stellen.

»Ich weiß, dass du sauer auf Drew bist. Das bin ich auch«, sagt Jane und hilft mir, aus dem Haus um ins Auto zu gelangen. »Aber ich muss ihm recht geben, dass das wahnsinnig ist. Du leidest Höllenqualen, Abby. Du musst im Bett bleiben.«

»Hör auf, mich davon abhalten zu wollen, und hilf mir einfach«, motze ich ungeduldig.

Ihre rot geränderten Augen füllen sich erneut mit Tränen. Als sie hier ankam, um mir beim Anziehen behilflich zu sein, ist sie bei meinem Anblick sofort zusammengebrochen. Drew hatte ihr bereits erzählt, was geschehen war, und nun ist sie stinksauer auf ihn, weil er mich nicht beschützt hat. Ich habe eine wütende Reaktion erwartet, als sie vom Verlust meiner Jungfräulichkeit erfuhr, aber diesbezüglich hat sie kein Wort verloren. Noch nicht. Ich vermute, dass sie mich aufgrund meines aktuell zerbrechlichen Zustands damit erst einmal verschont, aber ich weiß, dass sie irgendwann mit mir darüber wird reden wollen.

»Ich hätte gern etwas Privatsphäre, Jeremy«, sage ich, sobald wir im Auto sitzen, unfähig, auf der Fahrt zur Schule das selbstgefällige und anzügliche Grinsen von Louis zu ertragen. Ich habe noch immer nichts von Oscar gehört und mache mir Sorgen, dass ihm mein Vater etwas angetan haben könnte. Immerhin blieb mir die Qual erspart, heute Morgen meinem Erzeuger entgegentreten zu müssen. Laut Drew kam er gestern nicht mehr zurück, offensichtlich blieb er über Nacht bei den Montgomerys.

Jane und ich schweigen eine gefühlte Ewigkeit. Ich starre ausdrucklos aus dem Fenster und nehme dabei kaum die vorbeiziehenden Anwesen und Felder wahr, weil ich so in meine Rachepläne vertieft bin.

Mein starkes Make-up verdeckt größtenteils mein ramponiertes Gesicht, nur gegen meine geschwollene Nase kann ich nicht viel tun. Ich habe mir meine Bluse bis zum Hals zugeknöpft, damit man die Abdrücke von Trents Fingern nicht sehen kann. Ich trage zudem kniehohe Strümpfe, die die Kratzer an meinen Beinen verdecken.

Nach außen hin wirke ich nahezu perfekt.

Mein Innerstes ist jedoch in unzählige kleine Teile zerbrochen.

»Abby«, flüstert Jane, als wir nur noch ein paar Meilen von der Schule entfernt sind.

»Ja«, ich wende mich ihr zu.

»Es tut mir leid, dass dir das passiert ist.« Tränen rinnen ihre Wangen hinab. »Ich wusste immer schon, dass dein Vater ein Monster ist, aber ich kann nicht glauben, dass er das getan hat.« Sie nimmt meine Hand. »Eltern sind dazu da, dich zu lieben und zu beschützen, nicht, um dich zu verletzen und zu misshandeln.« Sie schluchzt laut auf und ich wische ihre Tränen mit meinen Daumen fort.

»Ich habe schon vor langer Zeit aufgehört, daran zu glauben, und mir war immer klar, wozu er fähig ist. Ich habe Glück, dass ich noch am Leben bin.« Auch wenn ich nicht weiß, für wie lange noch.

»Sag das nicht!«, ruft sie.

»Es ist die Wahrheit, Jane. Wenn der Deal mit Christian Montgomery platzt, wird er mich möglicherweise umbringen. Er benötigt das Fachwissen von Montgomerys Firma, um das fahrerlose Manning-Motors-Fahrprogramm einzuführen. Christians Forschungsteam besteht aus den führenden Experten in Sachen Robotik und beide haben bereits sehr viel Geld in das Projekt investiert.«

»Weswegen Christian keinen Rückzieher machen wird«, versucht mich Jane zu beruhigen.

»Der Unterschied ist, dass Christian über das geistige Eigentum verfügt«, gebe ich die Infos weiter, die Drew mir vor kurzem anvertraut hat. »Das wird erst geteilt, nachdem ich Trent geheiratet habe. Wenn die Ehe nicht zustande kommt, wird Christian keine Probleme damit haben, einen neuen Partner für sein Automobilprojekt zu finden. Für meinen Vater hingegen könnte der Verlust dieses Geschäfts den Ruin bedeuten, vom Aktieneinbruch ganz zu schweigen, sobald das an die Öffentlichkeit gelangt. Wenn sich Christian mit der Konkurrenz zusammentut, wird Manning Motors die längste Zeit der weltgrößte und erfolgreichste Automobilhersteller gewesen sein, und mein Vater wird mich mit bloßen Händen umbringen.«

»Scheiße.«

»Jap, so könnte man es wohl ausdrücken.«

»Wir sind da, Miss Abigail«, sagt Jeremy durch den Lautsprecher. Eine Minute später schwingt meine Tür auf und Jeremy hilft mir aus dem Auto. Glücklicherweise zeigen die Schmerzmittel ihre Wirkung, so kann ich, obwohl mir immer noch alles wehtut, zumindest in einem einigermaßen vertretbaren Tempo einen Schritt nach dem anderen setzen.

Drew und Charlie warten auf den untersten Treppenstufen auf uns. Massen von Menschen umschwärmen sie und begrüßen die beiden, als wären sie lang vermisste Soldaten, die aus dem Krieg heimgekehrt sind.

Das kommt mir jetzt alles so dämlich vor. All die Regeln und der Kampf, um die Kontrolle zurückzuerlangen. Meine Sicht auf die Welt wurde wieder einmal aus den Angeln gehoben, und ich tue mich schwer damit, mein Gleichgewicht wiederherzustellen.

Drew kommt an meine Seite und ignoriert dabei bewusst die tödlichen Blicke, die ihm seine Freundin zuwirft. Ich bin mir sicher, dass das nicht die Art von Heimkehr ist, die sich die beiden vorgestellt haben.

Er versucht, seinen Arm um meine Schulter zu legen, aber ich halte ihn mit einem wütenden Blick davon ab. »Du hattest gestern Nacht die Gelegenheit, mich zu beschützen. Nun ist es zu spät.«

»Abby, bitte.«

Sein verzweifelter Versuch ändert nichts an meinem Entschluss, denn mein neues Ich ist nicht mehr so weichherzig. »Lass mich einfach in Ruhe, Drew. Soweit es mich betrifft, habe ich keinen Bruder mehr.«

Ich laufe weiter und lasse ihn mit Jane stehen. Gleich darauf höre ich Fußschritte hinter mir und Charlies herbes Parfum schwängert die Luft. Ich beachte ihn nicht, erst als wir die Eingangshalle betreten, lässt er mir keine andere Wahl, indem er um mich herumeilt und sich direkt vor mir aufbaut. »Können wir reden?«

»Ich habe auch dir nichts zu sagen.« Die Wahrheit ist, dass ich Charlie nicht ganz so viel Schuld gebe wie Drew. Er ist schließlich nicht mein Bruder. Dennoch ist er für mich ein guter Freund, und als solcher hätte er etwas tun müssen. Sein Vater hat versucht, einzugreifen, aber sie haben es letztlich alle zugelassen. Ich habe so dermaßen die Schnauze voll davon, dass sich die Leute vor meinem Vater fürchten und ihm deshalb die Füße küssen. Ich weiß zu schätzen, dass er immerhin nicht hingesehen hat. Dass er dabei geholfen hat, Trent zurückzuhalten, und zum Schluss Drew dabei unterstützt hat, meinen Vater von mir loszureißen. Das alles ändert jedoch nichts an der Tatsache, dass er sie nicht aufgehalten hat.

Ehrlicherweise kommt noch hinzu, dass ich es einfach nicht ertrage, dass er mitbekommen hat, was in diesem Raum gestern Abend geschehen ist.

Ich schäme mich zutiefst deswegen.

»Das verstehe ich und ich verdiene es. Wir alle haben es verdient.« Seine Augen füllen sich mit Tränen. »Er hatte kein Recht, dir das anzutun. Und die Montgomerys sind kein bisschen besser als dein Vater.« Ein Knoten bildet sich in meinem Hals, als Charlie seine Hand hebt und damit sanft meine Wange berührt. »Du bist zu schön, zu rein und bei weitem zu stark und mutig, um dich davon unterkriegen zu lassen. Dad und ich wollten eingreifen, Abby, aber wir konnten nicht.« Sein Blick bittet um Verständnis, über das ich nicht verfüge. »Wir sind nur geblieben, um zu verhindern, dass er es zu weit treibt. In dem Fall wären wir ungeachtet aller Konsequenzen eingeschritten.«

»Welche Konsequenzen?«

»Es gibt so viel, was du noch nicht weißt, Abby. So viele Dinge, die ich dir gern erzählen würde, aber das würde uns alle in Gefahr bringen. Bitte glaub mir, dass ich mich aufrichtig schlecht fühle, weil ich dich gestern Abend im Stich gelassen habe. Es war unverzeihlich. Aber lass mich hier und jetzt schwören, dass so etwas in Zukunft niemals wieder passieren wird.« Ein entschlossener Ausdruck manifestiert sich in seinem Gesicht. »Fangen wir damit an, sie dafür bezahlen zu lassen.«

»Was meinst du?«

»Ich meine, dass ich mit diesen ganzen beschissenen Eliteregeln und Vorschriften durch bin. Mit den arrangierten Ehen war ich noch nie einverstanden und ganz sicher auch nicht mit dem herzlosen Erziehungsstil deines Vaters. Er kann das nicht so einfach mit dir machen und damit durchkommen. Wir werden verdammt noch mal dafür sorgen, dass er dafür bezahlt. Ich weiß noch nicht genau wie, aber es wird geschehen.«

Das erste Mal seit Stunden umspielt ein kleines Lächeln meine Lippen. Das sind die Worte, die ich die ganze Zeit von Drew hören wollte. Dass er endlich auf meiner Seite ist. Aber alles, was mir mein Bruder geboten hat, waren lahme Ausreden und bedeutungslose Entschuldigungen. »Ich kann also auf dich zählen?« Ich schaue ihn eindringlich an.

»Voll und ganz.« Charlie schließt mich sanft in seine Arme. »Ich bin für dich da, Abby. Du wirst das nicht allein durchstehen müssen.«

27. KAPITEL

Charlies Unterstützung hat mein Selbstbewusstsein gestärkt, und er kann sich gar nicht vorstellen, wie dringend ich ihn an meiner Seite brauche. Im Unterricht habe ich heute Morgen nahezu überhaupt nicht aufgepasst, weil ich ständig über alles nachdenken musste.

Ich kann noch immer nicht begreifen, welches Spiel die neue Elite spielt. Jackson war im Unterricht wie immer, unbeschwert und verschmitzt. Er hat mich nicht argwöhnisch gemustert oder anders als sonst angesehen – würde er das nicht tun, hätten sie die Bombe platzen lassen? Ich hatte Xavier bereits gebeten, sie über die verfrühte Rückkehr meines Vaters zu informieren, bevor all das passierte. Wenn der Brief also von ihnen stammen sollte, wüssten sie, warum er früher zurückgekommen ist. Würden sie dann nicht nach irgendwelchen Anzeichen für eine Konfrontation Ausschau halten?

Es sei denn, Cam ist allein dafür verantwortlich.

Er hasst mich genug, um das durchzuziehen. Doch ich lande immer wieder bei derselben Frage: *Warum*?

Das ist der Moment, in dem ein anderer unschöner Gedanke Gestalt annimmt. *Was, wenn sie es gar nicht waren?*

Auch Xavier hat kürzlich von all diesen Dingen erfahren. Theoretisch könnte auch er den Brief geschickt haben, aber das möchte ich partout nicht in Betracht ziehen. Dennoch läuft mein Verstand gerade Amok und ich weiß nicht mehr, was ich glauben soll oder wem ich vertrauen kann.

Außerdem gibt es da noch eine dritte Möglichkeit. Dass es jemand war, den ich nicht kenne. Ich habe ja selbst gesehen, wie einfach es ist, die Geheimnisse der Leute auszugraben und online in ihre Privatsphäre einzudringen.

Könnte einer der Feinde meines Vaters hinter mein Geheimnis gekommen sein? Hat uns jemand beobachtet? Eins unserer Gespräche belauscht? Oder grüble ich einfach nur zu viel darüber nach und übersehe die Wahrheit, dass mich die neue Elite zum Narren gehalten hat?

Ich reibe mir meine schmerzenden Schläfen und dränge meinen Verstand, endlich Ruhe zu geben, zumindest bis zur Mittagspause und bis ich ihre Reaktionen bewertet habe.

Ich weiß, wie ich an die Sache herangehen möchte. Drew und Trent werden nicht glücklich darüber sein. Vater wird mich wieder schlagen, wenn er es herausfindet. Aber ich habe es satt, ihre dummen Spielchen zu spielen. Vater hat mich provoziert und jetzt werde ich herausfinden, wie genau ich es ihm heimzahlen kann.

Ich habe nichts mehr zu verlieren.

Die Schultoilette ist leer, als ich sie wenige Minuten, nachdem es zur Mittagspause geklingelt hat, betrete. Ich schließe die Tür, hole die Make-up-Entfernungstücher aus meiner Tasche und beseitige alle Spuren der dick aufgetragenen Foundation, die meine Verletzungen abgedeckt hat. Ich öffne die obersten Knöpfe meines Hemds, stopfe die Uniformkrawatte in meine Tasche und binde mir mein langes Haar zu einem hohen, glatt herabfallenden Zopf, wodurch ein schonungsloser Blick auf all meine Blessuren und blauen Flecken gewährt wird.

Ich sehe aus, als hätte ich einen Zusammenstoß mit einem Sattelschlepper erlitten.

Aber genau das ist der Punkt.

Ich ermutige mich mit ein paar tiefen Atemzügen, sehe ein letztes Mal in den Spiegel und klopfe mir im Stillen auf die Schulter. Dann verlasse ich die Schultoilette und mache mich auf den Weg zur Cafeteria.

Die Korridore sind leer. Das einzige Geräusch ist das Klackern meiner Schuhe. Lärm dringt aus der belebten Cafeteria nach draußen auf den Gang, als ich davorstehe, die Hand am Griff der Tür, während das Blut in meinen Ohren rauscht und eine Horde Schmetterlinge in meiner Brust rumflattert.

Mein Mund ist staubtrocken, als ich die Tür aufdrücke und den gefüllten Raum betrete.

Zuerst bemerkt niemand etwas.

Ich halte den Kopf hoch erhoben, meine Schuhe quietschen auf dem Boden, während ich auf den Tisch der neuen Elite zugehe. Ein paar Leute keuchen schockiert auf, als sie von mir Notiz nehmen. Ein kleines Blitzlichtgewitter geht um mich herum los, weil die Leute Fotos mit ihren Handys schießen. Totenstille senkt sich über den Raum, als ich vor dem Tisch der neuen Elite stehenbleibe und meine Büchertasche mit einem lauten Knall auf einen der Stühle fallenlasse. Die Jungs hören auf zu essen und miteinander zu reden und blicken zu mir hoch.

Sawyer blinzelt mehrmals heftig und ein Ausdruck des Entsetzens erscheint auf seinem Gesicht. Jacksons schiefes Grinsen verschwindet so schnell, wie es gekommen ist, und er wendet seinen Kopf ruckartig zum Tisch der alten Elite hinüber. Cams Hände verkrampfen sich zu Fäusten, als er seinen Blick über meine Verletzungen gleiten lässt. Seine Augen beginnen zu lodern. Er sitzt regungslos auf seinem Platz, doch sein Gesicht hat sich mittlerweile voll aufgestauter Aggression verzerrt. »Was zur Hölle ist passiert?«, fragt er.

»Sag du es mir.« Meine Augen sprühen förmlich Funken, während ich in ihren Gesichtern nach Hinweisen suche. Doch alles, was ich erkenne, sind aufrichtiges Entsetzen und ehrliche Wut.

»Das verstehe ich nicht.« Sawyer zieht die Brauen zusammen. »Warum sollten wir das wissen?«

Ich habe keine Zeit für Bullshit. Ich stütze mich mit den Händen auf dem Tisch ab und beuge mich nach vorn. »Habt ihr Trents Vater einen Brief geschickt, in dem stand, dass ich keine Jungfrau mehr bin?«

Sawyer sieht mich schockiert an. »Nein! Unter keinen Umständen.« Er senkt die Stimme. »Warum sollten wir das tun, wenn wir doch zusammenarbeiten?«

»Dein Vater hat dir das angetan?«, fragt Cam leise, sich nur mit Mühe beherrschend.

»Mein Vater und Trent«, spreche ich es laut aus, ohne mich darum zu scheren, wer es hört.

»Verfickte Hurensöhne«, sagt Jackson abgehackt.

Ein Schatten fällt zu beiden Seiten auf mich und ich richte mich auf. Da sich mein Rücken dabei schmerzhaft meldet, verziehe ich das Gesicht.

»Was tust du, Abby?«, fragt Drew und fasst nach meinem Arm.

»Den Feind fragen, ob er etwas damit zu tun hatte«, erkläre ich unumwunden und nicke Charlie zu. Ich habe es aus mehreren Gründen in aller Öffentlichkeit gemacht, und das war einer davon.

»Und, waren sie es?«, hakt Drew nach und zieht die Brauen zusammen, als ich seine Hand wegschlage. Aus dem Augenwinkel beobachte ich, dass Trent aufgebracht in unsere Richtung schaut. Er hat eine zierliche Blondine auf seinem Schoß, was eine Premiere ist. Nicht, dass mich das kümmern würde.

Ich bin durch mit Trent.

Für den Fall, dass sich die Wogen zwischen meinem und Trents Vater wieder glätten sollten, habe ich beschlossen, dass ich mir mein Geld und meinen gefälschten Ausweis schnappen und verschwinden werde. Ich werde mir später Gedanken darum machen müssen, wie ich mich schützen kann, wenn er hinter mir her ist.

»Nein.« Sawyer steht auf. »Wir hatten damit nichts zu tun.«

Cam stürzt sich über den Tisch hinweg auf Drew, wobei er einige Tabletts vom Tisch fegt, die mit lautem Scheppern auf den Boden fallen. Er packt Drew am Nacken und funkelt ihn finster an. »Du hast zugelassen, dass er ihr das antut?«

»Du verstehst das nicht«, keucht Drew. »Ich konnte ihn nicht aufhalten.«

Cam schubst ihn von sich und Drew landet rücklings auf dem Fußboden. »Du hast recht. Das tue ich nicht.« Cam wirft über seine Schulter hinweg einen wütenden Blick in Trents Richtung. »Denn wenn er das meiner Schwester angetan hätte, würde er mittlerweile schon zwei Meter tief unter der Erde liegen.«

Drew kommt wieder auf die Füße und bedenkt Cam mit einem seltsamen Blick. Dann verengt er die Augen zu Schlitzen, seine Nasenflügel weiten sich und er verpasst Cam einen Faustschlag. »Das war dafür, dass ihr meine Verlobte heimlich gefilmt habt.«

Cam wehrt seinen zweiten Schlag ab, packt sein Handgelenk und hält ihn zurück. »Das steht dir nicht zu, nicht, nachdem du Abby dermaßen im Stich gelassen hast.« Wieder sieht er zu Trent hinüber. »Und noch immer mit diesem Arschloch an einem Tisch sitzt.«

»Trent wird dafür bezahlen, dass er Abby wehgetan hat«, sagt Charlie. »Das ist ein Versprechen.«

»Warst du dabei?«, fragt Sawyer leicht irritiert.

Charlie nickt kurz.

»Wie zur Hölle konnte das passieren?«, knurrt Cam und richtet seine Wut nun auf Charlie, was wiederum *mich* verwirrt.

»Ach du Scheiße«, sagt Drew und sieht auf etwas oder jemanden hinter mir. Ich drehe mich um und sehe Trent auf uns zukommen, die kleine Blondine im Schlepptau. Seine arrogante Miene ist nur aufgesetzt, dahinter verbirgt er die Wut, die unter der Oberfläche brodelt. Als hätte er darauf auch nur irgendein Anrecht.

Ich bin diejenige, die gedemütigt und verletzt wurde. Er hat nicht das Recht, mir seine Wut entgegenzuschleudern.

Drew und Charlie stehen rechts und links von mir, und Jackson kommt um den Tisch herum, um sich zu Cam und Sawyer zu gesellen, die direkt hinter mir Stellung bezogen haben.

Trents Blick wandert langsam von einem zum anderen. »Barron, Manning«, knurrt er und nickt den Jungs zu. »Hure«, zischt er und richtet seine Aufmerksamkeit auf mich. Wenn Blicke töten könnten ...

»Kleiner Schwanz«, erwidere ich, glücklich darüber, dass ich dieses Spielchen jetzt endlich mit ihm spielen kann. Es kostet mich eine Menge Selbstkontrolle, mich nicht auf ihn zu stürzen und ihm mit meinen Nägeln die Augen auszukratzen. Trent anzusehen, ist mir noch nie leichtgefallen, aber jetzt wird mir bei seinem Anblick speiübel, als ich daran denke, wie er ohne Zögern die Befehle meines Vaters ausgeführt hat.

Er stößt ein kehliges Lachen aus. »Wie witzig. Ich würde sagen, dass die meisten Mädchen in diesem Raum das Gegenteil bezeugen können.«

Das Flittchen an seiner Seite kichert und ich verdrehe die Augen. »Und du besitzt die Dreistigkeit, mich eine Hure zu nennen.«

»Wenn du nicht so eine frigide Alte gewesen wärst, hätte ich mich nicht anderswo umgucken müssen«, sagt er höhnisch und das kleine Spielzeug an seinem Arm kichert erneut.

»Ich dachte, ich wäre eine Hure. Jetzt bin ich frigide?« Seine Nasenflügel beben und ich trete einen Schritt näher an ihn heran. »Entscheide dich mal.« Dann ziehe ich eine Braue in die Höhe. »Ich werde dir mal auf die Sprünge helfen«, sage ich, laut genug, dass alle in der Nähe es hören können. »Ich habe gewisse Standards, deswegen wollte ich deinen krankheitsbehafteten Schwanz auch nicht in meiner Nähe haben. Himmel, ich kann es kaum ertragen, dich überhaupt anzusehen.« Ich verenge die Augen und fixiere ihn bitterböse. »Und jetzt kann ich noch Sexualverbrecher zu den Worten hinzufügen, mit denen ich dich beschreibe. Ich werde daran denken, das zu erwähnen, wenn ich meine Anzeige bei der Polizei mache.«

Er lacht und ich hebe die Hand, bereit, Trent eine Ohrfeige zu verpassen, als Charlie seine Finger um mein Handgelenk schließt und mich von ihm wegzieht. »Er ist es nicht wert.«

»Hast du vergessen, für welches Team du spielst, Charlie-Boy, oder denkst du, dass du jetzt endlich eine Chance hast, ihr an die Wäsche zu gehen?« Trent baut sich vor Charlie auf. »Vertrau mir, sie ist viel zu anstrengend.« Ein boshaftes Glitzern leuchtet mir entgegen. »Und nachdem ich gestern Abend meine Finger in ihr hatte, kann ich bestätigen, dass ihre Pussy nichts Besonderes ist. Sie war so eng, dass ich mich frage, ob ihr Jungfernhäutchen vielleicht *wirklich* beim Fahrradfahren oder so gerissen ist.«

Die Blondine kichert wieder und ich bin mit meiner Geduld endgültig am Ende. »Chad!«, rufe ich und winke ihn zu mir. Er ist blitzschnell bei mir. »Bring den Müll raus.«

»Es ist mir eine Ehre, Abigail.« Er wendet sich an die Blondine. »Mach das Ganze nicht schwieriger, als es sein muss.«

Sie lacht und klammert sich an Trent fest, doch der ist viel zu sehr in unsere Auseinandersetzung vertieft, um Zeit mit irgendwelchen Ablenkungen zu vergeuden. Er schubst sie von sich, ohne sie auch nur anzusehen. Ihre weinerliche Stimme bohrt sich in meinen Kopf, als Chad sie wegführt.

»Wie ich bereits sagte«, ergreift Trent das Wort, ehe jemand anderes etwas einbringen kann. »Meine Annahme ist, dass sie noch immer Jungfrau ist. Nicht, dass irgendjemand das jetzt noch glauben würde.« Er grinst mich selbstgefällig an. »In deiner Haut will ich jetzt nicht stecken.«

Ich lächle süßlich zu ihm hoch. »Wenn jemand nicht in der Haut eines anderen stecken möchte, dann ich in deiner. Ich bringe deine Seifenblase nur ungern zum Platzen, aber mein Jungfernhäutchen ist nicht beim Fahrradfahren gerissen, sondern auf ganz traditionelle Weise.« Ich lecke mir über die Lippen. »Ich hatte Sex mit einem Jungen, der meine Welt die ganze Nacht lang auf den Kopf gestellt hat, und es war eine Million Mal besser, als es mit dir gewesen wäre.« Ich betrachte ihn spöttisch von oben bis unten. »Ich habe jemanden gewählt, der wusste, wie er meine Bedürfnisse befriedigt.« Ich bohre ihm meinen Finger in die Brust. »Und nicht ein egoistisches Arschloch, das abspritzt und sich dann verpisst, ohne Rücksicht auf seine Partnerin zu nehmen.«

»Das hast du nicht«, presst er zwischen zusammengebissenen Zähnen hervor.

Ich schenke ihm mein strahlendstes Lächeln. »Oh, und ob ich das habe. *Immer und immer und immer wieder.*« Die letzten Worte ziehe ich ganz bewusst in die Länge und komme dann auf den Punkt. »Und am nächsten Tag, als mein Körper herrlich wehtat, habe ich daran zurückgedacht und dabei vor Genugtuung gelacht, weil ich dir eins ausgewischt habe.« Mein Grinsen wird noch breiter. »Ich lache bereits seit Monaten über dich, Trent, denn die ganze Zeit über hast du versucht, dich in mein Bett zu drängen, im Glauben, dass du der Erste wärst, während dir ein anderer Typ längst zuvorgekommen war.« Ich forme die Hände zu einem Trichter und flüstere ganz laut: »Loser!« Sofort stürzt er sich auf mich, doch dieses Mal habe ich damit gerechnet.

Das Adrenalin in meinem Körper übertüncht für einen Moment den Schmerz, den ich überall verspüre, und verleiht mir ungeahnte Kräfte. Ich ziehe den Arm zurück und lasse meine Faust mit voller Wucht in Trents Gesicht krachen. Mein Schlag trifft ihn völlig überraschend und lässt ihn rücklings gegen einen Stuhl stolpern. Unbeholfen fällt er zu Boden. Sofort bin ich auf ihm, ohne mir Gedanken über seine Gegenwehr zu machen, und bedecke sein Gesicht und seinen Oberkörper mit Schlägen, ziehe an seinen Haaren und kratze ihm mit meinen Nägeln über das Gesicht.

Starke Arme heben mich schließlich von Trent runter. Ich wehre mich gegen den Griff und strample mit meinen Beinen, in der Hoffnung, dass ich dabei vielleicht seine Eier erwische. »Bring sie hier raus«, sagt Drew und übergibt mich an Charlie. »Ich kümmere mich um Trent.«

Charlie drückt mich an seine Brust, als plötzlich sämtlicher Kampfgeist aus meinen Gliedern weicht. Ich lege meine Wange an seine Schulter und fange Cams Blick auf, als mich Charlie aus dem Raum trägt. Angesichts der Komplimente, mit denen ich ihn gerade überhäuft habe – auch wenn ich seinen Namen natürlich nicht erwähnt habe –, hatte ich erwartet, einen selbstgefälligen Ausdruck auf seinem Gesicht zu sehen. Doch er wirkt innerlich zerrissen und eine Fülle von Emotionen spiegelt sich in seinem Gesicht. Er hat seine Maske abgelegt und möchte, dass ich verstehe, dass er mir sein wahres Ich zeigt. Er lässt nicht eine Sekunde lang meinen Blick los, und unausgesprochene Worte wandern zwischen uns hin und her. Mit einem Mal weiß ich ohne jeglichen Zweifel, dass Camden Marshall diesen Brief nicht geschrieben hat.

Darauf würde ich mein Leben verwetten.

Aber wenn die neue Elite nicht dahintersteckt, wer dann? Und was hat derjenige dadurch zu gewinnen, dass er mein Geheimnis offenbart?

28. KAPITEL

Als der halbe Nachmittag fast um ist, fange ich an, mit mir zu kämpfen. Meine letzten Kraftreserven habe ich während der Konfrontation in der Cafeteria aufgebraucht. Hinzu kommt, dass ich vergessen habe, meine Schmerztabletten mitzunehmen, und mein gesamter Körper höllisch wehtut. Es geht mir immer schlechter.

Der Lehrer fährt unbeirrt mit seinem monotonen Monolog fort. In dem Versuch, seine Stimme und die bohrenden Kopfschmerzen auszublenden, lege ich die Wange auf den Tisch. Je länger er redet, desto schlechter fühle ich mich. Hitze strahlt von meinen geprellten Rippen aus und sorgt dafür, dass mir unter meiner Uniform unangenehm heiß wird. Schweiß lässt mein Oberteil an meiner Haut kleben und feuchte Strähnen haften an meiner Stirn. Mir wird übel, mein Magen verkrampft sich heftig und ich habe Angst, dass ich mich gleich übergeben muss.

Ich springe auf und schwanke bedrohlich, als ich mir meine Tasche schnappe und aus dem Raum stolpere, ohne die Fragen des Lehrers zu beachten. Die Tür fliegt gegen die Wand, als ich mir gewaltsam einen Weg auf den leeren Gang bahne, während ich mir die Hand auf den Mund presse und zu würgen beginne.

Ich kann nicht einmal aufschreien, als ich plötzlich an einen warmen Körper gezogen werde und mich zwei starke Arme hochheben. »Ich hab dich«, sagt Cam und rennt mit mir auf dem Arm zur nächstgelegenen Toilette.

Er hat mich gerade in der Kabine abgestellt, da spucke ich auch schon den Inhalt meines mageren Mittagessens in die Toilette. Ich würge und würge, bis ich nichts mehr im Magen habe, das ich auskotzen könnte. Meine Rippen pochen schrecklich, mein Kopf fühlt sich an, als hätte ihn jemand mit einer Axt zweigeteilt, und ich bin glühend heiß. Ich habe das Gefühl, von innen heraus zu verbrennen.

Ich sacke gegen die Kabinenwand, während Cam mit leiser Stimme in sein Handy spricht und mich immer wieder besorgt ansieht. Ich versuche, meine Jacke auszuziehen, aber meine Arme wollen mir nicht gehorchen und fallen bei jedem Versuch einfach wieder schlaff herab.

Cam beendet sein Telefonat, steckt sein Handy weg und hockt sich vor mich hin. »Wo tut es weh?«, fragt er und sieht mich prüfend an.

»Überall«, krächze ich und presse die Augen zu, als ein gleißender Schmerz meinen Kopf durchfährt. »Zu heiß«, murmle ich und versuche wieder, meine Jacke loszuwerden.

»Darf ich?«, fragt er ganz sanft und ich zwinge mich, die Lider wieder aufzuschlagen. Ich kann kaum die Energie aufbringen, zu nicken, doch mein Blick übermittelt meine Zustimmung.

Vorsichtig zieht er mir Jacke und Oberteil aus, sodass ich obenrum nur noch ein dünnes Hemdchen und meinen BH anhabe, ehe er mich wieder hochhebt. Die Bewegungen seines Körpers machen mich schläfrig und ich sacke gegen seine Schulter, meine Arme lose um seinen Nacken geschlungen. »Schlaf, Baby«, murmelt er. »Ich kümmere mich um dich.«

Und zum zweiten Mal in weniger als vierundzwanzig Stunden verliere ich das Bewusstsein.

Als ich aufwache, liege ich in einem fremden Bett, auf einem schwarzen Seidenlaken, das sich unglaublich unter meinem schmerzenden Körper anfühlt. »Abigail«, sagt eine mir unbekannte Stimme, die mich abrupt die Augen aufreißen lässt. Sofort weiche ich vor dem Fremden zurück, der auf der Bettkante sitzt.

»Hey, alles ist okay«, beruhigt mich Cam, der zu meiner anderen Seite auftaucht. »Er ist hier, um dir zu helfen.«

»Wer sind Sie?«, frage ich und wimmere, als meine geschundenen Glieder beim Versuch, mich aufzusetzen, protestieren. Ich trage noch immer Hemdchen und BH, aber irgendjemand – wahrscheinlich Cam – hat mir Rock, Socken und Schuhe ausgezogen, sodass ich untenrum nur noch mein weißes Seidenhöschen anhabe.

»Er ist mein Cousin«, erklärt Cam schnell und bedenkt den

gutaussehenden dunkelhaarigen Mann vor mir mit einem seltsamen Blick.

»Ich studiere in Harvard Medizin«, sagt dieser. »Cam hat mich gebeten, vorbeizukommen und dich zu untersuchen.«

»Mir geht es gut. Ich habe nur Schmerzen und brauche Schlaf«, murmle ich.

»Das ist nicht das, was der Arzt gesagt hat, der dich gestern Abend untersuchte«, widerspricht Cam ruhig, doch seine blauen Augen sind herausfordernd auf mich gerichtet.

»Du hast mit diesem Arschloch gesprochen?«, frage ich und er lacht.

»Nicht ganz.«

»Ich habe mich in das Computersystem des Arztes gehackt und uns den Bericht besorgt«, erklärt Sawyer und ich zucke beim Klang seines tiefen Timbres zusammen.

Ich sehe mich in dem nur schwach beleuchteten Raum um und entdecke ihn rittlings auf einem Stuhl sitzend. Ich scanne den Raum zur Gänze und bin überrascht. »Bin ich in deinem Zimmer?«, frage ich Cam und er zwinkert mir zu.

»Wo solltest du sonst sein?«, erwidert er und sieht mich an, als wäre es seltsam von mir, überhaupt zu fragen.

»In einem der Gästezimmer?«

»Du bleibst hier und daran gibt es nichts zu rütteln«, knurrt er.

Ich bin zu müde und habe zu starke Schmerzen, um mit ihm zu diskutieren, darum sage ich nichts und akzeptiere es einfach, auch wenn ich es nicht verstehe. Vermutlich hat er noch nicht bemerkt, dass sein Höschenvorrat nicht mehr da ist, und weiß nicht, dass ich in sein Zimmer eingebrochen bin, um dort herumzuschnüffeln.

Jacksons typisches Lachen dringt an meine Ohren. »Sind alle hier?«, hake ich nach und blinzle, um seine Gestalt im Halbdunkel des Zimmers auszumachen.

Jackson dreht sich auf dem Gamingstuhl um, der am anderen Ende des Raumes steht. Er hat einen Controller in der Hand. »Wir haben uns Sorgen um dich gemacht, Schönheit. Wir wollten alle sicherstellen, dass es dir gut geht.«

»Warum bin ich in eurem Haus?« frage ich, als sich die Zimmertür öffnet und ein mir bekanntes Gesicht erscheint.

»Wir haben angenommen, dass es der sicherste Ort wäre«, sagt Charlie, beugt sich über mich und drückt mir einen Kuss auf die Stirn. Mir entgeht der finstere Blick nicht, den Cam in seine Richtung schießt, und auch nicht die Art und Weise, wie mein Herz angesichts seiner besitzergreifenden Reaktion vor Freude einen Luftsprung macht.

»Und du hattest nichts dagegen?« Meine Stimme trieft nur so vor Ungläubigkeit.

»Es ist nicht sicher für dich, nach Hause zu gehen. Dein Vater ist auf dem Kriegspfad. Anscheinend ging gestern Abend das Gerede los und laut Drew verhält er sich jetzt wie ein Löwe im Käfig. Er ist bei ihm und versucht, ihn zu beruhigen.«

»Und mein Vater denkt, ich sei wo genau?«

Charlie setzt sich auf die Bettkante und streicht mir eine Haarsträhne hinters Ohr. »Er glaubt, du wärst bei mir zu Hause.« Er legt mir einen Finger auf die Lippen, als ich den Mund öffne. »Mach dir keine Sorgen. Ich habe das mit meinen Eltern abgeklärt. Wenn dein Vater fragt, erholst du dich bei uns zu Hause. Ich habe meinem Vater gesagt, du würdest bei Freunden sein, denen ich vertraue, und er wird keine Fragen stellen.«

Ich ziehe eine Braue in die Höhe. »Bei Freunden, denen du vertraust?« Mein Blick huscht zu Cam, woraufhin dieser nur noch finsterer dreinschaut.

»Ein sehr dehnbarer Begriff, ich weiß, aber ich habe mit den Jungs gesprochen und sie haben mir versichert, dass sie dir nichts Böses wollen. Sie werden sich um dich kümmern.« Nun starrt Charlie Cam an und bedenkt ihn mit einem ähnlich misstrauischen Blick.

»Besser, als ihr Arschlöcher das getan habt«, sagt Cam herausfordernd.

Charlie steht auf, sein ganzer Körper ist angespannt. »Provozier mich verdammt noch mal nicht, Marshall. Du wandelst ohnehin schon auf dünnem Eis. Wir wissen, wie du sie während unserer Abwesenheit behandelt hast.« Er wirkt, als wäre er nur einen Wimpernschlag davon entfernt, Cam den Kopf abzureißen. »Das hier ist nur ein temporärer Waffenstillstand.« Er baut sich vor ihm auf. »Und wenn du ihr nur ein einziges Haar krümmst, werde ich dir persönlich die Scheiße aus dem Leib prügeln.«

Cam grinst. »Ich würde nur zu gern sehen, wie du es versuchst.«

»Beruhig dich, Barron«, sagt Drew, als er mit Jane an der Hand den Raum betritt. »Wir waren uns einig. Mach das jetzt nicht kaputt.«

Verdutzt wende ich mich an meinen Bruder. »Seid ihr jetzt alle Freunde, oder was?«

»Wir haben ein Abkommen, A.« Drew drückt mir einen Kuss auf den Kopf und nimmt den Platz ein, den Charlie soeben freigemacht hat. Im Zimmer wird es mit so vielen Leuten langsam klaustrophobisch eng. »Und die neue Elite hat zugestimmt, uns zu helfen. Du brauchst Schutz und den können sie dir bieten. Du kannst nicht nach Hause kommen. Vater ist auf eine Weise durch den Wind, wie ich es noch nie erlebt habe. Dort ist es nicht sicher. Ich habe Angst vor seiner Reaktion, insbesondere wenn Montgomery den Deal zwischen ihnen für gescheitert erklärt.«

Er wirft Cam über seine Schulter hinweg einen kurzen Blick zu, und beide sehen einander besorgt an. »Trent wird nach dem heutigen Tag nichts mehr mit dir zu tun haben wollen«, fährt er fort. »Ihn so zu reizen, war nicht gerade besonders klug.«

»Fang jetzt nicht damit an, Drew«, sagt Jane genervt. »Trent hatte das schon lange verdient.« Sie verschränkt die Arme vor der Brust. »Gut, dass wir ihn los sind. Er ist ein verdammter Psychopath und du solltest nicht wollen, dass er auch nur ansatzweise irgendwo in Abbys Nähe ist.«

»Ich würde niemals einfach klein beigeben, nach dem, was er getan hat«, fauche ich. »Er hat Glück, dass ich verletzt bin, andernfalls hätte er sich von seinem Schwanz verabschieden können.« Allein der Gedanke an diesen Bastard bringt mich zum Schäumen.

»Ihr könnt von Glück reden, dass wir Cam nicht auf euch

ansetzen«, sagt Jackson und kommt zum Bett herüber. »Wie konntet ihr danebenstehen und dabei zugucken?«

»Wissen es alle?«, flüstere ich, und eine Welle der Scham überrollt mich.

Stille tritt ein und liefert mir meine Antwort. Ich lasse den Kopf in eines der Kissen sinken, nicht in der Lage, die anderen anzusehen, nachdem ich nun weiß, dass sie in alle Details eingeweiht sind.

»Hey.« Jane legt sich zu mir und kuschelt sich an meine Seite. »Sieh mich an.« Ich blinzle die aufsteigenden Tränen fort, und hebe den Blick in die besorgt wirkenden Augen meiner besten Freundin. »Du musst dich für nichts schämen. Du bist die einzige Unschuldige in dieser ganzen Sache.« Sie wirft Charlie und Drew einen scharfen Blick zu, was ihre Worte nur noch unterstreicht.

Ein Räuspern durchbricht die angespannte Stimmung in der Luft. »Okay, ich denke, es ist an der Zeit, dass ihr alle rausgeht. Ich muss Abigail medizinisch versorgen und das kann ich nicht, wenn ihr alle hier seid«, sagt Cams Cousin in bestimmtem Tonfall.

»Ich bleibe hier«, verkündet Drew.

»Nein, das tust du nicht«, kommt Jane meinen Worten zuvor. Sie küsst mich auf die Wange und hüpft vom Bett. »Abby braucht keine Zuschauer.«

Alle verlassen schließlich den Raum, nur Cam macht keine Anstalten, sich in Bewegung zu setzen.

»Raus«, fordert Drew, mustert ihn misstrauisch und deutet mit dem Finger zur Tür.

»Cam bleibt«, widerspreche ich. Ich möchte nicht allein mit einem Fremden sein, auch wenn er noch so nett erscheint. Cam ist der Einzige, in dessen Gegenwart ich mich nicht schäme.

Warum? Das weiß ich selbst nicht.

»Warum darf er bleiben und ich nicht?«, fragt Drew schnippisch.

»Weil er nicht danebengestanden hat, ohne etwas zu unternehmen, als sie mich gedemütigt haben!«, fauche ich.

»Ich habe gesagt, dass es mir leidtut.«

»Eine Entschuldigung macht nicht auf magische Weise alles wieder gut, Drew. Du bist mein Bruder. Mein *Zwilling*. Die einzig wahre Familie, die ich habe. Du solltest mich niemals im Stich lassen. Aber du. Hast. Absolut. Nichts. Unternommen.«

Seine Brust hebt und senkt sich heftig, und er sieht aus, als würde er gleich anfangen zu weinen. Dennoch ändert das nichts. Wut brodelt noch immer in mir. Ich wende den Blick ab, nicht länger in der Lage, ihn anzusehen, und treffe auf den von Cam. Er starrt mich an, und mir ist, als würde ich ihn das erste Mal wirklich sehen. In seinen Augen erkenne ich Mitgefühl und Respekt, aber auch noch so viele andere Dinge, die ich nicht benennen kann.

Drew stößt ein tiefes Knurren aus, und ich erkenne den Moment, in dem er alle Teile zusammensetzt. »Er war es, oder?« Er funkelt Cam bitterböse an. »Ich kann es verflucht noch mal nicht glauben.«

»Wovon redet er?«, fragt Cams Cousin.

»Nichts«, antworten Cam und ich wie aus einem Mund und sehen uns verschwörerisch an.

»Es war nicht Cam«, sage ich, auch wenn ich es hasse, meinem Bruder ins Gesicht zu lügen, doch die Wahrheit ist, dass ich ihm nicht mehr vertraue. Niemandem von ihnen. »Er ist erst vor ein paar Wochen hergekommen, und ich habe dir gesagt, dass das schon vor Monaten passiert ist.«

Drew sieht mich eine Ewigkeit an, bewegungslos und ohne zu blinzeln, als wäre er zu Stein erstarrt. Dann endlich gibt er auf. »Wenn ich herausfinde, dass du mich angelogen hast ...«

»Habe ich nicht«, falle ich ihm ins Wort. »Und jetzt musst du gehen. Mir tut alles weh und ich brauche dringend etwas gegen die Schmerzen.«

»Ich komme später wieder. Ruf mich jederzeit an, egal ob tagsüber oder nachts, ich bin sofort da.« Ich antworte nichts. Drew ist momentan die letzte Person, auf die ich mich verlassen möchte. »Ich liebe dich«, sagt er noch, als er das Zimmer schon fast verlassen hat. Seine Stimme und sein Gesichtsausdruck verraten seine Furcht.

Er weiß, dass er wahnsinnigen Mist gebaut hat. Dass er mich dadurch vielleicht für immer verloren hat.

Noch immer wartet er auf die Worte, die ich normalerweise erwidere, und die Angst, die sich in seinem Gesicht spiegelt, nimmt mit jedem Moment zu, in dem ich weiterschweige.

»Ich liebe dich auch«, stammle ich schließlich und ersticke dabei fast an dem Kloß, der in meinem Hals feststeckt. Ich mag enttäuscht von ihm sein und eine Riesenwut auf ihn haben, aber ich werde meinen Bruder immer lieben. So lange gab es nur ihn und mich, und auch wenn ich niemals vergessen werde, wie sehr er mich im Stich ließ, als ich ihn am meisten brauchte, mindert das nicht meine Liebe für ihn.

Drew zieht die Tür hinter sich ins Schloss und lässt mich mit Cam und dessen Cousin allein. »Kannst du dich wenigstens hinsetzen?«, frage ich und sehe hinauf zu Cam. »Du machst mich nervös, wenn du so über mir hängst und derart finster dreinschaust.«

Sein Cousin versucht, sein Schmunzeln mit einem Räuspern zu überspielen, kann aber niemandem etwas vormachen. Cam schnappt sich seinen Schreibtischstuhl und zieht ihn zum Bett herüber. »Zufrieden?«

»Wahnsinnig«, witzle ich und zucke zusammen, als kühle, behandschuhte Hände plötzlich die Innenseite meines Arms berühren.

»Entschuldige. Ich wollte dich nicht erschrecken«, sagt sein Cousin. »Ich möchte nur eine Kanüle legen und einen Tropf anbringen, da das der schnellste Weg ist, um Morphium in deinen Körper zu bekommen.«

»Wie bist du da rangekommen?«, will ich wissen.

Er tippt sich mit dem Finger gegen die Nase und lächelt. »Es gibt nicht viel, was man mit den richtigen Kontakten und Geld nicht beschaffen kann.« Das stimmt. Ich habe es mein ganzes Leben lang gesehen. »Sind in der Vergangenheit bei dir in Bezug auf Infusionen schon mal irgendwelche Probleme aufgetreten?«, fragt er, und ich schüttle den Kopf. »Gut. Ich werde das Ganze schnell und schmerzlos erledigen. Ich bin übrigens Maverick, auch wenn mich alle Rick nennen.

»Maverick Anderson?«, frage ich und beobachte ihn dabei, wie er meinen Arm desinfiziert und einen Druckschlauch anbringt.

Sein Blick wandert für eine Sekunde zu Cam. »Ja. Erinnerst du dich an mich?«

Ich nicke und zucke kurz zusammen, als sich die Nadel in meine Haut bohrt. »Du hast mich früher immer an den Haaren gezogen und versucht, mich im Pool unterzutauchen.«

Cam schnaubt und verdreht die Augen. Automatisch sucht mein Blick das gerahmte Foto, das mir aufgefallen ist, als ich in seinem Zimmer herumgeschnüffelt habe, doch es ist nicht mehr da. Wenn ich Maverick betrachte, bin ich mir nahezu sicher, dass er einer der Jungs auf dem Bild ist. »Wie geht es deinen drei Brüdern?«, möchte ich wissen, und frage mich, ob er den Köder schlucken wird.

»Ihnen geht es gut«, antwortet Rick, ohne etwas preiszugeben, als er die Nadel aus meinem Arm zieht und den Infusionsbeutel, der an dem Infusionsständer neben dem Bett befestigt ist, an der Kanüle anschließt,. »Ich werde ihnen Grüße von dir ausrichten«, fügt er hinzu und sichert die Kanüle mit einem Pflaster. Dann schnippt er leicht gegen den Infusionsschlauch, um sicherzustellen, dass das Medikament auch richtig fließt.

»Mach das«, sage ich und lasse mich tiefer in die Kissen sinken. Kühle Flüssigkeit breitet sich in meiner Vene aus und ich seufze zufrieden auf.

»Es wird nicht lange dauern, bis es wirkt, dann solltest du nicht mehr solche Schmerzen haben. Außerdem ist es wichtig, dass du regelmäßig etwas isst und viel schläfst«, ergänzt Maverick. »Ich werde den Infusionsbeutel im Anschluss so einstellen, dass er dich auch mit Flüssigkeit versorgt, aber trink trotzdem schön viel Wasser.«

»Danke, und ich vergebe dir.« Er hält in seinem Tun inne und sieht mich mit einem schiefen Grinsen im Gesicht an. »Dafür, dass du mich als Kind geärgert hast.«

»Du weißt, dass ich das nur getan habe, weil ich heimlich in dich verknallt war.« Er wackelt mit den Brauen und seine braunen Augen funkeln verschmitzt.

»Vielleicht war ich auch ein kleines bisschen in dich verknallt«, murmle ich lächelnd zurück.

Er beugt sich ein Stück nach vorn und wirft Cam einen Blick zu, ehe er sagt: »Du bist jetzt noch viel heißer als früher. Ich glaube, ich spüre die nächste Schwärmerei aufkommen.«

Cam räuspert sich geräuschvoll und murmelt kaum hörbar *Arschloch*, was mich zum Lachen bringt, und gleichzeitig bereue ich den kleinen Ausbruch. Ich wimmere auf, als ein stechender Schmerz meine Rippengegend durchzuckt. »Scheiße. Bring mich nicht zum Lachen. Das tut zu sehr weh.«

»Soll ich mir deine Rippen einmal angucken?«, fragt Maverick, und seine kokette Art ist sofort verschwunden.

»Das Arschloch von einem Arzt hat sie gestern verbunden, von daher denke ich, dass es erst einmal so gehen sollte.«

»Hast du noch irgendwo anders Schmerzen?«, fragt er leise.

Das ist so peinlich, aber ich muss wieder ganz gesund werden. Je länger ich außer Gefecht bin, desto mehr bin ich in Gefahr. »Ich bin dort unten ein wenig wund«, wispere ich. »Sein Nagel hat mich verletzt ...«

Cam steht auf und läuft im Raum auf und ab, wobei er sich fest auf die Fingerknöchel beißt.

»Die Zeit heilt das am besten«, sagt Maverick und beobachtet Cam eindringlich. »Warme Bäder helfen ebenfalls. Und kein Sex für eine Weile.«

Ich schnaube. »Ja. Das braucht nicht viel Überzeugung. Schließlich hat mich der Sex mit deinem Cousin überhaupt erst in diesen Schlamassel gebracht.« Schock zeichnet sich auf Mavericks Gesicht ab und Cam hört auf, im Raum auf und ab zu laufen. »Oops. Hätte ich das nicht sagen sollen?« Cams ganzer Körper ist angespannt und ein Muskel an seinem Kiefer zuckt. Ich unterdrücke ein Gähnen, als meine Lider immer schwerer werden. »Ich dachte, ihr Jungs prahlt mit so was herum.«

»Tja, Cam hat kein Wort gesagt«, entgegnet Maverick kurz angebunden und packt seine Tasche zusammen. »Was ein wenig seltsam ist«, fügt er dann noch hinzu, als ich langsam ins Land der Träume abdrifte. »Denn normalerweise tickt er da ganz anders.«

Das ist das Letzte, was ich höre, ehe ich endgültig in friedliche, dunkle Tiefen abtauche.

29. Kapitel

Ein leises Rascheln weckt mich irgendwann und ich spüre, dass jemand im Zimmer ist. »Cam?«, wimmere ich und versuche, die Augen aufzubekommen, doch meine Lider wollen mir nicht gehorchen. Eine unheimliche Stille umgibt mich und all die feinen Härchen in meinem Nacken richten sich auf. Ich versuche, meinen Kopf zu drehen, gänzlich aufzuwachen, aber die Dunkelheit greift wieder nach mir und begräbt mich unter sich.

»Abby.« Eine sanfte Stimme dringt an mein Ohr und jemand streichelt mir sacht über die Wange. »Wach auf, Abby. Du musst etwas essen.«

Blinzelnd öffne ich die Lider und starre in warme, braune Augen mit goldenen Sprenkeln darin. »Ich habe dir ein Tablett voll Essen gebracht«, sagt Cam, und ich setze mich aufrecht hin. Gähnend glätte ich die Decke über meinem Schoß. Cam stellt das Tablett darauf ab, auf dem sich jede Menge Speisen türmen. Unterschiedlich zubereitetes Ei, Bacon, Toast, Waffeln und eine riesige Schüssel voll frischem Obst sowie ein Becher griechischer Joghurt. »Ich wusste nicht, was du magst, deswegen habe ich dir eine Auswahl mitgebracht«, erklärt er und lässt sich in den Stuhl neben dem Bett fallen.

»Du hast das alles gemacht?« Überrascht ziehe ich die Brauen nach oben.

Cam nickt und wirkt plötzlich verlegen, was völlig ungewohnt an ihm ist. Er ist heute leger gekleidet und sieht in seiner Jogginghose und dem enganliegenden weißen T-Shirt heißer aus als jemals zuvor. »Danke.« Ich streiche mir das Haar hinter die Ohren, ehe ich das Rührei probiere. Es ist perfekt. Leicht und fluffig, genau, wie ich es mag. »Das ist lecker.« Ich nehme einen weiteren Bissen. »Möchtest du auch was?«, frage ich. »Ich werde das hier niemals allein schaffen.«

»Ich habe bereits gegessen, und es ist in Ordnung, wenn du übrig lässt, was du nicht schaffst.«

Stille umhüllt uns, während ich esse. Es ist seltsam, auf diese Weise mit Cam hier zu sitzen, ohne aufeinander loszugehen. »Wo sind die anderen?«, frage ich und picke in der Schüssel mit Obst herum.

»Lauder und Hunt sind zur Schule gegangen. Wir haben gedacht, es wäre zu auffällig, würden wir alle fehlen. Sie werden die Nachricht verbreiten, dass ich für ein paar Tage meinen Vater in New York besuche, damit ich hier bei dir bleiben kann.«

»Das musst du nicht«, protestiere ich und trinke einen Schluck Orangensaft. »Ich bin mir sicher, dass ich zurechtkomme.«

Er sieht mich für einige Sekunden schweigsam an. »Schubst du die Leute immer weg, wenn sie versuchen, dir zu helfen?«

Ich zucke mit den Schultern. »Seit meine Mom gestorben ist, habe ich gelernt, mich nur noch auf mich zu verlassen. Außer Drew und Jane, und seit kurzem auch Xavier, gab es nie jemanden, dem ich besonders wichtig war.« Ich heische nicht nach Mitleid, sondern sage einfach, wie es ist.

»Wegen Xavier.« Er beugt sich vor und sein waldiger, zitrusartiger Duft steigt mir in die Nase.

Meine Haut prickelt und sofort bin ich auf der Hut. »Was ist mit ihm?« Mein Ton ist mit Absicht barsch, als ich das Tablett wegschiebe.

»Hast du schon einmal daran gedacht, dass er vielleicht derjenige war, der dich verraten hat?«

»Nein«, lüge ich. »Und dich habe ich ebenfalls noch nicht gänzlich ausgeschlossen.« Was nicht der Wahrheit entspricht, denn ich habe ihn definitiv ausgeschlossen. Seine Andeutung bezüglich Xavier macht mich allerdings nachdenklich, auch wenn Zweifel an mir nagen.

»Ich habe das nicht getan. Keiner von uns hat das getan.« Er sieht mich aufrichtig an. »Mir ist bewusst, dass ich dir damit gedroht habe, aber ich hätte das niemals durchgezogen.«

Ich glaube ihm, da ihm die Wahrheit ins Gesicht geschrieben steht. »Warum habt ihr mir dann überhaupt damit gedroht?«

»Weil wir etwas gebraucht haben, mit dem wir dich manipulieren konnten, und das war die offensichtlichste Möglichkeit.«

»Weil ihr meine Hilfe wolltet, um meinen Vater dranzukriegen?« Er nickt, und dennoch habe ich das Gefühl, noch immer nicht alles zu verstehen. »Warum habt ihr mich dann nicht einfach gefragt?«

»Weil uns nicht klar war, dass du ihn hasst. Dass du deine eigenen Gründe hast, ihn vernichten zu wollen.«

Ich denke eine Weile darüber nach und halte seine Erklärung für schlüssig, dennoch kann ich den Eindruck nicht abschütteln, dass mir etwas Wichtiges entgeht. Etwas, das mir mitten ins Gesicht starrt, das ich aber übersehe. »Es war sowieso alles umsonst. Ich bezweifle, dass ich noch länger in der Lage sein werde, euch zu helfen. Wahrscheinlich muss ich die Stadt verlassen, ehe mich mein Vater dafür ermordet, dass ich seine Pläne durchkreuzt habe.«

»Das werden wir nicht zulassen. Du kannst so lang hierbleiben, wie du möchtest.«

»Warum helft ihr mir?«

Er senkt den Kopf und richtet den Blick zu Boden. Es dauert ein paar Minuten, ehe er antwortet. »Weil es das Richtige ist. Weil wir dich falsch eingeschätzt haben. Weil du nicht der Feind bist.« Ob das Antworten oder Fragen sind, die er da formuliert, erschließt sich mir angesichts seines Tonfalls nicht.

»Du hast dich mir gegenüber wie ein ziemliches Arschloch verhalten. Warum sollte ich auch nur ein Wort von dem glauben, was aus deinem Mund kommt?«

»Du musst das auch nicht«, sagt er und überrascht mich damit. »Ich erwarte das auch nicht von dir. Aber wir werden dir beweisen, dass du es kannst. Das ist mein Versprechen an dich.«

Ich liege flach auf dem Rücken, starre an die Decke und frage mich, wann mein Leben zu einem solch spektakulären Schlamassel geworden ist.

»Wir fangen damit an, herauszufinden, wer dir das angetan

hat«, fügt er hinzu.

Ich drehe mich auf die Seite und schiebe meine Hand unter meine Wange. »Ich glaube nicht, dass es Xavier war.«

»Aber?« Er zieht eine Braue in die Höhe.

Ich seufze. »Aber ich habe gelernt, niemandem in meinem Zirkel gänzlich zu vertrauen.« Mein Herz schmerzt bei dem Gedanken, dass er dahinterstecken könnte.

»Du musst dich deswegen nicht schlecht fühlen«, sagt er. »Es ist klug, so zu denken. Solange wir ihn nicht befragt haben, kannst du ihn nicht mit Sicherheit ausschließen.«

»Was meinst du mit *wir*?« Ich schiebe mich in eine sitzende Position und ignoriere den Schmerz, der mich dabei durchfährt. »Ich werde mit Xavier reden. Er ist *mein* Kontakt. Mein Freund.«

»Reg dich nicht auf«, erwidert Cam und verdreht die Augen. »Uns ist klar, dass du dabei sein willst, deshalb kommt er heute Abend hierher. Wir werden ihn zusammen in die Mangel nehmen.«

»Nein.« Ich schüttle den Kopf. »Ich werde mit ihm allein reden. »Er wird nur dichtmachen, wenn ihr Jungs ihn befragt.«

Er funkelt mich finster an. »Himmel, du bist so verdammt stur.«

»Sagt der Richtige«, kontere ich.

Kopfschüttelnd steht er auf und murmelt dabei irgendwas, das ich nicht verstehen kann. »Also gut. Du redest zuerst mit ihm, aber wenn du nichts aus ihm rauskriegst, übernehmen wir.«

»Einverstanden. Na bitte, das war doch gar nicht so schwierig, oder?« Ich grinse ihn süßlich an und lache, als er mir einen Vogel zeigt.

»Ich lasse dir ein Bad ein, wenn du fertig bist mit deiner Mahlzeit.«

»Bin ich«, bestätige ich und sehe auf das noch immer volle Tablett hinab. Ich habe kaum etwas angerührt. »Sorry, mein Appetit ist im Moment nicht sonderlich groß.«

»Ist schon okay.« Er fährt sich mit der Hand durchs Haar. »Bleib im Bett und beweg dich nicht.« Nach dieser Anweisung verschwindet er im angrenzenden Badezimmer.

Ich organisiere mir meine Tasche, die auf dem Boden neben dem Bett steht, und krame darin herum. Nehme mein Handy und eine meiner Verhütungspillen heraus. Ich schlucke sie mit den Resten meines Orangensafts runter und swipe mich dann durch die Nachrichten sowie die verpassten Anrufe. Beim Durchlesen all der beleidigenden Worte von Trent stoße ich einen Fluch aus.

»Was ist los?«, fragt Cam und lehnt sich gegen die Badezimmertür.

»Nur Trent und sein altbekanntes Psychoverhalten.« Ich schlage die Decke zurück und schwinge die Beine über die Bettkante. Der Schmerz, der dabei von überall auf mich einhämmert, lässt mich aufstöhnen.

»Nimm die hier.« Cam reicht mir zwei Schmerztabletten aus dem Fläschchen neben dem Bett. »Rick musste wieder zurück nach Harvard und hat Lauder nicht genug vertraut, um hier weitere Morphium-Infusionen rumliegen zu lassen, darum hat er dir stattdessen diese besorgt. Er meinte, du sollst alle vier bis sechs Stunden zwei Stück davon nehmen.«

Er gibt mir die Tabletten und ich ignoriere, wie mein Herz zu flattern und meine Haut zu prickeln beginnt, als sich unsere Finger berühren. Cam hält mir eine Wasserflasche hin und sieht mich unverwandt an, während ich die Tabletten runterschlucke. Sein Blick wandert für einen Moment zu meinen nackten Beinen und erst jetzt wird mir bewusst, wie wenig ich anhabe. Er betrachtet mich ganz offen, und sofort sammelt sich heißes, heftiges Verlangen in meiner Mitte. »Warum hat er Jackson deswegen nicht vertraut?«, stoße ich hervor, um die zunehmende Elektrizität in der Luft zu durchbrechen.

Cam schmunzelt. »Hast du noch nichts von seiner Neigung mitbekommen? Jackson verbringt sein Leben gern zugedröhnt. Keiner von uns vertraut ihm genug, um davon auszugehen, dass er sich nicht hier reinschleichen und versuchen würde, etwas von deinem Morphium für sich abzuzweigen, während du schläfst.«

Seine Worte bringen eine Erinnerung zutage, und ich frage mich, ob es Jackson war, der am frühen Morgen das Zimmer durchwühlt hat. Zu Cam sage ich diesbezüglich jedoch kein

Wort, sondern schiebe es gedanklich in eine Ecke, um Jackson selbst später danach zu fragen.

»Welchen Albträumen versucht er zu entfliehen?« Ich gebe mir Mühe, mich aufzurichten. Meine Rippen protestieren heftig und ich keuche schmerzerfüllt auf.

Cam hebt mich so vorsichtig hoch, als würde ich nichts wiegen. Das Gefühl seiner Haut an meiner lässt mein Verlangen in schwindelerregende Höhen schnellen.

»Dem Schmerz, den der Tod seiner Schwester verursacht hat«, erklärt er leise, als er mit mir auf dem Arm das Badezimmer betritt und mich wieder auf die Füße stellt. Dampf und der wohlriechende Duft von Yasmin hüllen den Raum ein. »Brauchst du Hilfe beim Ausziehen?«, fragt er, worauf ich den Kopf schüttle.

»Ich komme klar«, lüge ich und frage mich, wie groß die Anzahl der dunklen Flecken auf meiner Seele mittlerweile ist, angesichts der vielen Lügen, die ich in letzter Zeit erzählt habe.

Er dreht sich zur Tür um und lehnt sich gegen die Wand. »Ich werde nicht hinsehen, aber hierbleiben, für den Fall, dass du mich brauchst.«

Seine offensichtliche Sorge lässt Tränen in meinen Augen brennen. Wenn ich gedacht habe, ich wäre zuvor schon völlig verrückt nach ihm gewesen, war das nichts im Vergleich zu dem Chaos, das jetzt in meinem Kopf tobt. Ich glaube, ich fand es besser, als er gemein zu mir war und mich mit Absicht verletzte. Da wusste ich zumindest, wo ich stand. Jetzt ist alles ein einziges Durcheinander, und ich hasse meine gemischten Gefühle.

Ich ziehe mir das Hemdchen über den Kopf und werfe es auf den Boden, ehe ich mich frage, wie ich den Verband an meinen Rippen entfernen soll, um zu baden. Ich strecke eine Hand nach hinten aus, um an die Enden ranzukommen, schaffe es jedoch nicht. »Ich brauche Hilfe mit dem Verband.«

Cam kommt zu mir, seine Augen hat er die ganze Zeit auf mein Gesicht gerichtet. Nachdem er meine verknoteten Haare zur Seite geschoben hat, löst er von hinten den Verband. Während des Abwickelns berührt er immer wieder meine ausgestreckten Arme, was Erinnerungen an unsere gemeinsame Nacht in mir weckt. Hitze durchströmt meinen Körper und brennt auf meinen Wangen, während ich an seine Berührungen denke, an seine Lippen, die über meine empfindliche Haut glitten, und an das Gefühl, als er in mich eindrang. Meine Knie geben unter mir nach.

»Woah, ist alles in Ordnung mit dir?«, fragt er mit tiefer, rauer Stimme und schlingt seine Arme um meine Taille. Ich war so sehr in Gedanken vertieft, dass ich nicht einmal mitbekommen habe, dass er den Verband inzwischen völlig entfernt hat.

»Mir geht es gut«, krächze ich und widerstehe dem Drang, mich an ihn zu lehnen. »Kannst du bitte meinen BH aufmachen?«, frage ich leise.

Seine Finger streifen über meine Haut, während er geschickt meinen BH löst und die Träger von meinen Schultern schiebt. Ich lasse diesen zu Boden fallen und kicke ihn beiseite, damit er nicht nass wird. Dann stütze ich mich mit einer Hand auf dem Wannenrand ab und versuche, mein Höschen auszuziehen, aber meine Rippen pochen schmerzhaft, als ich mich bücke, und die Anstrengung ist zu groß.

»Ich werde nicht hinschauen«, sagt er, ehe ich ihn um Hilfe bitten kann, und geht um mich herum. Er blickt zur Seite, während er seine Daumen unter den Bund meines Höschens schiebt und es nach unten zieht, bis ich schließlich splitterfasernackt vor ihm stehe. Es ist nicht so, als würde er mich zum ersten Mal entblößt vor sich haben, aber ich bin voller Blutergüsse und Schnitte, und ich möchte nicht, dass er mich auf diese Weise sieht.

Er richtet sich auf, den Blick noch immer abgewendet, und erneut schießen mir Tränen in die Augen.

Scheiße.

Ich stecke in einem emotionalen Strudel fest und mein Herz pocht wie wild in meiner Brust.

»Es ist okay«, sagt er, als er meine Verunsicherung bemerkt. »Ich passe auf dich auf.« Behutsam hebt er mich hoch und lässt mich dann sanft ins Wasser gleiten. Meine Glieder entspannen sich sofort; die Wärme des Bades ist eine Wohltat für meinen

Körper.

Seine Ärmel sind vollkommen durchnässt, als er sie herauszieht, nach einem kleinen Handtuch greift und wortlos aus dem Raum geht. Ein paar Sekunden später kommt er mit einem Haargummi zurück, kniet sich neben die Wanne und fährt mit den Fingern durch meine Haare. Das Gefühl ist herrlich. Ich senke die Lider und lehne mich gegen den Wannenrand, während er das Haar auf meinem Kopf zu einem unordentlichen Knoten zusammenbindet.

»Willst du, dass ich hierbleibe?«, fragt er mit bedrohlich leiser Stimme, und ich sehe ihn an.

Sein Blick schweift über meinen Oberkörper, was mein Herz noch schneller schlagen lässt als zuvor. Trotz der sichtbaren Beule in seiner Jogginghose konzentriert er sich auf die blauen Flecken, die sich über meine Rippen und meinen Bauch ausbreiten. Wut brennt glühend in seinen Augen.

»Du solltest gehen«, flüstere ich, denn je länger er bleibt, desto größer ist das Risiko, dass ich ihn anflehe, sich auszuziehen und zu mir in die Badewanne zu steigen.

Ohne Vorwarnung senkt er den Kopf und drückt mir einen unsäglich sanften Kuss auf die Lippen.

Und dieser Kuss beinhaltet alles.

Alles, was er nicht gesagt hat.

Alles, was ich fühle.

Und plötzlich ist mir klar, wie tief ich in der Klemme stecke.

Er löst sich von mir, umfasst mein Gesicht und blickt mir tief in die Augen. Sein Gesichtsausdruck ist entschlossen und aufrichtig. »Sie werden damit nicht davonkommen, Abby. Ich werde dafür sorgen, dass diese Bastarde für das bezahlen, was sie dir angetan haben.«

Ein paar Stunden später wache ich auf und strecke mich gähnend unter der Bettdecke. Nach dem warmen Bad hatte ich keinerlei

Probleme, wieder einzuschlafen. Ich sehe hinüber zu Cam, der tief und fest im Sessel döst. Den Kopf hat er zur Seite geneigt und seine Hände unter die Wange geschoben. Er sieht so jung und friedlich aus. Das Verlangen, mich in seine Arme zu schmiegen, überkommt mich mit voller Heftigkeit, auch wenn mich das mittlerweile nicht mehr überraschen sollte. Ich habe bereits im allerersten Moment auf ihn reagiert.

Selbst als er sich mir gegenüber wie ein mieses Arschloch verhielt, hätte ich mir die Gelegenheit, mit ihm ins Bett zu gehen, nicht nehmen lassen.

Sein Skizzenblock liegt achtlos auf seinem Schoß, und ich kann nicht anders. In vorsichtigen Bewegungen krieche ich auf ihn zu und hole ihn mir, dann lehne ich den Rücken gegen die Kopfstütze und fange an darin zu blättern. Ich überspringe die Skizzen, die ich bereits kenne, und schaue mir seine neuesten Zeichnungen an. Ich lasse meinen Finger über das Bild von Jackson und Sawyer streifen, und muss lächeln.

Er hat sie in einem unbeobachteten Moment erwischt, und keiner von ihnen trägt die üblichen Masken. Sie haben die Köpfe zusammengesteckt, ihre Körper sind entspannt, als wären sie in ein Gespräch vertieft. Sawyer hält eine Flasche Bier in der Hand und Jackson einen Joint. Jacksons Mund ist zu einem breiten Lächeln verzogen. Nicht die Art von Lächeln, für das er in der Schule berüchtigt ist. Es ist ein echtes, ehrliches Lächeln, das sein ganzes Gesicht erhellt und hervorhebt, wie wunderschön er mit seinem zerzausten blonden Haar, den hohen Wangenknochen und den vollen Lippen ist.

Sawyer hat nicht mehr die teilnahmslose Miene aufgesetzt, die er ansonsten wie eine Kampfrüstung trägt, und sein Grinsen – obwohl nicht so breit wie das von Jackson – ist sorglos und unbeschwert. Er sieht nicht so ernst aus wie üblich, während einen sein Charme und seine dunkle Anziehungskraft förmlich anspringen.

Scheiße, Cam ist ein unglaublich talentierter Künstler. Ich habe noch nie vergleichbare Zeichnungen gesehen, die Menschen so sehr zum Leben erwecken wie diese.

Mir schlägt das Herz bis zum Hals, während ich jedes Detail der zwei weiteren Bilder betrachte, die ebenfalls neu dazugekommen sind. Auf beiden Zeichnungen bin ich abgebildet. Dass er mich immer noch skizziert, verschafft mir ein berauschendes Gefühl. Es bedeutet, dass er genauso viel an mich denkt, wie ich an ihn. Hätte ich einen weiteren Beweis dafür gebraucht, dass er dieselbe Anziehungskraft verspürt wie ich, hielte ich ihn mit diesen Zeichnungen in Händen.

Das erste Bild stammt von dem Tag am Strand. Ich liege auf meinem Handtuch, stütze mich auf die Ellenbogen ab, den Kopf zurückgeworfen, und lache. Mein Haar fällt mir über den Rücken. Cam hat jede Nuance meines Körpers, jede Einzelheit meines Gesichtsausdrucks festgehalten. Die Skizze ist exquisit. Die Detailtreue verrät, dass er Jane und mich an diesem Tag eine ganze Weile beobachtet hat. Ein Adrenalinstoß durchfährt mich, doch ich schärfe mir ein, mich davon nicht mitreißen zu lassen. Cam hat mir ein paar beschissene Dinge angetan, und ich vertraue ihm noch immer nicht genug. Das heißt aber nicht, dass ich ihn aus meinem Bett werfen würde.

Als mir klar wird, wie sehr ich mich von meinen Hormonen leiten lasse, blättere ich seufzend um, und sehe mir die letzte Zeichnung an. Ich schlafe in seinem Bett, meine Haare breiten sich auf dem Kissen wie ein Fächer um mich herum aus, und eine Hand habe ich unter mein Kinn geschoben. Die Skizze ist noch nicht fertig. Es ist offensichtlich, dass er erst vor kurzem damit angefangen hat, aber ich kann jetzt schon erkennen, dass das Ergebnis unglaublich sein wird. Die Art und Weise, wie er mein Gesicht schattiert und konturiert hat, führt mir das Ausmaß seiner Fähigkeiten vor Augen. Ich frage mich, ob jemand weiß, dass er so gut zeichnen kann.

»Hat dir keiner beigebracht, dass es unhöflich ist, zu schnüffeln?«, fragt er verschlafen und erschreckt mich damit fast zu Tode.

Ein kleiner Schrei entfährt mir.

»Hat dich jemand im Zeichnen unterrichtet?«, beantworte ich seine Frage mit einer Gegenfrage, sobald ich mich gesammelt habe.

»Das ist nicht für dich bestimmt.« Er streckt die Hand nach seinem Block aus, den ich ihm widerwillig übergebe.

»Du bist so talentiert, Cam. Wow. Ich ... bin echt beeindruckt. Deine Zeichnungen sind wahnsinnig gut.«

Seine Wangen verfärben sich eine Nuance, und mir klappt die Kinnlade runter. Heilige Scheiße. Hat mein Kompliment gerade dafür gesorgt, dass dieser harte Kerl rot geworden ist?

»Die sind privat. Es gibt einen Grund, warum ich sie den Leuten nicht zeige.« Sein Ton ist rau, aber er blafft mich nicht an, wie er das sonst immer macht, wenn er sauer ist, von daher betrachte ich das als Fortschritt.

»Warum hast du mich gezeichnet?«

Er zuckt lässig mit den Schultern. »Mir war langweilig und du warst hier.« Er blickt mich an, als würde er durch mich hindurchsehen. »Interpretier da bloß nichts rein.«

Ich bin sicher, dass er lügt. Dennoch tut es weh, dass er diese Sache so einfach abtut. Da ich mich nicht länger mit diesen Gedanken beschäftigen und auch sein perfektes Gesicht nicht länger ansehen will, sage ich nur: »Ich habe dich laut und deutlich verstanden«, und bedenke ihn mit einem schmallippigen Lächeln. »Weißt du, mir geht es inzwischen viel besser. Du musst nicht rund um die Uhr für mich den Babysitter spielen. Du kannst genauso gut gehen.« Es kostet mich einiges an Mühe, höflich zu bleiben.

»Ich gehe nirgendwohin.«

»Das war keine Bitte.« Ich funkle ihn an. »Geh. Ich möchte allein sein.«

»Das hier ist *mein* Zimmer.« Er zieht eine Braue nach oben und sieht mich herausfordernd an.

Ich werfe die Decke zurück und krabble auf der anderen Seite aus dem Bett. »Na gut. Dann werde ich einen anderen Schlafplatz finden. Ich bin sicher, dass Jackson nichts dagegen hat, sein Bett mit mir zu teilen.«

»Geh zurück ins Bett. Ich verschwinde«, knurrt Cam und springt auf.

Ich drehe ihm den Rücken zu, damit er mein selbstgefälliges Grinsen nicht sieht. Er kann ruhig versuchen, gegen das, was zwischen uns ist, anzukämpfen. So tun, als würde er sich einen Dreck darum scheren. Beweist er mir doch selbst immer wieder aufs Neue, dass ich ihm nicht gleichgültig bin.

Meine schlechte Stimmung verschwindet genauso schnell, wie sie gekommen ist, und ich schlüpfe mit einem zufriedenen Lächeln zurück in das Bett.

Als er die Tür leise hinter sich zugezogen hat, starre ich an die Decke und wünsche mir, zu verstehen, warum ich so sehr an diesem launischen Idioten hänge. Ich frage mich auch, warum er sich mir gegenüber immer wieder so ambivalent verhält, als er plötzlich wieder im Türrahmen erscheint.

»Ich zeichne Menschen, weil mich das menschliche Wesen fasziniert«, erklärt er. »Ich zeichne die Menschen in meinem Leben, weil ich sie auf den Seiten meines Zeichenblocks unsterblich machen möchte. Ich will gewisse Momente einfangen, damit ich zurückblicken und mich immer so an sie erinnern kann, wie ich mich an sie erinnern möchte. Manchmal zeichne ich auch fremde Menschen. Solche, die durch ihre Individualität oder ihre exzentrische Art hervorstechen. Und ich fühle mich besonders von Menschen angezogen, die geheimnisvoll wirken. Menschen, deren innere Schönheit wie ein Leuchtfeuer aus ihnen scheint. Das ist der Grund, warum ich das mache.« Er stößt sich vom Türrahmen ab und durchbohrt mich förmlich mit seinem Blick. »Vielleicht kannst du jetzt ergründen, warum du meine aktuelle Muse bist.«

30. Kapitel

»Ich werde diese Wichser kaltblütig ermorden«, knurrt Xavier und umarmt mich so sanft, als habe er Angst, ich könnte gleich auseinanderbrechen. »Und diese Arschlöcher hier gleich mit, weil sie mich nicht sofort angerufen haben, nachdem sie davon erfahren haben.« Er funkelt Jackson, Cam und Sawyer bitterböse an, die es ihm mit gleicher Münze zurückzahlen.

»Komm mit ins Wohnzimmer.« Ich nehme seine Hand. »Die Jungs werden uns etwas Privatsphäre lassen, damit wir miteinander reden können.« Ich bedenke die drei mit einem warnenden Blick, um sicherzustellen, dass sie sich an ihr Versprechen halten. Sie haben sich geweigert, Xavier nach oben ins Schlafzimmer zu lassen, deshalb haben wir uns auf das Wohnzimmer geeinigt. Auf diese Weise sind sie ganz in der Nähe, sollten sie mich beschützen müssen.

Ihre Worte, nicht meine.

Ich hoffe trotz allem immer noch, dass Xavier nichts mit der Sache zu tun hat. Ich kann kaum glauben, dass er der Schuldige ist, aber ein Funken an Zweifel bleibt, der von den Umständen herrührt, unter denen wir uns kennengelernt haben. Und der Tatsache, dass er erst vor kurzem die Wahrheit erfahren hat.

Das Timing ist entweder zufällig oder geplant.

Ich werde es gleich herausfinden.

Ich nehme absichtlich Cams Lieblingssessel, sodass Xavier gezwungen ist, sich allein auf die Couch zu setzen.

»Ich wäre früher gekommen, wenn ich es gewusst hätte«, erklärt er und stützt seine Unterarme auf seinen Oberschenkeln ab. »Es tut mir so leid, dass dir das passiert ist, Liebes. Die Kerle sind wahrhaftige Bestien.« Sein Adamsapfel hüpft in seiner Kehle auf und ab, und er fährt sich mit einer Hand durch seine frisch gefärbten lila Locken. »Wie schwer verletzt bist du?«

»Ich habe überall blaue Flecken und Prellungen sowie eine leichte Gehirnerschütterung, doch es hätte schlimmer kommen können.« Er öffnet den Mund, um zu protestieren, doch ich bringe ihn zum Schweigen. »Mein Vater hat sogar damit gedroht, mir eine Kugel in den Kopf zu jagen.«

»Scheiße.« Er sieht mich entsetzt an. »Er ist wirklich ein eiskalter Hurensohn.«

»Warst du es?«, platzt es aus mir heraus. Ich habe noch nie besonders viel Feingefühl besessen. »Hast du den Brief an Christian Montgomery geschickt?«

»Was?« Er lacht halbherzig und mustert mein Gesicht, um herauszufinden, ob meine Frage ernstgemeint ist.

»Ich möchte nicht glauben, dass du so etwas tun würdest, aber irgendjemand hat diesen Brief versendet und die Liste der Verdächtigen ist ziemlich kurz.«

Wut verzerrt seine Gesichtszüge, als er aufspringt. »Wie kannst du das auch nur für eine einzige Sekunde lang denken?«, brüllt er und deutet mit dem Finger auf mich. »Selbstverständlich habe ich den Brief nicht verschickt! Ich würde niemals etwas tun, das dich verletzen könnte.« Er läuft aufgebracht auf und ab und rauft sich unsanft die Haare. »Sie haben dir das eingeredet, richtig?!«

Ich komme unbeholfen auf die Füße und gehe zu ihm rüber. »Xavier, sieh mich an.« Ich habe ihn ganz eindeutig verletzt und fühle mich wie das größte Miststück überhaupt. »Ich versuche nur, das Ganze zu ergründen. Die Jungs waren die ersten Tatverdächtigen, aber sie stecken nicht dahinter. Darum musste ich dich als Nächstes fragen. Mir ist klar, dass du sauer bist, und dazu hast du auch jedes Recht, aber ich muss herausfinden, was vor sich geht. Das ist auch der Grund, warum du mir in die Augen sehen und mir das ins Gesicht sagen musst.«

Er legt seine Hände an meine Wangen und versucht augenscheinlich, sich zu beruhigen. »Ich habe dich nicht hintergangen. Ich schwöre es.« Er lehnt seine Stirn an meine. »Ich würde mich eher selbst verletzen, bevor ich dir jemals etwas antun würde.«

Ich schlinge meine Arme um seine Taille und Tränen der Erleichterung steigen in mir hoch. »Ich glaube dir.« Sein Körper entspannt sich spürbar, und ich hasse mich dafür, dass ich ihm wehgetan habe. »Es tut mir leid. Bitte hass mich nicht.«

»Selbst wenn ich es wollte, ist es mir unmöglich, dich zu

hassen. Dich muss man einfach lieben.«

Ich lege meinen Kopf an seine Brust. »Die neue Elite schien damit kein Problem zu haben, mich zu hassen«, murmle ich in sein Shirt.

»Das ist Schnee von gestern, Schönheit«, sagt Jackson, der in nichts als einer schwarzen Jogginghose in den Raum geschlendert kommt. Sanfter, als ich es je erwartet hätte, löst er mich aus Xaviers Umarmung, um mich anschließend selber in die Arme zu schließen. »Und wir hassen dich nicht mehr.« Er wirft einen Blick über meine Schulter hinweg, und seine Augen beginnen, verschmitzt zu glänzen. »Ich würde sagen, dass manche von uns dich sogar *lieben.*«

»Hör auf, Ärger zu verbreiten«, ruft Sawyer ihn zur Ordnung, als er zusammen mit einem wütend aussehenden Cam den Raum betritt.

»Er kann einfach nicht anders.« Ich seufze und versuche, mich aus Jacksons Umarmung zu befreien. Meine Wange wird an seine warme, nackte Brust gepresst und das bereitet mir Unbehagen. Jackson lässt seine Hand vorsichtig meinen Rücken hinabwandern, bevor er sie auf meinen Hintern legt, ganz klar in dem Versuch, Cam eins auszuwischen. »Jackson.« Mein Ton duldet keine Widerworte. »Nimm deine Hand von meinem Po.«

Er tätschelt mir ein paarmal den Hintern, bevor er mich loslässt und Cam angrinst. Cam erwidert diese Geste nicht und zeigt seinem Kumpel stattdessen den Mittelfinger.

»Ihr seid noch größere Arschlöcher, als ich dachte«, sagt Xavier, dessen Wut noch immer nicht ganz verraucht ist. »Ich weiß, dass ihr die Zweifel in ihr gesät habt, deswegen könnt ihr mich alle drei am Arsch lecken.«

»Wir mussten auf Nummer sicher gehen«, entgegnet Cam, der vor dem Kamin steht und die Hände in den Hosentaschen vergraben hat. »Was auch der Grund dafür ist, dass Sawyer und Jackson vorhin in dein Lagerhaus eingebrochen sind.«

»Ihr habt was gemacht?«, stößt Xavier hervor und sein Gesicht nimmt einen ungesunden Rotton an.

»Entspann dich, Mann.« Sawyer klopft ihm auf den Rücken.

»Unsere Suche hat nichts ergeben, du bist also aus dem Schneider.«

»Das überschreitet eine Grenze.« Xavier deutet zwischen sich und Sawyer hin und her. »Von einem Hacker zum anderen, du bist scheiße. Obermegascheiße, um genau zu sein. Und denk nicht, ich würde das vergessen. Wenn irgendwas von meinem Kram fehlt oder ihr Chaos hinterlassen habt, dann bekommt ihr es mit mir zu tun.«

»Scheiße, komm mal runter«, sagt Cam. »Deinem Zeug geht es gut.«

»Ihr seid auf meiner schwarzen Liste.« Xavier zeigt mit dem Finger auf Jackson. »Du auch, mein Hübscher.«

»Was zur Hölle hast du mit deinen Haaren gemacht?«, fragt Jackson, dem die Veränderung erst jetzt aufzufallen scheint. Er reibt sich mit der Hand über die Brust, und ich beobachte sein Tun, als führte mein Blick ein Eigenleben.

Xavier neigt den Kopf zur Seite. »Gefällt es dir nicht?«

»Hauptsache, du fühlst dich wohl, Kumpel«, antwortet Jackson und pustet Rauchwolken in die Luft.

»Wann zum Teufel wollte mir einer von euch davon erzählen?«, frage ich vor Wut schnaubend. Cam hat mich ernsthaft dazu genötigt, Xavier von Angesicht zu Angesicht zu fragen, ob er hinter allem steckt, obwohl die drei die Wahrheit bereits kannten. Verdammte Arschlöcher.

»Beruhige dich, Prinzessin«, verlangt Cam. »Hier läuft alles nach dem Need-to-know-Prinzip.« Er beugt sich näher zu meinem Ohr. »Und davon musstest du nichts wissen.« Ich koche innerlich und will ihm gerade verbal den Arsch aufreißen, als er flüstert: »Zu deiner Information – du siehst in dieser Yogahose megaheiß aus.« Unauffällig drückt er mir seine Erektion entgegen. »Und die wütende Abigail turnt mich so was von an, das glaubst du gar nicht.« Er wackelt anzüglich mit den Augenbrauen, ehe er mich irritiert und zugleich erregt einfach stehen lässt.

»Du bist noch immer ein Arschloch«, grummle ich.

»Diesen Titel trage ich mit Stolz.«

Er salutiert, und ich verspüre das Verlangen, ihm sein selbstgefälliges Grinsen aus dem Gesicht zu küssen. Doch stattdessen nutze ich meine bewährte Ablenkungsstrategie und fokussiere mich auf etwas, das gänzlich unsexy ist. Etwas, das die sexuelle Spannung garantiert um einiges herunterkühlt. »Okay, wir müssen jetzt mal auf den Punkt kommen. Wenn keiner von euch mich verraten hat, wer dann?«

Sofort werden alle ernst. »Es muss einer der Feinde deines Vaters sein«, meint Xavier. »Auch wenn ich nicht den Hauch einer Ahnung habe, wie wir diese Liste eingrenzen sollen. Dein Vater hat mehr Feinde als Hitler.«

»Ist es denn überhaupt von Bedeutung, wer dahintersteckt? Der Schaden ist ja bereits entstanden«, meint Sawyer.

»Es ist von Bedeutung, wenn, wer auch immer dafür verantwortlich ist, noch etwas anderes plant.«

»Hast du noch mehr Leichen im Keller, Schönheit?«, fragt Jackson.

»Als würde ich dir davon erzählen«, schnaube ich und bemühe mich sehr, nicht auf seinen beeindruckenden Oberkörper zu starren. »Aber ich stimme Sawyer bis zu einem gewissen Grad zu. Den oder die Schuldigen zu finden, ist wahrscheinlich nahezu unmöglich, und wir dürfen unser Ziel nicht aus den Augen verlieren. Ich möchte meinen Vater mehr denn je an die Wand nageln.«

»Dann halten wir uns an den Plan.« Jackson zuckt mit den Schultern, als wäre das keine große Sache. Seine straffen Bauchmuskeln treten bei dieser Bewegung hervor und ich kann nicht anders, als draufzustarren.

Cam stößt einen zischenden Laut aus und alle drehen sich zu ihm um. »Zieh dir verdammt noch mal ein Shirt über, bevor Abigail die Augen aus dem Kopf fallen«, schnauzt er Jackson an. »Und wenn du es wagst, jetzt zu lachen, werde ich dich unangespitzt in den Boden rammen und jede Sekunde davon genießen«, fügt er hinzu und lässt seine Fingerknöchel knacken.

»Wow. Da muss mal wieder jemand flachgelegt werden.« Jackson macht eine obszöne Geste mit seiner Hand und einem

Finger, während er rückwärts Richtung Tür geht. »Beeil dich besser mit dem Gesundwerden, Schönheit!«, ergänzt er noch und Cam macht einen drohenden Schritt in seine Richtung. »Nur ein Vorschlag.« Jackson wirft mir einen Luftkuss zu, ehe er verschwindet.

Das Gespräch ist kurze Zeit später beendet, nachdem Xavier bestätigt hat, dass er mit einem Safeknacker-Experten in Verhandlungen steht.

Danach bestellt Cam für uns Pizzas und wir schauen im Wohnzimmer gemeinsam einen Actionfilm an. Ich liege auf der Couch, den Kopf auf Xaviers Schoß gebettet, sehr zu Cams Missfallen, und schlafe schließlich mit einem selbstzufriedenen Grinsen im Gesicht ein.

Die nächsten Tage verlaufen allesamt ziemlich ähnlich. Am Donnerstag regt sich in mir der Wunsch, mal wieder rauszukommen und etwas zu unternehmen. Ich mache mich auf die Suche nach den Jungs und finde sie alle, zusammen mit Drew und Charlie, im Wohnzimmer. »Was ist los?« Ich beäuge die fünf misstrauisch.

»Nichts«, antwortet Drew und setzt ein falsches Lächeln auf.

Unsere Beziehung ist noch immer äußerst angespannt, obwohl er jeden Tag vorbeikommt und mir mehrere Textnachrichten schickt, in denen er sich stets nach meinem Wohlergehen erkundigt. »Bullshit. Was ist los?«

»Nichts, worüber du dir deinen hübschen kleinen Kopf zerbrechen müsstest«, erwidert Cam und rollt ein großes Blatt Papier zusammen, über das sie sich eben noch alle gebeugt hatten.

»Geht's noch beleidigender oder klischeehafter?« Ich schnaube. »Aber wem mache ich eigentlich etwas vor? Immerhin reden wir hier über dich.« Ich verdrehe die Augen. »Du bist ein Macho, wie er im Buche steht.«

»Mach nur weiter, Baby«, ermuntert mich Cam und erntet für diesen Kosenamen einen bitterbösen Blick von meinem Bruder. »Du weißt ja noch, was ich über die wütende Abigail gesagt habe, oder? Tja, die aufsässige Abigail hat denselben Effekt.«

Mein Blick wandert ganz automatisch zu seinem Schritt, und Cam unternimmt nichts, um die Erektion zu verbergen, die sich unter seiner Jeans abzeichnet. Drew steht auf und deutet zwischen Cam und mir hin und her. »Diese Scheiße könnt ihr euch abschminken. Unsere Vereinbarung erstreckt sich nicht darauf, dass du meine Schwester vögelst.«

Ich klopfe Drew auf den Hinterkopf. »Sei nicht so gemein«, sage ich und schenke ihm ein süßliches Lächeln. »Ich bin jetzt frei wie ein Vogel, was bedeutet, dass ich mit jedem *vögeln* kann, mit dem ich will. In diesem Fall hast du kein Mitspracherecht.«

»Ich bin mit dem Rumgeficke durch«, sagt Jackson und legt die Arme von hinten um meine Taille. Er streicht mir die Haare zur Seite, küsst meine nackte Schulter, und ein Schauer wandert über meinen gesamten Körper. »Mir geht es ab jetzt nur noch um die freie Liebe.«

»Er wird auf keinen Fall den Babysitterdienst übernehmen«, faucht Drew und reibt über die Stelle zwischen seinen Brauen. »Hunt, du bleibst hier. Du scheinst der Einzige zu sein, der seine Finger von meiner Schwester lassen kann.«

»Das stimmt«, bestätigt Sawyer, doch ich entdecke das verschmitzte Funkeln in seinen Augen. »Sie scheint allerdings Probleme damit zu haben, ihren Mund von meinem fernzuhalten.«

Drew knackt frustriert mit seinem Kiefer. »Das ist hoffentlich ein gottverdammter Witz.«

»Heiliger, Bruderherz.« Ich schüttle den Kopf. »Ich sollte mal mit meiner besten Freundin reden, denn anscheinend musst du dringend mal wieder flachgelegt werden. Du bist heute ja ziemlich verkrampft.«

»Warum zum Teufel endet eigentlich jede ernsthafte Unterhaltung, die wir führen, in einer Diskussion über Sex?«, unterbricht uns Xavier. »Ich stehe genauso auf Sex, aber alles hat seine Zeit und seinen Ort, Leute. Wir müssen endlich mal aktiv werden.« Er reibt seine Hände aneinander. »Also auf, auf.«

»Lauder bleibt hier«, sagt Cam zu Drew. »Und er *wird* seine Hände bei sich behalten.« Cam durchbohrt Jackson mit einem

Blick, der wiederum beschwichtigend die Hände hebt.

»Scheiße, seid ihr alle verklemmt. Das war nur ein Witz. Ich werde mein bestes Benehmen an den Tag legen. Pfadfinderehrenwort.«

»Ihr habt mir noch immer nicht erzählt, wo ihr hingeht oder was ihr vorhabt«, brülle ich, als alle sich in Richtung Tür aufmachen.

»Wir fahren in die Stadt«, erklärt Cam.

»Um Burger zu essen«, ergänzt Drew.

»Und vielleicht gehen wir danach noch ins Kino«, meldet sich auch Xavier zu Wort.

»Du lässt sie nicht aus den Augen«, wendet sich Sawyer an Jackson und schaut ihn eindringlich an.

»Entschuldige«, sagt Charlie und drückt mir einen Kuss auf den Kopf. »Wir erzählen dir alles, wenn wir wieder zurück sind.«

Ich zeige ihnen meinen Mittelfinger. »Ich hasse euch alle!«, schreie ich ihnen hinterher und stampfe frustriert mit dem Fuß auf.

»Heilige Scheiße«, ruft Jackson und lacht. »Du stampfst mit dem Fuß auf und hast den Nerv, Cam als klischeehaft zu bezeichnen? Tzz, tzz, tzz. Ich hätte dich nicht für eine Stampferin gehalten.«

»Manchmal ist das eben erforderlich«, entgegne ich und stolziere in die Küche.

»Hör auf, mir deinen Arsch unter die Nase zu halten«, verlangt er, als ich nach vorn gebeugt im Kühlschrank nach Eiscreme suche. Er gesellt sich zu mir, den Blick noch immer auf meinen Hintern geheftet. »Es sei denn, du möchtest, dass ich dir diese Hose vom Leib reiße und es dir von hinten besorge.« Anzüglich lässt er sein Becken kreisen.

»Dir wurde verboten, mit mir zu flirten, erinnerst du dich?« Ich hole die Schokoeiscreme hervor, öffne den Deckel und lecke mir über die Lippen.

»Und du weißt, dass ich die Regeln nicht beachte, erinnerst du dich?« Er schmunzelt und tritt so nah an mich heran, dass sein Oberkörper den meinen streift. »Sie hätten mich wirklich nicht mit dir allein lassen sollen. Wer weiß, was ich alles mit dir anstellen werde.«

Ich schiebe ihn zur Seite und hole zwei Löffel aus der Schublade. »Netter Versuch, Casanova, aber das wird nicht funktionieren.« Ich packe seinen Arm. »Wir werden uns jetzt gemeinsam ein Eis gönnen und dabei wirst du mir erzählen, was ihr vorhabt.«

»Wir könnten uns ausziehen und das Eis vom Körper des jeweils anderen essen«, schlägt Jackson vor, als wir einander auf Cams Bett im Schneidersitz gegenübersitzen und unsere Löffel in die Eiscremepackung stecken.

»Hast du das jemals gemacht?«, frage ich, aufrichtig neugierig.

»So in etwa«, antwortet er kryptisch.

»Wie isst man *so in etwa* Eis vom Körper eines Mädchens?«

Seine Augen verdunkeln sich. »Ich habe einmal Eiscreme von der Pussy eines Mädchens geleckt. Das war heiß.« Er lacht. »Na ja, für sie wohl eher kalt.« Er runzelt die Stirn und lässt sich das Ganze durch den Kopf gehen. »Nee, ihr hat's definitiv gefallen. Es war das Süßeste, was ich je gekostet habe.«

Ich werfe ein Kissen nach ihm. »Es tut mir leid, dass ich gefragt habe.«

»Ich würde dir ja die Möglichkeit anbieten, das ebenfalls zu erleben, aber ich hänge doch zu sehr an meinem Leben.«

»Hör auf, mich hinzuhalten, Kumpel. Was passiert heute Abend?«

»Die Jungs werden den Safeknacker foltern, um zu überprüfen, ob er vertrauenswürdig ist«, sagt er ganz lässig, was dafür sorgt, dass ich Schokoladeneiscreme über Cams gesamtes Bett spucke.

»Was zur Hölle?«, stottere ich und verteile dabei noch mehr Eiscreme auf Cams Decke.

»Oh mein Gott, du solltest dein Gesicht sehen. Es sieht aus, als hätte jemand draufgeschissen.« Jackson lacht schallend und reicht mir die Taschentücherbox vom Nachtschrank.

»Auf wessen Mist ist diese bescheuerte Idee gewachsen?«, schnaube ich und wische mir den Mund sauber. »Warte. Lass mich raten. Unser hinterwäldlerischer Kämpferjunge.«

»Ehrlich gesagt, war es Charlie Barrons Idee.«

»Unter keinen Umständen. So ist Charlie nicht.«

Jackson sieht mich ungläubig an. »Du weißt schon, was sie in Parkhurst machen, oder?«

Ich schüttle den Kopf. »Ich habe nur gewisse Phantasien davon, weil die Jungs keinen einzigen Ton verlauten lassen, was da abgeht.«

Jackson lehnt sich näher zu mir und seine Augen funkeln. »Wir haben Gerüchte gehört, die besagen, dass es eine Tarnung für eine sektengleiche Eliteorganisation ist. Sie müssen all diese kranken, gefährlichen Initiationsriten mitmachen, um die Ränge zu durchlaufen. Und das beinhaltet auch, Leute zu ermorden.«

Ich möchte es leugnen, weil das wie etwas klingt, das sich jemand für einen Hollywoodfilm ausdenken würde, aber ich bin nicht irgendein kleines, naives, reiches Mädchen. Ich weiß, wie skrupellos mein Vater und seine Leute sind, darum fällt es mir nicht schwer, das zu glauben.

»Das ist ... Mir fehlen die Worte.« Meine Emotionen sind ein völliges Durcheinander. Bei Trent kann ich mir vorstellen, dass er sich an so einem Ort wie zu Hause fühlt, aber bei meinem Bruder und Charlie nicht.

»Ja, das ist schon ein verdammt durchgeknallter Scheiß.« Er zieht einen Joint aus seiner Tasche.

»Rauchst du auch mal kein Gras?«

Er denkt kurz über meine Frage nach. »Wenn ich schlafe?«

Ich haue wieder mit einem Kissen nach ihm und schubse ihn dann von der Matratze, um Cams Bettwäsche zu wechseln. Dann legen wir uns nebeneinander hin, quatschen und teilen uns seinen Joint. Als wir bekifft sind, beschließt Jackson, dass es lustig wäre, einen Porno zu gucken, und wir zwei purzeln vor Lachen fast vom Bett, weil der Porno so gestellt wirkt.

Ich erinnere mich nicht daran, wann ich eingeschlafen bin. Als Nächstes wache ich in den frühen Morgenstunden auf, weil die Matratze unter mir heftig wackelt. »Auu!«, stöhnt Jackson mit schlaftrunkener Stimme. »Warum zur Hölle hast du das gemacht?«

»Was zur Hölle machst du hier zusammen mit ihr in meinem Bett?«

»Heiliger. Hunt hat recht. Ihr seid beide wirklich durchgeknallt, wenn es um Abby geht.«

Ich reibe mir über meine müden Augen und blinzle mehrmals heftig, um sicherzugehen, dass ich richtig sehe. Cam hat Jackson im Schwitzkasten und sieht so aus, als wolle er ihn gleich in Stücke reißen.

»Du reagierst völlig überzogen, Cam«, sage ich und setze mich auf. »Wir sind beide noch immer angezogen. Wir sind einfach nur in deinem Bett eingeschlafen.«

In diesem Moment hallt ein lautes Stöhnen durch den Raum. Auf dem Fernsehbildschirm wird gerade eine Frau von zwei heißen Polizisten mit großen *Schlagstöcken* in einer Gasse gefickt. »Jaa, Officer. Ich war ein wirklich böses Mädchen. Bestrafen Sie mich«, schnurrt sie und stöhnt, als dieser ihr mit dem Schwanz einen Klaps auf den Hintern gibt.

»Was zum Teufel ...?«, ruft Cam aus und starrt mit geweiteten Augen auf den Fernseher.

Ich breche in schallendes Gelächter aus, weil die Situation so verdammt witzig ist. Vermutlich würde Jackson ebenfalls lachen, wenn er nicht gerade gefährlich blau anlaufen würde. »Lass ihn los, Cam, bevor du ihn erwürgst.« Ich schalte das Licht ein, und Jackson fällt röchelnd auf die Knie.

»Du kannst froh sein, dass ich dich wie einen Bruder liebe, Kumpel«, keucht er.

»Das Gleiche könnte ich auch sagen.« Cam zieht Jackson auf die Füße. »Bist du in Ordnung?«

Jackson klopft ihm auf den Rücken. »Bin ich, du Psycho.« Er zwinkert mir zu, ehe er seinen Blick auf Cam richtet. »Aber um Himmels willen, reiß dich mal am Riemen.«

31. KAPITEL

»So ein Scheiß wird nicht wieder passieren«, knurrt Cam, zieht sich sein Oberteil über den Kopf, knüllt es zusammen und wirft es in Richtung des Wäschekorbs.

Ich stemme die Hände in die Seiten und sehe ihn finster an. »Versuch gefälligst nicht, mir vorzuschreiben, was ich zu tun und zu lassen habe.«

Er baut sich über mir auf und beugt sich vor. »Wir wissen beide, dass du mir gehörst, also hör auf, mich wütend machen zu wollen.«

Bei seinen Worten fällt mir die Kinnlade runter und mein Herz beginnt zu schmelzen, ehe sich mein Kopf einschaltet und mich daran erinnert, dass er ein gemeines, arrogantes Arschloch ist.

Cam grinst, geht ins Badezimmer, und ich höre, wie die Dusche angestellt wird.

Wenige Minuten später stellt er das Wasser wieder ab und ich werde aus meinen Gedanken gerissen, in denen ich die Diskussion von eben noch mal durchgegangen bin. Ich öffne die Badezimmertür und finde Cam vor dem Waschbecken vor. Er hat sich ein Handtuch um die Hüften geschlungen, einige Wassertropfen rinnen seinen feuchten Körper hinab und er betrachtet seine aufgerissenen Fingerknöchel.

»Lass mich mal sehen.« Ich schiebe mich weiter in den Raum hinein und versuche, angesichts seines halbnackten Körpers nicht anzufangen, zu sabbern. Ich ignoriere auch die Feuchtigkeit zwischen meinen Beinen, und nehme stattdessen seine Hand, um sie mir näher anzuschauen. »Die andere auch.« Ich nehme beide Hände in meine und betrachte die blutige, aufgerissene Haut. »Gehe ich richtig in der Annahme, dass du heute Abend die Rolle des Oberarschlochs gespielt hast?« Ich halte seine Hände unter das Wasser und säubere sie behutsam.

»Ehrlich gesagt, gehört dieser Titel deinem Bruder.« Er zuckt wieder ein wenig zusammen. »Und ich dachte, *ich* hätte ein Aggressionsproblem.«

Jacksons Worte von gestern Abend schießen mir wieder in den Kopf, und ich frage mich, wie gut ich meinen Bruder und Charlie wirklich kenne. Trent ist so ein arroganter Wichser, dass er sein wahres Ich vor niemandem verbirgt.

Aber haben mein Bruder und sein Freund versteckt, wer sie wirklich sind? Was geht wirklich in Parkhurst vor sich und wie viel Angst sollte ich haben?

»Wie lautet euer Urteil bezüglich dieses Typen?«, frage ich und tupfe Cams Hände mit einem Handtuch ab.

»Verdächtig. Der Kerl hat sich in die Hosen geschissen, was nicht gerade dafür sorgt, dass man sein Vertrauen in ihn setzen will.«

»Also stehen wir wieder am Anfang?« Enttäuschung überkommt mich, doch ich fahre fort, seine Wunden mit einer desinfizierenden Creme einzureiben.

»Wir gehen gerade die Optionen durch.« Mit einem Finger hebt er mein Kinn an. »Wir werden einen Weg finden. Versprochen.«

Eine Stunde später bin ich noch immer hellwach und höre, wie sich Cam im Sessel hin und her wälzt, während sich mein Verstand weigert, Ruhe zu geben. »Das ist lächerlich. In ein paar Stunden müssen wir in die Schule und keiner von uns kriegt auch nur ein Fitzelchen Schlaf. Komm schon rüber ins Bett.«

Ich erwarte, dass er Einwände erheben wird, aber er klettert ohne Widerworte zu mir ins Bett. Mein Puls beginnt zu hämmern, als er sich zu mir unter die Decke legt und sich auf die Seite dreht, um mich anzusehen. Wir starren einander an, und keiner von uns unternimmt den Versuch, einzuschlafen.

Mein Herz hämmert so laut, ich bin sicher, dass er es hören muss. Fasziniert betrachte ich ihn. Er ist aus der Nähe noch viel schöner. Fast zu schön, um real zu sein. Seine Augen sind so schokobraun, dass ich mich sofort in ihnen verliere. Die Luft um uns herum knistert vor Spannung und jeder Teil meines Körpers kribbelt vor Vorfreude. Er senkt den Blick auf meinen Mund,

und ich benetze mit der Zunge meine trockenen Lippen. Die Anziehungskraft zwischen uns lässt mich heftig schlucken. Im Stillen flehe ich ihn an, den ersten Schritt zu machen.

Je länger wir uns anstarren, desto heißer wird mir, bis ich innerlich schreie, weil ich seinen Körper spüren möchte und sich meine Lippen nach seinen sehnen.

Am Ende bewegen wir uns beide. Stürzen uns aufeinander, als würde uns eine unsichtbare Macht zueinander hinziehen. Er schlingt seine Arme um meine Taille, und unsere Lippen treffen sich in einem leidenschaftlichen Kuss, der mir durch Mark und Bein geht. Die Hand auf meinen unteren Rücken gelegt, drückt er mich an sich, und vertieft den Kuss. Unsere Zungen umspielen einander, und ich mache mich über Cam her, als wäre er die köstliche Schokoeiscreme von gestern Abend. Ihn zu schmecken, bringt all die Erinnerungen an unsere erste Nacht zurück, und ich kann nicht länger leugnen, was ich für ihn empfinde.

Es ist unbedeutend, wie unausstehlich er manchmal ist, denn er geht mir bereits seit unserer ersten Begegnung unter die Haut, und das wird sich auch nicht mehr ändern.

Voller verzweifeltem Verlangen klammere ich mich an ihn, dränge ihm mein Becken entgegen und spüre die Erektion, die sich durch seine Jogginghose und meine Schlafshorts hindurchdrückt. Er stöhnt in meinen Mund und ich keuche auf. Hemmungslose Lust droht meine Haut zu versengen.

Als er sich von mir löst, atmen wir beide schwer. Mein Tanktop klebt mir am Rücken und eins meiner Beine habe ich zwischen seine beiden geschoben.

Cam umfasst mein Gesicht und küsst mich unglaublich zärtlich. Dieser Kuss ist mein endgültiger Untergang. »Schlaf, Baby.« Er zieht meinen Kopf an seine Brust und ich drücke mein Ohr an die Stelle, wo sein Herz schlägt, ehe ich mich vom Rhythmus seiner kräftigen Herzschläge in den Schlaf lullen lasse.

Cam weckt mich am nächsten Morgen. Er ist bereits angezogen, seine Haare sind noch feucht vom Duschen. Er gibt mir einen flüchtigen Kuss auf den Mund. »Zeit, aufzustehen, Prinzessin. Es sei denn, du hast deine Meinung bezüglich der Schule geändert?«

»Nein«, sage ich und gähne.

»Ich mache uns Frühstück, während du unter der Dusche bist. Lass mich nicht allzu lange warten.«

Die ganze Zeit, in der ich unter der Dusche stehe, kann ich nicht aufhören, zu grinsen. Bevor ich die Küche betrete, setze ich jedoch eine neutrale Miene auf.

Die Jungs hüllen sich während des Frühstücks in Schweigen, doch es ist keine unangenehme Stille.

Als wir wenig später das Haus verlassen wollen, um uns auf den Weg zum Auto machen, zieht mich Cam noch einmal für einen Kuss nach drinnen.

Meine Lippen sind geschwollen, als wir uns schließlich voneinander lösen. »Wofür war das?«

»Zwei Dinge«, sagt Cam und nimmt meine Hand. »Erstens wollte ich dich daran erinnern, dass du mir gehörst und dich niemand außer mir berührt.«

Er zieht die Tür zu, und ich verdrehe die Augen, auch wenn mein Herz einen Salto schlägt. »Und zweitens?«

»Wenn dir heute jemand Probleme bereitet, möchte ich davon sofort erfahren. Ich bin die erste Person, zu der du kommst. Verstanden?« Er öffnet für mich die hintere Wagentür und hilft mir beim Einsteigen, ehe er um das Auto herumgeht und neben mir auf die Rückbank rutscht. »Antworte mir«, verlangt er. »Und schnall dich an.«

Lächelnd zeige ich ihm den Mittelfinger, lege aber artig den Sicherheitsgurt um. Er bedenkt mich mit einem seiner tödlichen Blicke, die auf mich jedoch nie bedrohlich gewirkt haben. »Verstanden. Du musst dich nicht gleich wie ein Neandertaler aufführen. Ich sage dir Bescheid, falls irgendwas passiert.«

»Braves Mädchen.« Ich will gerade den Mund aufmachen, um ihm die Meinung zu geigen, als er sich zu mir rüberlehnt und mich hart und leidenschaftlich küsst, was mir sofort sämtlichen Wind aus den Segeln nimmt.

Jackson lacht. »Wenn du sie jedes Mal küsst, wenn sie frech wird, dann wirst du zukünftig nichts anderes mehr zu tun haben.«

»Damit habe ich kein Problem.« Cam schenkt mir ein selbstgefälliges Lächeln, und Jackson lacht nur noch lauter.

»Auch wenn ihr euch aufeinander einlasst – in der Schule müsst ihr es verbergen«, mahnt Sawyer und wirft uns über den Rückspiegel einen Blick zu, während er den Wagen die Einfahrt hinunter Richtung Straße lenkt.

Cams gute Laune verpufft sofort. Er beugt sich nach vorn und umfasst mit den Händen die Lehne des Fahrersitzes. »Sehe ich wie ein verdammter Idiot aus? Wir verstehen beide die Notwendigkeit von Diskretion.« Er lehnt sich wieder zurück und verschränkt seine Finger mit meinen. »Wir haben das im Griff.«

Der Rest der Fahrt verläuft schweigend, doch die Stille ist einvernehmlich und entspannt.

Als wir die Schule erreichen, wartet Charlie auf dem Parkplatz auf uns. Er öffnet mir die Tür und ist mir beim Aussteigen behilflich. »Wo ist Drew?«

»Bei Trent.«

»Wie bitte?«

»Entspann dich, Abby. Das ist alles Teil des Plans.« Charlie sieht über meinen Kopf hinweg zu den anderen Jungs. »Habt ihr sie eingeweiht?«

»Dafür gab's noch keine Zeit«, antwortet Cam in kühlem Tonfall.

»Du hattest Zeit, mich zu küssen!«, protestiere ich und gebe ihm einen Schubs. »Du hättest dir auch die Zeit nehmen können, es mir zu erzählen.«

Charlie zieht eine Braue in die Höhe, sagt jedoch nichts, sondern nimmt stattdessen meine Hand und führt mich zum Eingang. »Drew darf sich mit deinem Vater und Trent nicht überwerfen und muss in ihrer Nähe bleiben, damit wir erfahren, was vor sich geht. Trent denkt, dass ich mich auf deine Seite geschlagen habe, doch dass Drew nach wie vor auf seiner steht.«

»Na toll«, grummle ich. »Jetzt wird er einen auf selbstgefällig und überheblich machen, weil er annimmt, dafür gesorgt zu haben, dass sich mein Zwilling gegen mich wendet.«

»Wen kümmert es schon, was dieser Hohlkopf denkt«, sagt

Cam, als er sich zu uns gesellt. »Und wenn dir dein Leben am Herzen liegt, dann lässt du sofort ihre Hand los«, ergänzt er und funkelt Charlie wütend an, ehe er seine Aufmerksamkeit wieder auf mich richtet. »Welchen Part hast du nicht verstanden, als ich sagte, dass dich niemand außer mir anfasst?«

»Welchen Part hast *du* nicht verstanden, als ich sagte, dass du gefälligst aufhören sollst, mir zu sagen, was ich zu tun oder zu lassen habe?«

»Die Leute starren schon zu uns rüber«, gibt Sawyer zu bedenken. »Charlie soll weiter ihre Hand halten, denn das lenkt die Aufmerksamkeit woanders hin.«

Cam sieht so aus, als wolle er Sawyer in den Boden rammen, sagt aber nichts, sondern geht vor uns her. Sein Frust ist jedoch überdeutlich spürbar.

»Ist dir klar, worauf du dich da einlässt, Abby?«, fragt Charlie, als wir die Treppe zum Schuleingang erreichen.

»Nein«, gebe ich ehrlich zu. »Aber ich habe mein Ticket für diese wilde Fahrt bezahlt, von daher werde ich jetzt schauen, wo sie mich hinführt.«

Die Unterrichtsstunden am Morgen kriechen nur so dahin, und das gemurmelte Flüstern und die Fingerzeige, die mir überallhin folgen, machen es nicht besser. Ich habe einen Kurs mit Trent und Drew, und die Klatschmäuler überschlagen sich förmlich, als sie bemerken, dass wir alle einander ignorieren. Drew schickt mir eine Entschuldigungsnachricht, auf die ich nicht antworte.

Ich weiß, dass er das für mich tut. Ich weiß jedoch nicht, ob es ihm nur darum geht, wieder Pluspunkte bei mir zu sammeln, oder ob er das alles macht, um mich zu beschützen. Drew hat noch einen weiten Weg vor sich, wenn er mir seine Loyalität beweisen will. Das ist das Einzige, was ich mit Sicherheit weiß.

Das Mittagessen macht Spaß. *Nicht.*

Die Spaltung der alten Elite hat die gesamte Machtbalance durcheinandergebracht. Charlie und ich sitzen am Tisch der neuen Elite, zusammen mit ein paar Mitgliedern des inneren Zirkels, aber die meisten haben sich auf die Seite von Trent und

Drew geschlagen, was mich nicht sonderlich überrascht. Chad sitzt neben mir und ich drücke seine Hand. Als Cam mir daraufhin unter dem Tisch einen Tritt verpasst, zucke ich kaum zusammen. »Ich weiß deine Unterstützung wirklich zu schätzen«, sage ich. »Mir ist bewusst, dass das nicht leicht gewesen sein muss für dich.« Chad war die ganzen Jahre zuvor immer einer von Trents treusten Ergebenen.

»Er hat es mir leichtgemacht«, entgegnet er und blickt angewidert zu Trent hinüber. »In dem Moment, als er dich ohne deine Erlaubnis angefasst hat, hat er meine Loyalität verspielt.«

Niemand außer den Mitgliedern der alten und der neuen Elite weiß genau, was am Sonntagabend passiert ist, aber ich habe in der Cafeteria genug gesagt, um allen klarzumachen, worum es im Wesentlichen ging. Nicht, dass mir das viel Mitleid eingebracht oder das Interesse der Mädchen an meinem Ex-Verlobten geschmälert hätte.

Um jeden möglichen Zweifel auszuräumen, habe ich Trent seinen scheußlichen Verlobungsring in einem Umschlag zurückgegeben, den ihm Charlie nach der ersten Stunde überbracht hat. Drew hatte ihn aus meinem Zimmer mitgenommen, als er meine Sachen zusammengepackt hat. Das hat sich schnell rumgesprochen und jetzt stehen die Mädchen Schlange, um meinen Platz einzunehmen, was dafür sorgt, dass ich beinah meinen Glauben an die weibliche Weltbevölkerung verliere.

Jane, die gezwungenermaßen an Drews Seite sitzt und in ihrem Salat herumstochert, sieht todunglücklich aus. Ich hasse es, dass sie dermaßen ins Kreuzfeuer geraten ist. Dies ist das erste Mal, dass sie wirklich spürt, wie es ist, ein Teil dieses Lebens zu sein. Wie es ist, die eigenen Entscheidungen aus der Hand geben zu müssen. Gezwungen zu sein, etwas zu tun, was man nicht will.

Ich wollte nie, dass sie das erlebt, aber es ist unvermeidlich.

Als ich nach dem Mittagessen zur Toilette gehe, packt plötzlich jemand meine Hand und zerrt mich in ein leeres Klassenzimmer. Ich will losschreien, doch da legt sich bereits eine Hand über meinen Mund, und ich spüre Cams warmen Atem an meinem Ohr. »Ich bin's.«

»Was zur Hölle?! Ich drehe mich zu ihm um und schubse ihn von mir. »Willst du, dass ich einen Herzinfarkt bekomme?«

»Sorry«, murmelt er, klingt jedoch kein bisschen aufrichtig, als er mich packt und seine Nase an meinem Hals entlangreibt. »Ich musste dich einfach sehen.«

»Warum?« Sofort bin ich in Alarmbereitschaft. »Ist etwas passiert?« Ich suche in seinen Augen nach der Wahrheit.

»Ich hatte Lust auf das hier«, sagt er, ehe er seine Lippen auf meine drückt. Er plündert meinen Mund und lässt keine Sekunde von mir ab, während er die Tür abschließt und die Jalousien herunterlässt. Dann dreht er uns herum und drängt mich gegen die Wand. Ich schmiege mich an ihn und wimmere auf, als ich spüre, wie er sein Becken gegen meines reibt. Wir verschlingen uns gegenseitig mit Haut und Haaren. Cam küsst mich, als wäre es die letzte Gelegenheit, das zu tun. Ich bekomme kaum genug Luft in meine Lunge, beschwere mich jedoch nicht. Ich werde seiner Küsse niemals überdrüssig werden.

Er wandert mit seinen Lippen zu meinem Ohr und knabbert an meinem Ohrläppchen. Dann packt er eins meiner Beine und legt es sich um die Hüften. Sterne explodieren hinter meinen Lidern. Ich greife nach dem Saum seines Hemdes, um es aus seinem Hosenbund zu ziehen und lasse meine Finger seinen Rücken hinaufgleiten. Seine Haut fühlt sich warm an.

Cam zieht mit den Lippen eine Spur meinen Hals hinunter, ehe er meine Bluse aufknöpft, um Küsse auf meinem Schlüsselbein zu verteilen. Ich winde mich in seinen Armen, das Verlangen zwischen meinen Beinen wird immer drängender.

Mir stockt der Atem, als er seine Hand unter meinem Rock verschwinden lässt und mit seinen Fingern langsam meinen Oberschenkel hinaufwandert. Als er mein feuchtes Höschen berührt, keuche ich auf. »Bist du da unten noch immer wund?«

»Nein, alles in Ordnung«, flüstere ich.

Er hebt den Kopf und sieht mich aus verführerischen Augen an. Auf seinen Lippen sieht man noch die Spuren unserer heißen Küsse von eben. »Ich will dich zum Kommen bringen.« Ich quittiere seine Worte mit einem enthusiastischen Nicken, das ihm ein

Grinsen entlockt. Sein Mund legt sich wieder auf meinen und gleichzeitig schiebt er mein Höschen beiseite und einen Finger in mich hinein. »Fuck, Baby, du bist so feucht.«

»Mehr. Schneller«, fordere ich und reite schamlos seinen Finger. Er dringt mit einem zweiten Finger in mich ein und bewegt sie rhythmisch auf und ab, während sein Daumen meine empfindliche Klitoris umspielt. Ich beiße mir auf die Unterlippe und unterdrücke ein Stöhnen, während ich mich seiner Hand entgegenwölbe. Meine Atmung wird immer schneller. Ein köstlicher Druck baut sich in mir auf, nimmt immer weiter zu. Als er schließlich seine Finger krümmt und meinen G-Punkt massiert, während sein Daumen gleichzeitig meine Klit bearbeitet, zerspringe ich in tausend kleine Teile. Lustwelle um Lustwelle überrollt mich, bis meine Glieder schlaff werden. Cam hört erst auf, als ich mich befriedigt und überglücklich gegen ihn sinken lasse.

Langsam zieht er seine Finger aus mir heraus, hebt sie an seinen Mund und kostet mit der Zunge meinen Geschmack. Das ist mit das Heißeste, was ich jemals gesehen habe. Mein Mund ist staubtrocken, doch eine Etage tiefer sieht es gänzlich anders aus. Es ist verdammt schmutzig und sorgt dafür, dass ich mich auf der Stelle auf Cam stürzen möchte. »Ich könnte süchtig nach diesem Geschmack werden«, sagt er, seine Stimme rau vor Verlangen.

Ich umfasse seinen harten Schwanz durch seine Hose. »Ich möchte ebenfalls eine Kostprobe«, sage ich und will auf die Knie gehen. Cam hält mich jedoch auf und legt mir seine Arme um die Taille.

»Das müssen wir auf ein anderes Mal verschieben.« Er küsst mich so liebevoll, dass mir nach Weinen zumute ist. »Wir sind schon spät dran.« Er gibt mir einen Klaps auf den Hintern, bevor ich aus dem Raum schlüpfe. Sein Lachen folgt mir den ganzen Weg zum Unterricht.

Sobald wir nach der Schule wieder zu Hause sind, biete ich den Jungs an, ihnen Abendessen zu kochen, doch sie bestehen darauf, dass ich mich ausruhe und wir etwas von meinem Lieblingsthailänder bestellen. Was kann ich schon gegen drei heiße

Jungs ausrichten, die mir zu gern sagen, wo es langgeht?

Als Cam und ich wenig später auf der Couch rumlümmeln und darüber diskutieren, was wir uns im Fernsehen anschauen könnten, taucht Charlie auf. Jackson ist eine Runde joggen gegangen und Sawyer ist beim Footballtraining.

»Du bist früh dran«, sagt Cam, ohne den Kopf zu heben und Charlie anzusehen.

»Ich wollte mit Abby reden, ehe die anderen hier auftauchen.«

»Ist für heute ein Meeting anberaumt?«, frage ich und bedenke Cam mit einem anklagenden Blick. Er hat nicht erwähnt, dass die anderen noch herkommen würden.

»Ja, wir müssen über die nächsten Schritte sprechen.« Charlie setzt sich neben mich auf die Couch und seine Miene wird weich. »Trent ist heute zu uns nach Hause gekommen. Er wollte dich sehen.«

Mein Magen zieht sich schmerzhaft zusammen. »Warum?«

»Ich weiß es nicht. Das wollte er nicht sagen, aber er hat einen auf großen Macker gemacht, Dad angebrüllt und uns Drohungen an den Kopf geworfen, als wir dich nicht geholt haben.«

»Hegt er den Verdacht, dass ich mich nicht bei euch aufhalte?«

»Ich glaube nicht, aber wir müssen vorsichtiger sein. Ich finde, dass ich dich ab jetzt zur Schule und auch wieder hierherbringen sollte.« Er sieht Cam herausfordernd an.

Cam beugt sich nach vorn. Er wirkt resigniert und unglücklich. »Ich hasse es, einem Vorschlag von dir zuzustimmen, aber ich werde Abbys Sicherheit nicht in Gefahr bringen.« Er sieht mich an. »Das bedeutet auch, dass du ab jetzt im Haus bleiben musst. Alles andere ist zu riskant.«

»Ich kann nicht die ganze Zeit hier im Haus festsitzen. Das würde mich wahnsinnig machen.«

»Es wird ja nicht für immer sein«, wendet Charlie ein, der Cam sofort zustimmt. »Nur, bis wir das hier geregelt haben.«

»Mein Vater wird mich nicht für immer bei euch bleiben lassen. Insbesondere nicht, wenn er herausfindet, dass ich mich auf die Seite der neuen Elite geschlagen habe.«

»Er wird nichts unternehmen, das weitreichende Folgen hat,

solange er mit dem Rücken zur Wand steht. Er streitet noch immer mit Christian wegen ihrer Abmachung und weiß, dass mein Vater angewidert von seinem Verhalten dir gegenüber ist. Im Moment ist er also auf sich allein gestellt, von daher wird er die ganze Sache erst mal auf sich beruhen lassen.«

»Fürs Erste.« Ich sehe besorgt zwischen den beiden Jungs hin und her.

»Das verschafft uns etwas Zeit«, sagt Cam und streckt seine Arme aus. »Komm her.«

Zu gern folge ich seiner Aufforderung und kuschle mich auf seinen Schoß, wo ich die ganze Zeit über bleibe, während wir miteinander reden und wahllos irgendwas im Fernsehen anschauen, bis die Türklingel die Ankunft der anderen ankündigt. Ich erhebe mich von Cams Schoß und freue mich, als er das mit einem finsteren Blick quittiert. »Ich vertraue meinem Bruder nicht zu hundert Prozent«, gestehe ich.

»Ich sehe das ähnlich wie Abby«, sagt Charlie. »Drew verhält sich in letzter Zeit seltsam.«

Ich ziehe die Brauen zusammen und starre Charlie an, während ich mich frage, welches Verhalten ihm aufgefallen ist und was das bedeuten könnte.

32. KAPITEL

»Ich verstehe nicht, warum ich nicht fahren kann«, motze ich nach unserem Meeting und stapfe in Cams Zimmer umher. »Hier ist es für mich nicht sicher, also macht ein Trip nach New York absolut Sinn.«

»Wir vertrauen dem Kerl nicht, Abby. Er hat sich einverstanden erklärt, uns zu zeigen, wie man die Technologie zum Safeknacken anwendet, und wir haben ihm ein kleines Vermögen dafür bezahlt, dass er uns die entsprechende Hardware leiht, aber das bedeutet nicht, dass er uns nicht an einen nächsthöheren Bieter verraten wird. Dieser Wochenendtrip steckt voller Risiken; keiner von uns möchte dich in Gefahr bringen. Unsere Hauptpriorität liegt auf deiner Sicherheit, und das bedeutet, dass du das Wochenende hier mit mir verbringst.«

Ich drehe mich zu ihm um und funkele ihn böse an. »Wenn du denkst, das würde mich milde stimmen, dann irrst du dich.« Ich verenge die Augen, damit er versteht, wie ernst es mir ist. »Ich hasse es, wie ein kleines Kind behandelt zu werden. Das ist wirklich unfair.«

»Ich setze mich nur für dich und deine Sicherheit ein. Es ist nicht meine Schuld, dass du so unvernünftig reagierst.«

Meine Nasenflügel beben, und ich schiebe ihm Kissen und Decke entgegen. »Du hältst mich für unvernünftig? Fein, wie wäre es dann damit? Du kannst heute Abend auf dem Boden schlafen.«

Ich fühle ein kleines bisschen Reue, als ich am nächsten Morgen nach einer geruhsamen Nacht aufwache und Cam in einer unbequemen Position, zusammengerollt im Sessel, vorfinde. Auch seine Decke hängt nur noch auf halb acht. Doch dann denke ich an all die Scheiße, die er mit mir abgezogen hat, und mein Mitleid verpufft.

Ich bin unten in der Küche und esse gerade die Reste meines

Rühreis mit Bacon, als Cam in die Küche geschlendert kommt. »Sind die anderen schon weg?«

»Ja.« Ich deute auf die Notiz, die auf der Anrichte liegt. »Sie waren schon weg, als ich runtergekommen bin.«

»Irgendwas hier riecht gut.« Er lehnt sich gegen die Anrichte und schnuppert in der Luft herum.

Grinsend stopfe ich mir das letzte Stück Bacon in den Mund. »*Hat* gut gerochen.« Spöttisch klopfe ich mir auf meinen vollen Bauch.

»Ist noch was für mich da?«, fragt er und sieht sich in der Küche um.

Mein Grinsen wird nur noch breiter. »Ich bin nicht deine Sklavin.« Ich deute auf den Kühlschrank. »Tob dich aus, Champ.«

Seine Augen verdunkeln sich, doch er sagt nichts, während er Joghurt, Obst und Müsli aus dem Kühlschrank fischt und alles auf die Anrichte knallt.

Es kostet mich enorm viel Mühe, nicht seine nackte Brust anzustarren, während er sich sein Frühstück zubereitet. Die Tattoos auf seinem Körper faszinieren mich, und ich frage mich, ob sie irgendeine besondere Bedeutung haben. Ich betrachte die V-förmigen Muskeln über seinen Hüften, und automatisch lecke ich mir über die Lippen. Inzwischen weiß ich, wie gewissenhaft er ist, was sein tägliches zweistündiges Workout im erstklassig ausgestatteten Fitnessstudio im Keller betrifft. Kein Wunder, dass sein Körper so wohldefiniert ist.

»Siehst du etwas, das dir gefällt, Baby?«, fragt er in einem selbstgefälligen Tonfall, der mich dazu veranlasst, ihm die Zunge rauszustrecken.

»Ich war nur in Tagträumen versunken.« Ich zucke mit den Schultern und stehe auf. »Interpretier da bloß nichts rein.« Gott, wie ich es liebe, ihm seine eigenen Worte unter die Nase zu reiben.

Ich stelle meinen leeren Teller zusammen mit dem Besteck in die Spüle, um sie abzuwaschen, und kreische auf, als er mich unvermittelt an der Hüfte packt und mich rücklings an sich zieht. Seine Morgenlatte drängt sich gegen meinen Hintern, und sofort bin ich megascharf auf ihn. »Ich glaube, es macht dich an, mich wütend zu machen«, knurrt er in mein Ohr.

»Dich ebenfalls«, kontere ich und stütze mich mit den Händen an der Anrichte ab.

»Alles an dir macht mich an. Dank dir habe ich einen Dauerständer, seit ich nach Rydeville gekommen bin.« Er stößt mit seiner Erektion gegen mich und tut so, als würde er mich von hinten nehmen, was meine Knie weich werden lässt.

»Was ist mit Rochelle?«, fauche ich, als mir plötzlich das Bild in den Kopf schießt, wie sie ihm einen bläst. »Hat sie bei dir auch einen Dauerständer verursacht oder hast du sie einfach nur aus Spaß gefickt?« Ich ramme ihm meinen Ellenbogen in den Magen und schubse ihn von mir.

»Ich sollte lügen und dich damit erst recht wütend machen«, sagt er und klingt dabei ein wenig kurzatmig. »Denn das war absolut unnötig, aber ich nehme an, dass ich das verdient habe. Zudem habe ich dir auch schon öfter übel mitgespielt.« Als er mich plötzlich hochhebt, quietsche ich erschrocken auf. Cam setzt mich auf der Anrichte ab, schiebt meine Beine auseinander und positioniert sich zwischen ihnen. Er packt meine Hüften und sieht mir ernst ins Gesicht. »Das Einzige, was Rochelle mir dauerhaft bereitet hat, waren Kopfschmerzen. Ich war nicht mit ihr im Bett.«

Ich schnaube. »Lüg nicht. Ich hab eure kleine Orgie gesehen.« Mir wird schlecht, und ich weiche seinem Blick aus.

Er umfasst mein Kinn und zwingt mich, ihn wieder anzusehen. »Das war eine vorübergehende Fehlentscheidung. Ich habe mir nur dieses eine Mal einen Blowjob von ihr geben lassen. Was sowieso deine Schuld war, weil du mich so wütend wegen Trent gemacht hast.« Seine Augen verdunkeln sich. »Aber ich habe sie nie wieder auch nur in die Nähe meines Schwanzes gelassen. Ich habe sie noch nicht mal geküsst. Es war alles nur Show, um dir ans Bein zu pissen.«

»Du hast dich jede Mittagspause von ihr betatschen lassen und widerliche Dinge zu mir gesagt.« Ich sehe ihn aufgebracht an, und er packt mein Kinn noch fester.

»Es gibt so viele Dinge, die du nicht verstehst, Abby. Dinge, die ich dir erzählen möchte, aber nicht kann. Noch nicht.« Er schluckt heftig. »Wir haben uns keine Basis aufgebaut, sodass ich dich bitten könnte, mir zu vertrauen, und du bist klug, von daher weiß ich, dass du skeptisch bist. Ich bitte dich dennoch, mir eine Chance zu geben.«

»Welche Chance?«

»Um dir beweisen zu können, dass der Kerl, den du in Alabama am Strand getroffen hast, mein wirkliches Ich ist.«

»Warum?«

»Warum was?«

»Warum möchtest du diese Chance? Du magst mich ja nicht einmal.«

Er schmunzelt. »Oh, ich mag dich und ich denke, das weißt du bereits.« Er stößt mir wieder sein Becken entgegen, um seiner Aussage Nachdruck zu verleihen.

»Nur, weil du auf mich stehst, heißt das noch lange nicht, dass du mich auch magst. Sex ist kein Äquivalent für Liebe.«

Er streicht mir mit dem Daumen über die Wange, was mir einen Schauer nach dem anderen über die Haut jagt. »Ich werde es dir beweisen.« Er sieht mich eindringlich an, seine Worte wirken aufrichtig. »Und ich bereue die Scheiße, die ich dir angetan habe. Du bist ganz anders, als ich erwartet hatte.«

»Was bedeutet das?«

Er seufzt und fährt sich mit der Hand durch sein ohnehin schon verwuscheltes Haar. »Bald wird alles Sinn ergeben. Versprochen.«

Er beugt sich vor, küsst mich, und ich lasse meine Nägel sanft über die kurz geschorenen Seiten seines Kopfes gleiten. »Hat das eine spezielle Bedeutung?«, frage ich und zeichne mit dem Finger die Konturen des tätowierten Kreuzes auf seinem Schädel nach.

»Es ist eine Erinnerung.«

Ich ziehe eine Braue hoch und schaue ihm in seine wunderschönen Augen. »Eine Erinnerung woran?«

»Dass wir alle auf irgendeine Art und Weise von etwas verfolgt werden.«

Wir verbringen den Tag im Garten. Ich schlage ihn beim Tennisspielen – sehr zu seinem Unmut – und nach dem Mittagessen kühlen wir uns im Pool ab. Der Tag ist bewölkt, aber die Temperatur warm genug, um ein paar Bahnen zu ziehen. »Du bist ein guter Schwimmer«, spreche ich meine Beobachtung aus, als wir den Pool nebeneinander durchqueren.

»Ich habe als Kind viel Zeit im Wasser verbracht.«

»Es muss einsam gewesen sein, als Einzelkind aufzuwachsen«, sage ich ganz bewusst in der Hoffnung, dass er den Köder schluckt, und halte den Atem an, während ich auf seine Reaktion warte.

Er schwimmt an den Rand und legt seine Arme auf die Kante des Pools. Dabei dreht er mir den Rücken zu. »Ich hab's überlebt. Außerdem hatte ich ja Rick und die Jungs.« Er dreht sich zu mir um und streckt die Arme hinter seinem Kopf aus. Beim Anblick seiner Bauchmuskeln und seiner kräftigen Oberarme bleibt mir der Mund offen stehen. Er ist megaheiß. Es gelingt mir nicht, meinen Blick von ihm zu wenden. All die nackte Haut an ihm führt mich in Versuchung.

»Komm her.« Verlangen funkelt in seinen Augen, als ich auf ihn zu schwimme. Er streicht mit seinem Daumen über meinen Mund. »Du hattest da noch ein bisschen Sabber.«

Er grinst, und ich boxe ihm spielerisch gegen die Brust. »Du bist ein Arsch.«

»Ich dachte, dass hätten wir bereits festgestellt.« Er taucht seine Hände ins Wasser und zieht mich an der Taille zu sich heran. »Und trotzdem bist du jetzt hier.«

»Weil ich zur Idiotin mutiere, wenn ich mit dir zusammen bin«, gebe ich ehrlich zu und streiche über seine nackte Brust.

»Und warum ist das so?«, fragt er und zieht an den Bändern meines Bikinihöschens.

»Weil meine Hormone jedes Mal meinen Verstand außer Kraft setzen.«

»Wenn es dir hilft: Auch ich habe dich seit unserem Kennenlernen nicht mehr aus meinem System bekommen.«

Er bahnt sich einen Weg in mein Bikinihöschen, um meinen Po zu umfassen, und ich neige den Kopf zur Seite. »Warum?«

»Weil du mich faszinierst. Du tust oder sagst nie das, was ich erwarte, und lässt ein Nein nicht gelten.« Er beißt in mein Ohrläppchen. »Deine Stärke und dein Kampfgeist sind das Heißeste an dir. Ich habe jedes einzelne Mal geliebt, wenn du dich gegen mich aufgelehnt hast.«

»Du hast mir dabei geholfen«, sage ich und streichle seinen harten Schwanz durch seine Schwimmshorts hindurch.

»Habe ich das?«

»In dieser einen Nacht«, ich schlucke, als ich mich daran erinnere, was mir damals durch den Kopf ging, »hatte ich mit dem Leben bereits fast abgeschlossen.« Unsere Blicke verschränken sich miteinander, während er meine Pobacken massiert und mit seinem Daumen über meine nackte Haut streicht.

»Ich weiß«, wispert er und bedeckt meinen Kiefer mit heißen Küssen. »Du wolltest etwas Echtes fühlen. Das Gefühl erzeugen, die Kontrolle zu haben, auch wenn es nur eine Illusion war.«

»Du erinnerst dich.« Ich wandere mit der Hand in seine Shorts, und er zieht scharf die Luft ein.

»Ich erinnere mich an jedes kleine Detail dieser Nacht.« Er drückt mir einen Kuss auf den Mundwinkel. »Ich erinnere mich daran, wie verloren du ausgesehen hast. Wie tot dein Blick war, bis du dich unter mir gewunden hast und lebendig wurdest.« Er küsst die andere Seite meines Mundes. »Ich erinnere mich auch noch daran, wie unglaublich es sich angefühlt hat, in dir zu sein.«

Er zieht mit der Zunge eine feuchte Spur meinen Hals hinauf und ich stöhne, als heftiges Verlangen zwischen meinen Beinen zu pochen beginnt. »Wie feucht und eng du warst.« Ich drücke ihm mein Becken entgegen und streichle mit dem Daumen über den Lusttropfen, der sich an der Spitze seines Schwanzes gebildet hat. Er beißt mir in die Unterlippe und saugt daran. »Wie empfänglich dein Körper auf meinen reagiert hat. Jeden Morgen spiele ich jede Sekunde unserer Nacht erneut in meinem Kopf ab, während ich es mir unter der Dusche besorge und dabei an dich denke.«

Seine Hand wandert zu meiner Pussy und er schiebt zwei Finger in mich hinein.

»Oh Gott.« Ich umschließe seinen Schwanz, reibe mit meiner Hand auf und ab und lasse meinen Kopf auf seine Schulter sinken. »Das fühlt sich so gut an«, wispere ich, als er seine Finger krümmt, und ich mich ganz diesem Gefühl hingebe. »Aber es ist nicht genug.« Ich sehe ihn an. »Ich will dich wieder in mir spüren«, flüstere ich und küsse ihn hart und voller Leidenschaft. »Fick mich, Cam. Fick mich so, wie du es in der Nacht am Strand gemacht hast.«

Dieses Mal fragt er nicht, ob ich mir sicher bin, sondern reißt mir das Bikinioberteil vom Leib und widmet sich mit seinem Mund meinen steifen Nippeln. Ich streichle ihn, während er mich fingert und meine Brüste liebkost. Unser Stöhnen wird vom Wind davongetragen.

»Sie sind perfekt«, sagt er. Leckt und saugt an meinen Brüsten, ehe er sie mit beiden Händen umfasst. Seine Finger nicht länger in mir zu spüren, entlockt mir ein enttäuschtes Aufseufzen. »Und wenn du jemals etwas anderes angenommen hast, dann tut es mir leid. Es war alles nur Teil des Spiels.«

»Lass uns jetzt nicht darüber reden«, keuche ich und bedenke ihn mit einem finsteren Blick, als ich mich daran erinnere, wie er mich wegen meiner kleinen Brüste verhöhnt hat. »Es sei denn, du möchtest, dass ich meine Meinung ändere.«

Ich stoße ein Quietschen aus, als er mich hochhebt und auf dem kalten Poolrand absetzt. Er reißt mir auch das Bikinihöschen vom Leib, das gleich darauf neben meinem Oberteil im Wasser treibt. »Zu spät, Prinzessin.« Sein Grinsen ist animalisch, als er meine Beine spreizt und mit seinem Mund über meine Pussy herfällt.

Ich kralle mich in seinem Haar fest und ziehe an den dunklen Strähnen, während er mich vernascht. Seine heiße Zunge in mich schiebt und mit den Fingern meine Klit streichelt. Als er meine Schenkel über seine Schultern legt, wölbe ich meinen Rücken und spreize die Beine so weit auseinander, wie ich kann, um ihm noch besseren Zugang zu gewähren. Schließlich dringt er wieder mit den Fingern in mich ein, massiert meinen G-Punkt und lässt seine Zunge um meine Klit kreisen, was dafür sorgt, dass mich ein explosionsartiger Orgasmus überrollt und ich seinen Namen schreie, als ich komme.

Ich habe kaum Zeit, wieder zu mir zu finden, ehe er mich zurück in den Pool holt. Seine Shorts gesellt sich zu meinem Bikini, und er zieht mich an seinen pulsierenden Schwanz. »Du nimmst die Pille, oder?«, fragt er, und ich nicke.

»Ich nehme sie regelmäßig und war seit unserer Nacht mit niemandem im Bett.«

»Ich auch nicht«, gesteht er und überrascht mich damit. »Außerdem bin ich sauber, was eventuelle Krankheiten angeht, sonst würde ich das hier nicht tun.« Er packt meine Beine, die ich um seine Mitte geschlungen habe, und dringt mit einem einzigen Stoß in mich ein, was mir einen Schrei entlockt. »Halte dich gut fest, Baby, denn das hier wird keine sanfte Nummer werden.«

Ich klammere mich an seinen Schultern fest, als er immer wieder in mich hineinstößt, und werfe stöhnend den Kopf zurück, als sich ein weiterer Orgasmus in mir aufbaut.

»Küss mich«, keucht Cam und ich gehorche sofort, presse meinen Mund auf seinen. Wir küssen uns leidenschaftlich, während unsere Körper aufeinanderprallen, und es dauert nicht lang, bis wir beide laut keuchend im selben Augenblick zum Höhepunkt kommen.

Ich sinke gegen ihn, meine Glieder fühlen sich wie flüssiger Wackelpudding an.

Cam vergräbt seine Nase in meinem Haar und streichelt mir sanft über den Rücken. »Geht es dir gut?«

»Großartig«, murmle ich in schläfrigem Tonfall und kann das Lächeln, das sich auf seinem Gesicht ausbreitet, förmlich spüren.

Wir duschen zusammen, in der Absicht, uns zu waschen, doch stattdessen treiben wir es ein weiteres Mal, ehe wir ineinander verschlungen auf das Bett fallen und uns auch noch Runde drei und vier hingeben.

Als ich irgendwann später wieder aufwache, schmerzt mein Körper auf herrliche Art und Weise an Stellen, von denen ich gar nicht gewusst habe, dass sie wehtun können. Draußen ist es mittlerweile dunkel geworden und die Mondsichel am Himmel erinnert mich an die Nacht, als ich Cam kennengelernt habe.

»Hast du Hunger?«, fragt er und seine verführerische Stimme jagt eine Gänsehaut über meinen gesamten Körper. Ich sehe zu ihm hinüber. Er sitzt in seinem Sessel und lächelt mich an.

»Ich bin am Verhungern«, gestehe ich und bedenke ihn mit einem eindeutigen Blick. »Aber nicht, weil ich etwas zu essen brauche.« Ich ziehe die Decke zur Seite und klopfe auf den freien Platz neben mir. »Komm zurück ins Bett.«

Er lächelt erneut, ein aufrichtiges Lächeln, das seine Augen erreicht und mir das Gefühl gibt, als hätte mich soeben ein elektrischer Schlag mit tausend Volt getroffen. »Was ist?«, fragt er stirnrunzelnd, betrachtet prüfend mein Gesicht und legt seinen Zeichenblock beiseite.

»Du solltest öfter lächeln«, offenbare ich ihm leise, als er zu mir ins Bett kommt. »Oder vielleicht auch nicht.« Ich verziehe die Lippen zu einem Schmollmund, als ich daran denke, wie viele Bewunderinnen ihm dieses Lächeln in der Schule einbringen würde. »Nur bei mir.« Ich drücke ihn auf die Matratze und setze mich rittlings auf ihn. »Versprich mir, dass nur ich dein Lächeln zu sehen bekomme, dafür lasse ich dich ganz viele böse Dinge mit mir anstellen.«

»Warum denkst du, du hättest diesbezüglich eine Wahl?« Er zieht mich zu sich runter und küsst mich zärtlich. »Du gehörst mir, Abby.« Er lässt seine Hand von meinem Po ausgehend meinen Rücken hinaufgleiten und umfasst meinen Nacken. »Und ich kann mit dir machen, was mir gefällt.« Sein Griff wird fester, und auch wenn es nicht wirklich wehtut, macht er damit seine Botschaft unmissverständlich deutlich. »Nur ich werde dich küssen.« Er drückt seinen heißen Mund auf meine Lippen. »Dich meine Zunge spüren lassen.« Er dringt mit seiner Zunge in meinen Mund ein und leckt und saugt an mir, bis mir Hören und Sehen vergeht. »Dich ficken.« Er packt mein Becken, positioniert mich über seinem Schwanz und dringt in mich ein.

Ich reite ihn, passe mich seinen Stößen an, was meine Brüste auf und ab hüpfen lässt. »Mein Lächeln bekommst du auch«, fügt er hinzu, lässt seine Finger über meinen ganzen Körper wandern und spielt mit meinen Nippeln. »Wenn du es dir verdient hast.« Sein verruchtes Grinsen verbirgt sein Vorhaben, als er mich umdreht, meinen Kopf ins Kissen drückt und meinen Hintern in die Höhe zerrt. Dann besorgt er es mir mit harten Stößen von hinten, bis sich jeder logische und zusammenhängende Gedanke verflüchtigt hat.

Erst viel später denke ich darüber nach, dass er in keinem Moment gesagt hat, dass er auch mir gehört.

33. KAPITEL

Im Laufe des nächsten Monats unternehmen Jackson, Sawyer, Charlie und Drew jedes Wochenende einen Trip nach New York, um ihr Training bei dem Safe-Experten abzuschließen, während Cam und ich uns in jedem Raum des Hauses vergnügen.

Es ist, als hätte jemand einen Schalter in meinem Inneren umgelegt, der dafür sorgt, dass ich nicht mehr genug von Cam bekommen kann.

Wir leben inzwischen im wahrsten Sinne des Wortes zusammen und nichts hat sich jemals natürlicher oder richtiger angefühlt. Ich hätte niemals gedacht, dass ich es lieben würde, abends neben einem Mann einzuschlafen und morgens neben ihm aufzuwachen. Das lag bestimmt daran, dass Trent lange Zeit der einzige Mann in meinem Leben war, und ich hätte mir lieber eine Brust abgeschnitten, als mit diesem Dreckskerl das Bett zu teilen.

Im Haus hat sich eine angenehme Routine eingeschlichen, und ich genieße es, mit den Jungs zusammenzuleben. Doch obwohl wir alle immer mehr zusammenwachsen, weihen sie mich dennoch nicht in alle ihre Pläne ein, sondern halten mich nach wie vor ein Stück auf Abstand.

Vor allem Cam.

Er sagt mir, dass das seine Art sei, mich zu beschützen, aber das halte ich für Bullshit.

Jedes Mal, wenn ich seine Kindheit anreiße, macht er dicht. Dass er Sawyer und Jackson kennengelernt hat, als er zehn war, ist nahezu alles, was er mir bisher erzählt hat. Ein Fakt, der zumindest nicht vielen bekannt ist. Er hat auch erwähnt, dass seine Kindheit nicht einfach war, er darauf aber nicht näher eingehen möchte. Und so habe ich mit den wenigen Daten über seinen Background, die man online findet, immer noch nicht den geringsten Schimmer, wer Camden Marshall wirklich ist.

Ist er der aufmerksame Fremde, der mich in dieser Nacht am Strand so zärtlich geliebt hat? Ein Mann, den ich immer wieder in ihm hervorblitzen sehe. *Oder ist er der kalte Mistkerl, in dessen Augen sich manchmal noch immer der Hass spiegelt, wenn er mich heftig fickt?*

Ich habe keine Antwort auf diese Fragen und das macht mir zu schaffen, weil ich ihm mit jedem Tag ein bisschen mehr verfalle.

Unsere heftigsten Diskussionen drehen sich immer um seine wahren Absichten. Er beharrt darauf, dass ihr Auftauchen in Rydeville mit der Aufklärung des Mordes an seiner Tante zusammenhängt, aber das kaufe ich ihm nicht ab, und das weiß er. Mein Bauchgefühl sagt mir, dass mehr dahintersteckt, und Xavier sieht das genauso. Es besteht eine ständige Spannungsquelle zwischen Cam und mir, was wenig hilft, das Misstrauen zu reduzieren, das noch immer zwischen uns besteht.

In mir herrscht das reinste Wechselbad der Gefühle.

Wenn er mich in der Schule immer wieder heimlich küsst; mit mir auf dem Sofa kuschelt; während meines Ballettunterrichts über mich wacht; und mit Jackson rauft, wenn dieser behauptet, er würde unter meinem Pantoffel stehen; wenn er sich nachts bis zum Anschlag in mir versenkt, mir dabei tief in die Augen schaut und meinen Körper mit unübertroffener Leidenschaft erkundet – dann weiß ich, dass ich dabei bin, mich in ihn zu verlieben und ihm von ganzem Herzen zu vertrauen. Auch mit meinem Leben.

Doch dann, wenn er mir nur ausweichende Antworten gibt; sich davonschleicht, um mitten in der Nacht irgendwelche Anrufe zu tätigen; und keine Details über seine Vergangenheit oder den wahren Grund preisgeben will, warum er nach Rydeville gekommen ist – fühle ich mich wie eine liebeskranke Idiotin, und habe keinerlei Vertrauen zu ihm. Insbesondere, wenn es um mein Herz geht.

In meiner Freizeit zu Hause eingesperrt zu sein, hilft auch nicht, selbst wenn ich zugestimmt habe, dass es wohl das Beste ist. Ich vermisse Jane schrecklich, doch abgesehen von dem einen oder anderen Zusammentreffen in der Schule habe ich sie seit dem Vorfall nicht mehr gesehen. Sowohl Drew als auch Jane sind bezüglich ihrer Besuche sehr vorsichtig, für den Fall, dass Vater jemanden beauftragt hat, ihnen zu folgen.

Xavier ist meine Rettung. Er kommt vorbei, wann immer er

Zeit hat, und er hat sogar Mary in der Bibliothek besucht und meine mühevollen Nachforschungen fortgesetzt. Bisher ohne Ergebnis, aber so habe ich immerhin das Gefühl, dass wir etwas tun.

Trent schickt mir regelmäßig beleidigende Textnachrichten, und er stolziert täglich mit einem anderen Mädchen an seinem Arm durch die Schule, als könnte er mich damit verärgern, dabei interessiert mich das kein bisschen. Er hat bis jetzt noch keinerlei Vergeltungsmaßnahmen ergriffen, und das macht mir Sorgen.

Die Tatenlosigkeit meines Vaters beunruhigt mich ebenfalls.

Drew meint, dass sich die Dinge zwischen ihm und Christian zuspitzen, und dass es nur eine Frage der Zeit ist, bis der Deal offiziell vom Tisch ist. Deshalb verstehe ich nicht, dass er noch nichts in Bewegung gesetzt hat, mich zu vernichten.

Charlies Eltern lügen weiterhin für mich und ich bin dankbar, aber selbst das macht mich misstrauisch. Niemand tut etwas aus reiner Herzensgüte. Vielmehr nur, wenn dabei auch etwas für ihn selbst rausspringt.

»Lauder wird bei dir bleiben«, sagt Cam und befestigt eine Waffe an seinem Gürtel. »Aber diesmal keine Pornos.«

Drew zieht eine Augenbraue nach oben. »Will ich es überhaupt wissen?«

Ich verrate ihm weiterhin nichts über meine Beziehung zu Cam, obwohl ich mir sicher bin, dass er Verdacht schöpft. Wir sind unersättlich nacheinander, und obwohl wir unser Bestes geben, um es zu verschleiern, bin ich mir sicher, dass Drew einige Hinweise verzeichnet hat.

»Wahrscheinlich nicht.« Sawyer überprüft seine Waffe und vergewissert sich, dass sie gesichert ist, ehe er sie in seinen Waffengürtel steckt.

»Ich hasse es, von der Action ausgeschlossen zu werden.« Mir ist bewusst, dass ich schmolle, aber es ist mir egal. Ich habe es satt, wie eine wertvolle Fracht, die Schutz braucht, beiseitegeschoben zu werden.

Ich würde mich rausschleichen und ihnen folgen, aber das würde Jackson in Schwierigkeiten bringen. Außerdem fürchte ich, dass es die anderen ablenken und deshalb zu einem fatalen Fehler führen könnte. Heute Abend steht viel auf dem Spiel, und immerhin durfte ich bei der Planung mitwirken.

Es war mein Vorschlag, meinen Leibwächter Oscar auf unsere Seite zu ziehen. Er verbrachte ein paar Wochen mit seiner Familie, weil jemand seine jüngste Tochter von ihrem Fahrrad gestoßen hatte und sie eine Weile im Krankenhaus war, aber jetzt ist er wieder zurück bei der Arbeit und hat Drew mit Fragen über mich überhäuft. Also habe ich ihm eine Nachricht von meinem Wegwerfhandy geschickt, um zu bestätigen, dass es mir gutgeht und ich bei Charlie wohne. Er hat es mir nicht abgekauft. Drew hat die Gelegenheit genutzt, um ihn um Hilfe zu bitten, heute Abend ein Ablenkungsmanöver zu starten. Oscar bat ganz bewusst darum, nicht über unsere Pläne informiert zu werden, und erklärte sich ausschließlich wegen mir dazu bereit, uns zu helfen.

Drew hat Trent dazu überredet, einen letzten Versuch zu starten, um eine einvernehmliche Lösung zwischen unserem und seinem Vater herbeizuführen. Sie werden zusammen mit unseren Vätern im Gentleman-Club in der Innenstadt zu Abend essen. Charlie schiebt inzwischen draußen Wache, um sicherzustellen, dass sie dortbleiben, während Cam, Sawyer und Xavier in den Safe meines Vaters eindringen.

Da die Lage zwischen ihm und den Montgomerys äußerst angespannt ist, wird Vater den größten Teil seines Sicherheitspersonals mitbringen und nur Oscar, Louis und zwei andere Wachen im Haus lassen. Louis wird damit beschäftigt sein, seine neueste Freundin zu unterhalten, daher muss sich Oscar nur um die beiden anderen kümmern. Er hat uns eine Stunde Zeit gegeben, was zwar recht knapp, aber machbar ist.

»Niemand könnte sich vernünftig konzentrieren, wenn du da wärst. Jeder einzelne wäre zu sehr damit beschäftigt, sich Sorgen um dich zu machen.« Drews Versuch, meinen Frust zu beschwichtigen, ist ziemlich dürftig.

»Ich kann helfen. Eine Stunde ist knapp. Ich weiß, wie man den Kamerafeed manipuliert. Ich könnte das gefälschte

Filmmaterial implantieren und das Live-System wiederherstellen, wenn wir bereit sind. Ich könnte euch von Nutzen sein.«

»Xavier kümmert sich darum.« Drew gibt mir einen gönnerhaften Kuss auf die Wange, und ich schiebe ihn weg. Er steht immer noch auf meiner schwarzen Liste und das weiß er auch.

»Vielleicht brauchst du Xavier, um den Safe zu knacken«, argumentiere ich weiter. »Ihr habt alle gesagt, dass das Öffnen eines Safes eine hohe Kunst ist, und ihr hattet nur einen Crashkurs. Wenn Sawyer den Code nicht knacken kann, muss Xavier eingreifen. Wer kümmert sich dann um den Kamerakram?«

»Ich werde den gefälschten Feed in Sekunden implantieren, und wenn ich es nicht rechtzeitig zurückschaffe, um das System zu reaktivieren, werde ich mich reinhacken und es aus der Ferne machen.« Xavier umfasst mein Gesicht und bedenkt mich mit einem entschuldigenden Blick. »Ich weiß, dass du das hasst. Und wir alle wissen, wie fähig du bist. Aber dein Vater ist ein Verrückter, der dir gegenüber bereits mörderische Absichten geäußert hat. Du darfst dich nirgendwo in der Nähe dieses Hauses aufhalten, sondern musst dich von diesem ganzen Kram fernhalten. Wenn er herausfindet, dass wir seinen Safe geöffnet haben, ist es besser, wenn er dich damit nicht in Verbindung bringen kann.«

»Komm schon, Babe.« Jackson hakt sich bei mir unter. »Lass sie ihr Leben riskieren. Wir bleiben hier und essen Eiscreme.« Seine Augen funkeln verschmitzt und er wackelt mit den Brauen. »Nackt.«

»Er macht nur Witze«, sage ich und ramme ihm meinen Ellenbogen in die Rippen, ehe Cam ihm eine reinhaut und damit unsere Beziehung offenbart. »Na ja, zumindest, was das Nacktsein betrifft. Das mit dem Eis meine ich bitterernst. Ich werde Unmengen an Chocolate-Fudge-Brownie-Eiscreme essen, so wie ich es immer mache, wenn ich wütend bin. Und gerade bin ich megawütend.«

»Darauf wären wir im Leben nicht gekommen«, witzelt Cam, und ich zeige ihm den Mittelfinger.

»Schlaf heute Nacht nicht mit ihm«, flüstert Jackson in mein Ohr. »Dann kämpft er nächstes Mal vielleicht sogar darum, dass du mitdarfst.«

Ich schnaube.

Drew kommt zu uns herüber. »Das hier wird schon bald vorbeisein und dann kannst du wieder nach Hause kommen«, sagt er, als wäre das mein Wunsch.

Hier zu leben, war eine neue Erfahrung, auf die ich nicht so schnell wieder verzichten möchte.

»Ich will nicht, dass du nach Hause zurückkehrst«, murmelt Cam und zieht mich eng an sich, sobald sich Drew wieder entfernt hat.

»Dann solltest du öfter auf meiner Seite stehen.«

Er lässt mich seufzend los. »Ist es zu viel verlangt, wenn ich ein etwas reiferes Verhalten von dir erwarte?«

Sofort sehe ich rot. »Fick dich. Ich verhalte mich mehr als reif. Ich würde gern sehen, wie du damit klarkämst, wenn man dich ständig beiseiteschieben würde.«

Er reibt sich mit der Hand über sein stoppeliges Kinn. »Es ist gefährlich, Babe. Wir haben nicht aus Spaß Waffen dabei. Wenn die Bodyguards zurückkommen und uns finden, werden sie nicht davor zurückschrecken, auf uns zu schießen.«

»Ich kann eine Waffe bedienen.« Ich pieke ihm mit dem Zeigefinger gegen die Brust. »Und das wäre eine weitere Möglichkeit, wie ich euch helfen könnte, aber nein, wir müssen die Prinzessin in ihren Elfenbeinturm sperren, bis sie an Langeweile zugrunde geht.«

Jackson lacht. »Na klar, du kannst mit einer Waffe umgehen«, sagt er sarkastisch.

»Mein Vater hat mich auf die Schießanlage geschickt, sobald es erlaubt war.«

»Oh, ja?« Cams Lächeln ist überheblich. »Lust auf eine kleine Wette?«

Das lässt mich hellhörig werden, auch wenn mir klar ist, dass er das nur macht, um mich abzulenken. »Was hast du im Sinn, du Höhlenmensch?«

»Einen Schießwettbewerb hinten im Garten. Du und ich. Fünf Gewinnsätze. Wer dem Ziel am nächsten kommt, ist der Sieger.«

Gegen das breite Grinsen, das sich angesichts seines Vorschlags auf mein Gesicht stiehlt, bin ich machtlos. »Die Wette gilt.« Ich stelle mich auf die Zehenspitzen und küsse ihn. »Und du wirst verlieren.«

»Wenn ich nicht wegmüsste, würde ich eine Revanche verlangen«, mault Cam, und dieses Mal tut er nicht nur so als ob. Er ist wahnsinnig ehrgeizig bei solchen Sachen und hasst es, zu verlieren. Insbesondere gegen ein Mädchen.

»Beim nächsten Mal werde ich dich trotzdem wieder schlagen.«

»Verdammt, Mädchen. Das war heiß. Gib dem Höhlenmenschen den Laufpass und komm in mein Bett«, scherzt Jackson und fährt mir mit seiner Hand durchs Haar.

»Leider bin ich süchtig nach diesem Arschloch. Ich könnte ihn nicht mal fallen lassen, wenn ich es wollte.«

»Aw, du sagst so süße Dinge.« Cams sarkastischer Einwurf passt zu seiner schlechten Laune. Er schubst Jackson von mir weg und zieht mich in seine Arme. »Benimm dich, wenn ich weg bin.«

»Ja, Dad.«

Er schließt genervt die Augen. »Ich habe heute Abend keine Nerven für so was und möchte wirklich nicht auch noch streiten, bevor ich losfahre.«

»Ich streite nicht.« Ich lächle ihn süßlich an und gebe ihm einen flüchtigen Kuss auf die Lippen. »Ich bin einfach nur in überragender Form heute«, ergänze ich und streue damit noch ein bisschen Salz in seine Wunde, denn ja, manchmal agiere ich vielleicht etwas unreif.

»Ich würde zu gern wissen, wie es dir gelungen ist, jedes Ziel punktgenau zu treffen«, sagt Cam und schüttelt ungläubig seinen Kopf, als er sich zum Aufbruch bereitmacht.

»Es war ganz leicht«, rufe ich ihm hinterher. »Ich habe mir einfach nur vorgestellt, dass es sich beim Ziel um dein Gesicht handelt, und schon habe ich jedes Mal ins Schwarze getroffen.«

Die nächsten Stunden verbringe ich damit, unruhig in Cams Zimmer auf und ab zu laufen und mir die Fingernägel bis aufs Blut abzukauen, während ich alle paar Minuten auf die Uhr schaue. Als ich höre, wie sich die Haustür öffnet, rase ich in einem Affentempo nach unten und klappe vor Erleichterung fast zusammen, als ich alle vier unverletzt zur Tür hereinkommen sehe. »Und?«, frage ich und werfe mich in Cams Arme.

»Wir haben es geschafft.«

»Ihr seid der Hammer, Leute.« Jackson gibt jedem von ihnen ein High Five.

»Und habt ihr die Beweise gefunden?«

Cams Miene verdüstert sich. »Sie scheinen nicht dort gewesen zu sein.«

»Verdammt.« Enttäuscht stoße ich den angehaltenen Atem aus.

»Aber Cam hat Kopien von allen Papieren im Safe gemacht und vielleicht finden wir etwas, wenn wir sie durchgehen«, sagt Sawyer.

Da Cam beim Crashkurs in Sachen Safeknacken fehlte, musste er den Kopiermeister spielen.

»Lasst uns das jetzt machen. Wo sind die Kopien?«

»Wir haben sie an einem sicheren Ort versteckt«, antwortet Sawyer, und ich runzle die Stirn.

»Warum?«

»Wenn dein Vater herausfindet, dass jemand in seinen Safe eingebrochen ist, könnte unser Haus der erste Ort sein, an dem er nach den Schuldigen sucht«, erwidert Cam gelassen. »Darum bewahren wir sie erst einmal woanders auf.«

Alarmglocken beginnen, in meinem Kopf zu läuten. »Wo?«,

hake ich nach und bedenke ihn mit einem Blick, der ganz klar sagt, dass er mich gefälligst nicht verarschen soll.

»Es ist besser, wenn du das nicht weißt«, sagt er und setzt eine kalte und gleichgültige Miene auf.

»Wie bitte?« Mein Gesichtsausdruck ist mittlerweile genauso eisig wie seiner.

»Wenn dein Vater hier auftaucht und beginnt, Fragen zu stellen, musst du ihn zumindest nicht anlügen, wenn du es nicht weißt.« Er reibt sich mit der Hand über die Stoppeln an seinem Kinn. »Versuch gar nicht erst, mich umzustimmen, Abby.« Er drängt sich an mir vorbei und geht in die Küche.

Ich eile ihm nach. »Hat Drew diesem Plan zugestimmt?«, frage ich herausfordernd und erdolche ihn mit meinem Blick, auch wenn er mir den Rücken zugewandt hat, während er ein paar Bier aus dem Kühlschrank holt.

»Drew war nicht da und wir hielten es für das Beste, ein paar kurzfristige Änderungen am Plan vorzunehmen.«

»Bullshit. Ich glaube dir nicht. Das stinkt förmlich nach einer Ausrede.«

Er zuckt mit den Schultern, was mich nur noch rasender macht. »Ich habe dir gesagt, dass du mir vertrauen sollst, also mach das auch.«

Ein roter Nebel legt sich über meine Augen und ich balle die Hände zu Fäusten.

»Du wirkst angespannt. Hier, trink ein Bier«, sagt er und schiebt mir eine Flasche hin, obwohl er ganz genau weiß, dass mich das nur noch mehr aufbringen wird.

Gerade habe ich keine Ahnung, wer der Kerl ist, mit dem ich schlafe, und eine Gänsehaut kriecht mir über die Arme. Ich nehme das Bier und lasse Cams Blick nicht los, als ich es gegen die Wand donnere. Die Flasche zerspringt in unzählige kleine Splitter, und Bier spritzt in alle Richtungen.

»Wirklich reif.« Cam lächelt mich verkniffen an und ich zeige ihm den Mittelfinger, ehe ich aus dem Raum marschiere, dicht gefolgt von Xavier.

»Warte«, fordert Xavier.

»Was? Warst du in diesen Plan eingeweiht?«

Er schüttelt den Kopf und schaut vorsichtig über seine Schulter. »Nein. Wir haben uns getrennt. Charlie kam, um mich abzuholen, dann sind die beiden allein losgezogen. Ich wusste nicht, dass sie das geplant hatten, bis wir uns draußen trafen und sie sagten, sie hätten die Dokumente irgendwo deponiert. Dein Bruder wird ausrasten, wenn er das erfährt. Wir sollten die Unterlagen vervielfältigen und ihm eine Kopie geben, aber das haben sie auch nicht getan.«

»Sie haben etwas vor.« Ich tippe mir mit dem Finger gegen die Lippen. »Aber was?«

»Ich weiß es nicht, werde es aber herausfinden.«

»Du bist die einzige Person, der ich vertraue«, flüstere ich. »Dir und Charlie.«

»Das sehe ich genauso«, flüstert er zurück.

Ich werfe einen Blick über seine Schulter hinweg, aber die Jungs hören nicht zu. Sie sind zu beschäftigt damit, in der Küche miteinander zu diskutieren; ihre Stimmen werden immer lauter, als sie weiterstreiten. »Wenn ich oben bin, geh wieder in die Küche und sag ihnen, dass ich schlecht gelaunt bin und mich erst mal abregen muss. Dann fahr zur Gasse neben dem Haus und warte dort auf mich.«

»Was hast du vor?«

»Ich teile mit diesem Lügner kein Bett mehr. Ich werde eine Weile bei Jane bleiben.«

Er runzelt besorgt die Stirn. »Ist das klug?«

»Es fühlt sich sicherer an, als hierzubleiben.«

Er denkt ein paar Sekunden darüber nach. »Okay. Geh. Ich werde draußen auf dich warten.«

Ich eile in Cams Zimmer und schließe die Tür ab. Dann fege ich durch den Raum, suche meine Kleidung und Hygieneartikel zusammen und stopfe sie in die Tasche, die Drew mir von zu Hause mitgebracht hat. Zum Glück habe ich nicht mal die Hälfte meines Krams ausgepackt, also brauche ich nicht lang, bis ich sie verschließen kann. Ich binde meine Haare zu einem Pferdeschwanz und ziehe einen Hoodie, eine Yogahose und

Turnschuhe an. Als ich fertig bin, sehe ich mich ein letztes Mal im Raum um, und ein Stich der Nostalgie durchzuckt mich. Ich hatte viele schöne Momente mit Cam in diesem Zimmer, aber jetzt frage ich mich, ob überhaupt irgendetwas davon echt war.

Leise öffne ich die Tür zum Balkon, schlüpfe hinaus und schleiche auf Zehenspitzen bis zur anderen Seite des Hauses. Dort hänge ich mir meine Tasche um den Hals und rutsche an der Regenrinne hinab. Sobald meine Füße den Boden berühren, renne ich los, ohne einen Blick zurückzuwerfen.

34. KAPITEL

»Er hat noch mehr Nachrichten hinterlassen«, sagt Jane am nächsten Tag und scrollt durch mein Handy.

»Ist mir egal.« Ich drehe mich auf die Seite und wünsche mir, ich würde tatsächlich so empfinden. Ich war die halbe Nacht wach und habe Jane über alles aufgeklärt, was mit Cam in den letzten Wochen passiert ist, auch darüber, dass ich mich benutzt fühle.

»Bist du sicher, dass er dir nur etwas vorgemacht hat?«, fragt sie und wirft mein Handy auf das Bett. »Er scheint sich wirklich Sorgen zu machen, wo du bist, und er wäre nicht als Erstes hier aufgetaucht, wenn es ihn nicht interessieren würde.«

»Darum geht es hier nicht. Es geht darum, alle beweglichen Teile unter Kontrolle zu haben. Er braucht mich immer noch für etwas, das ist der einzige Grund, warum er mich unbedingt finden möchte. Gott sei Dank, habe ich mich letzte Nacht bei dir reingeschlichen und deine Mutter weiß nicht, dass ich hier bin. Sonst hätte sie ihm nie so überzeugend ins Gesicht lügen können.«

»Und zum Glück verfügt Xavier über so wahnsinnig gute technische Fähigkeiten. Wenn er dein Handysignal nicht umgeleitet hätte, hätte dich Sawyer hier sicher schon aufgespürt.«

»Hast du schon etwas von Drew gehört?«, möchte ich wissen, weil ich mich frage, ob er es geschafft hat, die Jungs wegen ihres doppelten Spiels zur Rede zu stellen.

»Er hat mir nur eine Nachricht geschickt. Er, Charlie und Xavier sitzen bei Charlie zu Hause und versuchen herauszufinden, wo die neue Elite die Papiere versteckt hat. Er meinte, dass sich die Jungs weigern würden, irgendetwas von den Kopien herauszurücken.«

»In der Schule sollte es am Montag lustig werden«, witzele ich. »Wir werden mehr neue Linien in den Sand zeichnen.« Ich schaue auf die Uhr. »Wir müssen los, wenn ich pünktlich zu meinem Termin kommen möchte. Bist du sicher, dass du mich zum

Arzt bringen kannst?«

»Natürlich.« Sie schnappt sich ihre Schlüssel. »Fahren wir.«

Eine Stunde später stolpere ich benommen aus dem Gebäude, während sich eine neue Schicht des Grauens auf meiner Brust niederlässt. Tränen steigen in mir hoch, und ein unterdrückter Schluchzer entringt sich meiner Kehle, als ich all die verpassten Anrufe und Textnachrichten von Cam betrachte. Er klingt so aufrichtig und die Furcht in seinen Nachrichten scheint real, dennoch weiß ich nicht, was ich denken oder wem ich vertrauen soll.

Ich gehe auf den Platz zu, wo Jane geparkt hat, zu sehr in meine Gedanken vertieft, um auf meine Umgebung zu achten, als sich plötzlich eine Hand über meine Lippen legt und mir ein feuchtes Tuch auf den Mund drückt. Jemand zerrt mich nach hinten, sodass meine Füße über den Boden schaben.

Panik steigt in mir auf.

Mein Angreifer hat einen Arm fest um meine Taille geschlungen und presst mit der anderen Hand noch immer das Tuch auf meinen Mund, sodass ich nicht atmen kann. Das Letzte, was ich registriere, ist ein süßlich riechendes Gebräu, dann werde ich ohnmächtig.

Als ich aufwache, habe ich jegliches Zeitgefühl verloren. Dunkelheit beherrscht den Raum und mir wird sofort klar, dass mir mehrere Stunden fehlen. Ich setze mich auf, reibe meine müden Augen und fluche laut, als ich die vertraute Umgebung meines Schlafzimmers erkenne.

Nichts hat sich verändert, seit ich vor fünf Wochen von hier verschwunden bin. Ich tappe am offenen Fenster vorbei, das die Dunkelheit in meinen privaten Bereich eindringen lässt, und betrete das angrenzende Badezimmer, um auf die Toilette zu gehen. Als ich zurückkomme, schließe ich die Vorhänge und greife nach meiner Tasche. Erfolglos suche ich nach meinem Handy, mein verdammter Vater muss es mir abgenommen haben. Gott sei Dank habe ich es mit einem Retina-Scanner und einem Passcode gesichert.

Ein überlegenes Lächeln huscht über mein Gesicht, als ich die Geheimverkleidung in meiner Tasche öffne und mein Wegwerfhandy hervorhole. Der Akku ist fast leer und ich habe kein Ladegerät. Daher verschwende ich keine Zeit und schicke Drew sowie Jane eine Nachricht, in der ich ihnen erkläre, was passiert ist. Dann öffne ich die Nachricht, die Xavier mir vor zwei Stunden gesendet hat.

Ich habe etwas herausgefunden, das du über Camden Marshall wissen musst. Triff mich um neun im Lagerhaus. Ich muss dir das persönlich zeigen.

Es ist fast neun, also schreibe ich ihm, dass ich auf dem Weg bin. Ich überprüfe meine Schlafzimmertür und sie ist verschlossen. Nicht sonderlich überraschend. Aber ich muss diesen Weg nicht gehen, um nach draußen zu gelangen. Ich ziehe mich warm an und betrete den geheimen Tunnel.

Als ich das Ende des Ganges im Wald erreicht habe, erfüllt das gespenstische Rufen einer Eule die Umgebung und alle Härchen auf meinen Armen richten sich auf. Mir rauscht das Blut in den Ohren, als ich zum Schuppen laufe, um mein Motorrad zu holen.

Ich öffne die Tür und schreie erschrocken auf, als ich plötzlich Louis gegenüberstehe, der eine Waffe auf mich gerichtet hat. »Willst du irgendwohin?«, höhnt er und drängt mich ein paar Schritte zurück.

»Oh mein Gott, hast du mich erschreckt.« Ich presse mir eine Hand auf die Brust und lache hell auf. »Was machst du hier?« Ich versuche, die ganze Situation herunterzuspielen, weil Louis nicht gerade der Hellste ist.

»Mit mir zu flirten, um dich hier rauszuwinden, wird nicht funktionieren«, sagt er. »Ich habe ein gutes Gedächtnis«, fährt er fort und packt meinen Arm. »Und du wirst den Tag verfluchen, an dem du angefangen hast, mich zu erpressen.« Er zerrt mich durch den Wald zurück in Richtung Haus. »Sag mir, wie du es aus dem Anwesen geschafft hast, dann werde ich bei deinem Vater um Nachsicht für dich bitten.«

»Fick dich.«

»Oh, ich hätte eine Runde mit dir nicht abgelehnt«, faucht er und zerrt noch heftiger an mir. »Und von deiner kleinen, engen Pussy träume ich, seit mir der Arzt einen Gratisblick darauf gewährt hat, aber nicht einmal ich bin so blöd.«

Zum Glück hält er den Rest des Weges die Klappe und ich wehre mich nicht, da ich davon ausgehe, dass er durchaus auf mich schießen würde.

Er öffnet die Hintertür, stößt mir seine Waffe in den Rücken und zwingt mich, hineinzugehen.

»Sehen Sie mal, wen ich beim Versuch, sich aus dem Staub zu machen, erwischt habe«, knurrt er und schiebt mich ins Büro meines Vaters. »Und sie hatte das hier dabei.« Er zieht mein Wegwerfhandy aus meiner Hosentasche und hält es ihm hin.

Mein Vater erhebt sich und kommt, an einer Zigarre ziehend, um den Schreibtisch herum auf mich zu. Er nimmt Louis das Mobiltelefon aus der Hand und swipt über das Display. »Wie lautet der Code?«

»Fick. Dich.« Diesen Code werde ich mit ins Grab nehmen. Er wird keinen Zugang zu diesem Handy erhalten und keinerlei Informationen über meine Verbindung zu Xavier erfahren.

Er hebt die Hand, um mir eine Ohrfeige zu verpassen, als Mr Barron, der sich ebenfalls im Raum befindet, das Wort ergreift. »Michael, nicht. Ihr Gesicht darf keine Verletzungen aufweisen, das würde verdächtig wirken.«

Wütend starre ich Charlies Vater an und frage mich, was es mit seinen Worten auf sich hat oder ob das eine neue Taktik ist, die er verfolgt.

Weiß mein Vater, dass ich die ganze Zeit nicht bei den Barrons war?

Das glaube ich nicht. Unter keinen Umständen hätte er mich bei den Mitgliedern der neuen Elite gelassen, hätte er gewusst, dass ich mich bei ihnen aufhalte. Deshalb verstehe ich das hier nicht. Hinter dem Rücken meines Vaters bedeutet mir Charles Barron Senior lautlos mit dem Mund, dass ich kein Wort sagen soll. Also schweige ich, doch nur, bis ich die ganze Sache hier durchschaut habe.

»Du hast recht«, sagt mein Vater verärgert. »Du enttäuschst mich, Tochter.« Er umfasst mein Kinn und ich sehe, welch große Mühe es ihn kostet, nicht grob zu werden. »Aber du hast eine Chance, dich zu rehabilitieren.«

Ich verenge die Augen zu Schlitzen. »Wie?«

»Das wird morgen enthüllt. In der Zwischenzeit bleibst du in deinem Zimmer. Versuch nicht wieder zu flüchten, denn es wird dir nicht gelingen.« Er sieht zu Louis hinüber. »Bring sie nach oben auf ihr Zimmer und sorg dafür, dass sie auch dort bleibt.«

Louis versucht, meinen Ellenbogen zu ergreifen, aber ich ramme ihm diesen stattdessen in die Rippen und genieße, wie er daraufhin das Gesicht verzieht. »Ich kann die Treppe allein hinaufgehen.« Ich recke das Kinn und starre meinen Vater teilnahmslos an. »Ich werde widerstandslos tun, was auch immer du verlangst«, lüge ich, »solange du ihm befiehlst, sich außerhalb meines Zimmers zu postieren.«

Der scharfe Blick meines Vaters schweift zu Louis. »Ich habe sie nicht angerührt, Boss«, krächzt Louis. »Sie versucht nur, Ärger zu verbreiten.«

Selbstsicher sehe ich meinem Vater ins Gesicht. »Er stand die ganze Zeit im Zimmer, als mich der Arzt untersucht hat, und hat mir gerade eben erst erzählt, wie sehr er die Show genossen hat. Zudem hat er mir eröffnet, dass er mich gern ficken würde, also bitte entschuldige, wenn ich nicht darauf vertraue, dass er seine Hände bei sich behalten wird.«

Mein Vater sieht mich ein paar Minuten lang prüfend an, bevor er sein Handy nimmt und den Sicherheitschef anruft. »Ich möchte, dass ein anderer Mann nachts auf meine Tochter aufpasst«, bellt er ins Telefon. »Fein. Schicken Sie Maurio in mein Arbeitszimmer.« Er knallt das Handy auf seinen Schreibtisch.

Er hätte kein Problem damit, würde sich einer seiner reichen, perversen Freunde an mich ranmachen, aber Louis ist ein Angestellter. Ein *Gewöhnlicher*. Der letzte Dreck, in den Augen meines Vaters, und ich wusste, dass er Louis' Anzüglichkeiten ein Ende bereiten würde.

In mancher Hinsicht ist er absolut vorhersehbar. Aber bei so vielen anderen Dingen nicht, und das ist es, was mich beunruhigt.

»Und du.« Er zeigt auf Louis. »Du kannst dich glücklich schätzen, dass ich dich nicht feuere. Meine Tochter ist tabu. Von jetzt an bist du meinem Sohn zugeteilt.«

»Kein Problem«, presst Louis zwischen zusammengebissenen Zähnen hervor und ich unterdrücke ein schadenfrohes Grinsen.

Mein Lächeln ist am nächsten Tag jedoch schon lange Geschichte. Vater hat mich in meinem Zimmer eingesperrt, mit nichts als meinem E-Reader, dem Fernseher und meinen panischen Gedanken, die keine Ruhe geben wollen. Xavier muss denken, dass ich ihn sitzengelassen habe, und Drew ist kein einziges Mal in mein Zimmer gekommen, obwohl er wissen muss, was los ist.

Er steht ab sofort permanent auf meiner schwarzen Liste.

Als sich am frühen Abend meine Zimmertür öffnet, schwinge ich meine Beine über die Bettkante und stehe auf. Meine Besorgnis steigt, als eine fremde Frau und ein mir unbekannter Mann den Raum betreten. »Wer sind Sie?«

»Ich bin Ava, und das ist George«, sagt der hinreißende Rotschopf, während der hagere Mann mit dem nach hinten gekämmten blonden Haar mit den Fingern wackelt. »Wir sind hier, um Ihre Haare und Ihr Make-up zu arrangieren.«

»Was ist der Anlass?«, frage ich, augenblicklich alarmiert.

»Oh, wir sind zur Geheimhaltung verpflichtet«, antwortet Ava mit einem strahlenden Lächeln, als stünde mir eine große, wunderbare Überraschung bevor.

Meine Gedanken kreisen unerbittlich, während sie mich herrichten. Dabei steigt meine Panik mit jeder Sekunde in immer schwindelerregendere Höhen. Als die beiden damit fertig sind, davon zu schwärmen, wie hübsch ich aussehe, verschwindet Ava für ein paar Minuten und taucht mit einem trägerlosen roten Kleid wieder auf. Ein wenig von der Anspannung, die auf meinen Schultern lastet, löst sich.

Das Kleid ist umwerfend schön, hat eine dünne Rüschenlage über der Brust und endet direkt über meinem Knie. Es zeigt meine schlanken Beine, die in wunderschönen schwarzen High Heels von Jimmy Choo stecken. »Dein Vater hat gesagt, du sollst keinerlei Schmuck anlegen und zu seinem Arbeitszimmer kommen, wenn du fertig bist.« Ava drückt mir ein Luftküsschen auf die Wange. »Du bist atemberaubend. Wir wünschen dir einen wundervollen Abend!« Sie klatscht erfreut in die Hände, dann verlassen beide mein Zimmer.

Ich betrachte mein Spiegelbild und muss zugeben, dass sie großartige Arbeit geleistet haben. Mein Make-up sieht natürlich aus, obwohl es sich anfühlt, als hätten sie es mir schichtweise mit einem Spatel ins Gesicht geschmiert. Ava hat mir Smokey Eyes geschminkt, die von einem subtilen Lidstrich eingerahmt werden. Unmengen von schwarzem Mascara verleihen meinen Wimpern viel Ausdruck. Meine Lippen hat sie in einem Nude-Ton angemalt und zum Schluss mit viel Gloss zum Schimmern gebracht. Ava hat versucht, mich zu Statement-Lippen in Knallrot zu überreden, aber das ist mir zu klischeehaft. Dank George ergießen sich meine Haare jetzt in sanften Wellen voller Sprungkraft über meinen Rücken.

Normalerweise würde ich es genießen, so toll auszusehen, wenn ich nicht so besorgt wäre. Halb habe ich damit gerechnet, dass sie mir ein weißes Hochzeitskleid geben würden, und war erleichtert, dass dem nicht so war, was dem Ganzen allerdings nicht die geringste Schärfe genommen hat. Mein Vater plant etwas und mein Instinkt sagt mir, dass es mir kein bisschen gefallen wird.

Meine Nerven sind bis aufs Äußerste gespannt, als ich schließlich mit meiner Handtasche mein Schlafzimmer verlasse. Maurio geht neben mir her, ohne ein Wort zu sagen.

Wir betreten gerade den langen Korridor, der zum

Arbeitszimmer meines Vaters führt, als das eindeutige Geräusch von Schüssen außerhalb des Hauses uns beide veranlasst, abrupt stehenzubleiben.

Maurio spricht in gedämpftem Flüstern in sein Mikrofon und nickt, als könnte die Person auf der anderen Seite ihn sehen. »Bleiben Sie hier, Miss Abigail. Ich werde gleich wieder zurück sein.« Seine Schritte hallen auf dem Fußboden wider, während er zur Rückseite des Hauses rennt.

Plötzlich packt mich jemand am Arm und zerrt mich in den nächstgelegenen Raum. Bevor ich einen Schrei ausstoßen kann, bedeckt Cam mit seiner schwieligen Hand meinen Mund. »Nicht schreien. Wir haben nicht viel Zeit.«

Ich weiche vor ihm zurück. »Was zum Teufel machst du hier?«, fauche ich und mustere ihn misstrauisch.

Seine Augen verdunkeln sich auf vertraute Weise und er ist so schnell bei mir, dass ich keine Chance habe, auszuweichen. Erschrocken zucke ich zusammen, als seine Lippen auf meine treffen.

Es fühlt sich wie Wochen statt Tage an, dass er mich das letzte Mal geküsst hat, und mein Körper vergisst sofort, dass ich ihm misstraue, und schmiegt sich an ihn. Sobald sich mein Hirn endlich wieder einschaltet, schubse ich ihn von mir. Ich hasse es, wie sehr ich ihn vermisst habe und wie sehr ich mir wünsche, die Dinge wären anders. »Dazu hast du kein Recht mehr. Es sei denn, du bist hier, um mir die Wahrheit zu sagen.«

»Ich versuche dich seit deiner Flucht zu erreichen, um dir alles zu erzählen.«

»Mein Vater hat mich gekidnappt und ohne mein Handy in meinem Zimmer eingeschlossen. Ich habe versucht, zu entkommen, aber sein Bodyguard hat mich erwischt und mich wieder zurückgebracht.«

»Scheiße. Das wusste ich nicht. Ich war krank vor Sorge.« Er reibt sich über den Nacken, und zum allerersten Mal sieht Camden Marshall *verängstigt* aus. »Ich hätte dich nicht von mir wegstoßen sollen. Ich bin hier, um das wieder in Ordnung zu bringen.« Er streichelt mir über die Wange. »Ich wollte mit dir reden, bevor das hier stattfindet, aber jetzt haben wir keine Zeit mehr.«

Er zieht mich in eine Umarmung und drückt mich an sich.

Ich schließe die Augen, will ihm verzweifelt glauben, doch ich bin so furchtbar irritiert.

»Ich wollte nicht, dass du es so herausfindest. Das ist meine Schuld, weil ich Angst hatte.« Er hebt den Kopf und küsst mich flüchtig auf den Mund. »Du wirst gleich einiges zu hören bekommen, das dich schockieren wird, aber gib mir bitte eine Chance, alles zu erklären. Komm heute Nacht mit mir nach Hause und stell mir jede Frage, auf die du eine Antwort möchtest. Ich werde dir alles erzählen.«

Ein Geräusch von draußen lässt uns zusammenfahren.

Er gibt mich frei. »Geh besser wieder zurück.«

»Wart ihr das?«, frage ich, als es mir langsam dämmert.

Er nickt. »Wir brauchten ein Ablenkungsmanöver, damit ich dich allein sprechen konnte.« Er küsst mich, ehe er mich erneut an sich drückt. »Du siehst so wunderschön aus«, murmelt er atemlos und sein Blick gleitet über jede meiner Kurven, bevor er mich Richtung Tür schiebt. In letzter Sekunde ergreift er meine Hand und hält mich auf. »Du bist alles für mich, Abby«, stößt er hervor. »Vergiss das nicht. Und egal, was du gleich hören wirst, sei dir sicher, dass das, was zwischen uns ist, echt ist.«

Mir bleibt keine Zeit zu antworten, Maurio ruft bereits meinen Namen. Eilig stürze ich aus dem Badezimmer, ohne ein weiteres Wort zu verlieren oder noch einmal zurückzuschauen, und schließe die Tür hinter mir. »Ich musste pinkeln«, sage ich, bevor er fragen kann, hole meinen Lipgloss aus meiner Handtasche und bessere meine Lippen nach. »Ist alles in Ordnung?«, frage ich, als wir unseren Weg fortsetzen.

»Falscher Alarm«, antwortet er. »Ein paar Idioten haben im hinteren Teil des Gartens ein Feuerwerk angezündet, sind aber davongerannt, bevor wir sie fassen konnten.«

Ich wette, das war Jacksons Idee, und ich täusche ein Husten vor, um mein Lachen zu verbergen. Maurio ist kein Mann großer Worte, und so schweigen wir, während er mich zum

Arbeitszimmer meines Vaters begleitet. Er öffnet die Tür für mich und entfernt sich dann.

»Charlie?«, frage ich ungläubig und ziehe eine Braue in die Höhe, als ich auf meinen Freund zugehe. Ich hatte nicht erwartet, ihn hier anzutreffen, bin aber dankbar, ein freundliches Gesicht um mich zu haben. Er sieht unglaublich gut aus in seinem stilvollen, maßgeschneiderten Anzug, dem strahlend weißen Hemd und der roten Seidenkrawatte. Das Haar hat er sich aus seinem attraktiven Gesicht gekämmt und er ist frisch rasiert.

Die einzigen anderen Menschen im Raum sind seine Eltern, seine jüngere Schwester, mein Vater, Jane und Drew. Jane sieht mich aus traurigen Augen an. Es ist offensichtlich, dass sie ins Geschehen eingeweiht ist. Ein tiefer Schmerz erfüllt meinen gesamten Körper, als ich ihren Betrug zu den zahlreichen anderen hinzufüge, die ich schon erleiden musste. Doch ich habe jetzt keine Zeit, mich damit auseinanderzusetzen. Ich muss herausfinden, was hier vor sich geht.

Mein Vater und der von Charlie trinken Scotch, während Mrs Barron an einem Glas Champagner nippt. Sie stellt dieses auf dem Schreibtisch ab und eilt mit einem Kästchen in der Hand zu mir herüber.

»Abigail, Liebes, du siehst so toll aus.« Sie strahlt Charlie an, während ich ihm immer wieder irritierte Blicke zuwerfe. »Und diese hier passen perfekt dazu«, sagt sie und holt eine umwerfende Diamantkette und das passende Armband aus dem Kästchen. »Charles.« Sie wendet sich an ihren Sohn. »Leg Abigail die Kette an.«

Ich fühle mich, als hätte ich soeben meinen Körper verlassen. Als wäre ich nicht wirklich hier und würde über allen schweben und das Geschehen von oben betrachten. Wie auf Autopilot geschaltet, streiche ich mein Haar zur Seite, und Charlie legt mir die Kette um, wobei seine warmen Finger meinen Nacken streifen.

Charlies Mom küsst mich auf die Wange. »Ich freue mich so für euch zwei«, quietscht sie und kehrt zu ihrem Champagnerglas zurück. Charlies Dad nickt ihm zu.

»Was zur Hölle geht hier vor sich?«, wispere ich und sehe Charlie aus zusammengekniffenen Augen an.

»Vertraust du mir, Abby?«

»Nun, das ist eine Fangfrage.« Ich schürze die Lippen und bemerke, dass mir mein Vater einen wütenden Blick zuwirft.

Charlie zieht mich an sich und legt mir seine Hand auf den unteren Rücken, ehe er mir ins Ohr flüstert: »Folge einfach meinem Beispiel und spiel mit. Ich verspreche dir, dass du auf mich zählen kannst.« Er drückt mir einen Kuss auf die Schläfe und sofort klingeln bei mir sämtliche Alarmglocken. »Lächle, als würde dir gefallen, was ich dir sage«, wispert er. »Schnell, bevor dein Vater dazwischengeht.«

Ich setze das strahlendste Lächeln auf, zu dem ich fähig bin, und sehe in Charlies Augen, während er sanft meine Wange streichelt.

Mein Vater zieht sich wieder zurück und der wütende Ausdruck auf seinem Gesicht verschwindet.

Was zum Teufel wird hier bloß gespielt?

»Ich werde dich im Anschluss in alles einweihen. Versprochen«, ergänzt er und beugt sich vor, um mir einen Kuss auf die Wange zu geben. »Spiel für den Moment einfach mit.«

»Es ist Zeit«, sagt mein Vater und schnappt sich die leeren Gläser von Mr und Mrs Barron. »Gehen wir.«

Charlie bietet mir seinen Arm an und ich hake mich bei ihm unter. Seine Mutter strahlt uns an und ich stelle fest, dass sie denkt, wir wären ein Paar. Ich schlucke die aufkeimende Panik hinunter, als wir das Büro meines Vaters verlassen und hinüber in den Ballsaal gehen.

Als Mom noch am Leben war, veranstaltete sie an Geburtstagen und Jubiläen sowie zu Weihnachten verschwenderische Partys in diesem Raum, aber seitdem wurde er kaum mehr benutzt.

Ich betrete den Ballsaal seit langer Zeit zum ersten Mal wieder und versuche, nicht mit offenem Mund alles zu bestaunen. Irgendwann in den letzten Wochen hat mein Vater diesen Raum neu herrichten lassen. Dabei hat er keine Kosten und Mühen gescheut.

Beeindruckende Kronleuchter funkeln über glänzenden Hartholzböden. Aufwändige goldene und rote Samtvorhänge schmücken jedes Fenster und passen perfekt zu den eleganten runden Tischen, die in weiße und goldene Tischdecken gehüllt und mit wunderschönen Blumenarrangements aus duftenden Lilien geschmückt sind.

Im Saal tummeln sich zahlreiche Familien der Elite und des inneren Zirkels sowie diverse Geschäftspartner meines Vaters. Applaus brandet auf, als Vater unsere kleine Gruppe durch den Raum führt, Hände schüttelt und allen Gratulanten, an denen er vorbeigeht, ein aufgesetztes Lächeln schenkt. Ich habe mir ein strahlendes Lächeln ins Gesicht gepflastert, doch mein Körper zittert in nervöser Erwartung. Charlie umschließt meinen Arm noch fester und beruhigt mich mit seinem selbstbewussten Lächeln.

Mein Vater betritt die neu gebaute Bühne im hinteren Teil des Raumes und wir alle folgen ihm, um uns hinter ihm in einer Reihe aufzustellen. Er tippt gegen das Mikrofon, um sicherzustellen, dass es funktioniert, und die Menge verstummt nach und nach.

»Danke, dass ihr alle so kurzfristig gekommen seid. Ich freue mich außerordentlich, euch heute Abend zu diesem besonderen Anlass bei uns zu haben.« Er schaut über seine Schulter hinweg zu Charlie und mir und mein Blutdruck überschlägt sich. »Ich weiß, dass in eurer Einladung stand, dies sei eine Party, aber in Wirklichkeit ist es mehr als das. Ich bitte Charles Barron III. und meine Tochter nach vorn zu treten.« Er streckt uns seinen Arm entgegen und lächelt mich liebevoll an, als wäre er der stolzeste Vater im ganzen Universum.

»Spiel einfach mit«, erinnert mich Charlie und führt mich nach vorn.

Die nächsten Minuten ziehen an mir vorbei, als wären sie in Slow Motion. Die Menge ringt nach Luft, als Charlie vor mir auf die Knie sinkt und mir ein schmales, schwarzes Kästchen entgegenstreckt. Er klappt den Deckel auf und ein Ring mit einem riesigen Rundschliffdiamanten glitzert und funkelt mir entgegen.

Mein Mund ist vor Schock sperrangelweit geöffnet. Jetzt

verstehe ich, warum mir Charlie eben im Büro nicht die ganze Geschichte erzählt hat. Er wollte, dass mein Gesichtsausdruck angemessen überrascht aussieht, und er kennt mich gut genug, um zu wissen, dass er mich sonst niemals auf diese Bühne bekommen hätte. Zumindest nicht, ohne dass ich Zeter und Mordio geschrien hätte, hätte ich gewusst, dass es sich hierbei um einen Verlobungsanschlag handeln würde.

»Abigail Aveline Hearst-Manning. Du bist Teil meines Lebens, seit ich denken kann, und inzwischen viel mehr als nur eine meiner besten Freundinnen. Du bist jemand, den ich schon sehr lange Zeit bewundere und respektiere. Jemand, der bereits ein fester Bestandteil meiner Familie ist. Und vor kurzem habe ich festgestellt, wie tief meine Gefühle für dich sind.« Er ringt sich eine Träne ab, und ich möchte rufen, dass jemand diesem Mann einen Oscar für seine Leistung überreichen möge, aber natürlich behalte ich diesen Gedanken für mich.

»Ich glaube, ich habe dich schon immer geliebt«, fährt er fort, »aber ich hatte zu viel Angst, es mir einzugestehen.«

Eins muss ich Charlie wirklich lassen. Er liefert eine einmalige Performance ab. Als er mich aus bewundernden und verliebten Augen ansieht, glaube ich ihm seine Worte sogar beinah. Doch ich weiß es besser. Das hier ist Plan B von meinem Vater; auch wenn er mich damit überrascht. Denn selbst wenn eine arrangierte Ehe mit Charlie die Blutlinie der Elite weiterführen würde, bringt sie meinem Vater geschäftlich gesehen überhaupt nichts, da Charlies Vater Banker ist. Er besitzt eine der ältesten und angesehensten Bankfirmen des Landes, aber mein Vater braucht kein Geld für sein Automatik-Fahrprogramm. Er braucht technisches Know-how, und eine Allianz mit den Barrons gibt ihm das nicht. Folglich bin ich verwirrt, warum er diese Ehe für nötig hält.

Was entgeht mir?

Ein Tumult im hinteren Teil des Raums wird laut, aber ich habe keine Möglichkeit herauszufinden, was vor sich geht, da Charlie mitten in seinem Antrag steckt, also sehe ich ihn weiter unverwandt an. »Ich liebe dich, Abby, und ich möchte den Rest meines Lebens damit verbringen, dich glücklich zu machen. Würdest du mir die große Ehre erweisen, meine Frau zu werden?«

35. Kapitel

»Nimm deine dreckigen Hände von mir!«, brüllt jemand und ein Raunen geht durch die Menge.

Ich reiße den Kopf hoch und entdecke Cam in dem überfüllten Saal. Sawyer, Jackson und Maverick halten ihn zurück, er wirkt furchtbar aufgebracht. Verwirrung, Wut und Schmerz spiegeln sich in seinen Augen, während er mich anstarrt. Charlie zieht an meinem Handgelenk, um meine Aufmerksamkeit zurückzugewinnen. Sein Ausdruck warnt mich, beim Plan zu bleiben, und er fleht mich stumm an, ihm zu vertrauen.

Ich schiebe alle Gedanken an Cam beiseite, befeuchte meine trockenen Lippen und lächle den vor mir knienden Mann an. »Ich würde mich geehrt fühlen, dich zu heiraten«, antworte ich pflichtbewusst, und die Menge bricht in tobenden Applaus aus.

Charlie steht lächelnd auf, während er mir den Ring auf den Finger schiebt.

Aus den Augenwinkeln nehme ich Trent wahr, der uns beide wütend anstarrt, während sich eine Brünette an seine Seite klammert.

»Es muss echt aussehen«, flüstert Charlie, als er mich an sich zieht. Dann umfasst er meinen Nacken und küsst mich. Er hält mich eng an seinen harten Körper gedrückt, eine Hand an meinem unteren Rücken, die andere an meinem Hinterkopf, und beugt mich in einem leidenschaftlichen Kuss über seinen Arm.

Ich bin dankbar, dass er mir nicht seine Zunge in den Mund schiebt, denn das würde diese Scharade einen Schritt zu weit treiben. Dennoch hält er sich bei unserem Kuss nicht zurück, und heiliger Bimbam, kann Charlie Barron küssen! Das muss an all den Übungen mit den College-Mädchen liegen, denn ich sehe noch immer verschwommen, als er mich wieder in die Höhe zieht und sich von mir löst.

Die Menge jubelt und johlt, und mein Vater grinst selbstzufrieden. Charlies Eltern kommen zu uns, umarmen und gratulieren uns überschwänglich. Wie benebelt lasse ich alles über mich ergehen und frage mich dabei die ganze Zeit, wo Cam ist und warum die Mitglieder der neuen Elite hier sind. Unter keinen Umständen hat mein Vater sie eingeladen, folglich müssen sie unangemeldet reingeplatzt sein.

»Herzlichen Glückwunsch, Abigail«, sagt mein Vater und drückt mir einen flüchtigen Kuss auf die Wange. »Ich hoffe, ihr werdet sehr glücklich miteinander. Charles wird ein exzellenter Ehemann sein.« Dann flüstert er mir ins Ohr: »Und wenn du irgendetwas tust, um *diese* Vereinbarung ebenfalls zu torpedieren, wirst du deiner Mutter in der Hölle Gesellschaft leisten.«

Charlie zieht mich in seine Arme, als hätte er die abscheulichen Worte meines Vaters gehört. Panik lässt mich am ganzen Körper erzittern, und ich klammere mich an ihn. Mein herzallerliebster Vater hat keinen Schimmer, dass ich seine Pläne längst durchkreuzt habe, und ich weiß nicht den geringsten Rat, was ich diesbezüglich tun soll.

Drew und Jane sind die Nächsten, die uns gratulieren. Es kostet mich unglaublich viel Willenskraft, meinen Bruder nicht zur Schnecke zu machen und ihn anzuspucken. »Du stehst ab jetzt permanent auf meiner schwarzen Liste«, warne ich ihn und lächle gekünstelt, ehe ich seine Glückwünsche entgegennehme.

»Alles, was ich getan habe, diente dazu, dich zu beschützen«, antwortet er und erwidert mein gezwungenes Lächeln. »Und das wirst du mit der Zeit auch erkennen.«

»Es tut mir leid«, wispert Jane und zieht mich in eine Umarmung. »Ich wollte es dir erzählen, aber Drew hat mich nicht in deine Nähe gelassen.«

»Wir reden später«, entgegne ich und lasse mich von Charlie fortziehen.

»Auf einer Skala von eins bis zehn, wie sauer bist du?«, will er wissen.

»Oh«, sage ich und lächle zu ihm hoch, als würde er meine Welt aus den Angeln heben. »Ungefähr bei hundert.«

»Was hat das zu bedeuten?«, höre ich meinen Vater sagen und schaue über meine Schulter hinweg zu ihm hinüber. Ihm weicht langsam sämtliche Farbe aus dem Gesicht, während er irgendwas oder irgendwen in der Menge anstarrt.

»Scheiße.« Charlie schiebt mich vor sich und legt mir von hinten seine Arme um die Taille.

Aus dem Augenwinkel sehe ich einen großen, mir irgendwie vertrauten Mann in einem grauen Nadelstreifanzug durch die Menge auf uns zukommen. Ihm folgt ein schlaksiger Mann mit Brille, der mir ebenfalls ein wenig bekannt erscheint. Hinter den beiden folgen Cam, Jackson, Sawyer und Maverick mit zwei dunkelhaarigen Jungen, die noch jünger wirken.

»Was zur Hölle geht hier vor sich?«, frage ich und lehne mich ein Stück zurück, um zu Charlie hochzublicken. »Und warum kommen mir diese Männer so bekannt vor?«

»Der Anführer der Truppe ist Atticus Anderson, der Mann dahinter ist sein Schwager, Wesley Marshall. Ich glaube, wir werden gleich den wahren Grund erfahren, warum die neue Elite in der Stadt aufgetaucht ist.«

»Wachen!«, schreit mein Vater ins Mikrofon. »Räumt den Saal. Die Party ist vorbei, Leute. Danke, dass ihr gekommen seid, und kommt gut nach Hause.« Er winkt Maurio und Louis, die etwas abseits stehen, zu sich heran, als Atticus das Podium erklimmt und meinem Vater das Mikrofon aus der Hand reißt.

»Nur keine Eile«, sagt er und seine Stimme hallt dabei durch den ganzen Saal. »Ein paar von euch werden sich an mich erinnern. Ich bin Atticus Anderson. Der Nachfahre von einem der ursprünglichen Gründerväter, und ich denke, ihr werden hören wollen, was ich zu sagen habe.«

Cam steigt die Stufen zur Bühne herauf, tritt dicht an Atticus heran und flüstert ihm etwas ins Ohr. Cams Kiefermuskeln sind angespannt und er lässt mich die ganze Zeit nicht aus den Augen, während er spricht.

Die anderen Männer versammeln sich hinter ihnen und mein Vater wird unruhig, als sich eine Reihe von bewaffneten Bodyguards neben der Bühne aufbaut. Man kann die Umrisse der Waffen erkennen, die sie an ihrem Gürtel tragen oder sie sich in den Hosenbund geschoben haben.

Sorge keimt in mir auf.

Maurio und Louis greifen nach ihren Waffen, aber mein Vater schüttelt den Kopf.

Einige der anwesenden Gäste sind stehengeblieben und haben sich umgedreht, um den Worten von Atticus zu lauschen, doch die Männer meines Vaters drängen die Leute unbarmherzig aus dem Saal. »Was auch immer du geplant hast, wird leider ohne Zuschauer stattfinden müssen, Atticus«, sagt mein Vater, entreißt Atticus das Mikrofon und reicht es Maurio.

Atticus zuckt mit den Schultern und lächelt zufrieden. »Sie werden es ohnehin bald herausfinden«, sagt er kryptisch. »Und die Hauptakteure sind alle hier.« Er nickt Charlies Vater zu, bevor er Christian Montgomery mit einem kalten Blick fixiert.

In all dem Aufruhr habe ich nicht bemerkt, dass er und Trent ebenfalls die Bühne betreten haben. Trents Date ist nirgends zu sehen, daher nehme ich an, dass er sie nach Hause geschickt hat. Immerhin ist das hier eine Angelegenheit der Elite und sie hat kein Recht, dabei zu sein.

Die riesigen Saaltüren fallen zu und eine Reihe von Vaters Bodyguards baut sich davor auf, um den Ausgang zu blockieren.

»Scheiße«, flüstert Charlie in mein Ohr. »Das wird nicht gut ausgehen.«

Cams Blick richtet sich auf die Stelle, an der Charlie meine Taille umfasst, und ich bin kurz versucht, mich aus dessen Umarmung zu winden. Doch ich brauche dringend seine Kraft, weshalb ich mich nicht rühre, auch wenn es Cam wütend macht.

»Wir wissen beide, was du sagen wirst«, schaltet sich Christian ein und stellt sich neben meinen Vater. »Aber leere Worte bedeuten gar nichts.«

»Es sind keine leeren Worte mehr, wenn es Beweise gibt«, erwidert Wesley Marshall, Cams Vater.

»Bullshit«, kontert mein Vater. »Ihr habt nichts.«

»Wir haben den Inhalt deines Safes«, widerspricht Atticus. »Oh, war das eine Offenbarung!«

Mein Vater lacht, doch ohne jeglichen Humor. »Netter Versuch, aber das kaufe ich euch nicht ab. Mein Safe ist absolut undurchdringlich.«

»Nur, weil wir wollten, dass du das glaubst.« Atticus richtet seine Aufmerksamkeit auf Drew, der sichtlich nervös ist. »Wenn du mir nicht glaubst, frag deinen Sohn. Er war daran beteiligt.«

Ein Muskel beginnt an Drews Kinn zu zucken und meine Atmung geht unregelmäßig. Mein Bruder mag auf meiner schwarzen Liste stehen, dennoch möchte ich nicht, dass ihm etwas zustößt. Ich blicke Cam flehentlich an, aber er sieht noch immer so aus, als wolle er mich gleich erwürgen.

Vater starrt zu Drew und erkennt anhand der Schweißperlen auf der Stirn meines Bruders, dass es wahr ist. Meinem Vater weicht sämtliches Blut aus dem Gesicht und er ist nicht geschickt genug, um seine aufsteigende Panik zu verbergen.

Atticus bemerkt das und grinst. »Ich habe lange Zeit auf diesen Tag gewartet, Michael.« Ohne irgendein Anzeichen von Angst tritt er an meinen Vater heran. »Du hast mir alles genommen und nun werde ich mich revanchieren.« Dann wendet er sich an Christian Montgomery. »Und für dich wird der Tag der Abrechnung ebenfalls kommen.«

Atticus dreht sich um und bedenkt Jackson mit einem mitfühlenden Lächeln, ehe er seine Hand ausstreckt. Wesley Marshall reicht ihm einen großen braunen Umschlag, und Atticus wedelt damit vor dem kalkweißen Gesicht meines Vaters herum. »Genevieve ist zu mir gekommen, bevor sie starb – deine Frau hat sich ihr kurz vor ihrem Tod anvertraut. Wusstest du, dass Olivia Beweise dafür hatte, dass du meine Frau umgebracht hast? Hast du deshalb diesen Autounfall arrangiert? Oder war dieser nur nötig, weil du erkannt hast, dass du die falsche Frau ermordet hattest? Dass die Liebe meines Lebens noch immer unter uns weilte und ich mit ihr durchbrennen wollte?«

»Wie bitte?«, fragt Maverick und tritt mit einem irritierten Ausdruck im Gesicht nach vorn.

Atticus geht zu seinem Sohn und legt ihm eine Hand auf die Schulter. »Es tut mir leid, mein Sohn. Ich bin nicht ganz ehrlich zu dir gewesen.« Er sieht hinüber zu Cam, der sich zu den beiden jüngeren Kids gestellt hat. Einer von ihnen ist eindeutig bestürzt und kämpft mit den Tränen. Cam hat ihm einen Arm um die

Schulter gelegt. »Es tut mir leid, dass ihr Jungs das mit anhören müsst, aber es kommt nie etwas Gutes dabei heraus, wenn man die Wahrheit verschweigt. Diese Lektion wird jeder in diesem Raum gleich lernen.«

Er geht zu dem aufgelösten Jungen. »Ich habe deine Mutter geliebt, Sohn, aber sie war nicht die Liebe meines Lebens. Emma wusste von jeher, dass Olivia Manning die Einzige für mich war. Hätte Olivia eine Wahl gehabt, hätte sie mich geheiratet, aber dieser dämliche Elitebullshit und dieses hinterhältige Arschloch dort drüben haben das verhindert.«

Mir schwirrt der Kopf, Fragen über Fragen wirbeln darin umher, und ich werde diese Gelegenheit, Antworten zu erhalten, nicht verstreichen lassen. »Hat meine Mutter Ihre Liebe erwidert?«, frage ich. Atticus dreht sich zu mir um, während mich mein Vater anschnauzt, ich solle den Mund halten. Ich ignoriere ihn und bin dankbar, dass Atticus' Männer ihre Waffen auf ihn gerichtet haben und er diese ganze Sache nicht einfach stoppen kann, ohne ein Blutbad anzurichten. Mir ist bewusst, dass ihm die meisten Leute in diesem Raum scheißegal sind, aber er wird nicht riskieren, dass Drew, seinem einzigen männlichen Nachkommen, etwas zustößt. Obwohl er jetzt von dessen Betrug weiß.

»Abigail, meine Liebe.« Atticus grinst verdächtig, als er auf mich zukommt, und ich bemerke, dass Cams Anspannung steigt. »Deine Mutter hat mich geliebt. Sie war meine Sandkastenliebe. Wir waren vom Schicksal dazu ausersehen, einander zu heiraten, bis dein Vater seine Augen auf Manning Motors und deine Mutter richtete. Er hat Olivia verführt und absichtlich geschwängert, um sie in seine Arme zu treiben. Ich war todunglücklich, aber das Leben ging weiter und so heiratete ich Emma. Sie war Olivias beste Freundin und ich wusste, dass sie seit langem heimlich in mich verliebt war. Am Anfang war es eine gute Ehe und die ersten Jahre über lief zwischen uns auch alles bestens.«

Er fährt sich mit der Hand durchs Haar und dreht sich mit einem entschuldigenden Blick zu seinen Söhnen um. »Bis mich Olivia um Hilfe bat. Michael schlug sie nicht nur, er stand auch daneben und hat zugesehen, wie dieses Monster sie vergewaltigt hat.« Er heftet seinen wütenden Blick auf Christian Montgomery, und mir wird kotzübel.

»Olivia hatte Angst um ihr und euer Leben.« Er sieht zwischen Drew und mir hin und her. »Ich konnte sie nicht im Stich lassen, als sie mich brauchte.«

Charlie verstärkt seinen Griff um meine Taille, und ich lege meine Hand auf seinen Unterarm, um mich an ihm festzuhalten. Innerlich wappne ich mich für die Bomben, die Atticus gleich platzen lassen wird. »Nachdem wir andere Partner geheiratet hatten, haben wir uns voneinander ferngehalten, aber unsere Gefühle füreinander waren immer noch da und wir begannen eine Affäre ...«

»Darum endete ihre Freundschaft«, falle ich ihm ins Wort, als sich all die Puzzleteile in meinem Kopf zu einem Bild zusammenfügen. »Ihre Frau fand es heraus, richtig?«

Er nickt. »Ja. Sie flehte mich an, mich von Olivia fernzuhalten, und für eine Weile tat ich das auch, aber ich konnte ihr nie etwas abschlagen. Wir nahmen unsere Affäre wieder auf, waren dieses Mal aber viel diskreter. Zumindest dachten wir das.« Er funkelt meinen Vater böse an. »Willst du diesen Teil der Geschichte erzählen oder soll ich fortfahren?«

»Ich bin froh, dass du das Wort *Geschichte* verwendest, denn mehr als das ist all dieser Bullshit nicht, den du von dir gibst.« Mein Vater schäumt vor Wut und ballt seine Hände immer wieder zu Fäusten.

»Komm schon, Michael.« Atticus klopft meinem Vater heldenhaft auf den Rücken. »Hab wenigstens die Eier in der Hose, zu deinem Part zu stehen. Genevieve hat mir Beweise übergeben, die eindeutig belegen, dass du Emma umgebracht hast. Du hast für die Tabletten in ihrem Namen bezahlt und sie ihr gewaltsam eingetrichtert. Sag mir – bist du dageblieben und hast zugeguckt, wie das Leben aus ihrem Körper gewichen ist?«

»Du abartiger Mörder!« Cam stürzt sich auf meinen Vater, aber Louis stellt sich vor ihn und setzt Cam den Lauf seiner Pistole an die Brust.

Ich winde mich aus Charlies Umarmung, renne zu Cam und versuche, ihn zurückzuziehen. Louis ist ein unberechenbarer Hitzkopf und ich würde ihm zutrauen, dass er Cam mit Absicht erschießt, um einen Krieg vom Zaun zu brechen.

»Er ist es nicht wert.« Ich zerre an Cams Arm. »Bitte, Cam. Tritt zurück.«

»Er hat meine Mutter umgebracht!«, schreit er und eine Vielzahl an Emotionen spiegelt sich auf seinem Gesicht.

»Was?«, stottere ich, als Charlie vortritt und mich zurückzieht.

»Er hat es dir wirklich nicht gesagt, oder?«, fragt Atticus und sieht zwischen Cam und mir hin und her. »Camden Marshall ist nicht sein richtiger Name.« Atticus sieht Wesley an und sein Ton wird weicher. »Camden Marshall war Wesleys Sohn. Er ist gestorben, als er zwei Jahre alt war.« Wesley lässt den Kopf hängen, seine Schultern beben. »Mein Schwager ist eine notorisch zurückgezogene Person und hat die Nachricht aus den Medien ferngehalten. Als ich Hilfe brauchte, war Wesley zur Stelle und erlaubte uns, die Identität seines Sohnes zu verwenden, um die von Kaiden dahinter zu verbergen, damit er nach Rydeville zurückkehren und tun konnte, was getan werden musste.«

»Ich wusste es verdammt noch mal!« Drew tritt vor und zeigt mit dem Finger auf Cam. »Ich wusste, dass ich dich kenne. Wie konntest du es mir nicht sagen? Du warst mein bester Freund!«

»Bis wir fünf waren«, sagt Cam – Kaiden – ungerührt.

»Du hättest es wenigstens meiner Schwester erzählen können!«, zischt er und baut sich vor Kaiden auf, was bestätigt, dass er die ganze Zeit über Kenntnis von unserer Beziehung hatte.

»Okay.« Atticus trennt die beiden. »Wir werden hier ein wenig vorschnell. »Tritt zurück, Sohn.« Maverick zieht Kaiden nach hinten.

Ich starre den Kerl an, in den ich verliebt bin, und frage mich, ob irgendetwas von dem, was er mir erzählt oder mir gezeigt hat, wahr ist.

Atticus umfasst mein Gesicht und ich richte meine Aufmerksamkeit wieder auf ihn.

»Fass sie nicht an«, verlangt Kaiden, und zum ersten Mal, seit die Wahrheit ans Licht gekommen ist, sehen wir uns wieder in die Augen. In seinem Gesicht steht so viel geschrieben, aber ich weiß nicht, was ich davon halten soll. Ich kann nicht glauben, dass ich mit Kaiden Anderson geschlafen habe und es nicht wusste. Ich hätte die Verbindung herstellen müssen – als ich das Bild in seinem Zimmer gesehen habe. Oder als ihm herausrutschte, dass er einen älteren Bruder hat. Oder als ich Maverick traf. Kaiden und Drew waren wie Pech und Schwefel, als wir noch klein waren, und obwohl viele dieser Erinnerungen heute verschwommen sind, spielte Kaiden einst ein wichtige Rolle in meinem Leben.

Ich kann nicht glauben, dass er seine wahre Identität vor mir geheim gehalten hat. Ein heftiger Schmerz durchzuckt meine Brust, sein Verrat geht mir extrem nahe. Ich ertrinke, und Charlie ist momentan mein einziger Anker. Die einzige Person in diesem Raum, der ich vertraue. Ich wende meinen Blick von Kaiden ab. Ich möchte nicht, dass er sieht, wie sehr es mich schmerzt, dass er mir auf diese Weise das Herz gebrochen hat.

»Kaiden.« Atticus wirft einen warnenden Blick in die Richtung seines Sohnes.

Dieser schweigt, ist aber sichtlich nicht glücklich darüber, vor allen Leuten gerügt zu werden. Die Vene an seinem Nacken pocht und der grimmige Ausdruck in seinem Gesicht spricht Bände.

»Wie ich schon sagte, Abigail, deine Mutter und ich waren wieder zusammen, aber dein Vater hat es herausgefunden, und mir zur Strafe meine Frau genommen. Olivia war völlig verzweifelt und außer sich.«

»Ich erinnere mich«, flüstere ich. »Sie hat die ganze Zeit geweint.« Ich war erst sieben, aber ich werde ihre Tränen nie vergessen.

»Sie hat sich die Schuld daran gegeben, so wie ich.« Ein Muskel zuckt an seinem Kiefer. »Aber Emma war verloren, und ich konnte sie nicht wieder lebendig machen, also haben sich meine Prioritäten verschoben. Mir war klar, dass ich euch aus dem Haus holen und von diesem mörderischen Bastard wegbringen musste«, knurrt er in Richtung meines Vaters. »Außerdem musste ich ein neues Zuhause für meine Jungs finden. Eines, das sie nicht täglich daran erinnerte, was sie verloren hatten.«

Er reibt sich mit der Hand über die Brust. »Wir hatten alles geplant. Wir wollten die Kinder mitnehmen und nach Übersee ziehen, doch zuerst mussten wir diesen Bastard erledigen. Ihn wegen des Mordes an Emma ins Gefängnis zu bringen, war der einzige Weg, um wirklich frei zu sein. Olivia besorgte die Beweise, die wir brauchten, wir kauften eine Immobilie in Frankreich und buchten unbefristete Flugtickets.« Wieder sieht er mich so seltsam an, und diesmal verstehe ich den Ausdruck in seinem Gesicht.

Er ist innerlich zerrissen.

Als würde ein Teil von ihm mich hassen, während ein anderer Teil von ihm Mitleid mit mir empfindet. »Es wäre uns gelungen, wenn du nicht alles ausgeplaudert hättest.«

»Ich?« Ich schaue zwischen Kaiden und seinem Vater hin und her. »Was habe ich getan? Ich wusste nichts über Sie und meine Mutter! Das ist das erste Mal, dass ich davon höre.«

»Du hast mitbekommen, dass deine Mutter mit mir am Telefon über das neue Haus gesprochen hat. Du hast deinem Vater davon erzählt, und er hat eins und eins zusammengezählt.« Eiseskälte dringt mir bis ins Mark. »Du warst der Katalysator, der mein Leben ruiniert hat«, fügt er hinzu. »Ich habe alles verloren. Mein Unternehmen. Meinen Reichtum. Mein Zuhause. Meinen Ruf. Meine Frau. Die Frau, mit der ich alt werden wollte. Meine geistige Gesundheit.«

»Sie war nur ein Kind, Dad«, schaltet sich Kaiden ein. »Es war nicht ihre Schuld.«

»Das sehe ich jetzt«, bekennt er leise, während ich Louis dabei beobachte, wie er langsam von der Bühne schleicht, den Blick auf den Seitenausgang gerichtet. *Was zur Hölle hat er vor?*

»Und du hilfst auch dabei, die Dinge wieder ins Lot zu bringen«, sagt er kryptisch.

»Was hast du getan, du kleine Schlampe?«, brüllt mein Vater.

»Reden Sie gefälligst nicht so mit Abby.« Kaidens ganze Wut

richtet sich auf meinen Vater.

»Fick dich, du kleiner Punk.« Mein Vater betrachtet angewidert seine Tattoos, und plötzlich kann ich es nicht mehr erwarten, bis er die Neuigkeiten erfährt.

Er wird mich mit Sicherheit enterben.

Entweder das oder mich zwei Meter tief unter die Erde befördern.

»Ich habe Christian die Nachricht geschickt«, erklärt Atticus, und ein schockierter Ausdruck tritt auf Kaidens Gesicht. Atticus lächelt meinen Vater an. »Ich musste dich ablenken, damit du nicht merkst, was direkt vor deiner Nase vor sich geht.«

»Ich wusste es nicht«, beteuert Kaiden und starrt mich flehend an, als würde das alles wiedergutmachen.

Je mehr ich höre, desto klarer wird mir, dass alles, was zwischen uns passiert ist, nur Teil der Strategie war. Ich klammere mich fester an Charlies Arm.

»Wir haben Kopien der Dokumente, die du und Christian gefälscht haben, um mich aus dem Vorstand meiner eigenen Firma werfen zu lassen«, fährt Atticus fort und geht direkt auf Christian und meinen Vater zu. »Es hat mich Jahre gekostet, aber mit Wes' Hilfe habe ich genug zusammengetragen, um dich zu erledigen, zusammen mit den Beweisen, die belegen, dass du Emmas Mord eingefädelt hast«, fügt er hinzu und sieht meinem Vater demonstrativ in die Augen.

»Das wird vor Gericht niemals Bestand haben«, erwidert mein Vater mit aufgesetzter Selbstsicherheit.

»Und wir werden euch jahrelang in juristische Auseinandersetzungen verwickeln«, fügt Christian mit arroganter Stimme hinzu. Trent steht grinsend neben seinem Vater.

»Wir haben heute noch bessere Verbindungen als früher.« Mein Vater schubst Atticus zurück. »Also mach, was du willst. Es wird zu nichts führen. Wir werden immer noch gewinnen.« Er tritt vor und schubst Atticus einen weiteren Schritt zurück.

Charlie legt wieder einen Arm um mich und zieht sich mit mir an den Rand der Bühne zurück. »In Kürze wird die Situation eskalieren«, flüstert er mir ins Ohr. »Wenn ich dir sage, dass du losrennen sollst, möchte ich, dass du zur Hintertür läufst und von hier verschwindest. Oscar bewacht diesen Ausgangspunkt, er wird dich in Sicherheit bringen.«

Atticus lächelt. »Ich dachte mir, dass du das sagen würdest, deshalb habe ich eine Rückversicherung. Das hast du mich gelehrt, Michael. Wahrscheinlich sollte ich mich bei dir bedanken.«

»Okay, ich bin neugierig«, sagt mein Vater und sieht relativ unbesorgt aus, jetzt, wo er denkt, er hätte nichts zu befürchten, da er so viele Cops, Anwälte und Richter auf seiner Seite hat.

»Wir haben eine Kopie von Olivias Testament. Mir war nicht bewusst, dass sie es kurz vor unserer geplanten Flucht noch mal abgeändert hat. Ich weiß, dass es nicht die Version ist, die bei der offiziellen Testamentsverlesung vorgetragen wurde, aber ich nehme an, dass nur wenige wissen, dass ein neues Testament existiert.«

Mein Vater sieht so aus, als würde er gleich in Ohnmacht fallen. Im Stillen jubele ich Atticus zu, auch wenn ich ihn gleichzeitig verfluche, da er nicht gerade sonderlich nett zu mir war.

»Und ich bin mir ebenfalls sicher, dass keines deiner Kinder die Konditionen des Testaments kennt.«

»Ich hätte wahrscheinlich davon erfahren«, sagt Drew, »wenn Ihr arschiger Sohn mir wie versprochen eine Kopie der Papiere hätte zukommen lassen.«

»Das war notwendig«, entgegnet Atticus, in dem Versuch, Drew zu besänftigen.

»Was steht in ihrem Testament?«, frage ich.

Schadenfroh grinst Atticus meinen Vater an, ehe er sich zu mir umdreht. »Im Falle des Todes deiner Mutter fallen alle Familienanteile an Manning Motors an ihre Kinder, sobald diese achtzehn Jahre alt sind.«

Überrascht sehen Drew und ich uns an.

»Es gab eine Einschränkung im Kleingedruckten, die der Anwalt, der Olivia beraten hat, übersah. Es ist ein alter Familienwille, der modifiziert wurde, er wird es nicht bemerkt haben. Wenn deine Mutter noch am Leben wäre, würde sie sich dafür hassen, dass ihr diese Klausel nicht aufgefallen ist, denn es ist die einzige Klausel, die ihr Schicksal besiegelt.« Er berührt meine Wange. »Sie wäre entsetzt, wenn sie wüsste, dass auch du zu einer arrangierten Ehe gezwungen wirst.«

Er sieht Charlie an, aber in seinen Augen liegt keine Bosheit. »Wenn du heiratest«, fährt er fort und konzentriert sich wieder auf mich, »gehen alle deine Anteile an deinen Ehemann.«

Ich blicke zu meinem Vater und erkenne die Wahrheit, die er zu verbergen versucht. »Du Hurensohn«, rufe ich. »Deshalb hast du versucht, mich zu dieser Ehe zu zwingen! Alles nur, damit dir dein wertvolles Unternehmen nicht aus den Händen gleitet!«

Er muss befürchtet haben, dass das wahre Testament öffentlich bekannt werden könnte, und wollte alles in trockene Tücher bringen. Ganz eindeutig war das Teil des Abkommens mit den Montgomerys. Offensichtlich hatte er eine Abmachung mit Christian, die besagte, dass Trent seine Anteile an ihn zurückverkaufen würde, damit er die Kontrolle behalten konnte. Und die gleiche Abmachung muss jetzt bei meiner neuen Verlobung gelten. Ich versuche, mich aus Charlies Griff zu befreien, aber er hält mich fest, und ich zapple und winde mich vergebens.

Die Ironie daran ist, dass ich bereitwillig zugestimmt hätte, meinem Vater meine Anteile zu überlassen, wenn er mir dafür meine Freiheit gegeben hätte.

Aber jetzt nicht mehr.

Jetzt möchte ich ihm alles nehmen.

Ich ziehe den Verlobungsring von meinem Finger und werfe ihn meinem Vater ins Gesicht. »Den kannst du behalten, da ich ihn jetzt nicht mehr brauchen werde.«

»Vorsicht«, flüstert mir Charlie ins Ohr. »Das Spiel ist noch nicht vorbei.«

Ich zwinge mich, ruhig zu bleiben, weil ich weiß, dass Charlie recht hat.

»Dafür wirst du bezahlen«, sagt mein Vater leise zu Atticus. Seine Stimme lässt Böses erahnen.

»Du hast hier nichts zu sagen«, kontert Atticus.

»Ich sehe nicht, wie dir diese Offenbarung irgendwelche

Verhandlungsmacht gibt«, wirft Christian ein.

Ich schaue neugierig zu Charlies Vater, der bisher noch kein einziges Wort gesagt hat. Er beobachtet alles mit nüchterner Miene, steht schützend vor Charlies Mutter und Schwester und hört aufmerksam zu.

»Das ist das Schöne an diesem Plan.«

Aufgebrachtes Flüstern lenkt mich kurzzeitig ab. Maverick redet eindringlich auf Kaiden ein und gestikuliert wild mit seinen Händen. So beobachte ich zufällig den Moment, in dem sich ein entsetzter Ausdruck auf Kaidens Gesicht manifestiert.

Atticus reibt sich die Hände. »Es gibt eine weitere Klausel im Testament.« Er sieht mich an. »Abigails Anteile an Manning Motors sind mein, sobald sie meinen Sohn heiratet.«

Alles in meinem Inneren gefriert zu Eis, als ich sehe, wie er etwas aus seiner Jackentasche hervorholt. Übelkeit steigt mir die Kehle hinauf, als mir langsam klar wird, worauf er hinauswill.

Ich drehe den Kopf zu Kaiden, und Tränen rinnen ungebremst über mein Gesicht. Seine Miene ist ausdruckslos, ich kann ihn nicht lesen. Mein Herz schmerzt, als wäre es in einem Schraubstock gefangen, und ich frage mich, ob es möglich ist, dass das eigene Herz tatsächlich in tausende Teile zerbrechen kann, denn genauso fühlt es sich gerade an.

»Ich habe genug davon«, sagt mein Vater. »Wachen.«

Das einstimmige Klicken von Waffen hallt durch den Raum, als die Wachen meines Vaters mit erhobenen Pistolen aus allen Winkeln des Saals strömen. Atticus' Männer umrunden den Bühnenrand und richten ihre Waffen auf die sich nähernden Wachen.

Mir bleibt die Luft im Halse stecken.

»Mach dich bereit«, flüstert mir Charlie ins Ohr.

»Ruf deine Männer zurück«, fordert Atticus kühl. »Deine Tochter braucht diesen Stress nicht. Es sei denn, du möchtest dafür verantwortlich gemacht werden, wenn unserem Enkelkind etwas zustößt.«

36. Kapitel

»Was zur Hölle hast du getan, du dumme Schlampe?«, brüllt mein Vater.

»Deine Tochter hatte hinter deinem Rücken eine Beziehung mit meinem Sohn. Weißt du«, er tippt sich mit dem Zeigefinger gegen das Kinn, »ich glaube sogar, dass sie einander lieben.« Er zwinkert mir zu und reicht meinem Vater die Kopie. »Irgendwie poetisch, das Ganze. Ein wenig so, als würde sich die Geschichte wiederholen. Nur dass dieses Mal Kaiden derjenige sein wird, der das Mädchen bekommt. Das Testament besagt, dass Abigail im Falle einer ungeplanten Schwangerschaft ihre Anteile verlieren wird, es sei denn, sie heiratet den Vater des Kindes.«

Meine Knie drohen unter mir nachzugeben, aber Charlie hält mich aufrecht. Wenn es stimmt, was Atticus sagt, und ich meinem Vater den Zugriff auf meine Anteile verwehren möchte, muss ich Kaiden heiraten, nur dass ich damit die Zügel in die Hände *seines* Vaters gebe. Heirate ich ihn nicht, gewinnt mein Vater.

Wie ich es auch mache, ist es verkehrt.

Atticus sieht mich wehmütig an. »Du siehst Olivia so ähnlich und bist genauso wunderschön wie sie. Mein Sohn ist ein glücklicher Mann.«

Vater wirft einen Blick auf das Blatt in seiner Hand und knüllt es dann zusammen. Ich bin sicher, dass es eine Kopie des Dokuments ist, das ich gestern bei meinem Arzt erhalten habe und das bestätigt, dass ich in der dritten Woche schwanger bin.

»Du Hure!«, schreit Trent, während ihn Christian mit einem selbstgefälligen Lächeln zurückhält. »Mit dem Feind zu schlafen, um dich an deinem Vater zu rächen, ist erbärmlich. Was bin ich froh, dass ich dich in die Wüste geschickt habe.«

Ich blende Trent aus und schlage ihn in Gedanken fort wie eine lästige Fliege, statt seine Unwahrheiten zu korrigieren.

Noch mehr Tränen laufen mir die Wangen hinunter, während ich Kaiden ungläubig anstarre.

Ich wollte nicht, dass es wahr ist.

Ich wollte glauben, dass es ein Unfall war, aber zumindest weiß ich jetzt genau, wie ich schwanger werden konnte. Er hat mit Absicht meine Antibabypille manipuliert und ich war die dumme Kuh, die mit ihm Sex hatte, immer dann, wenn ihm danach war. Ich war so naiv und habe geglaubt, dass er etwas für mich empfindet. Nach all der Scheiße, die er mir angetan hat, hätte ich es besser wissen müssen. Das hier ist nur eine andere Form der Schikane, und nun ist ein unschuldiges Kind involviert.

Ich schwöre mir, dass ich Vergeltung üben werde. Ich weiß noch nicht wie oder wann, aber eines Tages wird Kaiden Anderson für all die Arten, auf die er mich betrogen und gedemütigt hat, bezahlen.

Schock steht in Sawyers und Jacksons Gesicht geschrieben und ich bin froh, dass die beiden zumindest nicht in den Schwangerschaftsplan involviert waren. Charlies Dad hält Drew zurück, der von der Bühne alle möglichen Drohungen in Kaidens Richtung brüllt. Langsam manövriert uns Charlie Stück für Stück zur Seite, einen kleinen Schritt nach dem anderen.

»Ich bin bereit, einen Deal zu machen«, sagt Atticus. »Im Gegensatz zu dir werde ich dir nicht alles nehmen, was du besitzt. Ich werde dir genug lassen, um einen akzeptablen Lebensstandard zu gewährleisten.«

»Wenn du denkst, ich würde mit Leuten wie dir einen Deal eingehen, kennst du mich wirklich schlecht«, erwidert mein Vater und ein widerwärtiges Grinsen breitet sich auf seinem Gesicht aus, ehe er in einer schnellen Bewegung eine Waffe aus seinem Hosenbund zieht und Atticus in die Brust schießt.

Chaos bricht aus, als alle auf der Bühne – außer die Frauen – ihre Pistolen ziehen und das Feuer eröffnen. Jane schreit panisch auf, als Kugeln über unsere Köpfe hinwegsausen.

»Abby!«, brüllt Kaiden, während er wahllos seine Waffe abfeuert und seine beiden Brüder auf die andere Seite der Bühne in Richtung der Bodyguards seines Vaters schubst. Er wirkt innerlich gespalten, als er zwischen ihnen und mir hin- und hersieht.

»Lauf weg, Abby. Sofort«, weist mich Charlie an, stellt sich

Kaiden in den Weg und schirmt mich mit seinem Körper ab. Er schubst mich in Drews Richtung, während er gleichzeitig mit seinem Handy den Notruf wählt.

»Sorg dafür, dass Kaiden nichts passiert«, flehe ich und klammere mich an seinen Arm. Ich hasse ihn und will mich an ihm rächen, aber ich bin entschlossen, dass mein Kind nicht unter meinen Fehlern leiden soll. Kaiden ist noch immer der Vater meines Babys und ich möchte, dass mein Sohn oder meine Tochter mit beiden Elternteilen in seinem oder ihrem Leben aufwächst. Ich weiß, wie es ist, als Halbwaise groß zu werden, und das wünsche ich keinem Kind dieser Welt.

»Mach dir keine Sorgen. Er kann auf sich aufpassen. Inzwischen werde ich auf dich achtgeben«, versichert mir Charlie.

»Ich liebe euch beide«, sagt Drew und schubst Jane und mich zur Treppe, die an der Seite der Bühne hinunterführt. »Bringt euch in Sicherheit.«

Ich möchte Einwände erheben. Mir eine Waffe schnappen und mich am Kampf beteiligen.

Aber das kann ich nicht. Denn das Baby, das in mir heranwächst, ist unschuldig, und es ist meine Aufgabe, es zu beschützen. Es ist nicht von Bedeutung, wie es gezeugt wurde oder dass es bereits zu einer Schachfigur in dem abscheulichen Spiel geworden ist, das unsere Väter miteinander treiben. Ich liebe dieses Baby schon jetzt und werde alles in meiner Macht Stehende tun, um es zu behüten.

»Bleibt am Leben«, rufe ich Drew und Charlie zu und nehme Janes Hand. Wir fliegen die Treppenstufen hinunter und pressen uns hinter Charlies Mutter und seiner Schwester mit dem Rücken an die Wand, um langsam aus dem Raum zu schleichen.

Alle sind viel zu sehr in die Schießerei vertieft, um unsere Flucht zu bemerken. Manche der Wachen prügeln sich mit bloßen Händen, nachdem sie ihre Magazine leergeschossen haben. Ein paar Männer liegen auf dem Boden. Manche bewegen sich nicht. Andere liegen in Blutlachen, die immer größer werden.

»Schnell«, mahnt Oscar und eilt auf mich zu, während Benjamin, ein weiterer Bodyguard, die Barrons in Sicherheit bringt.

»Ihr müsst hier raus!«

»Abby!« Kaidens verzweifelter Schrei erklingt hinter mir, doch Oscar scheucht uns bereits hinaus in den Korridor und schließt hinter uns die Tür.

»Wir müssen uns aufteilen.« Oscar nickt Benjamin im Laufen zu. »Nimm Mrs Barron, ihre Tochter und Jane und fahr sie zum Anwesen der Barrons. Ich muss Ms Abigail so weit wie möglich von hier wegbringen.«

Ich möchte bei Jane bleiben, aber ich vertraue Oscar. Rasch umarmen wir uns. »Wenn dir oder Drew irgendetwas zustößt, wird mich das zerstören«, schluchzt Jane und umarmt mich ein weiteres Mal. »Geh kein Risiko ein, Abby.«

»Das werde ich nicht. Versprochen. Es geht jetzt nicht mehr nur um mich«, sage ich und lege eine Hand auf meinen Bauch.

Mir ist bewusst, dass sie unbedingt mit mir darüber reden möchte, aber das ist nicht der richtige Zeitpunkt dafür. »Geh. Ich rufe dich an, sobald es mir möglich ist.«

Benjamin führt die drei in Richtung Haustür, während mich Oscar in den hinteren Teil des Hauses dirigiert. »Ich habe mein Auto im Wald versteckt«, erklärt er. »Kannst du rennen?«

Ich reiße mir die *Jimmy-Choo*-Sandalen von den Füßen und werfe sie weg. »Jetzt schon.«

Wir laufen durch das Gras und ich hoffe, dass alle Wachen zu beschäftigt sind, um uns zu bemerken. Ich zwinge meine Beine zu Höchstleistungen und renne so schnell wie noch nie in meinem Leben, um mit Oscar Schritt zu halten. Ich atme so schwer, dass ich die Schritte, die hinter uns ertönen, erst in letzter Minute bemerke. »Jemand verfolgt uns!«, keuche ich.

»Geh, Abby.« Oscar wirft mir seine Schlüssel zu. »Lauf weiter und sieh nicht zurück. Ganz egal, was du hörst.«

Tränen rinnen mir in Strömen über die Wangen, als ich weiterhetze und Oscar sich zurückfallen lässt. Das Blut pumpt wie wahnsinnig durch meine Venen und Schweiß rinnt mir den Rücken hinunter. Hinter mir werden die Geräusche eines Kampfes laut, aber ich drehe mich nicht um.

Nicht einmal, als ein Schuss ertönt.

Adrenalin flutet meinen Körper und ich werde von Schluchzern geschüttelt, dennoch dränge ich vorwärts, beflügelt von dem neuen Leben in mir, das auf mich angewiesen ist.

Ich erreiche den Wald und spüre kaum den Schmerz, während ich auf nackten Füßen über den unebenen und verwurzelten Waldboden rase. Der Klang der Schritte, die mich verfolgen, spornt mich an, und ich renne noch schneller, während ich mir die Tränen aus den Augen wische und bete, wie ich noch nie zuvor gebetet habe.

Oscars Auto erscheint gerade in dem Moment in meinem Blickfeld, als sich jemand von hinten auf mich stürzt.

Ich falle hart hin, lande auf dem Bauch und schreie um Hilfe, während mich ein schwerer Körper auf den Boden pinnt und mein Gesicht in die schlammige Erde drückt. Als sich etwas Spitzes in meinen Oberarm bohrt, schreie ich schmerzerfüllt auf. Das Mittel, das mir injiziert wurde, verteilt sich schnell in meinem Blutkreislauf. Meine Augenlider werden schwer und meine Glieder erschlaffen.

»Tu meinem Baby nicht weh«, schluchze ich, bevor die Dunkelheit über mir hereinbricht und mich mit sich fortreißt.

Printed in Poland
by Amazon Fulfillment
Poland Sp. z o.o., Wrocław

38703827R00233